HANNA CASPIAN

Die Kirschvilla

Die Kirschvilla
zweite Auflage, 2025
Deutsche Erstveröffentlichung 2016, Wilhelm Heyne Verlag, Verlagsgruppe Random House GmbH, München

Die Deutsche Nationalbibliothek verzeichnet diese Publikation in der Deutschen Nationalbibliografie; detaillierte bibliografische Daten sind im Internet über dnb.dnb.de abrufbar.

All rights reserved. Alle Rechte vorbehalten.
Nachdruck, auch auszugsweise, mit Ausnahme der Verwendung von kurz Zitaten in Rezensionen, nur mit schriftlicher Genehmigung der Autorin. Der Inhalt des Buches darf in keiner Form oder mit irgendwelchen elektronischen oder mechanischen Mitteln, einschließlich Speicher- und abrufsystemen, ohne schriftliche Genehmigung der Autorin vervielfältigt werden.

Zusätzliche Urheberrechtsbestimmung – KI Schranke:
Rechtlicher Hinweis §44 UrhG: Die automatische Analyse des Werkes, um daraus Informationen (insbesondere um daraus Muster, Trends und Korrelationen) gemäß §44 UrhG (»Text und Data Mining«) zu gewinnen, ist untersagt. Die Autorin widerspricht hiermit ausdrücklich jedem unvergüteten Text und Data Mining (TDM). Jegliche Lizenz- oder Nutzung bedarf der persönlichen Zustimmungspflicht des Urhebers.
Die Inhalte dieses Romanes unterliegen dem Urheberschutz, der ausschließlich bei der Autorin liegt. Jeder wie auch immer programmierten KI-Anwendung – Kreative Intelligenz oder auch Künstliche Intelligenz – wird über bestehende gesetzliche Vorschriften hinaus hiermit verboten, den Inhalt dieses Romans als Trainingsmaterial oder zur Übersetzung zu schürfen. Der Inhalt dieses Romanes darf nicht als KI-Sprachmodell, oder Geschichten-Modell oder Vorlage für KI-generierte Ideen genutzt werden. Weiter darf der Inhalt und auch der Schreibstil oder die Dramaturgie dieses Romanes darf in keiner Weise nachgeahmt werden. Noch darf der Inhalt maschinell übersetzt werden, in welche Sprache auch immer.

Copyright © 2016, Regina Gärtner alias Hanna Caspian
© 2025, Covergestaltung, Wolkenart, Borken
© Bildmaterial: Chi-An, Helen Hoston, thaikritt / shutterstock.com
Redaktion: Friederike Arnold
Buchsatz: Dr. Katharina Kolata, Independent Bookworm
Hanna Caspian, c/o WirFinden.Es, Naß und Hellie GbR, Kirchgasse 19, 65817 Eppstein

Herstellung und Vertrieb: TOLINO Media, München, www.tolino.de

ISBN 978-3-75928-254-5
ISBN E-Book 978-3-947866-08-3

Herstellung und Druck über tolino media GmbH & Co. KG,
Albrechtstr. 14, 80636 München. Printed in Germany.
Fragen zu Produktsicherheit an: gpsr@tolino.media.

ÜBER DAS BUCH

JEDER RAUM SCHEINE SEINE EIGENE TRAGISCHE GESCHICHTE ZU HABEN, AN JEDEM BAUM HÄNGT EINE ANDERE DÜSTERE ERINNERUNG.

Isabell und ihre Großmutter Pauline Korte treten ein Erbe in Köln an – Paulines Geburtshaus. Doch die alte Villa am Rheinufer mit der angeschlossenen Brauerei birgt düstere Geheimnisse. Mehr noch. Es ist, als läge ein Fluch über dem Anwesen.

Paulines Familie hat hier viel Leid erfahren. Um diese Qual zu beenden, nehmen sie eine Schuld auf sich, die so mächtig ist, dass sie noch über Generationen ihren Schatten auf die Familie wirft.

Und Isabell muss sich fragen: Kann es sein, dass es dem Schicksal ihrer Ahnen geschuldet ist, dass ihr Leben bisher so unstet verlaufen ist? Offensichtlich hängt ihr Liebesglück mit den Geheimnissen ihrer Familie zusammen. Denn ausgerechnet Julius, dem Isabell überraschend näher kommt, scheint tief in die schmerzliche Familientragödie verstrickt.

Als ihr schließlich zwei Tagebücher aus den Zwanziger Jahren in die Hände fallen, erkennt Isabell, dass sie den Schleier über den Geheimnissen lüften muss, wenn sie ihr neugewonnenes Glück behalten möchte …

FIGURENÜBERSICHT

FRÜHER

August Korte – der Vater, Braumeister
Sofia Korte – seine Ehefrau
Clementine – älteste Tochter
Magnus – ältester Sohn
Gustav – zweiter Sohn
Josefine – zweite Tochter
Oskar – dritter Sohn
Pauline – noch Ungeboren
Kläre – die Köchin der Kortes
Elsbeth Himmels – Kindermädchen bei den Kortes
Viktor Susemihl – Vertriebener aus dem Memelland
Angus Ferguson – britischer Besatzungssoldat
Timothy McFayden – amerikanischer Offizier

GEGENWART

Isabell Bach
Pauline Bach – Isabells Großmutter
Julius Grothues – Notar
Lydia – Tante von Julius
Sibylle – Tante von Julius
Ilse Hein – Tochter von Kläre
Frauke – Verwandte von Julius Grothues

PROLOG

KÖLN-RHEINKASSEL – 27. JULI 1926

Nichts deutete auf das Entsetzliche hin, das geschehen war. Nur die Zeichen einer unregelmäßigen Strömung auf der Oberfläche ließen erkennen, wie mächtig und unerbittlich der Rhein tatsächlich war. Was er einmal hatte, gab er so schnell nicht mehr her.

Vergeblich versuchte Clementine, ihre Schluchzer hinunterzuwürgen, doch es brach immer wieder aus ihr heraus. Ihr Herz pochte so wild, dass sie glaubte, ihr Brustkorb würde bersten. Sie war die Älteste, aber ihr Bemühen, den Brüdern ein Vorbild zu sein, war vergeblich. Ihre Hände flatterten.

Neben ihr stand Magnus mit nackten Füßen im seichten Uferwasser. Er fröstelte, obwohl es eine schwülwarme Sommernacht war. Gustav, der jüngere der beiden Jungen, drehte sich ängstlich um, als sie hörten, wie jemand keuchend durch den dunklen Garten gerannt kam. Wenige Augenblicke später blieb Josefine atemlos neben dem Holunderbusch stehen. Ihre aufgerissenen Augen versuchten zu erfassen, was gerade passiert war. Der kleine Oskar rannte schluchzend zu ihr und klammerte sich an ihrem Kleid fest.

Für einen Moment sagte niemand etwas. Nur Oskars Jammern und der unregelmäßige Atem der anderen ließ erkennen, wie erschüttert die Geschwister waren. Heimchen zirpten in der Kulisse der Nacht, die ihre Unschuld für immer verloren hatte. Hinter einigen Wolkenfetzen kam der Mond zum Vorschein und spiegelte sein bleiches Licht in ihren Gesichtern.

»Was habt ihr …?« Josefine beendete die Frage nicht. Jede mögliche Antwort war zu entsetzlich.

Reglos stand Clementine in ihrem nassen Nachthemd da. Der Stoff klebte an ihrem Körper, und noch immer spürte sie den mächtigen Sog, der sie beinahe mit fortgerissen hätte. Ihre Hände waren aufgeschürft von den letzten Metern, die sie sich über das Ufer gequält hatte.

Gustav drehte sich plötzlich um und fiel auf den sandigen, kiesigen Untergrund sank auf die Knie. Sein jugendlicher Körper schüttelte sich, als er sich lautstark übergab. Clementine blickte mitleidig auf ihren Bruder.

Josefine schien genug Mut gesammelt zu haben, um die nächste Frage zu stellen. »Wo ist er?«

Magnus machte eine unbestimmte Handbewegung in Richtung des Rheins. Nur noch in weiter Ferne konnte man das alte Holzboot erkennen, das kopfüber den Fluss hinuntertrieb. »Der Aalschocker … Wir mussten ihm mit dem Boot …« Seine Stimme klang noch immer heiser und gepresst.

»Und ist er …?«, flüsterte Josefine rau.

Die drei älteren Geschwister tauschten ängstliche Blicke. Clementine schüttelte den Kopf. Die nassen schwarzen Haare schimmerten dunkel auf der Stirn wie Striemen. Magnus war weiß wie eine gekalkte Wand, und das lag nicht am Mondschein. Da weder er noch Gustav antworteten, kam ihr die Aufgabe zu. Kraftlos zuckte sie mit den Schultern. »Ich glaube schon.«

»Du glaubst?«, fragte Josefine schrill und schaute ihre ältere Schwester entsetzt an.

»Was sollen wir denn jetzt tun?«, jammerte Gustav.

Oskar vergrub sein Gesicht in Josefines Kleid. Die legte ihm beruhigend die Hände auf den Haarschopf.

Plötzlich wurde allen bewusst, dass es keine einfache Antwort gab. Magnus wich dem Blick seiner Geschwister aus.

»Was ist mit Mama?«, fragte Clementine.

»Kläre ist gekommen.«

»Bist du auf der Straße jemandem begegnet?«

»Ich glaube nicht, dass mich jemand gesehen hat.« Noch immer auf Knien, drehte Gustav sich zum Rheinufer um und wusch sich seinen Mund. Umständlich stand er auf. Auch er war von oben bis unten nass. Nacheinander blickte er sie alle an. Seine Augen waren riesengroß, die Worte kamen stockend. »Und wenn er wiederkommt?«

Das war das Schlimmste, was passieren konnte. Die Blicke der vier älteren Geschwister richteten sich auf den großen breiten Strom, der träge dahinfloss. Selbst Oskar löste sich von seiner Schwester und schaute hinaus auf die Wasseroberfläche, die wie matter Obsidian schimmerte. In der Ferne waren die Positionslichter eines Kohleschleppers zu sehen.

»Er wird nicht wiederkommen!«, spie Magnus aus.

Verstört tastete Josefine über den Holunderstrauch, der neben ihr stand. Nervös riss sie einen Ast mit unreifen Beeren ab. Ein Vogel, der sich in seiner Nachtruhe gestört fühlte, flog schimpfend auf.

Clementine wischte sich die feuchten Strähnen aus dem Gesicht. Ihr Blick fiel auf den verstümmelten Ast, den Josefine zwischen ihren Händen verdrehte. Was galt jetzt noch Vergangenheit oder Zukunft? Sie dachte an den letzten Herbst, als sie die bitteren schwarzen Früchte geerntet hatten. Sie würden für den Rest ihres Lebens nicht mehr froh werden. »Wenn die Blätter von den Bäumen fallen, werden wir es wissen!« Ein tiefer Atemzug folgte ihren Worten. Sie drehte sich um und stapfte die Böschung hinauf. Ohne ein weiteres Wort folgten ihr die Geschwister.

KAPITEL EINS

BERLIN – EIN MITTWOCH IM MAI 2014

Isabell schaute auf ihre ineinander verknoteten Finger. Unter ihren Achseln breitete sich der Schweiß rasend schnell aus. Eine heiße Röte stieg über ihren Hals zum Kopf auf. Sie hatte gedacht, die Angst würde schwächer, je älter sie wurde. Sie hatte gehofft, die Panikanfälle wären nur vereinzelte Ausreißer gewesen. Stattdessen überraschten die Vorzeichen der Panik sie immer wieder – nicht nur, wenn sie flog. Ihr Blick schweifte nervös über die schwindende Landschaft, bis sich Wolkenfelder vor die Fenster schoben. Als der Flieger wenige Minuten später durch die dünne Wolkendecke stieß, fiel gleißendes Licht in den Innenraum. Wie feiner Eisschnee lagen die Wolken nun unter ihnen.

Sie atmete tief durch. Oben war es nicht ganz so schlimm. Die Angst würde sie erst wieder umklammern, wenn sie zur Landung ansetzten. Ihr Nebenmann stieß sie an, als er mit wichtigen Gesten sein Laptop ausklappte. Er schob den Ellenbogen über die gesamte Armlehne. Für einen kurzen Moment schaute er hoch, und sein Blick wurde abfällig, als er ihre vielen bunten Armreifen entdeckte. Er strömte den schweißigen Geruch eines Dauergestressten aus. Vielleicht war seine Unhöflichkeit nur seine Art, der Flugangst zu begegnen. Ein Glück, dass sie so schmal war.

Isabell fasste ihre langen braunen Haare, eine Mähne, die sie mit bunten Haarbändern zu bändigen versuchte, und schob eine Strähne unter ein Band. Dann überprüfte sie auf ihrem Smartphone die Zugverbindungen vom Köln-Bonner Flughafen nach Königswinter. Sie freute sich auf ihre Großmutter, war sie doch ihre letzte lebende Verwandte. Zudem hatten Oma

Paulines Worte so vielversprechend wie auch dringlich geklungen: Sie habe Post aus Amerika bekommen – es ginge um eine Erbschaft. Isabell hatte ihre Bitte nicht abschlagen können. Ein Besuch in der Seniorenresidenz war ohnehin längst überfällig gewesen. Die elegante Dame war achtundachtzig Jahre alt, und wenngleich sie noch einigermaßen rüstig war, waren ihre Tage doch gezählt. Sie telefonierten regelmäßig, und Isabell schrieb ihr gewissenhaft von ihren vielen Reisen Postkarten, doch sie war Weihnachten das letzte Mal bei ihr gewesen. Deswegen hatte sie sich sofort bereiterklärt, eine ganze Woche Urlaub zu nehmen. Isabell hatte kein Haustier, das gefüttert und auch keine Pflanzen, die gegossen werden mussten. Tatsächlich war es erstaunlich, wie wenig Leben sie zurückließ. Heimat hieß für sie nicht mehr als ein Schlüssel zu einer beliebigen Wohnung. Ihre Wurzeln bestanden lediglich aus Luftranken, die verzweifelt versuchten, im hektischen Wind der Zeit einen Anker zu finden.

»Isabell? Bella, da bist du ja.« Umständlich versuchte Oma Pauline aufzustehen.

»Bleib sitzen«, sagte Isabell schnell.

»Ich werde doch meine einzige Enkelin richtig begrüßen, wenn sie schon mal vorbeikommt.« In ihren Worten lag ein leichter Tadel.

Die alte Frau richtete sich auf, aber anders als beim letzten Besuch stützte sie sich auf einem Stock ab. Als sie ihre Großmutter herzlich umarmte, nahm Isabell flüchtig wahr, dass sie wieder etwas kleiner und ein bisschen schmächtiger geworden war. Nichts, was in ihrem Alter ungewöhnlich war. Trotzdem versetzte es Isabell einen Stich. Als würde eines Tages einfach nicht mehr genug Körper übrig sein, falls sie ihren nächsten Besuch zu lange hinauszögerte. Ächzend ließ Oma Pauline sich wieder in den Sessel fallen. Isabell setzte sich ihr gegenüber. Der Tisch war liebevoll gedeckt, und es gab zwei Stück Bienenstich und zwei Obststücke. Oma Pauline liebte Kuchen, und sie wusste, dass ihre Enkelin diese Leidenschaft mit ihr teilte.

»Hast du schon lange auf mich gewartet?«

»Nein, der Kuchen ist gerade erst gebracht worden.«

Isabell bemerkte, dass ihre Oma einen müden Eindruck machte. Sie ließ ihren Mittagsschlaf für die Enkelin ausfallen. Für einen Moment schauten die beiden sich nur an. Ihrem Alter entsprechend hatte Pauline weiße Haare und ein Gesicht, in dem man ihre frühere Schönheit nur noch erahnen konnte. Jetzt war ihre Haut fleckig und ihr Hals faltig. Im Gegensatz zu Isabell, die lange dunkelbraune Haare hatte, war ihre Oma dunkelblond gewesen. Und während Isabell saphirblaue Augen hatte, hatte Pauline grüne. Ihre Verwandtschaft trat eher in den Gesichtszügen zu Tage.

Wie so häufig quittierte ihre Großmutter ihre etwas wilde Mischung aus violettem Rock, langem, grasgrünem T-Shirt und einem gemusterten selbstgestrickten Pullover mit einem amüsierten Blick. Sie hatte schon längst aufgegeben, ihrer Enkelin etwas dezentere Mode aufschwatzen zu wollen.

Isabell atmete einmal tief durch. »Herzliches Beileid! Ich weiß, ihr habt euch lange nicht mehr gesehen, aber immerhin war Onkel Oskar der Letzte deiner Geschwister, der noch lebte, oder?«

Die alte Dame sah sie mit einem gemischten Ausdruck an. Die Trauer schien nicht allzu groß, und doch war da eine Wehmut, die tiefer zu gehen schien.

Nach Kaffee und Kuchen und dem Austauschen über jüngste Ereignisse begannen sie, die verschiedenen Unterlagen zu sichten, die in dem Paket aus Amerika gewesen waren. Oma Pauline fühlte sich selbst damit völlig überfordert. Zuerst las Isabell den Brief, der in Englisch gehalten war und aus dem nur wenig mehr hervorging, als dass Paulines Bruder Oskar Anfang April mit stolzen fünfundneunzig Jahren an einem Herzinfarkt gestorben war. Henry, ein Enkel von Oskar, hatte es übernommen, den Nachlass seines Großvaters zu regeln. Die formalen Angelegenheiten sollten über einen deutschen Notar laufen, dessen Kontaktdaten er in dem Brief angab. Ein Paket mit persönlichen Hinterlassenschaften, die Oskar seiner Schwester Pauline zukommen lassen wollte, sei ebenfalls zu diesem Notar unterwegs.

Anbei lagen ein Grundbuchauszug, Abrechnungen der jährlichen Grundsteuer sowie eine kompliziert wirkende Aufstellung über Mieteinnahmen. Der englische Brief war wenig aussagekräftig, was die private Seite anging. Nur ein Foto von Oskar hatte dabei gelegen und eine Todesanzeige aus irgendeiner amerikanischen Zeitung.

»Wie viel älter war Oskar?«

»Knapp sieben Jahre, wenn ich mich richtig erinnere«, entgegnete Pauline nachdenklich.

»Und er hatte eine Pferdezucht in Montana?« Isabell schaute auf die Rückseite des Fotos, »April 2010« stand dort. Das Bild zeigte einen alten Mann mit Cowboyhut, der neben einem Pferd stand. Das Gesicht war zu alt, als dass man hätte sagen können, ob Oskar seiner Schwester Pauline früher ähnlich gesehen hatte.

»Soweit ich weiß. Allerdings hatten wir kaum Kontakt in den letzten Jahren. Im Grunde genommen hatten wir nie viel Kontakt miteinander, seit er nach Amerika ausgewandert ist. Das letzte Mal, dass ich ihn persönlich gesehen habe, ist über dreißig Jahre her.«

»Kenne ich ihn? Ich meine, bin ich ihm jemals persönlich begegnet, als kleines Kind?«

»Höchstens kurz, auf den Beerdigungen deiner Großtanten.« Pauline stand umständlich auf und ging langsam zu einem wuchtigen Wohnzimmerschrank, eines der wenigen Überbleibsel aus ihrer eigenen Wohnung, die sie vor sechs Jahren aufgelöst hatten. Aus einem Fach holte sie zwei Fotoalben heraus und setzte sich zu Isabell aufs Sofa. Doch als sie jetzt durch die Fotoalben blätterte, seufzte sie unzufrieden und klappte ein Album laut zu. »Bella, Kind. Kannst du mir bitte die Schachteln bringen« Sie wies in Richtung Schrank.

Isabell stand auf und öffnete die gleiche Schranktür.

»Diese hier?«

»Nein, die von ganz unten.«

Isabell zog eine abgegriffene, vergilbte Pappschachtel unter einem Stapel Brettspiele hervor. Sie reichte sie ihrer Großmutter, die sich jetzt zurücklehnte und die Schachtel öffnete. Pauline schnaufte laut, als würde sie Anlauf für eine Strapaze nehmen. Neugierig rutschte Isabell näher an ihre Großmutter, die einen Stapel alter Fotos herausnahm.

»Der hier, schau, das ist Oskar.« Ein vielleicht neunjähriger Junge saß am Ende einer geschwungenen Treppe auf einem Steinsockel, vor ihm thronte ein steinerner Löwe.

Isabell nahm ihr das Foto ab. »Ein trauriger kleiner Junge«, sagte sie mit Blick auf das Bild. Da reichte ihr Pauline schon das nächste Foto.

»Das ist Josefine, die mittlere Schwester. Und hier, hier sind meine drei Brüder. Das ist Magnus, der Älteste. Das ist Gustav, und der Kleine hier ist wieder Oskar. Das muss etwas früher gewesen sein.« Sie drehte das Foto um.

Auf der Rückseite stand: »Mai 1926«.

Isabell schaute sich das Foto näher an. Gustav und Oskar saßen oben auf einem Holzzaun, während Magnus gegen einen der Pfähle lehnte. »Drei Brüder, Josefine und du. Ihr wart aber doch zu sechst, oder?«

»Ja, es gab noch eine Schwester. Clementine. Sie war die Älteste von allen.« Pauline wühlte in der Schachtel und zog schließlich ein Foto hervor. Eine hübsche, schwarzhaarige junge Frau schaute ernst in die Kamera. Isabell glaubte etwas Ähnlichkeit mit ihrer Großmutter erkennen zu können. Sie legte das Foto beiseite und atmete tief durch. Dann nahm sie noch einmal das Foto des alten Mannes in die Hand.

»Und was vererbt er dir nun, dein Bruder Oskar?«

»Ich weiß es nicht so genau. Es gab irgendwelchen Immobilienbesitz in Deutschland, aus dessen Vermietung ich seit Oskars letztem Deutschlandbesuch eine Apanage beziehe. Ich denke, es handelt sich wahrscheinlich um das Haus von Tante Adele und Tante Dorothea hier in der Nähe von Königswinter, in dem sie bis zu ihrem Tod gewohnt haben.«

»Das mit dem Weiher?«

»Genau, das mit dem Weiher und der Obstbaumwiese.« Diese Erinnerungen gehörten zu den schönsten ihrer Kindheit. Als kleines Kind war Isabell zusammen mit ihrer Mutter Caroline und Oma Pauline regelmäßig dort gewesen. Ihre frühesten Erinnerungen an ihre Urgroßtanten waren untrennbar mit frischem Apfelkuchen, Plantschen im Weiher und dem Duft nach reifem Obst verbunden.

»Ich wusste gar nicht, dass es ihnen gehörte.« Isabell griff wieder nach den mitgeschickten Papieren. Der Grundbuchauszug war eine schlechte Kopie, und es war nicht viel darauf zu erkennen. Auf dem Auszug der Grundsteuer wurde sie fündig. Ein zweifelnder Laut kam ihr über die Lippen. »Das scheint mir allerdings eine Kölner Adresse zu sein.«

Oma Pauline schaute erstaunt auf. »Es ist nicht das Haus in Königswinter?«

Isabell griff nach ihrer Tasche und holte ihr Smartphone heraus. Sie rief eine App auf, und gab die in den Papieren angegebene Adresse ein. Erstaunt beobachtete sie, wo das Programm sie hinführte. »Das scheint eine Immobilie direkt am Rhein zu sein. In Köln!«

»In Köln? Direkt am Rhein sagst du?«

Isabell zoomte aus der kleinen Karte heraus. »Im Stadtteil Rheinkassel. Köln-Rheinkassel. Sagt dir das was?«

Oma Pauline senkte den Kopf und starrte in die Schachtel mit den Fotos. Zögerlich bewegte sie ihre Hand zwischen den alten Aufnahmen. Isabells Neugierde war geweckt. Schließlich schien Oma Pauline gefunden zu haben, wonach sie suchte. Sie zog eine Fotografie hervor und starrte nun ebenso intensiv auf das Bild, wie sie vorher in die Vergangenheit geschaut hatte. Isabell beugte sich vor, um zu sehen, was auf dem vergilbten Schwarzweißfoto zu sehen war.

Die Rückseite einer alten Jugendstilvilla war darauf zu erkennen. Ein idyllischer Wintergarten war rückwärtig an das höher liegende Erdgeschoss der Villa angebaut, und die Tür, die über eine kurze Treppe in den Garten führte, stand offen. Das Gebäude sah hochherrschaftlich aus. Nichts, was Isabell mit ihrer Familie in Verbindung bringen konnte.

»Was ist das für ein Haus?«

»In dem Haus wurde ich geboren«, entgegnete Pauline, als würde das alles erklären.

Erstaunt schüttelte Isabell den Kopf. »Das gibt es noch?« Wieder warf sie einen Blick auf das kleine Display auf ihrem Smartphone. Mit einigen Handgriffen stellte sie die Satellitenfunktion bei der App ein. Auf der Aufnahme war allerdings nicht viel zu erkennen. Es schien nicht so, als würde unter der angegebenen Adresse eine große Villa stehen.

Oma Pauline versank im Anblick des Fotos. Isabell wollte sie nicht stören, und prüfte noch einmal die Adresse. Sie war korrekt. Leise sagte sie: »Dann existiert also diese Villa noch, und du sollst sie erben?«

Ganz langsam schaute Oma Pauline hoch. Endlich fand ihr Blick zurück in die Gegenwart. »Ich dachte immer, … Nein, eigentlich dachte ich gar nicht daran. Ich habe mir keine Gedanken darüber gemacht, was mit dem Haus passiert ist. Ich habe nie darüber nachgedacht.«

»Kann es sein, dass du aus der Vermietung dieses Hauses deine Apanage bekommst?«

Pauline schüttelte den Kopf. »Die kleine Kate von meinen Tanten hätte nie und nimmer so viel Geld abgeworfen. Aber da ich kurz nach deren Tod zum ersten Mal die Apanage bezogen habe, hatte ich gedacht, er habe sie verkauft und den Erlös gewinnbringend in Immobilien-Aktien angelegt. Oskar hatte sich bedeckt gehalten. Er wollte nicht mit mir darüber reden. Der weitere Kontakt lief über den Notar.«

»Du hast den Notar nie gefragt, woher das Geld kommt?«

»Theodor hat sich um alles Finanzielle gekümmert. Und als er dann plötzlich gestorben ist, war ich ein bisschen überfordert. Schau, ich war damals auch schon weit über siebzig und einfach froh, dass der Geldsegen nicht versiegte. Ich habe nicht weiter nachgeforscht. Ohne dieses Geld könnte ich mir heute dieses Seniorenheim gar nicht leisten.« Ungläubig schüttelte sie den Kopf. »Das kann eigentlich gar nicht sein. Wir haben doch im Krieg alles verloren!«

Isabell nickte. »Weißt du was, ich kläre das mal direkt.« Sie nahm den Brief zur Hand, suchte nach der Adresse des Notars. In Windeseile hatte sie die Nummer eingetippt.

Unterdessen trat sie auf den kleinen Balkon und genoss für einen Moment die warme Sonne. Das Gespräch dauerte nicht lange. Das Sekretariat des Notars war anscheinend darauf vorbereitet, dass ein Anruf von Oskars deutschen Angehörigen kommen würde. Isabell wurde durchgestellt, und ein Mann mit einer sonoren Stimme erklärte ihr, worum es ging.

Zehn Minuten später trat Isabell zurück ins Zimmer, wo ihre Oma noch immer das Foto betrachtete. »Es ist diese Villa. Dein Geburtshaus.«

Plötzlich, als habe sie endlich begriffen, worum es ging, leuchteten die Augen der alten Dame auf. »Dann steht die Villa wirklich noch? Unfassbar. Ich dachte immer, das Haus wäre komplett zerbombt worden.«

»Ich bin mir nicht sicher. Er sagte etwas von Gebäuden, aber auch von einer Ruine. Ich hab es nicht so genau verstanden.«

»Gebäuden? Dann steht vielleicht sogar noch die alte Brauerei?« Ein leises Lächeln stahl sich auf ihr Gesicht.

»Dass es die Villa noch gibt! Ich würde sie wirklich gerne noch einmal sehen. Meinst du, das lässt sich machen?«

Isabell lächelte. Das Glänzen in den Augen ihrer Großmutter war ihr nicht entgangen. Und als die alte Dame aufgeregt wie ein kleines Kind auf das Foto der Villa blickte, wusste sie, sie konnte ihr den Wunsch nicht abschlagen. Es war eine gute Gelegenheit, die Versäumnisse der letzten Monate wiedergutzumachen. Sie legte ihre Hand auf Oma Paulines Hand. »Natürlich, der Notar hat es mir ja selbst angeboten. Ich soll ihm Bescheid sagen, wenn wir kommen. Dann macht er einen Termin mit uns. Ich kann ihn jetzt sofort anrufen. Dann frag ich ihn direkt nach einer preiswerten Pension.«

Eine Stunde später hatte Isabell alles arrangiert. Morgen früh würden sie einen Mietwagen abholen, und am frühen Nachmittag hatten sie schon einen Termin beim Notar.

In der Zwischenzeit hatte Oma Pauline sich ausgiebig mit den alten Bildern beschäftigt. Auf dem Tisch hatte sie gut dreißig Fotografien ausgelegt. Isabell setzte sich zu ihr und ließ sich alles erklären.

Da waren zum einen Tante Adele und Tante Dorothea, die Schwestern von Paulines Mutter Sofia, die hier in der Nähe von Königswinter in einem wunderschönen alten Häuschen gelebt hatten. Im Winter war es kalt und zugig gewesen, und die Wärme der alten Kachelöfen schien mit dem steten Luftzug, der durchs Haus ging, zu verfliegen. Doch im Sommer war es das Paradies auf Erden. Es gab ein halbes Dutzend Fotografien von den Großtanten und dem Haus. Beinahe schien es, als habe ihr gesamtes Leben draußen im Garten stattgefunden.

»Was wohl aus der alten Bauernkate geworden ist, das würde mich wirklich sehr interessieren.«

»Ehrlich gesagt weiß ich das auch nicht. Wenn ich mich recht erinnere, war die Beerdigung von Tante Adele die letzte Gelegenheit, bei der ich Oskar gesehen habe. Danach scheint er nie wieder nach Deutschland gekommen zu sein.« Sie lehnte sich zurück und dachte angestrengt nach.

»Ich weiß noch, wie überrascht ich damals gewesen bin, dass Oskar sowohl zur Beerdigung von Tante Dorothea als auch zwei Jahre später zur Beerdigung von Tante Adele den weiten Weg aus Amerika auf sich genommen hat. Es hat mir schon einen Stich versetzt, dass er ihnen so viel mehr Bedeutung zugemessen hat als mir. Er hatte sich nicht einmal bei mir gemeldet. Ich war ganz überrascht, als ich ihm auf dem Friedhof begegnete.«

»Hattet ihr Streit?«

»Nein, aber wenn ich es recht bedenke, habe ich nie besonders engen Kontakt zu meinen Geschwistern gehabt.«

Isabell wurde angezogen von einem Foto, auf dem ein stattlicher Mann mit dicken kräftigen schwarzen Haaren, einem dicken Schnauzbart und glühenden Augen hinter einer zierlichen Frau stand. Ihre ebenfalls dunklen Haare waren kunstvoll hochgesteckt, und sie hielt ein kleines Blumenbouquet in der Hand. Die Ähnlichkeit zwischen dieser Frau und ihr selbst war so augenscheinlich, dass Isabell völlig überrumpelt war. Ihr Herz machte einen doppelten Schlag. So fing es oft an.

»Wer ist das?« Unerwartet kroch ein Kribbeln den Rücken hinauf. Nein, bitte nicht jetzt. Woher kam das nur?

»Meine Eltern. Das ist das Hochzeitsfoto meiner Eltern. Sofia und August Korte.« Oma Pauline nahm ihr das Foto aus der Hand und studierte es. Ihre Finger strichen ganz leicht an dem Rand der Fotografie entlang, als wollte sie die beiden streicheln. »Meinen Vater habe ich ja nie kennengelernt. Er ist wenige Tage vor meiner Geburt gestorben.« Sie ließ das Foto sinken, und ihr Blick fiel auf das Foto daneben. »Unsere Villa … Die Jungs haben immer so getan, als würden sie die Löwen reiten. Oskar hat mir erzählt, dass es Vater sehr geärgert hat. Mehr als einmal musste er die Nacht im Kohlenkeller verbringen.«

»Im Kohlenkeller? Wie alt war er denn da?«, fragte Isabell pikiert. Solange sie sich mit etwas anderem beschäftigte, wurde es nicht so schlimm. Aber sie spürte, wie sich ein feiner Schweißfilm über die Stirn legte.

Pauline schüttelte den Kopf und lachte leise. »Weiß ich nicht. Damals war ja alles anders. Die Kindererziehung ist ja mit heute nicht zu vergleichen. Und mein Vater muss wohl sehr streng gewesen sein. Streng, aber auch mutig und abenteuerlustig.«

KÖLN-RHEINKASSEL – 15. FEBRUAR 1924

Verkrampft saß Sofia in der Mietdroschke und presste ihre Geldbörse an die Brust. Es gab nur selten Gelegenheit, mit einem Wagen zu fahren, und eine Droschke konnten sie sich erst recht nicht leisten. Vom Martinsviertel bis hierher in den hohen Norden von Köln war die weiteste Strecke, die sie jemals in einem Automobil gefahren war. Selbst nach Königwinter, ihrem Geburtsort, war sie immer mit den Dampfschiffen gefahren.

Doch heute war kein normaler Tag. August hatte sich einen kleinen Lastwagen geliehen, auf den all ihre Möbel und anderen Habseligkeiten geladen wurden. In der Mietdroschke fuhr Sofia mit ihren Kindern dem Laster hinterher, der in diesem Moment auf das Gelände ihres neuen Zuhauses rollte. August hatte ihr bereits in schillernden Farben von dem Anwesen erzählt, aber bis zum heutigen Tag konnte Sofia es nicht wirklich glauben: Bei einem Kartenspiel am Silvesterabend hatte August dieses große, herrschaftliche Haus samt dem weitläufigen Gelände gewonnen.

Die Mietdroschke blieb vor dem großen gemauerten Rundbogen stehen, und der Fahrer schaute fragend zu ihr hinüber. »Hier ziehen Sie ein?«

Er verbarg seinen ungläubigen Blick nicht, und Sofia konnte es ihm kaum verdenken. Ihre Kleidung war sauber, ließ allerdings nicht den Schluss zu, dass es sich bei ihr um die neue Hausherrin handeln könnte.

Clemens von Hohenbuche, ein ehemaliger Unternehmer, der in der Inflation spekuliert und verloren hatte, war zu einem Säufer und Spieler verkommen. August hatte erzählt, dass er schon diverse Male mit ihm und anderen Männern Karten gespielt hatte. Mal hatte er gewonnen, mal hatte er verloren. Nachdem von Hohenbuche schon seine Schuhfabrik im Herzen von Köln aus Liquiditätsgründen hatte aufgeben müssen, war ihm anscheinend nur noch dieses Anwesen geblieben. Seine junge Frau war vor einigen Jahren hier im Kindbett, gemeinsam mit dem neugeborenen Sohn, gestorben.

Sofia konnte nicht begreifen, dass er die Villa dennoch als Wetteinsatz eingebracht hatte. Sie atmete tief durch. Ohne dem Fahrer eine Antwort auf seine Frage zu geben, reichte sie ihm das abgezählte Geld. Sie konnte nur beten, dass Augusts Plan schnell aufgehen würde. Er hatte die Familie zwar sowohl durch die Kriegsjahre als auch durch die Große Inflation und die Währungskrise der letzten Jahre gebracht, ohne dass sie allzu oft hungern oder frieren mussten. Aber seit er im Krieg seine Arbeit in der Brauerei verloren hatte, lebten sie von der Hand in den Mund. Daran hatte auch ihre Anstellung in einer Sprengstofffabrik nichts geändert, denn Frauen verdienten selbst bei dieser harten Arbeit furchtbar wenig. Clementine und Magnus hatten zu Hause Zigarettentabak mit getrockneten Waldmeisterblättern vermischt und neu gerollt, die August dann auf dem Schwarzmarkt verkaufte. Die Reichen hatten auch während des Krieges genug Geld, um ihr Leben wie gewohnt fortzusetzen. Und August zog seinen Vorteil daraus.

Eigentlich durfte Sofia sich nicht beschweren, denn er hatte immer dafür gesorgt, dass es ihnen nicht am Notwendigsten mangelte. In diesen unsicheren Zeiten, die geprägt waren von Anarchie und Chaos, war sie froh, einen Mann wie ihn an ihrer Seite zu haben. Was ihr viel mehr Sorgen machte, war die Tatsache, dass August betrog und sein Glück auf dem Unglück anderer aufbaute. August Korte hatte lange in der Brauerei gearbeitet, und schon im Krieg hatte er Schwarzmarktgeschäfte mit Bier und anderem Alkohol gemacht. Unter der Hand gab es immer etwas zu kaufen und zu verkaufen, wenn man die richtigen Leute kannte. Anscheinend kannte August immer gerade die richtigen Leute. Das war im Krieg schon so gewesen. Und in den Revolutionsmonaten nach Kriegsende, in denen man nicht wusste, ob das Kaiserreich den geflohenen Kaiser zurückholen oder vielleicht doch der Kommunismus im Land Einzug halten würde, war es genauso gewesen. Sie hatten sogar gelegentlich Fleisch auf dem Tisch, und keines ihrer Kinder musste jemals ohne Mantel oder mit zu kleinen Schuhen auf die Straße.

Sofia stieg aus dem Wagen, und die Kinder folgten ihr stumm. Sie selbst hatte vorne beim Fahrer gesessen. Mit staunenden Augen hatte Clementine, die Älteste, hinten neben Magnus gesessen. Josefine, Gustav und Oskar hatten ihnen gegenüber gehockt. Sofia warf noch einen prüfenden Blick ins Wageninnere, dass sie auch nichts vergessen hatten. Dann stellte sie sich hinter ihre Kinder, die allesamt schwere Taschen und dicke Bündel trugen. Zusammen schauten sie gebannt auf das Anwesen, das nun ihnen gehören sollte. Die Ungläubigkeit stand den Fünfen ins Gesicht geschrieben. Sofia fragte sich, ob August sich diesmal nicht doch übernommen hatte. Doch gestern Abend hatte er alle ihre Bedenken weggewischt und eifrig Pläne geschmiedet. Er hatte nicht nur diese Villa gewonnen. Schon vor drei Jahren hatte er zusammen mit einem Kameraden im Bergischen eine illegale Destilliere aufgemacht, in der sie Schnaps aus Kartoffeln oder Rüben oder überreifem Obst brannten. Auf dem abgelegenen Bauernhof hinter Siegburg, außerhalb der besetzten Zone, war nicht zu befürchten, dass man den heimlichen Verschlag finden würde.

Todesmutig fuhr er in der Dunkelheit der Nacht mit einem alten Kahn, einem Aalschocker, den er einem Kriegsversehrten billig abgekauft hatte, von Sürth aus auf die andere Flussseite und versteckte das Boot in den wilden Böschungen der Rheininsel De Groov, denn die britischen Besatzer kontrollierten Brücken und Fähren besonders streng. Von Porz aus war er schnell aus der Stadt heraus, im Niemandsland, wo es kaum noch britische Patrouillen gab. Auf dem gleichen Weg schaffte August den Branntwein in die Stadt und verhökerte ihn hier für gutes Geld. Die alliierten Soldaten stillten ihr Heimweh gerne mit Alkohol. Oft genug verkaufte August direkt an die britischen Truppen selbst, die Köln seit Kriegsende besetzt hielten. Augusts neuester Plan war allerdings so gewagt, wie er tollkühn war. Sofia wollte lieber nicht daran denken.

Der dunkle Rauchwolken spuckende Lastwagen war vor dem Gebäude zum Stillstand gekommen. Er hinterließ tiefe Spuren im Schnee. August sprang herunter. »Nun kommt schon! Lasst euch doch nicht bitten. Das ist unser neues Heim!«

Der Fahrer ihres Automobils warf Sofia einen letzten ungläubigen Blick zu, dann fuhr der Wagen an. Die Kinder standen wie angewurzelt da. Sofia lief um sie herum und durchschritt das Tor. Der frische Schnee unter ihren Füßen knirschte leise, und endlich konnte sie das Gebäude in seiner vollen Pracht bestaunen.

»Kommt doch endlich«, winkte August sie ungeduldig heran. Er stand bereits am Fuße einer Steintreppe, die mit wenigen Stufen zum Hauseingang hochführte. Auf den unteren Sockeln des grauen Geländers thronten links und rechts graue aufrecht sitzende Löwen, die auf ihren Häuptern eine Krone aus Schnee trugen.

Wieso ausgerechnet dieser Anblick Sofia ein hysterisches Lachen entlockte, wusste sie nicht. Es war einfach nicht zu glauben, dass diese Löwen ab heute ihnen gehören sollten. Erst der Krieg, dann die Monate des Chaos und der Revolution, eine neue Ordnung und schließlich die Hyperinflation mit der darauf folgenden Währungsumstellung hatten jedes Sicherheitsgefühl getötet. In dieser Welt war nichts mehr sicher. Nichts konnte als selbstverständlich genommen werden. Anarchisten und Separatisten hatten in der ganzen Republik gekämpft und verloren. Der Adel war abgesetzt, der Kaiser geflohen wie ein feiger Hund. Innerhalb der letzten zehn Jahren hatte sich so viel verändert. Wie sollte es in dieser kopfstehenden Welt nicht möglich sein, dass sie plötzlich reich waren? Streng genommen waren sie natürlich gar nicht reich. Gestern noch hatte sie versucht, August gut zuzureden. Dass sie das Haus und das Grundstück verkaufen und sich dafür eine Wohnung in der Stadt nehmen könnten. Sie mussten ja nicht im verkommenen Martinsviertel mit all seinen Spelunken und den Schieberbanden wohnen bleiben. Sie konnten sich ein schönes Viertel aussuchen, eins mit guten Schulen und einem kleinen Garten, um Gemüse anzubauen.

August hatte sie nur ausgelacht. »Du denkst immer viel zu klein«, hatte er sie gescholten. Dann hatte er sie in den Arm genommen und herumgewirbelt. Seine Zukunftspläne waren genauso unwirklich wie die Villa, die vor ihrem Antlitz hochragte.

Andererseits gab das Leben August recht. Bis vor kurzem hatte er sich die Taschen mit Geld gefüllt, indem er den Arbeitern von der Farbenfabrik in Leverkusen Alkohol verkaufte, wenn sie an der Anlegestelle in Niehl auf die Flittarder Fähre warteten, um auf die rechte Rheinseite gebracht zu werden. Vor kurzem war der Fährbetrieb eingestellt worden, aber August wäre nicht August, wenn er sich nicht schon längst einen neuen Plan im Hinterkopf hätte.

Sofia setzt sich wieder in Bewegung. Ihr Ehemann wartete ungeduldig an der ersten Stufe und legte ihr den Arm um die Schulter. Er hielt einen Schlüssel aus Metall in den Händen, den er bedeutungsvoll von sich streckte. »Und das ist erst der Anfang«, versprach er. »Wir werden sicherlich nicht sofort von goldenen Tellern essen, doch ich sage dir, in wenigen Jahren sind wir reich. Du wirst schon sehen.« Kleine Atemwolken bildeten sich vor seinem Mund in der Kälte.

Oskar, der mit seinen gerade mal fünf Jahren der Jüngste war, marschierte begeistert durch den Schnee. Das weiße Pulver stob vor seinen Füßen in die Luft. Die anderen Kinder folgten zögerlich. August wartete, bis sie herangekommen waren, doch plötzlich erstarb sein Lächeln. Sofia drehte sich um, und sah, wie ein elegant gekleideter Herr sich ihnen näherte. Das konnte nur Clemens von Hohenbuche sein, schoss ihr durch den Kopf. Seine Augen sprachen von Bitterkeit, von Verlust, aber auch von Feindseligkeit.

August trat schützend einen Schritt vor seine Familie.

»Werter Graf von Hohenbuche, wollen Sie uns zum Einzug Glück wünschen, oder wollen Sie sich noch von Ihrem Anwesen verabschieden?« In seiner Stimme schwang eine kaum versteckte Drohung mit.

Der adelige Mann schaute stumm an der Fassade hoch. Dann glitt sein Blick weiter, über August, über Sofia und über jedes einzelne Kind, als wolle er sich diesen Moment und seine Teilnehmer einprägen. »Dieses Heim hat mir nichts als Unglück gebracht. Ich kann froh sein, dass ich es los bin.« Aus seinen Worten tropfte die Galle. »Und Ihnen, Ihnen wird diese Villa auch kein Glück bringen.«

Sofia trat erschrocken vor und legte ihre Arme um Oskar und Josefine, ihre beiden Jüngsten.

Breitschultrig stellte August sich ihm in den Weg. »Was soll das jetzt? Glauben Sie, ich verzichte auf den Gewinn, wenn Sie mir Angst machen?«

Von Hohenbuche gab ein bitteres Lachen von sich. »Sicher nicht. Ich sag Ihnen was. Ich bin froh, dass ich es los bin. Sie haben es ehrlich gewonnen.

Nur ist nichts Ehrenhaftes dabei, um Hab und Gut zu spielen. Und nichts Gutes kann daraus entstehen. Das Haus wird Ihr Unglück sein. So wie es meines war.« Er warf August einen hochmütigen Blick zu, drehte sich um und ging. Doch noch einmal blieb er stehen und drehte sich zu ihnen. Mit seinem intensiven Blick rang er Sofia ein stummes Versprechen ab. »Passen Sie gut auf Ihre Kinder auf.« Die Worte klangen wie eine düstere Prophezeiung.

Es lief ihr kalt den Rücken herunter. Alle blieben stumm.

Erst als das Knirschen seiner Schritte im Schnee verklungen waren, rührte August sich wieder. »Was für ein Narr. Ein Säufer und ein Spieler. Immerhin muss sich niemand mehr um die Enteignung des Herrn Grafen kümmern. Das hat er schon selbst erledigt. Kommt, wir lassen uns den Neuanfang von ihm nicht vermiesen.«

Schon war August wieder bei der breiten Steintreppe und stieg allen voran die Stufen hoch. Ganz langsam, als wolle er sich diesen Augenblick in seine Erinnerung einbrennen, schloss er auf. Er zog zwei Hebel auf der Innenseite hoch und stieß feierlich die Doppelflügeltür auf. Auf der Türschwelle blieb er stehen und sah hinein. Als er sich wieder umdrehte, lag bereits wieder ein strahlendes Lächeln auf seinem Gesicht. »Merkt euch diesen Tag, Kinder. Wenn ihr in vielen Jahren euren Kindern und Enkeln die Geschichte unsere Familie erzählt, dann wird das hier der Anfang sein.«

Sofia schluckte beklommen. Sie nahm zwei Bündel auf, die die Kinder in den Schnee hatten fallen lassen und stieg die Steinstufen hoch. Oben ließ sie die Bündel fassungslos zu Boden gleiten. Die Eingangshalle war breiter als das größte ihrer Zimmer in ihrer alten Wohnung. Links und rechts davon gingen jeweils zwei Türen ab. Eine ausladende, wunderschöne Holztreppe wand sich mittig in der Halle in einer einzigen eleganten Kurve zum nächsten Stockwerk hoch. Der Fußboden war mit einem aufwendigen Fliesenmosaik ausgestattet. Staunend trat Sofia ein, drehte sich einmal um die eigene Achse und schlug sich die Hände vor den Mund. Ein albernes

Kleinmädchenkichern platzte aus ihr heraus. Sie lief durch die gesamte Halle, und ihre Hand glitt über eine seidene Stofftapete mit Lilienmuster in Zartrosa, Grasgrün und Bronze, bevor sie in den kurzen Durchgang trat, der zu einem Raum mit bunten Lichtern führte.

»August, das musst du dir ansehen. Komm her.«

Auch die Kinder kamen zögerlich nach. Oskar lief zu seiner Mutter, versteckte sich halb hinter ihrem Rücken und schaute in den Raum, in den das Licht einfiel, wie in einer Kirche, wenn die Sonne durch die bunten Fenster scheint.

Eingeschüchtert blickte Oskar zu seiner Mutter hoch. Sofia nahm seine Hand. Gemeinsam stiegen sie die zwei Stufen hinunter in einen Wintergarten. Zwischen einzelnen Mauersäulen waren rundherum bleiverglaste, bunte Jugendstilfenster eingelassen. Genau gegenüber dem Durchgang gab es eine massive Holztür zum Garten. In dem Raum war es wärmer, da die Sonne schon seit Stunden an einem klaren blauen Winterhimmel stand.

August trat zu ihr und legte ihr eine Hand auf die Schulter. »Hab ich dir zu viel versprochen?« Das Licht, das durch das Glasmosaik fiel, warf ein wirres Muster auf sein Gesicht.

Sofia schüttelte ungläubig den Kopf und drehte sich einmal um die eigene Achse. »Wo sollen wir nur so viele Möbel herbekommen?«

August klatschte in die Hände. »Magnus, Gustav. Und auch du Clementine. Ihr kommt mit raus und helft beim Abladen.« Seine Schritte klangen durch die große Halle.

Clementine war mit fünfzehn Jahren die Älteste der Kinder, und Magnus und Gustav folgten ihr in einem beinahe exakten Zweijahresrhythmus. Josefine war mit ihren acht Jahren beinahe so groß wie Gustav, mager und hochaufgeschossen wie ein Spargel.

»Fine, du hilfst mir.« Sofia schaute sich in den anderen Zimmern um. In dem großen Salon, der links vom Eingang lag, gab es einen riesigen Kaminofen. Josefine folgt ihr stumm staunend. »Schau, ob du irgendwo

Papier findest oder Kleinholz. Dein Vater hat etwas von einem Kohlenkeller gesagt. Sie dort mal nach.«

Josefine schaute ihre Mutter mit großen Augen an. »Ich gehe nicht alleine in den Keller.«

Sofia nahm lächelnd ihre Hand. »Natürlich. Komm, wir gehen zusammen.« Es fühlte sich tollkühn an, dieses riesige, vornehme Haus in Besitz zu nehmen.

Oben an der Kellertreppe betätigte Sofia einen Drehschalter und stieg im schwachen Licht einer Glühbirne vorsichtig hinab. Die Decke unten war niedrig, und mehrere kleine Verschläge waren durch einfache Holzwände und Türen abgetrennt. In der hinteren Ecke gab es eine große Waschküche mit einem gemauerten Waschofen, in dem unter dem Laugenbottich ein Feuer angeheizt werden konnte. Ein breites steinernes Waschbecken mit Wasserhahn würde ihr das Waschen sehr erleichtern, stellte Sofia erfreut fest. Unterhalb des Salons ging man über einen kleinen Absatz in den Vorratskühlkeller. Sofia sah sich kurz um und fand sofort, was sie suchte. Der Kohlenkeller war noch gut bestückt. Sie nahm sich eine der vier Blechkippen und fuhr damit in die Kohlen.

»Mama, hier ist noch Anmachholz und ganz viel alte Zeitung.« Josefine hatte sich alleine in den benachbarten Verschlag getraut.

»Nimm so viel, wie du tragen kannst«, wies Sofia ihre Tochter an, die schon dabei war, die dünnen Holzscheite auf das alte Papier zu legen. Sofia griff sich zwei Kohlekippen. Ein großes Feuer würde die klirrende Kälte in dem ausgekühlten Haus vertreiben.

Josefine ging vor ihr die Treppe hoch und verschwand im Salon, als Sofia einen Moment in der geräumigen Eingangshalle stehen blieb. Noch einmal ließ sie ihren Blick ungläubig schweifen und blieb beim Anblick eines Kronleuchters an der Decke haften. Ob es die Januarkälte war oder die eisigen Worte des Vorbesitzers – ein Frösteln schoss ihr durch die Knochen.

☙

Clementine war mutig genug gewesen, als Erste die Treppe hochzusteigen. Oben gab es eine ähnliche Einteilung der Zimmer wie unten. Links und rechts vom einem etwas schmaleren Flur lagen jeweils zwei Räume, jeder mit einem eigenen Ofen ausgestattet.

Als sie eine der Zimmertüren öffnete, konnte sie nur noch staunen. Eine glänzende Kupferbadewanne mit Klauenfüßen stand mitten im Raum. Dahinter war ein Gasbadeofen mit einem schlanken Kupferkessel. Ein geschwungener Wasserhahn wölbte sich von dort über die Wanne. Sie schlug die Hände vors Gesicht. Meine Güte, was für ein Luxus! Ein Grinsen breitete sich auf ihrem Gesicht aus. Sie würde hier baden wie eine Prinzessin in einem Palast. Entzückt streichelte sie die zwei goldenen Knäufe, mit denen die Wasserzufuhr geregelt wurde. Fließendes Wasser, ja sogar fließend warmes Wasser.

Natürlich musste man zuvor das Wasser erhitzen, und natürlich war es nicht echtes Gold, sondern Messing, trotzdem – sie konnte es kaum fassen. Nie wieder in der Zinkbadewanne in der Küche frieren, weil die Luft zu kalt und das Wasser zu lau war. Kein verschämtes Umherhuschen mehr, um sich vor den Jungs zu verstecken.

Sie drehte sich um. Ein wunderschönes, mit floralen Applikationen bemaltes weißes Keramikwaschbecken hing vor passenden Fliesen, darüber ein wunderschöner in Facetten geschliffener Spiegel. In einer Ecke war ein kleines Räumchen ausgespart, und als Clementine die Tür öffnete, fand sie dort den Abort.

Sie schüttelte den Kopf. Natürlich gingen so feine Herrschaften wie die, die hier vorher gewohnt hatten, nicht eine halbe Etage tiefer, um dort in einem Kämmerchen neben dem Treppenabsatz ihre Notdurft zu verrichten. So wie sie und ihre Familie es bis gestern getan hatten. Im Kölner Martinsviertel konnte man froh sein, wenn man sich nicht eine Wohnung mit einer anderen Familie teilen musste, sondern nur den

Abtritt. Im Winter war es furchtbar kalt, und im Sommer stank es. Das würde hier anders sein.

Clementine ging über eine schmale Treppe ins nächste Geschoss. Auf dieser Ebene sah es anders aus als in den unteren Geschossen. Der kleine Flur war holzvertäfelt. Alles war sauber, aber schlicht und einfach. Hier gab es keine Stofftapeten an den Wänden, die Zimmer waren nur weiß getüncht. Die Decken waren niedriger und oben an den Außenwänden schräg. Es gab drei Kammern und ein schlichtes Badezimmer mit separater Toilette. Hier mussten die Angestellten gewohnt haben, dachte Clementine.

Sie ging in das mittlere Zimmer. Dort war ein ovales Fenster wie ein großes Bullauge in eine Nische eingelassen. Clementine näherte sich neugierig dem Glas. Unter ihr breitete sich der kleine private Park aus. Rechter Hand lagen Pferdestallungen, dahinter die Koppeln. Das Gelände war mit einer hohen roten Backsteinmauer eingefriedet. Nach hinten fiel es leicht ab und wurde über die ganze Breite vom Rhein begrenzt. Kleine Eisschollen hatten sich die Uferböschung hochgeschoben. Einige Meter entfernt stand eine Trauerweide, deren Äste bis hinunter zum Boden reichten. Sie war komplett eingehüllt in eine dichte Decke aus Schnee und wirkte, als hätte ein Kind sich ein Bettlaken übergezogen, um Gespenst zu spielen.

Auf der Treppe waren zögerliche Schritte zu hören. Clementine ging zurück in den Flur und sah hinunter. Josefine kam schwer bepackt die letzten Treppenstufen hochgestapft, stellte die Kohlenkippe ab und ließ die Zeitung mit dem Holz auf den Holzboden gleiten. Dicht bei Clementine blieb sie stehen.

»Unheimlich, nicht wahr?« Sie nestelte an ihren dunkelbraunen Zöpfen, die sich bald auflösen würden, wie so oft bei ihr. Josefine war eher eine draufgängerische Natur. Dass sie sich trotzdem fürchtete, überraschte Clementine.

Sie grinste ihre kleine Schwester an. »Findest du? Ich suche mir jetzt das schönste Zimmer aus, weil ich die Älteste bin. Endlich haben wir genug Platz, damit ich ein eigenes Zimmer bekomme. Hier oben.«

Erschrocken blickte Josefine sie an. »Aber nein. Nicht hier oben. Ich kann doch nicht mit einem der Jungs in einem Zimmer schlafen. Und alleine will ich nicht. Nicht in diesem Haus.« Sie zog sich ihre dicke Strickjacke enger um den Körper.

»Ich will nicht mehr direkt neben der Schlafstube von Mama und Vater schlafen.« Clementine sagte nichts weiter. Auch die jüngeren Kinder kannten die verräterischen Geräusche, die aus dem alten Wohnzimmer gedrungen waren. Alle Kinder schliefen in einem großen Raum, die Mädchen von den Jungen nur getrennt durch einen wuchtigen Schrank. Und abends, wenn die Kinder im Bett waren, dann machte Mama das Ehebett auf dem großen Sofa in der Wohnküche fertig.

Wie viele Stunden schon hatte Clementine – und sicher auch die anderen Geschwister – mit zusammengekniffenen Beinen und voller Blase im Bett gehorcht, ob das Jammern und Stöhnen aus dem Nebenzimmer endlich verstummt war. Nein, je weiter ihr neues Zimmer von dem der Eltern entfernt wäre, desto besser. Noch besser, wenn sie sich nicht einmal das gleiche Bad teilen mussten. Lieber würde sie hier oben wohnen, wo das Bad bescheiden war. Zudem war es immer besser, möglichst aus der Reichweite von Vater zu bleiben. Er war schnell mit der Hand dabei, wenn ihm etwas missfiel.

Josefine schaute mit großen Augen zu ihr hoch. »Meinst du, das stimmt, was der Mann gesagt hat? Das war fast wie ein Fluch. Als habe er Vater verflucht. Gustav sagt das auch.« Fines Stimme war nur noch ein Flüstern. Als wolle sie nicht, dass die Wände ihre Worte hörten.

»Ach was. Blödsinn. Du liest zu viele Schauergeschichten.« Fine war mit ihren jungen Jahren erstaunlich gut im Lesen und Schreiben. Und Tante Adele gab ihr immer ihre ausgelesenen Heftchen mit. Bücher gehörten nicht zum Inventar der Kortes. Doch als Clementine sah, wie ihre kleine Schwester mit eingezogenem Kopf vor ihr stand, bekam sie doch Mitleid. »Na gut, du darfst mit mir in einem Zimmer schlafen, allerdings hier oben. Ich will nicht unten schlafen. Hörst du?«

»Ist mir egal. Hauptsache, ich muss nicht alleine schlafen.« Beinahe vorwurfsvoll ließ sie ihren Blick über die Holzvertäfelung gleiten. »Ich finde das Haus furchterregend.«

Clementine vermied es, ihre Schwester anzuschauen. Sie wusste, die Kleine wartete darauf, dass sie etwas Beruhigendes sagte. Aber die Wahrheit war – schönes Bad und getrennte Etagen hin oder her: Seit sie das Haus betreten hatte, fühlte sie sich beklommen.

KAPITEL ZWEI

KÖLN-RHEINKASSEL – EIN DONNERSTAG IM MAI 2014

Heute Morgen hatte Isabell den Mietwagen abgeholt, nachdem sie mit Oma Pauline einen Koffer gepackt hatte. Gerade eben hatten sie sich in einer Pension in Rheinkassel einquartiert und waren sofort wieder aufgebrochen. Der Notar in Merkenich hatte ihnen kurzfristig einen Termin eingeräumt. Jetzt wollte Isabell unbedingt mehr über das Erbe erfahren. »Du hast gedacht, das Haus wäre zerbombt worden. Wieso?«, fragte Isabell, als sie sich anschnallte.

»Köln war völlig zerbombt worden. Du musst doch die Bilder kennen. Der zerstörte Dom und rundherum kein Stein mehr auf dem anderen.«

Isabell nickte. Ja, sie kannte die Bilder. Das zerstörte Köln aus dem Jahr 1945. Dem Jahr Null. Wahrhaftig glichen sie den heutigen Bildern aus Syrien oder aus dem Gaza-Streifen.

»Der Krieg hatte uns ja schon Gustav genommen. Er ist in den ersten Kriegsmonaten gefallen – im Herbst 1939. Es war schrecklich. Mutter hat sich von dem Schlag nie ganz erholt.«

»Dann war er Soldat?« Isabell startete den Wagen und fuhr los.

Pauline zögerte mit ihrer Antwort. »Ja ... Ich weiß nicht genau. Ich hab ihn noch in Erinnerung, wie er auf den verfluchten Krieg geschimpft hat. Genau wie Magnus hatte er etwas gegen die Nazis. Magnus, mein ältester Bruder, war 1933 bei Straßenkämpfen der Kommunisten am Eigelstein gegen die Braunhemden mit dabei. Zwei von den Braunhemden sind erschossen worden. Einige Wochen später hat man Magnus ein paar Straßenzüge entfernt tot aufgefunden. Blutüberströmt und brutal zusammengeschlagen.«

»Und dann hat sich Gustav freiwillig gemeldet, obwohl die Nazis seinen Bruder auf dem Gewissen hatten?«

»Nun ... Ich weiß nicht. Damals wurde man nicht lange gefragt, ob man freiwillig gehen will.«

»Und Oskar, wie alt war er damals? Musste er nicht an die Front?«

»Oskar muss damals Anfang zwanzig gewesen sein, dreiundzwanzig, glaube ich. Er war angestellt in einem kriegswichtigen Betrieb. Eine Gummifabrik, die Gasmasken für die Front herstellte. Er war UK – unabkömmlich.«

Das muss man dann wohl Glück nennen, dachte Isabell.

Sie startete den Wagen und fuhr los.

»Dann wurde unser Haus getroffen.« Pauline atmete tief durch. »Nach dem Bombenangriff fehlte oben ein großer Teil des Daches. Wir haben noch einige Wochen weiter in den unteren Geschossen der Villa gewohnt, mehr schlecht als recht. Aber Köln wurde immer weiter bombardiert, und auch die Grenzgebiete waren davon betroffen. Es wurde immer schlimmer, besonders in der Nähe des Doms und entlang des Rheins. Es war ja Verdunklung angeordnet, jedoch den Fluss konnten die Flieger besonders gut sehen. Und am gegenüberliegenden Ufer war die IG Farben angesiedelt. Industrieanlagen waren immer ein beliebtes Ziel der Bomber. Im Spätsommer sind wir dann zu Tante Adele und Tante Dorothea nach Königswinter gezogen.«

»Was passierte mit der Villa?« Isabell fuhr langsam durch die ruhige Straße.

»Im Herbst des gleichen Jahres wurde Oskar doch noch an die Front abkommandiert, und im Jahr darauf verschwand Josefine. Ich blieb in Königswinter bei den Tanten, und als Oskar aus amerikanischer Gefangenschaft zurückkam, im März 1946, fuhr er immer wieder mal nach Köln. Ob er sich da um das Haus gekümmert hat, kann ich dir nicht sagen. Das Haus war so unwichtig. Das Einzige, was damals zählte, war das Leben. Ich dachte immer, er sucht nach Josefine.«

»Was war mit ihr? Sie ist verschwunden, einfach so?« Als sie kurz ihren Blick vom Steuer nahm und zur Seite blickte, sah sie, dass ihre Großmutter ziemlich betroffen wirkte.

Oma Pauline verzog den Mund und rieb die knochigen Hände aneinander. »Meine Tanten wollten nicht mit mir darüber sprechen. Ich kann es dir nicht sagen. Sie war eines Tages einfach weg.«

»Ein Mensch kann noch nicht einfach so weg sein.«

»Es war der größte Krieg, den die Menschheit jemals gesehen hat. Was glaubst du, was damals für Dinge passiert sind, die sich heute niemand mehr vorstellen kann?«

Isabell schüttelte den Kopf. »All deine Geschwister sind ... irgendwie ...«

»Gestorben oder verschwunden. Oder weggegangen.«

»Sie haben dich einfach alleine gelassen.« Isabell wollte ihre Großmutter nicht bedrängen, doch die Neugierde siegte: »Hast du nicht nachgefragt? Ich meine, all diese offenen Fragen und merkwürdigen Begebenheiten. Gustav, wieso er zum Militär gegangen ist? Wieso ist Josefine verschwunden?«

»Was Josefine angeht, nun, irgendwie war es meinen Tanten unangenehm. Wieso, weiß ich nicht. Sie haben nicht gerne darüber gesprochen.« Sie schwieg für einen Moment, als müsste sie die Erinnerungen erst mühselig hervorkramen. »Und was diese Geschichten mit dem Haus und mit Oskar, mit meinen Geschwistern und mit all diesen anderen Dingen, angeht – natürlich hab ich mich das irgendwann gefragt. Aber als es passiert ist ..., ich war erst ... Verstehst du nicht? Ich war fünfzehn, und ... mein ganzes Leben, so wie ich es kannte, war ... zerstört. Meine halbe Familie ... tot. Die andere Hälfte verschwunden. Ich hatte eine solche Angst. Ich kann es dir gar nicht beschreiben. Jahrelang habe ich nicht durchschlafen können.« Pauline schluckte hart. Sie brauchte einen Moment, um sich zu sammeln.

Isabell fragte sich, ob sie die Angst und die Schlaflosigkeit wohl von ihrer Oma geerbt hatte. Diese Lähmung, die in einem hochkroch und sich in die Seele fraß, die kannte sie ebenfalls. Dabei hatte sie keinen Krieg miterlebt. Konnten sich Krieg, Tod und Vertreibung in die Gene einnisten wie blinde Passagiere?

Pauline sprach endlich weiter. »Es war ja nicht so, als wären Tote und Vermisste in diesen Jahren etwas Außergewöhnliches gewesen. Niemand fragte in dieser in Chaos und Schuld versunkenen Welt nach dem Warum. Es zählte nur: Man war selbst noch mal mit dem Leben davongekommen. Später, als die schweren Nachkriegsjahre vorbei waren, das Leben wieder mehr Normalität bekam und ich älter wurde, da lebte schon niemand mehr, der mir noch hätte Antworten geben können. Oskar war schon längst in Amerika, und meine alten Tanten, nun … Du weißt doch, wie …« Sie zuckte entschuldigend mit den Schultern. »Du weißt doch, wie das in Familien ist. Es gibt bestimmte Themen, über die spricht man nicht. All das Unausgesprochene, das quasi vererbt wird. Wie Muttermale.«

Ein Stück weiter vorne sah Isabell auf dem Bürgersteig eine Frau, zwei kleine Kinder neben sich, die einen Kinderwagen schob. Da schoss es ihr durch den Kopf: Nein, ich weiß eigentlich nicht, wie das in Familien ist. Da war immer nur ihre Mutter gewesen, ihre Mutter und Oma Pauline. Und ganz früher die beiden uralten Tanten, die gestorben waren, als Isabell drei beziehungsweise fünf Jahre alt war. Ihr Vater war gegangen, da war sie gerade drei. Das hatte Isabell so enorm verstört, dass sie ein halbes Jahr nicht mehr gesprochen hatte. Ihre Mutter war gerade mal zweiundvierzig Jahre, als sie an Krebs starb. Da war Isabell selbst dreiundzwanzig. Dieser frühe Verlust war schmerzhaft gewesen. Das Leben ihrer Mutter war innerhalb weniger Wochen zwischen ihren Händen zerflossen. Jahrelang war sie danach durch ihr Leben getaumelt, von einer Ecke der Welt in die andere, ohne Halt zu finden. Denn was nutzte ein Halt, wenn er jede Sekunde einfach wegbrechen konnte? Die Fragen, die sie damals umtrieben, waren Fragen nach dem Warum, nach dem Wieso jetzt schon, und Wieso ausgerechnet meine Mutter. Fragen nach ihren Ahnen waren ihr nicht in den Sinn gekommen. Mit Anfang zwanzig kümmert man sich nicht um

Familiengeschichten. Und bis heute hatte sie sich nicht überwinden können, ihren Vater von Angesicht zu Angesicht zu fragen, warum er damals gegangen war. Sie war jetzt sechsunddreißig und hatte sich bisher kaum um die Vergangenheit ihrer Familie gekümmert. Wie konnte sie das dann von ihrer Oma erwarten?

Kurz blitzte ein bitteres Lächeln in ihrem Gesicht auf. Anscheinend weiß ich doch, wie das in Familien ist, dachte sie. In jeder Familie gab es dieses untrügliche Gespür, welche Themen man ansprechen konnte, und welche Themen lieber im Verborgenen blieben. Die Kinder sogen es mit der Muttermilch auf.

Isabell bog ab. Sie waren nun auf der langgezogenen Straße, die beinahe parallel zum Rhein verlief. Durch Lücken in der Häuserreihe war der Fluss zu erahnen. Sie suchte nach einer Hausnummer. Ein Stück die Straße hoch musste es sein. »Erkennst du irgendetwas wieder?«, fragte sie.

Pauline nickte, sagte aber nichts. Die Bebauung hörte auf, und links und rechts lagen nun Felder und Wiesen, und Schwemmwiesen des Rheins. Isabell ließ den Wagen am Straßenrand ausrollen. Sie standen vor einem alten Tor aus roten Backsteinen. Die Villa lag etwas abseits des Dorfes, zwischen Rheinkassel und Kasslerberg. Abseits des Lebens, als wolle man mit ihr nichts zu tun haben. Das massive schmiedeeiserne Tor war mit einer Kette mit Zahlenschloss gesichert. Links und rechts von dem gemauerten Tor lief eine schulterhohe rote Backsteinmauer weiter. An einigen Stellen waren Steine herausgebrochen, an anderen wuchs Grünzeug aus den Ritzen, insgesamt sahen die Mauer und das Tor jedoch intakt aus. Viel war von der alten Villa, zu der ein Kiesweg führte, nicht zu erkennen, da die Mauer ihnen die Sicht nahm.

Isabell bemerkte, wie Oma Pauline ihre Hände nervös ineinander verschränkte. Ob ihre Großmutter wohl auch unter Panikattacken litt? Die alte Dame sagte nichts, aber der Anblick schien doch einige Erinnerungen hervorzuholen. Ihr Atem ging flach, und sie schien wie in Trance. Ihr Blick lief ins Leere. »Meine Mutter … Mitten im Zweiten Weltkrieg …«, hob sie an und griff nach der Klinke des Tors, als müsse sie sich festhalten. »Wir waren ja schon an die Flieger gewöhnt, doch das … Es war schrecklich. Furchtbar schrecklich.« Sie schluckte. »Ich weiß noch, später nannten es die Briten Operation Millennium.«

KÖLN-RHEINKASSEL – 30. MAI 1942

Das Heulen der Sirenen zerfetzte die wunderbare Mainacht. Sofia riss die Türen zu Josefines und Paulines Zimmer auf.

»Linchen, Fine! Los raus! Die Flieger kommen.« Die beiden hatten schon geschlafen.

Pauline riss sich ihr Laken vom Körper. Josefine stand bereits vor dem Stuhl mit ihren Kleidern. Ihre Mutter stürmte zur anderen Seite des Flures und riss die Tür zu Oskars Zimmer auf. Sie kam wieder zurückgerannt.

»Wo ist euer Bruder? Ist er noch nicht wieder zu Hause?« Als sie sah, dass Josefine sich anziehen wollte, rief sie: »Keine Zeit. Keine Zeit! Nehmt es mit in den Keller. Und euer Bettzeug auch!« Da war sie schon halb die Treppe runter.

Als Pauline mit ihrem Bettzeug herunterkam, sah sie, wie die Mutter in der Küche alles Mögliche an Essbarem in einen Korb stopfte.

»Nun macht schon«, herrschte die Mutter sie an. »Beeilt euch gefälligst, oder soll ich euch etwa in den Keller tragen?« Sie griff nach einer Blechkanne aus dem Kühlschrank und rief Pauline zurück. »Hier, nimm die mit. Dann haben wir wenigstens was, falls wir wieder die ganze Nacht dort unten sitzen müssen.«

Josefine, Kissen und Bettdecken in den Armen, kam eilig von oben und blieb unschlüssig in der Eingangshalle stehen. »Sollten wir nicht besser nach Merkenich in den Luftschutzbunker gehen?«

»Damit uns jemand die Lebensmittel klaut! Sei nicht töricht. In unserem Keller sind wir genauso sicher. Außerdem habe ich keine Lust, mir Läuse und Flöhe einzufangen.«

Die Stimme der Mutter war hart, doch die Mädchen wussten, sie hatte recht. Sie hatten einige Male in einem Schutzkeller verbracht, und es war dreckig und viel zu eng. Die Leute saßen dicht gedrängt. Die Luft war schlecht und verbraucht. Kinder wimmerten unaufhörlich, und wenn man nicht schon vorher fürchterliche Angst hatte, würde man sie dort auf jeden Fall bekommen. Oft genug war draußen gar nichts passiert. Rheinkassel lag vor den Grenzen Kölns. Dumm nur, dass die Flieger den Rhein als Landmarke nahmen, an der sie sich orientierten.

»Wo ist Oskar?«, fragte die Mutter noch einmal. »Habt ihr ihn gesehen? Er muss da sein. Seine Jacke hängt am Haken.« Sie schlug das alte Brot, ein Stück Käse, das bisschen Butter und die ersten Möhren, die sie geerntet hatten, in ein Tuch ein und verknotete die Enden miteinander. Eilig stellte sie das Bündel vor die Kellertreppe. »Wollt ihr wohl endlich in den Keller gehen. Wo ist Oskar?«

»Ich weiß es nicht. Vielleicht schläft er wieder bei den Pferden.« Oskar hatte sich schon als Kind angewöhnt, im Sommer häufiger im Pferdestall zu schlafen. Manchmal kam es Pauline so vor, als könne er das Haus nicht ertragen. Barsch schob die Mutter auch Josefine in Paulines Richtung. »Ihr geht jetzt sofort runter und kommt nicht mehr hoch.« Sie stürzte durch den Wintergarten hinaus in den Garten. Pauline hörte ihre Mutter rufen.

Statt in den Keller zu gehen, blieb Pauline in der Eingangshalle hinter Josefine stehen und blickte durch den Durchgang ihrer Mutter hinterher. Auf der anderen Seite der Wand ging die enge Steintreppe mit schmalen Stufen ins Kellergeschoss hinab. Beide blieben sie stehen, wollten nicht hinab ins Dunkle. Unausgesprochen warteten sie auf ihre Mutter.

Plötzlich hörten sie laute Schritte von oben. Jemand sprang hektisch die Stufen der mächtigen Wendeltreppe herab. Oskar war offensichtlich im obersten Geschoss gewesen.

»Mama, komm rein, hörst du«, rief er. »Mama!« Jetzt entdeckte er seine Schwestern. Er übersprang die unterste Stufe und rief: »Runter mit euch in den Keller, verdammt noch mal. Sie sind schon ganz nahe.«

Jetzt wusste Pauline, was er gemacht hatte. Oft, wenn er mal wieder nicht schlafen konnte, stand er mit dem Fernglas im Dienstbotengeschoss oben unter dem Dach und suchte den Himmel nach feindlichen Fliegern ab.

»Mama, ich bin hier. Hier drin!« Seine Lederschuhe rutschten über die glatten Marmorfliesen. Er packte Josefine und Pauline unsanft an den Schultern und drückte sie in Richtung Treppe. Sie hörten schon die ersten Bomben in unmittelbarer Nachbarschaft niedergehen.

»Sofort runter!«, schrie er. Doch keine von ihnen rührte sich. Und dann sah Pauline, wie die Mutter vom Rhein her eilig auf das Haus zu rannte. Offensichtlich hatte sie ihren Sohn nicht gehört, denn sie war bis zum Ende des Geländes gelaufen, um ihn zu suchen.

Die drei duckten sich automatisch, als sie den dumpfen Einschlag einer nahen Explosion hörten. Als Pauline wieder aufschaute, sah sie, wie auch ihre Mutter geduckt weiterlief. Oskar versuchte, Pauline zur Kellertreppe zu drücken, doch wie erstarrt hielten sie inne, denn im gleichen Moment hörten sie den typischen hohen, jaulenden Ton einer sich nähernden Fliegerbombe. Für einen Bruchteil von Sekunden war jede Bewegung unmöglich. Nur verängstigte Blicke flogen zwischen den Geschwistern hin und her. Dieser Ton war viel zu hell. Viel zu schrill. Und er näherte sich in Windeseile.

Da hörten sie auch schon den Einschlag. Ein unfassbar lautes Krachen erfüllte das Haus. Unter ihren Füßen bebte die Erde. Die Stofftapeten an den Wänden rissen. Der Stuck an der Decke bröckelte. Auf die Böden der oberen Stockwerke krachten einzelne Trümmerteile. Eine dichte Wolke aus Staub drückte sich über die Treppenöffnung in der Decke nach unten. Im letzten Augenblick hatte Oskar die Schwestern unter sich gezogen und mit seinem Oberkörper geschützt.

Als der gröbste Staub sich gelegt hatte, sahen sie, dass hinten im Wintergarten einige der bunten Jugendstilfenster zerborsten waren. Dicke Holzbohlen hingen quer durch den Raum, einzelne Fensterstreben schwangen nach, und zwischen den Trümmern verteilt lagen Mauerstücke. Aber ihre

Blicke blieben nicht an den zerstörten bunten Fenstern hängen. Sie starrten ängstlich durch die offene Wintergartentür in den Garten. Auf dem Rasen hinterm Haus lagen etliche größere Stücke, die die Bombe offensichtlich aus dem Dachgeschoss herausgerissen hatte.

Pauline ließ die Blechkanne mit der Milch los, die scheppernd zu Boden fiel. Die Milch spritzte über den Marmor. In der anderen Hand hielt sie noch immer ihr Bettzeug, das langsam zu Boden glitt. Josefine neben ihr sog scharf die Luft ein. Oskars Augen waren aufgerissen, und seine Lippen zitterten.

»Wo ist Mama? Seht ihr sie? Wo ist sie?« Mit jedem einzelnen Wort war Paulines Stimme schriller geworden. Ihre Hände krallten sich in Oskars Oberarm.

Josefine löste sich aus ihrer Starre. Während sie loslief, stieß sie einen Schrei aus, den Pauline nie in ihrem Leben vergessen würde. Er klang so animalisch, dass kaum zu verstehen war, was sich da aus ihrem Mund herausquälte.

»Mamaaa!«

KAPITEL DREI

KÖLN-RHEINKASSEL – EIN DONNERSTAG IM MAI 2014

Gleichzeitig beklommen und neugierig saß Isabell neben ihrer Großmutter und schaute sich in dem gediegenen Büro um. Dunkle Holzvertäfelung und alte Landschaftsmalereien bildeten die passende Kulisse für einen wuchtigen Schreibtisch. Vor ihnen saß Notar Dr. Zimmerer. Er hatte einen großen, kantigen Kopf, den ein grauer Haarkranz zierte. Jetzt legte er seine Brille nieder, nachdem er ihnen die wichtigsten Dinge mitgeteilt hatte.

»Sie haben sicher eine Menge Fragen.« Er lächelte mit der würdevollen Höflichkeit eines gesetzten Mannes.

Isabell spürte, wie ihre Großmutter unruhig auf ihrem Stuhl herumrutschte. »Tja, das ist ja eine ziemliche Überraschung.« Sie stockte. »Und Sie sind sich sicher, dass es alleine an mich geht? Ich meine, Oskar hatte doch anscheinend eine große Familie. Er hat Söhne und Enkelkinder. Was ist mit denen?«

»Ihr Bruder hat ausdrücklich angeordnet, dass alles an Sie übergehen soll. Und die anderen Erben melden keinerlei Ansprüche an.« Er räusperte sich. »Nun, es war Ihrem Bruder wohl wichtig, dass seine amerikanische Familie nichts mit dem Besitz in Deutschland zu tun hat. Ich weiß, dass wir selbst einige Male darüber gesprochen haben.

Auch wenn es schon relativ lange her ist und sich bei vielen Menschen im Alter etwas ändert, so scheint das bei Ihrem Bruder nicht der Fall gewesen zu sein.« Er griff nach einem anderen Aktenordner und klappte ihn auf. »Mit der Todesurkunde sind mir einige andere Dinge zugesandt worden. Unter anderem habe ich hier einen Brief von einem gewissen Henry Corte, anscheinend einer der Enkel Ihres Bruders.« Er räusperte sich, als suche er nach passenden Worten. »Wenn ich es kurz zusammenfassen soll, dann geht der Inhalt in die Richtung, dass alle Angehörigen den Wunsch ihres Bruders respektieren. Um genau zu sein, wurde sogar festgelegt, dass im Fall, dass kein in Deutschland lebender Erbe mehr gefunden würde, das Vermögen veräußert und an eine Stiftung gehen sollte. Aber das ist ja nicht der Fall.« Isabell bat um den Brief und bekam ihn ausgehändigt.

Auf dem Umschlag war Korte mit C geschrieben. Oskar musste seinen Namen irgendwann amerikanisiert haben. Der Brief selbst war maschinengeschrieben und in amerikanischem Englisch verfasst. Sie überflog die Zeilen, bis sie zu einer bestimmten Stelle kam. Sie stutzte und blickte auf.

Dr. Zimmerer hob abwehrend die Hände. »Ich kann es Ihnen nicht erklären. Familieninterna interessieren mich nur soweit, wie es für meine Arbeit notwendig ist.«

»Was? Was ist denn?«, fragte Pauline verunsichert.

»Hier steht«, Isabell hüstelte leise, »hier steht etwas von dirty money – schmutziges Geld. Oskar hat wohl immer von schmutzigem Geld gesprochen.«

»Was denn für schmutziges Geld?«

»Oma, woher soll ich das wissen, wenn du es nicht weißt?«

Die alte Dame presste ihren Lippen zusammen. »Hat er mir deswegen die ganze Zeit alle Einnahmen zukommen lassen?«

»Was Ihren Bruder zu seinem Handeln veranlasst hat, kann ich Ihnen nicht sagen. Unsere Kanzlei verwaltet die Immobilie und deren Mieteinnahmen seit mehr als einunddreißig Jahren, und was nicht in Gebühren und die üblichen Rückstellungen für Erhaltungsmaßnahmen geflossen ist, wurde Ihrem Konto gutgeschrieben.«

»Was für Mieteinahmen überhaupt?«, fragte Isabell. »Ich dachte, die Villa wäre unbewohnbar.«

»Die Einnahmen stammen vor allem aus der Vermietung der großen Lagerhalle, dazu kommt die Verpachtung der Brauerei. Bis vor wenigen

Jahren waren auch noch die zwei Wohnungen über der Brauerei vermietet. Und natürlich sind da noch die Garagen. Es war wirklich ein cleverer Schachzug von Ihrem Bruder, am Rand des Geländes Garagen bauen zu lassen. Kleinvieh macht auch Mist.«

»Garagen?« Oma Pauline schien überrascht.

Dr. Zimmerer nickte nur. Es entstand eine unangenehme Pause. Die Erbschaft gab doch einige Rätsel auf.

»Nun, im Grunde genommen können wir das natürlich einfach so weiterlaufen lassen. Ich sehe mich allerdings in der Pflicht, Ihnen mitzuteilen, dass dieses Grundstück viel wert ist. Wenn man es verkaufen würde, oder investieren, dann könnte man sehr viel mehr daraus machen, als es heute darstellt. Und ich meine nicht nur den finanziellen Aspekt. Ich …«

Pauline unterbrach ihn. »Ich … möchte es nicht. Es ist mir zu viel. Solange ich damit mein Auskommen habe, reicht es mir.«

Der Blick des Notars lief zwischen den beiden Frauen hin und her. »Wollen Sie damit sagen, Sie wollen nicht verkaufen?«

»Nein, ich meine, Sie sollen es sofort meiner Enkelin überschreiben.«

Isabell setzte sich mit einem Ruck auf. »Oma, warte doch mal. Nicht so schnell. Was soll ich denn damit?«

»Nimm es, und mach damit, was du willst.«

Isabell war sprachlos. »Nein, ich …«

»Egal was Sie tun«, offensichtlich wollte Dr. Zimmerer die Sache abkürzen, »Sie sollten nichts übers Knie brechen. Schauen Sie es sich erst einmal an. Frau Bach, ich werde Ihnen in allen Entscheidungen zur Seite stehen. Trotzdem kann ich Sie nicht einfach in der Erbfolge übergehen. Schon aus steuerlichen Gründen nicht.«

Oh je, daran hatte Isabell noch gar nicht gedacht. Das Erbe würde sie arm machen. Ein unangenehmes Kribbeln zog über ihre Kopfhaut. »Wie hoch sind die Erbschaftssteuern?«

»Keine Angst, erstens gehört die eine Hälfte sowieso schon Ihrer Großmutter.« Jetzt wandte er sich direkt an Oma Pauline. »Es kommt ja jetzt nur die Hälfte von Ihrem Bruder dazu. Und alles andere werden Sie mit meiner Hilfe in Ruhe ordnen können.«

»Wie viel ist es denn wert, also ich meine, so grob geschätzt? Ganz grob.«

»Die Villa selbst ist in einem bedauernswerten Zustand. Keine Ruine, aber schon viel zu lange unbewohnt. Die Stallungen haben keinen nennenswerten Immobilienwert. Eher schon die Lagerhalle und die alte Brauerei mit den beiden Wohnungen. Bei den Grundstückspreisen heutzutage kann ich nur empfehlen: Reißen Sie die Garagen ab, und verkaufen Sie das Stück an jemanden, der sich dort ein Haus bauen will. Keine Arbeit und viel Gewinn. Auch ...« Er sah Isabell ins Gesicht und bemerkte, dass sie sich wohl genauso überfordert fühlte wie ihre Großmutter. »Also grob geschätzt, würde ich sagen, und dabei muss man wissen, dass es vor allem die Lage ist, die den Wert hochtreibt, und das große Grundstück, das parzelliert werden könnte, ...«

Meine Güte, mach es doch nicht so spannend, dachte Isabell und musste sich zusammenreißen, nicht laut herauszuplatzen.

»Alles in allem würde ich einen groben Schätzwert von anderthalb bis zwei Millionen Euro annehmen.«

Beide Frauen gaben ein lautes Keuchen von sich. Doch den Notar schien das nicht sonderlich zu beeindrucken. »Ob Sie verkaufen oder nicht: In jedem Fall müssen wir einen Immobiliensachverständigen beauftragen, der den Einheitswert feststellt. Schon wegen der Erbschaftssteuer wird das notwendig. Und ...«

Isabell dröhnte der Kopf. Sie spürte, wie sich ihre Angst über neues Futter freuen. Fest packte sie die Armlehnen des massiven Holzstuhles, auf dem saß. »Moment. Ich ... Mir wächst das über den Kopf. Meine Großmutter hat das Geld nicht, weder um die Erbschaftssteuer zu bezahlen, noch um einen Sachverständigen zu beauftragen. Sie bekommen sicher auch ein Honorar. Und was ist außerdem zu bezahlen?«

Er lächelte sie milde an. »Ich kann verstehen, dass all dies etwas überraschend kommt. Doch bei einem solchen Wert, das kann ich Ihnen versichern, wird es keinerlei Probleme mit einem Kredit geben.«

Isabell griff sich automatisch an den Hals. Kein Wunder, dass es Oma Pauline zu viel war. Ihr wurde auch schon ganz schummerig. Oma Pauline griff zu dem Wasserglas. Ihre Hände zitterten, als sie einen Schluck trank.

Dr. Zimmerer wartete ab, bis sich die erste Aufregung gelegt hatte. »Ich sage Ihnen was. Ich bin schon sehr lange Notar, und Situationen dieser Art kommen häufiger vor, als man glaubt. Eine unerwartet große Erbschaft, die erst einmal nur teuer und problematisch zu sein scheint. Ich werde Ihnen in allen Belangen zur Seite stehen. Sie können sich auf mich verlassen. Man muss ein paar Dinge regeln, und Sie sollten sich natürlich Gedanken über die Zukunft des Vermögens machen. Aber Sie werden sehen, schon in wenigen Tagen freuen Sie sich. Und was die Probleme angeht, dafür haben Sie ja mich.« Er beugte sich vor. »Noch etwas Wasser oder vielleicht doch einen Kaffee?«

Pauline winkte ab. Isabell wusste auch nicht so recht. Waren sie fertig? Würde sie jetzt in die Pension zurückgehen, alleingelassen mit all den Fragen? Sollte sie jetzt noch einen Kaffee nehmen?

Dr. Zimmerer lehnte sich zurück. »Ich weiß, man braucht ein paar Tage, um das alles zu verdauen. Das Beste wird sein, wenn Sie ein Gefühl dafür bekommen, worum es geht. Ich habe meinen Kollegen Herrn Grothues damit betraut, Ihnen das Gelände zu zeigen. Er kennt es sozusagen wie seine Westentasche. Den Grund wird er Ihnen sicher gerne selbst erklären. Er brennt schon darauf, Sie kennenzulernen. Einen Augenblick bitte.« Dr. Zimmerer stand auf und verließ den Raum.

Isabell legte Oma Pauline ihre Hand auf den Oberarm. »Das ist ein bisschen viel auf einmal, was?«, versuchte sie mit einem aufmunternden Lächeln ihre eigene Unsicherheit zu überspielen.

»Isabell, bitte. Du darfst mich nicht damit alleine lassen. Ich kann das nicht. Du musst mir helfen. Wenn du es nimmst, dann …«

Die schwere Eichentür öffnete sich geräuschlos, und Dr. Zimmerer kam zurück. Ein großer Mann, sicherlich zwei Jahrzehnte jünger als der Notar, folgte ihm. Er hatte dichtes, dunkles Haar und trug einen schicken Anzug mit einer seriösen Krawatte. Mit einem angenehmen Lächeln und vorgestreckter Hand kam er auf die beiden zu.

»Julius Grothues. Sie müssen Pauline Bach sein.« Er bedeutete Oma Pauline, sitzenzubleiben, und gab ihr die Hand.

»Und Sie sind … die Enkelin.« Er ließ ein charmantes Lachen aufblitzen, obwohl das Lächeln um seine Augen einen traurigen Zug trug.

Isabell stand auf. »Isabell Bach.«

Für ein Moment lag eine Frage in seinem Blick, doch dann sagte er: »Dr. Zimmerer hat mich gebeten, Ihr persönlicher Reiseführer zu sein. Und ich komme seiner Bitte liebend gerne nach. Wenn es Ihnen recht ist, kann ich Sie auch heute schon begleiten. Es ist so herrliches Wetter.«

Isabell schaute zu Pauline hinüber. »Ich weiß nicht. Die Fahrt von Königswinter hierher war anstrengend für meine Großmutter. Dazu noch diese überwältigenden Nachrichten.« Sie schüttelte zweifelnd den Kopf.

»Wann immer es Ihnen passt.« Er lächelte sie beide freundlich an. »Dann sind Sie in einem Hotel untergekommen?«

»In einer Pension, direkt in Rheinkassel selbst. Pension Schiffer.«

»Ha, das ist meine Tante! Also nicht wirklich Tante, aber wir sind um drei Ecken miteinander verwandt. Auf jeden Fall haben Sie es vorzüglich getroffen. Wenn es nicht schon auf dem Frühstückstisch steht, fragen Sie unbedingt nach ihrem selbstgemachten Pflaumenmus. Das ist ein Gedicht.« Sein Blick wanderte zwischen Pauline und Isabell. Als beide stumm blieben, setzte er nach: »Die Pension ist nicht weit entfernt von der alten Villa.«

»Na, ein kleiner Spaziergang kann ja nicht schaden. Ich war heute noch gar nicht richtig draußen«, sagte Oma Pauline plötzlich und stand umständlich auf. Pauline drehte sich zu ihrer Enkelin um. »Ich brauch frische Luft. Ich muss meinen Kopf mal durchpusten lassen. Lass uns doch wenigstens kurz dort vorbeischauen.« Sie griff nach ihrem Stock und humpelte die ersten Schritte, bis es besser ging.

Dr. Zimmerer brachte sie zur Tür und versicherte ihnen nochmals, dass er jederzeit für sie da sei.

Julius Grothues holte noch schnell eine Aktentasche aus seinem Büro. Offensichtlich freute er sich auf den kleinen Ausflug. »Sind Sie mit dem Wagen da?« Als Isabell nickte, fuhr er fort: »Dann fahren Sie am besten hinter mir her.«

KÖLN-RHEINKASSEL – EIN DONNERSTAG IM MAI 2014

Als Grothues zehn Minuten später seinen Wagen am Straßenrand parkte und ausstieg, hatte er bereits das Jackett ausgezogen und löste seine Krawatte. »Hat Ihnen mein Kollege erzählt, warum ich so großes Interesse an dem Gelände hege?«

Isabell half Oma Pauline aus dem Wagen und schloss ab.

»Nein, er sagte nur, dass Sie sich gut auskennen.«

Julius Grothues nickte. »Alles der Reihe nach. Erst einmal schauen wir uns Ihr Erbe näher an.« Er ging vor und betätigte ein massives Zahlenschloss. Dann stieß er die rechte Seite des Tores auf. Als wäre er selbst etwas aufgeregt, stand er unruhig da und wartete auf sie. Oma Pauline ging noch langsamer als gewöhnlich. Sie hob ihren Blick immer wieder vom Pflaster und schaute sich um. Isabell folgte dicht hinter ihr, für den Fall, dass sie stolpern sollte. Grothues krempelte sich die Ärmel seines hellblauen Hemdes hoch. Isabell grinste. Jetzt wirkte er kein bisschen mehr wie ein Büromensch, auch wenn er weiterhin elegant aussah. Zu elegant, um ein verwildertes Gelände zu betreten. Vor allem um seine polierten schwarzen Schuhe tat es ihr leid.

Endlich standen sie auf dem Gelände. Das also sollte ihnen gehören? Julius Grothues schaute sie erwartungsvoll an. Rechts von ihr erhob sich die heruntergekommene Villa im schönsten Sonnenschein. Einst muss das Gebäude gelb gewesen sein, verziert mit ehemals weißem Stuck, der an einigen Stellen noch zu erkennen war. Doch jetzt waren die Fassade in einen schmutzigen grünlichen Mantel gehüllt. Kleine Pflanzen hatten die schmalen Kanten der Stuckabsätze erobert. Auf den zwei Stockwerken war ein Mansardendach mit großen Dachgauben aufgesetzt. Die Dachschindeln, die man von hier unten erkennen konnte, waren mit Moos überwuchert.

Sie liefen hinters Haus. Was früher einmal der lichte Wintergarten gewesen sein musste, war jetzt rundherum mit Holz verblendet, genau wie auch alle anderen Fensteröffnungen der unteren Etage mit dicken Holzplatten gesichert waren.

Unter einer Ruine hatte Isabell sich zwar etwas ganz anderes vorgestellt, dass dieses Gebäude jedoch schon sehr lange nicht mehr bewohnt war, war gut zu erkennen. Das Gelände war allerdings nicht völlig verwahrlost. Rund um die Villa wuchs Unkraut. Das Gras aber war kaum kniehoch, und überall standen Wildblumen. Der Ort wäre für jeden Zehnjährigen ein großer Abenteuerspielplatz gewesen. Auf der gleichen Linie wie der Torbogen erhob sich vor ihnen eine hohe Lagerhalle. Und in der Mitte des weitläufigen Gartens stand ein riesiger Kirschbaum in Blüte. Ein Meer aus tausenden rosaroten Blütenbällen wuchs an ausladenden Ästen.

Isabell hatte gar nicht bemerkt, dass Grothues direkt hinter ihr stand, als er sie plötzlich ansprach. »Es ist zauberhaft. Finden Sie nicht auch?«

Leicht erschrocken zuckte Isabell zusammen. »Tja, es hat wirklich etwas ... Magisches. Ein verwunschener Ort – wie im Märchen.«

Wie in Trance stelzte Pauline durch das hohe Gras. Als sie beinahe strauchelte, waren Isabell und Grothues sofort neben ihr. Der Jurist warf Isabell über Paulines Kopf einen fragenden Blick zu, aber Isabell schüttelte nur den Kopf. Sie wusste auch nicht, was ihre Großmutter urplötzlich antrieb. Sie lief noch ein Stück, schaute dann düster an der Fassade der Villa empor.

Dann senkte sie den Blick. Zwischen dem Gras zu ihren Füßen wuchs ein kleines Feld mit blassblauen Vergissmeinnicht.

»Wir konnten unsere Mutter nur noch tot unter den Mauertrümmern bergen.« Sie tippte einmal mit dem Stock auf den Boden, als wolle sie die Stelle markieren.

»Ist hier Ihre Mutter gestorben?«, fragte Grothues.

Pauline nickte. Ihr anklagender Blick war auf die hintere linke Ecke des Dachgeschosses gerichtet, die mit schlichten grauen Steinen vermauert war.

»Die Nacht der Tausend Bomber. Es war, als würde die Welt untergehen. So viele sind in dieser Nacht gestorben. Die ganze Stadt war in Flammen aufgegangen. Wir waren die ganze Nacht im Keller, nachdem Oskar sich davon überzeugt hatte, dass die Villa nicht brannte. Erst am nächsten Morgen kamen wir wieder hoch.« Pauline machte eine Pause, und Isabell drängte sie nicht. Ihre Worte kamen zögerlich.

»Nachdem ich den ganzen Morgen unten am Ufer des Rheins gesessen hatte, bin ich hoch ins Dachgeschoss. Es sah aus, als würde die ganze Stadt brennen. Überall am Horizont sah man offene Brände oder dunkel qualmende Rauchsäulen.«

»Wie alt warst du damals?«

»Ich war gerade fünfzehn Jahre alt.« Ihre Stimme klang brüchig.

»War das nicht furchtbar?«

Oma Pauline lachte bitter auf. »Furchtbar? Natürlich war das … Es gibt kein Wort, um das zu beschreiben. Aber … Vielleicht kann ein Mensch, der Krieg nicht am eigenen Leib erlebt hat, das einfach nicht verstehen. Der Krieg …, er tötet alles. Die Menschen, die Seelen, das Glück.« Sie schniefte in ein Taschentuch und für einen Moment glaubte Isabell, dass ihre Oma weinte.

»Ich erinnere mich, dass ich tagelang nicht essen konnte. Josefine und Oskar haben sich um alles gekümmert.«

Grothues nickte. »Die Bombennächte! Es muss schlimm gewesen sein. Meine Verwandten haben mir einiges davon erzählt. Die gesamte Innenstadt glich einem höllischen Inferno.«

»Wir können nur von Glück sagen, dass wir nie so etwas mitmachen mussten. ... Oma, sind das die Pferdeställe?«

Pauline hob ihren Blick, und in diesem Moment erschien ein leises Lächeln auf ihrem Gesicht. »Ja, daher hatte Oskar auch seine Leidenschaft für Pferde. Mutter hat mir das Reiten beigebracht, solange wir Pferde hatten. Wir mussten sie ja dann ...« Sie blickte sich suchend um. »Ich weiß gar nicht mehr genau, was mit den Pferden passiert ist. Damals ... Ach, es ist wirklich schlimm, wenn einen das Gedächtnis im Stich lässt. Ich war ja noch ganz klein.« Als sie vor den alten Mauern eine alte Holzbank entdeckte, setzte sie sich wieder in Bewegung. »Ich geh besser mal in den Schatten«, murmelte sie ermattet.

Isabell folgte ihr. Grothues lief ein paar Meter vor, um den Blütenstaub und alte Blätter vom Holz zu wischen. Pauline holte ein Taschentuch aus ihrer Handtasche, breitete es aus und ließ sich mit Isabells Hilfe nieder. »Schau dir ruhig alles an. Ohne deine Hilfe komme ich ohnehin nicht wieder hoch.«

»Ich dreh eine kleine Runde mit Ihrer Enkelin, wenn Sie erlauben, und dann holen wir Sie wieder ab.«

Oma Pauline nickte. Für einen Moment fragte Isabell sich, ob es ihr nicht gut ging, denn sie wirkte mitgenommen. Doch dann winkte die alte Dame ab. Anscheinend wollte sie einen Moment alleine haben.

»Kommen Sie. Lassen Sie uns ein wenig herumgehen.« Grothues war schon ein paar Schritte vorgegangen und wartete auf sie. Als Isabell ihn eingeholt hatte, legte er seine Hand ganz sacht auf ihren Rücken.

Eine Geste wie aus einem alten Film, schoss es Isabell durch den Kopf. In diesem Moment fiel Isabell auf, wie selten sie Kontakt hatte mit Menschen, die nicht aus dem künstlerischen oder esoterischen Kreis stammten. Was

Grothues wirklich von der Welt dachte, wusste sie natürlich nicht, aber auf den ersten Blick machte er einen konservativen Eindruck. Andererseits, und als ausgebildete Tänzerin konnte sie das beurteilen, war seine Körperhaltung sehr dynamisch. Auf jeden Fall schien er der spontane Typ zu sein, dem es auch nichts ausmachte, dass seine glänzenden Schuhe dreckig wurden.

»Was halten Sie von der ganzen Sache?«

»Von der überraschenden Erbschaft?«

»Von der überraschenden Erbschaft. Von dem Anwesen. Von der Möglichkeit, dass Ihnen das alles gehören könnte.« Isabell lachte laut auf. »Ich weiß nicht, ob jemand wie Sie sich das vorstellen kann: Ich habe gar nicht das Geld, mir so ein Erbe leisten zu können. Es übersteigt auch alle Möglichkeiten meiner Großmutter.«

»Sie könnten einen Kredit aufnehmen«, schlug er vor.

»Ich gebe Tanzunterricht und bin freie Yogalehrerin. Was glauben Sie, welche Bank mir wohl einen Kredit gewährt?«

»Bei dem, was das Anwesen wert ist, wahrscheinlich jede.«

Isabell lächelte verlegen. »Es ist wohl nicht nur das fehlende Geld. Wir sind es auch überhaupt nicht gewohnt, uns mit … derlei Problemen zu beschäftigen.«

»Mit derlei meinen Sie Finanzgeschäfte?«, fragte er mit einem belustigten Unterton.

Isabell nickte. Sie blieb stehen und drehte sich. Ihr Blick wanderte vom alten Pferdestall über die ausladende Blumenwiese. Die Wiese war ein buntes Meer aus Akelei und Mohnblumen, aus Kornblumen und Löwenzahn. Das Summen fleißiger Bienen übertönte die entfernten Motorgeräusche, die der Wind von der Leverkusener Autobahnbrücke zu ihnen trug.

Isabell dachte an die Geburtstagsfeier ihrer Freundin Karen vom letzten Wochenende. In Friedrichshagen vor den Toren Berlins hatte ihre Freundin ein altes Haus mit einer großen Obstwiese gekauft. Das Haus war weniger renovierungsbedürftig, aber auch viel kleiner. Doch dieser Garten hier erinnerte Isabell an die Feier: Karen hatte mehrere große Tische aneinandergeschoben, große weiße Laken darüber gedeckt und alles mit Blüten und bunten Gläsern und Kerzen geschmückt. Isabell dachte an die vielen netten Besucher, an die Kinder, die dort im verwilderten Garten herumgestrolcht waren und an die Abendstunden, als sie ein Feuer angezündet hatten.

Das hier könnte ebenso ein schöner Ort sein, schoss es Isabell durch den Kopf. Es könnte mein schöner Ort sein. Sie sehnte sich nach einem Ort, an dem sie endlich Wurzeln schlagen könnte. Doch schnell wischte sie diesen Gedanken beiseite. Sie waren am Ende des Geländes angekommen.

»Früher ging das Grundstück noch weiter. Wir haben in den Achtzigern hier die Mauer hochgezogen, und zehn Jahre später noch Drahtzaun draufgesetzt.«

Isabell nickte und drehte sich um. Am anderen Ende des Geländes erhob sich die Ruine der alten Jugendstilvilla, die, obwohl ein Teil des Daches zerstört war, noch ihre alte Pracht verströmte. Rechts von Isabell erhob sich mit weit ausladenden Ästen der riesige Kirschbaum, hinter dem sich die alte Lagerhalle und die neueren Gebäude verbargen. Hier waren sie nur noch wenige Meter vom Rheinufer entfernt. Isabell zuckte mit den Schultern.

»Es ist ein wunderschöner Ort, ganz ohne Zweifel. So oder so, wir werden es nur verkaufen können. Es wäre eine Schande, diesen Ort weiter brachliegen zu lassen.«

Grothues wiegte den Kopf. »Man sollte schon das eine oder andere renovieren. Die Villa restaurieren zu lassen, würde tatsächlich ein kleines Vermögen kosten, es sei denn, man ist handwerklich begabt.« Er stockte kurz. »Sind Sie handwerklich begabt, oder haben Sie jemanden, der es ist?«

Isabell wandte sich ab, damit er ihr Schmunzeln nicht sah. Die Frage war so durchsichtig. Wie alt er wohl sein mochte? Ein paar Jahre älter als sie, um die vierzig. Ob sie ihn falsch eingeschätzt hatte? War er vielleicht der draufgängerische Typ, sobald er seine Kanzlei verlassen hatte? Sie wischte diese Gedanken beiseite.

»Ich würde sagen, ich bin durchschnittlich handwerklich begabt. Zum Regale Aufbauen und Löcher Bohren reicht es. Ich habe sogar mal ein Bad neu gefliest.« Sie schaute an der Fassade der Villa hoch. »Aber dafür wird es ganz sicher nicht reichen!«

Er folgte ihrem Blick. »Es wäre sehr schade, wenn das Grundstück an eine von diesen einfallslosen Bauträgergesellschaften fallen würde.«

»Finden Sie?«

Er drehte sich mit einem breiten Lächeln auf dem Gesicht zu ihr hin. »Ja, finde ich«, sagte er mit einem Unterton in der Stimme, der erkennen ließ, dass er sehr wohl wusste, welchen ersten Eindruck er bei ihr hinterlassen haben musste.

Isabell ging ein Stück Richtung Rhein und schaute auf die schillernde Fläche, die sich vor ihr ausbreitete. »Es ist wirklich ein schönes Fleckchen Erde, und ich beneide diejenigen, die mal hier leben werden … Ehrlich gesagt wusste ich bis gestern gar nicht, dass es im Besitz meiner Familie ist.«

Für einen Moment blieben sie beide stumm. Isabell versuchte, sich in diesen Ort einzufühlen. Trotz dieser scheinbaren Idylle lag eine traurige Stimmung über dem Gelände. Als würde die Erde Kummer ausatmen.

»Auch wenn mir hier nicht viel Zeit bleibt, wüsste ich trotzdem gerne mehr über diesen Ort.«

»Da sind Sie bei mir richtig. Ich weiß sehr viel darüber.«

Noch bevor sie fragen konnte, wieso, fuhr er fort. »Da drüben ist die alte Brauerei ihres Urgroßvaters. Ich habe sie gepachtet.«

»Sie?«

»Ja, ich braue hier Bier. Das ist mein Hobby.«

»Ach wirklich?« Isabell zog überrascht die Augenbrauen hoch. Doch dann wurde ihre Aufmerksamkeit angezogen von einem eigenartigen Gebilde nahe der Mauer. Es war ein alter, schulterhoher Holzstumpf, dessen größter Teil schwarz verkohlt war. Aber an den Rändern wuchsen schon wieder einige armdicke Äste. An einer Stelle hatte sich aus den Resten des verkohlten Baumes eine neue Spitze gebildet. Sie fuhr mit ihren Fingern über das verbrannte schwarze Holz.

»Eine schlimme Geschichte. Vor ungefähr zwanzig Jahren ist hier ein Junge verunglückt. Er ist auf dem Baum herumgeklettert. Es hatte vorher geregnet, und anscheinend waren die Äste noch schlüpfrig. Er ist abgerutscht und hat sich das Genick gebrochen.« Grothues zuckte bedauernd mit den Schultern. »Unsere Kanzlei hatte das Gelände ausreichend abgesichert. Mehr konnte man nicht machten. Es war sein Fehler. Trotzdem: Ein paar Wochen später brannte der Baum eines Nachts lichterloh.« Mit geschürzten Lippen schaute er raus auf den Rhein. »Vermutlich waren es seine Eltern. Wir haben nichts unternommen … Ich hätte wahrscheinlich das Gleiche getan.«

»Was für ein unerträgliches Schicksal, sein Kind zu verlieren.« Isabell fragte sich, ob Julius Grothues Kinder hatte. Sie wandte sich wieder dem Baumstumpf zu und strich über einen der neuen Zweige. »Und doch lebt der Baum weiter.«

Julius Grothues verschränkte seine Arme vor dem Brustkorb und drehte sich zur Villa. »Gerade jetzt im Frühjahr und im Sommer macht das Anwesen einen sehr idyllischen Eindruck. Doch der Schein trügt. Es gibt hier so viele seltsame Geschichten.«

»Seltsame Geschichten?«

Sein Blick lief ein paar Meter weiter Richtung Rheinufer und blieb an einem blühenden Holunderstrauch hängen.

»Sie wissen es nicht?« Er drehte sich zu ihr herum. »Nein, Sie wissen es nicht!« Mit Blick auf Oma Pauline zögerte er einen Moment. Doch dann gab er sich einen Ruck. »Kommen Sie. Ich zeige Ihnen etwas.«

Parallel zum Ufer lief er in Richtung der neueren Gebäude. Isabell wäre gerne am Kirschbaum stehen geblieben, doch er ging immer weiter. Rund um die Gebäude war das Gras flacher, und teilweise war der Boden mit Kies bedeckt. Zwischen Gebäude und hinterer Mauer hatte jemand Hopfen gepflanzt. Auch wenn es nicht gerade aussah wie ein gepflegter englischer Park, war dieses Stück alles andere als verwildert.

Aus seiner Hosentasche zog Grothues einen Schlüsselbund und schloss eine metallene Tür auf. Er trat ein, und Isabell folgte ihm in einem hohen Raum, in dem ein großer alter Kupferkessel stand. Direkt daneben war auf einem Gestell ein ebenso großer Bottich aus Edelstahl. Schläuche hingen ordentlich aufgerollt an den Wänden. In einer Ecke stand eine alte Getreidemühle. An der Außenwand lagerten Säcke in Regalen. Es roch nach Getreide und Heu, vor allem aber lag ein satter, malziger Geruch im Raum. Als hätte jemand gerade einen starken Getreidekaffe aufgebrüht.

»Hier brauen Sie also Bier.« Isabell schaute sich interessiert um.

»Ja, das ist der Sudkessel. Noch original aus den zwanziger Jahren. Den Läuterbottich habe ich ausgetauscht. Die Abläufe und die Siebe des alten waren schon zu verstopft.«

»Läuterbottich? Habe ich noch nie gehört.«

»Die Maische, also das Malz-Wassergemisch, wird erst im Sudkessel, das ist der Kupferkessel da, gekocht. Oder gebraut, wie wir sagen. Dieses Gemisch wird umgefüllt in den Läuterbottich und geläutert. Das heißt, nach einer Ruhepause läuft der Brausud durch mehrere Siebe ab und kommt zurück in den Sudkessel. Die Feststoffe, der sogenannte Trester, bleibt im Läuterbottich zurück.«

»Und dann hat man Bier?«

Er lächelte. »Nein, dann hat man noch kein Bier. Es fehlen noch einige Schritte.« Jetzt schien er plötzlich zu zögern. »Ich werde Ihnen gerne alles in Ruhe zeigen, aber ...« Er presste seine Lippen zusammen und ging in einen Nebenraum, in dem eine kleine Schanktheke, ein überdimensionierter Kühlschrank, zwei Tische und mehrere Stühle standen. Der Kühlschrank brummte leise.

»Als ich die alte Brauerei vor ein paar Jahren renoviert habe, habe ich angefangen, ein wenig ihre Geschichte zu recherchieren.«

»Dann scheinen Sie ja sehr wohl handwerklich begabt zu sein.« Ihr Lächeln fand keine Erwiderung.

»Die ersten Gebäude zur Brauerei wurde 1924 gebaut. So alt ist auch noch die ursprüngliche Anlage. Sie wurde später an einen anderen Brauer verpachtet, und irgendwann im Zweiten Weltkrieg musste sie schließen. Seitdem hat sie mehr oder minder leer gestanden.«

»Sie sagten, die Brauerei wurde später an jemand anderen verpachtet. Was bedeutet später?«

»Das ist es, was ich Ihnen zeigen wollte.« Er deutete an die Wand, an der Bilderrahmen mit alten Zeitungsausschnitten hingen.

Isabell trat näher und sah sofort den Titel: »Bierbrauer verschwunden, Angestellter erschlagen«.

Ihre Hand wanderte automatisch zum Hals. »War das ... War das mein Urgroßvater ...« Sie las weiter. »August Korte?« Sie überflog den Text, während sie gleichzeitig auf Julius Grothues' Antwort lauschte.

»Ich hab noch mehr von den Artikeln gesammelt, wenn Sie sie sehen möchten. Es gibt weitere Artikel über den Tod ihres Urgroßvaters. Soweit ich mich erinnere, wurde später geklärt, dass der Angestellte Ihrer Urgroßmutter Gewalt antun wollte. Und ich erinnere mich an einen Artikel, der darüber berichtete, dass die Leiche Ihres Urgroßvaters später irgendwo am Rhein angeschwemmt wurde. Man vermutete wohl, dass der Angestellte ihn erschlagen und in den Rhein geworfen hat, bevor er selbst an seinen Verletzungen verstorben ist.«

Isabell drehte sich erschrocken zu ihm um. »Und hat er ihr Gewalt angetan? Ich meine, ist mein Urgroßvater noch rechtzeitig gekommen?«

»Das kann ich Ihnen wirklich nicht sagen. Vermutlich weiß Ihre Großmutter mehr.«

Isabell überflog die anderen Zeitungsausschnitte, jedoch keiner der anderen Artikel, die Grothues aufgehängt hatte, betraf eine Zeit, in der ihre Familie hier gelebt hatte. Diese Nachricht vom gewaltsamen Tod ihres Vorfahren war ein kleiner Schock für Isabell. Getrieben von der Sehnsucht nach Worten der Beschwichtigung verließ sie die Brauerei. Grothues schloss ab, und kam hinterher. Sie erreichten gleichzeitig die alte Pferdestallung.

»Oma Pauline, ...« Wie um Himmels willen stellt man solch eine Frage, dachte Isabell. »Weißt du eigentlich Genaueres darüber, wie dein Vater umgekommen ist?«

»Mein Vater?« Pauline wirkte nicht sonderlich beunruhigt. »Er ist von einem fahrenden Händler erschlagen worden, den er dabei überrascht hat, wie er ein Pferd stehlen wollte. Wieso fragst du?«

Julius Grothues fing Isabells Blick auf. Beiden war klar, dass nur eine der Versionen stimmen konnte. Isabell runzelte ihre Stirn. Mehr zu dem Juristen gewandt, murmelte sie: »Mein Urgroßvater erschlagen, meine Urgroßmutter durch eine Bombe zerrissen, ein unschuldiger Junge, der sich das Genick bricht. An diesem Ort scheinen sich ja jede Menge Unglücke zugetragen zu haben.«

»Ja, jede Menge«, erwiderte Grothues leise und mit einem Unterton, der Isabell den Verdacht nahelegte, dass die Liste noch längst nicht zu Ende war. Doch sie hatte genug Unglücksgeschichten gehört. »Sollen wir hineingehen?«

Die alte Dame schüttelte plötzlich energisch den Kopf. »Nein!«

Isabell wirkte wohl so überrascht, dass sie sich zu einer Erklärung genötigt sah. »Nein ... Ich will nicht ... Das ist mir heute zu viel.« Trotzdem griff sie nach ihrem Stock und streckte Isabell die andere Hand entgegen.

Umständlich stand sie auf, und ohne die Villa eines weiteren Blickes zu würdigen, lief sie in Richtung Kirschbaum. Isabell und Grothues folgten ihr neugierig. Pauline legte eine Hand an die Rinde und sah in die enorme Krone des Baumes hinauf. Es sah aus, als würde sie sich an dem Baum festhalten. Auf ihrem Gesicht erstrahlte plötzlich das Lächeln eines unbekümmerten Kindes. Isabell atmete erleichtert auf. Anscheinend gab es doch noch ein paar schöne Erinnerungen.

KÖLN-RHEINKASSEL – AM 21. MAI 1924

Ihre Arme waren bis an die Ellbogen mit Erde verschmiert. Sie wusste, dass es August nicht recht sein würde. Schnell klopfte Sofia die Erde rund um den neu gepflanzten Stamm fest. Magnus hatte ihr heute Vormittag ein tiefes Loch gegraben und ihr dabei geholfen, den Kirschbaum einzupflanzen. Sie griff zu der Zinngießkanne und goss den Inhalt rund um die neu aufgeschüttete Erde.

Die Vorstellung von einem großen Baum, in dem ihre Kinder kletterten und die Kirschen pflückten, ließ sie lächeln. Der Stamm war bereits doppelt so hoch wie sie selbst, aber bis sie wirklich reichlich Kirschen ernten könnten, würden wohl noch einige Sommer ins Land ziehen. Nach all den entbehrungsreichen Jahren fragte sie sich oft, wie sie solches Glück verdient hatte. Und August plante immer noch weiter und immer noch größer.

Plötzlich wurde ihr bewusst, wie spät es sein musste. Sie beeilte sich hineinzugehen, wusch sich und zog sich um. Kein Augenblick zu früh, denn gerade kamen August und ein untersetzter Mann in einem dunklen Anzug durch den Torbogen. Sofia wusste, wie wichtig dieser Termin für August war. Er brauchte den Kredit der Bank, wenn er seinen Plan verwirklichen wollte. Es sollte eine richtige Bierbrauerei werden – ganz offiziell und legal. Natürlich wusste Sofia Bescheid darüber, dass August weit mehr plante. Die illegale Schnapsbrennerei, die er mit seinem Freund Hugo im Bergischen auf einem abgelegenen Hof betrieb, war zu klein. Außerdem war der Transport der illegalen Fracht jedes einzelne Mal ein Risiko. Noch machte er gutes Geld, indem er an die Briten verkaufte. So hatte er inzwischen genug zurücklegen können, dass sie sich ein Leben in der Villa leisten und den Bau einer Brauerei überhaupt in Erwägung ziehen konnten.

Der bescheidene Wohlstand führte Sofia in Versuchung, vom eigenen Glück zu träumen. Ihr Vater war Verwalter auf einem herrschaftlichen Gut in der Nähe von Königswinter. Schon als Zehnjährige hatte Sofia dem Grafen und seinen Söhnen im Stall geholfen. Damals hatte sie begierig alles in sich aufgesogen, was es zu lernen gab. Sie wusste einiges über Zuchtmethoden. Und sie kannte sich wirklich gut mit der Aufzucht und Pflege von Pferden aus. Die Ankündigung von August, er werde für die Brauereikutsche, die er letzten Monat günstig erworben hatte, zwei Gäule kaufen, wenn es soweit war, ließ ihr Herz höher schlagen.

Wieso sollte sie nicht auch größer denken, so wie August? Wieso sollte sie nicht mit einer kleinen Pferdezucht anfangen? Natürlich nicht mit Kutschpferden, aber wenn man schon Pferde im Stall hatte, die man verpflegen musste, was machte es da aus, ob es zwei oder fünf Tiere waren?

Die Gelegenheit war günstig, hatte der Krieg doch viele Schicksale besiegelt. Die Monarchie war abgeschafft worden. Das Deutsche Reich hatte keinen Kaiser mehr und die Adeligen keinen besonderen Stand. Auch ihre einstigen gräflichen Arbeitgeber führten ihren Titel jetzt nur noch als Teil des Namens und nicht mehr als Beleg einer bevorzugten Klasse. Der Gutshof hatte nicht nur im Krieg Schaden genommen, er litt auch unter der anhaltenden Besatzung durch die Siegermacht Frankreich. Letztendlich brachte das Land mehr ein, wenn man darauf Lebensmittel anpflanzte, statt edle Reittiere darauf grasen zu lassen.

Wie sehr sie Königswinter vermisste. Königswinter und das Siebengebirge, der Drachenfels und die Drachenburg. Genau hier soll Siegfried vor tausend Jahren mit einem Drachen um den Nibelungenschatz gekämpft haben. Nirgendwo war das Rheintal mystischer.

Auf der anderen Uferseite lag der Rolandsbogen, von dem Alexander von Humboldt behauptete, von dort aus hätte man einen der sieben schönsten Ausblicke der Welt. Sagen und Mythen lebten in den sonnigen Weinhängen.

Letzten Monat hatte ihre jüngere Schwester Dorothea, die noch immer in der Nähe von Königswinter wohnte, ihr geschrieben, dass die gräfliche Pferdezucht aufgelöst werde. Sofias Vater würde wohl arbeitslos, so wie es in diesen schlechten Zeiten vielen erging. Dorothea war genau wie Sofias andere

Schwester Adele bisher ledig geblieben. Der große Krieg hatte viele junge Männer getötet, zu viele. Also, schrieb Dorothea mit einem vorwurfsvollen Unterton, solle Sofia bloß froh sein über einen so patenten Mann wie August, der es immer irgendwie schaffte, etwas heranzuschaffen. So harsch der Brief ihrer Schwester auch war, in ihr hatte er einen Traum zum Leben erweckt.

Sofia wusste um die Qualitäten des gräflichen Zuchthengstes und seiner Stuten. Das Geld für den Ausbau des Pferdestalls war da, und mit dem Arbeitgeber ihres Vaters ließ sich sicherlich über einen guten Preis und eine moderate Möglichkeit der Abzahlung verhandeln. Doch als sie August heute Morgen ihren Vorschlag unterbreitet hatte, den Hengst und zwei Stuten zu kaufen, hatte er laut aufgelacht. Er war nicht böse gewesen über ihre kühnen Gedanken, sondern hatte sie behandelt wie ein achtjähriges Mädchen, das von einem Pony träumt.

Lächerlich! Mit diesem Wort hatte August ihren Vorschlag mit einem Handstreich weggewischt. Für so einen Unsinn habe er kein Geld. Selbst wenn ein neuer Stall mit wenig Aufwand zu bauen war: Für die Pferde sei auch ein günstiges Angebot noch zu viel Geld. Sofia redete mit Engelszungen auf ihn ein, bis er dann doch wütend wurde. Wenn alles so klappen würde, wie er es sich vorstellte, dann würde sie eines Tages ihre Pferdezucht bekommen. Aber nicht heute und auch nicht in den nächsten Jahren – das waren seine letzten Worte gewesen.

August trug sich mit ganz anderen Projekten: Bei der erstbesten Gelegenheit, wenn alles geregelt und vom Amt abgenommen war, wollte er hier versteckt eine kleine Schnapsbrennerei einbauen. Er sparte all das Geld nicht nur für den Hopfen und das Malz, um in großen Mengen legal Bier zu brauen. Er brauchte Geld für Rüben und Kartoffeln, um Schnaps zu brennen. August hatte eine feine Nase für profitable Geschäfte, das musste man ihm lassen. Er konnte leicht verdientes Geld wittern.

Sofia richtete noch einmal ihre Haare und strich ihre neue blaue Kostümjacke glatt. Das Ensemble betonte ihre schlanke Taille, auch wenn die neueste Mode ganz ohne Taillierung auskam. Trotz der fünf Geburten war sie immer noch eine schöne Frau. Mit einigen Klammern steckte sie ihre langen dunklen Haare zu einer eleganten Frisur und drehte sich vor dem Spiegel.

Ein seriöser Eindruck war heute besonders wichtig. Zufrieden ging sie hinunter und trat durch den Wintergarten nach draußen. Dort sah sie, wie August mit großen Gesten dem Mann von der Bank erläuterte, wo die Brauerei stehen sollte.

Heute Morgen noch hatte August Magnus ermahnt, dass er das Loch für den Kirschbaum nicht zu nahe an den geplanten Gebäuden graben sollte. Sofia konnte sich kaum vorstellen, wie es hier bald aussehen würde. Noch wirkte der riesige Garten eher wie ein Park. Mit der Brauerei, spätestens mit der großen Lagerhalle, die August plante, würde die Idylle bald ein Ende haben.

Die beiden Männer kamen ihr entgegen, und Sofia setzte ein strahlendes Lächeln auf.

»Meine Frau Sofia«, stellte August sie stolz vor. »Das ist Herr Braunfels von der Rheinischen Kreditanstalt.«

»Ihr Mann hat sich ja viel vorgenommen«, sagte Braunfels, und Sofia wusste nicht, ob sein Unterton spöttisch oder bewundernd war.

»Nur wer wagt, der gewinnt!« Das war Augusts Motto.

Er wagte oft, und er wagte oft viel.

»Nun, Herr Korte, Ihre Pläne sind sehr ausgereift. Und mit Ihren früheren Erfahrungen in der Brauereibranche habe ich auch keinerlei Bedenken, was die Umsetzung angeht. Kommen Sie doch nächsten Montag in unser Institut. Bis dahin werde ich den Kreditvertrag aufgesetzt haben. Dann können wir in Ruhe die Details klären.«

August schaute drein, als hätte er nichts anderes erwartet. Das täuschte, wie Sofia wusste. Heute Morgen war er vor lauter Aufregung wegen jeder Kleinigkeit laut geworden.

»Darf ich Ihnen noch meinen ältesten Sohn vorstellen? Er schließt nächstes Jahr seine Schulbildung ab und wird danach natürlich bei mir angelernt. Von der Schulbank direkt auf meine Lehrbank.«

»Sehr gerne. Für unser Institut ist es natürlich wichtig zu wissen, dass der Kredit in sicheren Händen liegt. In Zeiten wie diesen ... Man weiß ja nie ...« Der große Krieg lag nicht lange zurück, und niemand wusste so genau, was sich die Siegermächte noch alles einfallen lassen würden.

»Sofia, wo ist Magnus?«

Sofia sah sich um. Vor ein paar Minuten war er zusammen mit Oskar noch bei den Pferdeställen gewesen. Gerade, als sie mit den Schultern zuckte, hörten sie Geräusche von der Vorderseite der Villa. »Ich glaube, sie sind vorne.«

August bedeutete dem Mann mit einer eleganten Geste, sie würden durchs Haus nach vorne gehen. Clementine und Josefine hatten extra für diese Gelegenheit gestern die ganze untere Etage aufgeräumt und penibel geputzt. Als der Mann die wenigen Stufen hochstieg, drehte August sich kurz zu Sofia um. Er sagte nichts, doch seine erfreute Miene sandte ein Siegerlächeln aus.

Ein Teil der doppelflügeligen Haustür stand offen. Lautes Lachen und Gejohle drangen zu ihnen her. Braunfels blieb auf dem obersten Absatz stehen. Sofia folgte ihm. Mit einem Blick erkannte sie das Malheur. Das würde August gar nicht gefallen. Überhaupt nicht!

»Magnus, komm herunter«, zischte sie leise, da war es schon zu spät. August stand bereits hinter ihr. Sie konnte förmlich spüren, wie die Wut in ihm hochstieg.

Der älteste Junge blickte sich um, und auch er wusste sofort, welchen Fehler er begangen hatte. Er saß hinter dem Rücken des steinernen Löwen zu ihrer Linken. Oskar saß rechts. Gustav stand daneben. Sie spielten wie kleine Jungs – nichts, was einem Dreizehnjährigen wie Magnus angemessen war. August hatte seinen ältesten Sohn als Nachfolger vorstellen wollen, das hatte er ihm bereits beim Frühstück gesagt. Das, was der Mann von der Bank jetzt zu sehen bekam, entsprach in keiner Weise erwachsenem und verantwortlichem Verhalten.

»Tja«, stieß er aus. »Ein kleiner Mann, der hoffentlich in die großen Schuhe seines Vaters wachsen wird.«

August zwang sich zu einem Lächeln. »Dafür werde ich schon sorgen. Da brauchen Sie keine Befürchtungen haben.« Die Männer verabschiedeten sich. Während Herr Braunfels die Stufen hinabstieg, waren Magnus und Oskar bereits von den Löwen, die die Eingangstreppe zur Villa schmückten, heruntergesprungen. Oskar war klein genug, um sich hinter der steinernen Balustrade zu verstecken. Magnus blickte seinem Vater ahnungsvoll entgegen.

Anscheinend in bester Laune blickte August dem Besucher hinterher, der sich vor dem steinernen Torbogen noch ein letztes Mal umdrehte, kurz winkte und dann verschwand.

»Magnus!«

Mehr Worte brauchte August nicht. Er wartete hinter der Eingangstür, und Sofia stellte sich neben ihn. Magnus war kaum durch die Tür, da erwischte ihn der Schlag so heftig, dass er mit dem Schädel gegen die massive Holztür knallte.

»August!« Sofia sprang sofort zu dem Jungen, der in die Knie ging. Der Schmerz musste so groß sein, dass er nicht einmal mehr in der Lage war, zu schreien.

»Lass das, Frau! Ich bin noch nicht fertig.«

Doch Sofia hielt Magnus fest im Arm. Aus dem Augenwinkel sah sie, wie Oskar, der einige Stufen hinaufgestiegen war, sich umdrehte und wie der Blitz davonlief. Er war erst fünf, und von ihm erwartete niemand etwas anderes, als so zu tun, als wären die Löwen echte Pferde. Gustav war bereits verschwunden. Magnus jedoch – er hätte es besser wissen müssen.

»Bin ich hier eigentlich der Einzige im Haus, der denken kann? Bin ich der Einzige, der sich darum kümmert, dass wir Essen auf den Tisch bekommen?

Dass wir ein Dach über dem Kopf haben und es uns eines Tages besser geht als in der Kaschemme, aus der wir vor wenigen Monaten ausgezogen sind?« August war mit jedem Wort lauter geworden. Sein Gesicht war rot angelaufen. Die Adern an seinem Hals waren dick geschwollenen.

»Das reicht. Du wirst ihn nicht weiter schlagen!« Sofia ließ Magnus los, der sich noch mit beiden Händen den Kopf hielt. Er stöhnte leise.

»Geh mir aus dem Weg, Weib.« Doch Sofia rührte sich nicht. Für einen Moment schien er verunsichert, was er als Nächstes tun sollte. August zögerte kurz, doch dann stieß er Sofia brüsk zur Seite. Er packte Magnus am Nacken wie ein Kaninchen. Mit energischen Schritten zerrte er seinen Sohn hinter sich her, bis er zum Eingang der Kellertreppe kam.

Sofia folgte ihm, jederzeit bereit einzugreifen, falls August noch einmal zuschlagen wollte. Der zerrte seinen Sohn so heftig die Treppe hinunter, dass dieser strauchelte und auf den Boden fiel. Mit gesenktem Kopf, die Arme schützend über Schädel und Nacken gelegt, lag Magnus in Erwartung neuer Prügel auf dem harten Kellerboden.

Sofia wäre beinahe selbst gestürzt, so schnell lief sie die Treppe hinab. Doch August riss den Holzverschlag zum Kohlenkeller auf und packte Magnus an seinem Hemd. Er riss ihn halb hoch und stieß ihn heftig in den niedrigen Raum.

»Da bleibst du jetzt bis morgen früh und überlegst dir, ob du deinen Vater noch einmal so lächerlich machen willst.« Dann schlug er die Tür zum Kohlenverschlag zu und legte einen Holzriegel vor. »Da bleibst du drin bis morgen früh. Ich werd dir schon beibringen, ein Mann zu sein.«

Mit finsterer Miene lief er an Sofia vorbei. »Er bekommt kein Abendessen, hast du mich verstanden?« Er wartete nicht auf ihre Antwort. Mit schweren Schritten stieg er die Treppe hoch.

»Magnus, hörst du mich?« Sie klopft sacht an das raue Holz.

Ein unbestimmter Ton drang durch die Tür. Erst jetzt, wo der Vater weg war, erlaubte Magnus sich, zu weinen.

»Magnus, wie geht es deinem Kopf? Ist es schlimm? Blutet es?«

Es dauerte einen Moment, bevor die Antwort kam.

»Nein, kein Blut.« Dann: »Ich hab Durst.«

Sofia zögerte. »Später vielleicht.« Sie hörte, wie ihr ältester Sohn leise weinte. Es zerriss ihr das Herz. Sie horchte, ob August noch in der Nähe war. Dann wisperte sie leise zwischen den Holzlatten durch: »Ich werde Oskar runterschicken, sobald dein Vater aus dem Weg ist.« Sie räusperte sich. »Ich werde ihm auch etwas zu essen mitgeben.« Ihre Hände streichelten hilflos über die grobe Tür.

Magnus zog geräuschvoll die Nase hoch. »Mama, ich wollte das nicht.«

»Ich weiß, mein Junge. Ich weiß. Es ist wirklich schwer, deinem Vater etwas rechtzumachen.« Sofia trat ein Schritt zurück und schloss die Augen. Sie wischte sich eine Träne von der Wange.

August, den großen stattlichen Mann, hatte sie im Sommer 1908 kennengelernt, als sie im Kölner Hof, einem der besseren Hotels am Rheinufer, auf der Terrasse aushalf. Dutzende Ausflugsdampfer schwemmten jedes Wochenende Horden von Touristen nach Königswinter. August war mit seinen Kollegen aus der Brauerei hier. Von da an kam er dann jeden Sonntag extra von Köln rausgefahren, um mit ihr im Schatten des Drachenfels spazieren zu gehen. Als sie ihn dann geheiratet hatte, war sie knapp achtzehn Jahre alt gewesen. Mit seiner kräftigen Statur, dem dichten schwarzen Haar und seinem galanten Auftreten hatte er sie beeindruckt. Als sie endlich erkannte, dass seine Höflichkeiten nur Mittel zum Zweck waren, um zu bekommen, was er wollte, war es schon zu spät. Der goldene Ring an ihrer rechten Hand hatte sich in eine Fessel verwandelt. August wurde von Jahr zu Jahr unbeherrschter und grober.

»Vielleicht ... Vielleicht komm ich später noch mal runter.« Dann ließ sie ihren Ältesten allein.

Das Wörtchen Vielleicht sagte ihr, wie erbärmlich es um sie stand. Vielleicht bedeutete – nur wenn August es nicht merken würde. Vielleicht – weil sie nicht seinen Zorn auf sich oder die anderen Kinder lenken wollte. Vielleicht – weil sie es nicht wagte, sich gegen ihren Mann zu stellen.

KAPITEL VIER

KÖLN-RHEINKASSEL – EIN FREITAG IM MAI 2014

Isabell war schon länger nicht mehr joggen gewesen, aber ihr kleines Pensionszimmer mit Dachschräge ließ ihr nicht genug Platz für Yoga, geschweige denn ihr Programm zu absolvieren, mit dem sie sich für den Tanzunterricht aufzuwärmen pflegte. Da das Dachfenster keine Rollläden hatte, war sie von der Sonne früh geweckt worden. Sie stellte sich auf die Zehenspitzen und schaute hinaus. Die Villa lag in Luftlinie nur wenige Hundert Meter von der Pension entfernt, war aber von hier nicht zu sehen. Schade.

Ihr ging so vieles durch den Kopf. Die Vermutung, dass es Oma Paulines letzte Reise sein könnte. Die bedeutsame Erbschaft, von der sie nicht wusste, ob sie sich als Traum oder Albtraum erweisen würde. Und dann Julius Grothues. Der Jurist war ein völlig überraschender Aspekt bei der ganzen Geschichte. Und dann war da noch etwas anderes. Dicht unter ihrer Haut lauerte die Panik. Unbeherrschbar. Überfallartig. Und nicht erklärbar. Sie wartete nur auf ihre Gelegenheit, die Oberhand zu gewinnen, Isabell in den Kontrollverlust zu treiben. Isabell konnte den Griff nach der Tablettenpackung nur mühsam unterdrücken. Schweißtreibender Sport würde helfen, das wusste sie.

Es war gerade kurz nach sechs, als sie sich die bequemsten Schuhe, die sie dabei hatte, anzog und wenige Minuten später leise aus der Tür schlüpfte. Der Anbau mit insgesamt fünf Gästezimmern lag nach hinten raus, drei Zimmer davon ebenerdig. Das war wichtig gewesen für Oma Pauline, die keine Treppen mehr steigen konnte.

Vorne auf der Straße war noch nicht viel los. Vereinzelt fuhren einige Autos durch das Dorf. Isabell überquerte die Hauptstraße, lief zwei kleine Gässchen entlang, über den kleinen Damm und stand schon am Rheinufer. Vor ihr breitete sich die Wasseroberfläche aus. Wie ein Band aus poliertem Messing glänzte der Rhein in der Morgensonne. Flussabwärts sah sie die Langelner Fähre, die gerade auf der gegenüberliegenden Seite nach Hitdorf ablegte. Im Laufen beobachtete sie das Manövrieren des Schiffes. Sie lief bis zur abschüssigen Straße, die an dem Fähraufleger endete. Noch war kaum Betrieb. Nur zwei Autos warteten darauf, auf die andere Seite gebracht zu werden. Sie lief immer weiter, in die Rheinauen von Langel, die sich menschenleer vor ihr ausbreiteten. Nach zwanzig Minuten drehte sie um. Sie war sehr schnell gelaufen, den Rückweg wollte sie etwas langsamer angehen. Nochmals kam sie an der Fähre vorbei, die schon auf der anderen Rheinseite war. Jetzt warteten bereits vier Autos. Allmählich kam sie in einen Rhythmus. Ob man am Rhein bis zum Dom durchlaufen konnte? Wie weit war es wohl bis dahin? Erst als sie in Rheinkassel zurück war, verließ sie den Damm und ging hinab zum Wasser. Isabell fühlte sich fantastisch. Auch wenn der Tag versprach, sonnig zu werden, war es noch herrlich kühl. Hier konnte sie nicht mehr schnell laufen, da das Ufer vereinzelt von Büschen oder Grassoden bewachsen war. Sie kam an Heuwiesen, Pferdekoppeln und schließlich Feldern vorbei. Nach ein paar hundert Metern stand sie auf der Höhe der Villa.

Sie ging die Böschung hoch und stolperte fast über ein altes Steinkreuz auf dem Boden, das fast gänzlich überwachsen von Moos und Gras war. Daneben stand ein großer Holunderbusch in voller Blüte. Die Schwemmwiese stieg hier sanft an. Nach wenigen Metern stand sie vor der Mauer, auf dessen Abschluss ein hoher Maschendrahtzaun über die ganze Breitseite angebracht war. Rechts von Isabell lag die alte Brauerei mit dem Lagerhaus und hinter dem großen Kirschbaum versteckte sich die alte Villa. Isabell lief an der alten Mauer entlang, bis dahin, wo auf der linken Seite eine lange

Garagenreihe das Gelände seitlich begrenzte. Der hohe Drahtzaun war nicht direkt mit der Rückwand der letzten Garage verbunden. Sie zögerte kurz, dann zog sie sich an der hüfthohen Mauer hoch und zwängte sich zwischen der Garagenrückwand und dem Zaun hindurch. Als sie sprang, hörte sie ein leises Reißen. Ihr T-Shirt war an einem losen Ende des Drahtes hängengeblieben. Sie fluchte leise und wischte sich den Dreck von den Händen.

Vor ihr war eine kleine Stelle mit Brennnesseln. Sie ging daran vorbei und kam zu einer Trauerweide, deren biegsame Äste über ihre Schultern glitten. Der lange Vorhang umgab den Baum rundherum – wie die ausladende Robe einer Diva. Durch die kniehoch gewachsene Wiese aus verschiedenen Gräsern, rotem Mohn, Kornblumen, Kamille und anderen Wildblumen lief sie bis zum Kirschbaum, der mit seinen prachtvollen rosa Schneeballblüten angab wie eine königliche Zuckerbäckerei. Hummeln summten auf ihrem Weg von einer Blüte zur nächsten. Der Ort war nicht verlassen. Überall strotzte die Natur vor Lebenskraft. Unverschämt üppig und farbenfroh wuchsen die Blumen hier. In der Fülle schwelgend, streifte Isabell über die Wiese, bis sie am Hintereingang der Villa stand.

Zu gern hätte Isabell in den mit Brettern vernagelten Wintergarten geschaut. Sie ging links am Gebäude entlang, bis sie auf eine schmale Tür stieß, leider zugemauert, genauso wie das Fenster daneben. Jede kleinste Lücke war mit Mörtel verfüllt.

Verwilderte Beete, einstmals wahrscheinlich der Gemüsegarten, breiteten sich vor der Tür aus. Zwischen dem Unkraut konkurrierten ausladende Rhabarberpflanzen mit wuchernden Bohnenranken, denen kein Halt geboten wurde. Möhren standen wild durcheinander mit anderen Pflanzen. Vorne, vor der Steinmauer zur Straße hin, war eine dichte Brombeerwand gewachsen. Es wirkte wie eine perfekte Dornröschen-Kulisse. Wenige Meter daneben wuchs ein Himbeerstrauch. Isabell umrundete das Gebäude.

Hier, zur Straße hin, lag die Vorderfront der Villa. Eine wuchtige Steintreppe führte hoch zum großen Portal. Vor der doppelflügeligen Holztür war ein schnörkelloses Eisengitter angebracht, das verschlossen war. Am Ende des Treppengeländers waren große, kopflose Tierfiguren.

Da hatte sich jemand viel Mühe gemacht, alles gut abzudichten und vor Eindringlingen zu schützen. Dieser Jemand musste ihr Großonkel Oskar gewesen sein. Wieder tauchte die Frage auf, was mit schmutzigem Geld gemeint war. Offensichtlich hatte Paulines Bruder etwas zu verbergen, sogar vor seiner Schwester. Warum wollte er nichts mit dem elterlichen Anwesen zu schaffen haben? Andererseits hatte er sich soweit darum gekümmert, dass es nicht komplett verkam und ihre Großmutter eine zusätzliche Rente aus den Einnahmen erhielt. Das passte alles nicht zusammen. Je mehr Isabell darüber nachdachte, desto mehr Fragen tauchten auf. Gleichzeitig mahnte ihr Instinkt sie auch zur Vorsicht.

Gerade, als sie die Treppe hochsteigen wollte, stieß ihr Fuß gegen etwas. Sie bückte sich und drückte das Unkraut zur Seite, das den Stein überwucherte. Ein Auge schaute sie streng an, beobachtete, was dieser Eindringling hier wollte. Isabell lächelte bei der Vorstellung. Sie hob den Stein auf. Es war ein Löwenkopf, stellenweise mit Moos überzogen. Löwen, die jemand als Wächter des Hauses aufgestellt hatte.

Obwohl schon ein Stück der Mähne herausgebrochen war, war der Stein verdammt schwer. Nur mit großer Anstrengung schaffte Isabell es, den Kopf erst auf eine Treppenstufe und dann auf den Rumpf zu setzen. Doch die Kanten, an denen die Figur gebrochen war, passten nicht mehr richtig aufeinander. Wind und Wetter hatten den Stein geschliffen. Der Kopf wackelte, und sobald Isabell losließ, würde er zurück ins Unkraut plumpsen. Isabell setzte ihn so auf die unterste Treppenstufe, dass man das Antlitz des Löwen gut sehen konnte.

Sein linkes Auge schien zu verfolgen, wie sie auf der gegenüberliegenden Seite im Unkraut nach dem zweiten Kopf suchte. Sie fand ihn schließlich in der Ecke, die die Hauswand mit der Steintreppe verband, versuchte aber erst gar nicht, ihn hochzuhieven, sondern stellte ihn direkt neben den Sockel auf die erste Stufe. Rückwärts ging sie ein paar Schritte vom Haus weg, um sich ihr Werk anzuschauen. Jetzt flankierten die Wächter des Hauses wieder den Eingang. Sie lächelte zufrieden.

Ihr Blick glitt an der Häuserfassade hoch. Rechts und links vom Eingangsportal waren zwei große von Stuck umrandete Fenster. Auch hier waren viele Details grün und braun verschmutzt, und in den Ecken wuchs Moos. Diese Fenster waren ebenfalls mit dicken Holzplatten verdeckt. Doch in der Etage darüber waren die drei Fenster frei, das mittlere, direkt über dem Eingang, war an einer Ecke eingeworfen. Über diesen Fenstern kam eine mit Stuck abgesetzte Balustrade, über der bereits das Dach anfing. Die rötlichen Schindeln, mehr oder weniger alle mit Moos überzogen, sahen einigermaßen intakt aus. Aufwändige breite Dachgauben liefen rund um das viereckige Haus. Die obere Etage hatte wohl nicht die typischen hohen Altbaudecken wie die zwei Etagen darunter. Isabell vermutete, dass das die Unterkunft der ehemaligen Angestellten sein musste.

War ihre Familie jemals so reich gewesen, dass man Bedienstete gehabt hatte? Trotz der abgebröckelten Farbe, der teilweise beschädigten Fassade und der blinden Fenster war noch die ehemalige Pracht des Gebäudes zu erahnen. Isabell konnte kaum glauben, dass ihre Familie einstmals so herrschaftlich gewohnt hatte. Mit ihrer Mutter hatte sie immer nur in Mietwohnungen gelebt, genau wie Oma Pauline, bevor sie in das Seniorenstift gezogen war. Selbst Tante Dorothea und Tante Adele, die in Königswinter in dem alten Bauernhaus gewohnt hatten, hatten alles andere als luxuriös gelebt. Das Gebäude war alt gewesen und schlecht gedämmt. Oma Pauline erzählte heute noch davon, wie sie im Winter gefroren hatten, weil die drei Kanonenöfen es nicht schafften, die Räume warm zu halten. Und doch schien ihre Familie überraschenderweise früher einmal in diesem feudalen Haus gelebt zu haben.

Die Löwen mit ihrer Mähne aus Moos schauten sie an, als würden sie ihr danken, dass Isabell sie aus dem Unkraut befreit hatte. Auf ihren steinernen

Gesichtern lag ein verschwörerischer Ausdruck. Als würden sie die junge Frau wiedererkennen. Als wären sie schon lange miteinander verbunden.

Wieder glitt Isabells Blick an dem Gebäude hoch. Für einen Moment erlaubte sie sich den Gedanken daran, wie es wäre, hier zu leben. Die Renovierung der Villa wäre natürlich ein einziges Horrorszenario. Aber die Arbeit und das Geld, das man vermutlich hineinstecken musste, einmal beiseitegelassen, kam es Isabell wie ein einziger Traum vor. Sie versuchte sich vorzustellen, wie die Villa instandgesetzt und frisch gestrichen aussehen würde. Rechts vom Gebäude würde sie den Gemüsegarten neu bepflanzen, und hinter der jetzt zugemauerten Tür würde sie die Küche einrichten. Der Wintergarten war natürlich kaum zu beheizen. Wenn sie jedoch für einen Moment all die vernünftigen Gedanken wegschob, musste sie gestehen, dass es eine wahrhaftige Idylle wäre, dort sitzen und über die große Grünfläche direkt hinaus auf den Rhein blicken zu können. In diesem Moment bedauerte sie zum ersten Mal inständig, dass sie nicht genug Geld hatte, um das Erbe zu halten. Ein Gefühl von Heimat durchströmte sie hier. Das war ihr gänzlich unbekannt. Sie wollte dieses Haus, sie wollte das Gelände, sie wollte das Erbe. Natürlich ging das nicht, doch alleine der Traum davon, dass sie eines Tages hier wohnen könnte, berührte sie auf eine eindringliche Weise.

Ihre kleine Wohnung in Berlin wäre wahrscheinlich innerhalb von einem halben Tag aufzulösen. Zu oft war sie schon umgezogen, um sich mit schweren Möbeln und tausenderlei Tinnef zu belasten. Ihre innere Unrast hatte sie immer als ein Kennzeichen für ihre übersprudelnde Energie und ihre Neugierde genommen. Was aber, wenn es gar keine Neugierde, keine Abenteuerlust war, die sie beständig vorantrieb? Ungebunden zu sein, war mehr und mehr eine Beschreibung ihres Alleinseins. Ihre wenigen langjährigen Freunde wohnten über den Erdball verteilt, kaum jemand in Berlin. Überhaupt … Freunde! Enge, langjährige Freunde gab es wenige. Isabell hatte keine fremden Chronisten ihres Lebens. Da war niemand, der sie bezichtigen konnte, selbst für ihr Unglück zuständig zu sein, das

Glück geschickt zu vermeiden. Sie war mit niemandem so eng und lange befreundet, dass er sie darauf hinweisen könnte, dass ihre Panikattacken nicht von ungefähr kamen. Dass sie nach jeder Trennung heftiger wurden. Und dass sie ihnen schon längst hätte auf den Grund gehen müssen.

Für alle anderen Menschen war sie ein freier Vogel, der tun und lassen konnte, was er wollte, und auf niemanden Rücksicht nehmen musste. Doch die Flügel dieses Vogels verklebten allmählich mit Einsamkeit. Von ihren Reisen brachte sie immer häufiger statt wunderbarer Erinnerungen an Sonne und Strand den schalen Geschmack des immer Gleichen zurück. Sie drehte sich im Kreis. Es gab keine Entwicklung, kein Ziel und keinen Plan in ihrem Leben.

Letztlich hatte ihr immer der Mut gefehlt, ihre Träume anzupacken. Der häufige Ortswechsel war nur ein Synonym für eine vergebliche Suche.

Wieder wurde ihr schmerzlich bewusst, dass Oma Pauline – von ihrem treulosen Vater einmal abgesehen – ihre letzte lebende Angehörige war und bereits achtundachtzig Jahre alt. Ihr Großvater war schon vor fünfzehn Jahren von ihnen gegangen. Wenn ihre Großmutter in nicht allzu ferner Zukunft das Zeitliche segnen würde, dann bliebe nur noch ihr Vater übrig, zu dem sie kaum Kontakt pflegte, seit ihre Eltern sich vor über dreißig Jahren hatten scheiden lassen. Dann hätte Isabell niemanden mehr – keine Kinder, keine Verwandten, nur gelegentliche Freunde, die vom Wind in ihr Leben hineingeweht wurden und auch wieder verweht wurden.

Wer würde es überhaupt merken, wenn sie einfach nicht wiederkäme? Im Tanzstudio, in dem sie den Hauptanteil ihres Geldes verdiente, würden man sie vermissen, weil sie dort feste Kurse betreute. Im Yogazentrum dagegen gab es eine große Auswahl an Ersatz. Leicht verärgert wandte sie ihren Blick von dem Gebäude ab. War es die Tatsache, dass sie sich das Erbe ohnehin nicht leisten konnte, oder die Tatsache, dass sich selbst mit dem Erbe ihre Situation nicht grundlegend ändern würde, die sie wütend werden ließ?

Plötzlich wollte sie nur noch hier weg. Doch schon nach ein paar Schritten strauchelte sie und fiel der Länge nach auf den Boden. Sie war mehr erschrocken, als dass sie sich wehgetan hatte. Über ihr keckerte eine Elster, als wolle sie sich über Isabell lustig machen. Leise fluchend setzte sie sich auf. Eine Efeuranke hatte sich um ihren rechten Fuß geschlungen. Jetzt erkannte sie, dass sich der Efeu praktisch über die gesamte Anfahrt bis hin zum schmiedeeisernen Tor schlängelte. Es hatte den Kiesweg erobert. Isabell versuchte, sich aus dieser Fußfessel zu befreien, aber irgendwie schien die Natur sich dagegen zu wehren. Sie musste sich richtiggehend konzentrieren, damit sie ihren Fuß wieder frei bekam. Sie fing die Blicke der Löwen auf, die plötzlich zu schmunzeln schienen. Lächerlich! Als sie noch einmal hinüberschaute, blickten die vier Augen wieder starr vor sich hin.

Isabell wischte sich eine Strähne aus der Stirn. Die Löwen bannten sie mit ihren Blicken. Der Efeu warf Ranken aus, um sie zu fesseln. Die Kirschblüten betörten sie mit ihrem süßen Duft. Der rote Klatschmohn und die tiefblauen Kornblumen bereiteten ihr ein Bett in der Wiese. Jemand, oder etwas, versuchte ganz sicher, sie zum Bleiben zu bewegen. War es dieser Ort, der ihr etwas einflüsterte? Würde sie hier die Antwort finden auf ihre Frage, wovor sie schon so lange fortlief? Würde sie hier die Familie finden, die sie nie gehabt hatte? Schuldete dieser Ort ihr ein Zuhause?

Sie stand auf, klopfte sich den Dreck von den Kleidern und ging nachdenklich zurück. Doch kaum war sie an dem Kirschbaum vorbei, da beschlich sie ein seltsames Gefühl. Die Bienen summten weiter ihr Lied, und doch kam es Isabell plötzlich vor, als sei es ein Wiegenlied, das ihre Sinne einlullte. Als würde etwas aus der Erde dampfen, das ihre Sinne benebelte? Ein unsichtbarer Nebel aus süßen, betörenden Einflüsterungen? Eine mysteriöse Stimmung lag auf diesem Ort.

Sie duckte sich unter den Vorhang der Trauerweide. Hier, unter einem Wasserfall aus dünnen Ästen, konnte sie den knotigen, verwachsenen Stamm erkennen. Irgendwann war der Baum nicht mehr beschnitten worden und in die Höhe geschossen. Er war verwachsen und krumm. Statt leise mit dem Wind zu wispern, ächzten die Äste gequält unter ihrer Last. Am meisten überraschte es Isabell, wie die dickeren Äste sich flehend ausstreckten in Richtung Rhein. Das Holz war verdreht wie die Arme von Gefolterten. Als sie die Deckung der Weide verließ, verhedderten sich ihre Haare in den Zweigen. Auch der Baum zerrte an ihr. Als würden die Schatten ihrer Familie an ihrer Seele zerren. Isabell schüttelte den Kopf. Das konnte doch alles nur Einbildung sein. Schnell zog sie sich an der Mauer hoch und drückte sich durch die Lücke im Zaun.

KÖLN-RHEINKASSEL – EIN FREITAG IM MAI 2014

»Guten Morgen.« Isabell umarmte Oma Pauline so fest, wie sie es schon lange nicht mehr getan hatte. Dann setzte sie sich an den liebevoll gedeckten Frühstückstisch.

»Oh, wofür war das denn?« Pauline lächelte kurz, doch dann verzog sich ihr Gesicht.

»Geht es dir nicht gut?«

»Ich habe … Kopfschmerzen. Schon seit gestern Mittag. Wahrscheinlich ist mir das doch alles zu anstrengend.« Isabell nickte mitfühlend. »Willst du zurück nach Königswinter? Ich kann dich hinbringen und komme dann zurück, um den Rest zu organisieren.«

»Das ist lieb von dir, aber ich werde es einfach etwas langsamer angehen. Herr Grothues will uns heute die Lagerhalle zeigen, oder?«

»Ja. Außerdem würde ich mir gerne die Villa von innen ansehen. Ich war heute Morgen schon dort.«

»An der Villa?«

»Das Gebäude wirkt so geheimnisumwoben. Ich bin neugierig, wie es innen aussieht.«

Pauline fasste sich an die Schläfe. »Ich weiß nicht, ob mir das nicht zu viel wird.«

Isabell zögerte, bevor sie ihre nächsten Worte aussprach. Doch ihre Neugierde siegte. »Überhaupt scheint mir die ganze Sache sehr geheimnisvoll. Die Geschichte mit Onkel Oskar und all die anderen Vorkommnisse.«

Oma Pauline ging gar nicht darauf ein, sondern schmierte akribisch Butter auf eine Scheibe Brot. Isabell schaute ihr zu und nahm sich dann ebenfalls eine Scheibe. Gedankenverloren hielt sie das Messer in der Hand. Wenn sie Oma Pauline wirklich mit dieser Erbschaft helfen wollte, blieb ihr gar keine Alternative, dann musste sie mehr über die Vergangenheit wissen. Isabell atmete tief durch.

»Oma, was genau meinte Onkel Oskar mit schmutzigem Geld?«

Pauline presste die Lippen zusammen.

»Ich meine, war jemand aus deiner Familie in etwas Illegales verwickelt?«

Die alte Frau legte ihr Messer beiseite und wischte sich die Hände an der Serviette ab. »Soweit ich weiß, hat mein Vater in den Nachkriegsjahren sein ganzes Vermögen mit dem Schmuggeln von Alkohol und Zigaretten gemacht.«

Sie druckste herum. »Tante Dorothea hat mal erwähnt, dass er wohl schon während des Ersten Weltkrieges im großen Stil geschmuggelt hat. Fleisch und andere Nahrungsmittel, Speck und Kaffee, alles, was damals schwierig zu bekommen war.«

»Und das ist dir heute noch unangenehm?«

Pauline nickte. »Er soll auch Schnaps gebrannt und auf dem Schwarzmarkt verkauft haben. Er muss ein großer Hehler gewesen sein.« Sie griff nach ihrer Teetasse, trank allerdings nicht. »Darauf kann ich doch nicht stolz sein.«

»Aber hast du nicht erzählt, dass er in all den schwierigen Jahren seine Familie gut über Wasser gehalten hat und deine Geschwister nicht hungern mussten?« Isabell war irritiert, denn bisher hatte sie immer den Eindruck gehabt, dass Oma Pauline auf ihren Vater stolz wäre.

»Ja, er scheint wohl die eigentümliche Gabe besessen zu haben, sich immer irgendwie durchzuwursteln.«

»Er hat seinen Job in Kriegszeiten verloren, doch seine Kinder mussten nicht hungern. Und obwohl er arbeitslos war, lebte mein Urgroßvater mit seiner großen Familie in einer herrschaftlichen Villa mit einem riesigen Grundstück. Das scheint mir doch etwas mehr zu sein als nur durchwursteln.«

»Da hast du wohl recht.«

»Aber wie … Wie hat er das hingekriegt? War das Schmuggeln so lukrativ?«

Pauline zuckte mit den Schultern. »Ich kann es dir nicht sagen, denn mein Vater ist ja wenige Tage vor meiner Geburt gestorben.«

»Stimmt.« Für einen Moment dachte Isabell, dass auch das so eine merkwürdige Geschichte war – der Tod ihres Urgroßvaters. »Wenn dein Vater nur in einer Brauerei angestellt und später arbeitslos war, wie konnte er sich in diesen schlechten Zeiten eine Villa leisten? Kam er aus einer reichen Familie?«

»Nein, ich glaube nicht. Und meine Mutter auch nicht.«

»Also hatte er die Villa nicht geerbt?«

Paulines Ton war plötzlich überraschend barsch. »Ich sag doch, ich weiß es nicht!«

Für einen Moment war Isabell erschrocken. Sie wusste nicht, wann ihre Großmutter ihr gegenüber jemals so aufgebracht gewesen war. Sie konnte sich nicht vorstellen, dass die ehemaligen Schwarzmarktgeschäfte seines Vaters ihren Großonkel Oskar dazu bewegt hatten, das Erbe auszuschlagen. Geschmuggelt hatten schließlich die meisten. Trotzdem schien es angebracht, das Thema zu wechseln.

»Oskar hatte also eine Pferdezucht in Montana?« Pauline lächelte wieder. »Oskar war ein echter Pferdenarr. Seit ich ihn kenne, hat er Pferde geliebt. Schon als Kind soll er häufig im Pferdestall übernachtet haben. Auf jeden Fall hat er es später immer noch gemacht, wo wir schon längst keine Pferde mehr hatten. 1952 ist er nach Amerika gegangen. Seitdem habe ich ihn nur noch zweimal gesehen.«

Einiges wollte Oma Pauline nicht erzählen, anderes schien sie selbst nicht zu wissen. Und gerade eben hatte Isabell das sichere Gefühl gehabt, dass ihre Großmutter wütend geworden war, weil ihr selbst plötzlich klar wurde, wie viele Ungereimtheiten und Lücken es in ihren Erinnerungen gab. Fühlte Pauline sich um die Wahrheit betrogen? Wenn ja, dann verstärkte Isabell dieses Gefühl durch ihre Fragen.

Immer drängender beschlich sie der Verdacht, dass ihr rastloses Leben etwas mit den tragischen Vorfällen von damals und mit der Abwesenheit beinahe jeglichen Familienlebens zu tun hatte. Doch sie konnte auch die Weigerung ihrer Großmutter, über diese Dinge zu sprechen, nachvollziehen. Hatte Isabell bisher immer geglaubt, es gäbe nur eine kurze gerade Linie von ihrer Mutter zu ihrer Großmutter, musste sie nun zugeben, dass noch viel mehr Lebensfäden existieren. Ihre Familiengeschichte barg ungeahnte Dimensionen. Plötzlich war es Pauline selbst, die wieder davon anfing. Als sei sie ihrer Enkelin die Antworten schuldig.

»Offensichtlich musste mein Bruder die halbe Welt zwischen sich und seinem Heimatort bringen, um glücklich zu werden. Und ich kann dir wirklich nicht sagen, wieso das so ist.« Sie holte tief Luft. »Ich weiß nur einige wenige Details. Ich weiß, dass Magnus, mein ältester Bruder, den Eingang zum Kohlenkeller zugemauert hat – direkt am Tag nach Vaters Tod. Mein Vater hat wohl meine Geschwister gelegentlich über Nacht in dem Verschlag eingesperrt.«

Isabell schoss durch den Kopf, dass er ziemlich gelitten haben musste, wenn er etwas so Drastisches tat. Doch sie sagte nichts. Sie hoffte, dass ihre Großmutter einfach weiterreden würde.

»Irgendwie schien es, als sei … nun, als hätte das Unglück sich bei uns eingenistet. Es gibt überhaupt nur wenige Momente, in denen ich als Kind jemals Glück gefühlt habe. Vielleicht nur kurze Stunden, wenn überhaupt.«

Sie schüttelte den Kopf. »Ehrlich gesagt, ist mir das nie wirklich aufgefallen, denn ich kannte es ja nicht anders. Ich glaube, dass es damals überhaupt nur wenige glückliche Menschen gab. Und wenn doch, lebten die alle nicht in meiner Nähe. Vielleicht zieht Unglück auch anderes Unglück an.«

Isabell bemerkte, dass sich Tränen in den Augen ihrer Großmutter sammelten. Sie langte hinüber und drückte liebevoll ihre Hand.

»Nein, nicht trösten. Ich bin es, die dich trösten muss. Deine Mutter … meine Caroline … Sie ist so früh gestorben. Du hättest deine Mutter noch ein paar Jahre länger brauchen können.«

»Du warst ja noch viel jünger, als du deine Mutter verloren hast.«

Pauline nickte. »Ja, jedoch bin ich den Tod gewohnt. Die Trauernde – das ist die Rolle meines Lebens. Niemand hat so viele Tode hinnehmen müssen wie ich. Ich bin ja sozusagen in die Trauer hineingeboren worden. Dreizehn Tage, nachdem mein Vater gestorben war, wurde ich geboren.«

»Es muss eine harte Zeit für deine Familie gewesen sein. Für deine Mutter und für deine Geschwister. Eigentlich sollten doch alle glücklich sein, wenn ein neues Familienmitglied hinzukommt.«

»Ehrlich gesagt habe ich heute eher den Eindruck, dass das Leben in meiner Familie nie besonders wertgeschätzt wurde. Es war riskant, sich auf das Leben zu verlassen, wo es doch so viele Tote gab. Erst mein Vater, dann Clementine. Magnus und Gustav wenige Jahre später und schließlich meine Mutter, die quasi vor meinen Augen gestorben ist. Selbst Josefine ist einfach irgendwann verschwunden. Und als Tante Dorothea und Tante Adele starben, verschwand Oskar endgültig aus meinem Leben.«

Isabell war wie vom Schlag getroffen. So hatte sie es noch nie gesehen. Zum ersten Mal wurde ihr bewusst, wie viel Leben in ihrer Familie ans Schicksal verschwendet worden war. Selbst ihre eigene Mutter war früh gestorben, und ihr Vater war einfach aus ihrem Leben verschwunden. Das konnte doch kein Zufall sein. Setzte sie die Tradition fort, indem sie ihr Leben verschwendete?

Pauline lachte kurz auf. »Dann, nach dem zu frühen Tod meines einzigen Kindes, starb mein Mann. Ich bin die Königin der Trauernden. Fast scheint es mir, als habe ich mein ganzes Leben in Trauer verbracht. Irgendjemand war immer gerade gestorben.«

»Und als meine Mutter geboren wurde?«

»Vielleicht waren das meine einzigen leichten Jahre, die Zeit, als deine Mutter noch lebte und Theodor auch. Wenn ich es recht bedenke: Ich war nie wirklich glücklich. Und bei wem hätte ich auch lernen sollen, glücklich zu sein?«

Isabell schluckte. Sie musste aus dem Fenster schauen, damit sie nicht losheulte. Ihr hatte ja auch niemand beigebracht, glücklich zu sein. War das ein Fluch, der über ihrer Familie hing? Oder war das alles Einbildung, und es war in anderen Familien genauso oder ähnlich? Ihre Mutter war kein glücklicher Mensch gewesen, ihre Oma offensichtlich auch nicht. War Sofia, ihre Urgroßmutter, jemals glücklich gewesen? Wann genau hatte sich das Unglück in ihre Familie eingenistet?

KÖLN-RHEINKASSEL – 14. APRIL 1925

Sofia mochte es nicht, wenn August Gäste mitbrachte, schon gar nicht, wenn sie wie so häufig unangekündigt kamen. Meistens waren es fragwürdige Gestalten, die August anschleppte. Irgendwelche Leute, die mit ihm Geschäfte machten oder machen sollten. Hehler, fliegende Händler – Säufer allemal. Sie wollte nicht, dass ihre Kinder mit Dieben und Schiebern an einem Tisch saßen. Schlimm genug, dass ihr eigener Mann zweifelhafte Geschäfte machte. Doch Magnus hatte ihr gerade Bescheid gesagt, dass sie ein Gedeck mehr auflegen sollte, und natürlich würde sie genau das tun.

August hatte heute Nachmittag wie jede Woche mehrere Gaststätten mit Bier beliefert. Das hieß, er hatte den halben Nachmittag getrunken. Vielleicht war der Besucher ein Gastwirt, mit dem August Geschäfte machen wollte. Wer auch immer da kommen würde, ihr war klar, dass es für sie wahrscheinlich wieder ein unangenehmer Abend wurde. Wenn August erst einmal angefangen hatte zu trinken, dann hörte er meistens lange nicht mehr auf. Und falls dann noch Besuch da war, musste er unbedingt vorführen, wie gut es ihnen ging. Dann floss nicht nur Bier, sondern auch Schnaps, und es wurde laut. Einmal hatte August sich mit einem seiner Besucher gestritten, was zu einer Prügelei ausartete. Nachdem August den Mann mit einem Tritt vor die Tür befördert hatte, musste Sofia in der späten Nacht noch eine kleine Platzwunde über seinem linken Auge versorgen. Aber niemals hätte Sofia es selbst gewagt, einem der Männer die Tür zu weisen. August hatte immer gute Gründe, wenn er jemanden mitbrachte. Sie wusste, er tat dies nicht aus Freundschaft. August hatte keine Freunde. Wenn er also jemanden mit nach Hause brachte, dann nur, weil er etwas von ihm wollte. Das musste Sofia nicht gut finden, respektieren musste sie es allerdings. Also legte sie ein achtes Gedeck auf, und rief zum Abendessen.

Die Kinder setzten sich eilig auf ihre angestammten Plätze und warteten geduldig. Als August nicht kam, schickte Sofia Oskar noch einmal los. Endlich hörte sie, wie sich August draußen am Wasserhahn die Hände wusch und währenddessen mit jemandem sprach. Dann kamen sie herein. Sofia konnte schon an Augusts schweren Schritten erkennen, wie viel er getrunken hatte.

»Das ist Viktor Susemihl. Er hat mir mit Tabitha geholfen«, stellte August den Gast vor. Tabitha war eins von zwei Rheinischen Kaltblütern, ihre Brauereikutschpferde, die August Anfang des Jahres gekauft hatte, da er sich keinen Lastwagen leisten konnte oder wollte. Die Pritschenkutsche hatte er für kleines Geld bekommen und die Pferde bei einem Bauern aus dem Bergischen gegen reichlich Schnaps eingetauscht. Zwar kannte Sofia sich mit diesen stämmigen Kaltblütern nicht so gut aus, doch immerhin waren es ihre ersten eigenen Pferde. Sie hatte ihren Traum von einer Pferdezucht noch nicht aufgegeben.

Hinter August trat Viktor Susemihl ins Esszimmer. Sofia bekam ein Schreck. Er sah völlig abgerissen aus und bestand nur noch aus Haut und Knochen. Zurückhaltend nickte er Sofia zu, dann ging sein Blick sofort zur Suppenterrine.

Sofia fragte sich, was August mit so einem wollte. Ihr Mann war nicht gerade für Mildtätigkeit bekannt. Sie bedeutete Viktor Susemihl, sich zu setzen, und fing sofort an, die Suppe zu verteilen. So wie er aussah, musste er vor Hunger umkommen. Er tat ihr leid, auch wenn es ihr unangenehm war, jemanden in Lumpen am Tisch sitzen zu haben. Anders konnte man seine Kleidung kaum nennen. Auf seinem kantigen Kinn wuchsen blonde Bartstoppeln. Sein Haar war so kurz rasiert, dass man die Konturen seines Schädels erkennen konnte.

Als alle ihre Suppe hatten, reichte Sofia ihm und August Brot und Butter. Susemihl musste große Selbstbeherrschung haben, denn er wartete mit dem Essen, bis sein Gastgeber anfing.

»Also, was ist mit Tabitha?« Erst jetzt nahm Sofia das Gespräch auf, denn sonst hätte ihr Besucher wohl noch länger auf das Essen warten müssen.

»Die Dicke hat einen Huf verloren. Naja, fast verloren. Viktor hat sich das angesehen.«

Viktor Susemihl nickte, während er zügig ein ums andere Mal den Löffel zum Mund hob.

»Er hat den Huf mit einem Stein wieder festgeklopft.«

»Das wird nicht halten«, entgegnete Sofia. »Ich werde morgen den Schmied rufen. Tabitha sollte damit besser nicht mehr laufen.« Sofia kannte sich zwar mit Pferden gut aus, das Beschlagen war allerdings immer noch die Sache eines Hufschmiedes.

Susemihls Teller war bereits leer. In seiner rechten Hand hielt er den Löffel, in seiner linken ein letztes winziges Stückchen Brot. »Ich kann das machen«, sagte er schnell.

»Es ist nicht so schlimm, das Hufeisen sitzt noch gut. Mit einem Hammer und einem kleinen Feuer kriege ich es wieder hin.«

August nickte lächelnd. »Er war Pferdezüchter, genau wie dein Vater.«

Sofia stand auf und ließ sich Susemihls Teller geben. Sie füllte ihn erneut und reichte ihm das dickste Stück Brot. Als sie sich setzte, erklärte sie: »Mein Vater war nicht Pferdezüchter, sondern Verwalter auf einem Gutshof mit einer Pferdezucht.«

»Dann kennen Sie sich also mit den Tieren aus?«, fragte Susemihl knapp zwischen zwei Löffeln.

Sofia nickte zögerlich. August zu erklären, dass sie Pferde züchten wollte, war etwas ganz anderes, als jemanden davon zu überzeugen, der sich damit bestens auskannte.

»Was ist mit der Zucht passiert?«, fragte sie, um von sich abzulenken. Dass irgendetwas passiert sein musste, war klar, denn sonst wäre er nicht hier und nicht in diesem Zustand.

»Genau wie Ihr Vater habe ich auf einem großen Gutshof gearbeitet. Allerdings gab es noch einen Gutsverwalter. Ich war der Stallmeister, also für die Pferde und die Zucht zuständig.«

»Dann war es wahrscheinlich eine große Zucht. Wo liegt der Gutshof?«

Für einen Moment hielt Viktor Susemihl inne und blickte hoch. Er hatte sanfte grüne Augen, die nun einen melancholischen Ausdruck annahmen. »Memelland, in der Nähe von Heydekrug.«

Überrascht riss Sofia die Augen auf.

Das Memelland war berühmt für seine preußische Pferdezucht. Vor allem die Trakehner waren ausgesprochen edle Tiere, die besonders wertvoll waren.

August entschlüpfte ein hämisches Lachen. »Das erklärt, warum er so aussieht, wie er aussieht.«

Sofia war klar, was ihr Ehemann damit meinte. Am gleichen Tag, an dem die Franzosen das Ruhrgebiet besetzten, besetzten die Litauer das Memelland. Es dauerte nicht lange, und die Gutshöfe der Junker, die den Ersten Weltkrieg überlebt hatten, siechten dahin. Die Bediensteten wurden zuhauf auf die Straße gesetzt. Eine wahre Flut an Flüchtlingen strömte aus den Ostgebieten in das ehemalige Kaiserreich.

Susemihl senkte seinen Kopf und nickte, während er weiter aß. Sofia wollte ihn nicht bedrängen, aber August war nicht so feinfühlig.

»Dann gehörst du zu den Vertriebenen?«

Susemihl schluckte einen Bissen herunter. »Ich bin freiwillig gegangen, ... mehr oder weniger. Im März 1923, kurz nach der Annektierung, hab ich meine Papiere bekommen.« Er nahm noch einen weiteren Löffel, bevor er bemerkte, dass August offensichtlich auf eine ausführlichere Antwort wartete.

Er räusperte sich. »Über Königsberg und Danzig bin ich zunächst nach Berlin, da strömten ja alle hin. Ich hab es dort kaum zwei Wochen ausgehalten. Man findet keine Arbeit, nicht mal für einen Tag, so viele Arbeitssuchende gibt es dort.«

»Sollte man nicht meinen!«, dröhnte August. »Während wir hier die Tommys im Nacken sitzen haben, säuft doch ganz Berlin Champagner.«

»Ich bin schnell weitergezogen, erst nach Hamburg, dann Hannover, und schließlich habe ich im Münsterland endlich was Längerfristiges gefunden.« Sein Löffel zuckte, als könne er es kaum abwarten, den nächsten Bissen zu nehmen. Doch er beherrschte sich. »Kurz vor Weihnachten ist der alte Bauer gestorben, und der Schwiegersohn hat den Hof übernommen. Ich bin mit ihm auch gut ausgekommen, doch er brachte zwei Brüder mit. Kriegsversehrte. Fleißige Arbeiter. Da brauchten sie mich nicht mehr.« Er setzte schnell hinzu: »Ich hab dort nicht als Pferdezüchter gearbeitet, sondern auf dem Hof. Ich kann alles machen: Pflügen und Mähen. Ich kann mit jeder Art von Ackergeräten umgehen. Auch alles andere – mauern, zimmern, Holz hacken – was immer Sie brauchen, ich mache es!«

August sah ihn skeptisch an. Noch letzte Woche hatte er sich darüber beschwert, wie sehr ihn das Brauen des Bieres vom Geschäftemachen abhielt. Er schien den Vorschlag in Erwägung zu ziehen.

Als Susemihl sich wieder seiner Suppe zugewandt hatte, begutachtete Sofia ihn. Er war mittelgroß und muskulös. Da er kein Gramm Fett am Leib hatte, wirkte er sehr sehnig. Sofia fielen sofort seine Hände auf. Auch wenn er dicke Schwielen auf seinen Handflächen hatte, waren seine Finger doch langgliedrig und fein. Es waren sehr schöne Hände. Als sie ihn fragte, ob er noch einen weiteren Teller Suppe haben wollte, lächelte er sie scheu an.

August fuhr sich schmatzend mit der Zunge über die Zähne. Normalerweise gab er sich bei Besuch kultivierter, doch augenscheinlich schien er es in Anwesenheit des heruntergekommenen Stallmeisters nicht für nötig zu erachten, vornehm zu tun. »Ich habe Viktor versprochen, dass er die Nacht im Stall schlafen kann. Gib ihm ein paar Decken mit, dass er es etwas bequemer hat. Morgen früh kann er sich dann mal alle Hufeisen ansehen.«

»Es sind gute Pferde, das habe ich auf dem ersten Blick erkannt. Kräftig, aber sanftmütig. Bieten Sie Reitunterricht an?« Es war das erste Mal, dass Susemihl aus eigenen Stücken das Wort ergriff. Anscheinend schien der schlimmste Hunger gestillt.

»Reitunterricht, auf Kaltblütern?« Sofia war überrascht.

Schnell schluckte Susemihl herunter, was er im Mund hatte. »Wenn man Pferde hat, sollte man sich überlegen, wozu man sie einsetzen kann. Wenn ich das richtig verstanden habe, dann machen die Tiere einmal oder zweimal die Woche eine Runde. Und den Rest der Zeit stehen sie im Stall oder auf der Wiese?«

August nickte interessiert.

»Natürlich gibt man eigentlich auf Kaltblütern keinen Reitunterricht, aber wieso nicht? In Zeiten wie diesen ist alles möglich … Wir haben Trakehner fürs Militär gezüchtet. Wirklich gute Laufpferde. Ich habe sie dressiert. Man kann damit gutes Geld machen, wenn …«

»Papperlapapp«, unterbrach August ihn. »Wir sind hier in der entmilitarisierten Zone. Die Briten haben ihre eigenen Pferde und die Franzosen auch. Es dürfte wirklich schwer werden, gutes Geld zu machen. Hier gibt es keine deutschen Truppen mehr.« Seine Worte klangen bitter. Nach dem Krieg war festgesetzt worden, dass alle Truppen entlang des Rheins, von Süddeutschland bis hoch an die niederländische Grenze, entweder aufgelöst oder versetzt werden mussten. Das sahen die meisten Einwohner als herben Schlag.

»Nun, ich meine ja auch nur«, nahm Susemihl seine Ausführungen wieder auf, »wir haben auch die Kadetten unterrichtet. Schließlich müssen nicht nur die Pferde parieren, auch die Reiter müssen geübt sein.«

»Wie gesagt: Hier gibt es keine Soldaten mehr.« Beharrlich spann Susemihl seinen Gedanken weiter.

»Wir haben nicht nur Soldaten unterrichtet, sondern auch die höheren Töchter und Söhne aus Heydekrug: Der Sohn des Bürgermeisters, die Zwillinge eines französischen Handelsattachés und alle fünf Nachkommen des Bankdirektors.«

August, der gerade nach dem Bierkrug griff, hielt inne. Mit diesem Argument traf Susemihl einen Nerv. August hatte für sich und seine Familie den gesellschaftlichen Aufstieg im Sinn. »Aha!«, war das Einzige, was er sagte. Sofia wusste, welche Bedeutung diesem kurzen Wort zukam. Aha sagte August immer dann, wenn er eine Idee hatte.

༻༺

Sofia legte sich drei dicke Wolldecken über den linken Arm. Mit der rechten Hand griff sie nach einer Blechkanne mit Milch und schob sich einen Kanten Brot zwischen die Finger. Dann ging sie über den Küchenausgang hinaus in den Garten. Als sie sich dem Pferdestall näherte, hörte sie Stimmen.

»Du bist noch nie geritten?«

»Vater erlaubt es nicht.« Das war Oskars Stimme. Sofia blieb unbemerkt am Eingang zum Stall stehen. Es gab zwei Pferdeboxen und einen Bereich für eine Kutsche. Die früheren Besitzer mussten zwei Pferde und eine kleine Ausfahrkutsche besessen haben. Allerdings passte der lange Pritschenwagen, auf dem die Bierfässer transportiert wurden, hier nicht hinein. In dem Bereich lagerten jetzt allerlei Dinge für die Pferde. Im Flur vor den Boxen lag das Heu.

»Na, komm schon. Ich setz dich mal drauf.«

»Wirklich?«

»Wieso nicht?«

»Und es wirft mich bestimmt nicht ab?«

Viktor Susemihl lachte. »Wo denkst du hin. Galathea ist eine ganz liebe. Hier, gib ihr zuerst etwas Heu. Dann merkt sie, dass du es gut mit ihr meinst.« Oskar fütterte das Pferd und wollte zurückweichen, als die Stute an ihm schnupperte.

»Nein, nein, bleib stehen. Sie tut dir nichts. Sie will dich nur näher kennenlernen.«

Oskar hielt still, und als das Pferd sich schließlich schnaubend abwendete, kicherte er ausgelassen. Galathea stampfte leicht auf, als Susemihl Sofias Jüngsten mit einem Schwung oben auf ihrem Rücken platzierte. Auf Oskars Gesicht lag ein Ausdruck des vollkommenen Glücks. Unsicher griff er in die Mähne und lächelte den Fremden stolz an. Sofia bekam Gänsehaut. Selten war eins ihrer Kinder so sorglos.

Dieser Mann sah nur aus wie ein Landstreicher. Ihr war, als könne sie durch die geflickte Jacke hindurch erkennen, was für ein edelmütiger Charakter in ihm steckte. Sie räusperte sich, um sich bemerkbar zu machen. Oskar blickte erschrocken auf, war jedoch sofort beruhigt, als er sah, dass es nur seine Mutter war.

»Sie können gut mit Pferden umgehen.«

Susemihl nickte und tätschelte den Hals der Stute. »Ja, ich liebe die Pferde, und die Pferde lieben mich.«

Sofia legte die Decken auf einen Hocker ab. »Ich hoffe, das reicht. Es ist ja nur eine Nacht«, entschuldigte sie sich.

»Danke, es wird reichen. In den letzten zwei Jahren habe ich weit unbequemere Schlafplätze gehabt.« Er griff sich Oskar und hob ihn vom Pferd.

»Viktor könnte mir das Reiten beibringen, hat er gesagt.« Oskar war ganz aufgeregt.

Gutmütig wuschelte sie über die Haare ihres Sohnes. »Du nennst den Herrn bitte bei seinem richtigen Namen.« Sofia streckte dem Mann Milch und Brot entgegen. »Und Sie sollten dem Jungen keine Flausen in den Kopf setzen.«

Sehr vorsichtig stellte Susemihl das Nachtessen in der Ecke des Stalls ab. »Da haben Sie recht.« Er drehte sich von ihr weg und strich mit seinen Händen über die Kruppe von Tabitha. »Wissen Sie, das Stockmaß ist genau richtig. Ich wette, die Tiere würden jede Zuchtprüfung überstehen.« Er drehte sich wieder zu ihr um. »Hat Ihr Mann Zuchtbücher für die Tiere mitbekommen, als er sie gekauft hat?«

Sofia sah ihn unsicher an. »Ich weiß es nicht. Ich hätte nicht gedacht, dass sich die beiden zur Zucht eignen.«

»Schon die edlen Namen der beiden weisen darauf hin, dass es nicht einfach nur irgendwelche Ackergäule sind. Woher hat Ihr Mann sie?«

»Von einem versoffenen Bauern. Mehr weiß ich auch nicht«, antwortete Sofia entschuldigend.

Susemihl zuckte mit den Schultern. »Ich kann mir gut vorstellen, dass sie aus einer anerkannten Zucht kommen. Verstehen Sie mich nicht falsch, natürlich sind das keine besonders teuren Exemplare. Trotzdem sind sie gut genug, um eine Zucht zu beginnen.«

»Unsere Pferde?« Sofia lachte auf.

»Das sind kräftige und gleichmäßig gewachsene Kaltblüter. Bestens geeignet für alle Zugarbeiten. Man kann sie vor jede Kutsche, vor jeden Pflug oder sogar wie früher vor eine Bahn spannen. Wenn man einen guten Hengst hätte, bekäme man sicher hervorragende Abkömmlinge.«

»Zucht?« Sofia trat an Galathea heran und streichelte die weiche Haut über ihren Nüstern. »Da hätte mein Mann noch ein Wörtchen mitzureden. Zucht bedeutet Arbeitsausfall, und er braucht die Tiere für den Biertransport.«

»Nun, ich würde sagen, das hat Mutter Natur schon anders entschieden. Galathea ist trächtig.«

»Was? Aber wie kann das denn …? Wie weit ist sie?«

»Ich denke, etwa fünfter Monat.« Er klopfte liebevoll auf den dicken Bauch von Galathea. »Genauer kann ich das natürlich nicht sagen. Noch nicht.«

»Dann muss August sie schon trächtig gekauft haben. Wir haben sie erst seit Januar.«

»Gut möglich. Bei diesen stämmigen Rassen sieht man es erst relativ spät.«

»Meine Güte, das wird August gar nicht gerne hören.«

»Nun, ein paar Monate darf sie noch vor die Kutsche. Ich würde sie nicht überanstrengen, wenn Sie ein gesundes und kräftiges Fohlen haben wollen.« Jetzt blickte er sie wieder mit seinen traurigen grünen Augen an.

»Ich werde versuchen, August davon zu überzeugen.«

»Dann bekommen wir ein Pferdekind?« Oskar fand das natürlich besonders aufregend.

Sofia seufzte. »Scheint so. Und es scheint so, als würde nicht einmal mehr dein Vater etwas dagegen unternehmen können.«

Selig lächelnd tätschelte Oskar den Bauch von Galathea.

☙

August wirkte nicht annähernd so verärgert, wie Sofia sich das vorgestellt hatte. »Trächtig, sagst du? Dann habe ich also drei für den Preis von zweien gekauft.« Er grinste verschmitzt.

Sofia zog ihr Bettlaken gerade und legte sich hin. August lag bereits im Bett und hatte schon gedöst. Man konnte ihm viel Schlechtes nachsagen, doch fleißig war er. Morgen früh würde er pünktlich um sieben aufstehen, ob er getrunken hatte oder nicht.

Sie wiederholte, was Viktor Susemihl ihr noch über die mögliche Zucht und den Stammbaum erzählt hatte. Beinahe dachte sie, dass August schon eingeschlafen war, doch ohne die Augen zu öffnen, sagte er plötzlich: »Vielleicht ist das ja eine gute Gelegenheit, mit den besseren Herrschaften in Kontakt zu kommen. Susemihl sagt also, wir bräuchten nur noch einen guten Hengst, wenn wir wirklich züchten wollen? Dann hätten wir ein weiteres Tier, und ich würde trotzdem das Bier transportieren können.« Er machte eine Pause, und Sofia konnte ihn denken hören. »Und wenn sie nicht vor der Kutsche stehen, kann Susemihl Reitunterricht geben.«

»Du meinst, du stellst ihn an?«, stieß Sofia überrascht aus und richtete sich auf.

»Guck ihn dir doch an! Nur Haut und Knochen, und für eine dicke Suppe würde er alles tun. Der arbeitet für Kost und Logis.«

»Wo soll er denn schlafen? Er kann doch nicht ewig auf dem Boden im Pferdestall schlafen.«

»Was er mir unterwegs erzählt hat, klang alles sehr viel schlimmer. Außerdem müssen wir den Pferdestall sowieso erweitern. Wenn er ihn ausbaut, kann er sich eine kleine Kammer bauen.«

Jetzt wusste Sofia plötzlich, was August mit seinem Aha! vorhin am Tisch gemeint hatte. Sie ließ sich zurück ins Kissen fallen. Wenn sie sich selbst sehen könnte, dachte sie, dann würde sie jetzt wahrscheinlich genauso ein seliges Lächeln erblicken wie im Gesicht des kleinen Oskar vorhin. Sie bekam endlich ihre eigene Pferdezucht, auch wenn es nicht so edle Tiere waren, wie auf dem Gutshof des Grafen. Zum ersten Mal hatte Sofia das Gefühl, dass es für sie im Leben auch eine Erfüllung ihrer Wünsche gab.

»Ende der Woche werde ich mit einer großen Flasche Schnaps ins Bergische fahren. Mal sehen, ob der alte Hübner noch die Stammbücher hat. Und wenn nicht, werde ich schon eine Möglichkeit finden, den beiden Gäulen die richtigen Papiere zu besorgen.« Er zog Sofia zu sich heran, küsste sie mit seinem Bieratem, schob ihr das Nachthemd hoch und wälzte sich auf sie.

KAPITEL FÜNF

KÖLN RHEINKASSEL – EIN FREITAG IM MAI 2014

Als sie ankamen, stand das schmiedeeiserne Tor offen. Isabell fuhr langsam durch den runden Torbogen und parkte wenige Meter weiter. Als sie Pauline aus dem Wagen half, kam Julius Grothues bei der Brauerei um die Ecke und trat zu ihnen. Freundlich begrüßte er sie und bot der alten Dame seinen Arm.

»Der Pächter des Lagers kann heute nicht hier sein. Doch er lässt Sie grüßen und hat mir den Schlüssel mitgegeben.«

»Dann bin ich mal gespannt, was uns erwartet.«

Isabell hatte das rote Backsteingebäude gestern gar nicht weiter beachtet. Durch den Torbogen fuhr man praktisch genau auf das große Eingangstor mit den zwei soliden Metalltoren zu. Die Stahltore mit den Nieten mussten noch original sein und erinnerten Isabell an die Berliner Hochbahn. Das rechteckige Gebäude war etwas niedriger als die Villa und hatte praktisch keine Fenster. Nur ganz oben unter dem Gewölbedach, gab es in regelmäßigen Abständen kleine Scheiben, die allerdings alle weiß gekalkt waren.

Julius Grothues schloss auf und betätigte den Lichtschalter. Als nun die langen Neonröhren klickend aufflammten, konnten sie erkennen, dass die gesamte Lagerhalle vollgepackt war mit Holz. Ganze Stämme lagen in einer Ecke, Balken stapelten sich die Wände entlang. Latten in allen Längen, Holzbohlen, dicke Holzträger und sogar alte Eisenbahnschwellen lagen in separaten Haufen.

»Eine Schreinerei hat die Lagerhalle gepachtet, schon seit über zwanzig Jahren. Die brauchen einen trockenen Ort, wo sie ihr Holz lagern können. Dafür ist die Lagerhalle perfekt.«

Isabell sah sich um und entdeckte in einer Ecke des Raumes eine Wendeltreppe, die in ein nächstes Stockwerk hochführte. Gleich daneben hing eine alte Konstruktion, deren Funktion sich ihr nicht erschlossen.

»Was ist da oben?«

»Da oben hat ihr Urgroßvater sicher den Hopfen getrocknet oder gelagert. Ich hab vor Jahren mal einen kurzen Blick reinwerfen können. Leider ist der Weg zur Wendeltreppe verstellt, sonst könnte ich es Ihnen zeigen. Das, was daneben hängt, ist ein alter Lastenaufzug.«

»Deshalb die Fenster? Ich habe die kleinen Fenster von außen gesehen.«

»Ja, die kann man bei Bedarf aufklappen. Das Dachgeschoss ist sehr niedrig. Ein ausgewachsener Mann kann darin gerade so stehen.«

Isabell drehte sich zu ihrer Oma um. Die schien eher desinteressiert zu sein. »Und? Erkennst du etwas wieder?«

»Wiedererkennen? Natürlich. Allerdings war ich nicht oft hier drin. In meiner Kindheit war die Brauerei verpachtet.«

»An wen war sie denn verpachtet?«

»Keine Ahnung. Sie brachte uns ein wenig zusätzliches Geld.«

Julius Grothues lächelte die beiden Frauen an. »Leider sind auch die Türen, die zum Gärkeller und weiter zum Sudhaus führen, verstellt. Wir müssen außen herum gehen.« Der Jurist schloss gewissenhaft hinter ihnen ab, und sie umrundeten das Gebäude in Paulines Tempo. Die Eingangstür des Sudhauses lag Richtung Rhein. Kleine Hopfendolden wuchsen an hoch rankende Pflanzen. Der ganze Bereich wirkte gepflegt. Wo nichts gepflanzt war, war der Boden mit Kies bedeckt.

Als Grothues Isabells fragenden Blick sah, erklärte er ihr: »Ich braue nicht so oft, doch wenn, dann größere Mengen. Wenn das Bier fertig ist, stelle ich hier draußen immer ein paar Bänke auf, und wir grillen und feiern mit dem frischen Bier.«

»Klingt sehr entspannt.« Dieser Grothues gefiel ihr irgendwie. Genau wie gestern trug er wieder einen eleganten Anzug, und er sah so gar nicht nach dem Typus Mann aus, der Isabell normalerweise gefiel. Aber er war sehr sympathisch und zuvorkommend und weitaus weniger förmlich, als sie sich Juristen normalerweise vorstellte.

Grothues schloss die Metalltür auf. Pauline trat ein und genoss sofort die angenehme Kühle.

Als er Isabells Staunen über die zwei imposanten Braukessel bemerkte, lächelte Grothues. »Sie müssten mal die Ungetüme sehen, die in richtigen Brauereien stehen. Die sind riesig dagegen. Ihr Urgroßvater hatte nur eine Kleinbrauerei. Das ergab natürlich immer noch sehr viel mehr als das, was sogenannte Hausbrauereien liefern konnten.«

Pauline stützte sich auf ihren Stock und ging langsam nach nebenan. Isabell war gespannt, denn dort hingen die Artikel, die Julius Grothues von der Geschichte dieser Brauerei gesammelt hatte. Im Nebenraum angekommen, setzte sich Pauline mit einem leisen Ächzen auf einen der Stühle, die hier herumstanden.

»Die Schanktheke habe ich selbst nachträglich eingebaut.«

Pauline nickte und schaute sich um. In diesem Raum war so gut wie nichts mehr original. Dann entdeckte sie die Artikel, die an der Wand hingen. Für einen Moment schien sie zu überlegen, ob es sich lohnen würde, dafür aufzustehen. Als sie aufstand, ging sie direkt zu dem Artikel, der über den Tod ihres Vaters berichtete. »Bierbrauer verschwunden, Angestellter erschlagen.«

Oma Pauline nickte, während sie las. Ohne ein Wort ging sie zum nächsten Artikel.

»Die anderen Artikel sind aus den fünfziger und siebziger Jahren, Oma.«

»Ach ja? So, so.« Sie steuerte auf den nächsten Stuhl zu und setzte sich wieder. »Und das alles soll ich also erben?«, wandte sie sich an Grothues. »Sie können sich vorstellen, dass ich damit hoffnungslos überfordert bin. Ich möchte, und das sagen Sie bitte auch ihrem Kollegen Dr. Zimmerer, dass es an meine Enkelin geht. Wie immer Sie das auch machen, Hauptsache, es kostet nicht so viel.« Jetzt drehte sie sich zu Isabell um. »Ob du willst oder nicht, ich weigere mich, mich darum zu kümmern. Wenn du es nicht tust, dann wird es einfach so weiterlaufen, bis ich sterbe.«

Isabell war klar, dass es schon wegen der Erbschaftssteuer schwierig werden würde. Sie schaute Grothues an und zog die Augenbrauen hoch. Er sollte sehen, dass sie diese Diskussion jetzt nicht führen wollte. Es interessierte sie jedoch, warum Pauline nichts zu dem Artikel sagte.

»Wusstest du, dass dein Vater verschwunden war? Und dass in der gleichen Nacht sein Angestellter erschlagen wurde?«

»Das war irgend so ein dahergelaufener Lump, der sich mit unseren Brauereipferden davonmachen wollte«, winkte Oma Pauline ab. »Der wollte die Pferde stehlen und hat meinen Vater erschlagen und in den Rhein geworfen. Das hat Mama mir einmal erzählt. Und dass der, der ihn erschlagen hat, in der gleichen Nacht gestorben ist. Mehr weiß ich auch nicht.«

Isabell hätte wirklich gerne die ganze Wahrheit über diese Nacht erfahren. Doch dafür lag sie einfach zu viele Jahrzehnte zurück. Schade. »Und wieso steht in dem Artikel, dass dein Vater verschwunden ist?«

Oma Pauline rieb sich über die Stirn. »So kenne ich die Geschichte nicht«, war ihre einzige Antwort.

Grothues stand schweigend dabei, aber als sie den Raum verließen, flüsterte er Isabell zu: »Ich hab die Kladde zu Hause. Ich schau noch mal nach, was ich finden kann.«

An der Seitenwand des Gebäudes war außen eine Metalltreppe. Oma Pauline schaute skeptisch auf die Gitterstufen.

»Ich denke, es ist das Beste, wenn ich und Ihre Enkelin die Wohnungen kurz alleine besichtigen, oder?« Es war weniger eine Frage, denn eine Feststellung.

Die Besichtigung der beiden Wohnungen über dem Brauereitrakt war unspektakulär. Oben an der Metalltreppe war ein Podest, von dem zwei Türen abgingen. Beide Wohnungen waren im Laufe der Jahrzehnte renoviert und ausgebaut worden, doch jetzt standen sie bereits seit mehreren Jahren leer. Ihr Zustand sprach für sich, sodass Grothues nicht viel dazu sagte. Erst im Hinausgehen erklärte er: »Wenn man die Heizungsanlage erneuern und neue Fenster einbauen würde, könnte man sie sicher wieder vermieten.«

Isabell ging voller Gedanken die Metalltreppe hinab. Noch mehr Geld, das jemand investieren musste. Irgendjemand, denn es war klar, dass sie das Geld nicht hatte.

Oma Pauline stand schon wieder am Kirschbaum und stützte sie sich an dem mächtigen Stamm ab. »Bis dahin, siehst du?«, sie deutete mit ihrem Stock auf einen bestimmten Ast, »bis dahin bin ich geklettert und hab Kirschen gepflückt.« Ihre Augen strahlten. Als würde sie das Gespräch vom Frühstückstisch wieder aufnehmen, sagte sie: »Meine Mutter war eine traurige Frau, aber wenn sie bei den Pferden war, dann war sie glücklich. Die Pferde und dieser Kirschbaum, die waren ihr Glück.«

Nach einer Weile setzte sie nach: »Die Kirschen … Wenn sie reif waren, schmeckten sie so süß. So fruchtig. So was bekommt man heute ja gar nicht mehr. Es muss im Sommer 1931 oder 1932 gewesen sein.« Sie überlegte für einen kurzen Moment und sagte dann: »Ach nein, 1932, denn Clementine war ja schon nicht mehr dabei. In diesem Sommer gab es körbeweise zuckersüße Kirschen. Sie waren dick und rot und herzförmig. Alles, was wir Kinder nicht sofort vernascht haben, wurde von Mutter eingemacht. Wir hatten so viele Kirschen, dass wir sie an Bäckereien verkauften.«

Sie ging ein paar Schritte zur Seite, um den Baum im Ganzen sehen zu können. »Meine Brüder, Magnus, Gustav und Oskar, waren ja schon größer. Wie die Affen sind sie zwischen den Ästen herumgeklettert und haben einen Eimer nach dem anderen heruntergebracht. Josefine und ich mussten Mutter helfen. Josefine hat den ganzen Tag lang Kirschen entsteint. Und ich hab geholfen, die Kirschen vorher in einer großen Zinnbadewanne zu waschen und die Stängel abzupflücken.« Pauline klang ganz selig.

»Wie alt warst du damals?«

»Im Sommer 1932? Da wurde ich gerade sechs. Später bin ich natürlich selber hoch in die Äste gestiegen, aber damals war ich noch zu klein. Doch es war nie wieder so schön wie in diesen Tagen.« Für einen Moment verlor ihr Blick sich in der Ferne. »Vielleicht ist das sogar meine schönste Erinnerung an meine Kindheit.« Sie betrachtete den Kirschbaum mit liebevollem Blick. »Ich hoffe, wer immer dieses Gelände bekommt, lässt den Baum stehen.« Mit diesen Worten drehte sie sich um, ging in Richtung der Pferdeställe und setzte sich wieder auf die Bank davor. »Ich glaube, ich muss mich erst einmal ausruhen.«

Isabell nickte, ließ ihren Rucksack neben die Bank gleiten und ging zur Kopfseite des Stalls. Grothues folgte ihr. Hier gab es wieder ein großes hölzernes Tor, das allerdings nur mit einem einfachen Riegel verschlossen war. Sie zog den eingerosteten Riegel zurück und öffnete die Tür.

Einzelne Lichtstrahlen fielen durch kleine Lücken, dort wo die Dachschindeln auf die Mauer trafen. In den Sonnenstrahlen tanzten Staub und Insekten. Der Boden bestand aus gestampftem Lehm, und in einigen Ecken wuchs spärlich Gras. Das Innere des Pferdestalls wirkte wie aus der Zeit gefallen.

»Wie in einem guten, alten Western, nicht wahr?«

Isabell nickte und trat ein. Hinter Grothues fiel das Tor zurück ins Schloss. Es dauerte eine Weile, bis sich ihre Augen an das Dunkel gewöhnt hatten. Vorne rechts neben dem Tor war ein großer Verschlag. Dahinter erkannte Isabell drei Boxen. In Richtung Garten gab es sogar Fenster in den Mauern, die jedoch mit Holzplatten gesichert waren.

Isabell ließ diesen Ort auf sich wirken. Sie konnte sich gut vorstellen, wie hier in den Boxen Pferde standen, die leise schnaubend ihr Heu kauten.

»Wunderschön! Das könnte ich mir glatt als kleine Wohnung ausbauen.«

»Den Stall?«, fragte Grothues überrascht.

»Ja, ich bin sehr genügsam.« Isabell lachte leise auf. »Ein bisschen mehr Dämmung, und einen schönen Ofen in die Mitte. Das wäre doch fantastisch. Ich habe ein halbes Jahr auf Menorca in einer abgelegenen Finca gewohnt, da war es nicht viel anders. Einen Wasseranschluss gab es nur im Haupthaus.«

»Was haben Sie da gemacht?«

»Das war ein Yogazentrum, von einem … Freund. Ich habe dort unterrichtet.«

»Und wieso haben Sie dort aufgehört?«

»Sie sind ganz schön neugierig, wissen Sie das?« Isabell erinnerte sich nur ungern daran, wie ihre Zeit auf Menorca zu Ende gegangen war. Sie hatte Karl in Hamburg auf einem Festival kennengelernt und war wenige Wochen später zu ihm auf seine Finca gezogen. Mit dem Ende des Sommers kamen die ersten Schwierigkeiten, und auf Neujahr hatte sie all ihre Sachen gepackt. Wie schon einige Male zuvor. Wieder ein Neuanfang, dieses Mal in Berlin.

»Entschuldigen Sie, ich wollte Ihnen nicht zu nahe treten.«

Doch sie war ihm nicht böse. »Eine Liebschaft, die nicht ganz so geklappt hat, wie ich mir das vorgestellt hatte. Nichts sonderlich Dramatisches.« Nichts Dramatisches, wenn man von den wochenlang anhaltenden Angstzuständen, den Panikanfällen, die bis zum Arbeitsausfall gereicht hatten, und Dutzenden von durchwachten Nächten absah, die der Trennung gefolgt waren.

Er nickte, als habe er verstanden, was sie ihm sagen wollte. Skeptisch sah er sich um.

»Viel Arbeit?«, fragt Isabell belustigt.

»Ich weiß, wie lange ich an der Brauerei gesessen habe. Und das hier wäre sicher mehr Arbeit.«

»Es ist ja nicht so, als würde ich es tatsächlich planen. Es war nur so ein Gedanke. Nur ein Tagtraum.«

Er atmete tief durch. »Ich würde mich wirklich freuen, wenn dieser Ort in liebevolle und freundliche Hände käme.«

»Liebevoll und freundlich? Sie kennen mich doch gar nicht.«

Obwohl es dämmrig war, konnte Isabell den Blick erkennen, den er ihr zuwarf. Dieser Blick sagte, dass er sich mit seiner Einschätzung sehr sicher war.

Isabell schüttelte den Kopf. »Ich kann so lange träumen wie ich will, ich werde das Geld für dieses Erbe nicht aufbringen können. Außerdem habe ich auch nicht das Geld, das investiert werden müsste, nicht einmal annähernd genug. Ich fühle mich jetzt schon überfordert mit all der Verantwortung.« Sie ließ ihre Finger über einen Eisenholm gleiten. »Ich habe kaum Besitz, weil ich nie viel Geld verdient habe.«

»Nur mal angenommen, Sie hätten genug Geld dafür. Würden Sie es dann behalten?«

Sie neigte den Kopf. »Gut möglich. Die Lagerhalle könnte man zu einem schönen Industrieloft umbauen. Das perfekte Tanzstudio. Und Yogaunterricht könnte ich dort auch geben.«

»Und Sie würden im ausgebauten Pferdestall wohnen?«

»Ja, oder vielleicht auch in einer der Wohnungen über der Brauerei. Das hier ist wirklich eine schöne Oase, zudem direkt am Fluss. Ich hab mir immer gewünscht, am Wasser leben zu können.«

»Mit einer großen Familie und vielen Freunden«, ergänzte Grothues ihre Träumereien.

»Meine Familie sitzt draußen.« Es klang bitter. Sie sah Grothues an, dass er nach einem Mann und Kindern fragen wollte, trotzdem blieb er stumm. »Und meine Freunde sind ohnehin über die ganze Welt verstreut.«

»Dann wäre ein Ort so gut wie der andere. Sie könnten hier Ihr Tanzstudio aufmachen, Yogaunterricht geben, und dann ist da ja noch die Villa.«

»Die Villa«, sagte sie gedehnt. »Und das fehlende Geld.«

Er nickte und ging zur Tür. »Lassen Sie uns noch einen kurzen Blick auf die Garagen werfen. Da können wir ohnehin nicht rein, nur dass Sie sie mal gesehen haben.« Hinter dem Stall lag die alte völlig zugewucherte Koppel.

Nur die morschen Holzpfähle ragten noch aus dem hohen Grün. Einige waren schon weggebrochen, und die meisten Querbalken fehlten auch. Kleine Bäume mit Bärten aus Efeu standen weiter hinten. Isabell und Grothues schlugen sich mitten durch die Wiese, bis sie zu den Rückwänden der acht Garagen kamen. Isabell ging voran, als sie sie umrundeten. Sie waren vielleicht zwanzig Jahre alt und völlig in Ordnung. Es gab nicht viel zu sehen, und sie schlenderten weiter Richtung Rhein.

Grothues führte sie einen kleinen Trampelpfad entlang, und obwohl der schmal war, ging er neben ihr. Isabell fühlte, dass er ihre Nähe suchte. Und es war ihr nicht unangenehm. Irgendetwas war an diesem Julius Grothues weckte ihre Neugierde. Männer fanden sie häufig attraktiv. Als Tanzlehrerin war sie in guter körperlicher Verfassung, und von wem sie ihre Schönheit und die dunklen Haare geerbt hatte, wusste sie auch endlich seit drei Tagen. Zu wissen, dass sie ihrer Urgroßmutter so verblüffend ähnlich sah, die hier gelebt, Kinder bekommen hatte und sogar gestorben war, berührte sie.

Sie liefen über die Schwemmwiese zum Rhein, und Isabell stolperte über ein Grasbüschel. Grothues griff sofort ihren Arm, um ihr zu helfen. »Geht schon«, murmelte sie, doch er ließ nicht los.

Für einen kurzen Moment blickten sie sich in die Augen, und ein Funke sprang über. Das war nicht der Blick, den ein Notar und seine Mandantin tauschten. Das war ein Blick, den ein Mann und eine Frau miteinander tauschten, wenn ihnen klar wurde, dass da mehr war.

Doch es war Grothues, der, obwohl er sie länger als nötig festgehalten hatte, plötzlich losließ und sich wegdrehte. Er flüsterte eine Entschuldigung, die Isabell kaum verstand, und ging weiter, bis er am kiesigen Ufer des Rheins stand.

Für einen Moment wusste Isabell nicht, was sie tun sollte. Als sie sich neben ihn stellte und seinem Blick folgte, der über den Fluss schweifte, wurde ihr plötzlich klar: Nach langen Jahren begegnete ihr in Julius Grothues zum ersten Mal wieder ein Mann, der ihr Innerstes zum Schwingen brachte. Und es war offensichtlich, dass auch er an ihr interessiert war. Obwohl er auf den ersten Blick so lebenslustig wirkte, umgab ihn eine Traurigkeit, die Isabell nicht zu deuten wusste. Er war für sie so rätselhaft wie dieses Anwesen. Und genau wie bei der Erbschaft hatte sie den Drang, ihn näher an sich heranzulassen, obwohl beide Unterfangen so aussichtslos schienen.

»Früher ging das Anwesen bis hinunter zum Rhein.« Ohne zu antworten, schlenderte sie hinüber zum blühenden Holunderstrauch. Hier war sie heute Morgen gewesen. Sie bückte sich, zog ein paar Gräser zur Seite und legte das kleine Steinkreuz offen. Es steckte halb in der Erde, und was oben herausschaute, war von Moos überwachsen. Sie rieb über den Stein, und unter dem Moos erkannte man einen Schriftzug.

»Schauen Sie mal: Können Sie erkennen, was da steht?« Grothues hockte sich neben sie und wischte ebenfalls über den Stein. »Ein Name? Ein Datum? Sieht aus wie ein kleiner Grabstein.«

Isabell hätte gerne etwas gesagt, jedoch fiel ihr beim besten Willen nicht ein, in welche Richtung dieses Gespräch führen sollte.

»Ich hab noch etwas auf dem Herzen.« Grothues stand auf und wartete, bis auch Isabell stand. »Ich wollte mich noch für gestern entschuldigen, dass ich Ihnen so gedankenlos einen großen Schreck versetzt habe. Als ich Ihnen den Artikel zum Tod ihres Urgroßvaters gezeigt und dann noch erwähnt habe, dass der Täter Ihrer Urgroßmutter Gewalt antun wollte, habe ich nicht bedacht, dass dies im Umkehrschluss bedeuten könnte, dass … letztendlich eins Ihrer Familienmitglieder … aus einer Vergewaltigung hervorgegangen sein könnte.«

Isabell starrte ihn mit offenem Mund an. »Daran hatte ich bisher noch gar nicht gedacht.«

Er schlug er sich auf die Oberschenkel. »Verdammt noch mal. Das wollte ich nicht. Ich entschuldige mich vielmals. Wie kann ich nur … Ich bin so ein Idiot!« Er fasste sich mit beiden Händen in die Haare.

Seine Empörung über sich selbst brachte Isabell zum Lachen. Sie packte ihn bei den Armen, um ihn zu beruhigen. »Schon gut, schon gut. Sie müssen sich deswegen jetzt nicht direkt vor den Zug werfen.«

Er schaute sie dankbar an und atmete tief durch. »Ich wollte Ihnen wirklich keine schlaflosen Nächte bereiten.«

»Schlaflose Nächte? Das ist wirklich übertrieben.« Doch dann schoss Isabell durch den Sinn: Was wäre, wenn ihre Oma Pauline das Produkt einer Vergewaltigung wäre? Sie rechnete nach. »Das kann ohnehin nicht sein. Pauline war das letzte Kind meiner Urgroßmutter, und sie ist dreizehn Tage nach dem Tod August Kortes geboren worden. Trotzdem, was für ein schrecklicher Gedanke«, antwortete Isabell.

»Ja, wirklich schrecklich. Wie kann ich das wiedergutmachen?«

Sie grinste ihn an. »Ich werde mir was überlegen!«, sagte sie verschmitzt, dann drehte sie sich um und ging zurück in Richtung Anwesen.

Oma Pauline lehnte mit dem Rücken an der warmen Mauer des Pferdestalls. Fast schien es, als würde sie schlafen. Doch als sie sich näherten, sah Isabell, wie sie zwischendurch immer wieder versuchte, mit einer Hand eine lästige Fliege zu verscheuchen.

»Wir sind wieder da.« Isabell entdeckte ein seliges Lächeln auf dem Gesicht ihrer Großmutter, doch als sie sich aufrecht hinsetzte, fasste sie sich an die Stirn. »Hast du immer noch Kopfschmerzen? Bestimmt hast du nur zu wenig getrunken.« Isabell griff nach ihrem Rucksack und holte eine kleine Flasche Wasser heraus. »Hier, trink etwas.« Sie wusste, dass ältere Menschen oft das Trinken vergaßen, und das war bei ihrer Oma nicht anders.

Pauline trank in kleinen Schlucken, während Isabell von ihrer Besichtigung erzählte. Bei der Erwähnung des Steinkreuzes verdunkelte sich der Blick ihrer Großmutter. Isabell war geneigt, erst gar nicht zu fragen. Sie hatte keine Lust auf weitere Familienmysterien. Doch Grothues war schneller.

»Es steht ein Name darauf und ein Datum. Irgendwas mit 1930ern.«

Paulines Lippen bewegten sich langsam. »Der 17. Februar 1931.«

Isabell wechselte mit Grothues einen besorgten Blick. Dass die alte Frau dieses Datum so schnell parat hatte, musste etwas bedeuten.

»Der 17. Februar 1931 – der Todestag.«

Isabells Herz stolperte. Grothues, der direkt neben ihr stand, legte seine Hand auf ihre Schulter. Als ahne er, dass sie Halt benötigte.

»Ein Todestag? Von wem?«

Pauline ließ die Schultern hängen. Stumm starrte sie auf ihre Hände. »Ich war erst vier.«

KÖLN-RHEINKASSEL – 17. FEBRUAR 1931

Pauline hörte tapsende Schritte auf der Treppe und öffnete die Augen. Der Raum lag noch im Dunkeln. Die Dämmerung war gerade erst angebrochen. Sie setzte sich auf und horchte. Es waren keine weiteren Geräusche zu hören. Wahrscheinlich schliefen die anderen alle noch.

Magnus, Gustav und Oskar, Clementine und Josefine bewohnten oben die drei Zimmer im Dachgeschoss. Obwohl hier in der ersten Etage viel mehr Platz war, hockten sie dort oben zusammen. Die Geschwister waren alle viel älter. Und selbst Oskar, der nur sieben Jahre älter war, spielte nie mit ihr. Die Türen im oberen Stockwerk blieben ihr verschlossen. Pauline schlief in der ersten Etage alleine in einem großen Zimmer, direkt neben dem Schlafzimmer der Mutter.

Leise stand sie auf und schlüpfte in ihre Pantoffeln, die eisig waren. Sie zog sich die Wolldecke, die zusätzlich über ihrer Bettdecke lag, über die Schultern. Solange morgens noch niemand die Öfen angefeuert hatte, war es immer bitterkalt. Sachte öffnete sie die Tür zum Flur. Nichts, kein Geräusch mehr. Vorsichtig stieg sie eine Stufe nach der anderen die Treppe zur nächsten Etage hoch. Als ihr Blick über den hölzernen Boden glitt, sah sie, dass die Tür zum mittleren Raum, dort wo Josefine und Clementine schliefen, offen stand. Obwohl ihr kalt war, verharrte sie auf der vorletzten Stufe. Nichts regte sich.

Neugierig schlich sie sich an und schaute durch den Türspalt. Links und rechts an den Wänden standen die Betten. Sie waren zerwühlt, doch von den beiden Schwestern war nichts zu sehen. Sie liebte das Zimmer mit dem großen ovalen Fenster. Pauline setzte sich dort manchmal auf den Fenstersims und schaute hinunter auf den Rhein. Von hier oben konnte man fast das ganze Gelände beobachten. Das tat sie allerdings nur, wenn Josefine nicht zu Hause war. Denn ihre Schwester scheuchte sie immer fort.

Auf leisen Sohlen schlich sie zu der kleinen Kammer links von dem Raum, in der sich die Geschwister wuschen. Kein Laut drang durch die dünne Holztür. Anscheinend waren die beiden schon fort, was Pauline merkwürdig fand. Clementines Bett war kalt, und ein Umschlag lag auf dem Kissen. Ihre älteste Schwester hatte etwas draufgeschrieben, aber Pauline konnte noch nicht lesen. Wagemutig schlüpfte sie in Josefines Bett, das noch warm war.

Im Zimmer waren allerlei Dinge, die nur ältere Mädchen oder erwachsene Frauen hatten. Auf Josefines Nachttisch stand ein Cremetöpfchen. Bei Clementine lag eine Kette mit Anhängern, die wie Kirschen aussahen. Ein kleines Fläschchen stand daneben. Pauline konnte ihre Neugierde nicht zügeln und griff nach dem kleinen Fläschchen. Ganz vorsichtig öffnete sie den verzierten Flakon. Wenn ihre Schwester rausbekommen würde, dass sie an ihren Sachen war, dann würde sie sehr wütend werden. Gerade Josefine wurde oft zornig und ließ es an Pauline aus.

Sie roch an dem kleinen Fläschchen, das süßlich nach Kirschen duftete. So wie sie es von ihren großen Schwestern und ihrer Mutter her kannte, tupfte sie sich etwas von der Flüssigkeit auf ihre Handgelenke. Der süßliche Duft breitete sich in der Luft aus. Siedend heiß wurde ihr klar, dass Josefine jetzt auf jeden Fall merken würde, dass sie hier im Zimmer gewesen war. Mit einer Ecke ihrer Wolldecke rieb sie über die Stellen, auf denen sie das Parfum verteilt hatte, doch jetzt wurde der Duft nur umso intensiver. Der ganze Raum schien bereits danach zu riechen.

Panisch hüpfte sie aus dem Bett und wollte die kleine Klappe, die in dem großen ovalen Fenster eingelassen war, öffnen. Sie musste diesen Duft vertreiben, denn sie wusste genau, wie böse Fine werden würde.

Der untere Teil des ovalen Fensters war mit wunderschönen Eisblumen bedeckt. Nur oben gab es noch eine Handbreit freie Sicht. Pauline öffnete die Klappe, und eisige Luft strömte herein. Plötzlich hörte sie von draußen einen entfernten Schrei. Sie musste sich auf die Zehenspitzen stellen, um hinausschauen zu können, denn sie wagte es nicht, die Eisblumen wegzuwischen.

Es schneite seit Wochen schon. Der ganze Garten war mit einer pudrigen Schicht frischen Schnees überdeckt. Die Sträucher trugen weiße Mützen, und die Bäume hatten sich weiße Mäntel übergezogen. Doch in dieser jungfräulichen Schneelandschaft entdeckte Pauline zwei Spuren, die hinunter zum Rhein führten. Eine der Spuren schien etwas älter zu sein, denn nachfallender Schnee hatte ihnen die Konturen genommen.

Plötzlich sah sie, wie Josefine durch den wadenhohen Schnee auf das Haus zu gerannt kam. In ihren Armen hing etwas Dunkles. Sie beeilte sich so sehr, dass sie stolperte. Sie rappelte sich auf, stürzte wieder, versank beinahe vollständig in der weißen Decke. Doch sofort war sie wieder auf den Beinen. Das dunkle Stück ließ sie einfach dort liegen. So tollpatschig benahm sich Josefine normalerweise nicht. Und ihr hektischer Atem war sogar noch hier oben zu hören. Was Pauline zudem verstörte, war die Tatsache, dass ihre Schwester, nur mit einem Nachthemd und den viel zu großen Gummistiefeln von Magnus bekleidet, draußen in der frostigen Morgendämmerung herumlief. Irgendetwas war passiert.

Kaum dass Josefine aus Paulines Blick entschwand, gellte ein herzerweichender Schrei durchs Haus. Ihre Schritte hallten durchs Treppenhaus. Vor der Treppe legte Pauline sich flach auf die kalten Dielen und versuchte, einen Blick nach unten zu erhaschen. Josefine rief unentwegt nach ihrer Mutter. Sie war tatsächlich mit den schmutzigen Stiefeln durchs ganze Haus gestapft. Dazu musste sie einen wirklich guten Grund haben.

Mutter war anscheinend vom Rufen wach geworden, denn als Josefine die Tür zum Schlafzimmer aufriss, sprachen die beiden aufgeregt miteinander. Dann sah Pauline, wie ihre Mutter barfuß und schreiend die breite Treppe hinunterlief. Unentwegt gellten ihre Rufe durch die Luft.

»Clementine! Clementine! … Clementine!« So schnell, wie Josefine hierhergelaufen war, so schnell liefen die beiden jetzt wieder zum Fluss. Pauline setzte sich zurück auf ihren Beobachtungsposten am ovalen Fenster, und jetzt war es ihr egal, dass sie mit ihrer Körperwärme die Eisblumen am Fenster auflöste. Sie hauchte sich einen Kreis frei, um besser sehen zu können.

Die beiden Frauen blieben kurz stehen, debattierten über das schwarze Stück, das immer noch im Schnee lag. Jetzt, wo Josefine das dunkle Etwas anhob, konnte Pauline erkennen, dass es Clementines guter Wintermantel war. Angst kroch unter Paulines Haut wie Schneeflocken, die sich unter den Kragen verirrten. Es war doch nicht etwas mit Clementine passiert? Ausgerechnet Clementine! Sie war die Einzige der Geschwister, die überhaupt nett zu ihr war. Ihr Herz fing an zu klopfen, so, wie es klopfte, wenn sie furchtbar schnell gelaufen war. Ein merkwürdiges Gefühl zog durch ihren Körper. Als wenn man etwas ganz Schreckliches getan hätte, und auf die Strafe wartete. Pauline wusste nicht, was sie tun sollte.

Sollte sie ihre Brüder wecken? Sollte sie nach unten gehen und einfach warten, was passierte? Vielleicht war Clementine ja in der Küche und bereitete das Frühstück vor. Obwohl es dafür eigentlich noch viel zu früh war. Besser, sie schaute nach. Vielleicht lösten sich diese Merkwürdigkeiten von alleine auf. Vielleicht hatte Clementine einfach nur ihren guten Mantel im Schnee vergessen. Das würde erklären, warum Mama so aufgeregt war. Sie hatten nicht viel Geld für neue Kleidung. Andererseits – Josefine würde Clementine niemals an ihre Mutter verraten.

Pauline stieg vom Fenstersims. Dabei riss sie fast das Cremetöpfchen herunter. Plötzlich wäre es ihr das Liebste gewesen, ihre beiden Schwestern würden ins Zimmer treten und fürchterlich mit ihr schimpfen. Aber irgendetwas sagte ihr, dass das nicht passieren würde.

Es dauerte eine ganze Weile, bis Mutter und Josefine durch den tiefen Schnee zurückkamen. Die Schwester hatte die Arme um ihre schluchzende Mutter gelegt.

Mit angstvoll aufgerissenen Augen starrte Pauline die beiden an, als sie näherkamen. Josefine trug immer noch nicht mehr als ihr Nachthemd und die Gummistiefel. Ihre Mutter war sogar barfuß. Von Clementine war nichts zu sehen. Pauline öffnete die Tür, als die beiden die Stufen zum Wintergarten heraufkamen. Ihre Mutter beachtete sie gar nicht, sondern ging schluchzend einfach geradeaus weiter und ließ sich von Josefine in die Küche führen und auf einen Stuhl setzen.

Die drehte sich zu Pauline um und herrschte sie an: »Schür das Feuer, schnell. Und dann setz heißes Wasser auf.«

Das verblüffte Pauline, da es ihr normalerweise strengstens verboten war, an die Öfen und offenes Feuer zu gehen. Doch sie war froh, dass sie etwas tun konnte. Josefine verschwand, und kurz darauf tauchte sie mit zwei dicken Decken wieder auf. Eine wickelte sie um den Körper ihrer Mutter, die andere um deren Füße. Dann lief sie schnell die Treppe hoch.

Ihre Mutter hielt die Hände vors Gesicht und schluchzte laut: »Meine Schuld. Alles meine Schuld! Das ist meine Schuld.« Dabei warf sie ihren Oberkörper beständig vor und zurück und vor und zurück.

Das machte Pauline noch größere Angst, als sie ohnehin schon hatte. Sie versuchte, sich auf den Ofen zu konzentrieren, dass sie wirklich auch alles richtig machte. Sie schob etwas Papier nach, dann einige kleinere Holzscheite. Und zum Schluss legte sie ein Brikett obenauf. Erst verbrannte sie sich beim Anzünden die Finger, und dann hatte sie Angst, das Feuer würde verlöschen.

In ihrem Rücken schluchzte und jammerte ihre Mutter. Doch Pauline hatte Angst, sich umzudrehen. Tränen liefen ihre Wangen hinunter, und ihre Hände zitterten. Am liebsten wollte sie Mama sagen, dass sie damit aufhören sollte.

Deswegen war sie heilfroh, als Josefine endlich zurückkam. Im Schlepptau hatte sie Gustav und Magnus. Oskar trottete verschlafen hinterher. Josefine nahm ihre Mutter sofort in den Arm und bemühte sich, dieses schreckliche Wippen zu beenden. Magnus kniete sich vor seine Mutter und versuchte vergeblich, ihre Hände zu fassen.

Hysterisch fing die Mutter an zu schreien: »Lasst mich in Ruhe. Fasst mich nicht an. Fasst mich bloß nicht an! Alles meine Schuld.«

Die Geschwister blickten einander hilflos an.

»Was sollen wir denn jetzt machen? Wir können es doch niemandem sagen! Was sollen wir denn den Leuten erzählen? Jetzt wollen doch bestimmt alle wissen, wieso Clementine das getan hat. Welchen Grund sie dafür hatte.«

»Jetzt fängt alles wieder von vorne an«, jammerte Gustav.

Magnus brachte ihn zum Schweigen. »Sei gefälligst ruhig. Nicht vor der Kleinen. Sonst verrät sie noch etwas.« Sein Blick fiel auf Pauline, was sie sehr verwunderte. Magnus schien sonst immer durch sie hindurch zu blicken. Doch jetzt nahm er sie fest ins Visier. »Pauline, geh nach oben und mach dort auch die Öfen an.«

Sein Blick wanderte weiter zu Oskar. »Und du hilfst ihr dabei.« Oskar wollte sich wehren, da schob Magnus ihn schon zur Tür hinaus. »Los, geht schon!«

Ihr ältester Bruder wartete, bis auch Pauline den Raum verlassen hatte. Dann schloss er die Tür.

Oskar schaute Pauline so böse an, als wäre sie der Grund dafür, dass ihre Mutter weinte. Er war in den letzten zwei Jahren stark gewachsen und nur noch eine Handbreit kleiner als Gustav, obwohl der fünf Jahre älter war. Zum Glück sagte er nichts, sondern stapfte nur widerwillig die Treppe hoch.

Pauline folgte ihm und blieb dann doch auf der Treppe stehen. »Was ist mit Mama? Wieso ist sie so komisch?«

Jetzt drehte Oskar sich zu ihr um und schaute sie hasserfüllt an. »Clementine ist fort. Sie wird auch nie wiederkommen.« Dann lief er schnell die Treppe hoch und verbarrikadierte sich in seinem Zimmer. Pauline stand vor der geschlossenen Tür und hörte, wie er weinte. Sie ließ sich zu Boden sinken und blieb ewig hocken, bis ihr so kalt war, dass sie endlich damit begann, den Ofen in der ersten Etage an zu befeuern.

Bis in die Mittagsstunden hinein versteckte sie sich in ihrem Zimmer. Ohne Hilfe hatte sie sich gewaschen und angezogen. Währenddessen hörte sie von unten abwechselnd Schreie, Jammern oder böse Worte, die zwischen den großen Geschwistern hin und her flogen. Oskar ging irgendwann hinunter, sie jedoch traute sich nicht.

Doch zum Mittag hin wurde ihr Hunger so groß, dass sie langsam die Treppe hinunterschlich. Glücklicherweise lag die Küche einsam und verlassen da, weil jetzt alle in der guten Stube waren. Schnell legte sie ein Kohlenbrikett nach. Mühselig schnitt sie sich eine krumme Scheibe Brot ab und wusste, Mama würde bestimmt schimpfen, wenn sie das sah. Besser ging es nicht, und sie wollte niemanden zu Hilfe holen. Sie schmierte sich Butter darauf und streute eine dünne Schicht Zucker darüber. Es war niemand da, der ihr das verbot.

Als es klingelte, lugte sie neugierig durch den Türspalt. Sie sah zwei Polizeibeamte und drückte die Küchentür schnell zu. Ihr war flau, nicht nur, weil sie zu wenig gegessen hatte. Sie glaubte nicht, was Oskar ihr über Clementine gesagt hatte. Clementine hätte ihr bestimmt Bescheid gegeben, wenn sie einfach so weggegangen wäre. Überhaupt, Clementine hätte sie doch nicht einfach hier so alleine gelassen, alleine mit den anderen, die alle nicht nett zu ihr waren. Dann hätte sie ja nur noch Mutter. Und Mutter war zwar immer lieb zu ihr, doch sie hatte so wenig Zeit, weil sie immer arbeiten musste.

Überhaupt mussten immer alle arbeiten, alle außer ihr. Das war so, hatte Clementine ihr einmal erklärt, weil sie keinen Vater mehr hatten.

Normalerweise verdiente der Vater das Geld. Doch jetzt mussten eben alle mitarbeiten. In ihrem Haus wurde selten gelacht, und alle waren immer so ernst. Niemand beschwerte sich deswegen. Nur Pauline war darüber traurig. Doch irgendwie passte sie genau deswegen bestens in die Familie.

KÖLN-RHEINKASSEL – EIN FREITAG IM MAI 2014

»Dann ist sie also ins Wasser gegangen.«

»Meine große Schwester hat mich einfach alleine gelassen. Und ich weiß bis heute nicht, wieso sie ihr Leben damals beendet hat.« In ihrem Blick lag die Trauer eines langen Lebens.

Isabell schüttelte unwillig den Kopf. »So viel Unglück. So viele Tote.« Sie blickte zu Julius Grothues, der irgendwann seine Hand weggezogen hatte. Sein Blick war immer noch sehr milde. Genau wie Isabell schien er sich zu fragen, was die junge Frau ins Wasser getrieben hatte.

»Clementine muss sehr verzweifelt gewesen sein!«, sagte Isabell ergriffen.

»Ja, sehr verzweifelt oder sehr einsam«, ergänzte Oma Pauline. Sie seufzte auf, bevor sie weiter erzählte: »Wenige Wochen später hat meine Mutter dort an der Stelle das kleine Steinkreuz aufgestellt … Diese Stelle, direkt neben dem Holunderbusch, ich kann mich noch erinnern, dass Clementine dort oft gestanden und auf den Fluss geschaut hat. Ich hab mich immer gefragt, was sie sieht. Wie oft hab ich selbst dort gestanden, aber nichts Besonderes entdecken können. Rückblickend kommt es mir vor, als hätte ich tagelang die unzähligen Dampfschiffe beobachtet – stählerne Kolosse, die mit ihren schwarzen Rauchschwaden den Himmel über dem Rhein verfinstert haben – dazu die vielen Holländerflöße, die das Grubenholz aus dem Schwarzwald hoch zum Ruhrgebiet zu den Bergwerken brachten … Einmal hat Josefine mich dort am Wasser erwischt und mich fürchterlich angeschrien.«

Isabell setzte sich neben ihre Großmutter und legte einen Arm um sie. Sie wusste nicht, wen sie eigentlich trösten wollte: die alte Frau oder sich selbst.

»Soweit ich weiß, wurde Clementines Leiche nie gefunden. Der Fluss hat sie verschluckt.«

»Es ist schon merkwürdig, dass nur du und Oskar als einzige Familienmitglieder eure Lebensspanne wirklich ausnutzen konntet. Es ist fast, als würde ein Fluch über der Familie liegen.«

»Ein Fluch ...«, wiederholte Julius Grothues überrascht.

Isabell sah ihn fragend an, doch er winkte ab. Irgendetwas schien ihm eingefallen zu sein, aber er wollte wohl nicht darüber sprechen.

»Ein Fluch? Ach was. Damals, die Jahre nach dem Krieg und vor dem nächsten Krieg, das waren schwere Zeiten. Es war ja nicht so, als wären wir die einzige Familie gewesen, die ohne Ernährer auskommen musste. So viele Menschen waren gestorben, und als der Krieg vorbei war, gab es keine Arbeit mehr. Die Straßen waren voll von Arbeitslosen und ostpreußischen Flüchtlingen, die aus ihrer Heimat vertrieben worden waren. Die Hälfte der Bevölkerung hungerte. Wir hatten ein Dach über dem Kopf, und schlimm hungern mussten wir auch nie. Es waren einfach ganz andere Zeiten. Tod und Elend waren alltäglich.«

»Du kannst dich daran erinnern? Du warst doch noch ganz klein!«

Oma Pauline lachte leise auf. »Tatsächlich sind das die Antworten, die ich von Tante Dorothea und Tante Adele bekommen habe. Anscheinend habe ich mich doch früher schon mal gefragt, warum all diese traurigen Dinge ausgerechnet in meiner Familie passiert sind.«

Isabell nickte. Für ihre eigene Generation war es gänzlich unvorstellbar, welches Leid die Menschen in den zwei Kriegen und der Zeit dazwischen hatten ertragen müssen. Sie strich ihrer Großmutter liebevoll über die Arme. Die blickte hinüber zu Julius Grothues und bedachte ihn mit einem merkwürdigen Lächeln.

»Sie wollen uns sicher noch die Villa zeigen. Das müssen Sie ohne mich machen.« Isabell wollte schon Einspruch erheben, doch Pauline winkte ab. »Das ist mir einfach zu anstrengend. All die Stufen.«

»Ja, wollen wir?«, fragte Grothues Isabell. »Ich muss gestehen, ich war selbst in all den Jahren erst einmal in der Villa und würde sie mir gern anschauen.«

Grothues durchquerte dicht neben Isabell die Wiese. Ihm so nah zu sein, war ihr gar nicht unangenehm. Bei ihm spürte sie eine einzigartige Vertrautheit. Als sie unten vor den steinernen Treppen standen, schaute er überrascht auf die Löwenköpfe, die links und rechts auf der ersten Stufe standen.

»Das war ich«, erklärte Isabell eilig. »Ich war heute Morgen joggen und bin hier vorbeigekommen. Ich wollte mich ein wenig umsehen und bin dabei buchstäblich über die Kerlchen gestolpert.«

»Wissen Sie, alle paar Jahre gibt es dann doch ein paar übermütige Jugendliche, die versuchen, in die Villa einzubrechen oder irgendetwas mutwillig kaputt zu machen. Es ist meistens nichts Schlimmes, trotzdem bin ich beruhigt, dass niemand außer Ihnen hier war.« Wie am Tag zuvor legte er seine Hand auf ihren Rücken, als würde er eine Einladung aussprechen. »Ich wette, Sie sind genauso neugierig wie ich.« Sie spürte den leichten Druck seiner Hand auf ihrem Rücken, die er erst fortnahm, als sie oben angelangt waren.

Er schloss zunächst das Eisengitter auf, dann steckte er einen alten verschnörkelten Schlüssel in das Schlüsselloch der großen Holztür. Als sich die Tür ins Dunkle öffnete, schlug ihnen ein muffiger Geruch entgegen. Grothues entriegelte die zweite Flügeltür. Luft und Licht strömten ins Innere.

Isabell bewunderte das aufwändige Mosaikmuster der Bodenfliesen. Beeindruckt ging sie ein paar Schritte in die Eingangshalle. Die frische Luft mischte sich mit dem abgestandenen Geruch von Feuchtigkeit und Moder. Sie drehte sich im Halbdunkel. Etwas kroch ihre Wirbelsäule hoch. Ein unangenehmes Prickeln. Hatte das Gebäude von außen einfach nur gediegen und romantisch gewirkt, das sie erobern wollte, so spürte sie nun, wie eine Atmosphäre von Geheimnissen und Gewalt nach ihr griff.

Hatte das mit Oma Pauline zu tun? Hatte ihre düstere Erzählung vom Selbstmord ihrer Schwester einen so großen Einfluss, dass Isabell sich plötzlich fühlte, als wäre sie ein kleines Mädchen, das im dunklen Keller ein Marmeladenglas holen sollte. Tatsächlich hatte sie für einen Moment das Bedürfnis, zu pfeifen.

Grothues stand an einer Wand und ließ seine Hand über die stockfleckige verblichene Stofftapete gleiten. Er wiegte den Kopf und murmelte wie zu sich selbst: »Die Wände scheinen nicht feucht zu sein.«

Isabell lachte leise. Ganz offensichtlich suchte sie nach ganz anderen Dingen als Grothues, der sich bereits als Bausachverständiger betätigte. Sie schaute in den großen Raum, der links von ihr lag. Über die gesamte Tiefe des Hauses zog sich ein großer Raum, der zwei Türen zur Eingangshalle hatte. Zwischen seinen beiden Türen lag ein großer offener Kamin. Mehr konnte Isabell nicht erkennen, denn das Licht aus dem Eingangsportal reichte kaum bis hierher. Der Raum in der hinteren rechten Ecke war, wie Isabell schon vermutet hatte, die Küche, darin vorsintflutliche Rohre und Armaturen. In den Abfluss war nur notdürftig ein alter Lappen gestopft worden. Neugierig betätigte Isabell den Hahn. Natürlich kam kein Wasser.

An den Türrahmen gelehnt, schaute Grothues sie an. »Wasser und Strom sind schon seit Ewigkeiten abgestellt.« Für einen Moment schloss sie die Augen und sah die lichtdurchflutete geräumige Küche renoviert vor sich, mit einer kleinen Terrasse vor der Tür, an die der Garten mit den Kräutern, den Blumen und dem Gemüse grenzte. Seufzend löste sie sich aus ihren geheimen Träumen und ging zu der breiten Wendeltreppe, die von einem kunstvoll geschnitzten Holzgeländer begrenzt wurde. Ihre Finger glitten über die Schnitzereien, in denen der Schmutz saß. Isabell stellte einen Fuß auf die erste Stufe.

»Wollen Sie nicht erst noch in den alten Wintergarten?«

Isabell folgte Grothues durch den Durchgang. Als sie stolperte, griff er nach ihrem Arm und gab ihr Sicherheit.

»Ich hab es selbst gerade noch so geschafft, nicht zu fallen.« Grothues zog seinen Schlüsselbund hervor, an dem er eine kleine Taschenlampe hatte. »Rundherum gab es wohl wunderschöne, bleiverglaste Jugendstilfenster. Davon ist allerdings nichts mehr erhalten. Ohnehin würde man das heute nicht mehr so renovieren. In einen Wintergarten müssen Thermofenster.«

Isabell lächelte. Er war schon beim Sanieren, während sie immer noch versuchte, sich vorzustellen, wie ihre Großmutter als Mädchen hier durchs Haus getollt war.

Der Raum war vielleicht drei Meter tief und ging beinahe über die gesamte Breite des Hauses. Gegenüber dem Durchgang gab es anscheinend einen Ausgang, denn dort war das Holz, das von innen zum Schutz angebracht worden war, anders verschalt. Unter ihren Füßen knirschte Dreck. Sicher lohnte es sich, mit einer guten Taschenlampe hierherzukommen. Sie drehte sich um und ließ Grothues stehen. Sie wollte ihn und seinen Bausachverstand nicht bei sich haben, als sie nun langsam die Treppe hinaufstieg. Als sie fast im ersten Stock angekommen war, sah sie, dass in den Ritzen der Stufen und in den kleinen Ausbuchtungen der Verzierung winzige Pflanzen wuchsen. Überlebenskünstler, die das Haus langsam eroberten.

Hier oben fiel Licht durch die schmutzigen Fenster, und nacheinander betrat Isabell jeden der vier Räume. Putz und abgeblätterte Deckenfarbe lag zu Füßen der Wände. In einigen Ecken hatte sich eine merkwürdige Mischung aus altem Laub, Staub, Putz und Geröll angesammelt. Im alten Badezimmer lagen zersprungene Kacheln auf den Fliesen. Vermutlich waren sie im Laufe der Jahre einfach abgefallen, denn ansonsten sahen die Räume relativ aufgeräumt aus. Nur in einigen Ecken hing die Tapete in großen Stücken herunter.

Isabell beendete ihren Rundgang und stieg ein Stockwerk höher, wo sie sofort angezogen wurde von einem großen ovalen Fenster, dass sie durch die geöffnete Zimmertür des mittleren Raumes sah. Es war wie ein Auge, das ins Haus hereinblickte. Doch als sie eintrat, wechselte dieser Eindruck. Es war ein Auge zur Außenwelt.

Von hier oben hatte sie einen fantastischen Blick auf einen Großteil des Geländes. Rechts vom Kirschbaum konnte sie weit über den Rhein schauen. Sie blickte auf das schräg abfallende Dach des Pferdestalls, und als sie sich in die ovale Öffnung hineinbeugte, konnte sie gerade noch so die letzten Garagen am Ende der Koppel sehen. Nach links nahm ihr der prächtig blühende Kirschbaum alle Sicht.

Hinter sich hörte sie Schritte. Grothues war ihr gefolgt.

»Fantastisch. Was für ein Blick!«

Grothues probierte, die Tür vom rechten Zimmer zu öffnen. Doch vergeblich. »Das ist sicher der Raum, der damals der Bombe zum Opfer gefallen ist. Anscheinend hat das Geschoss genau diese Ecke getroffen und die Mauern und einen Teil des Daches mitgenommen.«

Von außen gab es an dieser Stelle nur schmucklose graue Steine zu sehen. Kein Putz darüber, kein Stuck. Es war wahrscheinlich gerade so viel gemacht worden wie nötig, damit keine Feuchtigkeit eindringen konnte.

»Man kann nicht hinein?«

»Anscheinend nicht.«

Sie ging zurück in das Zimmer mit dem ovalen Fenster, und ließ sich auf dem verstaubten Fenstersims nieder. Clementine – ob sie sich wohl von diesem Fenster aus die Stelle gesucht hatte, an der sie ihrem Leben ein Ende gesetzt hatte? Hatte das Haus ihren Atem aufgesogen, ihre Gedanken, ihr Leid? Vielleicht spukte ja sogar noch ihr Geist durch die Räume. Die Atmosphäre des Hauses fühlte sich geheimnisvoll an. Geheimnisvoll und dennoch vertraut. Zu wissen, dass ihre Familie hier gelebt hatte, ließ Isabell erschauern, als hätte jemand sie berührt. Waren es die Geschichten, die sich in ihr Herz schlichen – die bekannten und die unbekannten?

Wer hatte wohl in welchem Zimmer gewohnt? Was war hier alles geschehen? Das Glück, das Unglück, die Dramen, die Liebe – Isabell hätte sonst etwas dafür gegeben, das Flüstern der Wände verstehen zu können. Mit einem Mal fand Isabell es wirklich sehr schade, dass mit dem Haus dessen Geheimnisse an Fremde weitergegeben würden. Traurig schaute sie sich um, als sie einen Spiegel entdeckte, der halb von der Zimmertür verdeckt war. Das Weiß des Rahmens war an vielen Stellen abgeblättert, und das Glas hatte blinde Flecken. Er hätte wunderschön nostalgisch gewirkt, wenn nicht ein großer Sprung einmal von oben nach unten durch den gesamten Spiegel gegangen wäre. Noch eine Geschichte, die sie wahrscheinlich nie erfahren würde. Isabell riss sich von dem Anblick los und ging zurück in den holzvertäfelten Flur, wo Grothues geduldig wartete.

»Es hat etwas von einem Märchenpark. Irgendwie ist es, als würden mir die einzelnen Zimmer ihre Geschichte einflüstern wollen, nur leider in einer Sprache, die ich nicht kenne.«

Grothues zog die Augenbrauen hoch. Vielleicht fand er ihre Worte kindisch. Doch das war ihr egal. Sie fühlte es so. Ihr war schon klar, dass ein so rationaler Mensch wie er sie für verrückt oder wenigstens für etwas spleenig halten musste.

Ohne zu antworten drehte er sich um und ging vor ihr die Treppe hinunter. An der Haustür angekommen, zögerte Isabell für einen Moment. Es war fraglich, ob sie dieses Haus je wieder betreten würde. Sie versuchte, die Bilder so intensiv wie möglich aufzusaugen.

Grothues ließ sie gewähren und wartete draußen auf sie. Als sie endlich durch die Tür trat, saß er schon auf dem Treppenabsatz, und Isabell setzte sich zu ihm. Sie brauchte noch einen Moment, wieder in der Gegenwart anzukommen, und er schien das zu spüren. Er redete erst, als sie ihre Augen wieder öffnete.

»Abgesehen vom Keller haben wir alles gesehen. Was meinen Sie nun?«

»Sie wollen wissen, ob ich meine Meinung geändert habe? Nun, das spielt keine Rolle, da ich das Geld ja doch nicht habe.« Er wollte sie unterbrechen, doch sie winkte eilig ab. »Ich weiß, was Sie sagen wollen. Aber wie soll ich jemals einen Kredit zurückzahlen?«

»Und wenn ich Sie jetzt nach Ihrem Gefühl frage, jenem Gefühl, das Sie für diesen Ort haben. Was würden Sie sagen?«

Isabell wiegte den Kopf. »Tatsächlich bin ich mir nicht einmal diesbezüglich sicher. Es gibt eine Verbindung, das stimmt schon, irgendetwas, das mir sagt, ich müsste noch bleiben. Wie ein Drang, alle Geschichten zu erfahren, und zwar nicht nur aus Neugierde, sondern weil ich diese Dinge für mich, für mein Leben und meine Zukunft wissen sollte. Verstehen Sie, was ich meine?«

Er nickte.

»Je mehr ich über diesen Ort erfahre, desto düsterer wird meine Familiengeschichte. Und ich frage mich ernsthaft, ob und was das alles mit mir zu tun hat.« Sie ließ ihren Blick über die Brombeerhecke wandern. »Und Oma Pauline ... Es scheint so, als habe sie all diese schlechten Geschichten verdrängt. Gerade so, als wolle sie sich vor ihren Erinnerungen schützen.« Isabell schüttelte den Kopf.

»Hier gab es anscheinend nur Unglück. Immer, wenn Oma Pauline schöne Geschichten erzählt, dann haben sie in Königswinter stattgefunden. Vielleicht versucht sie, sich vor etwas zu schützen. Und vielleicht wäre es besser, diese alten Geschichten ruhen zu lassen. Und das würde nicht passieren, wenn ich hierbleibe.«

»Dann wollen Sie die Wahrheit lieber nicht wissen?«

»Die Wahrheit? Glauben Sie, man bekommt nach so langer Zeit noch die Wahrheit heraus? Und schon mal gar nicht, wenn die Familienangehörigen scheinbar so sehr daran interessiert waren, nichts nach außen dringen zu lassen.«

»Vermutlich nicht.« Grothues seufzte. »Ihr Onkel Oskar wollte das Anwesen nicht. Ihre Oma Pauline will es nicht, und selbst Sie schrecken davor zurück. Ich habe selten ein Erbe betreut, das so schön und so wertvoll war und das doch niemand haben wollte.«

Sie blickte Grothues offen an. »Sie haben mich gefragt, was ich über diesen Ort denke und was ich fühle. Das habe ich Ihnen jetzt gesagt.« Sie zuckte mit den Schultern. »Das alles hat rein gar nichts mit formellen Erbschaftsangelegenheiten zu tun. Aber unterm Strich bleibt …« Sie sagte nichts mehr und rieb ihren Daumen und zwei Finger aneinander. Plötzlich hörten sie ein Geräusch, und ihre Köpfe drehten sich gleichzeitig nach rechts.

☙

Pauline legte eine Hand auf ihre Brust. Schon wieder holperte ihr Herz. Doch sie wollte Isabell nicht beunruhigen und sprach deshalb von Kopfschmerzen. Sie atmete so lange langsam und bewusst, bis es sich wieder beruhigt hatte. Sie würde sich doch von diesen alten Geschichten nicht verängstigen lassen. Es waren nur Schatten. Ein düsteres Echo, das von verdrängten Erinnerungen zurückhallte. Tatsächlich hatte sie keine greifbaren Erklärungen, nur Geschichten, die sämtlich nicht zu Ende erzählt waren. Beschönigte Halbwahrheiten. Pauline hatte immer gewusst, dass irgendetwas nicht stimmte mit ihrer Familie. Doch je älter sie wurde und je mehr Menschen sie kennenlernte, desto klarer wurde ihr, dass es keine Familie gab, in der alles stimmte. Wenn dieser Anschein überhaupt aufkam, dann nur, weil die Menschen nicht genug nachgefragt hatten.

Sie selbst hatte niemals wirklich nachgefragt, und jetzt hatte sie das Gefühl, dass sie Isabell Antworten schuldete, die sie selbst nicht hatte. Zu ihren Füßen lag diese Wiese – pure Natur, deren Idylle so trügerisch war. Schmetterlinge tanzten über die Wiese. Doch nur wenige Meter von hier war es passiert. Wie lange hatte sie nicht mehr an den Selbstmord ihrer Schwester gedacht? Heute gab es keine sichere Antwort mehr. Wie oft hatte sie eine Theorie gegen eine andere abgewogen? Irgendwann hatte sie einfach aufgegeben und das Thema ruhen lassen. Das galt für die Schicksale all ihrer Geschwister. Magnus und Gustav, die ebenfalls jung gestorben waren.

Und dann Josefine: Wie sollte man sein Leben leben können, wenn man immerzu daran dachte, dass es irgendwo in dieser Welt eine Schwester gab, deren Schicksal man nicht kannte? Vielleicht war sie ja schon tot. Vielleicht hatte sie ihr Glück gefunden – wer wusste das schon? Im Nachhinein betrachtet, war Pauline sich nicht einmal sicher, ob Josefine wirklich aus freien Stücken gegangen war oder ob die Großtanten sie weggeschickt hatten. Ob vielleicht etwas Schlimmes passiert war, wieder etwas, das vor ihr verheimlicht worden war. Vielleicht war auch alles ganz harmlos, und Josefine wollte einfach genauso wenig mit ihrer jüngsten Schwester zu tun haben wie Oskar. So war es doch immer schon gewesen. Doch all ihr Wissen über damals stand auf tönernen Füßen.

Paulines Blick ruhte auf den dicken Mauern. Was war hinter diesen Gemäuern alles passiert! Viele Dinge, an die sie sich nur ungern erinnerte. Aber ihr schwante, dass noch mehr Geheimnisse völlig von dem Firnis der Zeit überdeckt worden waren. Das Gebäude zog sie magisch an. Sie konnte nicht mehr dagegen ankämpfen: Es war an der Zeit. Nach all den Jahrzehnten war es an der Zeit. Und dies war auch ihre letzte Chance.

Mühselig quälte sie sich von der Bank hoch und durchquerte die Wiese – Schritt für Schritt, vorsichtig, damit sie nicht stürzte. Es war ziemlich warm. Die Herzschmerzen hatten sich in ihr eingenistet wie Kuckuckskinder. Endlich hatte sie das Gebäude erreicht, die Wiese war nun nicht mehr so hoch, und sie konnte besser laufen. Sie blickte an der Fassade hinauf. Es war ausgeschlossen, dass sie in die oberen Stockwerke gelangte, doch wenigstens ins Erdgeschoss wollte sie, auch wenn das schon erhöht lag. Isabell und dieser Grothues würden ihr sicher helfen.

Isabell und dieser Grothues – das war so eine Sache für sich. Sie hatte nie die Männer ihrer Enkelin kennengelernt. Zu kurz, zu flüchtig oder zu weit weg. Anscheinend war es nie ernst genug gewesen, dass Isabell das Bedürfnis hatte, sie ihrer Familie vorzustellen. Wenn sie an Isabell dachte, dann immer an das arme Kind. Das arme Kind, das so früh auf den Vater verzichten musste. Das arme Kind, das keine Geschwister zum Spielen hatte. Das arme Kind, das schließlich viel zu früh die Mutter verlor. Caroline, ihre Tochter, war nach kurzer Krankheit gestorben. Ein Tumor hatte sich in ihrem Kopf versteckt und raffte ihr Leben dahin. Ihre Welt verdunkelte sich, als habe jemand dicke schwere Gardinen davor gezogen. Man konnte dabei zusehen, wie ihr Lebenslicht mit jedem Tag schwächer wurde.

Damals hatte Pauline sich sehr um ihre Enkelin bemüht. Doch Isabell ließ den Schmerz nicht an sich heran. Zumindest schien es so. Sie hatte gerade in Paris eine Tanzausbildung angefangen. Die Auflösung von Carolines Wohnung hatte sie zum größten Teil ihrer Oma überlassen. Wie sehr hatte Pauline sich gewünscht, diese Aufgabe gemeinsam zu bewältigen. Doch Isabell war so schnell und so weit weg geflüchtet, wie es ihr irgend möglich war. Die Trauer allerdings ist wie ein Schatten: Wenn man sich der Dunkelheit nicht aussetzt, dann begleitet sie einen immerzu, selbst im hellsten Licht. So sehr hatte sie ihrer einzigen Enkelin mehr Glück gewünscht.

Isabell erschien Pauline manchmal wie ein Boot auf hoher See. Irgendwie schaffte sie es, über Wasser zu bleiben, als wäre sie zu leicht, um unterzugehen. Trotzdem wurde sie vom Wind des Schicksals in alle Richtungen geweht und konnte niemals Anker werfen. Sie wünschte sich, sie könnte ihrer Enkelin mehr Halt geben. Doch sie hatte wirklich keine Ahnung, wie das gehen sollte.

Und dieser Grothues schien genau das gleiche Ansinnen zu haben. Sie hatte sehr wohl bemerkt, wie er ihr vorhin eine Hand auf die Schulter gelegt hatte. Er schien ein sehr netter Mann zu sein, und auch wenn sie natürlich überhaupt nichts über ihn wusste, machte er doch den Eindruck, als würde er mit beiden Beinen im Leben stehen. Da war ein Ausdruck in seinen Augen, ein trauriger Ausdruck, der von Verlust und Einsamkeit sprach. Pauline war sich da sicher, denn sie sah ihn jeden Tag im Spiegel – bei sich selbst.

Isabell schien Julius Grothues ebenfalls sympathisch zu finden, auch wenn sie äußerlich nicht unterschiedlicher hätten sein können. Grothues in seinen eleganten Anzügen, mit dem korrekt geschnittenen Haar und Isabell, deren Kleidungsstil schon immer wild, bunt und unkonventionell gewesen war. Isabells lange Haare waren meist wirr und ungekämmt. Darüber hatte Pauline sich schon mokiert, als Isabell noch ein kleines Mädchen gewesen war. Und bis heute hatte sich daran nichts geändert.

Die beiden jungen Leute sollten sich nicht einbilden, sie hätte nichts bemerkt. Nichts Schöneres gäbe es für sie, als noch miterleben zu dürfen, dass ihre Enkelin endlich die Liebe ihres Lebens finden würde. Sie in sicheren Händen zu wissen, wenn sie die Welt verließ, wäre ihr ein großer Trost. Und Julius Grothues war auf jeden Fall ein Mensch, der unter die Kategorie sichere Hände fiel.

Als Pauline es endlich um die Ecke geschafft hatte, hielt sie inne. Die beiden saßen einträchtig oben auf der Treppe und unterhielten sich. Sie würden ein schönes Paar abgeben, auch wenn sie das Isabell gegenüber besser nicht laut sagte. Als die beiden sie jetzt entdeckten, sprangen sie sofort auf, als wären sie bei etwas erwischt worden.

»Frau Bach!?« Grothues klopfte sich den Staub von seiner eleganten Hose ab.

»Oma Pauline, was machst du hier?«, rief Isabell besorgt.

Sie lächelte. »Schon vergessen, das ist mein Geburtshaus!« Isabell und Grothues eilten ihr entgegen. »Sie haben noch nicht abgeschlossen? Nein? Das ist gut.«

Pauline ging weiter und blieb unten an der Treppe stehen. »Ich hab es mir anders überlegt.« Mit einem gequälten Lächeln blickte sie zwischen den beiden Löwenköpfen hin und her. »Einmal … Einmal will ich noch einen Blick hineinwerfen.« Sie stellte ihren rechten Fuß schon mal zur Probe auf die erste Stufe. »Wahrscheinlich kann man die oberen Stockwerke ohnehin nicht betreten, doch ich möchte gern die Küche und den Wintergarten sehen.« Sie lächelte schief und nahm tapfer die steinernen Stufen ins Visier. Grothues bot ihr seinen Arm.

»Willst du das wirklich, Oma?«, fragte Isabell besorgt. Doch sie stemmte sich bereits mit aller Kraft die erste Stufe hoch. »Es klingt vielleicht lächerlich, aber ich würde mich gerne verabschieden. Denn dazu hatte ich in den letzten siebzig Jahren keine Gelegenheit.«

Pauline musste erst einmal durchschnaufen, als sie endlich in der Tür stand. Grothues nutzte die Pause, um eilig eine große Taschenlampe aus seinem Wagen zu holen. Als er zurückkam, stand sie mitten in der Eingangshalle.

War es wirklich schon ein ganzes Leben her, dass sie über diese Steinplatten gehüpft war? Sie ging geradewegs in die Mitte des Raums, zu der breiten, geschwungenen Treppe. Eine Hand suchte Halt an dem Holzgeländer, während ihr Blick über die schmutzigen Bodenfliesen glitt. Sie waren noch vollständig erhalten. Nur hier, direkt vor ihren Füßen, waren zwei der großen Ornamentfliesen sternförmig zersprungen. Grothues folgte ihr und ließ das Licht langsam über die alten Wände laufen.

Es war bewegend. Gefühle, Erinnerungen, alte Bilder drohten sie zu überwältigen. Auf ihren Stock gestützt, ging sie in Richtung Küche. »Da hat der große Herd gestanden, mit dem geheizt und auf dem gekocht wurde. Meine Mutter war immer schon früh auf. Wenn man aus den ausgekühlten Schlafzimmern der oberen Stockwerke herunterkam, war es hier wunderbar warm.«

Sie legte ihre Hände auf die zugemauerte Tür. »Das war unser Haupteingang. Hier oder durch den Wintergarten. Wir sind praktisch nie vorne reingegangen.« Melancholisch glitt ihr Blick über die Steine. »Schade, dass er jetzt zu ist. Ich wäre gerne noch einmal durchgegangen.«

»Hier«, sie drehte sich um und zeigte auf eine Stelle an der Wand, wo die Kacheln fast schwarz waren, »hier stand der Ofen. Das Feuer wurde Sommers wie Winters geschürt. Meine Mutter konnte herrliches Brot backen. Sie tat immer viel Malztrester hinein. Das ganze Haus duftete danach.«

»Wirklich?« Julius war plötzlich interessiert. »Tresterbrot schmeckt wunderbar. Ich hab es aber noch nie selbst gebacken. Haben Sie das Rezept?«

»Was ist Tresterbrot?«, fragte Isabell.

»Wenn die Maische, also der Brausud, durch ein Sieb abläuft, dann bleiben oben die Feststoffe übrig – Trester oder auch Treber genannt. Im Prinzip gekochtes Malz. Und Malz ist eingeweichte und gekeimte Gerste oder Weizen oder ein Gemisch aus beidem.«

Die alte Dame nickte zu Grothues' Ausführungen. »Und diesen Trester backt man mit, in einem normalen Brotteig. Ich schreib es Ihnen bei Gelegenheit auf. Meine Mutter hatte viele solcher Rezepte: Biersuppe, Biersoße, Schweinebraten mit Tresterkruste.« Oma Pauline lächelte ihn an und ging aus dem Raum.

Ihre Enkelin folgte ihr, und Grothues ließ seinen Lichtstrahl immer kurz vor ihren Füßen über dem Boden gleiten. An der imposanten Treppe blieb sie stehen und blickte hoch. »Wirklich schade! Zu gerne hätte ich gewusst, wie es oben aussieht.«

»Ich kann noch mal hochgehen, Oma, und einen Film machen. Den kannst du dir dann auf dem Smartphone ansehen.«

»Auf deinem kleinen Telefon?«, wandte sie skeptisch ein. Grothues sprang ihrer Enkelin bei. »Ich kann gerne in den nächsten Tagen noch mal mit einer richtigen Kamera und meinem Laptop kommen.«

Pauline wollte sich gerade dagegen aussprechen, weil sie dem Mann keine Umstände machen wollte. Doch dann dachte sie, dass dies auf jeden Fall eine weitere Gelegenheit wäre, bei der Isabell und er zusammenfinden könnten.

»Das wäre wunderbar!«, sagte sie also und lief weiter.

Neben der Tür zum Wohnzimmer gab es eine Stuckverzierung, sodass es wirkte, als würden die Türflügel an zwei klassischen Säulen hängen. Als Grothues das Licht seiner Taschenlampe darüber tanzen ließ, konnte Pauline nur noch den Abglanz des einstigen Lavendelblaus erkennen.

Sie durchquerte den langen Raum. Im offenen Kamin lag Unrat. Doch als Pauline die Augen schloss, konnte sie riechen, wie es damals gerochen hatte, wenn der große Kamin befeuert wurde. Sie hatte den Geruch von brennendem Holz immer geliebt. Weiter ging es zur hinteren Tür hinaus. Sie blieb erst an dem Durchgang zum Wintergarten stehen.

»Herr Grothues, könnten Sie bitte vorgehen? Ich brauche Licht. Und Isabell, du müsstest mir bei den Stufen helfen.« Sofort waren die beiden da und halfen ihr nach unten.

Das große Ganze war schwer zu erkennen, wenn man nur einen kleinen Ausschnitt im Lichtkreis sah. Deswegen ging Grothues in die linke Ecke, und für einen Moment wurde es ganz dunkel. Doch dann hatte er die Taschenlampe anders eingestellt, und das Licht streute breiter. Der längliche Raum lag im schummrigen Licht vor ihnen.

»Oh je!« Schon von außen hatte Pauline gesehen, wie der Wintergarten mit dicken Brettern verblendet worden war. Doch sie hatte gehofft, dass hier im Inneren noch einige der bunten Fenster zu bewundern wären. »Sind alle kaputt?«, fragte sie entsetzt.

Grothues nickte. »Soweit ich weiß.«

Pauline schaute sich interessiert um. Überraschenderweise stand in der äußeren rechten Ecke immer noch die Eckbank. Sie war vor ihrer Geburt dort eingebaut worden. Der lange Teil stand mit dem Rücken zum Fenster, und ein kleines Stück ging um die Ecke. »Unglaublich! Schau, Isabell. Hier hab ich immer gesessen. Das war mein Platz.« Sie zeigte mit dem Stock auf das kurze Stück.

Isabell kam näher. »Die Bank ist wirklich noch von damals? Unfassbar.«

Ohne auf den Schmutz und den Staub achtzugeben, setzte Pauline sich auf ihren alten Platz. Wieder schloss sie die Augen, und beinahe hatte sie das Gefühl, vor ihr stünde der Tisch, und die Mutter würde gleich mit einem Kirschkuchen die zwei Treppenstufen zum Wintergarten herunterkommen.

Ihre Gedanken wurden gestört, als Isabell sich auf dem langen Teil der Bank niederließ. Das Holz knirschte. Isabell sprang sofort wieder auf. Sie hatte wohl Angst einzubrechen.

»Bleib ruhig sitzen. Es hat immer so gekracht. Dieses Sitzbrett war schon immer verzogen.«

Die Sitzbänke konnte man hochklappen. Insgesamt gab es drei Klappen, eine am kürzeren Kopfende und zwei auf der langen Seite. Unter den Klappen befand sich jeweils Stauraum. Pauline hob kurz das Brett an, doch es war für sie zu schwer. Isabell klappte es hoch. Grothues erschien, und neugierig wie kleine Kinder leuchteten sie den Hohlraum darunter aus.

»Schade.«

»Nach all den Jahren hätte es mich auch gewundert, wenn wir dort noch irgendetwas gefunden hätten«, entgegnete Grothues. Ächzend stand Pauline auf. Sie wusste, dass die beiden auch unter die kurze Klappe gucken wollten. Und sie selbst war ebenfalls neugierig. Doch auch hier gab es nichts außer Schmutz und Staub.

Enttäuscht lies Isabell sich auf Paulines altem Platz nieder. »Was war denn früher hier drin?«

»Hier im kurzen Stück waren Tischdecken und Servietten. Und dort war alles Mögliche drin.« Pauline lachte auf, als ihr etwas einfiel. »Ich weiß noch, dass ich mich beim Versteckspiel hier drin versteckt habe. Meine Geschwister waren ja schon zu groß dafür.« Sie zog die Augenbrauen zusammen, als ihr noch etwas einfiel. »Öffnen Sie bitte noch einmal diese Klappe hier«, bat sie Grothues. »Und klopfen Sie mal gegen die Holzlatte, hier drunter.« Sie pochte auf das kleine Mittelstück der Bank, das zwischen den beiden klappbaren Sitzbrettern war. »Da drin, im Holm, haben wir immer Sachen versteckt.«

Grothues tippte mit den Fingern über das Holz im Inneren, bis er ein loses Brett erwischte. Nach einigen Versuchen hielt er es endlich in der Hand. Isabell sprang auf.

»Ich helfe Ihnen. Geben Sie mir die Taschenlampe.«

Grothues tastete sich im Dunkeln vor, doch seine Hand war leer, als er sich wieder auf der Bank aufstützte. »Leider nichts zu finden.«

»Versuchen Sie mal, um die Ecke zu greifen. Die hölzerne Rückwand geht bis zum Boden, doch es gibt einen Spalt zwischen dem Holz und der Mauer.«

Grothues krempelte seinen rechten Ärmel hoch und beugte sich tief in den Holzkasten hinein. Seine Knöchel pochten über das Holz, doch plötzlich kam ein blecherner Laut dazu.

»Da ist was!« Isabell war ganz aufgeregt.

Grothues schob seinen Arm tief hinein, und endlich bekam er etwas zu fassen. Es glitt ihm zweimal aus den Händen, doch schließlich brachte er es zum Vorschein. Es war eine alte Blechdose, nicht besonders hoch und fast so groß wie ein Blatt Schreibpapier.

Grothues streckte Pauline die Dose entgegen. Doch die zögerte und sah ihre Enkelin an. Isabell verstand. Sie nahm die Dose an sich. Mit einem Ruck ließ sie sich öffnen. Grothues leuchtete ihr. In Isabells Fingern tauchte ein besticktes Taschentuch auf.

»A und F?« Diese Buchstaben waren als Initialen in den weißen Stoff gestickt. Pauline zuckte mit den Schultern. Sie wusste wirklich nicht, wer damit gemeint sein könnte. Unter dem Taschentuch lagen zwei schwarze Notizbücher nebeneinander. Darauf fanden sie ein Parfümfläschchen mit Kirschblütenduft. Eine getrocknete Rose zerbröselte beinahe unter Isabells vorsichtigem Griff. Isabell hob die beiden Notizbücher heraus. Darunter lag eine Fotografie.

Andächtig hob Pauline das Foto heraus. Sie kannte es nicht, obwohl es ihre Familie darstellte. Der dunkelhaarige Mann mit dem schwarzen buschigen Schnurrbart musste ihr Vater sein. Sie erkannte sofort ihre Mutter, Sofia, die allerdings auf dem Bild sehr viel jünger war, als sie sie in Erinnerung hatte. Sie war fülliger und saß mit ernstem Gesicht auf einem Stuhl, während ihr Mann hinter ihr stand und ihr eine Hand auf die Schulter gelegt hatte. Drum herum gruppierten sich ihre älteren Geschwister. Alle auf dem Foto schauten sehr ernst.

Isabell beugte sich neugierig vor. »Wo bist du?«

»Ich bin nicht dabei. Das war noch vor meiner Geburt. Schau, Oskar ist vielleicht sechs Jahre alt.« Sie drehte die Fotografie um, und dazu stand dort ein Datum. »10. Dezember 1925.« Oma Pauline kicherte mädchenhaft. »Oh doch, dann war ich wohl schon da, aber noch im Bauch meiner Mutter.«

Grothues beugte sich vor, und sein Blick schoss zwischen der Fotografie und Isabell hin und her. »Sie sind Ihrer Urgroßmutter wie aus dem Gesicht geschnitten.«

Isabell nickte. Da war sie wieder, diese Ähnlichkeit mit einer ihr fremden Frau. Sie fasste sich unwillkürlich an die Kehle. Würde sie so aussehen, wenn sie älter war? Schön, aber doch verbittert? »Wie alt war Sofia damals?«

»Meine Mutter ist 1891 geboren. Dann war sie vierunddreißig oder fünfunddreißig.«

»Ein Jahr jünger als ich jetzt«, sagte Isabell überrascht, denn die Frau auf der Fotografie wirkte älter. »Ob es ihre Dose war?« Sie blätterte durch eins der Notizbücher. »Es ist ein Tagebuch«, sagte sie ganz andächtig.

Pauline schaute von der Fotografie hoch. »Dann ist es sicher von Clementine.« Ihre älteste Schwester hatte Tagebuch geschrieben. Plötzlich durchflutete eine große Nervosität sie. Möglicherweise würde sie aus einem der beiden Bücher endlich erfahren, warum ihre Schwester sich umgebracht hatte. Vielleicht würde dieses Geheimnis nun nach mehr als achtzig Jahren gelüftet.

Doch da war noch ein anderes Gefühl. Ein ungutes Gefühl! Wie eine Welle flutete heißes Blut durch ihren Körper. Vielleicht hatte Isabell gerade die Büchse der Pandora geöffnet. Es gab Wahrheiten, die wurde man nicht mehr los, wenn sie erst einmal Eingang in das Bewusstsein gefunden hatten.

KÖLN-RHEINKASSEL – 27. NOVEMBER 1925

Die Striemen hatten sich dunkelrot verfärbt, während die Haut ringsum blauschwarz verfärbt war. An einer Stelle war sie aufgeplatzt. Clementine konnte genau die Abdrücke des Gürtels auf Gustavs Po sehen. Gustav war gerade zwölf Jahre alt geworden, und es war ihm mehr als unangenehm, vor ihr und seiner Mutter mit heruntergelassenen Hosen über den Tisch gebeugt zu stehen. Noch viel unangenehmer war ihm, dass Kläre, die Frau, die seit Anfang des Monats als Köchin bei ihnen arbeitete, mit dabei war. Allerdings war sie extra vorbeigekommen, um ihre selbst angefertigte Ringelblumensalbe zu bringen.

»In einer Woche sind die Schmerzen weg«, versuchte die Besucherin den Jungen zu trösten.

Mit unendlicher Geduld trug Mutter die Salbe auf. Stumme Tränen liefen über Gustavs Gesicht. Clementine hielt seine Hand, die sich jedes Mal verkrampfte, wenn Mama doch zu stark auf eine Stelle drückte.

»Ich habe einen Grießbrei gemacht, nur für dich. Mit extra viel Sahne«, verriet Clementine ihrem Bruder. »Den kriegst du gleich. Nur noch kurz die Zähne zusammenbeißen.«

Zwei Tage war es her, dass Vater Gustav mit dem Riemen verprügelt hatte. Mama hatte es lange abwenden können, dann hatte der Lehrer Vater zufällig auf der Straße getroffen. Ihrem jüngeren Bruder fiel das Lesen schwer und deshalb natürlich auch das Schreiben. Im Rechnen war er dagegen ganz passabel, und im Turnen herausragend, aber in allen anderen Fächern hatte er wegen der Leseschwierigkeiten große Probleme. Es war absehbar, dass das Weihnachtszeugnis nicht besonders gut ausfallen würde. Dass Vater so spät von diesen Problemen hörte, weil Mama es bisher geschafft hatte, sie vor ihm zu verbergen, hob seine Laune natürlich in keiner Weise. Gustav hatte keine Ahnung gehabt, was auf ihn zukam, als er vor zwei Tagen von einem Freund nach Hause gekommen war.

Vater hatte ihn am Kragen geschnappt und ihm noch in der Eingangshalle die Hosen heruntergezerrt. Gustavs lautes Schreien hatte die Mutter herbeigerufen, die Schlimmeres verhindern konnte. Doch ein halbes Dutzend Mal hatte der Vater getroffen, und er war stark und entschlossen. Mama selbst hatte einen Striemen auf ihrem Oberarm, weil sie sich zwischen Vater und Gustav geworfen hatte, nachdem Vater einfach nicht aufhören wollte, auf ihren Sohn einzudreschen.

Gestern hatte er nicht in die Schule gehen können, und auch für den Rest der Woche war an Sitzen nicht zu denken. Clementine standen Tränen der Wut in den Augen beim Blick auf das malträtierte Fleisch. Endlich war Mama fertig. Vorsichtig legte sie eine Mullbinde über den Bereich und zog ihm ganz vorsichtig die weite Unterhose hoch. Clementine führte ihren Bruder in den Wintergarten, wo sie ihm schon eine bequeme Liegestätte vorbereitet hatte. Er lag auf dem Bauch, der Po etwas erhöht, und sie zog ihm eine Wolldecke über die Beine. Josefine spielte mit Oskar am Tisch Karten, während Magnus ein Buch las. Als Clementine zurück in die Küche ging, um den Grießbrei zu holen, stockte das Gespräch der beiden erwachsenen Frauen. Kläre verarztete gerade den Oberarm von Mama.

»… immer schlimmer«, hatte Clementine noch gehört, bevor ihre Mutter verstummt war. Eilig nahm sie den Grießbrei vom Ofen, nahm sich aus dem Schubfach einen Löffel und verließ die Küche.

Josefine kniete jetzt neben Gustav auf dem Boden und flüsterte ihm aufmüpfig zu: »Ich frag sie gleich!«

Oskar hockte daneben und hatte tiefe Ränder unter den Augen. Das Schicksal seines Bruders ließ ihn nicht kalt. Da er Mama vorgestern vom Pferdestall aus gefolgt war, hatte er noch mit angesehen, wie sein Vater den Bruder verprügelt hatte. Ob es nur Mitleid war oder die Gewissheit, dass ihm eines Tages das Gleiche blühen würde – der arme Oskar hatte alleine schon bei dem schrecklichen Anblick gejammert. Danach hatte Clementine ihn den ganzen Nachmittag und Abend nicht mehr gesehen. Vermutlich hatte er sich, wie so oft, im Pferdestall versteckt.

»Hier, das ist alles für dich.« Sie stellte Gustav, der sich auf den Ellenbogen stützte, den Topf vor die Nase. Keiner der anderen neidete ihm den Luxus, denn niemand hätte mit ihm tauschen wollen.

Sie ging zurück in die Halle und hörte gerade noch, wie Kläre sich verabschiedete. Es war Samstagabend, und sie musste nach Hause zu ihrer Familie, die Sonntagskleidung für den Kirchgang morgen rauslegen und das Sonntagsessen vorbereiten. Mutter schloss die Gartentür, und Clementine huschte schnell zurück in den Wintergarten. In der guten Stube, dem großen Wohnzimmer, war es zwar viel wärmer, jedoch war es auch Vaters Bereich. Alle waren immer besonders vorsichtig, damit man sich nicht wegen irgendeiner Kleinigkeit Schelte oder Schlimmeres einhandelte. Deswegen saßen Clementine, ihre Geschwister und Mama lieber im Wintergarten.

»Fahren wir über Weihnachten nach Königswinter?«, fragte Josefine mit einem trotzigen Unterton, der bedeutete, dass ihr klar war, wie unwahrscheinlich eine positive Antwort sein würde.

Gustav stimmte direkt mit ein. »Oh, bitte, ja! Können wir in Königswinter feiern?«

Selbst Magnus sah von seinem Buch hoch. »Ich hacke auch Holz für Tante Dorothea und Tante Adele, so viel, dass es für den ganzen Winter reicht. Dann können sie nicht Nein sagen.«

Clementine bemerkte, dass auch ihre Mutter geweint hatte. Mit gesenktem Blick saß sie über Gustavs Jacke, die gerissen war, als Vater ihn durch die Halle gezerrt hatte.

Alle warteten auf ihre Antwort. Sofia schüttelte nur leicht den Kopf. »Ich glaube nicht, dass Vater dem zustimmen wird.«

»Ich will auch endlich schwimmen lernen, wie die Großen.« Oskar war aufgestanden und stand vor ihr.

»Es ist viel zu kalt. Magnus wird es dir im Sommer beibringen.«

Doch Oskar gab nicht auf. »Aber ich will zu Tante Dorothea.« Er packte sie mit beiden Händen am Arm und zog daran. Sie stöhnte. Oskar hatte sie genau an ihrem Striemen erwischt. Trotzdem schaute sie auf und lächelte ihn an.

»Vielleicht … Vielleicht können wir ja nach Weihnachten fahren. Für ein paar Tage, bis zum Jahresende. Ich weiß, dass euer Vater über die Feiertage hierbleiben will.«

Niemand antwortete. Ein Vielleicht war schon eine geringe Hoffnung. Und diese Familie ernährte sich von geringer Hoffnung.

Clementine blickte zum Fenster hinaus. Wenn die letzten Tage anders verlaufen wären, wäre sie heute mit Angus Ferguson ins Lichtspieltheater gegangen. Er hatte sie Anfang der Woche eingeladen. Da waren sie im Warenhaus Tietz in der Innenstadt gewesen, und Clementine hatte zum ersten Mal in ihrem Leben eine Rolltreppe gesehen. Sie war in ganz Deutschland einmalig. Ja, Angus war sogar mit ihr in den oberen Stock gefahren. Sie lebte für die seltenen Stunden mit ihm. Er gab ihr das Gefühl, ein liebenswerter Mensch zu sein. Jede einzelne Stunde ihres Lebens wollte sie mit ihm verbringen.

Doch nach dem Vorfall vorgestern hatte Clementine es nicht mehr gewagt, ihren Vater um Erlaubnis zu fragen. Natürlich hätte sie ihm nicht gesagt, dass sie mit einem britischen Besatzungssoldaten ins Kino gehen wollte. Deshalb hätte sie ihre Freundin Annemarie vorgeschoben. Nicht einmal das wagte sie jetzt mehr. Dabei lief ihnen die Zeit davon. Der Vertrag von Locarno war im Herbst verhandelt worden. Seitdem wussten Angus und sie, dass der Termin seines Abzugs beständig näher rückte. Vor drei Wochen hatte sie es zum ersten Mal zugelassen, dass er sie küsste. Es war so zärtlich und zugleich so stürmisch gewesen. Jeden Abend träumte sie sich mit der Erinnerung an diesen Kuss in den Schlaf. Ihnen blieben nur noch wenige Wochen, und es verging keine Stunde, in der Clementine sich nicht fragte, was sie tun sollte.

In seinem hinreißend gestammelten Deutsch hatte Angus sie gebeten, mit ihm zu kommen. Natürlich nicht mit den Truppen, doch er wollte ihr die Passage nach Manchester bezahlen. Sie würde bei seinen Eltern unterkommen können, bis sie heiraten konnten. Clementine hätte am liebsten gejubelt vor Glück. In seinen Armen war es immer ganz leicht, sich solche Sachen vorzustellen. Wenn sie allerdings hier zu Hause war, schien es undenkbar. Zwar war sie schon sechzehn, aber ohne die Zustimmung ihrer Eltern würde sie nicht heiraten können, bevor sie einundzwanzig war. Die würde sie niemals bekommen, nicht von ihrem Vater. Er würde sie totschlagen, wenn sie auch nur danach fragen würde. Überhaupt, selbst wenn er erführe, dass sie mit Briten »herumpoussierte«, würde er sie windelweich schlagen. Zu tief saßen der Schmerz und die Schmach, die Vater wie so viele andere beim Anblick britischer Panzer vor dem Dom empfunden hatten. Mit den Tommys Geschäfte machen und an ihnen Geld verdienen, das war eine ganz andere Sache. Und einfach fliehen – konnte sie das Mama und ihren Geschwistern wirklich antun? Sie wusste, Papa würde tollwütig werden, wenn sie einfach davonlief. Doch sie liebte Angus. Und ihnen blieben nicht mehr viele gemeinsame Stunden.

»Ich könnte hierbleiben und kochen und mich um Vater kümmern«, schlug Clementine wagemutig vor. »Vielleicht erlaubt er ja dann, dass ihr fahrt.«

Mama schaute sie überrascht an, ebenso wie ihre Geschwister. Doch im Gesicht ihrer Mutter erschien eine Warnung. Ihr war klar, dass dieser Vorschlag nicht uneigennützig war. In diesem Moment hörten sie, wie vorne ein Wagen auf dem Kies vorfuhr. Als wäre ein Fuchs in den Hühnerstall eingedrungen, stoben augenblicklich alle auf.

Magnus sprang von der neuen Eckbank und wollte schon hinauslaufen, als er sah, wie sich Oskar im Hohlraum der Bank verstecken wollte, wie sie es in den letzten Tagen so oft mit ihm gespielt hatten. »Doch nicht da!« Mit Schwung griff er sich seinen kleinen Bruder, und sie waren die Ersten, die die Treppe hinaufstürmten.

Clementine half Gustav hoch, der trotz seiner Schmerzen erstaunlich schnell auf den Beinen war. Josefine riss die Decken an sich und den Topf und eilte vor Gustav die Treppe hoch. Mama ließ die zerrissene Jacke hinter einem Kissen auf der Sitzbank verschwinden. Sie wollte ihren Mann in keiner Weise an das Geschehene erinnern. Unschlüssig blieb Clementine stehen und sah ihre Mutter fragend an. Doch die schob sie vor sich aus dem Raum hinaus, die Treppe hoch. Sie selbst verschwand in der Küche, als die Eingangstür aufging.

Ein Stockwerk höher lief Clementine in Magnus hinein, der sich am Treppenabsatz geduckt hatte und durch das Geländer spähte. Josefine war wahrscheinlich mit Oskar zusammen im Dachgeschoss verschwunden, und Gustav stand unschlüssig vor der Treppe. Neugierig, was nun wieder passieren würde, doch zu verletzt, um auch nur eine einfache Begegnung mit seinem Vater riskieren zu wollen. In seiner Hand hielt er eine Steinfletsche, die er selbst geschnitzt hatte. Seine Finger pressten sich um das Holz, als wolle er jeden Moment damit schießen.

August Korte und ein zweiter Mann kamen zur Tür herein. Clementine erkannte den Mann: Es war Herr Braunfels vom Kreditinstitut. Er war bereits zwei oder drei Mal Gast ihres Vaters gewesen, und immer war viel Alkohol im Spiel gewesen. Vater hatte ein Gespür dafür, wer dem Alkohol zusprach. Diese Männer pickte er sich heraus, hielt sie an mehreren Abenden frei. Erst Anfang des Monats hatte er Braunfels zum Radiohören eingeladen. In einer der neuen Radiohörstuben hatten sie der allererste Liveübertragung eines Fußballspiels im Hörfunk gelauscht. Das war etwas Außergewöhnliches, und die Plätze waren höchst begehrt gewesen. Da Vater dem Gastwirt unter der Hand Bier lieferte, hatte er zwei der Plätze ergattert. Braunfels war mächtig beeindruckt gewesen. Heute kamen sie aus dem Kristallpalast, einem beliebten Varieté in der Severinstraße. Beide schienen bester Laune. Sicher würde Vater die Gelegenheit nutzen und mit der Sprache herausrücken. Er wollte Braunfels einen weiteren Kredit abschwatzen, mit dem er dort, wo jetzt noch neben der Brauerei ein dürftiger Holzverschlag stand, ein großes, massives Gebäude hinsetzen könnte. Eine richtige Lagerhalle.

Mama begrüßte Braunfels, der direkt in den großen Saal wankte. Papa gab ihr beide Mäntel und folgte seinem Gast. Clementine war sich sicher, dass Vater Braunfels die kommenden Stunden mit seinem selbstgebrannten Schnaps abfüllen würde. Sie kniete sich neben Magnus auf dem Treppenabsatz, um besser sehen zu können. Vater kam zurück. Er selbst schien auch schon reichlich getrunken zu haben, auch wenn er nicht so wankte wie Braunfels. Er steuerte die Küche an, in der Mama sicherlich gerade etwas zu essen anrichtete.

Zwar konnte sie nicht verstehen, was ihr Vater sagte, doch sein Ton ließ erkennen, dass er wütend war. Irgendetwas war mit dem Kamin. Vielleicht hatte Mama vergessen, Briketts nachzulegen. War es zu kalt? Was würde jetzt passieren? Vater konnte furchtbar wütend werden, wenn etwas nicht so lief, wie er wollte. Und manchmal reichten Kleinigkeiten. Sein Ton wurde gefährlich laut. Clementine merkte, wie Magnus immer unruhiger wurde und dann plötzlich aufstand.

»Nein, nicht!« Sie packte ihn am Hosenbein und hielt ihn fest. »Wenn du jetzt dazwischen gehst, macht ihn das nur noch wütender«, zischte sie ihm zu. »Willst du etwa schon wieder im Kohlenkeller übernachten?«

»Ich schwöre dir, wenn er sie noch einmal schlägt, dann …!«

»Sei ruhig, und mach nicht alles noch schlimmer. Er wird ihr nichts tun. Nicht, solange einen Gast im Haus ist.« In diesem Moment sahen sie auch schon, wie ihr Vater mit einer großen Flasche gekühlten Biers aus der Küche kam. Schnell duckten sie sich weg.

Kaum, dass der Vater verschwunden war, spürten sie einen kühlen Luftzug. Clementine meinte, die Stimme von Viktor Susemihl erkennen zu können. Mama hantierte weiter in der Küche, und das einzige Wort, das sie von dem Gesprochenen verstehen konnte, war ein plötzliches »Geh!«, ausgesprochen von ihrer Mutter. Keine drei Sekunden später gab es wieder einen kühlen Luftzug, und Mama durchquerte mit einem schwer beladenen Tablett die Eingangshalle.

Die beiden großen Geschwister warteten geduldig. Sie wollten ihre Mutter in Sicherheit wissen. Gustav konnte vor Schmerzen kaum noch stehen, deswegen schlich er jetzt auf Socken ins Dachgeschoss hoch.

Clementine schaute hinab in die im Schatten liegende Eingangshalle. Wie viele Stunden ihres Lebens hatte sie schon im Verborgenen gehockt und auf den Atem ihrer Geschwister gelauscht, während sie sich mit pochendem Herzen vor ihrem Vater versteckten? Viel zu viele!

Endlich kam Mama zurück. Genau in diesem Moment kam Josefine leise die Treppe von oben herab, Mama merkte es. Sie ging direkt an der Treppe vorbei und gestikulierte stumm, dass sie dort verschwinden sollten. Unwillig stand Clementine auf, und auch Magnus fiel es sichtlich schwer, seinen Posten zu verlassen.

Es war noch früher Samstagabend, aber da der Vater Besuch hatte, blieb ihnen nichts anderes übrig, als möglichst geräuschlos oben sitzen zu bleiben. Josefine war bei Gustav im Zimmer und redete ihm tröstend zu. Oskar löffelte glücklich den Rest Grießbrei aus dem Topf, den Gustav ihm überlassen hatte. Magnus las vermutlich in seinem Zimmer sein Buch zu Ende.

So ging Clementine in ihr Zimmer, in dem sie mit Josefine schlief. Rechts unter dem großen Fenster konnte sie die Pferdeställe sehen, die Viktor Susemihl in den letzten paar Monaten erweitert und in Schuss gebracht hatte. Er selbst hatte sich direkt daran eine kleine Kemenate gebaut, in der nicht mehr stand als ein Bett, ein kleines Tischchen und ein Regal, in dem er seine wenigen Habseligkeiten aufbewahrte. In der Ecke stand ein Kanonenofen, der das Zimmer recht gut erwärmte. Clementine legte sich eine Decke auf den gebogenen Fenstersims und setzte sich. Sie hatte kein Licht gemacht, um besser hinaussehen zu können. Dies hier war ihr Lieblingsplatz. Sie bildete sich ein, wenn sie nur lang genug in diese Richtung schaute, würde sie irgendwann den Dom erkennen können.

Sie bemerkte, wie Viktor Susemihl vor seine Tür trat und sich eine Zigarette anzündete. Irgendetwas Schweres zog seine Hose auf einer Seite herunter. Er trug seine Arbeitshose, die immer noch viel zu weit war, und dazu nur ein Hemd. Obwohl er dünn war, schien er niemals zu frieren. Selbst wenn er unter seinem Hemd noch ein Unterhemd anhatte, war es viel zu kalt, um dort lange zu stehen. Doch er lief nicht herum, was er oft machte, wenn er vor der Tür rauchte, sondern starrte still in Richtung Küchentür. Es sah so aus, als würde er auf etwas lauern, angespannt – wie ein Tiger auf dem Sprung. Schließlich flitschte er seine Zigarette weg und griff mit der Rechten in seiner Hosentasche.

Clementine machte große Augen. In seiner Hand lag ein Hammer. Was wollte er damit tun? Es war Samstagabend, und selbst der fleißige Viktor Susemihl würde jetzt nicht mehr arbeiten.

Er war ein sehr geschickter Zimmermann, und es war nichts Ungewöhnliches, dass er einen Hammer bei sich trug. Doch so, wie er ihn in seiner Hand wog und zum Haus blickte, hatte es etwas Unheilvolles. Plötzlich hielt er inne in seiner Bewegung. Wie aus dem Nichts war Mama aufgetaucht und sagte etwas zu ihm. Clementine drückte ihr Gesicht an die kalte Glasscheibe, um besser sehen zu können. Soweit sie erkennen konnte, schienen die beiden miteinander zu streiten. Susemihl trat plötzlich auf sie zu. Mama fasste ihn an beiden Oberarmen, als wolle sie ihn zurückhalten. Sie sagte ihm noch irgendetwas, dann drehte sich um und ging.

Clementine griff unter ihre Matratze und zog eine Blechdose hervor. Sie hatte den Stiel der Rose auf die Länge der Dose gekürzt. Hierin konnte sie sie trocknen, ohne dass die anderen etwas davon bemerken. Sie roch an der Blüte. Der Geruch war beinahe verflogen. Sie sehnte sich danach, den Moment noch einmal zu erleben: wie Angus ihr seine Liebe gestand. Er war fünf Jahre älter als sie und trotz der fremden Sprache viel geschickter mit Worten. Sie war überwältigt gewesen und dankbar. Oft fragte sie sich, wieso Angus ausgerechnet sie gewählt hatte. Er liebte sie tatsächlich. Vorsichtig legte sie die Rose zurück und kramte einen alten Füllfederhalter und ein schwarzes Tagebuch hervor. Im Schein des Mondes schrieb sie.

27. November 1925

Papa ist schon wieder angetrunken. Der Alkohol befeuert sein stürmisches Gemüt nur noch mehr. Und wieder steht uns ein leiser Sonntag bevor, weil er einen dicken Kopf haben wird.

Natürlich habe ich es nicht gewagt, Angus' Einladung zu folgen. Das ganze Wochenende ist vergeben. Ich werde Angus frühestens am Montag sehen können, wenn ich nach den Besorgungen noch etwas Zeit habe. Kaum mehr zwei Monate, dann werde ich fortgehen. Angus hat alles arrangiert, obwohl auch seine Familie nicht ganz einverstanden zu sein scheint. Seine Mutter hat gesagt, ich sei noch zu jung. Aber als er sagte, sonst würde er zurück nach Deutschland gehen, haben sie schließlich doch zugestimmt. Er muss mich wirklich lieben, wenn er so etwas für mich auf sich nimmt.

Ich habe Annemarie von meinen Plänen erzählt. Sie war ganz erstaunt, denn das hätte sie mir nicht zugetraut. Doch ich halte es wirklich nicht länger aus. In letzter Zeit wird es immer schlimmer. Immer öfter schlägt er sofort los. Aus Vaters Mund kommen nur noch Befehle. Freundliche Worte sind für seine Geschäftspartner reserviert. Missbilligung ist schon das Beste, was wir erwarten können. Und Mama ist häufig so merkwürdig abwesend. Irgendetwas beschäftigt sie, und allmählich bekomme ich eine Ahnung davon, was es sein könnte.

Viktor hat Oskar versprochen, ihn vor Vater zu beschützen. Der Kleine hat mir ganz stolz davon berichtet. Viktor wirkt sehr angespannt. Gerade sah es fast so aus, als wollte er mit einem Hammer bewaffnet ins Haus kommen. Vielleicht hat Viktor Mama das Gleiche versprochen.

Vater scheint davon nichts zu bemerken. Er hält große Stücke auf Viktor, der plackert wie ein Grubenpferd. Noch gestern Abend hat Vater gesagt, dass er wahrscheinlich nie wieder einen so guten Arbeiter für so wenig Geld bekommen würde. Viktor hat nur genickt und dazu gelächelt. Ich hab mich für ihn geschämt. Was für eine Nibelungentreue.

Leider erwartet Vater von uns anderen ebenso fleißigen Einsatz. Ich hasse diese öde Arbeit. Stundenlanges Putzen von Kartoffeln und Rüben für die Brauerei. Meine Hände sind schon ganz rau. Ich schäme mich, Angus meine Hand zu geben.
Vor drei Tagen habe ich Mama gesehen, wie sie …

Clementine hörte die vertrauten Schritte ihrer Schwester. Sie wusste nicht, ob Josefine nur ins Bad ging oder ob sie ins Zimmer kommen würde. Schnell steckte sie das Tagebuch in die Blechdose und diese unters Kissen.

KAPITEL SECHS

KÖLN-RHEINKASSEL – EIN FREITAG IM MAI 2014

Ihre Großmutter war völlig erschlagen. Sie brauchte Ruhe. Die Stühle des Biergartens waren zwar einigermaßen bequem, aber trotzdem zu hart, um über viele Stunden darauf zu sitzen. Oma Pauline wollte nur noch zurück in die Pension. Isabell vermutete, dass sie immer noch Kopfschmerzen hatte. Anscheinend halfen die Tabletten nicht, die sie vorhin genommen hatte.

Julius Grothues hatte sie nach der Besichtigung in den Biergarten eingeladen. Es war ein wunderbarer Platz, direkt an der Langelner Fähre. Man saß etwas erhöht und konnte weit über den Rhein blicken. Er unterhielt sie mit Geschichten über die Gegend und sorgte für eine gelöste Atmosphäre. Überhaupt schien ihre Großmutter sehr angetan zu sein von dem Juristen. Das überraschte Isabell überhaupt nicht, denn sicherlich passte er sehr viel mehr zu ihrer Vorstellung eines guten Ehemanns als ein Kneipenbesitzer auf Ibiza, der Choreograf einer Kleinkunstbühne oder ein auf Menorca lebender Hippie. Ihre Oma hatte all diese Männer zwar nie kennengelernt, aber zu wissen, was sie taten, beziehungsweise was sie nicht taten – nämlich sogenannten normalen Tätigkeiten nachgehen – reichten ihr für ein Urteil.

Julius brachte sie in seinem geräumigen SUV zurück zur Pension. Da Isabell den Mietwagen an der Villa hatte stehenlassen, wartete er draußen auf sie, solange sie ihrer Oma ins Zimmer half. Er war nicht davon abzubringen gewesen, obwohl es doch nur wenige hundert Meter bis zur Villa waren und Isabell leicht hätte zu Fuß hingehen können.

Oma Pauline schickte sie sofort weg. Sie wollte sich umziehen und waschen. Je älter Pauline wurde, desto störrischer schien sie zu werden. Isabell, deren Zimmer ein Stockwerk höher lag, lief schnell hoch und holte die Blechdose aus dem Rucksack. Ihr brannte es unter den Nägeln, in den Tagebüchern zu lesen.

Schnell machte sie sich frisch und war tatsächlich selbst etwas erstaunt, als sie nach Parfüm griff. Natürlich trug sie schon den ganzen Tag die gleichen Sachen. Das war allerdings nicht der einzige Grund, besser duften zu wollen, wie sie zugeben musste. Julius flirtete mit ihr, das glaubte sie wenigstens. Er war sehr zurückhaltend, und immer dann, wenn sie dachte, jetzt würde er seine Absichten deutlich machen, zog er sich im nächsten Moment zurück. Sie wurde nicht recht schlau aus ihm, auch wenn er überaus nett zu ihr war. Auf jeden Fall genoss sie seine Aufmerksamkeit.

Wollte er sie nur überzeugen, nicht zu verkaufen? Oder wollte er sie dazu bringen, den Teil mit der Brauerei an ihn zu veräußern? Während sie zu Abend gegessen hatten, hatte er so etwas erwähnt: Dass es natürlich auch eine Möglichkeit gäbe, das Anwesen als Ganzes zu zerschlagen, Teile zu verkaufen und mit dem erwirtschafteten Geld zum Beispiel die Villa zu renovieren. Sie könne gut und gern die Garagen, und wenn es denn nötig würde, auch den alten Pferdestall mit der dahinterliegenden Wiese verkaufen, war sein Vorschlag. Er selbst würde ihr sofort die Brauerei mit einem ganzen Stück Land abnehmen.

Isabell war ziemlich überrascht gewesen von dem Angebot. Es war eine Möglichkeit, die sie bisher noch nicht in Erwägung gezogen hatte. Andererseits wurde sie zum ersten Mal skeptisch, was seine Motive anging, so nett zu ihnen zu sein. Sie zu begleiten und in den Biergarten auszuführen, ging auf jeden Fall weit über das normale Engagement eines betreuenden Notars hinaus.

Julius stand an seinem Wagen gelehnt und hatte die typische Haltung eines Menschen von heute: Den Kopf geneigt, schaute er auf sein Smartphone. Isabell blieb an der Einfahrt der Pension stehen, um für einen

Moment Gelegenheit zu haben, ihn unbemerkt zu betrachten. Er lebte in einer völlig anderen Welt, sie kannten sich gerade zwei Nachmittage und trotzdem: Da war eine Anziehung, die Isabell nicht leugnen konnte. Eine starke Anziehung, die nicht nur körperlich war.

Natürlich hatte Isabell sich schon ein paarmal vorgestellt, wie er aussehen würde ohne elegante Hose und weißes Hemd. Welche Ausstrahlung er hätte mit längeren Haaren? Was würde sie von ihm halten, wenn sie nicht wüsste, dass er von Berufs wegen ein so überaus analytischer und rationaler Mensch war? Tatsächlich schien er sehr sportlich für jemanden, der viel am Schreibtisch saß und sich ansonsten mit Bierbrauen beschäftigte.

Julius blickte hoch, bemerkte ihren Blick und schien sich über ihre Anwesenheit zu freuen. Doch als habe er etwas zu verbergen, schob er eilig sein Smartphone in die Hosentasche. Er ging hinüber zur Beifahrertür und öffnete sie für Isabell.

»Alles in Ordnung mit Ihrer Großmutter?«

»Das ist sehr anstrengend für sie, all die Erinnerungen.«

Er nickte. »Ja, Erinnerungen können einem ziemlich zusetzen.«

Ein düsterer Schatten lag plötzlich um seine Augen. Isabell schaute ihn fragend an, doch offenbar wollte er nichts erklären. Auf der kurzen Fahrt zum Anwesen sprachen sie nur über belanglose Dinge. Irgendetwas schien ihn zu beschäftigen. Vielleicht eine Nachricht, die er gerade bekommen hatte? Oder ein Anruf?

Unmittelbar hinter dem Mietwagen hielt er an, und noch bevor Isabell aussteigen konnte, war er schon um den Wagen herum und hielt ihr die Tür auf.

»Ehrlich gesagt, ist es mir etwas unangenehm, wie ein hilfloses Mädchen behandelt zu werden«, sagte sie, als sie ausstieg.

Julius Grothues hatte wohl gerade etwas sagen wollen, doch ihre Aussage schien ihm die Sprache verschlagen zu haben. War Isabell zu weit gegangen? Trotzdem war ihr unbehaglich dabei, wenn ihr ständig jemand die Türen aufhielt.

Er setzte noch einmal an, blieb dann doch stumm und starrte auf seine Schuhspitzen.

»Es tut mir leid«, beeilte sich Isabell zu sagen. »Ich wollte nicht unhöflich sein.«

Jetzt hob er den Kopf und lächelte nervös. »Nein, möglicherweise war ich einfach etwas … zu übereifrig.« Er schluckte. »Eigentlich wollte ich Sie fragen, ob Sie Lust haben, noch einen Spaziergang mit mir zu machen.«

Sie standen so nah beieinander, dass es für keinen von ihnen beiden ein Problem gewesen wäre, sich hinüberzubeugen und den anderen zu küssen. Und für einen Moment dachte Isabell, dass genau das passieren würde.

Doch er bewegte sich nicht, und plötzlich kam ein Kuss ihr absurd vor. Sie war doch nicht hergekommen, um eine Affäre zu beginnen. Am Dienstag würde sie abreisen, am Mittwoch zurück nach Berlin fliegen. Und in den Tagen dazwischen musste sie mit ihrer Großmutter entscheiden, was mit der Erbschaft passieren würde. Für gewöhnlich hatte Isabell keine Probleme damit, sich mit kurzen unverbindlichen Affären zu vergnügen. Unverbindliche Liebschaften bargen keine Gefahr. Aber bei Julius Grothues war es anders. Er machte einfach nicht den Eindruck, als würde er sich auf etwas Flüchtiges einlassen wollen. Seine Art war sehr verbindlich, und irgendetwas an ihm mahnte sie, ihn nicht zu verletzen.

»Ich weiß wirklich nicht, ob das so eine gute Idee wäre.« Wenn Isabell sich in seinen Absichten getäuscht hätte, war das die beste Gelegenheit für ihn, diesen Irrtum aufzuklären.

»Das ist sehr schade. Ich … bin gerne mit Ihnen zusammen.«

Also doch! Isabell hoffte, dass ihre Worte die richtigen Signale aussendeten, als sie sagte: »Vielleicht an einem anderen Ort, zu einer anderen Zeit.«

Nun blickte er sie beinahe irritiert an. Wieder schienen sie sich viel näher zu stehen, als gut war. Hatte er begriffen, dass sie nicht grundsätzlich abgeneigt war?

»Gut … Vielleicht sehen wir uns noch mal, bevor Sie abreisen? Wegen der Erbschaft? Wenn Sie Fragen haben … Ich gebe Ihnen meine Handynummer.«

In seinen Worten klang die Enttäuschung durch. Und Isabell musste zugeben, die Aussicht, ihn nicht wiederzusehen, stimmte sie etwas traurig. Er holte eine Visitenkarte aus seiner Brieftasche und notierte auf der Rückseite eine Nummer.

»Die Handynummer hinten ist meine Privatnummer.« Er stockte. »Also ich meine, Sie können mich jederzeit anrufen.«

Als könne sie damit ihre Absage abschwächen, erklärte Isabell: »Vielleicht mache ich das sogar. Ich bin jedoch so neugierig darauf, was in den Tagebüchern steht, dass ich meinen Abend wohl lesend verbringen werde.«

»Das kann ich gut verstehen.« Er trat einen Schritt zurück, und ließ seine Hände auf die Oberschenkel sinken.

»Gut, dann …« Er ging rückwärts weiter um den Wagen herum. »Wenn Sie mich anrufen, … das würde mich freuen.«

Isabell stieß die Beifahrertür zu und trat zurück. Er winkte noch einmal und fuhr davon. Sie schaute auf die Nummer. Eine Handynummer, darüber hatte er geschrieben Julius.

Er hatte eine erstaunlich schöne Schrift – geschwungen und gefühlvoll. Julius.

Was, wenn sie ihn jetzt sofort anrief? Warum sollten sie nicht miteinander spazieren gehen? Es würde nichts passieren müssen, und sie hätte immer noch genug Zeit, in den Tagebüchern zu lesen. Schnell wischte sie diesen Gedanken beiseite. Wenn sie jetzt anrief, dann wüsste er, dass er ihr etwas bedeutete.

Isabell machte es sich mit einer Flasche Wasser im Bett gemütlich. Am liebsten hätte sie jetzt Wein getrunken, doch unten im Frühstücksraum stand nur ein Kasten mit Wasser. Sie zog die Blechdose zu sich heran und öffnete sie. A. F. – die Initialen selbst gaben ihr schon ein Rätsel auf.

Die getrocknete Rose oder das, was von ihr übrig war, legte sie vorsichtig beiseite.

Für einen Moment betrachtete sie die vergilbte Fotografie. Außer ihrer Ähnlichkeit mit Paulines Mutter konnte sie nichts Bemerkenswertes erkennen. Früher hatte man auf Fotografien nicht gelächelt, selbst wenn man glücklich war. Eine Fotografie herzustellen, war eine seltene und ernste Angelegenheit gewesen, deswegen wunderte es sie nicht, dass alle Familienmitglieder so steif wirkten.

Dann nahm sie die beiden Tagebücher heraus. Eines der Bücher begann im Juli 1925. Der erste Eintrag des anderen Buches war vom 29. Mai 1926. Das legte sie erst einmal beiseite, denn sie wollte sich chronologisch durcharbeiten. Durcharbeiten war das richtige Wort, denn die Schrift von Clementine war eigentümlich. Sie konnte die meisten Worte lesen, dennoch ging es nicht flüssig voran.

15. Juli 1925

Gestern war ich mit Vater einen Schrank bei unserem alten Nachbarn im Martinsviertel abholen. Wie froh ich doch sein kann, dass wir dort nicht mehr wohnen. Auch wenn es furchtbar weit ist in die Stadt rein, zu den schönen Wochenmärkten, zu all den Läden und den fliegenden Händlern mit ihren bunten Bauchläden und zum Blumenmarkt auf dem Alten Markt – ich möchte nicht mehr tauschen. Keine Hehler und Straßendiebe mehr, die sich in dunkle Hauseingänge drücken. Nicht mehr die hohlwangigen Gesichter der vielen Arbeitslosen sehen zu müssen, bei denen man nicht weiß, was sie für einen Kanten Brot alles tun würden. Ich hab noch nie ein so schönes Zimmer gehabt. Auch wenn ich es mir mit Josefine teilen muss.

Nur Annemarie fehlt mir. Ich hab ja eh kaum Zeit, sie zu besuchen. Ständig muss ich Mama bei der Hausarbeit oder Vater in der Brauerei helfen.

16. August 1925

Vater ist bestens gelaunt, schon seit Wochen. Gestern ging die Jahrtausendausstellung zu Ende. Er hat in den letzten drei Monaten den Umsatz seines Lebens gemacht. Er hat sogar Viktor in eine Kneipe eingeladen, um mit ihm zu feiern, was sie alles in Deutz vor den Messehallen verkauft haben.

Bei den Eröffnungsfeiern wäre er um ein Haar verhaftet worden, weil die Briten es nicht gerne gesehen haben, dass die vielen Menschen gegen die Ruhrbesetzung demonstriert haben. Aber wie immer ist er rechtzeitig fortgekommen.

Er hat Tag und Nacht gearbeitet, genau wie Viktor und ich. Und weil ich so viel gearbeitet habe, hat er mir Geld gegeben. Ich darf mir dafür kaufen, was ich will. Trotzdem wünschte ich mir, ich wäre noch in der Schule wie die anderen. Oder dürfte wenigstens irgendwo anders arbeiten. Es ist so öde hier zu Hause. Und es gibt so wenige Gelegenheiten, um mich mit Angus zu treffen.

27. August 1925

Gestern stand es groß in allen Zeitungen: Am Dienstag haben die Franzmänner Düsseldorf und Duisburg geräumt. Überhaupt werden allenthalben im Ruhrgebiet die Truppen aufgegeben. Die Kölner Zone sollte vertraglich schon längst geräumt werden, doch ich bin ja froh, wenn zumindest die Briten noch bleiben.

Angus bekommt keine Informationen, und ich fürchte, dass er vielleicht ganz plötzlich packen muss und für immer fort ist. Ich weiß nicht, was ich dann tun würde. Wenn ich mir vorstelle, dass Angus ohne mich nach England zurückkehrt, wäre ich am liebsten tot.

Isabell musste schlucken. War das die Erklärung für Clementines Selbstmord? Liebeskummer? Hatte sie sich nicht erst viele Jahre später umgebracht? Nun, das bedeutete nicht unbedingt etwas, denn ein gebrochenes Herz konnte lange leiden. Angus – war er vielleicht A F? Sie blätterte weiter.

19. September 1925

Heute habe ich den Schreck meines Lebens bekommen. Ich weiß gar nicht, wie ich Viktor danken soll. Er hat mir das Leben gerettet.

Angus hat mich ausnahmsweise mit dem Militärwagen bis vorne an die Ecke gebracht, weil es so geregnet hat. Gerade, als wir uns küssten, habe ich Viktor entdeckt. Ich hab mich furchtbar erschreckt, trotzdem hatte ich großes Glück, dass Vater nicht mit dabei war. Ich weiß nicht, was sonst passiert wäre.

Vater spricht von Schmach und Schande und hasst alle Besatzungssoldaten, einerlei ob es Franzosen oder Briten oder Belgier sind. Er würde mich totschlagen, wenn er wüsste, dass ich mit einem Engländer ausgehe. Er würde mich schon windelweich prügeln, wenn er wüsste, dass ich überhaupt mit einem Mann ausgehe.

Also gerade, als ich mich hinter Angus verstecken wollte, hat Viktor mir zugerufen, ich solle schnell zu ihm auf dem Kutschbock steigen. Ich hab nicht sofort begriffen, aber Angus hat am anderen Ende der Straße Vater entdeckt.

Ich kann gar nicht sagen, wie sehr mir das Herz geklopft hat, als ich rauf bin.

Viktor hat mir böse zugeflüstert: »Du warst bei deiner Freundin, und ich hab dich unterwegs aufgegabelt.« Dann ist er einfach weitergefahren, als wäre nichts gewesen.

Natürlich hat Vater gefragt, was ich da oben bei Viktor mache. Und ich habe wiederholt, was Viktor mir vorher zugeflüstert hatte. Ich war so aufgeregt, dass ich von alleine niemals auf eine vernünftige Erklärung gekommen wäre.

Vater hat mir zwar geglaubt, doch nach dem Abendessen hat er mich geohrfeigt, weil er doch gesehen hatte, dass ich den Lippenstift von Mama drauf hatte. Immerhin musste ich nicht in den Kohlenkeller.
Als Viktor die Pferde abgespannt hat, hat er mir versprochen, mich nicht zu verraten, nicht einmal an Mama. Aber er hat mich auch schwören lassen, dass ich in Zukunft besser aufpasse.
Meine Wange brennt immer noch von dem Schlag. Ich hoffe, dass kein Abdruck zurückbleibt.

Jetzt hätte Isabell wirklich gerne ein Glas Wein gehabt. August Korte, ihr Urgroßvater, musste ein herrischer Mann gewesen sein. Vielleicht war es sogar Glück, dass Oma Pauline ihn nicht mehr erlebt hat. Andererseits, war das früher nicht gang und gäbe? Der Mann hatte das Sagen und setzte sich notfalls auch mit Gewalt durch. Wie konnte sie mit heutigen Maßstäben erfassen, wie die Menschen damals gedacht und gefühlt hatten?

Sie hätte gerne mit jemanden darüber geredet. Vielleicht sogar mit Julius. Neben ihr auf dem Bett lag die Visitenkarte. Julius. Wenn sie mit ihm spazieren gegangen wäre, was wäre dann jetzt? Sicherlich wäre sie nicht so traurig. Außerdem war ihr, als hätte ihre innere Unruhe zugenommen, seit sie sich von Julius verabschiedet hatte. Ein Blick auf ihr Smartphone sagte ihr, dass es noch nicht spät war. Doch zu spät, um ihn anzurufen, war es allemal. Sie legte das Smartphone weg und griff erneut zu dem Tagebuch.

17. Oktober 1925
Vater wird immer unerträglicher. Heute hat es wieder Gustav getroffen. Fine hat ihm bei den Geographie-Hausaufgaben geholfen. Sie saßen in der Küche, als Vater das mitbekommen hat. Er ist fuchsteufelswild geworden. Am Hemdkragen hat er sich Gustav geschnappt und ihn zum Ausguss gezerrt. Fine hatte gerade gespült, und Vater hat Gustavs Kopf so oft in den Bottich gestoßen, dass ich Angst hatte, er würde ihn

ersäufen. Und geschrien hat er dabei: Was aus ihm werden solle. Er würde Tellerwäscher werden, wenn er sich nicht mehr anstrengte. Dann hat er ihn noch mal untergetaucht, ganz lange, und dazu gesagt: Das ist das, was ein Tellerwäscher sein Leben lang sieht! Da kannst du dich schon mal dran gewöhnen, Spülwasser zu trinken.
Er hat sein Gesicht so lange ins Wasser gehalten, bis Fine auf Vater los ist. Da hat sie sich eine gefangen, aber richtig. Sie ist gegen das Buffet geknallt, und ihre Lippe hat geblutet.

Isabell hielt sich die Hand vor den Mund. Obwohl das Geschehen fast ein ganzes Jahrhundert zurücklag, war sie zutiefst schockiert. Sie musste sich regelrecht Mut zusprechen, um weiterzulesen.

... und ihre Lippe hat geblutet. Erst da ist Mutter endlich dazugekommen und hat das beendet. Vater ist einfach rausgegangen, als wäre nichts gewesen.
Es ist so furchtbar. Vor lauter Angst konnte ich mich nicht mehr bewegen. Was für ein Glück, dass Fine dazwischen gegangen ist. Ich habe das Gefühl, ich ertrage es nicht mehr lange. So gerne würde ich weggehen. Angus kann ich nichts erzählen, so schlimm ist es. Was soll er denn von meiner Familie halten? Dann will er mich vielleicht nicht mehr.
Ich hab Fine und Gustav hier oben verarztet. Es tut mir so leid, dass ich nicht geholfen habe, aber ich hatte furchtbare Angst.
Mama und Vater haben sich angeschrien. Mama hat sogar gesagt, dass sie ihn nie hätte heiraten sollen. Daraufhin muss er sie geschlagen haben, denn danach war Ruhe. Wir sind erst nach unten gegangen, als Mama uns zum Essen gerufen hat. Sie hat einen dicken blauen Fleck am Kinn, doch sie sagt, sie wäre auf dem Spülwasser, das auf den Boden gespritzt war, ausgerutscht und auf die Kante des Spülbeckens gestürzt.

Ich glaube das nicht und die anderen auch nicht. Auch Viktor glaubt das nicht. Er war ganz eigenartig beim Abendessen. Als er reinkam und Mutter gesehen hat, ist er puterrot geworden. Manchmal weiß ich nicht, wer zuerst wen umbringt: Vater eins von uns Kindern oder Viktor Vater. Ich frage mich überhaupt, wie Mama Vater jemals heiraten konnte.

Isabell legte das Büchlein weg. Ganz schön harter Tobak! August Korte war also nicht nur herrisch, sondern auch brutal! Sie ging in das kleine Badezimmer und spritzte sich kaltes Wasser ins Gesicht. Sie strich sich eine Strähne aus der Stirn und blickte in den Spiegel. Die große Ähnlichkeit mit ihrer Urgroßmutter Sofia fiel ihr wieder ein. Pauline hatte bisher nur wenig von ihrer Mutter erzählt, was sicherlich auch an den Umständen ihres Todes lag. Zudem war ihre Großmutter selbst erst ein junges Mädchen gewesen und ihre Mutter um die fünfzig. Es ein merkwürdiges Gefühl, dass es jemand gab oder gegeben hatte, der so aussah wie man selbst. Als würde ein Leben doppelt verteilt.

Als sie die Linie ihres Kinns nachzeichnete, fiel ihr auf, wie ihre Hände zitterten. Diese Tagebücher wühlten sie stärker auf, als sie gedacht hätte. Jene Angst, die beinahe ständig wie eine leichte elektrische Ladung durch ihren Körper strömte, war heftiger geworden. Jene Angst, die sie nicht zu fassen bekam. Sie kreiste über ihr ein hungriger Geier.

Der eine Arzt hatte ihr gesagt, es sei psychisch, und hatte sie zu einem Therapeuten geschickt. Der Therapeut hatte ihr Tabletten verschrieben. Ein weiterer Therapeut wollte mit ihr über ihre Kindheit reden und bot ihr an, Termine für die nächsten zwei Jahre zu machen. Dann wurde es plötzlich besser, und Isabell hatte gedacht, ihre Seele würde von alleine wieder ins Gleichgewicht zurückschwingen. Nur in Zeiten von großem Stress kamen die Panikattacken zurück. Stress war einer der Auslöser. Ein anderer waren Trennungen. Doch die waren ja vermeidbar. Allerdings kam es in letzter Zeit wieder häufiger vor, dass sie nachts aufwachte, schweißgebadet und starr vor Angst. Ohne einen bestimmten Grund. Ohne einen Anlass. Und in den letzten Tagen hatten die typischen Vorboten einer Panikattacke sie gar nicht mehr verlassen. Wieso nur? Das hier war doch praktisch Urlaub für sie, oder nicht?

KÖLN-RHEINKASSEL – ENDE AUGUST 1925

Gedankenversunken stand Sofia am Fenster und schaute hinunter. Viktor war vor den Stall getreten und zündete sich eine Zigarette an. Er war nicht mehr so hager wie damals, als er angekommen war. Auf seinem nackten Oberkörper konnte man jeden einzelnen Muskel erkennen. Sein weizenblondes Haar war nicht mehr kurz rasiert und sein Gesicht nicht mehr ausgezehrt, aber es zeigte einen eigentümlich melancholischen Ausdruck. Besonders wenn sie in seine grünen Augen sah, die wie Perlmutt unter den hellen Wimpern leuchteten.

Vor zwei Tagen hatte sie ihn beobachtet, wie er mit Tabitha auf der Koppel gearbeitet hatte. Sein Oberkörper war braun gebrannt, und in seiner Kraft lag eine Sanftheit, die sie immer wieder aufs Neue überraschte. Und sie anzog. Sein Umgang mit den Pferden hatte etwas so Zärtliches, dass Sofia regelrecht neidisch wurde. Sie sehnte sich danach, dass seine Hand über ihre Haut glitt, so wie er sanft über das Fell der Stute streichelte. Wann war sie das letzte Mal so liebkost worden? Wann hatte das letzte Mal ein Mann sie so angesehen? Hatte überhaupt jemals ein Mann sie so angesehen? Viktor … vielleicht. August – noch nie!

Heute würde August alleine die Runde machen. Er war gerade dabei, sich um die Fässer zu kümmern. Viktor blieb hier, denn der Veterinär hatte sich angekündigt, um nach Galathea zu schauen. Es war nur eine Vorsichtsmaßnahme. Die trächtige Stute war in den letzten Tagen sehr unruhig gewesen. Viktor wollte nichts riskieren. Er kümmerte sich hingebungsvoll um die Tiere. Und er war ebenso fleißig wie August. In weniger als vier Monaten hatte er nicht nur den Pferdestall ausgebessert und erweitert, sondern sich direkt an den Stall eine Unterkunft gebaut. Und das alles nur nebenher, während er sich noch um die Pferde kümmerte und den größten Teil der Zeit August in der Brauerei half.

Abgesehen vom Fleiß unterschieden sie sich allerdings in jeglicher Hinsicht. August war breit gebaut – breite Schultern, Arme wie Keulen, ein einziges Muskelpaket. Natürlich hatte er im Laufe der Jahre etwas angesetzt, doch er war immer noch ein Bär von einem Mann. Seine schwarzen Haare und seine dunklen, glühenden Augen hatten sie vor über achtzehn Jahren sofort angezogen. Doch leider war sie zu jung gewesen, um hinter seine beeindruckende Fassade blicken zu können. Dann hätte sie vielleicht gemerkt, dass das leidenschaftliche Funkeln in seinen Augen von Hass befeuert wurde. Sie hatte sich in ihm getäuscht, genauso wie sie sich in Viktor getäuscht hatte. Ein verkommener Herumtreiber, hatte sie gedacht. Einer von den Tausenden Heimatlosen, die mit hohlwangigen Gesichtern durch die Lande streiften. Ungepflegt, hungernd und mit zerrissenen Kleidern – jemand, dem man Almosen gab, aber niemand, dem man gerne freiwillig an seinen Esstisch ließ. Doch ihr Bild hatte sich schnell gewandelt. Schon am nächsten Tag hatte sie ihn beobachtet, wie er fachgerecht das Hufeisen neu anbrachte. Er verstand sein Handwerk, und die Tiere spürten das. Sofia bemerkte, dass sie jetzt schon mehrere Minuten hier gestanden hatte, ohne sich zu regen. Noch immer hielt sie das Kissen an sich gepresst, dass sie eigentlich ausklopfen wollte. Doch der Anblick von Viktor, der nur mit einer Hose und Stiefeln bekleidet im Morgendunst stand und rauchte, hatte sie zum Träumen verführt.

Sie warf das Kissen zurück aufs Bett und strich die Laken glatt. Mit einem Ehemann wie August konnte sie es sich nicht leisten, von einem anderen Mann zu träumen. Wenn August auch nur ahnen würde, wie sehnsüchtig Sofia seinen Bediensteten manchmal anschaute, wären dessen Tage hier gezählt. Sie musste sich geradezu zwingen, nicht ständig seine Nähe zu suchen.

Seit einigen Wochen hatte sie zudem das Gefühl, dass es Viktor ähnlich ging. Er war normalerweise sehr zurückhaltend und ruhig. Doch so vorsichtig, wie sie in Augusts Anwesenheit war, so nachlässig war sie anscheinend bei Viktor geworden. Das war wirklich vertrackt: Er hatte angefangen, im Wintergarten eine große Eckbank für die Kinder zu bauen. Und sie hatte ihm bei der Arbeit zugesehen, heimlich, wie sie glaubte. Doch plötzlich hatte sie bemerkt, wie er ihr Spiegelbild im Fensterglas musterte. Er hatte sie beobachtet, wie sie ihn beobachtet hatte. Das Blut war ihr in den Kopf geschossen, und sie war die Treppe hochgeeilt. Sie hatte ihre Gefühle verraten, das war deutlich an Viktors Verhalten zu bemerken. Es war, als habe er nur auf ihre Erlaubnis gewartet. Nur gut, dass er sich nichts anmerken ließ, wenn August in der Nähe war. Aber wenn sie allein waren, dann lag etwas in seinem Blick, das ihr Blut zur Wallung brachte.

☙

Am späteren Vormittag ging sie in den Stall, um etwas Hafer für die Pferde zu holen, die draußen auf der Koppel standen. Natürlich wusste sie, dass sie eigentlich Viktors Nähe suchte. Seit August vorhin gegangen war, hatte sie aus dem Fenster geschaut. Doch er war nicht zu sehen gewesen. Im Halbdunkel lief sie beinahe in Viktor hinein. Sie erschrak fürchterlich. Anscheinend war er gerade dabei, ein gerissenes Zaumzeug zu flicken. Er kniete vor einem niedrigen Holzblock, auf dem er ein Stück Leder zuschnitt. Sofort sprang er auf.

»Frau Korte.« Sie hatten sich heute Morgen beim Frühstück schon gesehen. Sofia trat näher. »Haben Sie mich erschreckt! Ich wusste nicht, dass Sie hier sind. Ich dachte, Sie wären in der Brauerei.«

»War ich auch bis gerade, doch ich wollte den Veterinär nicht verpassen.«

»Ich hätte Sie schon gerufen«, sagte Sofia eilfertig. Eine Pause entstand.

»Sie können mich gerne einfach Viktor nennen, so wie Ihr Mann.«

»Ich möchte nicht unhöflich sein.«

»Sie wären nicht unhöflich.« Sein Blick ruhte auf ihr, und Sofia hatte das Gefühl, dass unendliche Zärtlichkeit darin lag. »Es würde mich sogar freuen.«

Sie wusste nicht, was sie antworten sollte. »Vielleicht ... Aber nur, wenn August nicht dabei ist.«

Er nickte. »Ein ganz schön harter Brocken, Ihr Mann.«

Sofia lachte gequält auf. »Harter Brocken, das kann man wohl sagen.«

»Ich wollte Ihnen nur sagen, dass ... Wenn Sie Hilfe benötigen ... Wenn Sie je Hilfe benötigen, Sie oder Ihre Kinder ... Rufen Sie mich einfach.«

Als würde ein Damm in ihr brechen, bahnten sich die Gefühle mit einer unbekannten Macht ihren Weg. Wie konnte er es wissen? Schutz und Trost brauchte sie noch viel dringender als Liebe. Am liebsten hätte sie sich einfach in seine Arme geworfen. Als sie versuchte, beschwichtigende Worte zu finden, kam außer einem tonlosen Stottern nichts heraus. Sofia schnappte leise nach Luft, trotzdem konnte sie nicht verhindern, dass ihr Tränen über die Wangen liefen.

Viktor Susemihl starrte sie eindringlich an, dann griff er ihre Hände und zog sie an sich. Er legte einfach seine Arme um sie. Sofia schluchzte hemmungslos. Sie weinte aus Angst und aus Freude. Aus Sehnsucht und aus unbeantworteter Leidenschaft. Viktor strich ihr übers Haar, wieder und wieder, bis ihr Tränenfluss versiegte. Als er spürte, dass sie nicht mehr weinte, trat er einen Schritt zurück und umfasste ihr Gesicht mit beiden Händen.

»Ich bin für dich da, wann immer du mich brauchst. Und egal, was du willst.«

Mit zitternden Lippen starrte sie ihn an, nicht fähig, etwas zu erwidern. Brauchte er überhaupt eine Antwort? Offensichtlich las er in ihr wie in einem Buch. Waren ihre Gefühle so sichtbar? Ihre Angst und ihre Traurigkeit? Und ihre Sehnsucht? Mit dem Daumen wischt er ihre Tränen weg. Sein Blick war offen und ehrlich. Er meinte, was er sagte. Er würde nichts versprechen, was er nicht halten könnte.

»Was immer du willst«, wiederholte er.

Und als hätte sie ihm bereits ihr Innerstes in Worten offenbart, schien er zu wissen, was sie wollte. Langsam senkte er seine Lippen auf ihre. Er hielt inne, wartete, was ihre Lippen taten, und stillte schließlich ihre Sehnsucht. Niemals zuvor war sie so zärtlich und hingebungsvoll geküsst worden. Für einen Moment war sie an einem glücklichen Ort.

In die Stille hinein hörten sie plötzlich die Pferde wiehern. Es klang wie eine Warnung. Von einer Sekunde auf die andere erfasste Panik sie. Was, wenn jemand sie gesehen hätte? Was, wenn August sie gesehen hätte?

Sie riss sich von ihm los und sprang zurück. »Das dürfen wir nicht tun! Er bringt uns beide um.« Viktor machte einen Schritt auf sie zu, doch sie wich zurück. In seinem Gesicht stand ebenfalls Entsetzen, jedoch nicht wegen August.

»Wirklich. Du kennst ihn nicht.«

»Ich habe keine Angst vor ihm.«

»Solltest du aber. Du solltest sogar sehr große Angst vor August haben, wenn dir dein Leben lieb ist.«

Er wollte noch etwas sagen, doch just in dem Moment hörten sie jemanden rufen. Es war der Veterinär.

Sofia wischte sich schnell übers Gesicht. »Ich verschwinde hinterm Stall. Führ ihn zu Galathea. Dann mach ich mich schnell frisch und komme dazu.«

Erstaunlich schnell ergriff Viktor ihr Handgelenk und hielt sie fest. »Das zwischen uns beiden ist nicht zu Ende. Du weißt das!«

»Doch, es ist hier und jetzt zu Ende. Weil es niemals angefangen hat! Weil es nicht sein darf!« Sie meinte ihre Worte. Aber sie wusste auch, dass er recht hatte. Das zwischen ihnen beiden war nicht zu Ende. Es gab kein Zurück mehr in eine Zeit des Ungewissen. Sie drehte sich um und eilte davon.

KÖLN-RHEINKASSEL – EIN SAMSTAG IM MAI 2014

»Brutal?«, sagte Pauline nachdenklich. »Soweit ich weiß, herrschte mein Vater mit harter Hand. Das war sicher in diesen schwierigen Nach- und Vorkriegszeiten nicht nur von Nachteil.«

»Seinen eigenen Sohn fast zu ersäufen, das nennst du mit harter Hand herrschen?«

Oma Pauline schüttelte unwillig den Kopf. »Die Zeiten waren anders. Rauer! Wenn die Zeiten rau sind, dann sind auch die Menschen rau.«

»Haben deine Geschwister dir nie davon erzählt, wie erbarmungslos dein Vater gewesen ist?«

»Nein. Sie haben überhaupt nie über Vater geredet.« Dann fügte sie hinzu, so als ginge ihr die Bedeutung des Gesagten gerade erst auf: »Es war beinahe so, als hätte es ihn überhaupt nicht gegeben. Ich kenne nur winzige Bruchstücke, die sie widerwillig herausgegeben haben. Und das auch nur, wenn ich gefragt habe.«

Isabell dachte nach. War das nicht die normale Reaktion von Kindern, die unter einem äußerst brutalen Vater hatten leiden müssen? Sie schoben ihre Erinnerungen beiseite und verdrängten das Unsagbare, damit sie überleben konnten.

»Und Angus? Weißt du etwas von ihm? Standen A und F für ihn?«

»Schon möglich, doch der Name sagt mir nichts. Das ist ja alles vor meiner Geburt passiert. Clementine hat ihn mir gegenüber niemals erwähnt und wenn doch, würde ich mich sicher nicht erinnern. Ich war zu klein. … Außerdem liegen zwischen den Einträgen im Tagebuch und ihrem Tod über fünf Jahre. Ich glaube nicht, dass dieser Angus etwas mit ihrem Tod zu tun hat.«

Mit ihrem Selbstmord, berichtete Isabell im Stillen ihre Oma. »Du hast niemals erzählt, was für eine schwierige und verworrene Familiengeschichte du hast. All deine Erinnerungen hörten sich für mich immer sehr idyllisch an. In Obstbäumen herumklettern. Der Streuselkuchen bei deinen Tanten. Die selbstgemachte Butter aus richtiger Sahne von der Nachbarskuh, die ihr eigenhändig gemolken habt. Die Geschichte, wie Gustav dir im Weiher das Schwimmen beigebracht hat. Ja, sogar noch, wie du selbst als junge Frau mit meiner Mutter die Enten gefüttert hast – all das sind doch auch meine Familiengeschichten. Meine glücklichen Familiengeschichten. Wo sind die plötzlich alle? All die glücklichen Momente?«

»Das war immer in Königswinter. Später.«

»Du bist doch erst mit dreizehn dorthin gezogen, nach dem Tod deiner Mutter.«

»Dann war's eben vorher, bei Besuchen oder in den Ferien«, antwortete Pauline unwirsch. Sie lehnte sich zurück und legte sich die rechte Hand aufs Herz. »Es ist doch alles so lange her. Ich hab dir erzählt, was ich weiß.«

Isabell stockte. Sie wollte ihre Großmutter nicht aufregen, zumal dieser ganze Ausflug ohnehin schon anstrengend genug war. Und doch stand sie vor einem Dickicht aus Geheimnissen und Vorwürfen. Wie sollte sie das je entwirren? In dem kleinen Frühstücksraum, in dem sie heute die einzigen Gäste waren, machte sich eine unangenehme Stille breit. Genau in diesem Moment klingelte es vorne an der Haustür. Und dann erkannte Isabell eine männliche Stimme. Ihr Herz machte einen Hüpfer. Seine Schritte näherten sich, und plötzlich stand Julius Grothues in der Tür. Frau Schiffer, ihre Wirtin, drängte sich an ihm vorbei.

»Sie kennen meinen Neffen ja schon. Er hat Ihnen etwas mitgebracht.« Frau Schiffer blieb im Türrahmen stehen. Sie trug eine Kittelschürze und erinnerte in ihrem Aussehen an die Frauen aus der Wirtschaftswunderzeit. »Julius, soll ich dir auch einen Kaffee bringen?«

»Danke Hilde, aber ich bleibe nicht lange.« Ihre Pensionswirtin verschwand mit einem höflichen Lächeln.

Auf Paulines Gesicht tauchte ein Schmunzeln auf. »Das ist sehr freundlich, dass Sie sich sogar am Samstag um uns bemühen.« Ihre Tonlage besagte, dass sie sehr wohl wusste, warum Julius Grothues so zuvorkommend war. Ihr Blick wanderte zwischen ihrer Enkelin und dem Mann hin und her. Er trug eine Jeans und darüber ein weites hellblaues Leinenhemd und wirkte sehr leger. An seinem Kinn zeigte sich ein dunkler Bartschatten, da er sich anscheinend an diesem Tag nicht rasiert hatte, und auch die Haare waren nicht ganz so glatt frisiert wie bei ihren letzten zwei Begegnungen. Das also war der Privatmensch Julius. Isabell musste zugeben, dass ihr diese Seite von ihm noch mehr gefiel, und es war ja nicht so, dass er sie nicht ohnehin schon mit seiner Persönlichkeit gefangen genommen hätte.

»Ich hatte Ihnen doch versprochen, nach den alten Artikeln zu sehen.« Und tatsächlich hatte er eine Kladde unterm Arm.

»Ich hoffe, es sind endlich einmal gute Nachrichten dabei.« Isabell sagte das mit einem so bitteren Unterton, dass Grothues sie überrascht anschaute. Sie zuckte mit den Schultern, bevor sie erklärte: »Ich hab gestern wirklich noch in einem der Tagebücher gelesen … Das ist alles nicht ganz leicht zu verdauen!«

Grothues schaute nur noch irritierter, doch Oma Pauline sprang ein. »Was meine Enkelin sagen will, ist, dass Clementine, die die Tagebücher verfasst hat, wohl schon lange vor ihrem Tod schwermütig gewesen sein muss.«

Isabell runzelte die Stirn. Das war eine sehr eigenartige Form der Interpretation. Trotzdem sagte sie nichts.

»Dann tut es mir leid, denn viel besser sind meine Nachrichten nicht. Ich hatte leider gestern Abend nicht mehr die Zeit, mir alle Artikel anzuschauen, aber der hier ist mir besonders ins Auge gefallen.« Grothues öffnete die Kladde und reichte ihr einen alten Artikel.

Isabell hätte am liebsten abgelehnt, doch da Julius Grothues sich extra die Mühe gemacht hatte, richtete sie ihren Blick auf die Zeilen.

Mord an Brauereibesitzer zu den Akten gelegt

Sie überflog den längeren Artikel, dessen Verfasser anscheinend damals genauso im Nebel gestochert hatte, wie sie heute. Nach Aussagen der unmündigen Zeugen – das konnten doch nur Paulines Geschwister sein, oder? – hatte ein gewisser Viktor Susemihl August Korte, den Brauereibesitzer, erschlagen.

Susemihl, der schon länger bei Korte als Hilfsarbeiter angestellt war, war anscheinend selbst an den Folgen der Prügelei gestorben. Worum es bei dieser Auseinandersetzung ging, ließ sich nicht endgültig klären. Die Aussagen der Frau des ermordeten Brauereibesitzers ließen immerhin die Ahnung eines möglichen Motivs aufkommen: Susemihl, ein Flüchtling aus dem Memelland, wollte sich am Eigentum seines Chefs bereichern. Und jetzt, nachdem auch die Leiche von August Korte am oberen Niederrhein, kurz vor der niederländischen Grenze, angeschwemmt und identifiziert worden war, konnte die Kriminalpolizei den Fall zu den Akten legen.

Der Artikel war am 27. August 1926 veröffentlicht worden, gute vier Wochen nach den tödlichen Vorfällen, wie Isabell sich zu erinnern meinte. Sie reichte den Artikel ihrer Großmutter. Allerdings hatte sie ganz und gar nicht das Gefühl, dass ihre Fragen bezüglich des Mordes nun geklärt waren. Beständig tauchten neue Fragen auf. Clementine hatte im Tagebuch einen Viktor erwähnt. War das der Gleiche, der ihren Urgroßvater ermordet hatte? Wahrscheinlich. Aber was hatte den Angestellten dazu bewogen? Wenn sie berücksichtigte, was sie gestern alles gelesen hatte, lag eine andere Erklärung nahe: Vielleicht hatte er eines der Kinder vor August Korte geschützt.

»Und was steht drin?«, Oma Pauline wollte den Ausschnitt anscheinend nicht selbst lesen.

»Wer deinen Vater wirklich ermordet hat: Ein Angestellter von ihm, der ihn anscheinend bestehlen wollte. Offensichtlich hat dein Vater mit ihm gekämpft und ihm so schwere Verletzungen beigebracht, dass er an den Folgen gestorben ist.«

Oma Pauline klatschte plötzlich in die Hände und grinste.

»Na, da hast du doch deine positiven Nachrichten.«

Isabell und auch Julius Grothues schauten die alte Dame perplex an. Dass sich jemand offen darüber freute, dass ein anderer erschlagen worden war, war zumindest in diesen Tagen ungewöhnlich. Doch Oma Pauline schien damit keine Probleme zu haben.

Grothues hüstelte. »Was ich noch fragen wollte: Heute Nachmittag ist ein Familienfest, hier ganz in der Nähe. Meine Tante feiert ihren Geburtstag. Ich würde Sie gerne dazu einladen.«

»Das geht doch nicht. Ihrer Tante wäre es sicher nicht recht, wenn Sie einfach irgendwelche Fremden mitbringen.« Entgegen ihrer Worte hörte Pauline sich jedoch gar nicht abgeneigt an.

Und Isabell musste schmunzeln. So höflich Grothues war, so beharrlich war er auch.

»Meine Tante hat nichts dagegen. Ich habe sie bereits gefragt. Sie würde sich sogar sehr freuen.« Er blickte Isabell erwartungsvoll an.

Für einen Moment war da wieder diese Nähe, die sie zuletzt gestern Abend am Auto gehabt hatten. Diese Vertrautheit, die so angenehm war. Andererseits: Auf ein Familienfest eingeladen zu werden hatte so etwas Verbindliches.

»Eigentlich wollten wir uns heute die alten Wirkungsstätten meiner Großmutter anschauen.«

»Das können wir morgen immer noch machen, Kind. Wir kommen gerne!«, sagte Oma Pauline schnell zu Grothues und legte ihm dabei vertraulich eine Hand auf den Unterarm.

»Eigentlich hatte ich ja gehofft, dass wir morgen mal in die Stadt reinfahren könnten. Ich war schon seit Ewigkeiten nicht mehr in Köln.«

»Ach, das wär mir sowieso viel zu anstrengend.« Damit war für Pauline die Sache besiegelt. »Geben Sie meiner Enkelin die Adresse. Wir kommen gerne.«

Grothues schaute etwas traurig, denn er hatte sich wohl von Isabell die Antwort erhofft, die ihre Großmutter gegeben hatte. Er schrieb die Adresse auf einen kleinen Zettel.

»Es geht um fünfzehn Uhr los.« Er stand auf und legte den Artikel zurück in die Kladde. »Dann sehe ich Sie heute Nachmittag.« Es klang beinahe wie eine Frage.

Kaum war er zur Tür hinaus, drehte Isabell sich zu ihrer Großmutter um. »Ich weiß, du meinst es gut. Aber spiel hier nicht die Kupplerin. Wir passen nicht zueinander.«

Pauline nickte ergeben, doch ihr Gesichtsausdruck sagte Isabell, dass sie ganz anderer Meinung war als ihre Enkelin.

KAPITEL SIEBEN

KÖLN RHEINKASSEL – EIN SAMSTAG IM MAI 2014

Isabell war tatsächlich aufgeregt, als sie das quietschende Gartentor öffnete. Oma Pauline folgte ihr, und sie gingen hinters Haus, von wo schon Musik und Gesprächsfetzen zu hören waren. Sofort, als habe er nur auf sie gewartet, sprang Julius Grothues von der Kaffeetafel auf und kam ihnen entgegen.

»Da sind Sie ja!« Er klang beinahe erleichtert.

In einem kleinen Laden hatten sie noch schnell einen Blumenstrauß besorgt, aber als Isabell sich hier im Garten umsah, kam ihr der Strauß sehr mickrig vor. Es gab riesige Hortensien, gut gepflegte Rhododendren, sogar zwei blühende Kamelien. Der Blauregen war noch nicht aufgegangen, und die geschlossenen Blütentrauben rankten sich um eine Pergola, die im Sommer die Terrasse beschatten würde. An der großen Kaffeetafel waren Menschen aller Generationen versammelt. »Das ist meine Tante Lydia, unser Geburtstagskind.«

Sie gratulierten der älteren Dame, und Isabell übergab die Blumen an ein Mädchen, das mit dem Strauß nach drinnen verschwand.

Lydia bot Oma Pauline einen bequemen Gartenstuhl an, direkt zwischen sich und einer weiteren älteren Frau, die ihr ähnlich sah. »Meine Schwester Sibylle«, stellte Lydia vor.

Isabell kam sich beobachtet vor. Das hier war nicht unverbindlich. Alle schauten so neugierig, als würde Julius seine neue Freundin vorstellen. Es war ihr höchst unangenehm, denn sie kam sich wie eine Betrügerin vor. Sie war und würde nicht die neue Freundin, und bisher hatte sie auch geglaubt, dass Julius Grothues das verstanden hatte. Doch bei all den fragenden Blicken war sie sich dessen nicht mehr so sicher.

Julius Grothues lebte ein ganz anderes Leben, als sie. Ein Leben mit beruflichen Verpflichtungen, Erfolg, und ausreichend Geld, um sich eine sichere und wohlgeordnete Existenz aufzubauen. Isabell hatte diese Aspekte in ihrem Leben immer vernachlässigt. Sie besaß kein eigenes Auto, keine Lebensversicherung und keine private Rente. Alles Dinge, die Julius Grothues sicherlich wichtig waren.

Andererseits, wer von ihnen beiden klebte wohl am ehesten an festgefahrenen Vorstellungen? Schließlich war sie es, die allein wegen der äußeren Umstände nicht einmal in Erwägung zog, mit jemandem wie ihm eine tiefere Bindung einzugehen? Und noch eine andere Wahrheit mochte sie sich nicht eingestehen. Eine mächtige Wahrheit. Die Gefühle für ihn waren da – ob sie nun wollte oder nicht. Und alle Argumente und Gründe und Abwägungen waren nur vorgeschoben. So sehr hatte sie sich gefreut, als er heute Morgen unerwartet aufgetaucht war! Sie fühlte sich gut in seiner Nähe. Sie fühlte sich geborgen. Und wundersamerweise schienen ihre Angst und ihre Unruhe augenblicklich zu verschwinden, sobald Julius auftauchte. Ja, sie fühlte sich von ihm angezogen! Sie erlaubte sich einen kurzen Blick. Er trug noch die gleichen Sachen wie heute Morgen. Die Hemdsärmel waren hochgekrempelt. Muskulöse Unterarme, leicht gebräunte Haut, schöne Hände, die aussahen, als könnten sie zärtlich streicheln, aber auch mit ausreichend Kraft halten und beschützen. Es gab doch wirklich nur einen einzigen Grund für sie, ihren Gefühlen nicht nachzugeben: Ihre Angst vor einer weiteren Trennung.

Julius stellte ihnen noch etliche der an der Tafel versammelten Familienmitglieder vor. Mehr oder weniger waren sie alle mit Lydia und Lydias Schwester Sibylle verwandt. Isabell konnte sich all die Namen nicht merken, nur der Name eines Jungen, er war vielleicht neun, blieb ihr im Gedächtnis, da er beständig an Julius' Hemd zupfte.

»Timo, ich hab es dir versprochen, und wenn wir fertig sind mit Kaffeetrinken, spielen wir Fußball. Aber erst dann, okay?« Julius hatte seinen Arm um den Jungen gelegt und drückte ihn an sich. Der Junge nickte, war zwar nicht gerade begeistert, doch jetzt ließ er seinen Onkel in Ruhe.

Isabell war froh, dass so viele verschiedene Kuchen auf der Tafel standen, dass sie erst ein wenig Small-Talk über Backrezepte halten konnte. Sie liebte Kuchen über alles, genau wie ihre Großmutter.

Oma Pauline wandte sich an Lydia. »Sind Sie die Schwestern von Herrn Grothues' Vater oder von seiner Mutter?«

Julius sprang ein, bevor seine Tante antworten konnte. »Sie sind die Schwestern meines Vaters. Und bitte nennen Sie mich Julius.«

Isabell lächelte gelöst. »Du scheinst eine ziemlich große Familie zu haben.« Sie zerteilte mit der Gabel ein Stück Erdbeerkuchen, während er ihr Kaffee eingoss.

»Ja, und darüber bin ich auch sehr froh.« Er wandte sich an Oma Pauline. »Tante Lydia und Tante Sibylle sind Halbschwestern meines Vaters.«

»Du musst das nicht immer dazusagen. Das mit den Halbschwestern. Er war uns ein ganzer Bruder, und du bist uns ein ganzer Neffe.«

Julius beugte sich zu seiner Tante Sibylle und gab ihr einen Kuss auf die Wange. »Ich brauchte nur einen Grund, um an deine leckere Donauwellen zu kommen.« Er nahm sich ein Stück und legte es auf seinem Teller ab.

Zwischen all seinen Tanten, Neffen und Nichten und anderen Verwandten schien die Traurigkeit aus seinen Augen verschwunden zu sein. Isabell beobachtete ihn heimlich. Allmählich entspannte sie sich. Hier am Tisch ging es ganz ungezwungen zu, und die Aufmerksamkeit der Gäste ruhte schon lange nicht mehr auf ihr. Oma Pauline sprach auf der anderen Tischseite mit den beiden Tanten von Julius.

»Du scheinst ja wirklich mit dem halben Dorf verwandt zu sein.«

»So kommt es mir manchmal auch vor«, sagte Julius lächelnd. »Und wenn ich mit einem nicht verwandt bin, dann bin ich sicher mit ihm zur Schule gegangen, oder mit seinem großen Bruder, oder mit seiner kleinen Schwester. Oder wir waren Nachbarn. Eine von den drei Möglichkeiten passt immer.«

»Wie wunderbar.« Zum ersten Mal gestattete sie sich ein Lächeln, das mehr versprach. »Dann hast du ja für jedes Problem jemanden, der dir helfen kann.«

Er legte den Kopf leicht schief. »Vielleicht nicht für jedes, aber für viele Probleme.« Sein Blick ruhte auf ihr, und Isabell erwiderte ihn.

»Deshalb erscheint es dir wahrscheinlich auch nicht unmöglich, die Villa zu renovieren. Wenn ich einen Dachdecker, ein Maurer und ein Installateur in der Verwandtschaft hätte, würde ich vielleicht ähnlich denken.«

»Habt ihr euch schon entschieden?«, fragte er. »Oder gibt es zumindest eine Tendenz?«

Isabell seufzte. »Es ist wirklich schön hier, und die Tatsache, dass ich so viele nette Leute kennenlerne, spricht für Köln.« Es war aufregend, sich zu überlegen, was sein könnte. Sie fühlte sich hier wohl, auch wenn der Ort so widersprüchliche Gefühle in ihr auslöste.

»Aber?«

»Du kennst das Aber.« Sie könnte hier neu anfangen. Doch würde sie hier glücklicher sein? Tatsächlich fühlte sie etwas für Julius, was sie bisher noch für keinen Mann gefühlt hatte: Eine starke seelische Verbundenheit. Oder war es nur der Ort? Oder waren es der Ort und Julius?

Er rückte näher an sie heran, kurz berührte sein Knie ihres. »Ist es nur das Finanzielle? Du bist doch beruflich nicht gebunden, oder? Und privat?«, schob er eilig hinterher.

Isabell schüttelte den Kopf. Sie hatte sich endlich erlaubt, mit ihm zu flirten. Aber wollte sie ihm wirklich Hoffnung auf mehr machen? Schließlich wagte sie es: Sie setzte sich aufrecht, sagte mit fester Stimme: »Nein, ich bin nicht gebunden.«

Ihre Blicke trafen sich, doch Isabell wurde abgelenkt. Sie fing einige Wortfetzen auf aus dem Gespräch, das Oma Pauline mit Julius' Tanten führte.

»Ist sie nicht damals einfach verschwunden?«, fragte Sibylle, die ältere der beiden Schwestern.

»Ja, sie ist im Krieg verschollen.«

»Wann denn?«

Oma Pauline rutschte unruhig auf dem Gartenstuhl herum. »1943, da war sie siebenundzwanzig.«

»Das beste Alter, um mit einem Mann durchzubrennen«, sagte Sibylle.

»Sie war nicht verheiratet. Sie hätte also nicht durchbrennen müssen.«

»Und was heißt dann verschollen?«, fragte Lydia nach. Sprachen sie über Josefine, die mittlere Schwester von Pauline? Isabell konnte ihrer Großmutter ansehen, dass sie sich extrem unwohl fühlte. Schnell sprang sie ein: »Wir vermuten, dass sie bei einem Bombenangriff umgekommen ist.«

Ihrer Großmutter schaute Isabell dankbar an. Sie hatte diese Diskussion beendet, bevor es wirklich unangenehm wurde. Trotzdem rumorte es in Isabell. Verschollen, schon in dem Wort steckte eine geheimnisvolle Geschichte.

»Und Sie haben die alte Villa mit allem drum herum geerbt? Wissen Sie schon, was sie damit machen?«, fragte Thomas, Lydias ältester Sohn, wenn Isabell sich richtig erinnerte. Er war so um die sechzig und sehr leutselig.

»Vorsicht, mein Cousin ist Makler. Und er würde das alles schneller verkaufen, als man Ja sagen kann«, warnte Julius.

»Ich bevorzuge die Bezeichnung Immobilienverwalter. Aber ja, wenn Sie es verkaufen wollen, stehe ich zu Ihrer Verfügung. Es ist wirklich eine ganz ungewöhnliche Immobilie. Mit einer außergewöhnlichen Lage. Das Grundstück ist furchtbar viel wert, auch wenn die Villa natürlich komplett durchsaniert ...«

Er wurde von Julius gestoppt. »Viel zu früh, Thomas, lass gut sein.« Er wandte sich an Isabell. »Hör nicht auf ihn.«

Empört verteidigte Julius' Cousin sich »Du willst sie doch nicht etwa in der Unglücksvilla wohnen lassen.«

Für einen Moment entstand eine unangenehme Stille. Julius strafte Thomas mit einem harschen Blick. Doch der schien immer noch nicht einzusehen, dass er das falsche Thema angeschnitten hatte. »So ist es doch! Wir kennen die Geschichten, die Frauke erzählt hat.«

»Vergiss, was Frauke erzählt. Das sind doch alles nur Gerüchte, urbane Legenden, die sich weitertradiert haben. Nur weil es so lange leer steht und mal ein Blitz eingeschlagen hat.«

Doch Thomas schien nicht nachgeben zu wollen: »Von wegen Gerüchte! Fraukes Oma war doch mal dort Köchin. In der Villa. Jawohl.« Es schien ein wenig eingeschnappt zu sein.

Julius wollte etwas erwidern, doch Isabell war schneller: »Und wer ist Frauke?«

»Meine Frau. Sie kann heute leider nicht«, erwiderte Thomas.

»Wissen Sie zufällig, wie die Köchin …, also wie Fraukes Oma heißt?«

»Ja natürlich, Kläre oder auch Klärchen genannt.«

»Kläre, wie lange ist sie jetzt schon tot?«

Thomas drehte sich zu seiner Mutter Lydia um. »Irgendwann Ende der Neunziger ist sie gestorben. Ihre Tochter, Fraukes Mutter, lebt in Worringen in einem Seniorenstift.« Ein Fußball kam angeflogen, und nur mit viel Glück und einer schnellen Reaktion von Julius wurde verhindert, dass er mitten auf der Kaffeetafel landete.

»Timo! Passt du wohl auf!«, schimpfte eine blonde Frau am Ende der Tafel.

Julius warf dem Jungen, der angerannt kam, den Ball zu. Doch der griff sich direkt Julius' Hand und zog daran. »Komm, du hast es versprochen!«

»Das stimmt allerdings.« Es war ihm anzumerken, dass es ihm unangenehm war, ausgerechnet jetzt zu gehen. Isabell beruhigte ihn.

»Ich glaube, mittlerweile kenne ich ohnehin alle Schauergeschichten von dem Haus. Du kannst dein Versprechen ruhig einlösen.«

Sie schaute ihm nach, wie er mit dem Jungen auf den Rasen lief. Ein kleines Tor stand in einer Ecke, und Julius spielte den Torwart, während

Timo versuchte, den Ball ins Tor zu bringen. Isabell versank in dem Anblick. Der Junge sah vollends glücklich aus, und auch Julius schien es großen Spaß zu machen, mit seinem Neffen zu spielen. Doch so ganz konnte er sich nicht auf ihn konzentrieren, denn sein Blick ging immer wieder zurück zu Isabell. Sie lachte laut auf, als Julius einen heftigen Treffer an der Schulter einstecken musste, weil er nicht aufgepasst hatte. Timo war sehr geschickt, und Julius sollte sich besser auf den kleinen Fußballer konzentrieren, anstatt zu ihr zu schauen.

»Sie mögen ihn sehr, nicht wahr?« Lydia hatte sich auf den freien Platz neben sie gesetzt.

Isabell schreckte auf. »Den Umständen entsprechend. Wir haben uns ja erst vor zwei Tagen kennengelernt.«

»Trotzdem: So, wie Sie ihn anschauen.«

Isabell lachte ertappt auf. »Wie schau ich ihn denn an?« Die ältere Dame kaute auf ihrer Unterlippe. Etwas sehr Wichtiges schien ihr nur schwer über die Lippen zu kommen. Doch dann sagte sie: »Wie Julius' verstorbene Frau ihn angeschaut hat. Mona.«

Julius Grothues war Witwer! »Mona?«

»Sie ist vor drei Jahren gestorben.« Lydia atmete tief durch. »Die letzten Jahre waren schwer für ihn. Ich bin froh, dass er Sie eingeladen hat. Es ist das erste Mal, dass er sich wieder für eine Frau interessiert.«

Diese Information traf sie wie ein Faustschlag in den Magen. Endlich konnte Isabell sich die Traurigkeit erklären, die in seinen Augen lag, wenn er lächelte.

Vielleicht war dies der Grund für die Verbundenheit, die sie in seiner Nähe verspürte. Ein großer Verlust, der ihre Seelen gleich schwingen ließ. Vielleicht erkannten Menschen sich, denen ein Riss durch Herz ging. Narben auf der Seele waren wie Brandzeichen.

Isabells Gedanken wanderten zurück zu der Zeit, als ihre Mutter sehr plötzlich gestorben war: kaum sieben Wochen nach einer Tumordiagnose. Sie selbst war damals dreiundzwanzig Jahre alt gewesen, und dieser unerwartete Tod hatte alles verändert. Nichts ist mehr so, wie es vorher war, wenn man an eigenem Leib miterlebt hat, wie schnell ein Leben zu Ende sein kann. Alles hatte sich durch den Tod ihrer Mutter verändert, nicht nur ihre finanzielle Situation. Kaum wirklich erwachsen, stand sie plötzlich wurzellos im Leben. Es war das einzige Mal gewesen, dass sie die Nähe ihres Vaters gesucht hatte. Doch der war damals so sehr mit seinen drei anderen Kindern beschäftigt gewesen, dass er eher abweisend reagiert hatte.

Nachdem ihre Mutter gestorben war, dachte sie anders über Schicksal. Und darüber, wie sie ihr Leben plante. Oder auch nicht mehr plante. Denn wieso sollte man etwas auf lange Jahre planen, wenn irgendeine Schicksalsfügung von heute auf morgen alles zerstören konnte? Sie hatte lange gebraucht, um über den Tod ihrer Mutter hinwegzukommen. Diese schwere Zeit, die sie gewissermaßen in einer anderen Dimension verbracht hatte, in der es keine Lebenden und keine Toten gab, sondern nur noch Erinnerungen und das Echo einer gemeinsamen Zeit.

Das war es also, was sie verband: Julius und sie erkannten sich in ihrer Trauer. Der Verlust eines geliebten Menschen war wie eine Aura, die sich nur langsam über Jahre abschwächt. Isabell hatte es selbst erlebt. Sie schaute zu ihm hinüber, wie er sich gerade geschickt auf die falsche Seite des Tores warf, um Timos Ball durchzulassen. Er war ein toller Mann. In ihr erwachte das Bedürfnis, ihn in die Arme zu nehmen und zu trösten. Aber nein, was dachte sie da nur. Jetzt schien es plötzlich viel zu groß, etwas Ernstes mit ihm anfangen zu wollen. Und als bräuchten diese Gedanken noch eine Bestätigung, legte Lydia ihr vertrauensvoll eine Hand auf den Arm.

»Nicht wahr, Sie sind vorsichtig! Julius ist noch immer sehr verletzlich.«

Isabell war so befangen, dass sie nur noch nicken konnte. Genau in diesem Moment rollte der Ball genau auf sie zu. Julius lief ihm hinterher. Er war verschwitzt, und seine Haare waren strubbelig. Kurz vor Isabell stoppte er den Ball und hob ihn hoch. Leicht außer Atem, schenkte er ihr ein verwegenes Lächeln. In diesem Moment wurde Isabell klar, dass sie die Geschichte zwischen ihnen beiden nicht einfach laufen lassen konnte. Sie würde sich entscheiden müssen. Und klare Entscheidungen waren etwas, das ihr wirklich schwer fiel.

KÖLN-RHEINKASSEL – EIN SAMSTAG IM MAI 2014

Pauline war müde. Sie waren noch zum Abendessen geblieben, doch jetzt wollte sie zur Pension zurück. »Er ist wirklich sehr nett.«

»Ja, das ist er.« Isabell startete den Wagen und fuhr los. Sie brauchte nicht zu fragen, wen Pauline meinte. Sein Interesse an ihr war für alle nur zu offensichtlich gewesen. Ihre Lage war verzwickt.

»Meinen Segen hättest du.«

»Ich weiß, aber …«, sie schüttelte den Kopf. Als Oma Pauline sie fragend anschaute, fuhr sie fort. »Seine Frau ist gestorben, vor drei Jahren. Ich sollte ihm keine Hoffnung machen, bevor ich mir nicht vollkommen sicher bin.«

»Und woran merkst du, dass du dir sicher bist?«

Manchmal überraschte ihre Oma sie wirklich. Zeitweilig hatten ihre Gedankengänge eine Klarheit, die Isabell selbst völlig fehlte. Woran merkte man wohl, dass man sich seiner Gefühle sicher sein konnte? »Ich weiß es nicht.«

»Du weißt es nicht? Kind, dann hast du noch nie richtig geliebt.«

»Oma, ich …«

»Ich bin zwar schon alt, doch ich will dir mal was sagen: Wenn es der Richtige ist, dann weiß man es. Wenn du dieses Gefühl noch nicht hattest, dann hast du den Richtigen einfach noch nicht kennengelernt.«

Isabell zog die Augenbrauen hoch. Darauf wusste sie allerdings nichts zu erwidern. Es war ja offensichtlich, dass sie den Richtigen noch nicht kennengelernt hatte. Direkt vor der Pension war ein Parkplatz, und Isabell hakte Oma Pauline unter und führte sie ins Haus.

»Ich bin völlig erschlagen. Ich gehe sofort ins Bett. Es tut mir leid, dass ich dir keine bessere Gesellschaft bin.«

Isabell drückte ihrer Oma einen Kuss auf die Wange.

»Dann schlaf schön, ich werde noch ein bisschen lesen.« Doch dann fiel ihr etwas ein. »Ach ja, das wollte ich dich schon die ganze Zeit fragen: Sagt dir der Name Kläre etwas?«

»Kläre?«

»Klara, Kläre oder Klärchen? Sie soll bei deinen Eltern als Köchin gearbeitet haben.«

»Ich erinnere mich an eine Frau, die gelegentlich zum Kaffee kam. Sie brachte oft etwas zu essen mit, doch dass sie bei uns als Köchin gearbeitet hätte, wüsste ich nicht.«

»Und diese Frau hieß Kläre?«

»Ich glaub schon. Sicher bin ich mir nicht. Wenn sie kam, ging Mama mit ihr in den Wintergarten und schickte uns Kinder weg. Sie redeten dann stundenlang, und wenn sie wieder rauskamen, hatte meine Mutter meistens verheulte Augen. Aber gekocht hat sie nie. Bei uns hat entweder Mama gekocht oder Clementine oder Fine. Für eine Köchin hätten wir gar kein Geld gehabt.«

Isabell nickte. Sie sagte gute Nacht und ging hoch in ihr Zimmer. Vielleicht war genügend Geld dagewesen, bevor ihr Urgroßvater gestorben war. Immerhin schien er in der Brauerei mindestens einen Angestellten gehabt zu haben.

Verdrossen stellte Isabell fest, dass sie vergessen hatte, Wein zu kaufen. Es war Samstagabend, und sicher hatten alle Läden in der Gegend zu. Wieder nur mit Wasser machte sie es sich auf dem Bett bequem. Na gut, dann musste sie sich eben ohne Wein an das Tagebuch setzen. Und vielleicht würde sie in einem der Einträge ja über den Namen Kläre stolpern.

23. Oktober 1925

Mama ist wie verwandelt. Irgendetwas ist mit ihr, denn seit einigen Tagen schon hat sie anhaltend gute Laune. Auch den anderen ist es aufgefal-

len. Als Oskar sie gefragt hat, sagte sie, es ist, weil Vater so viel Geld verdient hat. Vielleicht könnten sie bald ein Hausmädchen anstellen, das ihr beim Putzen, beim Wäschewaschen und beim Kochen zur Hand geht. Sie muss ja zusätzlich noch in der Brauerei aushelfen, wenn Not am Mann ist. Und Vater will nicht, dass dort Fremde herumscharwenzeln. Viktor ist eine Ausnahme.

Mama sagt, sie habe noch nie jemanden gesehen, der so gut mit Tieren umgehen kann. Oskar weicht kaum von seiner Seite. Er entwickelt sich noch zu einem richtigen Pferdenarren. Vorhin hat er gesagt, dass er im Pferdestall schlafen will. Viktor bringt ihm heimlich das Reiten bei. Mama sagt, vorerst finden sich keine zahlenden Gäste für Viktors Reitunterricht. Die meisten Leute mit Geld seien sich wohl zu fein, zu uns zu kommen. Ich glaub ja eher, dass sie wegen Vater nicht kommen. Er ist derjenige, der immer hoch hinaus will, aber dann ungehobelt ist und Sprüche klopft, die alles ruinieren.

25. Oktober 1925

Ich hab Angus jetzt seit zwei Wochen nicht mehr gesehen. Zu groß ist meine Angst, dass Papa mich erwischen könnte. Doch morgen sehe ich ihn endlich wieder. Dann muss ich in die Stadt, etwas für Mama besorgen.

Heute Nachmittag gab es Kirschstreusel mit extra viel Sahne. Es war das letzte Glas eingemachter Kirschen, aber Mama sagt, in wenigen Jahren wird der Baum bestimmt sehr viel mehr Kirschen tragen. Dann können wir den ganzen Winter hindurch Kirschkuchen essen.

11. November 1925

Angus war ganz begeistert von meinem neuen Haarschnitt. Er hat gesagt, ich sehe viel erwachsener aus. Der Bubikopf ist gerade die allerneuste Mode.

Mama hat gar nichts gesagt, doch in ihren Augen konnte ich die Missbilligung sehen. Magnus war sehr besorgt, und all seine Befürchtungen haben sich bewahrheitet. Vater war so wütend, wie ich ihn selten erlebt habe. Als ich gestern zum Abendessen runtergekommen bin, hab ich noch nicht gesessen, da hat er mir mit voller Wucht eine gescheuert. Doch das war ihm noch nicht genug. An den Haaren hat er mich aus dem Zimmer bis zur Kellertreppe gezerrt. Was alles noch viel schlimmer gemacht hat, war, dass ich unterwegs eine Vase heruntergerissen habe. Zwei der Ornamentfliesen sind zersprungen. Da hat er mir gleich noch mal eine gescheuert, und ich bin gegen das Holzgeländer geknallt. Ich hab eine riesige Beule und immer noch furchtbare Kopfschmerzen.

Fine, die mutige Fine, hat sich tatsächlich getraut, mir etwas zu essen und eine Decke in den Kohlenkeller runterzubringen. Es ist eiskalt, denn es schneit heftig seit Wochen. Sie kam wohl mitten in der Nacht. Genau weiß ich es nicht. Seit dem Abendessen mussten Stunden vergangen sein. Das Schlimmste allerdings ist nicht der Hunger und auch nicht die Kälte. In der Dunkelheit hier unten glaube ich immer, dass mich die tote Frau von Hohenbuche mit dem Baby aufsucht. Magnus lacht mich aus deswegen. Es wäre der Wind, der durch die Ritzen pfeift, doch ich könnte schwören, dass ich sie gesehen habe.

Gustav macht sich fast in die Hose bei dem Gedanken, die Nacht hier unten verbringen zu müssen. Egal, was für Unfug er treibt, nie geht er so weit, dass Vater ihn hier runterschickt. Er hat furchtbare Angst vor dem Kohlenkeller, und was für ihn noch schlimmer ist: Josefine hat keine. Fine ist wohl die Mutigste von uns allen. Ich wünschte, ich hätte ihren Mut. Deshalb bin ich auch fest entschlossen, mit Angus nach Manchester zu gehen. Seine Division wird Mitte Januar abziehen, wie er letzte Woche erfahren hat. Er hat mir versprochen, die Fährüberfahrt für die Woche darauf zu buchen. Und Zugfahrkarten wird er mir auch besorgen.

Nach seinem langen Aufenthalt in Deutschland bekommt er zwei Wochen Urlaub und wird mich an seinem ersten Urlaubswochenende am Bahnhof abholen. Ich glaube, er merkt, wie unglücklich ich bin, obwohl ich immer sehr glücklich bin, wenn wir zusammen sind. Natürlich habe ich ihm nichts von Vater erzählt.

Sie überflog den Eintrag vom 27. November 1925 und stutzte. Viktor schien seinem Arbeitgeber schon damals aufgelauert zu haben. Er hatte dem kleinen Oskar sogar versprochen, ihn zu schützen. In dem alten Zeitungsartikel hatte vielleicht einfach nur ein falscher Grund für den Mord gestanden. Wer hatte da gelogen? Oskar oder vielleicht seine Mutter für ihn?

Isabell rieb sich die Augen. Es war wirklich anstrengend, die verschnörkelte Handschrift zu entziffern. Sie blätterte langsam durch die nächsten Seiten, immer noch auf der Suche nach einem Namen – Kläre. Aber sie fand ihn nicht. Mit einem Seufzer ließ sie das Tagebuch aufs Bett fallen.

Sie stand auf und blickte aus dem schrägen Dachgeschossfenster. Sie musste sich auf die Zehenspitzen stellen, um etwas sehen zu können. Als ihr Handy klingelte, schrak sie zusammen. Es war hier so leise, dass der Klingelton sehr durchdringend war. Noch bevor sie die Nummer sah, war sie sich sicher, dass es Julius war. Eine Sekunde zögerte sie, dann meldete sie sich.

»Hallo. Hier ist Julius.«

»Hallo.«

»Wie geht es deiner Großmutter?«

»Sie ist schon im Bett.«

»Wahrscheinlich genau wie meine Tanten. Ich hab noch beim Aufräumen geholfen, und jetzt stehe ich gerade an meinem Wagen und …« Julius machte eine kleine Pause.

»Und habe mich gefragt, ob ich dich vielleicht heute Abend überreden kann, mit mir spazieren zu gehen. Es ist ja noch nicht so spät.«

Tatsächlich war es gerade erst kurz nach neun. Isabell war versucht, ihn abzuwimmeln. Doch als sie nach den passenden Worten suchte, blickte sie sich in ihrer kleinen Dachkammer um. Es gab kein Fernsehen und nichts, was sie sonst hätte ablenken können. Leider hatte sie vergessen, sich einen schönen Roman mitzunehmen. Sie könnte weiter im Tagebuch lesen, doch wahrscheinlich würde es nicht lange dauern, bis wieder eine deprimierende Stelle kam. Außerdem, vielleicht kannte Julius ein nettes Weinlokal in der Nähe. Und in der gemeinsamen Zeit mit ihm würde ihre unterschwellige Anspannung ruhen.

»Gerne.« Er schien von ihrer Zusage überrascht zu sein und versprach, sie in zehn Minuten abzuholen.

✧

Isabell fühlte sich wirklich wohl in seiner Gegenwart, und genau das war ja der Punkt: Sie wusste, wenn sie ihren Gefühlen nachgab, waren die Probleme vorprogrammiert.

Julius erzählte Geschichten aus der Vergangenheit des Ortes und aus seiner Jugend. Und Isabell erzählte von ihren vielen Reisen. Doch irgendwie schien Julius die ganze Zeit über schon das Thema wechseln zu wollen.

»Was machen die Tagebucheinträge? Immer noch so deprimierend?«

Isabell winkte ab. »Du hast gerade rechtzeitig angerufen, um mich vor einem äußerst betrüblichen Abend zu retten.«

Sie liefen am Rheinufer entlang, und hier oben, an der nördlichen Grenze von Köln, begegneten ihnen nur wenige Spaziergänger mit ihren Hunden.

»Meine Familie scheint nicht gerade das zu sein, was man glücklich nennt. Ganz im Gegensatz zu deiner.«

Julius blieb stehen und trat gegen einen kleinen Ast, den der Fluss angeschwemmt hatte. »Es ist ja nicht so, als wären wir immer alle glücklich.«

Isabell fragte sich, ob er seine Trauer für Mona damit meinte. Bisher hatte er noch kein Wort über sie verloren. Und sie würde nicht von sich aus mit dem Thema anfangen.

»Mein Urgroßvater war anscheinend ein furchtbarer Tyrann. Aggressiv und brutal. Mittlerweile wundert es mich nicht, dass er auf gewaltsame Art umgekommen ist.« Julius schaute sie fragend an. »Nein, bitte. Ich möchte nicht ins Detail gehen.« Aber anscheinend drängte es sie doch, die Geschichten jemandem zu erzählen. Und Julius war als Zuhörer besser geeignet als ihre Großmutter, der sie die unschönen Wahrheiten nicht zumuten wollte. »Na gut. Bisher weiß ich schon, dass August Korte seine Frau geschlagen hat, seinen Sohn um ein Haar ersäuft und seine Kinder nächtelang alleine in den Kohlenkeller gesperrt hat. Oma Pauline will davon nichts hören. Das wären eben andere Zeiten gewesen. Mir scheint das etwas zu viel der Gewalt gewesen zu sein. Mit anderen Zeiten kann man das nicht mehr entschuldigen.«

»Ich weiß nicht, wie es früher bei uns zuging«, erwiderte er. »Tatsächlich habe auch ich nie tiefer in meiner Familiengeschichte gegraben. Mein Vater war schon alt, als ich geboren wurde. Und meine Mutter war auch nicht mehr die Jüngste. Vater ist gestorben, da war ich dreiundzwanzig, meine Mutter ist vor sechs Jahren gestorben. Ich hab keine Geschwister, und meine Tanten sind meine Familie geworden. Auch sie haben nie viel über die Vergangenheit gesprochen.«

»Deine Tanten sind Halbschwestern von deinem Vater, richtig?«

Er nickte. »Meine Oma hat vier Jahre nach der Geburt meines Vaters noch mal geheiratet.«

»Und was war mit deinem Großvater?«

Julius blieb stehen und ließ seinen Blick über den Fluss schweifen. »Es ist wirklich erstaunlich, dass man sich die einfachsten Fragen nicht stellt. Tatsächlich weiß ich nur, dass er wohl früh gestorben ist.«

Isabell stellte sich neben ihn und folgte seinem Blick.

»Seit ich in diesen Tagebüchern lese, habe ich ein Gefühl …, nein, stimmt nicht, eine Ahnung, warum ich so wenig Familie in meinem Leben habe.« Die nächsten Worte brachte sie nur mit Mühe über die Lippen. »Ich glaube allmählich, dass mein Urgroßvater die Seele meiner Familie zerschlagen hat. Und zerschlagen meine ich im übertragenen und wörtlichen Sinne.« Julius drehte sich zu ihr um. »Ich verstehe nicht ganz, was du meinst.« Isabell presste die Lippen zusammen und zog die Schultern nach vorne. Eine hilflose Geste, sie spürte es selbst.

»Ich kann es dir nicht besser erklären. Nach dem Tod meines Urgroßvaters scheint die Familie nach und nach auseinandergebröckelt zu sein. Jeder Aspekt meiner Familie scheint seitdem am ehesten mit tragisch zu beschreiben zu sein.« Sie zuckte mit den Schultern. »Mir ... ist sogar in den Sinn gekommen, dass ...« Sie redete nicht weiter. Das war doch wirklich eine abstruse Überlegung. Julius würde sie für verrückt halten.

»Was?«

Sie schüttelte den Kopf, als würde sie über sich selbst lachen. »Dieses Unglück erscheint mir wie ein Geschwür, das sich in meine Familie festgesetzt und sich in das glückliche Leben hineingefressen hat.« Sie stockte kurz. »So hungrig wie der Tumor im Kopf meiner Mutter. Plötzlich war er da und fraß sich so rasend schnellem Tempo vor, dass von meiner Mutter nichts mehr blieb. Am Ende hat sie mich angesehen und nicht einmal mehr gewusst, dass ich ihre Tochter bin.« Sie wischte sich ihre Haare aus dem Gesicht, als könne sie so die Gedanken wegwischen. Sie räusperte sich heftig. »Andererseits – möglicherweise ist das nur mein Überreagieren auf eine nicht ganz so idyllische Familiengeschichte aus Kriegszeiten.«

Julius brauchte einen Moment, bevor er wieder sprach. »Und du? Willst du Familie?«

Oh je, das war unsicheres Terrain. Julius' Frage führte in eine Richtung, die Isabell eigentlich vermeiden wollte. »Du meinst eigene Kinder?« Als er nickte, gab sie ein vages Vielleicht von sich.

»Vielleicht heißt, unter bestimmten Bedingungen?«

»Den richtigen Mann zu finden. Den richtigen Zeitpunkt zu finden und den richtigen Ort.« Isabell hoffte, dass er sich damit zufriedengeben würde.

Schnell setzte sie nach: »Du wärst wahrscheinlich erstaunt, wenn du wüsstest, wie oft ich in meinem Leben umgezogen bin. Ich bin nicht so zuverlässig. Ich würde es Kindern nicht zumuten wollen, ständig umzuziehen.«

»Das stimmt. Kinder brauchen Wurzeln«, sagte er.

»Und ich habe auch noch nie eine Beziehung gehabt, die länger als drei Jahre gedauert hat. Ich bin vielleicht nicht die Richtige für eine lange Beziehung. Und Kinder brauchen einen Halt. Und sie brauchen …«

Er unterbrach sie. »Du hörst dich an, als würdest du mir etwas ausreden wollen.« Plötzlich stand er dicht vor ihr und blickte ihr tief in die Augen.

Gut, dann war also der Zeitpunkt der Offenbarung gekommen. »Julius, ich weiß nicht, was zwischen uns läuft. Ich spüre, dass da eine Verbindung ist. Vielleicht ist es eine andere Art der Verbindung. Vielleicht ist es der Ort, der uns verbindet. Oder …«

»Oder was?«

Sollte Isabell jetzt wirklich beichten, dass sie schon von seiner verstorbenen Frau wusste. Von Mona? Und von seiner langen Trauer? »Ich glaube nicht, dass wir die Richtigen füreinander sind. Unsere Leben sind total gegensätzlich. Du erscheinst mir …«

»Langweilig?«

»Nein! Eher stetig. Du weißt, was du willst. Du hast dich in deiner Welt eingerichtet. Das ist allerdings nicht meine Welt.«

Er blickte sie stumm an, als hätte sie ihn tief verletzt. Abrupt drehte er sich um und ging in Richtung Wagen zurück.

»Warte doch!« Sie holte auf und lief hinter ihm her. Sie wusste nicht, was sie ihm sagen sollte. Sie hatte nur die Wahrheit ausgesprochen. Wie konnte er deshalb so sauer auf sie sein? Bevor sie in den Wagen stiegen, fing sie seinen Blick auf. »Es tut mir wirklich leid, wenn ich dich verletzt haben sollte. Das wollte ich nicht.«

Er nickte ihr zu, stieg in den Wagen und fuhr los, als sie saß. Doch mit jedem Meter schien er nervöser zu werden. Gereizt drückte er auf irgendwelche Knöpfchen, schaltete das Radio aus, das noch immer leise lief, ließ das Fenster herunter, nur um es sofort wieder hochfahren zu lassen. Er fuhr etwas zu schnell, nahm eine Kurve zu eng und trommelte immer heftiger mit den Fingern auf das Lenkrad.

Isabell hätte sich am liebsten aus ihrer eigenen Haut geschält, so unwohl fühlte sie sich. Und auch das enervierende innerliche Vibrieren war zurückgekehrt. Es lag also nicht einfach an Julius' Nähe. Fieberhaft überlegte sie, wo sie ihre Beruhigungspillen hatte.

Endlich hielt er vor ihrer Pension. Sie wollte sich von ihm verabschieden, als sie sah, dass er sie kämpferisch anblickte. Mit einem geübten Griff schnallte er sich ab und lehnte sich schräg an die Fahrertür. Seine Worte kamen überfallartig und rau. »Du hast recht, unsere Leben sind gegensätzlich. Das ist mir aber völlig egal.« Anscheinend hatte er die Fahrt genutzt, um sich stärkere Argumente zu überlegen.

»Ich war schon mal verheiratet. Mein Vater hat mich bekommen, da war er achtundvierzig. Er war ein alter Vater. Das wollte ich nicht. Deswegen habe ich früh geheiratet. Mona, eine Studienkollegin. Aber wir bekamen keine Kinder.« Er redete schnell. »Zwei Jahre nach der Hochzeit wurde Gebärmutterkrebs bei ihr festgestellt. Sie wurde operiert und galt als geheilt. Doch der Krebs hatte gestreut. Und vor drei Jahren ...« Es schien ihn einige Überwindung zu kosten, weiterzureden. »Vor etwas über drei Jahren ist sie gestorben.« Isabell wollte etwas sagen, doch er ließ sie nicht. »Warum ich das erzähle? Weil es mit dir zu tun hat. Mit uns! Ich habe nie für eine andere Frau empfunden, was ich für Mona empfunden habe. Nicht vor ihr, nicht in den Jahren mit ihr und auch nicht in den letzten drei Jahren.« Er atmete tief durch. »Bis letzten Donnerstag. Es ist nicht nur so, dass ich das allererste Mal nach Mona wieder über eine Frau nachdenke. Als ich dich getroffen habe, in diesen Stunden an der Villa, dort beim Kirschbaum, unser erster Nachmittag – das war ... wie damals. Wie mit Mona. Bei ihr war ich mir sofort sicher ... Und bei dir«, er schaute ihr zärtlich in die Augen, »bei dir bin ich mir auch sicher.«

Er hörte auf zu reden und schaute sie an, als erwarte er eine Antwort von ihr. Doch Isabell war wie in Schockstarre. Das klang so endgültig, so unabänderlich. Als sie nichts sagte, redete er weiter.

»Dieses Gefühl werde ich nicht missachten. Es bedeutet etwas. Du bedeutest mir etwas. Und es ist mir egal, wie du lebst oder wie ich lebe. Das ist nicht wichtig. Die Gegensätze sind nur äußerlich.«

Isabell fühlte sich unter Druck gesetzt. Er schien sich so sicher zu sein, sie hatte nichts als ihre Unentschlossenheit. »Ich bin mir nicht sicher. Wir kennen uns doch kaum.«

»Aber ich bedeute dir etwas?« Als sie nicht antwortete, setzte er nach: »Du hast doch selbst gesagt, dass du eine Verbindung fühlst!«

Sie nickte vage. »Nur weißt du nicht, was diese Verbindung dir bedeutet?«

»Es ist, als wärst du mir schon lange vertraut. Doch das ist es ja gerade: Ich habe Angst, dass du etwas von mir willst, das ich dir nicht geben kann.«

»Liebe?«

Sie schüttelte den Kopf. »Verbindlichkeit. Dauer. Ewigkeit! Das ist mir zu viel.«

»Du hast Angst vor Verantwortung!«

»Ja und wenn?«, gab sie trotzig zurück. »Ich bin sechsunddreißig Jahre alt. Ich weiß wohl selbst am besten, wofür ich Verantwortung übernehmen kann und wofür nicht.«

Ein Grinsen zog über sein Gesicht. »Du hast einfach nur Angst.«

Einfach nur Angst. Nur Angst. Wenn er wüsste! »Und wenn, was ist daran so lustig?«

»Ich lache nicht, weil ich mich lustig über dich mache. Ich freue mich!« Er beugte sich ein wenig vor. »Du hättest keine Angst, wenn du keine echten Gefühle für mich hättest.«

Isabell starrte ihn perplex an. Er hatte einen Volltreffer gelandet. Seine Worte trafen sie ins Mark. Sie drehte ihren Kopf zum Fenster, und biss sich auf die Unterlippe. Was sollte sie jetzt sagen? Er hatte ja so recht!

Plötzlich spürte sie die Wärme eines anderen Körpers. Er war noch näher gerückt und drehte ihren Kopf sanft zurück in seine Richtung. Er fragte erst gar nicht. Er küsste sie einfach.

KÖLN-RHEINKASSEL – 20. OKTOBER 1925

Wie hatte ein einziger Kuss ihre Welt so verändern können? Sofia schaute aus ihrem Schlafzimmerfenster. Viktor stand vor dem Stall und rauchte. Er hatte sie nicht mehr berührt seit jenem Kuss im Sommer. Und sie war allen Situationen aus dem Weg gegangen, in denen sie ihm alleine begegnen konnte.

Und doch floss seitdem Sehnsucht durch ihre Adern. Der Kuss war der erste Gedanke, der Sofia in den Tag geleitete, wenn sie morgens die Augen aufschlug. Über Tag lief ihr ein Kribbeln den Körper hoch und runter, und egal, was sie tat, sie konnte es nicht abstellen. Mit Erinnerungen, die ihren Körper erschauern ließen, schlief sie ein. Es wurde unerträglich, wenn Viktor in ihrer Nähe war. Manchmal wurde ihr geradezu schwindelig, ja bisweilen saute es in ihren Ohren so laut, dass sie meinte, in Ohnmacht fallen zu müssen. Jedes Abendessen war für sie eine Zerreißprobe, wenn die beiden Männer, August und Viktor, nebeneinander am Tisch saßen und sich über ihr Tagewerk unterhielten oder die Arbeiten des nächsten Tages planten.

Doch Viktor schien immer die Ruhe selbst zu sein. Kein einziges Mal hatte sie bisher das Gefühl gehabt, er könne sich durch irgendetwas verraten. Sofia konnte sich nicht erklären, wie er das schaffte. Doch sie spürte, wie sein Blick auf ihr lag, wenn sie im Gemüsebeet arbeitete, während er Oskar in seiner knapp bemessenen freien Zeit das Reiten beibrachte. Sein durchdringender Blick streichelte immer wieder über ihren Körper.

Sie durfte ihre Gefühle nicht zeigen. Sie durfte sich nicht länger von ihnen kontrollieren lassen. Sie hatte gehofft, dass es mit der Zeit leichter werden würde. Dass, wenn der Kuss nur lange genug zurücklag, ihr die ganze Geschichte wie ein Märchen vorkommen würde – wie ein Tagtraum. Doch da hatte sie sich geirrt. Je länger seine Berührungen zurücklagen, desto drängender wuchs ihre Sehnsucht nach einer Wiederholung. Sie wollte wieder geküsst werden. Sie wollte wieder in seinen Armen liegen und gehalten werden. Wusste Viktor das? Wartete er deswegen so geduldig? Wusste er, dass es nur einer Kleinigkeit bedurfte, damit sie wieder in seine Arme flog?

Der Laster der Mälzerei war vorhin da gewesen. Viktor schulterte die schweren Säcke mit dem Malz und trug sie ins Lagerhaus. Für ihn schien jede Anstrengung nur eine Frage des Willens zu sein. Obwohl er von ganz anderer Statur als August war, war er ihm an Kraft ebenbürtig.

Sofia bemerkte, wie sie ein Kissen an ihren Körper presste, als wäre es Viktors Körper. Erschrocken ließ sie los und trat einen Schritt vom Fenster zurück. Wenn sie so weitermachte, wäre sie verloren. Wenn August etwas merkte, wäre der Teufel los. In Gedanken versunken, zog sie einen neuen Bezug auf das Kissen. Sie musste sich beschäftigen. August war heute zu einer Versammlung in der Brauergaffel, dem Zunfthaus der Kölner Brauer. Es war das erste Mal, dass er eingeladen war, und es würde sicherlich sehr spät werden. Sie rechnete nicht vor Mitternacht mit ihm, eher später.

Die Kinder waren drinnen, und sie hatten gerade zu Abend gegessen. Alle waren aus dem Häuschen, denn beim Mittagessen hatte Viktor angekündigt, dass Galathea so weit sei. In den nächsten Stunden würde sie ihr Fohlen bekommen. Besonders Oskar konnte sich gar nicht beruhigen. Ein Glück für Sofia, denn da er ständig um Viktor herumstrich, konnte es erst gar nicht zu einer schicksalhaften Situation kommen.

Die anderen Kinder waren im Obergeschoss, während Oskar im Stall ausharrte. Er wollte auf keinen Fall die Geburt verpassen. Viktor selbst schien sich auf eine lange Nacht gefasst zu machen. Gemeinsam mit Oskar hatte Sofia ihm das Abendessen in den Stall gebracht. Es konnte jetzt jederzeit soweit sein.

Allerdings musste Oskar endlich ins Bett. Schließlich hatte er morgen früh Schule. Sie ging in die Küche und räumte noch auf. Hoffentlich würde das Fohlen entweder jetzt gleich oder erst morgen nach der Schule kommen, denn sonst wäre Oskar furchtbar enttäuscht. Doch gerade, als sie ihn holen wollte, hörte sie seine aufgeregten Rufe. Es war soweit. Sie ging kurz in den Flur und rief ihre anderen Kinder. Dann ging sie hinaus.

Oskar stand am Eingang des Stalles und winkte ihr heftig. Sofia trat ein. Galathea hatte sich hingelegt. Eine weiße durchscheinende Blase hing aus ihrem Leib. Durch die Wände der Blase waren schon die Vorderbeine des Fohlens zu erkennen. Sofia trat näher, während sich hinter ihr die anderen Kinder versammelten.

Galathea war nervös und schnaubte unentwegt. Immer wieder setzte sie sich auf und wandte den Kopf zum Ort des Geschehens. Zwischendurch zitterte der Pferdekörper unter der großen Anstrengung. Beruhigend strich Viktor mit seinen Händen darüber. Sogleich legte sie sich wieder hin. Wie immer strahlte Viktor größte Ruhe aus.

Magnus feixte. »So sieht das bei euch Frauen auch aus.«

Clementine boxte ihn für die Bemerkung. »Gar nicht wahr.«

Sofia drehte sich zu ihnen um und zischte, sie sollten ruhig sein. Sofort war wieder Stille. Viktor sagte keinen Mucks. Nur Oskar gab leise Töne des Staunens von sich. Jetzt packte Viktor die Vorderbeine durch die Blase und zog daran. Ein kleiner Kopf war plötzlich zu erkennen. Er ließ los und gab dem Tier so die Zeit, die es brauchte. Nach einer Pause zog er noch einmal, und wieder kam ein Stück mehr von dem Tierkörper zum Vorschein. Wieder ließ er los und wartete, beobachtete scharf, was passierte. Die Stute versuchte aufzustehen, so sah es jedenfalls aus, aber sie stand nicht wirklich auf, sondern bewegte nur ihren Körper. Plötzlich flutschte das winzige Pferd in der glitschigen Blase heraus. Viktor zog, bis das Tier und die Nachgeburt ganz draußen lagen. Mit den Händen riss er die Fruchtblase auf, und das Wasser lief aus. Sofort bewegte das braune Fohlen seinen Kopf.

»Alles in Ordnung«, sagte Viktor erleichtert. Galathea drehte sich um und schnupperte an dem Neugeborenen. Sie schienen sich zu begrüßen.

Ganz leise flüsterte Viktor Oskar ins Ohr: »Jetzt leckte sie ihr Fohlen ab. Da braucht sie Platz und Ruhe.« Er schob ihn beiseite und trat selbst zurück. Er sah Sofia in die Augen, und dieses einzige Mal erlaubte sie sich, ihn glücklich anzulächeln.

Für einige Minuten standen alle nur da und beobachteten die Idylle. Doch als Josefine laut gähnte, war das wie ein Signal. »Ihr müsst ins Bett.« Sofia drehte sich zu ihren Kindern um. »Kommt, es wird Zeit. Und nehmt Oskar mit hoch.«

Oskar protestierte, doch Sofia ließ es nicht gelten. »Du solltest schon seit zwei Stunden schlafen!«

Viktor kniete sich vor ihn. »Wenn du jetzt brav bist, dann darfst du den Namen aussuchen. Okay? Und ich verspreche dir, ich werde zusammen mit deiner Mutter hierbleiben und aufpassen, dass es den beiden auch wirklich gut geht.«

Oskar nickte, und Clementine nahm ihn bei den Schultern. »Komm, ich bring dich ins Bett.«

Während die Kinder im Haus verschwanden, überprüfte Viktor die Nachgeburt auf Vollständigkeit. Er wischte noch einmal mit etwas Stroh nach, was Galathea noch nicht abgeleckt hatte. Das Kleine ließ es über sich ergehen, und als Viktor wieder aufstand, da versuchte es das Fohlen auch. Wackelig stemmte es sich auf den dünnen Beinen hoch. Viktor half etwas nach und schob es in die richtige Richtung, damit es schneller die Zitzen fand. Als es schließlich saugte, trat er zurück.

»Es ist eine Stute. Mit ihr können wir gut weiterzüchten.« Sofia ließ ihren Blick über das glänzende Fell gleiten.

»Ich bin so froh. So glücklich. Ich hätte niemals gedacht, dass ich wirklich eine eigene Pferdezucht haben würde. Und jetzt ...« Sie hob ihre Arme und ließ sie wieder fallen. Sie war ganz verzückt von dem Anblick.

Viktor ging in die Ecke, und zog sich sein Hemd aus. Ein Zinnbottich mit frischem Wasser stand dort. Er wusch sich Arme und Hände gründlich mit Wasser und Seife ab und dann noch den Rest des Oberkörpers. Vorsorglich hatte er ein Handtuch an einen Haken gehängt und trocknete sich jetzt damit ab.

Sofia kniete im Stroh und streichelte das Fohlen, das sich schon wieder hingelegt hatte. Viktor stellte Galathea einen Bottich mit Hafer, Äpfeln und klein geschnittenen Möhren hin. Für einen Moment beobachtete er die beiden Tiere, dann ging er zum Eingang, und knipste das Licht aus. Es war ohnehin nur eine schwache Glühlampe.

»Die Pferde brauchen Ruhe«, sagte er nur und hockte sich neben Sofia.

Ein unheimliches Gefühl beschlich sie. Das konnte nicht gutgehen. Es war dunkel, sie waren allein, und die Luft war durchtränkt mit dem Mysterium der Geburt.

Doch Viktor sagte nichts zu ihr. Er ließ das Fohlen und auch Galathea an seiner Hand schnuppern. Durch zwei schmutzige Fenster fiel schwaches Mondlicht, und Sofia beobachtete seine Bewegungen. Er konnte so unendlich zärtlich sein. So rücksichtsvoll. Und doch war er so stark.

Es war unausweichlich, dass sich irgendwann ihre Hände auf dem Fell des Pferdes berührten. Viktor griff nach ihr, und hielt sie mit seiner sanften Zärtlichkeit fest. Sie hätte sich ihm entziehen können, doch sie wollte nicht. In diesem Augenblick schien ihr eigenes Glück so greifbar. Sie musste es nur zulassen. Unbezwingbare Gefühle überwältigten sie, als sie Viktors Lippen auf ihren spürte. Er zog sie immer fester an sich, und aus Sofias Mund entwich ein erlösendes Stöhnen.

Seine Hände glitten über ihren Körper, während er sich sanft nach hinten in ein Bett aus Stroh fallen ließ. Die zweite Box war leer, denn Tabitha stand draußen auf der Koppel.

Für eine lange Nacht gerüstet, lagen dort schon zwei Decken und ein Kissen. Er zog Sofia neben sich, ohne sie auch nur einen Moment loszulassen.

Dieser Glücksmoment ließ sie alles vergessen, was sie an Vorbehalten und Angst in sich trug. Zu wissen, dass August wahrscheinlich die nächsten zwei Stunden nicht nach Hause kommen würde, reichte ihr für den Augenblick. Vielleicht hatte sie nur diesen einzigen vollkommenen Moment in ihrem Leben.

Als Viktors Hände von ihren Wangen über ihr Dekolleté bis zu ihrer Brust glitten, wehrte sie ihn nicht ab. Sie wollte es. Sie wollte es so sehr, wie er es wollte. Unter seinen Berührungen stöhnte sie leise auf.

Der Geruch seines Körpers stieg ihr in die Nase und benebelte ihre Sinne. Sie vergaß sich vollkommen. Seine Hände schoben ihren Rock immer höher, sanft ließ er seine Finger über ihre Haut tanzen.

Sofia hatte das Gefühl, sie könnte es gar nicht mehr länger aushalten. Sie bäumte sich auf, drängte sich ihm entgegen. Als er seine Finger zwischen ihre Schenkel gleiten ließ, biss sie ihm in die Schulter. Sonst hätte sie zu laut geschrien.

Viktor liebkoste ihre empfindlichste Stelle. Noch nie im Leben hatte Sofia gefühlt, was sie gerade fühlte. Pure Lust überwältigte sie, erfüllte jeden Winkel ihres Körpers und ergriff von ihr Besitz. Etwas Weltveränderndes geschah. Etwas, das sie in all den Ehejahren mit August noch nie erlebt hatte. Es war so intensiv, dass eine Welle aus Wollust sie hinwegtrug. Sie krallte sich an Viktor fest, und für einen Moment war sie wie in Trance. Als sie den ersten klaren Gedanken fassen konnte, spürte sie, wie Viktor sich über sie schob.

»Ich will dich so sehr, dass ich an nichts anderes denken kann.« Seine Worte streiften warm über ihren Hals.

Sie spürte, wie er sachte mit einem Knie ihre Beine auseinanderschob und sich langsam auf sie gleiten ließ. Augenblicklich verschmolzen sie miteinander, als gebe es keine zwei Körper, sondern nur noch ihre eine Begierde. Sofia überließ sich ihm vollkommen. Als sie ihren Höhepunkt erreichte, bäumte auch er sich auf und sank schließlich mit einem Stöhnen auf sie nieder. Und so, wie vorher ihre Körper verschmolzen waren, verschmolz ihr Atem zu einem.

Viktor ließ sich auf die Seite fallen und atmete heftig. Doch sofort wandte er sich ihr wieder zu und strich ihr über die Stirn. »Die Liebe ist wie Wasser. Sie findet immer ihren Weg.«

Sofia spürte die Macht, die in der Wahrheit dieser Worte lag. Und doch gab es noch eine andere Wahrheit: Wenn Liebe nicht möglich war, dann verwandelte sie sich leicht in Hass oder Verzweiflung.

KAPITEL ACHT

KÖLN-RHEINKASSEL – EIN SONNTAG IM MAI 2014

Die Nacht war schrecklich gewesen. Schrecklich anstrengend und bittersüß. Isabell hatte kaum geschlafen, und wie hätte sie auch schlafen sollen? Julius' Kuss hatte sie überwältigt. Ihr ganzes Seelenleben war aus den Fugen geraten. Was wollte sie von ihm? Sie wollte mehr, mehr Küsse und mehr von Julius. War es richtig, was er sagte? Dass sie füreinander bestimmt waren? Sanft fuhr sie sich mit den Fingern über ihre Lippen, um seinen Berührungen nachzuspüren. Es hatte so viel Leidenschaft in seinem Kuss gelegen. Er hatte sie an sich gezogen, und in einer höchst unbequemen Position hatten sie sich immer weiter geküsst. Als er von ihr abließ, waren sie beide atemlos.

»Ich wusste, wir sind füreinander bestimmt«, hatte er voller Überzeugung gesagt. Als wären alle weiteren Entscheidungen überflüssig.

Isabells Körper war ganz starr geworden. »Ich weiß es nicht«, hatte sie geantwortet. Und: »Das geht mir zu schnell. Ich brauch Zeit zum Überlegen.« Sie konnte körperlich spüren, wie hart ihn ihre Worte trafen.

Erschrocken hatte er sie losgelassen, doch dann fasste er ihre Hand. »Lass dir so viel Zeit, wie du brauchst. Nur bitte zieh dich nicht zurück, verkriech dich nicht. Wir werden für alles eine Lösung finden.« Seine Worte ließen keinen Zweifel daran, dass er bereit war, für sein Glück zu kämpfen.

Seit er weggefahren war, hatte sie keine ruhige Sekunde mehr gehabt. Sie schwankte zwischen absoluter Hingabe und Panik. Sie hätte ihn anrufen können, gestern Abend noch. Er konnte nicht weit von hier wohnen. Er wäre sofort gekommen. Sie hätten eine wunderbare Nacht verbringen können. Nichts hätte Isabell lieber getan, als mit ihm zu schlafen. Aber nichts fürchtete sie mehr, als dass Julius anfing, Pläne für ihre gemeinsame Zukunft zu schmieden.

Alles war kompliziert: Die Entfernung zwischen ihren Wohnorten. Die Entscheidungen, die eine solche Beziehung mit sich bringen würde. Die Frage, wann sich seine Zuneigung in Luft auflösen und eine Kraterlandschaft in ihrer Seele hinterlassen würde. Nach ihrer letzten Trennung hatte sie monatelang Beruhigungstabletten nehmen müssen.

Isabell spürte den Druck, der auf ihr lag, körperlich. Ihr Nacken war verspannt, und ihre Schultern schmerzten. Sie machte ein paar Dehnübungen und räkelte sich. Mit einem tiefen Seufzer ließ sie sich wieder aufs Bett fallen. Es war noch früh. Seit einer Stunde war es draußen schon hell, und die Vögel ließen liebreizendste Paarungsgesänge hören. Isabell fühlte sich abgeschlagen, müde, trotzdem nervös und ruhelos. Keine gute Ausgangsposition, um einen klaren Gedanken fassen zu können. Sowieso kreiste ihr Denken unabänderlich um diesen Kuss. Und um das, was er in ihr ausgelöst hatte. Ein Damm war gebrochen. Ob Julius das einkalkuliert hatte?

Sie brauchte Ablenkung. Etwas Ablenkung würde Distanz bringen, eine Distanz, die ihr helfen würde, den Durchblick wiederzuerlangen. Sie griff nach Clementines Tagebuch und schlug es auf.

25. Dezember 1925

Alle sind ganz nervös, denn der Rhein steht hoch. Glücklicherweise ist es in den letzten Tagen sehr kalt gewesen. Der Rhein hat Eisgang, und es taut nicht weiter. Nicht auszudenken, wie es hier aussähe, wenn wirklich Hochwasser käme. Die Wasserstände sinken seit zwei Tagen wieder, und ich hoffe, es bleibt so. Trotzdem hat Viktor die Pferde vorsichtshalber auf einen benachbarten Hof gebracht. Er schläft dort auch. Mit vielen Sandsäcken haben Vater und er die Brauerei gesichert.

Übermorgen fahren Mama und die anderen nach Königswinter. Vater hat sich sehr gefreut, als ich ihm gesagt habe, dass ich bei ihm bleiben werde. Ich koche für ihn und werde wohl die Abende mit ihm verbringen müssen, aber er ist immer wieder länger unterwegs und wird es nicht merken, wenn ich fort bin. Ich hab mich geschämt, als er sich gefreut hat. Weiß er doch nicht, aus welchem Grund ich hierbleibe. Und wenn er es wüsste, dann wäre der Teufel los.

Es sind nur noch drei Wochen, dann ist Angus weg. In vier Wochen werde ich ihm nachreisen. Es ist alles bereit.

Zu Weihnachten hat Mama mir ein Englisch-Buch geschenkt. Vater war auch ganz begeistert und hat gesagt, wenn ich gut genug bin, würde er mich vielleicht mit nach Amerika nehmen. Ich habe keine Ahnung, was er dort will.

Magnus sagte mir später, es hätte sicher irgendwas zu tun mit dem Alkohol und der amerikanischen Prohibition.

Ich konnte Vater kaum in die Augen schauen, nachdem er mich für meinen Fleiß gelobt hat. Er darf natürlich nicht wissen, dass ich mit Angus schon lange seine Muttersprache übe. Ich kann schon viel mehr Vokabeln, als ich Vater gegenüber zu sprechen wage. Gleichzeitig hat er furchtbar mit Gustav geschimpft, dass er sich ein Beispiel an mir nehmen soll. Ich musste heulen. Ich weiß auch nicht recht, wieso.

Natürlich ahnt niemand von den anderen, dass es das letzte Weihnachtsfest sein wird, das ich mit ihnen feiere. Mich macht es gleichzeitig sehr traurig, und doch freue ich mich unbändig auf meine Freiheit.

27. Dezember 1925

Gestern hat Tauwetter eingesetzt, und der Rheinpegel ist wieder gestiegen. In der Altstadt von Köln sollen schon die ersten Straßen unter Wasser stehen. Ich hab es noch nicht mit eigenen Augen gesehen, doch Vater war in der Stadt und hat es gestern Abend erzählt. Die Schiffsanle-

ger stehen unter Wasser und auf der anderen Rheinseite auch Teile von Deutz. In Mühlheim sollen die Leute mit Kähnen durch die Straßen fahren. Vater ist sehr nervös und wütet durch das Haus.
Ich hoffe, dass es nicht noch schlimmer wird. In einem solchen Zustand richtet er seine Wut gegen jeden. Wäre ich doch besser mit den anderen mitgefahren. Angus und seine Kameraden haben alle Hände voll zu tun wegen des Hochwassers. Er hat ohnehin keine Zeit für mich.
Fine, Mama und die Jungs sind jetzt bei den Tanten in Königswinter. Die Kate liegt glücklicherweise Richtung Siebengebirge und hoch genug. Fine ist sicher den ganzen Tag mit den Schlittschuhen auf dem Weiher. Ach, wäre ich doch nur mitgefahren.

29. Dezember 1925
Ich möchte sterben. Nur noch sterben.

Isabell setzte sich abrupt im Bett auf. Plötzlich war sie hellwach. Dieser Eintrag stand rechts oben in dem Heftchen, und die restliche Seite war leer. Der freie Platz der ungeschriebenen Worte erzählte von einer schrecklichen Katastrophe.

Lüftete sich jetzt der Schleier über Clementines Selbstmord? Isabell dachte an das kleine Steinkreuz. 1931 stand darauf. Doch dieser Eintrag war aus dem Jahre 1925. Mehr als fünf Jahre lagen dazwischen. Isabell blätterte weiter auf die folgende Seite.

Der nächste Eintrag war erst auf drei Wochen später datiert.

18. Januar 1926
Die letzten Soldaten werden erst am 31. Januar abziehen, aber Angus' Division wurde gestern verlegt. Letzte Woche ist er sogar hierhergekommen. Unten vor dem Haus ist er herumgeschlichen und hat auf mich gewartet. Wie kann ich ihm jetzt noch in die Augen sehen?

Die Vorstellung, ihn zu küssen, verursacht mir Übelkeit. Ich würde es nicht einmal mehr ertragen, wenn er meine Hand nehmen würde. Und ich kann es nicht erklären. Wie soll man so etwas Unsagbares in Worte fassen? Ich habe das Kleid heute verbrannt. Fine hat sofort gesagt, dass das Kleid Probleme machen wird, schon als ich es Anfang Dezember heimlich gekauft habe. Hätte ich doch nur auf sie gehört! Ich habe gedacht, mit dem dicken Mantel und den Gummistiefeln würde ER nichts merken. Vielleicht hat die Schminke mich verraten. Ich wusste doch, es war zu riskant, mich mit Angus zu treffen, aber es war unsere einzige Chance für die nächsten Tage. Hätte ich doch mehr aufgepasst.
Das ist jetzt auch egal. Jetzt ist alles egal.
Niemand war da. Und niemand weiß davon. Nur ich. Und Vater. Es ist so abscheulich. Es hat so weh getan! Es war schlimmer, als zu sterben. Mama hat mir gestern gesagt, dass ich mich öfter waschen soll. Dass man meinen Schweiß riecht. Ich mag mich nicht mehr anfassen, nirgendwo. Nirgendwo, wo er mich angefasst hat.

Isabells Nackenhaare stellten sich auf. Clementines Andeutungen klangen unheilvoll. Hatte sich August Korte an seiner eigenen Tochter vergangen? Vergangen. Pah! Sie hasste dieses Wort, auch wenn es so gut in die damalige Zeit passte. Was für ein harmloses Wort für eine so bestialische Tat. Sie las noch den letzten Absatz.

Mama war ohnehin ziemlich böse auf mich, weil ich mich geweigert habe, das Zimmer neben ihrem Schlafzimmer zu putzen. Aber das betrete ich nicht mehr. Ich gehe dort nicht mehr hinein. Nie wieder!

Das reichte! Isabell stand auf und ging in das winzige Bad. Sie drehte den Hahn auf und ließ kaltes Wasser über ihre Handgelenke fließen. Sie trank etwas Wasser und wusch sich das Gesicht.

Ihr Spiegelbild war bleich wie die Wand. Sie stützte sich auf dem Waschbecken ab. Es war gleich Frühstückszeit, doch wie sollte sie jetzt ihrer Großmutter gegenübersitzen. Ihr eigener Vater hatte Paulines Schwester vergewaltigt. Das konnte sie ihrer Oma Pauline nicht erzählen.

Ihre Knie gaben nach. Wie in Zeitlupe ließ sie sich auf den kühlen Kachelboden gleiten. Ihr ganzer Körper zitterte. Sie schwitzte heftig, und ihr war so übel, dass sie meinte, sie müsse sich übergeben. In ihren Ohren rauschte es, und der Raum vor ihr drehte sich. Nein, nicht! Sie musste sich auf etwas konzentrieren.

Eine kleine Fluse schwankte in der Zugluft. Hin und her. Klein, weißgrau, unscheinbar. Ihr Anblick fesselte ihre ganze Konzentration. Sie war unschuldig, harmlos, vergänglich. Schon in drei Sekunden konnte sie für immer vergessen sein. Isabell klammerte sich an diesen Anblick. Jedes Detail schien ihr plötzlich wichtig. Das Muster der Bodenkacheln, der erste Ansatz von Schimmel an der Duschkabine. Die mehrmals überpinselten Rohre des Heizungszulaufes. Die Details retteten sie vor den schlimmen Gedanken. Vor dem Abgrund, der sich durch Clementines Erinnerungen auftat. Was war ihrer Familie nur zugestoßen, dessen Teil sie war? In was für ein Schicksal war sie da unschuldig verstrickt? Als sie nach einer gefühlten Ewigkeit doch die Augen schloss, rissen Angst und Grauen sie mit, begruben sie unter sich. All das Leid ihrer Familie schien sich in ihrer Seele zu konzentrieren.

»Geht es dir nicht gut?«

Ihre Großmutter merkte sofort, dass etwas nicht stimmte. Isabell wusste, dass sie irgendetwas Überzeugendes sagen musste. Pauline saß bereits in dem kleinen Frühstücksraum und hatte auf sie gewartet. Doch Isabell hatte eine Weile gebraucht, ihre Angst und ihre tiefe seelische Erschütterung so weit in den Griff zu bekommen, um ihr überhaupt gegenübertreten zu können. Und auch jetzt schien die Wahrheit so dicht unter ihrer Haut zu pulsieren, dass sie das Gefühl hatte, Oma Pauline würde in ihr lesen können, wenn sie nur scharf genug hinschaute.

»Ich hab mich gestern Abend mit Julius gestritten«, sagte sie mit belegter Stimme. Das stimmte zwar nicht wirklich, doch erstens würde das in den Augen ihrer Großmutter einen ausreichenden Grund für ihren Zustand bieten. Und zweitens – so ganz verkehrt war es ja nicht.

Julius – das Tagebuch hatte jeden Gedanken an ihn verbannt. Erst jetzt fiel er ihr wieder ein. Plötzlich sehnte sie sich danach, ihm alles zu erzählen.

»Ich weiß, du willst es nicht hören, aber wenn ein Mann mich so angucken würde, wie Julius dich anschaut, dann würde ich mir gut überlegen, ob ich Nein sage. So ein Mann begegnet einem nicht allzu oft im Leben.«

Isabell nickte und setzte sich. Wortlos goss sie sich Kaffee ein und schaute auf den liebevoll gedeckten Frühstückstisch. Ihre Großmutter schmierte sich Butter auf ihre Schnitte, doch dann sah sie hoch.

»Willst du denn gar nichts essen?«

Isabell verneinte. »Es ist mir auf den Magen geschlagen«, gab sie vage von sich.

Oma Pauline ließ ihr Messer senken. »Na, dann ist doch alles klar: Er ist dir nicht egal. Tu was! Ruf ihn an, und triff dich mit ihm.«

Nur um ihre Großmutter zu beruhigen, griff sie nach einem Brötchen. »Er ist heute den ganzen Tag Kanufahren auf der Wupper, mit dem Jungen, Timo, und noch einer Nichte.« Das hatte Isabell gestern Nachmittag an der Kaffeetafel mitbekommen.

»Na und? Ihr habt doch diese Dinger, diese Handys. Verabrede dich mit ihm.«

Isabell brachte tatsächlich ein schiefes Grinsen zustande. »Du willst ja nur, dass ich hierherziehe, damit ich immer in deiner Nähe bin.«

»Ja, das auch. Vor allen Dingen möchte ich dich aber glücklich wissen.«

Sie schnaufte laut auf. »Du und Julius, ihr seid ja beide sehr überzeugt davon, dass er mich glücklich machen würde.« Es klang beinahe ein wenig eingeschnappt.

»Dann hat er sich dir also offenbart?«

»Offenbart? Wenn du es so nennen möchtest.« Isabell hoffte, dass damit das Thema beendet war.

»Einsamkeit ist die Familienkrankheit der Kortes, hat meine Mutter immer gesagt. Und irgendwie ist da was dran. Hier bist du den Kortes so nahe, wie noch nie zuvor. Da ist ein starkes Gegenmittel nötig.«

Isabell wusste es besser. Die Familienkrankheit der Kortes war nicht ihre Einsamkeit. Die Familienkrankheit hieß August Korte. Isabell musste sich zusammenreißen, um nicht mit einer unangenehmen Richtigstellung herauszuplatzen. Aber als sie ihre Großmutter so ansah, war ihr klar, dass sie das nicht durfte. Ihre Großmutter war achtundachtzig Jahre alt. Wenn sie ihr jetzt erzählen würde, dass ihr Vater ein brutaler Vergewaltiger war, der nicht einmal vor seiner eigenen Tochter Halt gemacht hatte, würde sie ihr mit wenigen Worten die letzten Lebensjahre verdunkeln. Trotzdem, so ganz konnte sie nicht von dem Thema lassen.

»Dann meinst du also, Clementine war nur unglücklich, weil sie keine Liebschaft hatte?« Es kam etwas ruppig heraus, ruppiger, als Isabell das geplant hatte.

»Nein, da hast du natürlich recht. Was immer meine Schwester dazu bewogen hat, ihrem Leben ein Ende zu bereiten, war sicherlich schwerwiegender als eine harmlose Tändelei.« Plötzlich standen der alten Dame die Tränen in den Augen. Isabell griff über den Tisch und nahm ihre Hand. Die Haut auf den alten Händen wirkte so durchscheinend, als hätte man nur dünnes Papier über die bläulichen Adern gelegt. Diese Beweise der Vergänglichkeit machten Isabells Herz schwer.

»Weißt du ... Clementine war die Einzige meiner Geschwister, die überhaupt nett zu mir war. Ich hab das alles lange verdrängt, schließlich liegt mehr als ein Dreivierteljahrhundert dazwischen, doch jetzt ..., wo wir hier sind ..., kommen all die Erinnerungen zurück.« Sie wischte sich mit einer Serviette eine Träne von der Wange. »Alle anderen waren immer so kühl. Als würde ich nicht dazugehören. Als wäre irgendetwas an mir falsch.«

»Vielleicht wart ihr einfach zeitlich zu weit auseinander.«

Pauline schüttelte vehement den Kopf. Sie packte Isabells Hand fest, schaute ihr jedoch nicht in die Augen. »Ich erzähle dir eine Geschichte. Eine schreckliche Geschichte.« Sie holte tief Luft und sprach: »Ich war vielleicht acht Jahre alt. Wir waren zu Besuch bei den Tanten in Königswinter. Es war Winter und sehr kalt. Ich war mit Josefine auf dem Weiher Schlittschuhlaufen. Außer uns waren da noch drei Mädchen aus der Nachbarschaft, zwei jüngere und eine ältere. Ich hatte viel Spaß mit ihnen. Doch das Eis war noch nicht durchgefroren, und ich bin plötzlich eingebrochen.« Sie schluckte. »Fine stand einfach nur da. Drei, vier Meter von mir entfernt stand sie und schaute mich mit einem eigentümlichen Blick an. Ich konnte kaum atmen, so kalt war das Wasser. Deswegen hat es auch gedauert, bis jemand anderes es bemerkte, denn ich konnte nicht schreien. Immer wieder geriet mein Kopf unter Wasser, und es zog mich nach unten, in meinem dicken Mantel. Eins der anderen Mädchen hat schließlich geschrien, und meine Tanten sind gerade noch rechtzeitig mit der Leiter gekommen, die wir immer fürs Obstpflücken gebraucht haben. Fine hat sich die ganze Zeit über nicht gerührt. Und als sie mich rausgezogen haben, hat sie mich angestarrt, als wäre sie nicht ganz bei sich. In Trance oder so.« Paulines Blick war auf die Wand hinter Isabell gerichtet, Tränen standen ihr in den Augen. »Später, nach einem heißen Bad und viel Tee, lag ich im Bett. Die Wände in dem alten Haus waren wirklich sehr dünn. Ich hab gehört, wie meine Tanten mit Fine geschimpft haben. Warum sie nur so dagestanden hat.«

»Ihre andere Schwester ist im eisigen Wasser ertrunken. Sie hatte sicher ein Trauma wegen Clementines Tod.«

Pauline schüttelte den Kopf. »Sie wollte mich nicht retten, hat sie gesagt. Nicht den Bastard.«

»Bastard?«

Pauline nickte. »Und: ›Warum sterben alle anderen, nur sie nicht?‹«

»Das hat sie gesagt? Wieso sterben alle anderen, nur du nicht?«, fragte Isabell entsetzt nach. »Wieso hat sie das gesagt?«

»Ich habe keine Ahnung! Und früher, früher war Bastard ein wirklich schreckliches Wort. Ich habe mich nie getraut, irgendjemanden zu fragen.« Lautstark putzte sie sich Nase.

»Vielleicht hätte ich Clementine gefragt, aber die war da ja schon tot. Sie war wirklich die Einzige, die sich um mich geschert hat. Die Einzige, die mit mir gespielt hat. Nur wenige Tage vor ihrem Tod hat sie mir sogar noch eine Puppe geschenkt. Eine echte Puppe, mit beweglichen Ärmchen und Beinen. Damals war so etwas teuer und selten.«

KÖLN-RHEINKASSEL – JANUAR 1931

»Und, gefällt dir die Puppe?« Clementine sah Pauline mit traurigen Augen an.

Die Vierjährige war überglücklich. Sie nickte und fiel Clementine um den Hals. »Die ist so schön.« Das Material war festes Celluloid. Beine und Arme und der Kopf waren durch den Körper hinweg miteinander verbunden, sodass sie beweglich waren. Die Puppe sah wie ein echtes Baby aus. Sie trug ein rotes Kleid mit einer Schleife als Gürtel, hatte eine Strumpfhose an und winzige Schühchen.

Josefine kam mit einem großen Wäschekorb herein, den sie auf dem Bett abstellte. Sie warf einen Blick auf ihre Schwestern, und sofort verdunkelte sich ihr Blick. »Was soll das? Warum schenkst du ihr so etwas Teures?«

Clementine seufzte zur Antwort nur. Kraftlos strich sie sich ihre Haare aus dem Gesicht. Sie hatte keine Energie mehr für Kämpfe. Aber das hier war wichtig. »Fine ...«

Josefine packte einige Unterhemden aus und lief nach nebenan ins Elternschlafzimmer, um sie dort einzusortieren. Sie kam zurück, packte einen Stapel Wäsche und zog ruppig die Schublade der Kommode auf. Sie sortierte Paulines gewaschene Kleidung ein und schloss die Schublade mit einem Knall.

»Ich kann nicht verstehen, warum du dich um den Balg überhaupt kümmerst.«

Clementine bedachte ihre Schwester mit einem warnenden Blick. »Halt dich gefälligst zurück, wenn sie dabei ist.«

Pauline war es gewohnt, dass Fine nicht besonders nett zu ihr war. Sie fragte sich, was sie dieses Mal wieder falsch gemacht hatte. Immerhin schimpfte Fine wenigstens mit ihr, während Oskar, Gustav und Magnus sie meistens einfach gar nicht wahrnahmen.

»Ich sag, was ich denke. Du weißt, was ich denke: Wäre sie nicht gewesen …«

»Dann was?«

»Sie war der Auslöser für all das Unglück.«

Abrupt stand Clementine auf und baute sich vor ihrer jüngeren Schwester auf. »Wie kann sie der Auslöser für all das Unglück sein, wenn sie doch selbst das Produkt des Unglücks ist.«

»Du weißt genau, was ich meine. Wäre Mama damals nicht so selbstsüchtig gewesen, dann wäre das alles nicht passiert.«

»Sei ruhig! Wenn Mama das hört!« Sie drehte sich um zu Pauline und strich ihr beruhigend über die Haare. »Außerdem zeigt es nur, dass du wirklich nichts begriffen hast.«

»Ach ja? Was denn zum Beispiel nicht?«

»Das jeder Mensch ein Recht darauf hat, glücklich zu sein. Selbst Mama.«

»Was ist mit mir? Wieso habe ich kein Recht, glücklich zu sein?«

»Du hast nicht annähernd so viel Grund, unglücklich zu sein wie ich oder wie Mama.«

»Im Gegensatz zu dir hat sich Mama ihr Unglück selbst zuzuschreiben.«

Clementine schüttelte den Kopf. »Du bist einfach noch zu jung, um das zu verstehen. Man kann seine Gefühle nicht einfach so steuern, wie es einem beliebt. Du verstehst das nicht, Magnus und Gustav verstehen das nicht und Oskar erst recht nicht.«

»Nein, ich verstehe nicht, wie Mama so selbstsüchtig sein konnte, dich, mich, uns alle, Vater auszuliefern.«

Clementines Blick wechselte zwischen Pauline und Josefine. »Mama hatte für wenige Wochen in ihrem Leben ein bisschen Glück gefunden. Ich weiß nicht, warum du ihr das nicht gönnen kannst. Sie war davor nicht glücklich und danach erst recht nicht mehr.«

»Wenn Mama sich nicht ihr Glück gegönnt hätte, würde Vater noch leben.«

»Wären wir dann glücklicher? Nein, wir wären sicherlich alle noch viel unglücklicher als jetzt.« Clementine trug die Aura des Unglücks vor sich her. Alles, was von ihr übrig geblieben war, war tiefe Traurigkeit.

Doch Josefine war daran gewöhnt. »Unglücklicher als unglücklich?«

Die großen Schwestern waren so laut und aggressiv, dass Pauline sich in eine Ecke verkroch und anfing zu weinen.

»Du hast ja gar keine Ahnung!« Clementine ging auf die Knie und zog Pauline in ihre Arme. »Das Unglück der Familie ist nicht von Mama ausgegangen. Niemand weiß das besser als ich.« Sie küsste Pauline auf den Scheitel.

Josefine starrte die beiden böse an. Plötzlich ließ Clementine Pauline los und stand auf. Sie zog ihre mittlere Schwester aus dem Mädchenzimmer. Leise flüsterte sie: »Es ist mir egal, ob du willst oder nicht: Du musst mir versprechen, dass du dich um Pauline kümmerst, bis sie alt genug ist.«

»Alt genug wofür?«

»Alt genug, um alleine klarzukommen.«

»Und wieso kümmerst du dich nicht um sie?«

Clementine stockte. »Ich meine natürlich, dass du dich um Pauline kümmerst, falls mir irgendwas passiert.«

»Was soll denn passieren?«

»Keine Ahnung. Nur für alle Fälle.«

»Das ist doch Blödsinn.«

Clementine packte Josefine hart am Arm. »Ich meine es ernst. Verspricht mir, dass du dich um sie kümmerst.«

»Mama ist doch auch noch da.«

»Mama ist so oft in Gedanken, das weißt du selbst. Manchmal kriegt sie gar nicht mehr mit, was um sie herum passiert. Also, versprichst du's?«

»Ich verspreche es, aber nur für den Fall, dass etwas mit dir sein sollte. Ansonsten will ich nichts mit dem Bastard zu tun haben. Ich kann wirklich nicht verstehen, warum dir so viel an ihr liegt.«

»Versprich es mir! Hoch und heilig!«

»Ich verspreche es für ... nur für den Fall, ... falls du nicht mehr kannst.«

Clementine nickte zufrieden. Dieses Versprechen war alles, was sie brauchte.

KAPITEL NEUN

KÖLN RHEINKASSEL – EIN SONNTAG IM MAI 2014

Eigentlich fand Isabell, dass es keine gute Idee war, durch die Ortschaft zu spazieren. Wie sehr Oma Pauline die Erinnerungen zusetzten, hatte sie ja heute Morgen erleben müssen. Dennoch war ihre Großmutter nicht davon abzubringen, sich ihren Geburtsort anschauen zu wollen. Seit sie hier weggegangen war, waren mehr als siebzig Jahre vergangen, und ein verheerender Krieg war durch dieses Land gezogen. Vieles hatte sich geändert, fast alles. Ihre ehemalige Schule war heute ein Privathaus. Das Haus einer früheren Schulfreundin war so umgebaut, dass es kaum noch kenntlich war. Isabell war sogar zum Klingelschild gegangen und hat den Namen vorgelesen. Auch der war anders. Es gab nicht einen einzigen Laden, den Pauline wiedererkannte. Schließlich waren sie auf den Friedhof gegangen. Pauline war sich sehr sicher, wo die Gräber ihrer Eltern sein mussten. Je länger sie suchte, desto aufgeregter wurde sie.

»Sie müssen schon Ewigkeiten weg sein«, versuchte Isabell ihre Großmutter zu beruhigen. »Auch das von Magnus.«

»Das weiß ich doch selbst«, gab sie harsch zurück. »Ich will nur wissen, wo damals ihre Gräber waren. Direkt dahinter stand eine Weißdornhecke.«

»Aber heute ist alles anders, die Bäume sind größer, vielleicht sind sogar die Wege anders gelegt worden. Die Hecke musste vielleicht Platz machen für neue Gräber.«

Oma Pauline sah es endlich ein. Sie stützte sich auf ihren Stock und hängte sich auf der anderen Seite bei Isabell ein. Sie gingen den unebenen Weg zurück Richtung Ausgang, während sie sehr langsam neben ihrer müden Großmutter einherging. Rechts und links von ihr lagen Gräber, die meisten noch gar nicht so alt. Geboren 1923, geboren 1954, geboren 1931, geboren 1974. Das war nicht so weit von ihrem Geburtsdatum entfernt, dachte Isabell traurig. Doch als ihr Blick auf den Namen fiel, hielt sie inne.

Mona Grothues,
geboren im Jahr 1974, gestorben im Jahr 2011
geliebte Ehefrau, Tochter, Schwester und Tante

Es traf sie wie ein Schlag. Das war das Grab von Julius' verstorbener Ehefrau. Das Grab war gepflegt. Links neben dem Natursteingrab blühte eine blaue Hortensie. Glockenblumen und eine große Stockrose säumten die andere Seite. Vorne standen Vergissmeinnicht und Männertreu und eine kleine Staude Storchschnabel. Schmucksteine mit eingravierten Sprüchen lagen verteilt in dem Beet. Ein kleiner, schmutzig weißer Engel stand neben einer Vase, in der relativ frische, orangerote Rosen standen.

Bei diesem Anblick bekam Isabell einen trockenen Mund. Rosen auf dem Grab – die waren sicherlich von Julius. Die Bedeutung war nicht schwer zu verstehen: Er liebte sie noch immer. Natürlich liebte er sie noch immer. Eine Liebe, die man nicht selbst beendete, die vom Schicksal beendet wurde, war die wahre ewige Liebe. Eine tödliche Krankheit eines geliebten Menschen – was könnte ein Paar wirksamer zusammenschweißen, als ein solches Schicksal? Dagegen kam man nicht an. Dieser Anblick schnürte ihr die Brust eng. Eine lebende Frau, mit all ihren Fehlern und all den Unzulänglichkeiten konnte niemals gegen eine Tote ankommen.

Ein weiteres Argument dafür, sich lieber nicht auf Julius einzulassen. Ihre Liebe würde in ewiger Konkurrenz stehen zu Julius' Gefühlen für Mona. Sie mussten sich unendlich nah gewesen sein. Und ausgerechnet dieser Mann, Julius, ausgerechnet er ging ihr jetzt so unter die Haut, wie noch nie zuvor ein Mann. Das konnte nicht gut ausgehen! Besser wäre es, wenn sie ihre Gefühle erst gar nicht einem solchen Risiko aussetzte.

☙

Hilde Schiffer, die Pensionswirtin, hatte ihnen ein frühes Abendessen aufgetischt, und nach dem Abendessen verschwand Oma Pauline sehr schnell in ihrem Zimmer. Sie war erschöpft, und wie sie sagte, hatte sie immer noch Kopfschmerzen. Allmählich machte Isabell sich Sorgen, ob die ganze Geschichte nicht zu viel für ihre Großmutter wurde. Andererseits blieb nur noch der morgige Tag. Am Dienstag würden sie schon abreisen.

Isabell saß auf ihrem Bett, das schwarze Tagebuch ungeöffnet in der Hand, und überlegte, was sie tun sollte. Sie wollte diese schrecklichen Dinge nicht lesen müssen. Gab es denn gar kein Happy End? Nun, in Clementines Fall konnte sie wohl sagen, dass das ausgeschlossen war. Die Blechdose stand neben dem Nachttisch auf dem Boden. Isabell hatte sie schon geöffnet, und ganz kurz kämpfte ihre Neugierde gegen das Bedürfnis, in unwissender Unschuld weiterleben zu können.

Familiengeheimnisse – es gab wohl keine Familie, die nicht irgendein Geheimnis hütete. Nicht unbedingt ein so schreckliches, wie ihre Familie, aber irgendein Geheimnis gab es immer. Ein Tod, der sich allzu leicht erklären ließ. Ein Mensch, über den niemand mehr sprach. Verdrehte Erzählungen, die eine schreckliche Wahrheit verdeckten. Heimlichkeiten und Unsagbares paarten sich in einer unheiligen Allianz. Welche Folgen hatte das – auf die Familie, auf jeden Einzelnen? Mosaikstückchen ungeliebter Wahrheiten schienen das zu sein, die im finsteren Ahnenkeller lagerten. Und doch wurden sie geschützt und behütet wie ein Schatz. Lief es immer so ab wie jetzt bei ihnen?

Sie würde Oma Pauline nicht die Wahrheit sagen, um der alten Dame kein Leid zuzufügen. Doch eine Frage drängte sich in Isabells Bewusstsein: Was wusste Oma Pauline und hatte ihr nichts davon erzählt, um sie zu schützen? Vielleicht, weil sie zu jung gewesen war? Oder weil gerade ihre Mutter gestorben war? Womöglich hatte Pauline einfach ihre geliebte Enkelin schützen wollen. Vielleicht schwieg sie, weil sie sich ihr eigenes Unvermögen, ihre eigenen Fehler, ihre eigene Scham nicht eingestehen wollte. Familiengeheimnisse – sie lagerten in unseren Zellen wie giftiges Schwermetall. Isabell konnte dem nur begegnen, indem sie mutig die ganze Wahrheit zu ergründen versuchte.

Sie griff zu ihrem Handy und wählte Julius' Nummer.

»Ich bin's, Isabell.«

»Hallo!« Er klang überrascht, aber auch erfreut. »Eine Minute. Warte noch eine Minute, bitte! Ich verabschiede mich gerade.«

Geduldig hörte Isabell im Hintergrund das Stimmengewirr. Sie erkannte die Stimme von Timo, von Julius und einem Mädchen. Es gab noch eine Frau und eine Männerstimme, wahrscheinlich die Eltern von Timo oder von Julius' Nichte. Dann hörte sie, wie eine Autotür zuschlug, und er war wieder dran.

»Wie schön, dass du anrufst.«

Isabell nahm zum ersten Mal von sich aus Kontakt auf zu ihm auf. Es tat ihr leid, dass sie ihm direkt einen Dämpfer versetzen würde. »Ich wollte dich nur etwas fragen, bezüglich einer deiner Verwandten.«

Merklich enttäuscht antwortete er: »Und was?«

»Thomas, der Sohn von Lydia, hat etwas über eine Köchin gesagt, die damals in der Villa für meine Familie gekocht haben soll. Kläre.« Julius sagte nichts, deshalb redete sie weiter. »Sie lebt nicht mehr, oder? Habe ich das richtig verstanden?«

»Soweit ich weiß, ist sie tot. Sie war die Oma von Thomas' Ehefrau Frauke. Mehr weiß ich auch nicht.«

»Und hatte Kläre nicht eine Tochter, die im Seniorenstift lebt?«

Er atmete ganz ruhig, und trotzdem spürte Isabell seinen Unwillen. »Ich könnte mich erkundigen.«

»Das wäre wirklich sehr nett.«

Da niemand etwas sagte, entstand eine unangenehme Pause. Sie wusste, was Julius eigentlich von ihr hatte hören wollen, das brachte sie aber nicht über die Lippen.

»Ich hatte einen wunderschönen Tag mit den beiden Rackern«, sagte er schließlich. Nur um irgendwas zu sagen. Nur, damit das Gespräch nicht hier und jetzt beendet wurde.

Für eine Sekunde versuchte Isabell ihre Worte im Zaum zu halten, doch es gelang ihr nicht. »Ich hatte einen furchtbar schrecklichen Tag.« Es brach aus ihr heraus. Sie wusste, sie musste mit jemanden darüber sprechen, wenn sie nicht verrückt werden wollte. Wenn sie nicht in ihrer Angst ertrinken wollte.

Offensichtlich musste sie genauso geklungen haben, wie sie sich fühlte, den Julius sagte nur: »Ich bin in fünf Minuten bei dir.«

Isabell machte sich kurz frisch und trat auf die Straße. Es war Sonntagabend, lau, und der Himmel würde sich frühestens in einer Stunde verdunkeln. Aufgeregt blickte sie die Straße hoch und runter, denn sie wusste nicht, aus welcher Richtung er kommen würde. Auf der anderen Seite war eine kleine Mauer vor einem Vorgarten. Sie lief dorthin und setzte sich in die letzten Sonnenstrahlen des Tages.

Julius parkte, stieg aus und setzte sich wortlos neben sie. Er sagte nichts, und er tat auch nichts. Isabell hatte schon befürchtet, er würde sie küssen wollen, doch er hatte versprochen, ihr Zeit zum Nachdenken zu geben, und daran hielt er sich. Seine Gegenwart hatte eine merkwürdige Wirkung auf sie. In dem Moment, als sie ihn sah, befriedete sich das aufgepeitschte Meer in ihren Inneren. Ihr war, als würde jemand eine heilende Salbe über eine alte Wunde streichen. Sie merkte förmlich, wie ihr Herz gleichmäßiger schlug. »Ich habe im Tagebuch gelesen. In Clementines Tagebuch«, sagte sie.

Er nickte verständnisvoll. Sie atmete tief durch, legte ihre Hände auf ihre Oberschenkel und streckte die Beine durch. Jetzt, wo sie es erstmals in Worte fassen sollte, kamen ihr die Tränen. »Mein Urgroßvater, August Korte, hat anscheinend … seine älteste Tochter vergewaltigt.«

Julius sagte nichts, aber seine stumme Miene strahlte eine solche Herzenswärme aus, dass Isabell sich traute, weiter zu reden.

»Nach Weihnachten 1925. Und meine Großmutter … Oma Pauline wurde Anfang August 1926 geboren.«

Julius brauchte eine Sekunde, doch an der Reaktion seines Körpers merkte Isabell, dass er begriffen hatte, was sie sagen wollte. Dann fing er an, stumm an seinen Fingern abzuzählen. »Das wäre etwas zu früh.«

»Ein Frühchen? Ich weiß, das passt nicht ganz, doch wenn Clementine eine ledige Frau war, ist sie sicherlich zur Geburt in eine fremde Stadt geschickt worden. Um dann Monate später mit dem Kind zurückzukehren.«

Er nahm ihre Hand. »Also, was du mir eigentlich sagen willst, ist: Du glaubst, dass deine Großmutter durch Vergewaltigung entstanden ist?«

Isabell nickte. »Sie hat mir heute Morgen eine Geschichte erzählt, wonach ihre mittlere Schwester sie einmal Bastard genannt hat.«

»Deswegen möchtest du auch gerne wissen, ob die damalige Köchin davon wusste?«

»Oma Pauline hat erzählt, wie kühl und distanziert sich ihre Geschwister ihr gegenüber verhalten haben. Nur Clementine nicht. Clementine war die Einzige, die lieb zu ihr war. Sie habe sich um sie gekümmert wie … eine Mutter.« Die letzten Worte kamen nur noch gequetscht aus ihrem Mund.

»Wenn, und sage das wirklich mit einem großen Wenn davor, dann wussten ihre Geschwister anscheinend um das Geheimnis. Dann waren sie gleichzeitig Schwestern und Brüder wie auch Tanten und Onkel.« Er ließ eine Sekunde vergehen, bevor er weitersprach. »Um ehrlich zu sein, bin ich erleichtert. Als du gesagt hast, du hättest einen schrecklichen Tag hinter dir, habe ich schon geglaubt, es hätte etwas mit uns zu tun.«

Isabell drehte ihren Kopf. »Auch!«

Er schluckte. »Hast du dich entschieden?«, fragte er mit belegter Stimme.

Sie schaute gegenüber auf das Haus, in dem nach hinten raus die Zimmer der Pension lagen. »Wir waren spazieren, hier im Dorf ... und auf dem Friedhof.«

Julius stieß einen unwilligen Laut aus. »Und du hast Monas Grab gesehen.« Isabell nickte. »Und jetzt denkst du, dass ich sie immer noch über alles liebe, dass ich nie wieder eine andere Frau genauso lieben kann, und schreckst zurück?«

Isabell nickte wieder. Er hatte das ziemlich gut zusammengefasst. Sie saßen stumm nebeneinander wie zwei Kinder, die darauf warteten, vom Lehrer bestraft zu werden. Die Sonne verschwand hinter einem Dach, und plötzlich war die Luft kälter.

Julius klang entschlossen. »Die Wahrheit ist: Ich kann dir nichts versprechen. Ich habe Mona über alles geliebt. Und bis ich dich getroffen habe, habe ich auch nicht geglaubt, dass ich jemals wieder so lieben könnte.«

»Du liebst mich nicht! Wir kennen uns seit drei Tagen. In dieser Zeit kann man jemanden sympathisch finden, sich vielleicht verlieben, aber lieben? Echte tiefe Liebe?«

»Dann gib uns eine Chance. Bleib noch etwas, und ... Und ich komm dich besuchen, so oft es geht. Alles, was wir brauchen, ist doch nur ein bisschen mehr Zeit.« Als sie nicht antwortete, redete er weiter. »Wir haben noch zwei Tage, oder? Es sind so viele Fragen offen. Nicht nur zwischen uns. Was wird aus der Villa? So oder so wirst du mich noch einige Zeit am Hals haben.« Er brachte ein gequältes Lächeln hervor.

»Aber was ist mit deiner Liebe zu Mona?«

»Ich habe sie geliebt, und auf irgendeine Art und Weise werde ich sie immer lieben. Doch sie ist tot. Ich habe ziemlich lange gebraucht, das anzuerkennen. Doch der Punkt, an dem ich mir selbst zugestanden habe, weiterzuleben, den habe ich schon lange hinter mir. Und zum Leben gehört auch die Liebe.«

Die ersten Tränen kamen ganz langsam. Als hätte sich ein Knoten gelöst, drängten immer mehr nach. Ihr Körper schüttelte sich, und bevor sie es sich versah, schluchzte Isabell. Julius legte ein Arm um sie und zog sie an sich. Sie fühlte den Trost und die Geborgenheit, und ihre Rettung.

»Es ist einfach ... alles ... alles ... so ...«

»Schhh, Schhh. Ich weiß.« Er küsste ihre Haare, während er sie behutsam in seinen Armen wiegte. »Ich weiß, es ist alles zu viel. Viel zu viel auf einmal.«

Es wartete, bis ihre Tränen versiegten. Als Isabells Körper aufhörte, unter ihren Schluchzern zu zittern, sprach er weiter. »Wir müssen jetzt nichts entscheiden. Wir können einfach abwarten, was passiert. Das Einzige, was wir müssen, ist offen bleiben. Ich möchte dich gerne näher kennenlernen.« Sie löste sich aus seiner Umarmung, strich sich die wirren Haare aus dem Gesicht und schnäuzte sich. »Und wenn wir irgendwann merken, dass wir doch nicht zueinander passen?«

Julius zuckte mit den Schultern. »Das kann immer passieren. Niemand weiß besser als ich, dass nichts für die Ewigkeit ist. Nur aus Angst vor einem möglichen Ende werde ich mir nicht das Glück des Augenblicks nehmen lassen.«

Seine Worte berührten etwas in ihrer Seele. Das Glück des Augenblicks. Unfassbar. Was hatte sie nicht alles versucht, Meditation und Autosuggestion und Aurareinigung. Ihre Angst, erneut einen Abschied erleben zu müssen, ließ sie immer wieder flüchten vor allen Verbindlichkeiten. Wie konnte Julius einen solchen Schmerz ertragen und doch weiterleben und sich das Glück zugestehen? Isabell blickte ihn an. Die Frage lag ihr auf der Zunge, doch letztendlich kannte sie die Antwort.

KÖLN-RHEINKASSEL – 15. DEZEMBER 1925

Viktors Bett war nicht besonders breit, doch es reichte für ihre ineinander verschlungenen Körper. Mit Viktor zusammen zu sein, löste in ihr Wellen der Glückseligkeit aus. Wie im Rausch vergaß sie alles um sich herum. Sogar ihre Angst verflüchtigte sich. Ihre Körper vereinigten sich und wurden von einem Meer aus Leidenschaft und Begierde überspült. Viktor rollte sich zur Seite und strich ihr eine Strähne aus dem Gesicht. »Ich habe noch nie eine Frau so begehrt, wie ich dich begehre«, stieß er endlich atemlos aus.

Sofia lächelte glücklich. »Ich kann gar nicht beschreiben, wie ich mich fühle, wenn ich mit dir zusammen bin. Und wenn ich nicht mit dir zusammen bin, dann … All meine Gedanken sind bei dir. Was machst du gerade? Was denkst du? Denkst du auch an mich?«

Viktor lächelte sie sanft an. »Du bist verliebt.«

»Ja, so wird es wohl sein.« Doch mit einem Mal wurde ihre Miene ganz ernst. »Mit dir zusammen fühle ich mich geheilt.«

Über sein Gesicht huschte ein gequälter Ausdruck. »Ich wünschte, ich könnte dir mehr bieten als ein paar gestohlene Augenblicke.«

Sie setzte sich auf und nahm sein Gesicht in ihre Hände.

»So darfst du nicht denken. Du bietest mir so viel. So habe ich mich in meinem ganzen Leben zuvor noch nie gefühlt. Zum ersten Mal habe ich das Gefühl, ein Stück von dem abzubekommen, was mir zusteht. Zum ersten Mal ist das Leben mehr als nur Last und Verpflichtungen. Du bist der erste Mensch, der mich nach meinen Wünschen gefragt hat. Bei dir fühle ich mich«, sie suchte nach einem Wort, »leicht.«

»Obwohl wir uns hier im Pferdestall verstecken, so wenig Zukunft haben?«

»Das ist mir egal.« Doch als sie die Worte aussprach, kam die Angst zurück. Sollte August sie wirklich jemals entdecken, würde alles in einer Katastrophe enden. Sie senkte den Blick, weil sie doch wusste, dass ihnen nichts als Lügen und Heimlichkeiten blieb.

Jetzt setzte Viktor sich auf und nahm ihre Hände in seine.

»Sofia, ich habe mir etwas überlegt. Du musst nicht sofort antworten, aber bitte denk darüber nach.« Er blickte sie durchdringend an. »Bitte, meine liebste Sofia, sollen wir gemeinsam fortgehen?«

Sie schnappte nach Luft. Ihr Blick wanderte durch das kleine Fenster hinaus zur Villa. Ihr wäre es egal, wo sie leben würde, allerdings war die

Villa mittlerweile zum Heim ihrer Kinder geworden. »Kannst du nicht hier mit mir glücklich sein?«

Viktor drückte ihre Hände noch fester. »Ich bin glücklich mit dir! Doch wir haben uns im Unglück gefunden. Du weißt selbst, dass es nicht lange so weitergehen kann. Ich wohne in einem Pferdestall und hab kaum eigenes Geld. So oder so kann es nicht so weitergehen.«

Sofia fühlte sich innerlich zerrissen. »Ich wünschte mir, es gebe eine andere Möglichkeit für uns.«

»Es gibt eine andere Möglichkeit: Geh mit mir fort.«

»Und was dann?«

»Ich kann hart arbeiten, du auch. Wir suchen uns etwas Neues, eine neue Arbeit für ein Ehepaar. Niemand wird es infrage stellen. Wir könnten nach Süddeutschland gehen, auf einen großen Bauernhof. Weit weg.«

Sie sah ihn an, blickte bis in sein Herz, dann fiel sie ihm um den Hals. »Ich wünschte so sehr, wir könnten das tun.«

»Dann lass es uns tun!« Er fasste sie bei den Schultern und hielt sie vor sich. »Lass uns genau das tun! Lass uns fortgehen.«

Sofia machte sich von ihm frei und drehte sich weg. »Nein, das geht nicht.«

»Ich habe etwas Geld gespart. Für einige Wochen, bis wir in Süddeutschland etwas gefunden haben, wird es reichen.«

Sofia schüttelte heftig den Kopf und drehte sich wieder zu ihm hin. Die Tränen standen ihr in den Augen. »Ich dachte, du kennst mich. Wie wenig kennst du mich wirklich, wenn du das nicht verstehst? So sehr ich mir wünsche, mit dir leben zu können – ich könnte meine Kinder niemals alleine lassen. Niemals alleine mit ihm.«

»Die vier sind groß genug, und Oskar könnten wir mitnehmen.«

Sofia lachte bitter auf. Tatsächlich würde das Oskar sogar gefallen, so wie es wahrscheinlich all seinen Geschwistern gefallen würde, von diesem Vater wegzukommen. »Ich könnte keinen von den fünfen zurücklassen. Keine und keinen!«

Das klang endgültig. Viktor ließ sie los und lehnte sich gegen die Wand. Er war erschöpft von all den Lügen, den Heimlichkeiten. Er senkte seinen Blick und schüttelte den Kopf. Wahrscheinlich hatte er nichts anderes erwartet. »Ich bleibe. Ich werde warten.« Jetzt sah er wieder auf. »Die Liebe wird uns den Weg weisen.«

»Ach Viktor. Du ahnst gar nicht, wie sehr ich mir wünschte, mit dir weggehen zu können. Das Beste wäre, August würde einfach verschwinden. Dann könnten wir hier in Ruhe und Frieden leben. Ich mit dir und mit den Kindern.«

Viktor lächelte sie schief an. »Ja, das wäre das Einfachste. Aber August wird nicht einfach verschwinden. Und wir werden keine Ruhe und keinen Frieden finden – nicht, solange es deinen Mann gibt.«

KÖLN-WORRINGEN – EIN MONTAG IM MAI 2014

Frauke, die Frau von Thomas, Lydias Sohn, erwartete sie vor dem Seniorenstift in Worringen. Es war ein hübscher Neubau, ruhig und zentral gelegen, mit etwas Grün drum herum. Frauke, eine sportliche Frau um die sechzig, stand dort mit Julius. Sie gab Isabell und Oma Pauline mit einem warmherzigen Lächeln die Hand.

»Dann sind Sie also das Jüngste der Korte-Kinder?«, fragte sie Pauline mit einem interessierten Blick.

Oma Pauline schien eingeschüchtert davon, dass sie anscheinend so berühmt berüchtigt war. Sie antwortete mit einem schlichten »Ja«. Sie hatte von Anfang an Isabells Idee nicht gutgeheißen. Mach den Leuten doch nicht so viele Umstände, hatte sie gesagt. Doch dann wollte sie schließlich doch mitkommen.

Julius begrüßte Pauline und drückte Isabell links und rechts Küsschen auf die Wangen, die völlig harmlos hätten sein können. Doch Isabells Wangen brannten unter seinen flüchtigen Berührungen. Sie ärgerte sich ein wenig über Paulines Schmunzeln. Doch dann ging es schon los. Frauke hatte ihren Besuch angekündigt.

Isabell bekam von dem Weg, den Julius' Verwandte sie durch die Flure führte, nicht viel mit. Julius ging neben ihr, und sie spürte seine Gegenwart bis in die letzte Faser. Gestern Abend hatten sie sich getrennt, nachdem sie noch einige wenige Worte gewechselt hatten. Julius hatte sie nicht eher zur Tür gebracht, bevor sie nicht versprochen hatte, ihnen Zeit und eine Chance zu geben. Er war ein Mann, der wusste, was er wollte.

Isabell dagegen fühlte sich wie durchgeschleudert. Sie wusste nicht mehr, wo oben und wo unten war. Von einer Sekunde auf die nächste wechselte ihre Gefühlslage von euphorisch zu pessimistisch. Was, wenn es schiefgehen würde? Der große Schmerz, die Einsamkeit, die sich nach der Hoffnung so viel deprimierender anfühlte.

Sie gingen gemeinsam hinter Oma Pauline her, bis sie schließlich vor der Tür der kleinen Seniorenwohnung standen. »Mama?« Frauke steckte ihren Kopf durch die Tür.

Ilse Hein war zweiundachtzig, also noch sechs Jahre jünger als Pauline und hatte einen üppigen Leibesumfang. Trotzdem kam sie Isabell hinfälliger vor. Auf ihren knotigen Händen verliefen dicke blaue Adern. Ihr Haar war schlohweiß, und die Brille hatte dicke Gläser. Sie saß in einem bequemen Sessel und stand auch nicht auf, als die kleine Gruppe zur Tür hineinkam. Ein Rollator stand in der Ecke. Mit überraschtem und leicht verwirrtem Ausdruck betrachtete sie die Gäste – gerade so, als hätte man sie ihr nicht angekündigt.

Julius hatte Isabell bereits gesagt, dass er sich nicht daran erinnern konnte, Ilse Hein jemals persönlich getroffen zu haben. Vielleicht auf der Hochzeit von Thomas und Frauke, aber das war ja schon über drei Jahrzehnte her, und er war damals vielleicht zehn gewesen.

»Dann sehen wir uns also wieder, nach über siebzig Jahren,« sagte Ilse Hein, als sie Pauline die Hände schüttelte.

»Kennen wir uns denn persönlich? Ich erinnere mich gar nicht.« Pauline war freundlich, doch reserviert.

Isabell warf Julius einen kurzen Blick zu. Vielleicht täuschte der erste Eindruck ja auch. Vielleicht war Ilse Hein nur körperlich gebrechlich.

»Aber ja. Natürlich. Ich war mehrmals bei Ihnen im Haus, und wir haben zusammen Obst eingemacht. Und ich habe sogar Ihre Kleider aufgetragen, im Krieg. Meine Mutter hat Ihrer Familie Essen zukommen lassen, und ich habe die alten Kleider bekommen.« Die alten Frauen sahen sich wissend an. Ja, so waren die Zeiten damals, schienen beide Augenpaare sagen zu wollen.

Trotzdem zuckte Pauline mit den Schultern und sagte: »Ich erinnere mich leider nicht mehr.«

»Schade. Stöpke – so hat meine Mutter mich damals immer gerufen.«

»Stöpke?!« Das Wort schien etwas bei Pauline auszulösen, doch wohl nicht genug für eine greifbare Erinnerung. »Also, das ist meine Enkelin Isabell.«

Isabell gab Ilse Hein die Hand, während die Frau interessiert ihr Gesicht betrachtete.

»Und hier ist Julius, du weißt doch, Mama, der Sohn von Ferdinand Grothues. Julius.« Frauke sprach laut, als wäre ihre Mutter schwerhörig.

»Ferdinand, der Sohn von Elsbeth?«

»Ja, Elsbeth und Kurt. Erinnerst du dich noch?« Frauke sprach laut.

»Nein, nicht Kurt.«

»Doch, Elsbeth und Kurt Grothues, die Eltern von Ferdinand Grothues. Der Vater von Julius Grothues.«

Die alte Frau erforschte Julius' Gesicht, dann blickte sie unbehaglich von einem zum anderen. Pauline nahm auf dem Sofa Platz, direkt neben Frauke. Julius blieb neben Isabell stehen. Es waren nicht genug Sitzgelegenheiten da.

»Mama, Isabell und Pauline wollen dich etwas fragen.«

Doch der Blick der alten Frau blieb ausgerechnet auf Julius haften. »Es stimmt nicht, dass es Anton war. Anton hat den Bierbrauer nicht umgebracht.«

Julius war überrascht, dass er angesprochen wurde. Er hatte das Treffen eigentlich nur arrangiert. Er stutzte und lächelte die alte Frau unsicher an. »Wer ist Anton?«

»Ihr Großonkel. Der Bruder Ihrer Oma. Anton Himmels.«

»Anton Himmels?«

»Sind Sie nicht der Sohn von Ferdinand? Dann müssen Sie doch den Onkel Ihres Vaters kennen.«

Julius war überfragt. »Leider nein. Ich kenne ihn nur dem Namen nach. Wen soll Anton Himmels denn nicht umgebracht haben?«

»Na, den Mann von Sofia.« Ilse Hein starrte von einer Person zu nächsten. »Aber wie finde ich denn das? Wieso sind Sie denn sonst alle hier?« Ihr Blick wechselte zwischen Julius und Pauline, als gäbe es da einen Zusammenhang.

Julius warf Isabell einen kurzen Blick zu, der besagte, dass er auch nicht so ganz von der geistigen Klarheit der Frau überzeugt war.

Doch die ließ sich nicht beirren. Sie wandte sich an Pauline. »Anton Himmels hat Ihren Vater nicht umgebracht. Das wurde doch damals bewiesen. Ich weiß das noch ganz genau. Die Himmels haben früher in der gleichen Straße gewohnt wie meine Familie. Sie ist ja weggezogen, bevor ich geboren wurde. Damals, als Elsbeth den Fleischer geheiratet hat. Den Grothues aus Langel.«

»Kurt Grothues?«, fragte Julius nach. »Mein Opa?«

»Genau, der Fleischer aus Langel. Elsbeth ist zu ihm gezogen, doch Anton ist dort wohnen geblieben, in meiner Straße. Ich kannte ihn noch. Das Haus ist ja irgendwann abgerissen worden. Das war später. In den Fünfzigern, glaub ich.« Isabell war verwirrt. Ilse Hein sprang durch die Jahrzehnte und die Namen, dass es schwer war, ihr zu folgen. Die alte Dame kam ihr doch reichlich wirr vor. »Ich kannte Anton Himmels. Ein netter Kerl. Fesch. Frauke, kannst du dich nicht mehr an ihn erinnern?«

Frauke war dieses Hin- und Herspringen wohl schon gewohnt. »Nein, Mama, wer soll das denn sein?«, fragte sie unnötig laut.

»Na, der Mann mit der Schiebermütze. Erinnerst du dich wirklich nicht mehr? Als Kind hast du immer Karamellen von ihm bekommen. Er hat nicht weit von deiner Oma Kläre gewohnt.«

»Onkel Toni?«, sagte Frauke langsam, als würde ihr gerade wieder einfallen, wer der Mann gewesen ist. »Dann hat also dein Großonkel mir immer Bonbons zugesteckt, Julius. Wie witzig!«

»Eine Woche war er im Gefängnis. Da hat er mir mal selbst von erzählt, von den Nächten im Gefängnis.«

Pauline warf Isabell einen skeptischen Blick zu, der besagte, dass es nutzlos war, herzukommen. Diese Frau hatte viele Geschichten zu erzählen. Geschichten jedoch, die mit ihnen nichts zu tun hatten.

Doch Isabell ließ sich nicht abschrecken. »Und dieser Anton Himmels ist verdächtigt worden, meinen Urgroßvater ermordet zu haben?«

»Aber er war es nicht. Sie mussten ihn freilassen, hat meine Mutter immer erzählt. Obwohl er sich nur kurz vorher furchtbar mit dem Bierbrauer geprügelt haben soll.«

Isabell war perplex. Kannte diese alte Frau sämtliche Details, auch jene, die vor ihrer Geburt stattgefunden hatten, oder erzählte sie wirklich nur zusammenhangsloses Zeug? Sie nickte. »Wir wissen, dass Anton Himmels meinen Urgroßvater nicht umgebracht hat.« Wer immer das auch war, fügte sie im Geist hinzu. »Wir wollten Sie etwas ganz anderes fragen.« Ilse Hein hob neugierig das Kinn. »Wir wollten Sie fragen, ob es stimmt, dass Ihre Mutter Köchin bei der Familie August und Sofia Korte gewesen ist.«

»Natürlich. Deswegen sag ich es doch. Anton war nicht der Mörder.«

»Und wissen Sie noch, von wann bis wann?«

Frau Hein lehnte sich zurück und kramte in ihren Erinnerungen. »Nicht sehr lange. Ein paar Monate, vielleicht auch ein Jahr oder anderthalb. Ich kann es nicht sagen. Ich weiß nur, dass sie direkt nach dem Tod von August Korte aufgehört hat … Sie machte sich immer Vorwürfe, dass sie die arme Elsbeth in den Haushalt vermittelt hatte …«

Isabell kniff die Augen zu. Es war schwer, den Gedankensprüngen der alten Dame zu folgen.

»Sofia hatte dann ja nicht mehr genug Geld für eine Köchin. Sie lebten in einem großen Haus, hatten aber kein nennenswertes Einkommen. Meine Mutter hat Sofia immer geraten, das Haus zu verkaufen, doch das wollte sie wohl nicht.«

»Sie sagen das so, als hätten Sie meine Mutter gut gekannt«, mischte Oma Pauline sich ein.

Entrüstet entgegnete Ilse Hein: »Natürlich. Ich war doch zehn, als Ihre Mutter gestorben ist. Im Krieg. Ich weiß nicht mehr genau das Jahr, doch es war zur Zeit der furchtbaren Bombennächte. Ich war mit meinen Eltern auf Sofia Kortes Beerdigung.«

Oma Pauline machte ein erstauntes Gesicht. Also waren sie sich ganz sicher persönlich begegnet.

»Dann hatten Ihre Mutter und meine Uroma noch Kontakt, nachdem mein … Urgroßvater gestorben ist«, setzte Isabell nach. Vielleicht kam in dem ganzen Wirrwarr doch noch ein wichtiger Hinweis.

»Natürlich. Mama hat ihr geholfen, wo sie konnte. Aber wir hatten ja selbst nicht viel. Sofia schien sowieso vor allem aufmunternde Worte zu brauchen. Mama hat sie oft besucht. Und dann haben sie geredet, und Sofia hatte anschließend immer verheulte Augen. Ich durfte nie dabei sein. Meistens habe ich draußen im Garten gespielt«

»Wissen Sie denn etwas über meinen Urgroßvater, August Korte?«

Die alte Frau nickte. »Er kann kein guter Mann gewesen sein, denn meine Mutter sagte immer, Sofia solle doch froh sein, dass er tot ist.«

Das kam sehr barsch heraus.

Für einen Moment waren alle still. Julius atmete scharf ein. Weil sowieso gerade niemand anders sprach, schaltete er sich ein. »Was meinten Sie gerade damit, dass Ihre Mutter Elsbeth vermittelt hat? Vermittelt als was?«

»Na, als Kindermädchen. Darum ging es doch. Wegen dieser unseligen Geschichte hat sich Anton doch mit August Korte geprügelt.«

»Welcher unseligen Geschichte?«

Ilse Hein hob den Kopf, um Julius ansehen zu können. Sie schien ihre nächsten Worte wohl zu überlegen. Doch schließlich sagte sie nur: »Irgendein Streit. Ich weiß es nicht genau. Es gab wirklich böses Blut zwischen den Himmels und den Kortes. Deshalb hatte man Anton auch verhaftet. Weil man dachte, er wäre es gewesen.«

»Dann war meine Oma Kindermädchen bei den Kortes? Davon weiß ich gar nichts«, sagte Julius.

»Haushaltshilfe und Kindermädchen, ja. Es war ja anscheinend auch nur für kurze Zeit.«

»Kindermädchen für wen?«, schaltete sich Pauline ein.

»Na, für Sie. Sie sind doch kurz nach dem Tod ihres Vaters geboren worden, oder nicht? Elsbeth sollte Ihrer Mutter, Sofia Korte, in den letzten Wochen vor der Geburt helfen, und auch in der Zeit danach.«

Isabell lief es eiskalt über den Rücken. Auch wenn die alte Dame zwischen all den Namen und Informationen hin und hersprang, anscheinend war ihre Erinnerung kein bisschen getrübt. Denn dieses Detail stimmte.

»Wissen Sie denn, wer der Mörder meines Urgroßvaters gewesen ist?«

»Na, der Pferdezüchter«, sagte Ilse Hein im Brustton der Überzeugung.

»Pferdezüchter?«, fragte Pauline verwirrt nach. »In dem Artikel stand doch etwas von einem Hilfsarbeiter.«

»Dieser Mann, wie er hieß, weiß ich nicht mehr. Ein Vertriebener war er. Und hat bei den Kortes gearbeitet.«

»Viktor soundso«, half Isabell nach. Ja, den Namen hatte sie schon gelesen.

»Deine Eltern scheinen ja in Geld geschwommen zu sein, wenn die sich so viele Angestellte leisten konnten«, wandte sich Isabell mit einem fragenden Blick an ihre Großmutter. Sie bemühte sich um einen lustigen Unterton, um die unangenehme Atmosphäre, die in dem Zimmer entstanden war, abzumildern. Und weil sie merkte, dass Pauline mit jedem neuen Wort aus dem Mund ihrer Altersgenossin immer angespannter wurde. »Dann ist unsere Familie mal vermögend gewesen?«

»Frag mich nicht. Ich weiß von alledem nichts. Ich bin in bescheidenen Verhältnissen groß geworden. Nur in den ersten Jahren haben wir in der Villa gewohnt, doch dass wir Geld gehabt hätten, wüsste ich nicht.«

»Von den Pferden wusstest du?«

»Ja, nun. Oskar war ja ganz pferdenärrisch, und die anderen konnten auch alle reiten. Mutter auch. Aber dass wir Pferde gezüchtet haben, dass wusste ich nicht. Ich dachte immer, wir hätten früher, vor den Automobilen, ein paar Pferde für die Kutsche und den Biertransport gehabt.«

»Und wissen Sie mehr über den Pferdezüchter?«, fragte Isabell die ältere Dame.

»Nun, ich weiß nur, was meine Mutter erzählt hat. Er, dieser Kerl, er hat dort gewohnt. Irgendwo auf dem Gelände. August und er gerieten wohl in einen heftigen Streit. Worum es ging, weiß ich aber nicht. Die Leiche von diesem Pferdezüchter wurde im Pferdestall gefunden. Und Sofias Mann war verschwunden.« Ilse Hein ruckelte sich auf dem Sessel zurecht. »Erst viel später fand ein Rheinschiffer seine Leiche. Man ging davon aus, dass Sofias Mann den anderen zusammengeschlagen hatte und sich am Rheinufer waschen wollte. Dabei ist er wahrscheinlich reingefallen. Oder vielleicht hat der Pferdezüchter ihn auch ertränkt und hat sich noch in den Stall geschleppt, bevor er gestorben ist. Damit wurde der Fall zu den Akten gelegt.«

»Woher wissen Sie das alles so genau?«, fragte Isabell nach. »Das war doch alles lange, bevor sie geboren wurden.«

Die alte Dame richtete sich im Sessel auf. »Oh, die Kortes waren für lange Zeit ein Quell von Klatsch und Tratsch in meiner Familie. Für sehr lange Zeit. Und Sie müssen wissen, dass ich ja direkt an der Quelle saß. Meine Mutter wusste über alles Bescheid.«

Pauline schaute pikiert zur Seite. Isabell konnte merken, wie unangenehm ihr das alles war. Sie sollten das Gespräch besser beenden, bevor es noch unangenehmer wurde.

Sie stand auf. »Na, wer hätte das gedacht. Anscheinend gab es also schon eine Verbindung zwischen unseren beiden Familien.« Sie blickte Julius an. Der wirkte überrumpelt von den neuen Informationen. »Wir möchten Sie nicht länger bemühen. Herzlichen Dank für Ihre wertvollen Informationen.« Sie half Oma Pauline beim Aufstehen.

Die beiden alten Frauen reichten sich zum Abschied die Hand. »Und Sie erinnern sich wirklich nicht? Ein blaues Kleid, mit einer weißen Schleife, hier vorne. Ich weiß, dass es vorher Ihnen gehört hat. Es hat furchtbar gekratzt. Trotzdem ich habe es immer gerne getragen. Es sah so vornehm aus.«

Oma Pauline stutzte, sagte aber dann: »Nein, tut mir leid. Ich erinnere mich wirklich nicht.« Dann ging sie zur Tür. Isabell hatte den Eindruck, dass sie sich noch nie so schwer auf den Stock gestützt hatte wie jetzt gerade.

Frauke verabschiedete sich mit einem Kuss von ihrer Mutter. »Wir sehen uns in drei Tagen. Ich hol dich dann wieder ab.«

Julius verabschiedete sich ebenfalls und folgte Isabell auf den Flur. Sie gingen stumm bis zur nächsten Ecke, bevor Isabell sich umdrehte.

»Ich hab was vergessen«, sagte sie zu den anderen und lief wieder zurück ins Zimmer. Ilse Hein saß noch immer genauso im Sessel wie vorher. Ihre Augen waren müde, doch ganz klar.

»Frau Hein, ich wollte Sie noch etwas ganz Spezielles fragen, wenn ich darf.«

Die alte Dame nickte nur.

»Clementine, die älteste Schwester von meiner Oma. Kannten Sie sie auch?«

»Natürlich. Das arme Ding.«

»Wieso armes Ding?«

»Na, sie ist doch ins Wasser gegangen.«

»Das hab ich gehört. Ich wüsste gerne, wieso. Und auch meine Großmutter plagt sich schon ihr ganzes Leben lang mit der Frage, warum ihre ältere Schwester sich das Leben genommen hat.«

Ilse Hein dachte sehr angestrengt nach, das konnte man ihrer Miene entnehmen. Doch dann sah sie wieder auf und schüttelte den Kopf. »Da kann ich Ihnen leider nicht weiterhelfen.«

Isabell zögerte. Sollte sie sie direkt nach ihrem Verdacht fragen? Konnte es jetzt, nach so langer Zeit, noch schaden? »Haben Sie jemals gehört, dass Clementine selbst ein Kind bekommen hat?«

»Clementine? Nein, sie war doch gar nicht verheiratet.«

»Nun, auch damals schon konnte man Kinder bekommen, selbst wenn man nicht verheiratet gewesen ist.«

Die alte Dame lächelte traurig. »Das ist wohl wahr. Aber nein, ich habe nie davon gehört, dass Clementine ein Kind bekommen hätte.«

Isabell dachte nach. Wenn August Korte seine eigene Tochter geschwängert hatte, wäre das eine Tragödie gewesen. Und reichlich Stoff für Klatsch und Tratsch über die Familie Korte. Doch was, wenn Sofia sich damit nicht einmal ihrer guten Freundin anvertraut hatte? Wusste Sofia damals schon, wie schwatzhaft ihre Freundin war? Dass Ilse Hein nichts wusste, bewies nichts, weder in die eine, noch in die andere Richtung.

»Ich danke Ihnen wirklich ganz herzlich.« Isabell ging hinaus zu den anderen. Das einzig Neue, was sie von dem Besuch mitnahm, war die Information, dass Julius' Oma bei den Kortes gearbeitet hatte. Und dass ihr Bruder im Verdacht gestanden hatte, Isabells Urgroßvater getötet zu haben. Sie seufzte. Zu gerne würde sie herausbekommen, was damals wirklich passiert war.

KÖLN-RHEINKASSEL – 15. FEBRUAR 1926

August öffnete die niedrige Eingangstür, die neben dem großen Tor zur Lagerhalle war. Es war dunkel, doch er fand seinen Weg ohne Mühe.

Seine Schritte waren schwer von dem Bier, das er gerade mit McFayden getrunken hatte, trotzdem war sein Verstand klar. Sie hatten sich in einer Bierschwemme am Alten Markt getroffen – wie vereinbart.

Letzte Woche hatte er Timothy McFayden zum ersten Mal in Zivil gesehen. In der Uniform eines amerikanischen Offiziers wirkte der Mann definitiv beeindruckender. Die amerikanischen Besatzungstruppen waren schon vor 1923 abgezogen, weil die Amis nicht einverstanden waren mit den despotischen Spielchen der Franzosen gegen Deutschland und sie sie nicht weiter dabei unterstützen wollten. Die Franzmänner mussten sich jetzt nach der Londoner Konferenz besser benehmen und waren sogar schon aus Düsseldorf und Duisburg abgezogen. Und gerade vor wenigen Wochen waren endlich auch die Tommys aus Köln abgezogen.

Bis zum Abzug der amerikanischen und der britischen Truppen hatte August ein gutes Geschäft mit ihnen gemacht. Besonders die Amerikaner konnten nicht genug zu saufen bekommen. Seit 1920 jeglicher Alkohol in Amerika verboten war, taten sich die Soldaten hier gütig. Das strikte Verbot hatte auf der anderen Seite des Atlantiks zu einer Welle an illegalen Schnapsbrennereien geführt. Die Behörden waren den Leuten auf den Fersen wie der Teufel den armen Seelen. Deshalb gab es viele Versuche, illegal Schnaps, Wein und Bier ins Land zu bringen. Und er wäre nicht August Korte, wenn er nicht seine Chance darin witterte.

Er war am Ende der Lagerhalle angelangt. Hier mischte sich der durchdringende Geruch des gemalzten Getreides mit dem scharfen Geruch nach Hochprozentigem. August trat durch eine Tür in einen kleinen Durchgang, in dem der Zugang zu dem verborgenen Raum lag. Hinter einem Brettverschlag getarnt, den Viktor geschickt angebracht hatte, lag der Raum mit den zwei Destillationsanlagen.

Direkt nachdem die Briten endlich weg waren, hatte er seinem Kumpel Hugo die illegale Brennanlage abgekauft. Eine zweite Anlage hatte er bei einem Schnapsbrenner aus der Voreifel gekauft, der nach dem Krieg einfach nicht mehr auf die Füße gekommen war. Ja, die letzten Jahre waren stürmisch gewesen, und viele Leute hatten viel verloren. Die einen im Krieg, die anderen in der Inflation. Aber August sah in Krisen stets eine Chance. Man durfte nicht zaudern und zagen, wenn sich einem eine Gelegenheit bot. August hatte das Glück des Tüchtigen. Wenn man sich bewegte und vorpreschte, begegneten einem immer reichlich Gelegenheiten, die man nur am Schopf packen musste. So war es auch mit der alten Brauanlage gewesen. Der alte Brauer in der Nähe von Prüm hatte seine Anlage versteckt, um nach dem Krieg sofort wieder mit dem Brauen anfangen zu können. Doch er war krank, und seine zwei Söhne waren nicht aus dem Krieg heimgekehrt.

Glück für August. Die Brauerei war das offizielle Geschäft, hinter der sich das inoffizielle Geschäft bestens verbergen konnte. Die zwei Destillationsanlagen brauchte er jetzt, um die Amerikaner zu bedienen. Wie dringend die Menschen nach jeder Art Alkohol gierten, konnte man beinahe täglich in der Zeitung lesen.

August war nicht gerade ein begeisterter Zeitungsleser gewesen, doch was erfuhr man dort nicht alles. Inzwischen wusste er, wie die feinen Herrschaften ihre Geschäfte planten: Man musste die richtigen Informationen zur rechten Zeit bekommen. So las August jetzt sogar mehrere Zeitschriften. Letztendlich würde er doch noch so ein feiner Pinkel werden, wie die, die ihn immer verachtet hatten. Wenn alles so klappte, wie er sich das vorstellte, dann würde er in einigen Jahren zu der oberen Schicht gehören. Auch wenn er für die anderen immer ein Emporkömmling bliebe. Das konnte er auch wirklich nicht verhehlen, mit seiner ganzen Art, aber das störte ihn nicht. Wenn er erst einmal vermögend genug war, würde niemand mehr über ihn die Nase rümpfen können. Sein Plan stand: Er würde Hochprozentiges nach Amerika schmuggeln.

Doch bei seinem Plan gab es drei Schwierigkeiten. Erstens fehlte ihm ein zuverlässiger Kontaktmann. Zweitens: Er konnte kaum einen Brocken Englisch. Und drittens: Auch wenn die britischen Besatzer nicht so streng und unnachgiebig wie die Franzosen waren: Alle Ausfuhren wurden kontrolliert. Doch vor kurzem waren sie abgezogen und der Weg für seinen grandiosen Plan war frei.

Und als hätte der Himmel persönlich ihm die Erlaubnis erteilt, hatte McFayden sich nun an ihn erinnert. Vor drei Jahren war er der Versorgungsoffizier der letzten amerikanischen Kompanie gewesen. Diese Woche hatten sie sich schon zwei Mal getroffen, und heute hatte August den Deal besiegelt. Immerhin sprach McFayden ganz passabel deutsch. August würde die entsprechende Menge beschaffen. Und McFayden würde dafür sorgen, dass der Alkohol unauffällig in sein Heimatland gebracht wurde. Ihnen beiden war klar: Jeder Liter Alkohol, den er am Zoll und an der Polizei vorbei nach Amerika brachte, war pures Gold wert. McFayden lebte in Chicago. Er wollte das Geschäft in Amerika organisieren, doch August bestand darauf, selbst vor Ort mit den Abnehmern zu sprechen. Im Verhandeln war er gut, sicher besser als McFayden. Er brauchte ihn mehr als Übersetzer. Außerdem wollte August immer wissen, mit wem er Geschäfte machte. Sicher war sicher. Er würde also nach Chicago reisen, sich mit McFayden treffen und mit ihm zusammen durch die tausenden Speakeasy, die berüchtigten Flüsterkneipen, die dort aus dem Boden schossen wie Pilze im warmen Herbst, ziehen. Er würde sehen, wer das beste Angebot machte. Dann würde er zuschlagen.

August schaltete das Licht an. Beide Destillationsanlagen liefen rund um die Uhr. Auf Viktor konnte er sich verlassen. Er kümmerte sich überhaupt um alles. Und er war clever. Innerhalb von wenigen Wochen hatte er es raus, beim Brauen die richtige Temperatur einzuhalten. Das war bei der alten Anlage schon sehr trickreich. Viktor wusste mit den Schwierigkeiten umzugehen, die sich ergaben, wenn zum Beispiel beim Abläutern das Sieb des Läuterbottichs verstopft war. Er fragte nicht lange, sondern er packte selber an. Eine Eigenschaft, die August gefiel. Der Mann aus dem Memelland war sehr geschickt beim Brauen. Immer mehr konnte er diese schwere Arbeit Viktor überlassen, während er sich um den Verkauf des Bieres kümmerte. Wenn er noch drei von Viktors Kaliber hätte, könnte er eine richtige Großbrauerei aufmachen. Er schloss den Bretterverschlag und ging weiter.

Vor ihm lag der Gärkeller mit den hohen Gärtanks, in denen über tausend Liter Bier lagerten. Die Gärtanks waren die einzigen Ausstattungsdetails der gesamten Brauerei, die er neu gekauft hatte. Alles andere hatte er unter der Hand beschafft. Routinemäßig kontrolliert er die Temperatur. Die Kölner Wiess brauchte konstant zwanzig Grad, damit in den vier Wochen Lagerung ein vollmundiges obergäriges Bier entstand. So, wie die Kölner ihr Bier am liebsten tranken.

Immerhin konnte er selbst jetzt so viel Bier trinken, wie er wollte. Damals, als er seine Brauausbildung gemacht hatte, noch vor dem Krieg, da gab es nur ein ganz bestimmtes Kontingent, das er mit nach Hause nehmen durfte. In den harten Zeiten des Krieges hatte er es zudem oft genug nicht selbst getrunken, sondern auf dem Schwarzmarkt verkauft. Der Preis dafür stieg praktisch täglich. Leider war das Kontingent im Laufe der Kriegsjahre immer weiter geschrumpft. Dann, 1916, hatte man alle Kupfergegenstände eingezogen, um daraus Kriegsgüter und Waffen zu schmieden. Die Brauereien wurden ihrer Maischebottiche, Läuterbottiche und Sudpfannen beraubt. Das war beinahe das Ende des Braugewerbes – von einem Tag auf den nächsten. In Köln und anderswo.

Damals stand er plötzlich ohne Arbeit und mit drei Kindern und einer hochschwangeren Frau auf der Straße. Früher, ohne Familie, wäre er vielleicht in den Krieg gezogen. Wenn man in der Versorgungskompagnie unterkäme, hätte man immer guten Zugriff auf Lebensmittel und andere Dinge. Das wäre was gewesen. Doch mitten im Krieg wussten schon alle, dass es kein Spaziergang war, so wie man sich das im September 1914 vorgestellt hatte. Damals waren Soldaten ohne Winterkleidung ausgerückt, im festen Glauben daran, man wäre zurück, bevor die Blätter von den Bäumen fielen.

Und zwei Jahre später stand er plötzlich auf der Straße – unverschuldet. Damals hatte er sich und seine Familie nur mit dem über Wasser halten können, was er zuvor gelernt hatte: Schwarzmarkthandel. Und er hatte angefangen, selbst Bier zu brauen, aus Kartoffelschalen und anderen Abfällen, die damals noch zu haben waren. Auch Steckrüben verarbeitete er und später sogar die verhassten Runkelrüben, die eigentlich nur Viehfutter waren. Das Bier schmeckte zwar nicht besonders gut, aber da der Krieg schon so lange andauerte, war den Leuten das herzlich egal. Überhaupt Bier zu bekommen, war eine absolute Ausnahme. Sein Bier war begehrt, und er konnte es für Dinge eintauschen, mit denen er seine Familie ernährte. Oder er bezahlte damit die versoffenen Bauern, die ihm neue Rüben lieferten.

Wenn er bedachte, wie kärglich sie damals gelebt hatten … Und jetzt? Die Villa brachte ihn endgültig aus der Gosse raus. Doch das Beste an dem Gewinn war das Land. Ein riesiges Stück Land, auf dem er eine eigene Brauerei bauen konnte. Das war schon immer sein größter Wunsch gewesen. Eine eigene Brauerei und mit dem Lager genug Platz, dass er seine anderen Geschäfte gut verbergen konnte. Den Kredit zu bekommen, war dann gar kein Problem mehr gewesen.

Und jetzt hatte Sofia sogar ihre Pferde bekommen. Was wollte sie noch mehr? Das war immer ihr größter Wunsch gewesen. Alle waren glücklich. Sie hatten gefälligst glücklich zu sein, denn sie hatten mehr als nur das Lebensnotwendige. Viel mehr! Er hatte sein Leben lang hart gearbeitet, und es hatte ihn immer weit gebracht. Er war nicht annähernd so hart zu ihnen, wie man es zu ihm gewesen war. Sie durften sich nicht beklagen – keiner von ihnen.

August setzte seinen Kontrollgang fort und trat ins Sudhaus. Viktor stand neben dem Maischebottich und war gerade damit beschäftigt, die Spindel im abgekühlten Lot zu versenken und zu messen, wie weit die Umwandlung der Stärke in Zucker fortgeschritten war.

Er nickte ihm kurz zu. Als könne er seine Frage auf dessen Stirn ablesen, sagte er: »Noch eine halbe Stunde, dann können wir abläutern. Was machen wir: Bier oder Schnaps? Die Destillen sind noch nicht frei.«

Den Gärsud, den man nach dem Maischen hatte, konnte man mittels Hopfen und späterer Hefezugabe in Bier umwandeln. Man konnte ihn jedoch genauso gut zu hochprozentigem Brand destillieren. Es war aufwendiger und dauerte länger, dafür brachte das hochprozentige Produkt danach sehr viel mehr Geld ein. Das schätzte August ebenfalls an Viktor: Er dachte nicht nur mit. Er war äußerst diskret, eine Eigenschaft die ihm noch mehr gefiel als der Fleiß des Mannes.

»Dann machen wir eben Bier. Denk daran, den nächsten Schub rechtzeitig aufzusetzen.«

Bier, das bedeutete für Susemihl, dass er noch bis tief in die Nacht hinein anpacken musste. Das machte August keine Probleme. Viktor gehorchte aufs Wort wie eine Hündin. Er war fleißig, gelehrig, hörig, Männer wie ihn gab es nicht viele auf der Straße. Auch wenn die Straße voll war mit Leuten, die für Butter und Brot gerne bei ihm gearbeitet hätten. Gelegentlich griff er auf einen dieser Männer zurück, aber oft genug war er hinterher enttäuscht. Nur Susemihl, der enttäuschte ihn nie.

KAPITEL ZEHN

KÖLN RHEINKASSEL – EIN MONTAG IM MAI 2014

»Ich brauch nur eine kleine Pause. Das Mittagessen lasse ich ausfallen. Nach ein paar Stündchen Schlaf geht es mir bestimmt wieder besser.« Isabell sah ihre Großmutter besorgt an. Seit sie das Seniorenstift verlassen hatten, schien es ihr nicht gutzugehen. Die vielen fremden Leute, die ungewohnte Umgebung, die anstrengenden Ausflüge und die alten Erinnerungen waren in der Summe wohl zu belastend für sie. Alles in allem ein harter Parcours für eine Achtundachtzigjährige.

»Na gut. Ganz wie du meinst. Ich bring dir nachher etwas zu essen vorbei.«

»Nein, bitte nicht. Wenn ich Hunger bekomme, sage ich Frau Schiffer Bescheid. Geh du nur raus, und mach dir einen schönen Tag. Wolltest du nicht ohnehin noch nach Köln reinfahren?«

»Mal sehen. Dann schlaf gut.« Isabell ging hoch in ihr Zimmer unter dem Dach. Es war schönes Wetter, und das Zimmer hatte sich bereits aufgeheizt. Sie öffnete das schräge Dachfenster und ließ eine Brise über ihren Körper streifen. Etliche Dachfirste versperrten den Blick auf den Rhein. Sie schüttelte unwillig den Kopf. Noch immer spürte sie Julius' flüchtigen Kuss auf ihrer Wange. Durfte sie riskieren, einen Mann, der schon mal seine große Liebe unter tragischen Umständen verloren hatte, zu verletzen? Denn eins schien ihr sicher: Dass es nicht gut enden konnte. Beziehungen hatten bei ihr noch nie gut geendet.

Etwas rumorte in Isabell seit gestern Abend. Ein Gedanke, der direkt hinter der Stirn lauerte und darauf wartete, endlich ans Licht zu dürfen. Immer wieder ging ihr durch den Kopf, was Julius gestern Abend zuletzt gesagt hatte. Nur aus Angst vor einem möglichen Ende werde ich mir nicht das Glück des Augenblicks nehmen lassen.

Es war, als würde er ihr all ihre bisherigen Beziehungen erklären. Genau das hatte sie immer zugelassen. Aus Angst vor einem weiteren schmerzlichen Verlust hatte sie sich einfach nie wirklich eingelassen. Letztendlich hatte sie selbst jede längere Beziehung beendet. Nicht ihre Partner.

Diese Erkenntnis traf sie wie ein Faustschlag. So lange hatte sie sich vorgemacht, dass es einfach nicht die richtigen Männer gewesen waren. Einmal hatte dies nicht gestimmt, das andere Mal das nicht. Irgendetwas hatte ihr immer als Grund genügt, sich aus der Beziehung zu stehlen. Dabei predigte sie stets, dass es so was wie eine perfekte Beziehung nicht geben konnte. Kein Mensch war perfekt, wie sollten es dann die Beziehungen sein können.

So lange hatte sie sich etwas vorgemacht! Nicht die Männer hatten ihrem Glück im Weg gestanden, nur sie selbst. Diese Erkenntnis ließ die Wut in ihr hochsteigen. Lieber einen absehbaren Abschiedsschmerz, als sich noch einmal von heute auf morgen von einem ungnädigen Schicksal das Herz herausreißen zu lassen. Ihr Herz, dass sie nach dem viel zu frühen Tod ihrer Mutter mühsam und mit ungeschickten Stichen zusammengeflickt hatte. Hässliche Narben hatten sich gebildet, die immer dann schmerzten, wenn sie ihre Liebe an jemanden schenken wollte. Sie wusste nur zu gut, dass jedes Glück von heute auf morgen zerstört werden konnte. Julius wusste das auch, er hatte allerdings eine ganz andere Konsequenz daraus gezogen. Er hatte sich entschlossen, weiterzuleben. Er hatte den richtigen Weg gewählt und sie immer wieder den falschen. Wütend griff Isabell nach ihrem Trolley. Morgen früh würde sie und ihre Großmutter die Koffer packen, ihre Sachen konnte sie schon mal zusammenlegen. Sie nahm widerwillig ein paar Shirts aus dem Holzschrank und pfefferte sie aufs Bett. Dann ließ sie sich daneben fallen und schlug die Hände vors Gesicht.

Mein Gott, all die verschwendete Lebenszeit. All die Stunden, die sie hätte glücklich sein können. All die Tage, die sie an der Seite eines geliebten Menschen hätte verbringen können. Alles verloren. Das war vielleicht die schwerste Erkenntnis, dass sie es sich selbst zu verdanken hatte, dass sie nicht glücklich war. Sie kämpfte mit sich. Diesen Gedanken zuzulassen, war vielleicht einer der schwersten Schritte in ihrem Leben, und gleichzeitig nötig, um endlich einen anderen Weg einschlagen zu können.

Sie lag da und weinte, bis all die Trauer über diese Verschwendung mit den Tränen hinausgeschwemmt worden waren. Bis die Tränen versiegten. Bis der Atem wieder ruhiger wurde. Doch ihre Hände waren schweißnass und zitterten weiter.

Geplant war, dass sie morgen Vormittag nach Königswinter zurückfahren würden, und noch am gleichen Abend ging Isabells Flug zurück nach Berlin. Sie schmiss die Sachen vom Bett in den Trolley. Sie wollte nicht weg von Julius. Wieso rief sie nicht sofort an? Sie wollte zu ihm. Sie sehnte sich nach ihm. Und doch wusste sie immer noch nicht, ob es nur ein momentaner Impuls war oder mehr.

Julius hatte recht: So oder so würden sie in Kontakt bleiben müssen, wenn es nur wegen dem Erbe war. Sie hatten keine Eile. Sie konnte ihn nach Berlin einladen. Sie würden sich all die Zeit nehmen, die sie brauchten. Isabell musste sich nicht heute entscheiden. Frustriert ließ sie ihren Oberkörper zurück aufs Bett fallen. Wieso nur konnte sie sich nicht einfach für ihn entscheiden?

Wahrscheinlich, weil sie wusste, dass Julius es sich nicht so leicht machte wie sie. Er wollte eine verbindliche Entscheidung. Andererseits schien für ihn die Sache klar zu sein. Wenn es nach ihm ging, würde Isabell das Erbe antreten, nach Köln ziehen und ihre Wohnung und ihre Jobs in Berlin aufgeben. Sie war ihm nicht einmal böse, denn sie hing ja selbst nicht besonders an ihrem Leben in der Hauptstadt.

Sie setzte sich auf und schaute auf den geöffneten Trolley. Jetzt zu packen fühlte sich falsch an. Gehörte sie hierher? Sie wusste nur, sie wollte im Augenblick nicht weg. Mit einem Fuß schob sie den Trolley zur Seite und lehnte sich an die Wand.

Als sie es leid wurde, Löcher in die Luft zu starren, griff sie nach dem Tagebuch. Seit dem Besuch im Seniorenstift geisterte ihr der Name durch den Kopf. Viktor! Und auch Elsbeth Himmels und Kläre, die Köchin. Was war mit ihnen gewesen? Wie viel hatten sie von den unseligen Vorkommnissen in ihrer Familie gewusst? Wusste Kläre davon, dass August Korte seine eigene Tochter vergewaltigt hatte? Isabell schlug die letzte Seite auf, die sie gelesen hatte, und las den nächsten Eintrag.

13. Januar 1926

Alles ist furchtbar schmutzig. Genau auf Neujahr hat es uns erwischt. Das Wasser stand bis an die Villa hoch. Überall hat das Hochwasser seine Spuren hinterlassen. Der Keller ist voller Schlamm. Mama und die anderen sind zurück aus Königswinter. Magnus und Gustav arbeiten den ganzen Tag, um den angetrockneten Schlamm aus dem Keller zu bekommen. Der Gemüsegarten ist ebenfalls betroffen. Das gesamte Grundstück liegt unter Unrat begraben. In die Lagerhalle ist das Wasser auch eingedrungen. Ein Teil des Malzes taugt höchstens noch als Viehfutter. Jetzt mitten im Winter wird er nur für teures Geld Nachschub bekommen. Doch ich bin ein wenig froh. Diese neue Katastrophe überdeckt die alte. Dieses Tier – er hatte keine Zeit mehr für neue Schandtaten.

Trotzdem: Ich lebe nur noch auf der Schattenseite meines Herzens.

26. Januar 1926

Angus ist fort. Er war letzte Woche noch einmal hier, vor der Villa. Ich hab ihn durchs Fenster gesehen, und er hat mich zu sich gewunken. Das alleine war schon riskant. Natürlich bin ich nicht gegangen. Schon die Vorstellung, er könne mich anfassen, mich küssen wollen, mich berühren.

Nein, wie abscheulich. Ich werde mich nie einem Mann hingeben. Die Vorstellung, das, was Vater macht, freiwillig zu machen, mit einem Mann, ist ... so abwegig. Ich hasse ihn.
Und ich hasse alle Männer.
Angus Ferguson ist für immer aus meinem Leben verschwunden, und ich hätte es nicht einmal geschafft, ihm noch in die Augen zu schauen. Er wird sich ein neues Liebchen suchen müssen. Ach, ich darf nicht so bitter sein. Außerdem ist es nicht gerecht gegenüber Angus. Er hat nichts falsch gemacht. Aber wer würde mich jetzt noch wollen. Ich bin zerbrochenes Porzellan. Es sind nur noch Scherben übrig.
Mama war ganz wütend, als ich unbedingt mit ihr zum Einkaufen wollte. Ich habe eine solche Angst, alleine im Haus zu bleiben. Aber wie soll ich erklären, wieso ich nicht mehr alleine im Haus bleiben will, ohne den wahren Grund zu verraten? Stattdessen sagt sie mir, ich sähe krank aus und solle mich schonen. Ich sterbe fast bei dem Gedanken, dass ich mich tagsüber ins Bett legen soll.

Isabell seufzte erleichtert auf. A F war Angus Ferguson. Wenigstens ein Geheimnis war gelüftet.

1. Februar 1926
Die Feierlichkeiten zum endgültigen Abzug der Briten haben die ganze Stadt erfasst. Um Mitternacht hat der dicke Pitter so laut geläutet, dass man ihn sogar noch hier oben im Norden hören konnte. Vor dem Excelsior-Hotel gab es noch in der Nacht eine riesige Feier. Heute kommt die große Befreiungsfeier. Vater und Viktor werden den ganzen Tag weg sein und in den Nebengassen Alkohol verkaufen. Jetzt, ohne die Besatzungsmacht, wird er noch mehr Schnaps brennen und verhökern. Mit Viktors Hilfe hat er nach der Überschwemmung die Brennerei schnellstmöglich wieder auf Vordermann gebracht. Alles Geld fließt nun in den Kauf

von Kartoffeln und Rüben. Jetzt, so kurz vor Karneval, kann Vater das Vierfache des Preises nehmen.

Manchmal denke ich, ich sollte ihn wegen dem illegalen Brennen anzeigen, heimlich. Und wenn er im Klingelpütz sitzt, kann er mir nichts mehr tun. Aber was wird dann aus uns? Außerdem, hier in Köln stecken alle unter einer Decke. Der Klüngel reicht weit, und gerade Vater ist besonders gut darin. Wenn er rausbekommen würde, dass ich es war, die ihn angeschwärzt hat, wäre ich des Todes.

8. Februar 1926

Die anderen sind ganz aus dem Häuschen. Zwar wird es auch in diesem Jahr keinen Rosenmontagszug geben, weil es uns Deutschen nach wie vor nicht gestattet ist, uns auf irgendeine Weise auf der Straße zu versammeln. In den Veedeln wird trotzdem gefeiert. Und es gibt auch wieder Feiern in den Sälen. Vater kommt gar nicht nach mit dem Brennen und dem Brauen.

Alle sind in Feierlaune, denn der Krieg ist zwar schon lange aus, aber für uns hier im Rheinland war er nicht wirklich zu Ende. Nicht, solange die Besatzer da waren. Doch jetzt sind auch die Briten weg. Magnus und Gustar sind ganz aus dem Häuschen. Oskar kennt es ja noch gar nicht, denn er hat keinen richtigen Karneval erlebt, und Josefine war noch zu jung, um sich zu erinnern. Vater hat erlaubt, dass wir mit den Jungs in die Stadt dürfen, wenn wir zusammen bleiben.

Ich bleibe zu Hause. All die Besoffenen, da wird mir übel. Was alles passieren kann, wenn die Männer zu viel getrunken haben …

Mama schaut mich immer so merkwürdig an. Sie macht sich nun ernsthaft Sorgen. Sie hat mich gefragt, ob wir mal zu Doktor gehen sollen. Meine Kleider schlottern mir am Leib, weil mir beständig übel ist und ich nichts mehr herunterbekomme. Ständig lebe ich in der Furcht, dass es wieder passiert.

21. Februar 1926

Ich wünschte, Vater wäre schon fort. Er will bald nach Amerika. Er schwärmt die ganze Zeit davon, dass wir steinreich werden. Jetzt, nach Karneval, wird alles, was er brennt, für Amerika gelagert. Magnus hat erzählt, dass Vater wohl einen Weg gefunden hat, den Alkohol zu schmuggeln.

Ich kann es kaum ertragen, wenn er da ist. Am Aschermittwoch hat er es wieder getan. Im Kohlenkeller.

Mama war mit den anderen zur Messe – sich das Aschekreuz holen. Ich gehe nicht mehr in die Kirche. Wie könnte ich, wenn ich doch beichten muss? Nein, das kann ich niemals jemandem erzählen. Ich fühle mich so schmutzig. Ich könnte den ganzen Tag schreien, aber ich bekomme keinen Ton heraus. Und wenn er es tut, dann hält er mich fest und drückt meinen Kopf gegen die Wand. Sobald er fertig ist, zieht er sich die Hose hoch und geht.

Wie er sich benehmen kann, als wäre nichts passiert ... Abends bei Tisch macht er Witze und erzählt seine großartigen Geschichten. Mir wird jedes Mal so übel, dass ich mich übergeben muss. Mama macht sich schon Sorgen und glaubt, ich hätte mir eine schlimme Magenkrankheit eingefangen. Selbst Magnus ist schon aufgefallen, dass es mir schlecht geht. Er guckt mich so eigenartig an, als würde er wissen, welcher Todsünde sich Vater schuldig machte.

26. Februar 1926

Es konnte ja nicht ewig gut gehen. Magnus ist früh aus der Schule gekommen. Er muss uns wohl gehört haben, denn er ist den Keller runtergekommen. Da hat er Vater erwischt, wie er sich noch die Hose hochgezogen hat.

Ich habe furchtbar geweint, trotzdem habe ich ihn angelogen, ich hätte mich nur mit Vater gestritten. Doch Magnus hat nicht abgelassen, und *schließlich hat er es mir auf den Kopf zugesagt. Ich bin vor Schande beinahe im Erdboden versunken. Doch er, er ist zu mir gekommen und hat mich in den Arm genommen. Es sei nicht meine Schuld. Er sei es. Er, Vater! Er sei vom Teufel besessen.*

Mein Herz war so schwer. Erst jetzt, wo ich mein grausames Geheimnis mit jemandem teilen kann, merke ich, wie schwer es war. Umso größer ist meine Sorge, dass Magnus Dummheiten macht. Ich habe ihn angefleht, nichts zu unternehmen!

Isabell musste heftig schlucken. Sie wischte sich über die Augen. Da gab es keinen Raum mehr für Missinterpretationen. Das also war ihr Vorfahr. So jemand steckte in ihrem Blut. Sie sprang auf und ging ins Bad, um sich kühles Wasser ins Gesicht zu spritzen. Wollte sie diese Gräueltaten wirklich weiterlesen? Was würde noch alles ans Tageslicht kommen? Die Qualen ihrer Großtante schnürten ihr den Atem ab, selbst wenn das alles lange vergangen war. Sie musste raus an die frische Luft. Unwillig, doch zu neugierig, es dazulassen, stopfte sie das Tagebuch in ihren Rucksack und lief die Treppe hinunter.

Paulines Zimmer war nicht abgeschlossen, da sie seit gestern die einzigen Gäste waren, war es sowieso egal. Ihre Großmutter schlief. Beruhigt schloss sie die Tür und trat auf die Straße. Sie brauchte keine zehn Minuten zur Villa. Julius hatte ihr alle Schlüssel übergeben. Sie öffnete erst das schmiedeeiserne Tor am Eingang. Die Löwenköpfe beäugten sie, als würden sie nicht gutheißen, was sie vorhatte. Isabell ging die Stufen hoch, schloss die mächtige Flügeltür auf und trat ein. Dieser Modergeruch kam ihr nun wie der Hauch von Unglück vor. Sie drückte sich von der Tür ab und ging zielstrebig zu der Treppe. Nach zwei Minuten stand sie oben in dem Zimmer, in dem Clementine gewohnt hatte. Ihr Rucksack glitt auf den staubigen Boden.

War es auch hier in diesem Zimmer passiert? Sie schaute sich um. Etwas verdeckt von der Tür, entdeckte sie wieder den großen Spiegel, der direkt in die Wand eingelassen war. Beinahe zärtlich glitt sie mit den Fingern über den Sprung, der das Glas von links oben nach rechts unten durchzog. Unter dem winzigen Spalt hatte sich der Spiegelfläche aufgelöst. Die Beschichtung war zum Teil abgeblättert. Isabell trat ein Schritt zurück und begutachtete den Sprung, der sich quer über den Spiegel zog. Wie ein Riss, der durch die Familie gegangen war.

Der letzte Eintrag, den sie gelesen hatte, war vom Februar 1926, gestorben war ihr Urgroßvater allerdings erst Monate später, Ende Juli. Vier Monate, in denen das Familienleben irgendwie weitergegangen war. Vier Monate, die für Sofia und Paulines Geschwister nicht einfach gewesen sein konnten. Mit dem Wissen der letzten Tagebucheinträge fand Isabell schwer vorstellbar, dass ausgerechnet Viktor, der Pferdezüchter, der Mörder gewesen sein sollte – jemand, der nichts mit all diesen Geschichten zu tun hatte.

Isabell setzte sich in die ovale Ausbuchtung der Fensternische und wischte eine kleine Lücke in den Staub, der sich in Jahrzehnten auf die Fensterscheibe gelegt hatte. Draußen tobte das Leben. Der Kirschbaum stand in voller Blütenpracht. Ein Heer an Schmetterlingen und anderen Insekten bevölkerte die mit bunten Blumen überzogene Wiese. Der Rhein floss träge dahin – eine ewige und unverrückbare Macht.

Doch hier drinnen drang das geheime Flüstern des Hauses an ihre Ohren. Die Mauern waren vollgesogen mit dem Leid ihrer Familie. Jedes Zimmer schien eine andere Tragödie zu berichten zu haben. Was alles hatten die Kinder, hatte Sofia, hier durchstehen müssen? Hatte hier jemals das Glück gewohnt? Spukte der Geist von August Korte durch das Gebäude und machte es noch heute allen Wesen schwer, sich darin niederzulassen?

War diese böse Aura der Grund, warum bisher niemand das Wagnis unternommen hatte, hier wieder Leben einziehen zu lassen? Es war schon reichlich ungewöhnlich, dass ein solches Gebäude in einer solchen Lage nie Interessenten gefunden hatte. Andersits, fiel es Isabell ein, andererseits hätte ihr Großonkel Oskar alles zu verhindern gewusst.

Wie konnte sie mit diesem Wissen nur noch eine Sekunde darüber nachdenken, zu bleiben? Das Erbe anzutreten, hieß viel mehr, als nur das Gebäude zu renovieren. Sie würde die bösen Geister austreiben müssen. Sie würde das Glück zurücklocken müssen, dass so vehement vertrieben worden war. Und doch oder gerade deswegen fühlte Isabell eine seltsame Verbundenheit. Durfte sie diesen Ort überhaupt fremden Menschen überantworten, die keine Ahnung hatten, was sie auf sich nahmen? Die nichts von dem Schicksal ahnten, das sich unweigerlich und mit Macht über sie ergießen würde. Durfte sie anderen Menschen das aufbürden, oder war es nicht viel mehr ihre Pflicht?

Sie dachte an den Jungen, der hier vom Baum gefallen und gestorben war. Würde sich eine solche Katastrophe nicht bei allen ereignen, die es wagten, hier einzuziehen? Hatte sie endlich begriffen, was ihre Aufgabe im Leben war? Die eine Aufgabe, der sich jeder in seinem Leben zu stellen hatte? Und würde sie für dieses Unterfangen genug Mut aufbringen? War es das, was sie permanent in ihrem Leben vorangetrieben hatte, zu immer neuen Orten, zu neuen Menschen, der nächsten Aufgabe, nur um endlich hier anzukommen? Beinahe war ihr, als würde Sofia ihr die Hand auf die Schulter legen und ihr zuflüstern: Du bist dran!

Wie in Trance setzte sie sich auf. Ihr Schicksal war mit diesem Gebäude und dem Anwesen verflochten, das spürte sie ganz deutlich. Nur sie würde es schaffen, dem Ort seinen Frieden zurückgeben. Sie stand auf und ließ ihre Finger noch ein letztes Mal über den Sprung im Spiegel gleiten, dann stieg sie die Treppe hinab und ging hinaus.

Unten im Garten summten die Bienen ihr Lied von Fruchtbarkeit und Sonnenschein. Isabell lief weiter bis zur Mauer, stieg an der Lücke im Zaun hoch und sprang auf der anderen Seite hinunter. Sie lief, bis sie an dem halb überwucherten Steinkreuz angekommen war. Vorsichtig schob sie das Gras und die Zweige des Holunderbusches beiseite. Der Holunderbusch, das wusste sie noch aus der Zeit, als sie sich mehr mit Heilpflanzen beschäftigt hatte, symbolisierte den Eingang zur Unterwelt. Zum Totenreich. Hatte Clementine auch dieses Wissen besessen, oder war es purer Zufall gewesen, dass sie ausgerechnet an dieser Stelle ins Wasser gegangen war?

Der mächtigste Strom des Landes floss in einem weiten Bogen und hatte sich tief in sein Bett gefressen. Hier gab es nichts mehr, was sich ihm in den Weg stellen konnte … kein Fels mehr und keine Inseln im Strom. Hier war er pure Macht, eine unbezwingbare Naturgewalt.

Isabell zog die Sandalen aus und krempelte ihre Jeans hoch. Das seichte Wasser umspülte ihre Knöchel. Für einen Moment versuchte sie, einfach nur die Energie zu spüren. Der Fluss murmelte seine ewigen Geschichten. Wenn er doch nur einfach all das Böse mit sich fortspülen könnte. Der Rhein schluckte alles, was er bekam – freiwillig oder unfreiwillig. Aber er gab auch. Sie spürte die Macht, die von ihm ausging. Er war ein Ort der Kraft, ein Ort zum Auftanken. Hier bekam sie jenen Mut, den sie brauchte. Die Willensstärke, mit der sie ihre Entscheidung durchsetzen würde.

Isabell hockte sich neben das Steinkreuz und hielt ihr Gesicht in die Sonne. Die Wärme hüllte sie ein, und plötzlich war alles ganz friedlich. Die Sonne wärmte ihr Gesicht und für einen Moment war es, als wäre sie endlich angekommen. Es war, als würde dieser Ort nach ihr rufen.

Sie griff in ihren Rucksack und holte das Tagebuch hervor. Zu mutmaßen, dass ihre eigene Großmutter das Kind ihrer Schwester sein könnte, ließ ihr keine Ruhe. Wie ein schwerer Stein lag ihr diese Ahnung im Magen. Doch noch gab es nichts außer Isabells Befürchtungen, was für diesen Umstand sprach – nur die schlimmen Vorahnungen und die Tatsache, dass Paulines Schwester sie Bastard genannt hatte.

KÖLN-RHEINKASSEL – 3. MÄRZ 1926

Die Taschen hingen ihr rechts und links schwer an den Armen, doch sie durfte sich nicht beschweren. Immerhin hatte sie ausreichend Geld, um einkaufen zu können. Winterkohl und frühe Rübchen, ein paar Kartoffeln und frische Sahne. Andere Leute hätten liebend gerne so schwere Taschen voller Essen nach Hause geschleppt. Sie musste an die Zeiten vor drei Jahren denken, als die Stadt Köln Notgeld ausgegeben hatte, weil der Wert der Mark in der Inflation schmolz wie Butter in der Sonne. Der Hungerwinter von 1916 kam ihr in den Sinn. Die Menschen hatten nichts zu essen und kein Petroleum, um Licht zu machen oder Kohle, um zu heizen. Die städtischen Kühe, die an der Mülheimer Schiffbrücke weideten, um Milch für bedürftige Kinder zu geben. Ihre Nachbarinnen hatte in den Parks Gemüse angebaut, während Adenauer für die wenigen Leute, die sich immer noch alles leisten konnten, das Kuchenverbot erhob. Kein Wunder, dass er heute Bürgermeister war.

Das waren wirklich schwere Zeiten gewesen, und August hatte es geschafft, sie sicher durch diese Jahre zu bugsieren. Sie hatte ihm wirklich viel zu verdanken und trotzdem, sie liebte ihn nicht. Sie liebte Viktor. Obwohl sie Viktors Vorschlag bereits abgelehnt hatte, musste sie immer wieder darüber nachdenken. Sollte sie mit ihm fortgehen? Sie hatte jetzt mehr Grund als jemals zuvor.

Durfte sie ihre großen Kinder hier lassen, bei ihrem Vater? Immerhin war sogar Josefine schon zehn Jahre alt. Doch wie sollte sie eine solche Entscheidung treffen können. Ihre Kinder zu verlassen, würde ihr das Herz herausreißen. Und wenn sie es nicht tat – dann würde ihr Herz verkümmern.

Sie durchschritt den Mauerbogen und wollte gerade an den Löwen vorbeigehen, da hörte sie merkwürdige Geräusche. Nein, jemand schrie. Clementine! Jemand war ins Haus eingedrungen! Plünderer? Separatisten? Ihre älteste Tochter war die Einzige, die nicht mehr zur Schule musste. Deshalb war sie vormittags allein zu Hause. Sofia stürzte die Stufen hoch, stieß die Eingangstür auf. Die Taschen fielen auf dem Boden. Rasch holte sie sich das große Brotmesser aus der Küche und rannte sogleich die gewundene Treppe hoch – immer höher, in den zweiten Stock. Dorthin, wo die Schreie herkamen.

»Clementine? Ich komme! Warte. Ich komme!« Sie schaute nach oben in der Erwartung, dass ihr jemand entgegenstürzen würde. Doch es tauchte niemand auf, und schon stand sie am Treppenabsatz zum Dienstbotengeschoss. Das Schreien hatte aufgehört. Das mittlere Zimmer, in dem Clementine und Josefine schliefen, war geschlossen. Und doch hörte sie Geräusche, dumpfe Geräusche. Und lautes Stöhnen.

Sie griff zur Klinke, aber jemand lag hinter der Tür. Sofia stemmte sich mit aller Macht gegen das Holz. Sie hörte wieder Clementines Stimme.

»Vater! Lass ab. Du bringst ihn noch um.«

Sofia fühlte Angst und Panik, aber auch Erleichterung. August war da drin und würde es dem Eindringling schon zeigen. »August? Clementine? Lasst mich rein. Was ist los? Soll ich die Polizei rufen?« Sofia drückte endlich die Tür so weit auf, dass sie vorsichtig den Kopf durchstecken konnte. Sie sah Clementine, völlig aufgelöst. Das Haar wirr, tränenüberströmt und rot im Gesicht. Die Kleidung durcheinander, der lange Rock hing schief. August sprang mit einem Satz zurück. Kalkweiß im Gesicht, drückte er sich gegen die Wand. Er sah sie an wie ein Gespenst. Seine Augen waren riesengroß aufgerissen. Auch seine Kleidung war völlig durcheinander. Das Hemd aus der Hose, die Hosenträger baumelten an der Seite, nur der oberste Knopf war geschlossen.

»Wieso bist du schon da?«, fragte er mit hohler Stimme. Sofia schüttelte unwillig den Kopf. Als wenn das gerade wichtig wäre. Sie schob die Tür etwas weiter auf. Ein Körper lag davor, und sie musste sich schwer dagegen lehnen. Doch als sie endlich im Raum stand und gerade zu Clementine eilen wollte, da war ihr, als hätte ein Pfeil ihr Herz getroffen. Der da lag ... war Magnus. Das Brotmesser fiel klirrend zu Boden.

»Was hast du getan?«, schrie sie August an, während sie zu ihrem Sohn stürzte. »Magnus, um Gottes willen. Was ist los? Magnus?«

Zusammengekrümmt wie ein Wurm lag er vor der Tür. Seine Arme schützend über dem Kopf. Er zuckte und wimmerte. Als sie ihn anfasste, stieß er ein lautes Stöhnen aus.

Sofia drehte ihren Kopf zu ihrem Mann. »Was hast du getan? Du Tier! Was hast du getan?«

August stand an die Wand gepresst, als wollte er darin verschwinden. Seine Augen waren immer noch aufgerissen. Stumm schüttelte er seinen Kopf, als würde er gerade erst wieder zu sich kommen. Jetzt stürzte auch Clementine herbei. Sanft wischte sie Magnus die Haare beiseite. Sein Gesicht war blutüberströmt. Die Lippe war aufgeplatzt, und auch eine Stelle über seinem linken Auge blutete. Kratzer und rote Stellen, eine dicke Beule an der Stirn. Die Nase krumm, und auch aus ihr lief ein Rinnsal Blut.

Erschrocken wich Sofia zurück. »Um Gottes willen! August! Wie kannst du so was tun?« Sie schaute ihren Mann fassungslos an. »Was hat er denn falsch gemacht, dass du glaubst, ihn so zusammenschlagen zu müssen.« Ihre Stimme brach fast, so hoch und schrill war sie.

Augusts Lippen bebten, doch er brachte keinen Ton hervor. Doch jetzt hob Magnus seinen Arm, und ein Finger zeigte auf seinen Vater. »Er hat sich an ... an ... Clementine vergangen.« Sein Atem ging schwer, und seine Worte waren schwer zu verstehen. »Nicht zum ersten Mal.« Damit schien alle Kraft des Jungen aufgebraucht. Er sackte wieder in sich zusammen.

Sofia brauchte einen Moment, um zu verstehen, welche unerhörte Anschuldigung ihr Sohn da gerade vorgebracht hatte – gegen seinen eigenen Vater. Doch als sie ihrer ältesten Tochter ins Gesicht sah, da wusste sie, dass es stimmte.

Magnus' Worte wirkten, als hätte man sie in Eiswasser gestoßen. Sie schnappte nach Luft. Mit eiserner Kraft stand sie auf.

»August Korte, ist das wahr? Sag es mir!« Er stand noch immer mit dem Rücken zur Wand und presste die Lippen zu einem schmalen Strich. »Sag es mir ins Gesicht. Ist es wahr? Hast du dich an meiner Tochter vergangen?« Ihre Stimme klang hysterisch.

Plötzlich kam Leben in den bulligen Körper. Er packte Sofia beim Arm und stieß sie zur Seite, um den Weg zur Tür frei zu haben. »Sie lügt. Sie ... ist selbst schuld. Du hast nicht gesehen, wie sie sich rausgeputzt hat, für irgend so einen Kerl. Wie ein Flittchen.« Er drehte sich an der Tür um. »Sie ist selbst schuld. Selbst schuld!« Schon war er verschwunden. Mit schweren Tritten donnerte er die Stufen hinab.

Sofia stand wie angewurzelt im Raum. Magnus versuchte, sich mit Clementines Hilfe aufzusetzen, aber es gelang nicht. Sie kniete sich neben ihn. »Bleib liegen. Clementine, hol etwas Wasser und einen sauberen Lappen. Und du, leg dich gerade hin. Ich will sehen, was …« Magnus schrie auf, als sie ihn anfasste.

»Er wollte mir doch nur helfen«, heulte Clementine plötzlich los. »Er wollte mir nur helfen. Vater …« Mehr brachte sie nicht heraus.

Sofia musste nicht mehr wissen. Sie glaubte ihrer Tochter auch so. Wie hätte sie das ahnen können? Hätte sie es nicht ahnen müssen? Ihr Blick lief hilflos durch den Raum. Der Wandspiegel war zerbrochen. Ein großer Sprung lief von oben nach unten einmal durch das Glas. Oben klebten Haare und etwas Blut. Sie schluckte. »Was ist passiert? Ich meine, jetzt gerade?«

Clementine war plötzlich selbst weiß wie ein Laken.

»Vater hat … Ich wusste selbst nicht, dass er im Haus war. Ich dachte, ich wäre ganz alleine, die anderen in der Schule, auch Magnus. Und Vater wäre … Vater bringt doch Viktor gerade bei, wie man das Märzenbier braut.« Sie drückte sich wimmernd an die Wand. »Ich hätte nicht gedacht, dass er … Wenn er es sonst gemacht hat, waren immer alle viel länger weg.« Sie schluchzte laut auf. »Du warst doch einkaufen.«

Sofia nickte. Tatsächlich war heute alles sehr fix gegangen. Hatte August gedacht, er könne sich eben schnell an seiner Tochter vergreifen, bevor sie selbst wieder nach Hause kam? So muss es wohl gewesen sein.

»Aber Magnus war nicht in der Schule.« Clementine starrte auf ihren Bruder. Doch der krümmte sich weiter unter Schmerzen und sagte keinen Ton. »Vater kam, und ich wusste gleich, was los war. Er hat mich aufs Bett gestoßen und seine Hose …« Sie verzog das Gesicht, als würde sie das alles noch einmal durchleben müssen. »Dann, gerade als er anfangen wollte, …« Sie schluchzte laut auf.

»Magnus platzte herein, und Vater stand da, mit runtergelassener Hose und ich entblößt …« Ein Wimmern drang aus ihrem Mund. »Vater ist so … wütend geworden. Er hat sich die Hose hochgerissen. Magnus hat ihm gesagt, dass er mich nie wieder anfassen soll. Da hat Vater angefangen, auf ihn einzuprügeln.« Sie schluchzte laut auf. »Als wolle er ihn erschlagen. Gegen die Wand, gegen den Spiegel, Magnus war längst zu Boden gegangen, doch Vater hat immer weiter auf ihn eingedroschen. Immer weiter. Er hat erst aufgehört, als er draußen deine Stimme gehört hat.«

Sofia nickte wieder. Sie streichelte ihrem Sohn mit bebenden Fingern über die Haare. Blut blieb an ihren Fingern kleben. Sie wusste nicht, was sie dazu sagen sollte. Magnus hatte das getan, was ihre Aufgabe gewesen wäre: Er hatte Clementine beschützt.

Jetzt erklärte sich auch der plötzliche Wandel ihrer Tochter. Von dem munteren, lebenslustigen Mädel in einen zurückgezogenen Menschen. Das war also der Grund für ihr schäbiges Aussehen, nicht eine unerfüllte Liebschaft. Abgemagert war sie, und das Einzige, was von Tag zu Tag größer wurde, waren ihre dunklen Augenringe. Sofia hatte gedacht, Clementine trauere einer Liebschaft nach. Sie hatte schon geahnt, dass es da diesen britischen Soldaten gab. Das merkte sie ihr einfach an. Seit September wurden nach und nach die Truppen verlegt oder in die Heimat geschickt. Und nach Weihnachten, nachdem sie aus Königswinter mit den anderen Kindern nach Hause gekommen war, da war Clementine plötzlich so still und verschlossen gewesen. Sicher, weil die Soldaten abgezogen waren, hatte Sofia gedacht. Und dass sie nun eine Sorge weniger hatte. Ein Soldatenliebchen war nicht gerne gesehen bei den Leuten. Aber sie hatte sich nicht darum gekümmert. Sie hatte nur an ihr eigenes Glück gedacht. Es war alles ihre Schuld. Niemand kannte August so gut wie sie. Sie hätte es nie so weit kommen lassen dürfen!

Am Abend kam der Doktor endlich. Sie log ihn an. Eine Schlägerei unter Betrunkenen, hatte sie ihm gesagt. Natürlich war Karneval schon vorbei, doch junge Männer hielten sich nicht an die Fastenzeit. Vor allem nicht, was den Alkohol anging. Es schmerzte Sofia, bei der Untersuchung zuzusehen. Magnus' Kopf war übersät mit Blutergüssen. Der ganze Körper grün und blau geprügelt, eine kleine Platzwunde am Schädel verursachte Kopfschmerzen. Zwei Rippen waren angebrochen, und die Leber schien eine Prellung abbekommen zu haben. Immerhin nahm der Arzt ihr die Befürchtung, dass der Junge ihr unter den Händen wegstarb. Es sah zwar schwer mitgenommen aus, jedoch war keine der Verletzungen bedrohlich. So war August eben. Selbst in seiner Wut war er noch kalkuliert. Er wusste, wie man einen Gegner ausknockte, ihn aber nicht tötete. Als junger Mann gatte er sich zusätzlichen Geld mit Boxen verdient.

Der Arzt glaubte ihr die Geschichte von den betrunkenen Jugendlichen unbesehen und versprach, dass er am nächsten Tage noch mal nach ihm schauen werde. Dann ging er.

Josefine hatte das Abendessen zubereitet, gemeinsam mit Clementine, die sich nur langsam von dem Schock erholte. Sofia war nicht vom Bett ihres Sohnes gewichen. Sie wollte nichts essen und vor allem nicht unten am Tisch sitzen, zusammen mit Viktor. Später am Abend stand Sofia am Fenster in Magnus' Zimmer und schaute hinaus in die Dunkelheit. Unten sah sie, wie Viktor vor dem Stall stand und rauchte. Unablässig blickte er dabei zu ihr hoch. Sicher hatte ihm niemand erzählt, was vorgefallen war. Genau wussten es ohnehin nur Clementine und Magnus. Magnus konnte sich keinen Zentimeter wegrühren, und Clementine würde wahrscheinlich lieber sterben, als die Wahrheit über die Geschehnisse zu erzählen. Jetzt waren alle schon schlafen gegangen, außer Viktor, der Wache hielt. Er wusste, etwas ging vor sich, und er wusste, es hatte mit August zu tun. Sie liebte Viktor auch dafür, dass er ihr beständig anbot, sie und die Kinder gegen August zu verteidigen. Sofia würde die ganze Nacht wach bleiben. Zu groß war ihre Angst vor dem, was passieren könnte, wenn August, wahrscheinlich völlig betrunken, in der Nacht nach Hause käme.

Magnus würde sich erholen. In ein paar Tagen würde er immer noch aussehen, als hätte eine Dampflock ihn überrollt, die Prellungen würden sich grüngelb verfärben, und die Schmerzen würden abklingen – das hatte der Arzt gesagt. Anders als bei Clementine. Mein Gott, wie konnte August sich an seinem eigenen Fleisch und Blut vergreifen? Das war der größte Schock für sie gewesen. Morgen würde sie in aller Ruhe ein Gespräch mit Clementine führen. Dann würde sie alles erfahren. Dann würde sie wissen, was zu tun war.

Ob Sofia sich selbst je verzeihen konnte, das wusste sie nicht. Das hätte niemals geschehen dürfen. Wie konnte sie nur so blind für das Elend ihrer Kinder sein! Und währenddessen hatte sie selbst sich über ihr eigenes Stück Glück gefreut. Sie hatte ihr geheimes Spiel mit Viktor gespielt und ihrem Mann so die Möglichkeit gegeben, sein eigenes verdecktes Spiel zu treiben.

Sie wusste genau, wieso sie die Sorge um ihre Kinder vernachlässigt hatte: Viktor beherrschte ihr Gedanken vollkommen. Wann konnte sie ihn sehen, wann ihn treffen? Wann durfte sie ihre Liebe zeigen, sich ihm hingeben? Das musste ein Ende haben! Am liebsten würde sie ihre Gefühle für Viktor tief in der Erde verscharren und August am besten direkt dazu.

Was war er doch für ein Feigling! Als Sofia dazwischen gegangen war, war er geflüchtet. Sie hatte keine Ahnung, wo er war und wann er zurückkommen würde. Eins wusste sie jedoch sicher. Lautlos formten ihre Lippen den Schwur: August Korte, ich werde dafür sorgen, dass du nie wieder Hand an eins meiner Kinder legst. An keins von ihnen. Niemals mehr!

KÖLN-RHEINKASSEL – EIN MONTAG IM MAI 2014

3. März 1926

Ich habe geahnt, dass so etwas passieren würde. Vater hätte ihn fast getötet. Magnus hat Vater gesehen, wie er ... ich kann es nicht einmal niederschreiben, so schäme ich mich.

Auf wundersame Weise war Magnus zur Stelle. In meinem ganzen Leben habe ich Vater noch nicht so wütend gesehen. So wütend! Sobald er seine Hose hoch hatte, hat er mich geschlagen, dass ich gegen die Wand gedonnert bin.
Und Magnus, den lieben, armen Magnus, hat er furchtbar verdroschen. Mit geballter Faust ist er auf ihn los, hat auch dann nicht aufgehört, als er schon längst am Boden lag.
Gott sei Dank ist Mama rechtzeitig gekommen, sonst wäre Magnus jetzt sicher tot.
Er sieht furchtbar aus, überall rot und blau und blutend. Und wo es nicht blutet oder sich verfärbt, tut es trotzdem weh.
Aus lauter Angst konnte ich ihm nicht einmal zu Hilfe eilen. Ich habe nur geschrien und geschrien.
Vater ist weg.
Ich bin runter zum Rhein gelaufen, denn ich konnte die Nähe der anderen und ihre fragenden Gesichter nicht ertragen.
Hier am Wasser kann ich immer neue Kraft schöpfen.
Mama hat mich in den Arm genommen und meine Haare gestreichelt. Sie hat gesagt, dass sie dafür sorgt, dass es nie wieder passieren wird. Dass ich nun keine Angst mehr haben muss.
Dafür wird sie Sorge tragen.
Josefine schläft schon. Ich höre, wie ihr Atem ruhig geht.
Es ist späte Nacht, und noch ist Vater nicht nach Hause gekommen. Bestimmt betrinkt er sich fürchterlich.
Die ganze Zeit über starre ich auf den Blutfleck, den Magnus' Kopf auf dem Wandspiegel hinterlassen hat. Seine Haare kleben daran. Ich werde nicht schlafen können, bevor ich den Spiegel nicht geputzt habe. Ohnehin werde ich nicht schlafen können, denn ich höre auf jedes Geräusch. Ich hoffe so sehr, dass ER nicht nach Hause kommt. Ach, wenn er doch einfach in seinem Schnaps ertrinken würde!

7. März 1926

Vier Tage ist er schon weg. Jede Sekunde lauere ich darauf, ob er wiederkommt. Magnus' Gesicht ist über und über grün und blau. Ich kann ihn kaum anschauen. Immer wieder sehe ich vor mir, wie er auf ihn eingeprügelt hat. Dann überflutet mich wieder die Angst, dass er Magnus zu Tode prügelt.
Was, wenn er zurückkommt? Was soll dann werden? Aus mir? Aus Magnus? Aus den Kleinen?
Sie verstehen überhaupt nicht, was los ist. Oskar hat einmal gefragt, und Fine hat ihm geantwortet, bevor Mama etwas sagen konnte. Sie sagte, wir sollten einfach nur froh sein darüber, dass Vater weg ist. Ich glaube, sie ahnt etwas. Ganz sicher weiß sie, dass es Vater war, der ihrem großen Bruder das angetan hat.
Mama hat den ganzen Abend geweint, und immer wieder hat sie gesagt, es sei ihre Schuld. Nur ihre Schuld. Ich weiß nicht, was sie damit meint.

12. März 1926

Eine ganze Woche war Vater weg, doch vorgestern ist er zurückgekommen. Er hat nicht gesagt, wo er war, aber er sah so abgerissen und heruntergekommen aus, dass ich mir nur das Schlimmste vorstellen kann. Mit mir redet er nicht, auch nicht mit Magnus und nur wenig mit Mama. Bei Tisch herrscht Grabesstille.
Nur Mama und Viktor versuchen mit ein paar belanglosen Gesprächen, die Laune hochzuhalten und so zu tun, als wäre alles normal. Ich frage mich, ob Viktor weiß, was vorgefallen ist. Mama hat es ihm sicher nicht erzählt. Seit dem Vorfall ist sie kaum noch draußen bei den Pferden. Doch bei Tisch reden sie meistens über Pferde. Das ödet Vater allmählich an. Langsam wird er wieder der Alte, wird lauter und wieder herrischer. Mit jeder einzelnen Stunde habe ich mehr Angst. Immerhin versucht er, nett zu Mama zu sein. Am ersten Abend hatten sie einen heftigen

Streit im Salon, als wir schon alle oben waren. Ich habe das Gefühl, sie muss ihm ziemlich zugesetzt haben.

22. März 1926

Mama hat recht behalten – bisher. Vater rührt mich nicht mehr an. Ja, er sieht mich nicht einmal mehr an. Seit seiner Rückkehr hat er kein einziges Wort mehr mit mir gewechselt.
Trotzdem habe ich so furchtbare Angst, was passiert, wenn ich ihm alleine begegne. Keinen Schritt mache ich allein.
Magnus ist letzte Woche zum ersten Mal wieder aufgestanden. Außer einer kleinen Narbe über dem linken Auge wird wohl nichts zurückbleiben.
Glücklicherweise ist so viel zu tun, dass wir Vater höchstens beim Abendessen sehen. Er liefert das Fastenbier aus. Und wenn er hier ist, dann vor allem in der Brauerei, wo er mit dem letzten Hopfen das Märzen braut. Wenn alle da sind, habe ich nicht so viel Angst.
Vater will, dass Magnus ihm in der Brauerei hilft, solange er nicht in die Schule geht. Aber Magnus reagiert nicht auf ihn. So, wie Vater mich behandelt, behandelt Magnus ihn: Er sieht einfach durch ihn hindurch. Vaters ansteigende Wut ist förmlich zu greifen. Das kann nicht lange gut gehen.

29. März 1926

Heute bin ich zum ersten Mal seit langer Zeit glücklich gewesen. Vater hat heute Abend verkündet, dass er bald nach Amerika fährt. Geschäftlich, sagt er.
Natürlich wissen wir alle, dass er dort illegal Schnaps verkaufen will. Er tut so, als wenn wir alle dumm wären. Soll er doch. Hauptsache, er ist weg. Wenn wir Glück haben, sogar für einen ganzen Monat! Ich kann es kaum erwarten.

2. April 1926

Wir waren alle auf dem Butzweilerhof. Die riesige Zeppelinhalle war beeindruckend. Oskar ist immer noch ganz aus dem Häuschen.
Vater ist endlich weg.
Er fliegt mit den Briten, mit der Imperial Airways. In nur anderthalb Stunden ist er in London. Das muss man sich mal vorstellen! Von Southampton aus geht es dann weiter mit dem Schiff. Neun Tage später soll er in New York ankommen. Ich flehe und bete jeden Tag, jede Stunde, jede Minute, er möge einfach nicht mehr heimkehren. Am besten wäre es, eine gerechte Welle würde ihn über Bord spülen. Ihn so weit fort zu wissen, ist wie eine Erlösung.
Josefine hat beschlossen, dass sie Pilotin werden will. Sie weiß so vieles über das Fliegen, dass ich es ihr glauben möchte. Sie hat erzählt, dass sogar von Richthofen, der rote Baron, vor dem Krieg hier seine Ausbildung zum Beobachtungsflieger absolviert hat! Und in zwei Monaten zieht die Deutsche Lufthansa auf den Flughafen. Nach der Schule will sie sich dort bewerben.
Mama hat direkt nach der Heimkehr vom Flugplatz einen Kuchen gebacken. Und es gab Waffeln mit heißen Kirschen aus dem letzten Jahr. Und Sahne. Ich weiß nicht, wann ich mich das letzte Mal so frei gefühlt habe. Ich habe das erste Mal seit Monaten wieder gelacht.

Isabell ließ das Tagebuch sinken. Der Rhein glitzerte in der Abendsonne. Dieser Platz hier war Clementines Kraftort gewesen. Hier wurde ihr Schicksal besiegelt. Die letzten Einträge klangen so, als ginge es langsam wieder bergauf mit ihr. Und sie hinterließen überhaupt nicht den Eindruck, dass Clementine hätte schwanger sein können. Dann war Oma Pauline doch nicht ihr Bastard? Oder verdrängte die junge Frau diesen schrecklichen Umstand nur? Für eine unverheiratete Frau wäre das einer absoluten Katastrophe gleichgekommen. Noch immer hatte Isabell keine Ahnung, warum Clementine sich vier Jahre später umgebracht hatte. Ihr Vater war da schon längst tot. Sie räkelte und streckte sich und nahm eine andere Sitzposition ein, bevor sie weiterlas.

8. April 1926

Mama verhält sich wirklich eigenartig. Sie ist wieder viel bei den Pferden und verbringt viel Zeit mit Viktor. Sie lachen und scherzen. Mama führt sich auf wie ein junges Mädchen. Es ist mir peinlich. Die anderen scheinen das gar nicht mitzubekommen. Alle mögen Viktor, Oskar vergöttert ihn geradezu. Wir anderen lernen jetzt auch Reiten. Ob sie Viktor um Schutz gebeten hat?

Viktor – der Mörder von August Korte!

Isabell war überrascht, diese Zeilen hier zu lesen. Das hörte sich gar nicht danach an, als hätte er Sofia Korte nachgestellt. Eher schien es so, als würde er ihr gegen ihren brutalen Ehemann zur Seite stehen. Vielleicht waren sie verliebt? Wer war dieser Viktor eigentlich? Woher kam er? Was genau war seine Aufgabe? Er schien doch eine wichtige Rolle im weiteren Schicksal der Familie gespielt zu haben.

Isabell nahm sich vor, diese Stelle Julius zu zeigen. Vielleicht hatte er etwas in seiner Artikelsammlung, was ihr mehr über diesen Mann erzählte. Julius hatte sie für heute Abend zum Essen eingeladen, bevor er sich nach dem Besuch im Seniorenstift wieder zu seiner Arbeit verabschiedet hatte. Und Oma Pauline hatte vor Freude gestrahlt.

Ihr Inneres war aufgewühlt. Sie wollte hierbleiben, bei der Villa und bei ihm. Doch sobald sie den Gedanken zuließ, spürte sie, wie die Angst in ihr hochkroch. Doch plötzlich gab es da etwas Neues – eine Gegenkraft. Inzwischen hatte sie genauso große Furcht davor, wieder eine Chance für ihr Glück zu verpassen. Konnte sie das Risiko eingehen und Teil von etwas werden, von dem sie vielleicht irgendwann Abschied nehmen musste?

Eine Hummel schwirrte um ihren Kopf, und Isabell schüttelte ihre Mähne, bis das Insekt fort war.

»Hier bist du! Ich hab mir schon gedacht, dass ich dich irgendwo hier finde.« Isabell blickte auf und schaute in Julius' strahlendes Gesicht. »Ich hab eine kleine Überraschung für dich.« An seiner rechten Hand schaukelte ein Weidenkorb. Isabell erkannte einen Flaschenhals. Ein Lächeln flog über ihr Gesicht.

»Du bist früh dran.«

Er ließ den Korb ins Gras gleiten. »Ich schwänze einen Termin. Das heißt, nicht wirklich, ich habe ihn an einen Mitarbeiter übergeben. Der war zwar alles andere als erfreut, aber … es ist unser letzter Abend.« Wenn du es dir nicht anders überlegst, schien er noch nachsetzen zu wollen, aber er sagte es nicht.

Isabell beugte sich über den Korb. »Ein Picknick?«

»Das Wetter ist viel zu schön, um dich in ein Restaurant zu entführen. Außerdem hätte ich dich da nicht alleine für mich.« Seine Miene schien ihr zu sagen, dass er es nicht ausgehalten hatte, sie hier vor Ort zu wissen, während die gemeinsame Zeit unerbittlich verrann. Er kniete vor ihr, und sein Gesicht war ihrem ganz nahe. Isabell wurde von seinem intensiven Blick angezogen. Ihre Münder näherten sich, und ihre Lippen fanden zueinander. Lautes Hundegebell störte sie. Ein Spaziergänger näherte sich.

»Komm, lass uns in deinen Garten gehen.«

Deinen Garten. Julius half ihr hoch und griff nach dem Korb, aber er ließ ihre Hand nicht los. Er schlug den Weg außen um die Garagen herum ein. »Und, hat Clementine noch mehr dunkle Geheimnisse deiner Familie aufgedeckt?«

Die Frage klang so unbedarft, dass Isabell gegen ihren Willen auflachen musste. »Ja.«

Er blickte sie überrascht an, während sie zurückschlenderten. »Das klingt etwas beunruhigend.«

»Ist es auch. Mein Urgroßvater war ein Monster. Er hätte fast seinen eigenen Sohn erschlagen.«

»Meine Güte, wirklich?« Er sah erschrocken zu ihr hinüber. »Hast du etwas mehr erfahren über die Abstammung deiner Großmutter? Ich meine, ist Clementine ihre Mutter?«

»Nein, je weiter ich lese, desto mehr glaube ich, dass ich mich geirrt habe. Oma Pauline ist Anfang August 1926 geboren, und im Tagebuch bin ich schon im April angekommen. Bisher hat Clementine kein einziges Wort über eine Schwangerschaft verloren. Keine Andeutung, gar nichts. Ich bin gerade an der Stelle, an der ihr Vater in die USA geflogen ist, um Alkohol dorthin zu schmuggeln.«

»Alkoholschmuggel? Ach stimmt«, fiel es Julius ein, »die Prohibition.«

Isabell nickte. »Clementines Bruder Magnus hat sie gegen ihren Vater verteidigt und ist dafür furchtbar verprügelt worden. Aber als der Vater in die USA geflogen ist, schien es Clementine richtig gutzugehen.«

Unter den Zweigen des Kirschbaumes stellte Julius den Korb ab. Geschickt trat er die Wiese an einer Stelle platt. Er holte eine Picknickdecke hervor und breitete sie aus. Aus dem Korb zauberte er zwei schlanke, hohe Gläser und eine große dunkle Flasche mit einem Schnappverschluss hervor.

»Willst du mich betrunken machen?« Sie ließ sich neben ihm nieder.

»Nein, aber ich finde, du musst wenigstens einmal mein selbstgebrautes Bier probieren.«

»Ich glaub, ich hab noch nie ein richtiges Kölsch getrunken.«

Julius lachte, als er die goldene Flüssigkeit einschenkte. »Und das wirst du auch jetzt nicht trinken. Es ist eher eine kölsche Wiess, eine Weiße. Wahrscheinlich sogar nach einem ganz ähnlichen Rezept, wie es schon in den Anfangstagen dieser Brauerei gebraut wurde.«

Isabell schaute ihn verblüfft an. »Ich dachte, mein Urgroßvater hätte natürlich Kölsch gebraut!«

»Ich kann das nicht mit Bestimmtheit sagen, doch die meisten Kölner Brauer haben damals mit hellem Gerstenmalz ein obergäriges Bier gebraut. Aber wenn es nicht filtriert ist, darf man es nicht Kölsch nennen. Heutzutage wenigstens nicht mehr. Und früher hatten die wenigsten Brauereien eine Filtrieranlage.«

»Dann ist Kölsch noch gar nicht so alt?«

»Die Bezeichnung Kölsch ist 1917 das erste Mal urkundlich bezeugt, aber als festen Markennamen gibt es Kölsch erst seit der Kölsch-Konvention von 1986.«

»Ach wirklich?«, sagte Isabell überrascht. Dann trank sie einen großen Schluck und machte ein zufriedenes Gesicht.

»Schon wieder etwas, das du wirklich gut kannst.«

Ohne auf ihre Bemerkung einzugehen, schaute er sie an. Ruhig und ernst. Isabell wusste sofort, was jetzt kam. Es war ein sehr viel verfänglicheres Thema als Bierbrauen.

»Nachdem wir über Mona gesprochen haben, habe ich viel nachgedacht. Ich bin mir wirklich sicher. Ich bin mir meiner Gefühle sicher. Ich bin bereit für eine neue Liebe. Und ich bin mir ganz sicher, dass ich dir viel zu bieten habe. Liebe und Geborgenheit an erster Stelle ... und noch sehr viel mehr.«

Isabell biss sich auf die Unterlippe. »Du bist dir im Klaren darüber, dass es anscheinend eine Familientradition bei uns ist, dass die Männer früh sterben und die Frauen in ihrem Unglück gefangen sind.«

Ein schmerzlicher Ausdruck legte sich über sein Gesicht. »Nein, bitte mach das nicht. Weich nicht aus. Das habe ich nicht verdient.«

»Das stimmt. Das hast du nicht verdient.« Isabell kratzte sich verlegen am Unterarm. »Ich weiß auch nicht, warum ich so was sage. Wahrscheinlich einfach nur, weil ich immer noch Angst habe.« Er betrachtete sie aufmerksam, ohne einen Ton zu sagen. »Ich weiß, dass du mir das Grundstück und das Gebäude schmackhaft machen willst mit diesem romantischen Picknick. Diesbezüglich habe ich mich noch nicht festgelegt.«

»Diesbezüglich?«

Isabells Herz schlug schnell. »Ich habe furchtbare Angst, dass es schiefgeht.«

Er atmete tief durch. »Okay, was ist die Alternative: Du fliegst zurück nach Berlin, und wir treffen noch zwei, drei Mal aufeinander, wenn es um die Abwicklung des Erbes geht. Ich werde mit meinen Gefühlen irgendwie klarkommen ... klarkommen müssen. Und du suchst weiter nach ..., nun, wonach denn eigentlich? Was würdest du woanders finden können, was ich dir nicht bieten kann?«

Isabell wusste nur zu gut, wie recht er hatte. Ausweichen, sich nicht festlegen, nichts Verbindliches versprechen. So waren ihre Beziehungen immer gewesen. Und immer war sie irgendwann weggelaufen, wegen Kleinigkeiten, wegen normaler Differenzen, die zu jeder Freundschaft gehörten und in jeder Liebe auftauchten.

Gerade, als er weiterreden wollte, sagte sie: »Eigentlich ist hier alles, wonach ich immer gesucht habe: Ein wirkliches Zuhause. Eine Heimat.«

»Eigentlich?«

Sie nahm noch einen Schluck, ließ ihren Blick unruhig über die Umgebung wandern. Und wenn sie wieder versagte? Wenn Julius der nächste Mann war, den sie verließ?

»Schau mal, dort das Vergissmeinnicht.«

Julius seufzte. »Die Stelle, wo deine Urgroßmutter gestorben ist.«

»Ich frage mich, ob meine Urgroßmutter Sofia jemals eine große Liebe hatte, ich meine, eine wirklich schöne, romantische Liebe. Ich bin mir nicht sicher, aber ich glaube, dass Sofia und dieser Pferdezüchter, Viktor, möglicherweise eine Affäre hatten.«

Noch immer hielt er sie mit seinem durchdringenden Blick fest. »Dann war deine Urgroßmutter eine sehr viel mutigere Frau, als du es bist.« Es klang nicht wie eine Anklage, sondern einfach nur wie eine Feststellung. Vielleicht schwang ein wenig Enttäuschung mit.

Ein durchdringender Duft nach Flieder wehte an ihnen vorüber. Er hatte ja so recht. Isabell konnte nicht antworten, es war schwierig genug, seinem Blick standzuhalten. In ihren Augen suchte er nach der Antwort, die ihr Mund ihm nicht gab.

»Ich finde, jeder Mensch sollte wenigstens einmal in seinem Leben eine stürmische und vielleicht unbedachte, gefährliche Liebe haben.«

Meine Güte, er war wirklich beharrlich! »Und war Mona deine stürmische und gefährliche Liebe?«

»Nein, Mona war immer der sichere Hafen. An unserer Beziehung war nichts gefährlich. Und nichts wild … und nichts unbedacht.«

Isabell stutzte. Sie würde gar nicht ewig im Schatten einer Toten stehen müssen. Seine letzten Worte machten klar, dass sie die Konkurrenz nicht fürchten musste. Was immer sie miteinander teilten, es war gänzlich anders, als das, was Julius früher einmal gelebt hatte. Es würde keine kleinere Liebe sein müssen, es würde einfach eine andere Liebe sein. Eine, die den Vergleich nicht zu scheuen brauchte.

Sie zeichnete mit dem Finger eine Spur in das Kondenswasser, das sich auf dem Glas abgesetzt hatte. »Ich hab das noch nie jemanden erzählt … Ich … Ich hab so große Angst, verlassen zu werden. … Mein Vater hat mich verlassen, als ich noch ganz klein war. Ich habe das nie verstanden. Und irgendwie habe ich es auch nie verwunden. Und als meine Mutter gestorben ist … Ich war noch jung …, also schon erwachsen, aber …« Sie schüttelte unwillig den Kopf. »Es war, als würde mir der Boden unter den Füßen weggerissen.«

»Deshalb bist du immer auf Distanz? Damit dir das nicht noch einmal passiert?«

Isabell nickte. »Als Kind verlassen zu werden, ist wie zu sterben. Du hattest keine andere Wahl, als dich abzuschotten, wenn du überleben wolltest.«

»Jetzt hast du eine Wahl. Du bist erwachsen. Du überlebst. Du brauchst nicht mehr die anderen zu verlassen, bevor sie dich verlassen.«

Isabell lachte bitter auf. »Ich hab so große Angst, wieder an den Rand der Klippe zu kommen. Ich kann es nicht noch einmal ertragen, zu fallen.«

»Du musst nicht fallen, du kannst auch fliegen. Meine Liebe lässt dich fliegen. Sicherheit und Kraft liegen in dir, immer, du musst nur die Tür frei räumen, die dir den Durchgang verwehrt.«

In seinen Augen stand ein Versprechen. Er würde nicht einfach gehen. Er würde sie nicht fallenlassen. Er würde ihr zur Seite stehen, in allem. Plötzlich sehnte sie sich danach, die Schwingung seines Mundes nachzuzeichnen. Der Mund, der ihr endlich das Glück in Aussicht stellte, das Glück, davergilbtes sie sich verdient hatte. Heilung.

Isabell stellte ihr Glas beiseite und nahm ihm seins aus der Hand. Und er verstand. Er zog sie in seine Arme und hielt sie einfach nur fest. Von einem Augenblick zum anderen schien plötzlich alles möglich. Sie musste es sich nur selbst erlauben. Und sie würde es sich erlauben. Von jetzt an – für den Rest ihrer Zeit.

KÖLN-RHEINKASSEL – 5. MÄRZ 1926

Mit aller Kraft stieß Sofia die Erdharke in die Erde. Es war noch viel zu früh und viel zu kalt, um sich um die Aussaat zu kümmern. Das Hochwasser im Januar hatte eine Schlammschicht über den Gemüsegarten gelegt, und das, was sie nicht hatten abtragen können, musste sie jetzt unterarbeiten. Die Zeiten waren schlecht, und es gab Leute, die machten diese schwere Arbeit für ein warmes Abendessen. Sofia hatte eigentlich genug Geld, um sich jemanden dafür zu holen. Aber im Moment tat es ihr gut, sich abzureagieren.

Außerdem – wer wusste schon, ob August noch mal zurückkam. Vor zwei Tagen war er verschwunden. Er war aus Clementines Zimmer gestürzt, hatte nur noch seinen Mantel mitgenommen und war fort. Sofia wusste weder, wo er war, noch, was er tat. Wenn er sie nun für immer verlassen hatte? Aus Scham über das, was er seinen Kindern angetan hatte. Nein, das klang nicht nach August. Sicher saß er irgendwo über einem Bierkrug oder ein Schnapsglas gebeugt und dachte darüber nach, wie er sich am elegantesten aus der Affäre ziehen konnte. Niemals würde er das, was er hier hatte, einfach zurücklassen. Die Villa, die Brauerei. Sie?

Eine Träne rann ihr über die Wange. Unwillig wischte Sofia sie mit dem dreckigen Hemdsärmel ab. Ihre Arme waren bis zu den Ellenbogen mit Erde verschmiert. Es war furchtbar kalt, und sie konnte ihre Finger kaum noch bewegen. Doch es beruhigte sie, so betäubt zu sein. Denn was sie vorhatte, dazu musste sie sich betäuben. Und sie musste es bald tun, solange August noch nicht zurück war. Am besten jetzt gleich.

Clementine war oben bei Magnus. Der stöhnte zwar unentwegt vor lauter Schmerzen, aber es ging ihm etwas besser. Gestern hatte er sich zum ersten Mal wieder aufgesetzt und etwas gegessen. Die anderen waren alle noch in der Schule. Gustav und Oskar schienen einfach nur froh zu sein, dass ihr Vater nicht da war. Josefine hatte gestern bei Tisch gefragt, wo er blieb. Sofia hatte ihrer Tochter nur ausweichend geantwortet, Vater sei geschäftlich unterwegs. Das stimmte alle zufrieden. Zwar konnte sie in Viktors Augen die Frage lesen, was eigentlich passiert war, aber er war geduldig. Er wusste, früher oder später würde sie es ihm schon erzählen. Und er hatte recht: Es war soweit. Sie balancierte über das schmale Brett und legte die Harke neben das Beet. Sie wischte sich die Hände an der alten Kleidung ab und ging rüber in die Brauerei.

Viktor war im Sudhaus. Für einen Moment gestattete Sofia sich einen letzten Blick mit den Augen einer Verliebten. Die hellblonden Härchen im Nacken … Er hatte zur Arbeitshose nur ein Unterhemd an, weil es hier bei den Kesseln so heiß war. Kurz beobachtete sie das Spiel seiner Muskeln. Viktor schob den Trester in große Zinkwannen. Die würde er später wegbringen. Die eiweißhaltige Getreidemasse, die nach dem Abseihen der Maische übrig blieb, verkaufte August an einen benachbarten Bauern, der seine Schweine damit fütterte. Obwohl niemand wusste, wann oder ob August wieder auftauchen würde, ging hier alles weiter seinen Gang. Bei Viktors Anblick stiegen in ihr Gefühle hoch, die sie sich ab sofort nicht mehr erlauben würde.

Als er Sofia bemerkte, legte er den großen Schieber beiseite. Er kam von dem kleinen Holzpodest herunter, das vor dem Läuterbottich angebracht war. »Sofia!«, sagte er nur, als brauchte es nicht mehr, um sich ihrer zu vergewissern.

Sie trat näher, doch als er nach ihren Händen greifen wollte, zuckte sie zurück. »Viktor, ich … Ich muss mit dir reden.«

»Was ist passiert?« Auf seinem Gesicht lag schon seit zwei Tagen dieser besorgte Ausdruck. Ihm schwante etwas.

»Ich … Wir … Wir können nicht mehr so weitermachen.« Er nickte. »Das versuchte ich dir doch schon seit Wochen klarzumachen.«

So oft hatte er davon gesprochen, dass sie zusammen fortgehen sollten. Sie hob die Hand, als er auf sie zukam.

»Nein, ich meine, wir müssen diese … unsere Geschichte beenden.«

»Beenden?«

»Es darf nicht so weitergehen.«

»Wir können unsere Liebe nicht einfach beenden. Ich kann das nicht, und du kannst das auch nicht.«

»Doch, ich kann das. Ich werde es schaffen.«

»Willst du deine Gefühle ablegen wie einen Hut?« Sofia antwortete nicht. »Willst du das? Sollen wir einfach so tun, als wäre nichts zwischen uns? Soll ich fortgehen und dich bei diesem … dich bei August lassen?«

»Ich kann so nicht weitermachen. Ich darf so nicht weitermachen!«

»Was ist passiert? Was ist mit Magnus? Ist der Kampf der Auslöser für deinen Entschluss? Was hat August getan? Wieso hat er ihn so verprügelt? Hat er ihm endlich gesagt, dass er nicht Bierbrauer werden will wie sein Vater?«

Sofia schaute überrascht auf. Das hatte sie noch gar nicht gewusst. Offensichtlich hatte Viktor nicht nur zu ihr ein Vertrauensverhältnis aufgebaut.

August war bisher stillschweigend davon ausgegangen, dass Magnus und seine Brüder die Brauerei und alles, was er aufbaute, irgendwann übernehmen würden. Doch jetzt wischte sie diese Gedanken beiseite.

»Nein, es ist etwas anderes passiert. Etwas ganz Fürchterliches.« Sie konnte nur ahnen, wie sehr Clementine sich schämte. Durfte sie das schändliche Geheimnis ihrer Tochter verraten? »Clementine hatte … Streit mit August. Und Magnus ist dazwischen gegangen. Er hat sie verteidigt. Und August ist so zornig geworden, dass er den Jungen verprügelt hat.«

»Er hätte ihn um ein Haar getötet.«

Sie schaute überrascht auf. Viktor betrat das Haus nur zum Essen, und als Magnus verprügelt worden war, war er in der Brauerei zugange gewesen. »Woher willst du das wissen?«

Doch Viktor hielt ihrem Blick stand. »Das hat Josefine gesagt. Beim Essen, als du oben bei Magnus warst. Josefine hat es von Clementine, als sie das Abendessen zusammen vorbereitet haben.«

Das klang plausibel, aber sicherlich hatte Clementine ihrer Schwester nicht erzählt, warum es dazu gekommen war. »Und genau deswegen müssen wir unsere Tändelei beenden.«

»Tändelei! Du nennst das Tändelei? Ich liebe dich! Und ich weiß, dass du mich auch liebst!«

Sofia wusste nicht, was sie sagen sollte. »Trotzdem. Ich habe über unserem Glück das Glück meiner Kinder vergessen. Das hätte niemals geschehen dürfen.«

Er machte einen schnellen Schritt auf sie zu und griff nach ihren Händen. »Können wir nicht unser beider Glück und das deiner Kinder miteinander verbinden? Lass uns alle von hier fortgehen. Gemeinsam.«

»Wie stellst du dir das vor? Mit allen fünfen? Sie müssen zur Schule. Sie müssen essen. Sie brauchen einen Platz zum Schlafen.«

»Ich hab viele Flüchtlingsfamilien auf meinem Weg aus dem Memelland getroffen. Andere haben es auch überlebt.« Sie machte sich von seinen

Händen frei.« »Und du hast mir auch erzählt, wie schlecht es ihnen erging. Soll ich meinen Kindern zumuten, zu hungern? Soll ich betteln gehen?«

»Willst du deine Kinder eines Tages einfach von August erschlagen lassen?« Seine schnelle Antwort traf sie wie ein spitzer Pfeil. Tränen schossen Sofia in die Augen. Ja, so etwas war denkbar. August war ein Tier. Sie hatte es vor zwei Tagen selbst erlebt. Sie drehte sich weg und schaute aus dem staubigen Fenster. »Es geht nicht.« Sofia wusste, es gab noch einen weiteren Grund, und lange würde sich dieser Grund nicht mehr verbergen lassen.

»Wenn du glaubst, ich würde mich einfach so vom Acker machen und dich hier mit diesem ... diesem Menschen alleine lassen, dann hast du dich geirrt. Ich werde dich nicht verlassen. Du kannst mich vielleicht zurückweisen, aber ich werde dich nicht alleine lassen. Ich werde hierbleiben.«

»Und wenn ich August sage, dass du gehen sollst?«

»Er findet doch niemanden, der freiwillig für so wenig Geld so viel arbeitet.«

»Natürlich findet er jemanden. Die Arbeitssuchenden stehen mit Pappschildern auf der Straße. Für die Aufräumarbeiten nach dem Hochwasser hat er doch auch die Leute einfach von der Straße geholt.«

»Aufräumen und schippen kann jeder. Doch niemand kennt sich so gut aus mit Pferden. Und ich bin in der Brauerei eingearbeitet. Gerade jetzt wird er mich nicht entbehren wollen.«

Sofia blickte ihm zornig in die Augen. »Du verstehst es nicht.«

»Und was würdest du ihm sagen, warum ich gehen soll? Versteckst du deinen Schmuck und sagst, ich hätte ihn geklaut?« Viktor wusste, dass Sofia so gut wie keinen Schmuck besaß. »Oder sagst du, ich würde mich über dich hermachen? Willst du ihm das etwa sagen? Aus einem geringeren Grund wird er mich nicht gehen lassen.«

»Dann geh jetzt. Solange er weg ist. Ich werde ihm erzählen, dass du dich davongemacht hast, weil er verschwunden ist. Und du ... hättest gedacht, dass du bald nicht mehr bezahlt wirst.«

»Ich gehe, aber nur zusammen mit dir!«

Eine unerträgliche Spannung lag über dem Raum. Da war so viel Liebe, und diese Liebe schlug jetzt um in Verzweiflung. Sofia wusste nicht, was sie noch sagen sollte, um ihn umzustimmen. Wollte ihr Herz doch nur das, was auch Viktor wollte. Doch das ging nicht. Sie könnte nicht fortgehen. Und sie würde es kaum ertragen, wenn Viktor fortging. Ihre Verzweiflung bahnte sich ihren Weg. Schluchzend lehnte sie sich gegen die kalte Holzwand.

»Vielleicht ist er ja für immer verschwunden. Vielleicht kommt er ja einfach nicht mehr wieder.« Dies war ihr innigster Wunsch. Dass August einfach nicht mehr auftauchte. Es würde all ihre Probleme lösen.

Mit einem Schritt war Viktor bei ihr und nahm sie in seine Arme. »Ja, das wünsche ich mir auch. Dass er einfach vom Erdboden verschwindet. Einfach so. Besoffen in den Rhein fällt und ertrinkt. Das wäre für uns alle gut.«

»Es wird nicht passieren.«

»Ich werde alles mit dir durchstehen. Alles. Aber stoß mich nicht zurück.«

»Du kannst das nicht verstehen. Ich muss es tun.«

»Wieso? Was ist passiert? Erzähl es mir, und wir finden gemeinsam eine Lösung.«

Sofia schluchzte auf. Ihre Beine gaben nach, und Viktor ließ sie ins Stroh gleiten. Er setzte sich neben sie, und wartete. Mit stockenden Worten erzählte Sofia, was August Clementine angetan hatte. Und dass es schon seit über zwei Monaten so ging. Und wie Magnus dazwischen gegangen war.

»Ich hätte es merken müssen. Ich hätte ihr beistehen sollen. Stattdessen ich war zu sehr mit uns beschäftigt. Ich habe gemerkt, dass Clementine sich verändert hat. Doch ich habe nichts unternommen, wochenlang nicht. Dass es so weit gekommen ist, ist meine Schuld. Wenn ich mehr aufgepasst hätte, dann ...«

»Dann wäre August nur umso geschickter vorgegangen.«

»Vielleicht, trotzdem ist es meine Schuld. Ich hab mich zu sehr um meine eigene Wünsche gekümmert. Ich hab in einer Traumwelt gelebt, und jetzt bin ich aufgewacht. Ab jetzt kümmere ich mich wieder ganz um meine Kinder. Und nichts, was du sagst, wird mich davon abhalten können.«

Viktor nickte. »Davon will ich dich gewiss nicht abhalten.« Er ließ sie los und stand auf. Sofia sah ihn an, wie er unruhig im Stall auf und ab ging. Endlich blieb er stehen.

»Wir finden eine Lösung. Ich werde dir und deinen Kindern helfen. Und wenn es nötig ist, euch verteidigen. Und so Gott und alle guten Mächte mir beistehen, verschlingt ihn der Rhein einfach unwiederbringlich! Aber ich werde dich nicht freigeben. Das schwöre ich hoch und heilig!«

KAPITEL ELF

KÖLN RHEINKASSEL – EIN MONTAG IM MAI 2014

Vor zwanzig Minuten hatte die gute Frau Schiffer ihr einen Tee und eine sämige Kartoffelsuppe gebracht. Das gehörte eigentlich nicht zu ihren Pflichten als Pensionswirtin, aber sie schien sich doch Sorgen zu machen. Denn kaum hatte Pauline nach ihrem Schläfchen angefangen, im Zimmer zu rumoren, hatte sie geklopft und sich nach ihrem Befinden erkundigt.

Pauline schob das Tablett beiseite und lehnte sich in dem Stuhl zurück. Sie fühlte sich besser, gestärkt und ausgeruht. Wo ihre Enkelin wohl gerade war? Sicher war sie bei dem schönen Wetter draußen in der Sonne. Sie war schon immer ein Naturkind gewesen. Merkwürdig überhaupt, dass es sie zuletzt nach Berlin, mitten in die Stadt, verschlagen hatte. Und kein Wunder, dass sie ständig unterwegs war und ins Grüne flüchtete.

Überhaupt, ihre Lebensplanung erschloss sich Pauline nicht. Was also war das für eine Sache mit Julius Grothues? Pauline war begeistert von diesem netten und zuvorkommenden Mann. War er es, der Frau Schiffer veranlasst hatte, nach ihr zu sehen? Die Pensionswirtin hatte ihr angeboten, auch das Abendessen zu machen, wenn sie nicht aus dem Haus wolle. So war es bestimmt einfacher, denn Julius hatte Isabell zum Abendessen eingeladen, und Pauline hatte ihr gut zugeredet. Sie wollte den beiden nicht ihre letzten gemeinsamen Stunden stehlen. Nur zu gerne würde sie es sehen, wenn ihre Enkelin endlich eine beständige Liebe und eine Heimat finden würde.

Manchmal fühlte sie, dass sie noch nicht bereit war, diese Welt zu verlassen, solange ihre Enkelin noch keinen Anker gefunden hatte. Sie durfte sie nicht einfach mutterseelenallein lassen. Isabell bei einem Mann wie Julius zu wissen, würde ihr den Abschied sehr erleichtern.

Trotzdem war sie froh, dass es morgen zurückging. Nach all den Aufregungen der letzten Tage, freute sie sich, in ihre kleine Seniorenwohnung und ihren gewohnten Trott zurückzukommen. Hier stürzten Dinge auf sie ein, die sie ganz schwindelig machten – die Villa und all die Erinnerungen, die an ihr hingen.

Zwar sah der Garten ganz anders aus, die Garagen hatten damals noch nicht gestanden, und auch die kleine Brauerei war umgebaut worden. Doch überall tauchten aus dem Nichts düstere Bilder ihrer Vergangenheit auf. Diese Stufen hochzusteigen, die sie als Kind Tausende Male gelaufen war, hatte sie in eine Zeit zurückversetzt, an die sie sehr lange nicht mehr gedacht hat. Es war eine Zeit, die anscheinend beständig verschattet gewesen war – ihre traurige Mutter und ihre Geschwister, die sie immer abgelehnt hatten. Alle außer Clementine, aber die war viel zu früh von ihr gegangen.

Und heute fragte sie sich, wieso sie tatsächlich niemals darauf bestanden hatte, herauszubekommen, warum sich ihre geliebte Schwester umgebracht hatte. Ihre Großtanten schienen viele Themen geschickt umschifft zu haben. Auch das Verschwinden von Josefine war niemals aufgeklärt worden. Trotzdem machte sie sich Vorwürfe, nicht wenigstens Oskar genötigt zu haben, ihr die Wahrheit zu sagen. Doch jetzt war es zu spät. Und aus den Bruchstücken ihrer Erinnerung konnte sie dieses Puzzle nicht zusammensetzen.

Natürlich hatte sie sich an das kratzige blaue Kleid erinnert, das mit der weißen Schleife, das Mutter offensichtlich an Ilse Hein weitergegeben hatte. Das hatte sie nicht zugegeben, weil sie nicht mit weitergehenden Fragen behelligt werden wollte. Sie erinnerte sich auch wieder an die Nachmittage, die Mutter mit dieser Frau, mit Tante Kläre, verbracht hatte. Ilse Hein hatte recht: Mutter hatte dann immer ein verweintes Gesicht gehabt. Hatte sie ihre Mutter je glücklich gesehen? Traurigkeit umgab sie beständig wie ein schweres Parfüm.

Vielleicht war ihre eigene Geschichte traurig genug, dass sie sich nicht zusätzlich mit dem Leid anderer beschweren wollte. Erst mit Theodor hatte sie das Glück kennengelernt. Doch sie war nie übermäßig glücklich gewesen. Das Schicksal hatte ihr nur ein Kind zugestanden, und selbst das war vor seiner Zeit gestorben. Caroline war gerade mal zweiundvierzig Jahre alt geworden. Kinder sollten nicht vor ihren Eltern sterben. Das war nicht richtig. Sie hatte sich oft gefragt, ob Theodor vielleicht vor lauter Gram über den Tod seiner einzigen Tochter innerlich vom Krebs zerfressen worden war. Er hatte Caroline über alles geliebt, und vielleicht wollte er einfach nur schnellstmöglich zu ihr.

Einzig Isabell war ihr geblieben, aber so ein junges und unbändiges Leben konnte man nicht festbinden. Da hatten sich die Schatten wieder über sie gesenkt, und seitdem lebte sie in ewiger Traurigkeit. Das kannte sie aus ihrer Kindheit. Im Grunde genommen wäre sie froh, wenn dieses Leben endlich beendet wäre. Gemessen an der Zeit, die andere geliebte Menschen gehabt hatten, dauerte es schon viel zu lange.

Der Besuch bei Ilse Hein hatte jedoch einige Fragen aufgeworfen, die sich nicht so einfach überhören ließen. Eigentlich wollte sie sich gar nicht mit den vergangenen Ereignissen beschäftigen. Es war ihr alles viel zu viel. Schon der erste Brief von Oskar, der sich auf das schmutzige Geld bezog, hatte in ihr Unwillen hervorgerufen. Nur eine Sache, eine einzige Sache, wollte sie wirklich gerne vor ihrem Tod verstehen: Warum hatte Clementine sie in dieser Welt allein gelassen?

Frau Schiffer hatte ihr vorhin freundlicherweise die Blechdose oben aus Isabells Zimmer geholt. Sie hob das Kästchen auf ihren Schoß und öffnete den Verschluss. Die vertrocknete Rose begann zu zerbröseln, aber das Parfümfläschchen mit den Kirschenblüten hatte seinen alten Glanz bewahrt. Das Fläschchen war beinahe voll. Wer immer es geschenkt bekommen hatte, hatte diesen Duft offensichtlich nicht sehr gemocht. Pauline schnupperte, und tatsächlich roch es ein wenig nach Kirschen, etwas zu süß, dennoch nach Kirschen. Sie legte es verschlossen zurück in die Blechdose. Dann nahm sie die vergilbte Fotografie der Familie zur Hand. Doch je länger sie darauf starrte, desto fremder wurden ihr die dort abgebildeten Personen. Mit einem Seufzer legte sie sie weg. Es war nur noch ein Tagebuch in der Blechdose, und das machte ihr Angst. Sie starrte auf das schwarze Büchlein. Sollte sie es wirklich wagen? Sicherlich hatte Clementine das eine große Geheimnis ihrem Tagebuch anvertraut? Pauline wünschte sich, sie könnte einfach nur diesen einzigen Eintrag lesen, der ihr die Antwort auf ihre Frage gab. Alles andere wollte sie nicht wissen. Jetzt schon drehten sich unliebsame Gedanken in ihrem Kopf, dass ihr übel wurde. Sie war viel zu alt, um all die Fragen, die auftauchen würden, noch klären zu können. Doch je länger sie auf das glatte Schwarz des Büchleins starrte, desto sicherer wusste sie, sie wollte die Antwort auf die eine wichtige Frage wissen. Sie nahm das Tagebuch heraus und schlug die erste Seite auf. Es begann Ende Mai 1926, nur wenige Wochen vor ihrer Geburt.

29. Mai 1926

Mamas Bauch wird immer runder. Sie freut sich sehr auf das Kind. Ich kann es nicht verstehen, denn zwischen Vater und ihr scheint keine Liebe mehr zu sein.
Überhaupt hat seine milde Laune sehr schnell nachgelassen. Seit einigen Tagen ist er zunehmend nervös. Jeden Tag wird es schlimmer. Magnus glaubt, dass es mit dem Schnapsschmuggel zu tun hat. Vater wartet ungeduldig auf das Geld aus Amerika. Er verspricht sich wohl sehr viel von dem Handel, ist Tag und Nacht in der Brauerei. Mir ist völlig egal, wie er sein Geld verdient. Alles ist mir recht, was ihn von mir, von uns allen, fernhält. Ob es die Arbeit ist oder Mamas Drohungen – er redet wieder mit mir, aber nur das Allernötigste. Niemals, wirklich niemals, lasse ich eine Situation entstehen, in der ich mit ihm alleine in

einem Raum bin. Sogar Fine und Gustav scheinen das schon begriffen zu haben und bleiben in meiner Nähe, auch wenn sie nicht wissen, was der Grund dafür ist.

Seit vorletzter Woche arbeite ich in Nippes in einer Gummifabrik im Büro. Von meinem ersten Lohn habe ich Schokolade gekauft. Ich kenne niemanden, der sich so ausgelassen freuen kann wie Oskar.

Mama hat mich gedrängt, arbeiten zu gehen. Ich glaube, sie hat Vater überredet, es zu erlauben. Außerdem ist Josefine nun alt genug, um mehr mitzuhelfen. Sie muss mit Gustav zusammen die Rüben und die Kartoffeln schrubben, die für den Schnaps gebraucht werden. Dabei ist sie doch so gut in der Schule. Mama möchte unbedingt, dass sie später auf eine weiterführende Schule geht. Vater sagt, für so einen Blödsinn sei kein Geld da. Ich weiß wirklich nicht, was ich glauben soll. Sind wir nun arm oder reich? Es ist doch andererseits genug Geld da, um uns eine Köchin leisten zu können, die vier Mal die Woche kommt. Und nicht nur Kläre, die sehr gut kochen kann, kommt nun. Bald soll auch ein Mädchen kommen, das Mama kurz vor der Geburt im Haushalt hilft und danach noch ein paar Monate bleibt. Vater überhäuft Mama geradezu mit Geschenken und Nettigkeiten. Letzte Woche war er mit ihr in der Oper am Rudolfplatz. Er hat viel gutzumachen!

Ich gönne es ihr. Aber mein Herz bleibt kalt. Ich kann Magnus' Hass förmlich greifen, wenn sie in einem Raum sind. Aber ich ... Mir bleibt nur die Angst. Angst, die mich mürbe macht. Ich kann nicht essen. Ich kann nicht schlafen. Von jedem kleinsten Geräusch wache ich auf. Ist es Vater? Steht er vielleicht vor der Tür? Mir ist beständig übel. Ich sehne mich nach den Tagen, als er in Amerika war. Ich war einfach nur erlöst. Nicht glücklich, aber befreit. Glück, das ist ein Wort, das aus einer anderen Zeit stammt. Aus einer Zeit der Unschuld. Aus einer Zeit, wo es Angus noch gab und Träume. Das ist alles weg. Ich denke nicht mal mehr an Angus.

Zurück zu Mama: Kläre hat schon jemanden vorgeschlagen, der ihr mit dem Baby helfen kann. Elsbeth Himmels, ich kenne sie aus der Volksschule. Sie war nur drei Klassen über mir. Ich wünschte nur, mein neues Geschwisterchen würde in eine glücklichere Familie hineingeboren.

Elsbeth Himmels? Diesen Namen hatte sie heute Morgen das erste Mal gehört. So hieß Julius' Großmutter! Auch wenn sie sich nicht entsinnen konnte, je ein Kindermädchen gehabt zu haben. Soweit sie sich erinnern konnte, war nicht annähernd genug Geld dagewesen, weder für ein Kindermädchen, noch für eine Köchin. Offensichtlich hatte die Familie vor ihrer Geburt auch Pferde gezüchtet. Das hatte sie auch nicht gewusst, nur, dass sie ein paar Jahre lang Pferde gehabt hatten. Die Brauerei war immer verpachtet gewesen. Sie hatte nie etwas anderes erlebt. Eigentlich wusste sie gar nicht so genau, von welchem Geld ihre Familie gelebt hatte.

Clementine hatte in einer Gummifabrik gearbeitet. Magnus und Gustav hatten in der neuen Ford-Fabrik angefangen, als diese Anfang der Dreißigerjahre von Berlin nach Köln gezogen war. Josefine hatte als Einzige die weiterführende Schule besuchen können. Danach hatte sie dann als Sekretärin auf dem Flughafen Butzweilerhof gearbeitet. Pauline wusste noch, wie enttäuscht ihre große Schwester gewesen war, als man sie nicht zur Fliegerschule zugelassen hatte. Eine ganze Weile hatte sich Oskar bei verschiedenen Bauern als Knecht verdingt, war aber schon vor Beginn des Krieges zurückgekommen, weil er eine gute Stellung in der Gummifabrik bekam, in der gleichen Gummifabrik, wo Clementine Jahre zuvor gearbeitet hatte. Sie waren immer so gerade über die Runden gekommen, doch zu viel mehr hatte es nicht gereicht.

Die Zeit, an die sie sich am besten erinnern konnte, war die nach den Bombardierungen, die sie bei ihren Tanten in Königswinter verbracht hatte. Doch da waren Clementine, Magnus, Gustav und auch Mutter schon tot. Alle Erinnerungen an die Zeit vor dem Tod der Mutter blieben bruchstückhaft. Von Kläre, von dieser Köchin, hatte Pauline kein Bild. Und auch eine Elsbeth Himmels kam in ihren Erinnerungen nicht vor. Sie las weiter.

8. Juni 1926

Was für ein schrecklicher Frühsommer. Es ist viel zu kalt für Juni, und es regnet in einem durch. Der Rhein ist schon wieder gestiegen, und wir sind alle nervös, ob wir wohl zweimal in einem Jahr Hochwasser erleben müssen.

14. Juni 1926

Elsbeth hat heute angefangen. Ich habe sie noch getroffen, als ich aus dem Büro kam. Sie ist wirklich nett, und auch Oskar ist angetan von ihr. Sie wird Mama eine große Hilfe sein. Die kann sich immer schlechter bewegen. Mama ist mehr als froh über die Entlastung. Elsbeth macht die Wäsche und das Haus von oben bis unten. Sie ist wirklich sehr fleißig und kommt bis nächsten Monat zweimal die Woche. Kurz vor der Niederkunft soll sie sogar jeden Tag kommen. Ich finde es befremdlich, dass sie bei uns arbeitet, denn schließlich sind wir in die gleiche Schule gegangen. Elsbeths Familie wohnt in einem engen alten Haus zur Miete, mit drei Brüdern und vier Schwestern. Anton, ihr ältester Bruder, spielt auf Schützenfesten und anderen Festivitäten Quetschkommode. Er ist sehr gut. Seine Geschwister sammeln dann immer mit dem Hut Geld ein. Ihre Mutter lebt noch, aber ihr Vater ist im Krieg gefallen wie so viele. Sie muss eben arbeiten, um all die vielen Mäuler zu stopfen.

25. Juni 1926

Mama kann sich kaum noch bewegen. Ihre Beine sind dick, angeschwollenen und voll Wasser, wie damals bei Oskar. Nur ist es dieses Mal noch viel schlimmer. Bei älteren Frauen würden häufig Probleme auftauchen, sagt der Arzt. Wir sind alle froh, wenn das neue

Geschwisterchen da ist. Ich mache mir zunehmend Sorgen. Die Mutter von Helene ist im Kindbett gestorben, und der Vater hat danach neu geheiratet. Helene war totunglücklich und hat den Erstbesten geheiratet, um aus dem Haus zu kommen. Ich wünschte, Mama hätte die Geburt schon hinter sich.

27. Juni 1926

Ich konnte nicht anders, ich musste lauschen. Sicher dachten sie, dass wir schon alle schlafen, aber ich hatte vergessen, meinen Rock draußen von der Leine zu nehmen, den ich morgen zur Arbeit anziehe. Deshalb bin ich noch einmal runter und habe mit angehört, wie Mama und Vater sich gestritten haben.
Ich hatte mich vorgestern schon gewundert, dass Elsbeth schon wieder fort war, bevor ich nach Hause gekommen bin. Normalerweise sind ihre Arbeitstage lang. Mama sortiert die Babysachen selber, alles andere überlässt sie Elsbeth. Ihre Stimmen klangen gepresst. Sie wollten wohl niemanden wecken. Vater hat eh kaum geantwortet, aber was ich weiß, ist: Irgendetwas ist zwischen ihm und Elsbeth vorgefallen. Mama hat ihn gefragt, was er machen wird, wenn die Polizei anklopft. Wenn Elsbeth ihn verklagt. Und sie hat gesagt, dass sie nicht für ihn lügen wird.
Da ist Vater fuchsteufelswild geworden und hat ihr vorgeworfen, sie stehe nicht zur Familie. Ich bin auf der Treppe hocken geblieben, weil ich große Angst um Mama hatte. Was, wenn er sie geschlagen hätte – in ihrem Zustand! Doch sie ist ihn so böse angegangen, dass ich es gar nicht niederschreiben mag. Ich habe Mama noch nie so fluchen hören. Was genau passiert ist, weiß ich nicht, ich befürchte das Schlimmste.

29. Juni 1926

Er hat es wieder getan! Vater, dieses Tier! Gestern ist Elsbeth nicht erschienen, obwohl es ihr Tag gewesen wäre. Und heute Abend stand

auf einmal der Schutzmann vor der Tür. Vater und Mama haben ihn herein gebeten, aber sie haben uns nach oben geschickt und alle Türen verschlossen. Ich habe mich dennoch runtergeschlichen und gelauscht. Ich musste es einfach wissen. Mein schlimmster Verdacht hat sich bestätigt: Was Vater mir angetan hat, das hat er auch bei Elsbeth versucht. Was ist das nur für ein Monster!
Ich fühle mich schrecklich. Das Einzige, was ich denken konnte, war: Wie froh ich bin, dass er sich jemand anderes gesucht hat. Ich bin ein schlechter Mensch.

Pauline las den Eintrag ein zweites Mal. Ihr Herz klopfte wild. Dass ihr Vater die Geschwister anscheinend so furchtbar verprügelt hatte, hatte ihr niemand erzählt. Isabell hatte ihr von dem Eintrag erzählt, in dem stand, ihr Vater habe Gustav fast ertränkt. War er gegen seine Töchter genauso brutal gewesen? Und auch gegen seine Angestellten? So brutal, dass die liebe und nette Clementine ihren eigenen Vater ein Tier und ein Monster nannte? Das hörte sich überhaupt nicht gut an.

2. Juli 1926
Ich fürchte mich, mein Zimmer zu verlassen. Vater wütet seit drei Tagen. Die Polizei im Haus – undenkbar! Er hat furchtbare Angst, dass die Beamten seine Schnapsbrennerei entdecken.
Gestern war ich bei Michels einkaufen, und als ich den Laden betrat, haben alle Anwesenden sich weggedreht oder begonnen, über mich zu tuscheln. Das ganze Dorf weiß schon Bescheid. Elsbeth hat Vater angezeigt, weil er sich an ihr vergangen hat.

Pauline hielt im Lesen inne. Vergangen! Ihre Hände fingen an zu zittern, und ihr Herzschlag erhöhte sich gefährlich. Das konnte doch wohl nicht wahr sein! Ihr Vater – ein Vergewaltiger! Und nicht nur das! Ihr

Blick ging noch einmal zum letzten Eintrag. Was Vater mir angetan hat, das hat er auch bei Elsbeth versucht. Das Tagebuch rutschte Pauline aus den Händen. Sie brauchte einen Moment, um ihre Gedanken zu ordnen. Deshalb nannte Clementine ihn ein Tier. Wenn das stimmte, dann hatte ihr Vater nicht nur seine Kinder fast zu Tode geprügelt und auch ein Mädchen aus dem Dorf vergewaltigt. Dann hatte er auch ihre geliebte Schwester Clementine – sein eigen Fleisch und Blut – vergewaltigt!

Ihre Kehle wurde ganz trocken. Sie räusperte sich, aber das machte es nur schlimmer. Ein heftiger Husten schüttelte sie durch. Auf ihrer Stirn perlte der Schweiß. Sie griff nach ihrem Stock und stand auf. Unter einem heftigen Hustenanfall stützte sie sich auf das Waschbecken im kleinen Badezimmer. Sie bekam keine Luft mehr. War das die Stunde, in der sie ihr Leben aushauchte, hier in der Fremde in einem kalten Badezimmer? Endlich ebbte der Husten ab, und sie ließ sich kühles Wasser in ihre Hand laufen. Sie trank, einen Schluck, noch einen und beugte sich dann tief über das Becken. Mit der Hand spritzte sie sich Wasser ins Gesicht. Als sie hochschaute, war sie entsetzt. Kreidebleich war sie – wie der Tod. Besser sie legte sich wieder hin.

Die Blechdose rutschte vom Bett, als sie sich setzte, und knallte scheppernd auf den Dielenboden. Ihr Herz pochte wieder wie wild. Die ganze Zeit schon fühlte sie, wie etwas nach ihrem Herzen griff. War es dieser Ort, der ihr nach dem Leben trachtete? Erst hatte sie geglaubt, es läge an der außergewöhnlichen Anstrengung, doch jetzt gerade erkannte sie den Schmerz wieder. So hatte sie sich nach Carolines Tod gefühlt, und nach dem Tod von Theodor war es genauso gewesen. Doch das erste Mal, dass sie diese Eisenklammer gespürt hatte, war, als ihre Mutter im Bombenunglück umgekommen war. Vielleicht ging der Schmerz sogar auf jenen Tag zurück, als Clementine sich ertränkt hatte. Die eiserne Faust presste den Lebensmut aus ihr heraus.

Und jetzt? Wieder war jemand gestorben: Ihre unschuldige Vorstellung von einem liebenden Vater, der immer für die Familie gesorgt hatte. Der sich gekümmert und mit den Kindern gespielt hatte. Der Vater, der nur wenige Tage vor ihrer Geburt gestorben war und dessen Tod die Armut mit sich gebracht hatte. Dieser Vater ... hatte nie existiert? Nein, das konnte nicht sein. Vielleicht hatte sie sich verlesen. Clementine hatte sicher etwas anderes gemeint.

Vater war sehr streng gewesen, dass wusste Pauline, und das war damals doch etwas Normales gewesen. Prügel und Nächte im Kohlenkeller – es war nicht schön, doch sie hatten alle überlebt. Clementine musste etwas anderes gemeint haben. Sicher hatte sie sich verlesen. Sie musste sich einfach verlesen haben. Pauline griff erneut zum Tagebuch und fand die Stelle, die sie zuletzt gelesen hatte.

Elsbeth hat Vater angezeigt, weil er sich an ihr vergangen hat. Was für eine mutige Frau. Niemals, niemals würde ich Fremden gegenüber auch nur mit einem Wort erwähnen, was er mir angetan hat. Sie ist anscheinend mit ihrem Bruder Anton am gleichen Abend noch zur Polizei gegangen.

Vater tobt. Mama erzählt den anderen, dass Vater so wütend ist, weil die Amerikaner ihn betrogen haben. Das stimmt wohl auch. Das Geld müsste längst da sein. Nur Magnus und ich wissen, dass das nicht der wirkliche Grund ist.

Für Vater sind Ehre und Ansehen so wichtig. Elsbeth beschmutzt sein Ansehen, hat er gestern geschrien. Dabei ist er es doch selber, der sich beschmutzt. Und seinen Schmutz kübelweise auf uns ausleert.

Pauline zog das alte Familienfoto hervor, dass sie hinten ins Tagebuch gesteckt hatte. Ihr prüfender Blick fiel auf den Vater. Wie konnte er nur?

Urplötzlich musste sie daran denken, wie sie als Kind immer versucht hatte, vor ihrem Schatten davonzurennen. Plötzlich stand ihr diese Erinnerung wie das Sinnbild einer Urangst vor Augen.

5. Juli 1926

Wir rücken alle zusammen. Oskar hängt an meinem Rockschoß, sobald ich das Hause betrete. Magnus passt auf die anderen auf, und sie gehen nicht einen Schritt alleine, wenn Vater da ist. Meistens jedoch ist er in der Brauerei. Jetzt, wo die Polizei schon drei Mal im Haus war, kann er nicht einmal mehr heimlich brennen. Er hat die Destilliere vernagelt. Und er hat uns mit dem Schlimmsten gedroht, wenn wir etwas sagen würden. Mama liegt teilnahmslos auf dem Sofa. Ihr geht es schlecht. In sechs Wochen soll sie niederkommen, aber schon jetzt kann sie sich kaum bewegen. Und die Hitze macht ihr zu schaffen. Ich habe beinahe Angst um ihr Leben. Wenn doch nur schon alles vorbei wäre.
Heute beim Abendessen hat Vater gesagt, dass wir uns alle auf schlechtere Zeiten einstellen müssen. Seine Geschäftspläne seien geplatzt. Er sagt das so nebulös, als wüssten wir nicht alle, was er heimlich treibt. Ich soll beim Einkaufen mehr auf die Preise achten, und alle müssen im Garten mithelfen.
Erst sollte Viktor auch gehen, aber ich habe ein Gespräch mit angehört. Er hat Vater angefleht, dass er bleiben kann, auch ohne Lohn. Er bliebe für Kost und Logis, bis er etwas Besseres fände. Wie schlimm muss es sein, keine Heimat zu haben. Keine Familie, keinen Ort, wo man hingehen kann. Wie trostlos muss sein Leben sein, wenn er lieber hierbleiben will. Oder ist es wegen Mama?

6. Juli 1926

Elsbeth war heute Morgen da. Ihre drei Brüder haben sie begleitet. Vor dem Haus hat sie so laut geschrien, dass man es sicher die Straße runter gehört hat. Ihre drei Brüder waren mit dicken Holzlatten bewaffnet. Sie sind so alt wie ich und Magnus. Nur Anton ist älter als sie.
Vater hat uns natürlich weggeschickt, aber wir haben uns in der Elternetage im neuen Kinderzimmer am Fenster versteckt. Elsbeth hat Vater

ein Schwein genannt und ihm die Pest an den Hals gewünscht. Und noch vieles mehr.

Erstaunlicherweise ist Vater stumm geblieben. Dann hat sie einen dicken Umschlag mit Geld hervorgezogen und ihn in seine Richtung geschleudert. Überall sind Scheine herumgeflogen. Er könne seine Schandtat damit nicht wieder gutmachen, schrie sie ihn an. Sie ließe sich nicht kaufen. Und was macht Vater? Er sammelt seelenruhig die Scheine auf und sagt: Dich kann ich vielleicht nicht kaufen, andere aber schon. Du wirst schon sehen.

Ich ahne Schlimmes.

Jetzt ist er weg, und ich wette, ich weiß, wohin. Das Geld hat er sicher eingesteckt, und auch reichlich Schnaps. Ich habe keine Ahnung, wen er bestechen muss, damit einfach Gras über die Sache wächst, doch ich bin mir völlig sicher: Er weiß es haargenau!

Arme Elsbeth, sie trägt die Schande vor dem ganzen Dorf. Und sie lässt sich nicht kleinkriegen. Fine und Gustav haben natürlich gefragt, warum sie so wütend ist. Magnus hat mich nicht verraten. Dafür werde ich ihm ewig dankbar sein.

23. Juli 1926

Das Verfahren ist eingestellt. Elsbeth Himmels wäre unglaubwürdig. Schließlich wäre August Korte ja augenscheinlich glücklich in seiner Ehe, wie der Nachwuchs beweist.

Vater verzichtet gütiger Weise darauf, Elsbeth wegen übler Nachrede anzuzeigen.

Ich bin hin- und hergerissen. Wenn ich gegen ihn aussagen würde, dann würde man ihr vielleicht glauben. Doch mir fehlt der Mut. Meine Angst schrumpft mich zu einem Nichts. Außerdem darf ich auch nichts sagen. Nicht wegen Vater, bloß wegen Mama und der Familie. Alle würden denken, dass er sich sicher auch an Fine vergangen hat.

24. Juli 1926

Heute Nacht hat Elsbeths Bruder Anton Himmels Vater vor der Brauerei aufgelauert. Sie haben miteinander gekämpft. Fine hat es vom Fenster aus gesehen und mich gerufen. Viktor ist dazwischen gegangen, um Schlimmeres zu verhindern. Er hat sich den Jungen geschnappt und ihn vom Gelände gezerrt. Vom Badezimmerfenster aus konnten wir sehen, wie er auf ihn eingeredet hat und ihn zur Vernunft bringen wollte. Schließlich ist Anton abgezogen. Vater ist mit einer dicken Beule an der Stirn zum Frühstück gekommen. Er hat gesagt, er hätte sich am Kessel gestoßen.

Pauline blätterte um. Etliche Seiten waren herausgerissen. Der nächste Eintrag war erst aus dem Winter.

15. Dezember 1926

Magnus hat mich gerade beiseite genommen. Er hat heute in Niehl zufällig Elsbeth Himmels auf der Straße gesehen. Sie ist ja schon vor Monaten weggezogen. Magnus ist sich ganz sicher: Sie ist schwanger. Man konnte es deutlich sehen, trotz des übergroßen Mantels, den sie getragen hat. Er hat keinen Zweifel. Mein Gott, was habe ich für ein Glück gehabt. Das wenigstens ist mir erspart geblieben. Wenn ich mir vorstelle, ich wäre schwanger geworden, was für eine Schande. Ich würde sofort ins Wasser gehen.

Ich weiß, wie schändlich allein solche Gedanken sind, aber ich bin heilfroh, dass es sie getroffen hat, und nicht mich. Ich wundere mich über mich selbst, dass ich dazu fähig bin, doch ich kann nicht anders. Der Gedanke war mir zuvor gar nicht gekommen. Als Magnus davon erzählte, musste ich vor Erleichterung weinen.

Hatte sich Paulines Herz ein wenig beruhigt, fing es bei diesen Zeilen wieder an zu rasen. Hatte Ilse Hein nicht gesagt, dass Elsbeth Himmels die Oma von Julius sei? Julius selbst hatte es bestätigt.

Und die Schwestern von Julius' Vater waren nur Halbschwestern. Julius' Vater war offensichtlich vor der Ehe der Mutter mit dem Metzger Grothues geboren worden. Ein Stich fuhr ihr zwischen die Rippen. Julius' Tante Lydia war fünf Jahre jünger als ihr Halbbruder, hatte sie erwähnt. Pauline rechnete mühsam nach. Die Schmerzen in ihrer Brust ließen sie fast an dieser schlichten Gleichung scheitern. Aber endlich war klar: Julius' Vater musste also 1927 geboren worden sein. Pauline keuchte laut auf und griff sich an die Brust. Diese Schmerzen!

Dann war Julius ein Nachfahre ihres eigenen Vaters! August Korte war der leibliche Großvater von Julius. Und das unschuldige Kind, Julius' Vater, war die Frucht einer Vergewaltigung.

Die Schmerzen waren so stark, dass Pauline sich aufsetzen musste. Die Atemnot kam zurück. Das durfte doch nicht wahr sein. Nicht Julius. Ausgerechnet er. Dann war er ihr leiblicher Neffe. Und ausgerechnet er machte Isabell den Hof. Was sollte aus den beiden werden? Nichts – um Himmels willen! Tausend Stiche fuhren in ihre Brust. Ein lautes Stöhnen entfuhr ihr. Nein, das durfte nicht sein. Das Herz, es galoppierte, es raste, immer schneller. Sie kam gar nicht mit dem Atmen nach. Sie durfte jetzt noch nicht von dieser Welt Abschied nehmen. Nicht jetzt! Sie musste erst noch etwas erledigen. Etwas Dringendes.

KÖLN-RHEINKASSEL – EIN MONTAG IM MAI 2014

Sie ließ die Augen geschlossen und genoss einfach nur den Augenblick. Es war ein perfekter Moment, eine der wenigen Perlen, die man alle paar Jahre einmal fand und die man sorgsam in seine Erinnerungen auffädeln musste. Im Augenblick des Glückes fühlte man sich unsterblich. Für den Rest der Zeit war man sterblich.

Endlich öffnete Isabell die Augen und blickte auf die hölzernen Dachbalken über ihr. Sehr romantisch, doch zu viel Realität. Wieder schloss sie die Augen. Sie brauchte noch einen Moment, um in sich hineinzuhorchen. Was war gerade passiert? Sie fühlte, was sie noch nie zuvor gefühlt hatte. Sie wusste, dass sie endlich angekommen war, nach einer sehr langen Suche. Eine unbekannte Ruhe hatte in ihrem Herzen Einzug gehalten.

Die Begierde war über sie gekommen wie die Flut über das Ufer bei Vollmond. Sie hatten sich geküsst, und plötzlich war es da, das Verlangen. Sie brauchten nicht zu reden, ihre Körper sprachen für sich. Als einmal der Damm gebrochen war, bahnte sich ihre Leidenschaft unaufhaltsam den Weg. Sie hatten schon eng umschlungen unter dem Baum gelegen, als Julius dann doch aufgestanden war und sie mit sich hochgezogen hatte. So waren sie im alten Pferdestall auf der Picknickdecke gelandet. Und Julius, der sonst so besonnen und fast stoisch wirkte, hatte sie mit seiner Leidenschaft in seinen Bann gezogen, während er gleichzeitig schon all ihre empfindsamen Stellen erkundete.

Es war wunderbar gewesen. Voller Inbrunst hatten sie sich geliebt. Mit der gleichen Intensität, mit der er sie manchmal anschaute, hatte er sie erobert. Ihr ganzer Körper stand in Flammen, war erfasst worden von der Lust auf ihn, auf seine Berührungen und darauf, ihn ebenfalls zu berühren.

Isabell war gleichsam hinfort getragen worden, und war doch ganz bei sich gewesen. Sie musste sich eingestehen, dass Julius sie vollständig erobert hatte – ihr Herz, ihre Lust und ihre Gefühle. Sie wusste jetzt schon, dass es ihr egal war, wie schwierig die Umstellung, der Umzug und das Erbe werden würden. Hauptsache, sie wäre bei ihm. Hauptsache, dieses warme Gefühl in ihrem Inneren, dass sich gerade entzündet hatte, würde nie wieder verlöschen. Ja, sie war sich sicher.

Mit einem Ruck drehte sie sich zu ihm um. Er lag halb auf dem harten, staubigen Boden, und sein Oberkörper hob und senkte sich im Rhythmus seines Atems. Auch er hatte die Augen geschlossen. Mit einer Fingerspitze fuhr sie über seine Stirn, seinen Nasenrücken bis zu seinen Lippen.

»Einen Pfennig für deine Gedanken.«

Er ließ die Augen geschlossen, und sein Mund verzog sich zu einem Lächeln. »Ich bin einfach nur glücklich.«

»Ich auch.« Sie setzte sich auf. »Ich möchte dich etwas fragen: War ich … Gab es … andere Frauen nach … Mona?«

Er blinzelte schelmisch. »Findest du, ich bin aus der Übung?«

»Gar nicht. Deswegen frage ich ja.«

Er drehte sich auf die Seite. »Ich habe mich einfach leiten lassen von dem, was ich fühle.« Isabell legte ihren Kopf schief. »Nein«, sagte er endlich. »Nein, du bist die Erste. Es gab zwei Situationen, wo ich … beinahe … Dann bin ich doch zurückgeschreckt.« Er ließ eine Hand zärtlich über ihre Knie wandern. »Vielleicht war ich noch nicht so weit. Ich wollte es nicht. Du weißt schon: Ich wollte es nicht tun, nur um es zu tun. Nur um mir zu beweisen, dass ich ein Sexleben nach Mona haben kann. Es fühlte sich einfach nicht richtig an.«

Anscheinend wurde ihm der harte Boden doch zu unbequem, und er setzte sich auf. Mit ein paar Handstrichen wischte er sich den Staub vom nackten Körper. »Und du? Ich meine, ich will dich gar nicht nach deinen Männern fragen, aber was war es für dich? War es nur Lust, oder war es … mehr?«

Isabell grinste breit. Verschämt antwortete sie: »Es war mehr. Viel mehr. Ich habe mich entschieden – für dich. Für uns. Für diesen Ort.«

»Wirklich?«

»Wirklich!«

»Meine Güte, ich scheine wirklich nicht aus der Übung zu sein.« Sie knuffte ihn, und er zog sie in seine Arme.

»Dann … ist es Liebe?«

»Liebe? … Liebe ist so ein großes Wort.«

»Macht es dir Angst? Mache ich dir Angst, wenn ich es ausspreche?«

Isabell nickte. Er schien immer genau zu wissen, was sie fühlte.

»Da ist nichts, wovor man sich fürchten müsste. Liebe verleiht Flügel. Ich weiß es. Ich bin schon mal geflogen.«

»Und abgestürzt – wie Ikarus.«

»Das stimmt. Aber ich habe überlebt. Und wer einmal dieses Gefühl kennengelernt hat, von der Liebe getragen zu werden, der wird dieses Risiko immer wieder auf sich nehmen. Ich nehme es auf mich. Lieber lande ich ein weiteres Mal unsanft, als auf den Himmelsflug zu verzichten.«

Von der Liebe getragen zu werden. Es musste einfach wunderbar sein, so etwas zu erleben. Vielleicht hatte Oma Pauline recht, als sie sagte: Wenn es der Richtige ist, dann weiß man es. Wenn du dieses Gefühl noch nicht hattest, dann hast du den Richtigen einfach noch nicht kennengelernt.

War Julius der Richtige? Fühlte es sich bei ihm nicht genau so an, wie es sein sollte? Auch wenn es ihr ein wenig zu schnell, zu überraschend vorkam, ja, es fühlte sich gut an. Perfekt. Es fühlte sich an, wie es sich noch nie zuvor angefühlt hatte.

Sie wandte Julius das Gesicht zu und lächelte ihn an. »Ich weiß nicht, wie es dir geht, aber ich habe furchtbaren Hunger.« Sie stand auf und griff nach ihrem Kleid.

»Was machst du?« Er klang ein wenig erschrocken.

»Ich hole den Picknickkorb von der Wiese. Durst habe ich auch.« Sie warf sich das Kleid über. »Keine Angst, ich komme wieder. Ich will dir nur nicht deinen Ruf als seriöser Notar versauen, indem ich hier nackt über die Wiese hüpfe.«

Sein Gesicht nahm einen seligen Ausdruck an. Doch dann verzog er das Gesicht. »Das Bier ist bestimmt warm geworden. Jetzt schmeckt es nicht mehr.«

»Das ist doch egal.« Sie lächelte ihn an. »Im Moment ist mir gerade ziemlich viel egal.«

»Mir nicht.«

»Das meine ich nicht. Ich meine, all die Anstrengungen, all die Dinge, die auf mich zukommen werden. Warmes Bier ist wirklich mein kleinstes Problem.«

Er nickte wissend, wissend und glücklich. »Warte, wir ziehen uns richtig an, und dann essen wir auf der Wiese. Wir haben doch jetzt alle Zeit der Welt.«

Eine gute Stunde später klickte Isabell das Eisenschloss vorne an der Einfahrt zu und ließ für einen Augenblick ihre Hand über die schmiedeeisernen Streben laufen. Dann schaute sie hoch zu dem Bogen. In der Mitte saß der Schlussstein. Ohne diesen Stein hielt ein Bogen nicht. Wenn er fehlte, fiel alles in sich zusammen. Hatte in ihrer Familie der Schlussstein gefehlt?

Julius stand schon an der offenen Beifahrertür. »Was machst du?«

»Jetzt, da ich bleiben will, versuche ich Freundschaft zu schließen.« Sie zeigte vage zum Torbogen und dahinter.

»Mit all dem, was Teil meines Erbes ist.«

Er schüttelte belustigt seinen Kopf. »Wenn ich das gewusst hätte, dass ich nur mit dir zu schlafen brauche, damit du dich entscheidest, hierzubleiben, dann hätte ich das viel früher getan.«

Isabell schmunzelte. »Wenn ich gewusst hätte, wie überzeugend du sein kannst, hätte ich dem sicher zugestimmt.«

Er trat zu ihr, nahm sie liebevoll in den Arm und küsste sie. »Dann bin ich in Zukunft besser nicht mehr so zurückhaltend.« Er legte seine Stirn an ihre. »Also, dann möchte ich dich einladen, bei mir zu übernachten. Mein Bett ist sehr viel bequemer als der Boden im Pferdestall. Natürlich muss ich noch deine Oma um Erlaubnis bitten.«

»Ich denke, sie wird zwar einigermaßen schockiert sein, aber ich glaube, verbieten wird sie es trotzdem nicht.« Lachend stieg Isabell zu ihm ins Auto. »Komm, wir laden sie zum Abendessen ein. Ich hoffe, sie hat sich etwas erholt.«

Als sie um die Ecke kamen, zog sich etwas in Isabells Brust ängstlich zusammen. Ein Notarztwagen stand in der Straße. Das gelbe Licht drehte sich oben auf der Wagenhaube.

»Ist das bei der Pension?«, fragte Isabell beklommen. Die Antwort lag bereits in ihrer Stimme. Julius sagte nichts, griff nach ihrer Hand und drückte sie. Er war für sie da und würde ihr beistehen. Tatsächlich stand der Wagen vor der Pension. Einer der Sanitäter schloss gerade hinten die Tür. Julius hielt so dich daneben, dass sie nicht losfuhren.

Einer der Männer streckte den Kopf heraus, da war Isabell schon auf der Straße. »Ist es meine Großmutter? Pauline Bach? Was ist mit ihr?«

»Verdacht auf Herzinfarkt. Wir mussten sie reanimieren.« Da rollte der Wagen schon los.

Isabell versuchte noch, einen Blick hinten ins Wageninnere zu erhaschen, aber es ging zu schnell. Als sie sich umdrehte, sah sie, wie Frau Schiffer neben Julius' Wagen stand und mit ihm sprach. Er winkte ihr zu. »Steig ein. Wir fahren ihnen nach.«

Isabell hatte sich noch nicht angeschnallt, da brauste Julius schon los. »Hilde sagt, es sieht nicht gut aus. Sie wollte gerade fragen, ob deine Großmutter Abendessen haben will, als sie schon durch die Tür das Stöhnen hörte. Die Sanitäter waren schnell da. Alles hängt jetzt alles von der Konstitution deiner Großmutter ab.«

Fünf Stunden später brachte Julius Isabell zur Pension zurück. Die ganze Zeit hatte er ihr zur Seite gestanden, hatte die Ärzte befragt, hatte sie getröstet und aufgemuntert. Nach viereinhalb Stunden war Pauline endlich auf die Intensivstation verlegt worden. Isabell war kurz bei ihr gewesen.

Die alte Frau schlief.

Isabell konnte nichts weiter tun, als zu warten. Herzkammerflimmern. Sie hatten den Herzrhythmus stabilisiert, und jetzt musste Oma Pauline sich erholen. Schlafen war die beste Medizin. Und Isabell wurde nach Hause geschickt.

Julius ließ den Wagen vor der Pension ausrollen. »Ruf mich morgen an, sobald du etwas weißt.«

Isabell nickte. Sie fühlte sich schrecklich. »Bestimmt habe ich ihr zu viel zugemutet.«

»Sie wollte doch hierherkommen.«

»Zumindest hätte ich sie nicht mit zu Ilse Hein nehmen sollen. Das war zu viel, all die Klatschgeschichten über ihre Familie.« Isabell schüttete den Kopf, als könnte sie so die Vorwürfe abschütteln.

»Egal was du denkst: Du bist nicht schuld daran.«

Isabell blickte in sein müdes Gesicht. Sicher sah sie genauso erschöpft aus wie er. »Ich ruf dich an, sobald ich etwas weiß.«

»Wir telefonieren morgen Vormittag, und ich sehe zu, ob ich mich freimachen kann.«

»Das brauchst du nicht.«

»Das möchte ich aber.«

»Ich werde meinen Flug umbuchen. Ich lasse sie hier nicht alleine.«

Julius nickte. »Gut. Wir können gerne morgen alles Weitere besprechen.« Er unterdrückte ein Gähnen. »Hoffen wir das Beste.«

Er stieg aus, doch dieses Mal war Isabell schneller. Sie öffnete selbst die Tür und stieg aus. Julius nahm sie in die Arme und sah sie bekümmert an.

»Aufschoben ist nicht aufgehoben«, versuchte sie ihn zu trösten.

»Daran habe ich gar nicht gedacht. Ich kann verstehen, dass du jetzt nicht mit zu mir willst. Es wäre auch reichlich merkwürdig, unter diesen Umständen.« Er küsste sie sanft.

»Ich mach mir nur Sorgen um Pauline. Denk dran: Wenn irgendetwas sein sollte – du kannst mich jederzeit anrufen. Jederzeit!«

Isabell wollte ihn gar nicht loslassen, doch schließlich ließ sie ihn einsteigen, und er fuhr davon. Sie schaute die leere Straße hinunter.

Ihre Großmutter hatte so bleich ausgesehen, als sie im Krankenhaus nach den langen Stunden einen kurzen Moment mit ihr gehabt hatte. So bleich, dass Isabell im ersten Moment tatsächlich gedacht hatte, sie wäre tot. Ihre letzte lebende Verwandte.

Die Welt wäre ein einsamerer Ort ohne sie. Ihr Tod würde eine sehr große Lücke in ihr Leben reißen.

KÖLN-RHEINKASSEL – 11. MÄRZ 1926

Da war er also wieder. Eine Woche und eine Nacht war August fortgewesen. Und jetzt stand er einfach in der Halle. Sie saßen alle im Wintergarten am großen Tisch mit der Eckbank, und Oskar wollte in der Küche Salz holen, kam aber wie vom Blitz getroffen zurück in den Raum.

»Vater ist da!« Nachdem sich alle nur stumm angeschaut hatten, war Sofia notgedrungen in die Halle gegangen – alleine. Sie konnte sich nur allzu gut noch an die letzten Worte erinnern, die sie an ihn gerichtet hatte. Hast du dich an meiner Tochter vergangen? Das waren ihre Worte gewesen, und er hatte ihr keine Antwort darauf gegeben. Jetzt bedurfte es keiner Antwort mehr. Sie kannte die Wahrheit. Tagelang hatte sie mit sich gehadert. Sollte sie ihn anzeigen? Niemand würde ihr glauben, keiner der Männer, die den Fall aufnehmen und darüber richten würden. Wenn die Sache überhaupt bis vor ein Gericht käme. Sicher wäre Clementine vorher schon an der Schande gestorben. Und sie, sie würde von August verstoßen. Was konnte sie tun, um Clementine und die anderen Kinder vor ihrem eigenen Vater zu schützen?

»August.« Mehr sagte sie nicht. Er wirkte abgerissen. Sie hatte keine Ahnung, wo er all die Tage abgeblieben war. Vielleicht hatte er in einem Hotel übernachtet, vielleicht in einem der Freudenhäuser am Eigelstein oder bei einem seiner undurchsichtigen Freunde.

»Sofia!« Er schien nicht zu wissen, was er sagen sollte.

»Ihr esst gerade!«

Sie nickte.

»Wieso esst ihr im Wintergarten?«

»Weil es uns dort gefällt.«

Er machte einen Ton, als wolle er noch einmal darüber hinwegsehen, und kam ein paar Schritte in Richtung Durchgang. Sofia stellte sich eilig davor.

»Wir haben einiges zu bereden.«

»Nach dem Essen.« Er wollte schon an ihr vorbei, doch sie stellte sich ihm in den Weg.

»Nein!« Würde er sie schlagen? Er hatte das gelegentlich schon getan. Sie würde es überleben. Sollte er sie doch schlagen.

»Nein? Hast du Nein gesagt?«

»Du hast mich sehr gut verstanden. Ich möchte mit dir reden.«

Er zögerte einen Moment, dann ging er in den Salon und stellte sich an den Kamin. Sofia zog die Tür hinter sich zu und verschränkte die Arme vor der Brust. »Erstens: Du wirst die Kinder nie wieder schlagen. Nie wieder wirst du Hand an eins meiner Kinder legen.«

»Das sind immer noch unsere Kinder.« Er blinzelte sie giftig an. »Und wer sollte es mir verbieten?«

Ihre Beine drohten einzuknicken, so sehr fürchtete sie ihn, doch sie durfte es sich nicht erlauben, jetzt Schwäche zu zeigen. »Zweitens: Wenn ich jemals auch nur glaube, du würdest Clementine oder auch Josefine anfassen, egal wie, bringe ich dich um.«

»Bitte?« Drohend richtete er sich auf. »Wie willst du das machen, du kleine schwache Person? Willst du gegen mich kämpfen?«

Sie hielt seinem Blick stand. »Du kannst dir sicher sein, dass du einen morgens einfach nicht mehr aufwachst. Rührst du auch nur eine meiner Töchter je wieder an, wirst du keine einzige Nacht mehr ruhig schlafen können. Nicht eine einzige!« Hoffentlich sah er nicht, wie sie zitterte.

»Das wagst du nicht.«

»Lass es besser nicht darauf ankommen.« Sie wusste nicht, wie sie diese entschlossene Stimme hinbekam.

Endlich schien er zu begreifen, dass sich einiges geändert hatte. Dass sie sich geändert hatte. Er kaute eine Weile auf seinen Gedanken, dann änderte er seinen Ton. »Sofia, es tut mir wirklich leid. Ich weiß nicht, welcher Teufel da in mich gefahren ist. Ich will …« Er versuchte, nach ihrer Hand zu greifen, doch sie entzog sich ihm.

»Du bist das, August. Du bist es selbst. Du warst es damals schon. So herrschsüchtig und brutal. Und es wird immer schlimmer.«

»Ich weiß, ich hab in letzter Zeit zu viel getrunken. Ich werde mich bessern.«

»Du hast nicht mehr getrunken als früher. Schieb die Verantwortung nicht ab, sonst ...«

»Droh mir nicht. Nicht du. Keiner von euch! Hörst du! Ich hab mich entschuldigt, und damit ist alles wieder gut!«

»Ich könnte auch einfach auf die nächste Polizeiwache gehen und denen von deinen Geschäften erzählen.«

August ballte seine Fäuste. Nicht, dass er sich davor gescheut hätte, sie zu schlagen. Nein. Er wägte einfach nur ab. Sofia wusste genau, dass er gerade überlegte, welche Reaktion die cleverste war.

»Na gut, ich verspreche es. Ich fasse die Kinder nicht mehr an.« Es klang so herablassend, als würde er Sofia einen Gefallen tun. Wieder kam er näher, und wieder entzog sie sich seinem Griff.

»Du weist mich ab? Du wagst es?«

»Oh ja. Ich wage es!« Ihr Herz galoppierte. Würde er sie wieder schlagen? Sollte er doch. Besser sie als die Kinder.

»Und ich werde dich noch länger abweisen. Denn ich bin wieder schwanger.« August wusste, dass schon die letzte Schwangerschaft mit Oskar schwierig gewesen war.

In seiner Miene spiegelten sich widersprüchliche Gefühle. Wut, aber auch überraschte Freude. Wollte er sie gerade am liebsten noch schlagen, schien er plötzlich vor Stolz zu platzen. »Aber das ist ja fantastisch. Wann ist es soweit?«

»Im Hochsommer.« Es lag keine Freude in ihren Worten. Als wäre das keine besondere Nachricht, ging sie ans Buffet und holte einen Suppenteller hervor. »Setz dich. Ich bring dir Suppe und Brot. Und dann werde ich den Wasserboiler anstellen, damit du baden kannst.«

Sofia drehte sich um, und ging zur Tür hinaus. Im Durchgang sah sie ihre Kinder aufgereiht wie die Hühner auf der Stange. Der Tür am nächsten stand Viktor, der sie durchdringend anblickte. Sie schloss die Tür hinter sich.

»Alles in Ordnung. ... Vater hat seine Geschäfte erledigt.« Ihr Kiefer mahlte vor lauter Anspannung.

Am nächsten Tag war August früh verschwunden. Viktor passte Sofia am späten Vormittag in der Küche ab. Er brachte eine Schüssel mit dem Malztrester in die Küche. Später würde sie damit ein Tresterbrot backen. Nur zögerlich stellte sie den Napf, in dem sie Erbsen eingeweicht hatte, wieder auf den Tisch.

»Was bedeutet es, dass er zurück ist, für uns zwei?« Viktor hatte die Zeit ohne August genossen, auch wenn Sofia ihn weder geküsst hatte, noch sich zu anderen Dingen überreden ließ.

»Hast du wirklich geglaubt, er käme nicht zurück?« Sofia schüttelte den Kopf. »Dafür kenne ich ihn zu gut. Er würde niemandem einfach kampflos das Feld überlassen.« Als sie den Schmerz in Viktors Gesicht sah, wurde sie weich. »Ich habe es doch auch gehofft, aber ich habe es nie geglaubt. Unser Glück ist aufgebraucht. Mehr gibt es nicht für uns.«

»Sofia, sag so was nicht.« Zum ersten Mal seit ihrem Gespräch vor ein paar Tagen in der Scheune fasste er sie wieder an. Er zog sie an sich und presste sein Gesicht in ihre Haare. »Nicht, bitte gibt uns nicht auf. Ich weiß, dass du mich noch liebst. Und du weißt es auch.«

»Das ist nicht mehr wichtig.«

»Oh doch, das wird immer wichtig sein.« Er packte sie bei den Schultern und hielt sie ein Stück vor sich. »Sofia, wir lieben uns. Das bedeutet etwas. Mir bedeutet es viel. Und dir genauso. Ich weiß das. Du kannst mich nicht zum Narren halten.«

Er wollte sie küssen, aber Sofia drückte ihn weg. Gerade, rechtzeitig, denn die Eingangstür knarzte.

»Das ist er!«, sagte sie tonlos.

Viktors Blick bedeutete ihr: Es ist noch nicht vorüber. Wir sind noch nicht am Ende. Er verschwand durch die angelehnte Küchentür in den Garten. Sofia beugte sich wieder über das Gefäß mit den Erbsen und fischte einige Schalen aus dem Einweichwasser.

»Ich bin zurück!«

Sofia ging stumm zum Spülbecken und goss die Erbsen in ein Sieb.

»Sofia! ... Bitte!«

Einen Moment lang war sie versucht, nicht auf ihn zu reagieren, doch es würde nichts nutzen. »Was ist denn?« Sie schaute zu ihm rüber, während sie sich die Hände an der Schürze abwischte.

»Ich ... Bitte, setzt dich. Komm, setz dich.« August setzte sich an den Küchentisch, auf dem schon die anderen Zutaten für die Erbsensuppe bereit standen – Speck und Zwiebel, Möhren und geschälte Kartoffeln. Er schob einen Stuhl in ihre Richtung. »Bitte.«

August hatte sich rasiert und seinen guten Anzug an. Er roch nicht mehr streng. Trotzdem stellte sie ihren Stuhl demonstrativ weiter weg und setzte sich. »Was gibt es?«

Zum ersten Mal in seinem Leben sah August wirklich niedergeschlagen aus. Reumütig und mit gesenktem Blick wirkte er nicht wie der Gauner und Draufgänger, den sie seit zwei Jahrzehnten kannte. Kurz blitzte in Sofia der Gedanke auf, dass sie sich schon viel früher hätte wehren müssen. Wahrscheinlich war ihm gestern nur klar geworden, dass sie mit einem Handstreich seine Geschäfte mit den Amerikanern hintertreiben konnte. Er wollte sie einlullen. Schön Wetter machen. Er schauspielerte nur.

»Ich möchte dich um die Vergebung bitten.«

Sofia sah ihn an. Ihre Lippen waren zusammengepresst, ihre Hände gefaltet. Auch sie hatte eine Sünde begangen, doch was August getan hatte, stellte ihre vollkommen in den Schatten. Sie würde sich selbst nicht verzeihen, dass sie nicht besser auf ihre Kinder aufgepasst hatte. Das würde sie mit ihrem Gewissen abmachen müssen. Und ihm würde sie auch nicht verzeihen.

»Sofia, bitte! Sag doch was!«

»Kannst du dir das je selbst verzeihen?« Ihr Blick durchbohrte ihn. »Deine eigene Tochter!«

Er schien unbeeindruckt von ihren Worten. »Ich möchte alles wiedergutmachen. Ich werde mich bessern.« Er griff in die Tasche seiner Anzugjacke und holte eine Schachtel hervor. »Und um dir zu zeigen, dass ich es ernst meine, möchte ich dir ein Symbol meiner Liebe schenken. Bitte, ich würde mich sehr freuen, wenn du es annimmst.«

Er schob das Schächtelchen zu ihr. Sofia machte keine Anstalten, es zu öffnen. August griff danach und öffnete es für sie. »Siehst du, eine Kette mit Kirschen. Das ist echtes Gold. Und die Kirschen sind aus echten Rubinen. Du magst doch so gerne Kirschen. Sie ist perfekt für dich.«

Sofia schaute auf das Schmuckstück. Außer ihrem Ehering und einem vergoldeten Armreifen von ihrer Mutter besaß sie nichts von Wert. Das bisschen, was in ihrer Schmuckschatulle lag, war aus Talmi, Falschgold, oder hatte buntes Glas als Schmucksteine.

August stand auf und holte die Kette aus der mit Samt ausgekleideten Schachtel. Er stellte sich hinter Sofia. »Ich hab es im Warenhaus Tietz gekauft. Da war eine junge Familie, ein Mann und die Frau und drei Kinder. Und der Mann hat der Frau so eine ähnliche Kette geschenkt. Sie sahen alle so glücklich aus. Ich hoffe einfach, … dass unsere Familie auch wieder so glücklich werden kann. Ich möchte, dass du diese Kette als ein Zeichen unseres neuen Glückes siehst. Das Glück, das in unsere Familie zurückkehrt.« Er legte ihr die Kette an und setzte sich wieder.

»Sie steht dir fantastisch. Du siehst aus wie eine russische Gräfin.«

Russische Gräfin. Das war nicht gerade ein gutes Omen, wenn man deren jüngstes Schicksal bedachte. Daran allerdings lag es wohl nicht, dass ihr Hals eng wurde. Wie ein Schandmal lag das Gold auf ihrer Haut.

»Ich möchte, dass wir wieder glücklich sind. Ich möchte dich wieder glücklich machen.«

Als hättest du mich jemals glücklich gemacht, August Korte!

»Und ich möchte, dass meine Familie wieder so glücklich wird wie vorher. Ich habe einen Fehler gemacht, und ich werde diesen Fehler nicht wiederholen. Meine Kinder sind mir heilig!«

Meine Güte, er konnte wirklich lügen, wie andere Leute Luft holten. Er glaubte wirklich, er könnte sich freikaufen. Er dachte wirklich, er könnte sie so besänftigen. Seine Geschäfte waren ihm wichtiger alles andere. Und um die nicht in Gefahr zu bringen, zog er hier so ein Schauspiel ab. Jede Antwort auf seine Lügen blieb ihr im Hals stecken.

»Nimm dieses Geschenk als Sinnbild unseres Glückes. Und das hier«, er holte noch ein Päckchen hervor, »das ist mein Geschenk für dich zu unserem sechsten Kind.« Bevor Sofia auch das wieder nicht annehmen würde, packte er es vorsichtshalber direkt selbst aus. »Es ist ein Parfüm mit Kirschblütenduft.« Er lächelte angestrengt. »Die Frau im Warenhaus, sie war so schön, so wie du. Schlank, mit dunklen Haaren. Sie hat mich an dich erinnert. Und ich hab gedacht, ich habe dich lange nicht mehr glücklich gesehen. Ich hab dich viel zu lange schon nicht mehr lachen sehen.« Er fasste nach ihrer Hand, und Sofia ließ es geschehen. »Sofia, ich liebe dich! Lass uns Frieden schließen.«

Sie blickte ganz langsam auf. Am liebsten hätte sie beide Geschenke augenblicklich im Rhein versenkt.

»Ja? Frieden?« Er küsste ihre Hand.

Ihr Herz würde keinen Frieden finden, nicht bei August. Niemals. Doch als er ihr das Parfüm auf den Hals tupfte, wehrte sie sich nicht. Wie festgefroren blieb sie sitzen. Sie hatte keine Chance gegen ihn. Das Einzige, was sie tun konnte, war, eine ihrer beiden gestrigen Drohungen in die Tat umzusetzen.

KAPITEL ZWÖLF

KÖLN-RHEINKASSEL – EIN DIENSTAG IM MAI 2014

Isabell fühlte sich völlig erschlagen. Sie hatte kaum vier Stunden geschlafen. Heute musste sie so viel erledigen. Sie musste dem Seniorenstift in Königswinter Bescheid geben, ihren Flug umbuchen, die Sachen von Oma Pauline packen und ihr ins Krankenhaus bringen. Obwohl sie so müde war, war sie schon früh aufgewacht. Ein Blick auf ihr Smartphone sagte ihr, dass es kaum sieben war. Um acht würde sie auf der Intensivstation anrufen, nahm sie sich vor. Sie ließ sich noch mal zurück aufs Kissen fallen.

Was war das gestern für ein Tag. Die Geschichte mit Julius zauberte ihr ein Lächeln auf die Lippen, und die Geschichte mit Pauline Tränen in die Augen.

Was sollte sie tun? Es war zu früh, um im Krankenhaus anzurufen, zu früh, um zu frühstücken. Sie würde sich ihrer Familiengeschichte widmen, beschloss sie. Aber als sie die Blechdose mit dem zweiten Tagebuch suchte, fand sie sie nicht. Sie war verschwunden. Nachdem Isabell das Zimmer auf den Kopf gestellt hatte, was nicht lange dauerte, kam ihr ein fürchterlicher Verdacht: Hatte ihre Großmutter sich die Blechdose geholt? Hatte sie ebenfalls gelesen, dass Clementine von ihrem eigenen Vater vergewaltigt worden war? Hatte diese Information ihren Herzanfall ausgelöst?

Beunruhigt warf sie sich ein Kleid über und ging mit Oma Paulines Zimmerschlüssel ins Erdgeschoss. In dem Raum herrschte wildes Durcheinander. Die Sanitäter und Notärzte hatten gestern einfach alles, was im Weg war, beiseitegeschoben. Sie ordnete die Kleidungsstücke über den Stuhl und stieß dabei auf die Blechdose. Sie lag halb unter dem Bett. Isabell zog sie hervor. Abgesehen von der zerbröselten Rose war sie leer. Isabell bückte sich und schaute unters Bett. Dort lag das Parfümfläschchen. Mehr nicht. Das zweite Tagebuch war nicht da. Das alte Familienfoto war ebenfalls nicht zu finden. Isabell zog noch einmal alle Schubladen auf, durchsuchte alle Schrankfächer. In einer Ecke lag das Taschentuch mit den Initialen. Sie setzte sich auf die Bettkante und schaute sich verzweifelt um. Sie war sich sicher, dass sie nur das erste Tagebuch an sich genommen hatte. Wo war das zweite schwarze Büchlein?

Beunruhigt schloss die Tür und ging nach oben. Sie prüfte die Daten im ersten Tagebuch noch einmal. Sofort wurde sie gefesselt von den verblichenen Linien aus schwarzer Tinte.

20. April 1926

Meine Güte, wie kann Mutter nur so unvorsichtig sein. Ich habe es ja schon länger vermutet, doch ich wollte es nicht glauben: Nun habe ich Gewissheit.
Oskar ist vorhin völlig aufgelöst durch die Räume gestreift. Ich wusste sofort, dass irgendetwas nicht in Ordnung war. Er war völlig verstört. Der arme Junge hat Mama und Viktor im Stall überrascht, wie sie sich geküsst haben. Ich weiß wirklich nicht, was sie sich dabei gedacht hat. Sie muss doch auch an uns denken. Sie wird uns noch alle ins Verderben reißen. Oskar musste mir Stillschweigen schwören. Niemand darf davon erfahren. Wenn es Vater gewesen wäre, der sie überrascht hat? Auch wenn wir ihn erst Anfang Mai zurückerwarten: Wie kann sie nur so unvorsichtig sein?!

Triumphierend schlug Isabell auf die Bettdecke: Ihr Bauchgefühl hatte sie nicht getäuscht. Sofia und Viktor hatten tatsächlich eine Liebesaffäre! Sie schlug die Seite um. Es gab nur zwei kurze Einträge, der letzte vom

28. Mai. Gestorben war der Urgroßvater allerdings erst im Juli des gleichen Jahres. Dahinter gab es noch eine leere Seite, dann war das Büchlein zu Ende. Definitiv brauchte sie das zweite Tagebuch, um mehr über den Mord an ihrem Großvater zu erfahren. Vielleicht waren es ja letzten Endes seine Schmuggelkumpane gewesen, die ihn umgebracht hatten. Das wäre eine weitere Möglichkeit. Ein unzufriedener Seufzer entfuhr ihr. Je mehr sie las, desto mehr Fragen taten sich auf. Zudem hatte sie das Gefühl, dass alles miteinander zusammenhing: die Familiengeheimnisse, Oma Paulines Herzinfarkt und selbst ihre Beziehung zu Julius. Das Schicksal der Familie Korte schien alles ineinander zu verflechten.

Beim Frühstück lüftete sich immerhin ein Rätsel: Frau Schiffer erzählte ihr, dass sie am Nachmittag die Blechdose aus Isabells Zimmer hatte holen sollen. Hilde Schiffer entschuldigte sich und fragte nach Oma Pauline. Isabell brachte kaum einen Bissen herunter. Sie aß nur etwas, damit sie für die nächsten Stunden überhaupt etwas im Magen hatte. Dann nahm sie sich noch einen Becher Kaffee mit auf Paulines Zimmer, dass sie heute räumen würde. Ihr eigenes Zimmer wollte sie behalten.

In dem Zimmer im Erdgeschoss legte sie den Koffer offen aufs Bett. Sie musste lächeln bei dem Anblick des alten Korseletts und der dicken Feinstrümpfe, die Oma Pauline nach wie vor mit beigefarbenen Strumpfhaltern trug. Die schmutzige Wäsche war in einem Plastikbeutel deponiert, den sie beiseitelegte. Den würde sie nicht mit ins Krankenhaus nehmen. Als sie im Bad den Kulturbeutel öffnete, sah sie in einem durchsichtigen Fach zwei Ringe und eine Kette. Neugierig öffnete sie das Fach. Die Ringe waren unverkennbar Paulines Eheringe, der von ihrem Mann, und auch der eigene Ring, den sie vor einigen Jahren abgelegt hatte, weil er zu tief ins Fleisch geschnitten hatte. Wieder musste sie unwillkürlich lächeln. Oma Paulines Ehe war anscheinend glücklich gewesen, den sonst würde man doch wohl nicht immer den Ring seines verstorbenen Mannes mit sich herumtragen, so lange Jahre nach dem Tod noch.

Die Kette kam ihr allerdings nicht bekannt vor. Das Gold der Kettenglieder war angelaufen, und die Machart sah nach Jugendstil aus. Drei große blutrote Rubine waren zu Kirschen verarbeitet worden, die von Blätterornamenten umrankt wurden. Wie schön. Merkwürdigerweise hatte sie diese Kette niemals am Hals ihrer Großmutter gesehen.

Als alles eingepackt war und sie alles noch mal gründlich durchsucht hatte, war Isabell sich ganz sicher, dass das zweite Tagebuch nicht hier im Zimmer war. Jetzt gab es nur noch eine Möglichkeit: Oma Pauline musste es mit ins Krankenhaus genommen haben. Diese Vorstellung war ziemlich verstörend, wenn man bedachte, unter welchen Umständen sie eingeliefert worden war!

Isabell verstaute den Koffer im Mietwagen und ließ sich missmutig auf den Fahrersitz plumpsen. Verdammt noch mal, was stand in dem Büchlein, dass Oma Pauline es trotz Herzanfall bei sich haben wollte? Was sollte sie nicht sehen?

KÖLN-RHEINKASSEL – 2. APRIL 1926

Als hätte sie es geahnt. Kaum war die Familie zurück vom Flughafen Butzweilerhof, wohin sie August gebracht hatten, wartete Viktor schon auf sie. Sofia wusste, es würde nichts nützen, ihn abzuwimmeln. Er war hartnäckig und beharrlich. Sie konnte es genauso gut jetzt hinter sich bringen. Er hatte nur vor der Küchentür gestanden und sie angeschaut, als die Jungs ausgelassen in der Villa herumtollten und die beiden Mädchen sich ins Bad verzogen, um ihre freie Zeit zu genießen. Sofia hatte ihnen versprochen, sie dürften so lange in der Wanne liegen, wie sie wollten. Wenn August in der Nähe war, hätten sie das niemals riskiert.

Sie ging in das Sudhaus und holte zwei große Eimer Trester, die gestern beim Bierbrauen angefallen waren. Damit ging sie in den Stall. Den eiweißreichen Trester würden die Pferde bekommen, die sich immer darüber freuten.

Im Stall war es dämmerig. Viktor hatte kein Licht angemacht. Er streichelte Viktoria, das Fohlen, das Oskar nach der letzten deutschen Prinzessin benannt hatte. Das hatte er jedenfalls behauptet, auch wenn sein Herz nicht besonders an der untergegangenen Monarchie hing. Sofia glaubte eher, dass er es nach seinem großen Vorbild benannte hatte – Viktor. Der fütterte die Tiere gerade mit Heu. Sofia zog die Tür zu, blieb aber am Eingang stehen.

Viktor sagte nichts, doch sein Blick ruhte auf ihr. Alleine beim Anblick seiner grünen Augen wurde sie schon schwach. Nein, die Sache war ausgestanden. Seit Wochen schon versuchte sie, all ihre Gefühle zu verdrängen, indem sie Tag und Nacht arbeitete. Doch als er jetzt seine Hände über das Fell des Fohlens gleiten ließ, wünschte sie sich, es wäre ihr Körper, den er streichelte.

»Ist er weg?« Sofia nickte. »Und alle sind glücklich?« Er sagte es eine Spur zu sarkastisch.

»Nun, glücklich würde ich mich nicht nennen, doch ich bin froh, ihn wenigstens für eine Weile los zu sein. Ja, das stimmt.«

Er ging langsam auf sie zu. »Vielleicht ist uns das Schicksal ja dieses Mal gnädig und reißt sein Flugzeug vom Himmel.«

»Du solltest nicht so reden.« Geräuschvoll stellte sie die schweren Blecheimer ab.

»Ich sage doch nur, was du auch denkst.«

Sofia wandte das Gesicht ab. Er hatte recht. Sie fühlte sich erbärmlich bei dem Gedanken, aber als sie die britische Maschine hatte starten sehen, da hatte sie genau den gleichen Gedanken gehabt. Wenn das Flugzeug doch einfach abstürzen würde. Wenn irgendetwas passieren würde, dass er niemals mehr wiederkam.

Vielleicht würde er in Amerika verhaftet, wenn man ihn beim Schmuggeln erwischte. Sie hatte immer noch keine Ahnung, wie er den Alkohol ins Land brachte. Dieser Offizier McFayden, den August einmal erwähnt hatte, schien das zu organisieren. Sofia glaubte, dass der Transport der illegalen Fracht mit den Militärflugzeugen vonstattenging. Am liebsten wäre ihr, wenn man August fasste und er dort für lange Jahre hinter Gitter steckte. Was für eine praktische Lösung das doch wäre. Sie musste ihrem angetrauten Ehemann nicht einmal den Tod wünschen. Diese Sünde wollte sie nicht auch noch begehen. All das und vieles mehr ging ihr Dutzende Male am Tag durch den Kopf.

Wie typisch, dass Viktor sofort erraten hatte, was sie dachte. Wie er immer ihre Gefühle genauestens zu kennen schien. Ihre Gedanken und ihre Wünsche und ihre Träume. Sie nahm die Eimer wieder hoch und stellte jeder Stute einen hin. Und plötzlich stand Viktor vor ihr.

Er legte einen Finger unter ihr Kinn und drehte ihr Gesicht zu seinem. Seelenruhig schaute er sie an. Wieso machte er es ihr nur so schwer? Tränen sammelten sich in ihren Augen, doch als er sie gerade küssen wollte, trat sie ein Schritt zurück.

»Nein, nicht. Du weißt, dass das nicht mehr geht.« Sie griff in den Eimer und hielt dem Fohlen eine Hand Trester hin.

Doch Viktor ließ sich nicht beirren. Er stand dicht hinter ihr, als er sagte: »Jetzt, da es sozusagen amtlich ist, dass du schwanger bist, willst du mir da nicht gratulieren?«

Ihr Kopf schoss herum, und sie funkelte ihn zornig an. »Sag so etwas nicht noch einmal.«

Doch er sah sie nur ruhig an. »Ich weiß es.«

»Du vertust dich. Es ist Augusts Kind.«

»Vor der ganzen Welt vielleicht, nicht vor mir. Ich weiß es, und du weißt es.«

»Das stimmt nicht.«

»Vielleicht kannst du August weißmachen, dass es sein Kind ist, doch du vergisst, dass ich mich auskenne mit den weiblichen Zyklen.«

Sie sprang auf und stemmte ihre Hände in die Taille. »Ich bin keine Stute.«

»Das habe ich nicht behauptet, aber du hast mir selbst gesagt, dass August dich in der in Frage kommenden Zeit nicht angerührt hat.«

Sofia dachte angestrengt nach. Hatte sie das? Es gab immer wieder Zeiten, da ließ August sie in Ruhe, meist wenn er bis tief in die Nacht arbeitete und morgens früher aufstand als sie. Sie hatte das Viktor gegenüber erwähnt. Und Viktor wusste ziemlich genau, wann August arbeitete.

»Trotzdem kannst du dir nicht absolut sicher sein.«

Er fixierte sie. »Das war ich auch nicht, bis du zur Tür hereingekommen bist. Dein Blick hat dich verraten. Du wünschst dir so sehr, dass ich so mit unserem Kind umgehe, wie ich mit der kleinen Viktoria umgehe – aufmerksam und liebevoll. Nicht wahr? Etwas, das August nicht zustande bringt.«

Sofia schluckte und ließ den Kopf sinken. Sie gab sich geschlagen. Er kannte sie so gut wie sonst kein Mensch. Liebevoll legte er seine Arme um sie und zog sie zu sich heran. Sie wehrte sich nicht und schmiegte sich in seinen Oberkörper. »August ist noch keine zwei Stunden fort, und schon liege ich in den Armen eines anderen Mannes.«

»In den Armen des Mannes, der dich liebt«, ergänzte er ihre Worte. »Jetzt ist es doch die beste Gelegenheit zu verschwinden. August wird lange genug weg sein. Jede Spur von uns wird lange kalt sein.«

»Du willst immer noch, dass wir fliehen?« Er nickte.

»Mit allen Kindern und ich schwanger?«

»Soll ich denn mein Kind bei diesem Tier aufwachsen lassen? Was, wenn er es schlägt? Soll ich zuschauen, wie er mein Kind windelweich prügelt? So, wie er seine eigenen schlägt?«

Seine Worte trafen sie hart, aber er hatte ja recht. Sofia konnte nichts erwidern, denn es gab keine Entschuldigung dafür. Sie wusste auch, sie würde nicht fortgehen. Sie würde es nicht wagen, und sie würde es den anderen Kindern nicht zumuten wollen. Sie schmiegte sich an ihn, und er hielt sie einfach nur fest. Es gab keine Hoffnung für sie beide.

Als Sofia zwei Tage später zur Küchentür hinausschaute, sah sie, wie Clementine oben auf Tabitha saß und eine ganze passable Reiterin abgab.

Sie trat vor die Tür. Viktor hatte Oskar schon etliche Reitstunden gegeben, meistens nur, wenn August es nicht sah. Er duldetet es zwar, fand aber, es wäre Zeitverschwendung. Und Viktor hatte seiner Meinung nach Besseres zu tun. Josefine wippte auf einer der Holzlatten der Umzäunung. Auch etwas, das August zutiefst missbilligte. Magnus war unterwegs, und Gustav und Oskar standen auf der Wiese und sahen ihrer Schwester zu.

Viktor bemerkte, dass Sofia wieder vom Einkaufen zurück war, und rief den Kindern etwas zu. Er übergab Oskar die Zügel und kletterte schnell über den Zaun. Mit einem letzten prüfenden Blick verschwand er im Inneren des Hauses. Sofia war gerade dabei, den Einkaufskorb auszupacken, da zog er sie wortlos bis in die Eingangshalle. Hier konnte niemand sie sehen.

»Ich habe etwas für dich.« Er griff in seine Hosentasche und zog etwas heraus. Auf seinem Handteller faltete er ein Stück blütenweißen Stoff auseinander. Darunter kamen funkelnde blaue Saphirohrringe zum Vorschein. »Sie sind genau wie deine Augen. So tiefblau wie ein Bergsee.«

Sofias Blick wechselte zwischen den Schmuckstücken und seinem Gesicht. »Sie sind wunderschön, doch was soll ich damit? Ich kann sie doch sowieso nicht tragen.«

»Dann trag sie heimlich, wenn August nicht da ist. Ich möchte dir etwas schenken, für unser Kind. Das kannst du mir nicht abschlagen. Nicht, wenn du nicht mit mir fortgehen willst!«

Sofia schüttelte den Kopf und sah ihn beschwörend an. Sie wollte nicht, dass er ihr etwas schenkte. Sie wollte nicht lügen müssen, wenn August sie danach fragte.

»Bitte Sofia. Nimm sie. Es ist vielleicht das einzige Mal in meinem Leben, dass ich einer Frau ein solches Geschenk machen kann. Für mein Kind. Bitte lehne es nicht ab.«

Ein ungutes Gefühl beschlich sie. »Ist das ein Abschiedsgeschenk? Gehst du fort?«

»Würde es dir etwas ausmachen?«

Ihre Lippen zitterten, als er diese Worte aussprach. »Natürlich!«, brach es aus ihr heraus. »Natürlich würde es mir etwas ausmachen.«

»Dann liebst du mich also doch!« Brauchte er darauf wirklich eine Antwort? »Dann nimm sie bitte. Und wenn ich schon lange nicht mehr da sein werde, dann gib sie irgendwann deinem Kind. Es ist vermutlich das Einzige, was er oder sie jemals von mir haben wird.«

Sofia wurde so übel, dass sie das Gefühl hatte, sich übergeben zu müssen. Ja, er hatte recht. Es war nicht richtig. Sie liebten sich. Sie sollten zusammen sein. Es war ihr gemeinsames Kind, die Frucht ihrer Liebe.

»Du musst sie ja nicht tragen. Du kannst sie in deiner Schatulle aufbewahren. Sag einfach, sie wären ein Erbstück deiner Mutter. Oder deiner Tanten. Dann wird August keinen Verdacht schöpfen.«

Das klang alles so nach Abschied. Was, wenn er weggehen würde? Wie sollte sie das überstehen? »Willst du mich wirklich verlassen?«

»Du hast mich verlassen, weißt du noch? Du hast gesagt, dass es nicht weitergehen kann.«

Sie packte ihn bei den Armen. »Bitte bleib. Ich kann dir nichts versprechen, außer, dass ich es ohne dich nicht aushalte. Doch ohne meine Kinder kann ich auch nicht sein.«

»Aber irgendwann wird August Verdacht schöpfen.«

»Und wenn … Vielleicht, wenn die vier Großen alt genug sind, in ein paar Jahren … und wir mit unserem Kind und Oskar …« Lachhaft. Sie konnte es nicht einmal aussprechen, wie wollte sie da ihre anderen Kinder zurücklassen.

Seine Antwort war ein Kuss, ein bittersüßer, zärtlicher Kuss. Sofia hatte beinahe das Gefühl, er hätte sie noch nie zuvor so intensiv geküsst. Er presste sie an sich, und seine Lippen fuhren über ihren Hals, ihre Ohren. Sein Atem flog über ihre Haare. Ganz leise raunte er ihr zu: »Dann lass uns wenigstens keine Zeit mehr verschwenden, solange August außer Landes ist. Komm heute Nacht zu mir.«

Sofia nickte. Sie nickte heftig. Es war genau das, was sie schon die ganze Zeit über wollte. »Und wenn wir uns lieben, dann wirst du nichts anders tragen als diese Ohrringe.«

KÖLN-RHEINKASSEL – EIN DIENSTAG IM MAI 2014

Hoffentlich starb sie nicht an so einem kalten, unpersönlichen Ort. Pauline schaute auf den Zugang, den man ihr am Handrücken gelegt hatte. Ein Tropf führte ihr eine klare Flüssigkeit zu. Ein anderer Apparat stand neben ihr, der ihre Herztöne aufzeichnete. Heute Morgen hatte sie eine Reihe von Untersuchungen über sich ergehen lassen müssen. Schon zwei Mal hatte man ihr Blut abgenommen, und sie fühlte sich immer noch sehr schwach. Am späten Vormittag hatte man sie von der Intensivstation heruntergebracht. Jetzt lag sie neben einer Achtundvierzigjährigen, der man vor drei Tagen Nierensteine entfernt hatte.

Die Tagebucheinträge hatten ihr mehr als nur einen gehörigen Schreck und einen leichten Herzinfarkt beschert. Sie hatten ihre Biografie mit wenigen Federstrichen in ein völlig anderes Licht gesetzt. All ihre Vorstellungen von einem gütigen und aufopferungsvollen Vater, den zu kennen sie nicht das Glück gehabt hatte, waren mit einem Mal null und nichtig. Was man ihr über ihn erzählt hatte, war nicht viel gewesen. Ja, wenn sie es recht bedachte, hatte sich nie jemand überschwänglich über ihren Vater geäußert. Offensichtlich hatte sie ihn in ihrem Kopf zu einem Mann stilisiert, an den die Wirklichkeit nicht annähernd heranreichte.

Gestern Abend hatte sie nur noch einen einzigen Gedanken gehabt: Sie war mit Julius verwandt. Pauline schämte sich für ihren Vater, so sehr, dass sie die Wahrheit niemals über die Lippen bringen würde. Wie könnte man das aussprechen? Mein Vater hat deine Großmutter vergewaltigt. Und Isabell und Julius einfach in Unwissenheit zu lassen – nein, das ginge nicht. Der einzige Ausweg war, Gras darüber wachsen zu lassen. Und deswegen musste Isabell, so schnell es ging, fort von hier. Bevor etwas Wesentliches zwischen Julius und ihrer Enkelin passierte.

Nach dem Mittagessen fühlte sie sich kräftig genug, um ihren kleinen Plan umzusetzen. Natürlich durfte sie nicht aufstehen und sich in keiner Weise aufregen. Das hatte die Ärztin ihr streng verboten. Aber was wäre das Leben, wenn man immer das tun würde, was andere sagen?

Die Frau aus dem Nachbarbett war sehr freundlich. Pauline hatte sich nach dem nächsten Fernsprecher erkundigt, und die Patientin hatte sie nur schief angesehen und gelacht. Und dann hatte sie Pauline angeboten, dass sie ihr dringendes Telefonat auch von ihrem Smartphone aus führen könne, und schaute für Pauline nach der Nummer.

»Zimmerer heißt er.«

»Ich glaub, dann habe ich Ihn gefunden. In Merkenich?« Pauline nickte wieder und noch einmal, als die Nachbarin sie fragte, ob sie die Nummer direkt anrufen sollte. »Bitteschön, es tutet. Einfach nur so halten. Nirgendwo draufdrücken. Ich geh mich solange mal frisch machen.« Sie reichte Pauline das Gerät und schlich gekrümmt zur Nasszelle.

Pauline hielt das Gespräch kurz. Es gab auch nicht wirklich viel zu sagen. Sie bestand darauf, dass Dr. Zimmerer sich ab sofort wieder alleine um ihre Erbschaftsangelegenheiten kümmerte. Nur er! Julius Grothues sollte außen vor bleiben. Einen Grund nannte sie nicht, und der Notar fragte nicht. Er war lange genug in seinem Beruf, um genau so dezent zu sein, wie sie gehofft hatte.

Pauline stellte Dr. Zimmerer in Aussicht, dass sie verkaufen wollte. Alles andere würden sie bitte nächste Woche klären, wenn sie zurück in Königswinter sei. Er nahm ihre Mitteilung mit ausgesprochen stoischer Gelassenheit entgegen. Da sie nicht wusste, wie sie das Gespräch beendete, hielt sie das schwarze, flache Teil so lange in der Hand, bis ihre Nachbarin zurück kam.

»Alles geklärt?«

Pauline nickte nur und hoffte, dass damit wirklich alles geklärt war. Jetzt musste sie nur noch Isabell davon überzeugen, dass Julius nicht der Richtige für sie war, und spätestens mit dem Verkauf des Anwesens würde sie auch alle anderen unliebsamen Erinnerungen zu Grabe tragen. Hatte Oskar davon gewusst? War das der Grund gewesen, warum er sich von allen Erinnerungen konsequent ferngehalten hatte? Sie lehnte sich zurück ins Kissen, unter dem ein kleines schwarzes Büchlein steckte und sie an die unliebsamen Wahrheiten erinnerte.

Keine halbe Stunde später stürzte Isabell ins Zimmer.

»Oma!« Sie ließ ihre Tasche aus der Hand gleiten und umarmte Pauline, als wäre sie kostbar und sehr zerbrechlich.

»Mein Kind!« Sie konnte in Isabells Augen sehen, wie sehr sie sich Sorgen gemacht hatte.

»Ich habe schon drei Mal angerufen. Heute Morgen, dann als du bei der Untersuchung warst, und am Mittag hat man mir gesagt, dass ich um zwei kommen kann.«

»Ich weiß. Die Schwester von der Intensivstation hat es mir gesagt.«

»Wie geht es dir? Mein Gott, hast du mir einen Schreck eingejagt.«

»Besser. Es geht mir schon viel besser.« In Wahrheit fühlte sie sich immer noch schwach, und die Todesangst, die sie gestern verspürt hatte, war noch nicht ganz abgeklungen.

»Was ist passiert?«

Pauline sah ihre Enkelin an. Abgesehen davon, dass ihre Nachbarin im Raum war und durch eine Modezeitschrift blätterte, abgesehen davon, wäre jetzt der perfekte Moment, Isabell die Wahrheit zu beichten. Doch das hatte Pauline nicht vor. »Herzrhythmusstörungen«, sagte sie. »Es war gar nicht so dramatisch, trotzdem wollen sie mich noch ein paar Tage zur Beobachtung hierbehalten.«

»Ja, das hab ich schon gehört. Ich hab dir deine Sachen mitgebracht. Brauchst du darüber hinaus noch etwas?«

»Vielleicht, wenn du mir noch ein Nachthemd kaufen würdest, bevor du zurück nach Berlin fliegst.«

Isabell lachte zärtlich auf. »Ich hab schon umgebucht. Ich bleibe natürlich hier.«

»Nein. Du musst zurück!«

»Mach dir keine Sorgen. Ich lasse dich doch nicht hier alleine. Nicht in deinem Zustand.«

Das Smartphone der Nachbarin klingelte, und sie drehte sich zur Seite, um mit gedämpfter Stimme zu telefonieren. Eine bessere Gelegenheit würde Pauline nicht bekommen.

»Wenn sie mich entlassen, in ein paar Tagen, werde ich direkt nach Königswinter gebracht. Ich hab schon alles arrangiert.«

»Freust du dich nicht, dass ich bleibe?« Isabell runzelte die Stirn.

»Und was ist mit deiner Arbeit?«

»Ich hab schon allen Bescheid gegeben. Das ist kein Problem.«

»Isabell, bitte! Du musst fahren!«

Ihre Enkelin setzt sich auf den Rand des Bettes und nahm ihre Hand.

»Oma, was ist denn los? Du scheinst ganz außer dir zu sein.«

»Ich will einfach nicht, dass dir deine Einnahmen entgehen. Bitte flieg zurück.«

»Ich hab schon Ersatz für meine Stunden arrangiert. Und mit Frau Schiffer gesprochen. Ich kann bleiben. Das ist kein Problem.«

»Das ist doch viel zu teuer. Fahr zurück. Wir können jeden Tag telefonieren. Dann weißt du immer, wie es mir geht.«

»Ich kann sicher auch bei Julius unterkommen.«

»Nein!«

Das war viel zu schnell und viel zu laut herausgekommen. Pauline bereute ihr Wort sofort.

»Wieso nicht? Ich dachte, du bist ganz angetan von ihm.« Isabell blickte sie verstört an.

Mit etwas mehr Bedacht versuchte Pauline, ihre nächsten Worte zu formulieren. »Nicht mehr. Ich glaube jetzt, dass ... dass er nicht der Richtige für dich ist. Er passt einfach nicht zu dir.«

»Er passt nicht zu mir?« Isabell schaute sie überrascht an. »Aber das hab ich doch in den letzten Tagen ein paar Mal gesagt, und du hast es immer verneint.«

»Du hattest recht. Er passt nicht zu dir. Das sehe ich nun ein.«

»Nun, ich muss dir sagen, dass ich meine Meinung geändert habe.« Sie lächelte Pauline verheißungsvoll an.

In Paulines Herzen flimmerte es schon wieder. Eine heiße Welle flutete durch ihren Körper. »Nein, bitte, nein! Lass ihn in Ruhe! Fahr nach Hause.«

»Nach Hause? Berlin ist nicht mein zu Hause, da ist nur eine Wohnung, die ich gemietet habe.«

»Bitte flieg zurück!«

»Wieso denn? Was ist plötzlich so dringend?« Offensichtlich musste Pauline größere Geschütze auffahren. »Du darfst dich nicht mit ihm einlassen.«

Isabell zuckte zurück, als hätte sie eine Ohrfeige bekommen. Ihr Blick verdüsterte sich. Sie schien sich plötzlich sehr unwohl zu fühlen, sagte aber nichts.

Pauline griff nach ihrer Hand. »Ich kann es dir nicht sagen, doch bitte glaube mir, er ist nichts für dich.« Isabell schüttelte den Kopf. »Wirklich, du musst mir einfach glauben!«

Isabell entzog ihr die Hand und stellte sich hin. »Nun, wenn es dir so wichtig ist, wirst du mir schon sagen müssen, wieso du so plötzlich deine Meinung geändert hast.«

Was sollte sie denn sagen? Isabells Reaktion war verständlich. Schließlich war sie es selbst, die Isabells und Julius' Annäherung forciert hatte. Und jetzt plötzlich wollte sie sie auseinandertreiben, ohne einen triftigen Grund zu nennen. Kein Wunder, dass Isabell völlig verwirrt war. Doch jedes Wort der Erklärung blieb ihr im Halse stecken.

»Oma, ich weiß nicht, was das soll. Ich … mag Julius. Sehr sogar. Es gibt da eine Verbindung, ein Gefühl von Nähe, das ich so bisher bei keinem anderen Mann hatte. Und ich möchte schauen, wo es hinführen kann. Verstehst du das denn nicht?«

Oh je, es war schon viel weiter, als Pauline geahnt hatte. Sie musste dieser Geschichte ein Ende bereiten, bevor es zum Äußersten kam.

»Meine liebe Isabell. Ich kann dir leider nicht alles sagen, aber bitte höre auf mich … Vielleicht kommt dieser Gleichklang eurer Herzen ja aus einem anderen Grund. Vielleicht habt ihr eine Verbindung miteinander, allerdings nicht aus romantischen Gründen! Bitte glaub mir das!«

Isabell drehte sich wortlos weg und fing an, den Inhalt des Koffers in den kleinen Schrank an der Wand einzuräumen. Als sie damit fertig war, ging sie mit dem Kulturbeutel in der Hand ins Bad. Als sie zurückkehrte sagte sie: »Hier ist noch dein Schmuck drin. Ich denke, ich sollte ihn nicht hierlassen. Du weißt doch, in Krankenhäusern verschwindet öfter mal was. Oder willst du ihn unbedingt in deiner Nähe haben?«

Pauline schüttelte den Kopf.

»Nein, du hast recht. Nimm ihn solange.«

Seufzend ließ Isabell sich auf den Stuhl fallen. Sie nestelte an dem Verschluss des Täschchens herum, ohne ihre Großmutter anzublicken. Pauline hörte, wie das Gespräch der Nachbarin sich allmählich dem Ende näherte. Was konnte sie noch sagen, um ihre Enkelin zu überzeugen?

Isabell holte aus dem Beutel die Goldkette mit den Rubinkirschen hervor.

»Die kenne ich gar nicht.«

»Sie ist von meiner Mutter.«

»Von deiner Mutter? Dann hast du sie schon sehr lange. Wieso habe ich sie nie an dir gesehen?«

»Sie ist mir zu eng. Ich habe immer das Gefühl, der Hals würde mir abgeschnürt. Aber sie ist schön und das einzige Schmuckstück von meiner Mutter. Deshalb habe ich sie immer bei mir.«

»Ich passe gut darauf auf.« Isabell nickte und steckte den Schmuck vorsichtig in ein Seitenfach ihres Rucksackes. Dann legte sie den Kulturbeutel in das Fach und schloss den Schrank ab. Wieder setzte sie sich. Offensichtlich wollte sie noch etwas loswerden. Sie legte den Kopf schief. Ihre Stimme war sehr leise. »Ich muss dir sagen, dass ich gestern mit Julius … wir … Es ist mir wirklich ernst mit ihm.«

»Nein, du musst ihn vergessen. Du darfst …«

Isabell griff nach ihren Händen und unterbrach sie sanft.

»Ich habe gestern mit ihm geschlafen.« Als sie Paulines entsetztes Gesicht sah, flüsterte sie schnell. »Ich weiß, Großmütter wollen so etwas nicht von ihren Enkelinnen wissen, doch ich bin über dreißig. Du hast doch wohl nicht gedacht, dass ich noch unberührt bin.«

Paulines Hand ging zum Herzen. Da war er wieder, dieser Schmerz, der ihr Herz in die Eisenkrallen nahm.

»Nein, bitte. Du musst mir versprechen …«

Isabell war aufgesprungen. »Oma, was ist los? Dein Herz?« Sie drückte schnell den Notrufknopf. »Oma, bitte reg dich nicht auf.«

Pauline packte Isabell mit letzter Kraft am Arm und krallte sich in ihr Fleisch. »Mach mit ihm Schluss! Bitte! Du musst es mir versprechen!« Auf dem Bildschirm des Geräts neben dem Bett flimmerte es wild.

Die Bettnachbarin beendete ihr Gespräch und setzte sich auf. »Was ist? Geht es wieder los?« Auch sie drückte ihren Notrufknopf, und in diesem Moment wurde schon die Zimmertür aufgerissen.

Eine Schwester kam im Eilschritt näher, blickte auf den Bildschirm und in Paulines Gesicht, eilte dann hinaus und rief jemanden auf dem Flur etwas zu. Sofort war sie zurück im Zimmer.

»Raus«, sagte sie barsch zu Isabell und drückte sie zur Seite. Schnell fuhr sie das Kopfteil des Bettes herunter. »Frau Bach, haben Sie Schmerzen? Versuchen Sie, langsam zu atmen.« Sie prüfte die Augen, legte ihre Hand an Paulines Puls.

Pauline konnte nur noch ihr Gesicht und die Zimmerdecke sehen. Sie merkte, wie jemand an ihrem Bett herumruckelte. Isabells Gesicht erschien kurz. Sie war bleich wie die Wand.

»Gehen Sie bitte«, befahl die Schwester und zog die Bettdecke zurück.

Isabell machte Platz, und sofort erschien noch eine zweite Schwester und die Ärztin.

»Versprich es!«, rief Pauline ihr noch hinterher, dann wurde ihre Brust entblößt, und irgendwelche Elektroden wurden an ihrer Haut angebracht.

KAPITEL DREIZEHN

KÖLN-RHEINKASSEL – EIN DIENSTAG IM MAI 2014

Isabell zitterte immer noch. Sie hatte zwei Stunden auf dem Flur gewartet, bis endlich die Nachricht kam, dass es ihrer Großmutter wieder besser ging. Sie musste zwar nicht zurück auf die Intensivstation, aber durfte vorerst keinen Besuch empfangen. Noch immer sah Isabell das fahle, eingefallene Gesicht vor sich. Was war plötzlich so schlimm daran, dass sie sich mit Julius gut verstand? Die Nachricht, dass sie mit Julius geschlafen hatte, war der Auslöser für den Anfall gewesen.

Isabell lenkte den Mietwagen vor den Mauerbogen. Sie atmete ein paar Mal tief durch und stieg aus. Unschlüssig blieb sie stehen. Es widerstrebte ihr, auf das Gelände zu gehen. Und doch wusste sie, dass hier der Ursprung all der gegenwärtigen Ereignisse war. Julius und sie. Ihre düstere Familiengeschichte. Was hatte Pauline damit gemeint, dass es eine Verbindung zwischen ihr und Julius gab, die nicht romantischer Natur sei? Oma Pauline und ihr Herzanfall.

Und ihr eigenes Herz? Reagierte es nicht oft genauso wild und ungestüm? Überschlug sich in blinder Angst! Hatten ihre Panikattacken auch hier ihren Ursprung?

Sie betrat das Gelände und lehnte das schmiedeeiserne Tor an. Plötzlich, ohne zu wissen, warum, lief sie los, lief, bis sie hinter der Villa war. Sie starrte an der Fassade hoch.

»Was ist hier passiert?«, rief sie. »Was tust du mir an? Was hast du meiner Familie angetan?« Sie schrie es heraus. Ihre Wut und ihre Ohnmacht und ihre Angst waren ein explosives Gemisch. »Bist du verflucht?« Sie trat gegen den Sockel der Mauer. »Ich will jetzt endlich die Wahrheit wissen!«

Atemlos verharrte sie dann und lauschte, als würde sie tatsächlich von den alten Gemäuern eine Antwort erwarten. Doch jetzt flüsterten die Wände nicht mehr mit ihr. Das Einzige, was sie hörte, war das Summen der Bienen und leises Rauschen der Blätter im großen Kirschbaum.

»Verdammt noch mal.«

Wieder trat sie gegen die Mauer. Ihr Zorn war noch nicht verraucht. Sie stapfte durch die hohe Wiese, riss dabei Blüten ab und hinterließ einen erkennbaren Pfad. Auf der alten Holzbank vor dem Pferdestall ließ sie sich nieder. Ihr Kopf stieß unsanft gegen die alte Mauer. Warum war alles so dermaßen verworren? Der Eintrag, den sie als letzten gelesen hatte, fiel ihr wieder ein. Hier hinter diesen Mauern hatte Oskar seine Mutter in flagranti erwischt, mit diesem Viktor. Dem Pferdezüchter. War mit dieser Verbindung etwas in Gang gesetzt worden, das bis in ihre heutige Zeit reichte? Lag vielleicht darin die Ursache begründet, weshalb ihre Großmutter so verunsichert war? Sie hatte Oma Pauline noch fragen wollen, wo das zweite Tagebuch abgeblieben war, da war sie schon aus dem Zimmer geschickt worden.

Wieder stieß sie leicht den Hinterkopf gegen die Mauer. Wenn diese Steine doch nur reden könnten. Sofia und Viktor hatten eine Affäre gehabt. Oskar hatte sie gesehen, hier im Pferdestall. War das nur eine kurz aufflackernde Leidenschaft gewesen, oder war das der Auslöser einer sich anbahnenden Katastrophe?

Ein bekannter Ton kam aus ihrem Rucksack. Sie hatte eine SMS bekommen. Julius – natürlich. Ein Lächeln glitt über ihr Gesicht.

Danke für den wunderbaren Abend. Wie geht es Oma Pauline?

Sie starrte auf das Display. Was sollte sie ihm antworten? Warum war ihre Großmutter so entsetzt über ihre Verbindung mit Julius, dass sogar ihr Herz aussetzte? Es kam noch eine weitere SMS:

Sehen wir uns heute? Ich muss leider lange arbeiten. Hab was aufzuholen.

Versonnen blickte sie auf das Display, dann gab sie sich einen Ruck und steckte das Smartphone zurück in ihren Rucksack. Später. Sie konnte sich gerade nicht entscheiden. Oma Paulines Ausbruch hatte sie verunsichert. Ihre Hand streifte den Rücken des Tagebuchs. Sie zog es heraus. Es gab noch zwei Einträge, die sie nur noch schnell überflogen hatte. Sie blätterte auf die Seite mit dem Eintrag vom 20. April 1926, nur um sicherzugehen, dass sie sich auch wirklich nicht vertan hatte. Ah, da stand es.

Oskar ist vorhin völlig aufgelöst durch die Räume gestreift. Ich wusste sofort, dass irgendetwas nicht in Ordnung war. Er war völlig verstört. Der arme Junge hat Mama und Viktor im Stall überrascht, wie sie sich geküsst haben.

Dann stimmte es also.
Sofia und dieser Viktor.
Es gab noch zwei letzte Einträge. Nicht mehr viele Worte, um ihr zu erklären, was damals vorgefallen war.

28. April 1926
Vater ist aus Amerika zurück, viel früher als erwartet. Er hatte zwar versprochen, er würde vorab ein Telegramm schicken, doch es sieht ihm ähnlich, dass er uns überraschen wollte. Kontrollieren, wäre passender. Wir dachten, er würde bis in den Mai hinein bleiben.
Als ich den Nachschub an geschälten Kartoffeln in die Brennerei gebracht habe, habe ich zufällig mitangehört, wie Vater sich mit Viktor unterhalten hat. Er war euphorisch. Sie müssen sich geradezu um ihn gerissen haben. Kein Wunder, dass Vater die Dollarzeichen in den

Augen stehen. Er verspricht sich Großes. Er scheint einen Abnehmer gefunden zu haben und will nun ganz groß einsteigen. Ich habe heute Abend schon stundenlang Zuckerrüben gewaschen. Meine Hände sind noch ganz aufgeweicht. Und nicht nur wir, auch Viktor muss Tag und Nacht arbeiten. Mit den Reitstunden ist es wohl erstmal vorbei.

7. Mai 1926

Meine Güte, wir schuften Tag und Nacht, so kommt es mir wenigstens vor. Vater hat noch zwei zusätzliche Destillen aufgebaut, damit er schneller brennen kann. Die erste Lieferung Schnaps scheint schon unterwegs zu sein. Ich weiß es nicht genau, denn er macht so ein Geheimnis darum. Ich weiß nur, dass aus der Lagerhalle plötzlich jede Menge der kleinen Fässer fort waren. Das restliche Geld erwartete er, sobald die illegale Fracht wohlbehalten in Amerika ihren Abnehmer gefunden hat.

26. Mai 1926

Die letzten Tage waren unerträglich. Vater ist wieder ganz der Alte. Seine Abnehmer in Amerika scheinen nicht gerade zuverlässig zu sein. Zumindest nehme ich an, dass das der Grund ist. Er flucht ständig auf die verdammten Amis. Vater verrät niemandem, wie er schmuggelt. Nur, dass der Schnaps schon längst in Chicago angekommen sein müsste. Er geht jeden Tag auf die Bank und kommt jedes Mal schlechter gelaunt zurück. Er wartet ungeduldig auf sein Geld.
Wir gehen ihm aus dem Weg, soweit das möglich ist. Gustav hat schon wieder Schelte bekommen, weil er beim Frühstück eine Rechenaufgabe nicht im Kopf lösen konnte. Und Josefine hat sich direkt eine von Vater gefangen, als sie ihm helfen wollte. Mama beäugt das alles mit Adleraugen. Als Vater Josefine eine Backpfeife gegeben hat, hat sie ihn hart angesprochen. Sogar mit Magnus hat Vater wieder geredet. Aber Magnus sagt keinen Ton zu ihm. Ich wünschte, ich würde mich das auch trauen. Vater

wird von Tag zu Tag wütender. Ich will nicht miterleben, wenn er wieder explodiert. Auf der einen Seite wünsche ich mir ganz böswillig, dass die Amis ihn wirklich reingelegt haben. Andererseits, falls sich das wirklich bestätigen würde, dann wehe uns!

Die amerikanische Prohibition und illegal geschmuggelter Schnaps – dabei ging es um viel Geld, richtig viel Geld, stellte Isabell sich vor. Genug, um deswegen einen Mann umzubringen? Sicherlich! Vielleicht lagen die Gründe für August Kortes Tod ganz woanders. Falls ihr Urgroßvater ein großer Schmuggler war, der in allerlei illegale Vorgänge verwickelt war – wieso sollte der Täter nicht aus der kriminellen Szene der damaligen Zeit stammen? Möglich war es. Diese Erklärung wäre ihr die liebste gewesen.

Ihr Smartphone klingelte, und sie holte es hervor. Ganz wie sie es sich gedacht hatte: Julius. Wie sollte sie sich verhalten? Wenn sie nur wüsste, wie es zu diesem überraschenden Meinungsumschwung bei Oma Pauline gekommen war. Es hing ganz sicher mit dem zweiten Tagebuch zusammen. Das Klingeln hörte auf, und ein Stich fuhr ihr durchs Herz. Was sollte sie Julius sagen, warum sie ihm nicht geantwortet hatte?

Sie wählte die Nummer des Krankenhauses und ließ sich auf die Station durchstellen. Man hatte ihr gesagt, dass Pauline frühestens morgen wieder Besuch empfangen dürfte. Trotzdem war Isabell beunruhigt. Was, wenn zwischendurch etwas passierte?

ೞ

Es war schon zwanzig nach acht, als Julius kam. Isabell hatte ihm doch noch geantwortet, und sie hatten sich in einem Biergarten verabredet. Sie saß an einem Tisch in der Ecke und hatte sich ein Wasser bestellt. Julius kam wohl direkt von der Arbeit, denn er trug noch einen eleganten Anzug. Als er sie entdeckte, glitt ein verhaltenes Lächeln über sein Gesicht. Unter dem Arm trug er ein dickes Paket. Isabell richtete sich auf. Es war noch so ungewohnt. Sie wussten noch nicht, wie sie sich begrüßen würden. Sie vermutete, dass Julius sie am liebsten an sich drücken und küssen würde, andererseits hatte sie keine Ahnung, wie er es mit Zärtlichkeiten in der Öffentlichkeit hielt. Und sie, sie wusste gar nicht, wie sie sich verhalten sollte. Sie hätte ihn nämlich am liebsten auch fest in ihre Arme geschlossen. Und sie hatte keinerlei Bedenken, ihn in der Öffentlichkeit zu küssen. Doch noch immer spukte ihr durch den Kopf, was Oma Pauline von ihr gefordert hatte: Sie sollte Schluss machen mit Julius!

Er stellte das Paket auf dem Tisch ab und sah sie fragend an, ohne sich zu rühren. Das war allerdings ungewöhnlich.

»Was ist?«, sagte sie unsicher und machte einen Schritt auf ihn zu.

Er griff sie bei den Unterarmen und gab ihr einen flüchtigen Kuss auf die Wange. »Nun, ich dachte, du könntest mir das sagen.« Als Isabell die Stirn runzelte, sprach er weiter: »Ich habe Bescheid bekommen von meinem Kollegen Dr. Zimmerer, dass ich mich ab sofort aus der Erbschaftsangelegenheit Bach heraushalten soll.«

Isabell verzog das Gesicht. »Und du dachtest, das hätte ich in Gang gesetzt.« Sie schüttelte den Kopf und setzte sich. »Das muss Oma gewesen sein. Ja, sie war es sicher.« Er setzte sich über Eck, und Isabell griff nach seiner Hand. »Ich kann es dir nicht erklären, doch als ich ihr von uns erzählt habe, hat sie sich furchtbar aufgeregt, und die Schwestern und die Ärztin mussten kommen, und ich durfte nicht mehr zu ihr.«

»Aber wieso?«

»Keine Ahnung. Sie wollte partout, dass ich mich nicht mehr mit dir treffe.« Er sollte nicht denken, dass sie es war, die etwas zu verbergen hatte. »Deshalb habe ich mich erst so spät gemeldet. Ich habe ihr zwar nichts versprochen, aber … ich habe Angst, dass sie stirbt.«

»Weil wir zwei uns treffen?«

Isabell nickte. »Weil wir … Verbindung aufgenommen haben.«

Julius beugte sich zu ihr und küsste sie auf den Mund. »Ich bin froh, dass es nur das ist. Ich dachte, du hättest es dir anders überlegt.«

»Nein, du siehst, ich ziehe mich nicht zurück. Ich habe mich mit dir verabredet. Das war eine schwere Entscheidung, die mich selbst freut.« Sie versuchte ein Grinsen.

Ein warmes Lächeln erschien auf seinem Gesicht. »Also, dann hast du Oma Pauline von uns erzählt. Ich bin froh, dass es schon ein Uns gibt.« Er lehnte sich zurück und bestellte Wasser und Wein. Die Kellnerin ließ die Karte da und ging. Er band seine Krawatte ab und öffnete den obersten Hemdknopf.

»Und bei dir?«

»Tja, was soll ich sagen? Hartmut, also Dr. Zimmerer, kam zu mir und ist erst mal um den heißen Brei herumgeschlichen. Ob bei mir alles stimme und wie es mit der Erbschaftsangelegenheit von euch voranginge und so weiter. Ich habe ihm etwas erzählt, nicht von uns beiden, aber dass wir uns gut verstehen und dass noch keine Entscheidung gefallen sei. Dann sagte er, dass ich sozusagen offiziell abgezogen bin.«

»Ja, hat er denn nicht gefragt, wieso?«

Julius zog eine Augenbraue hoch. »Nun, wir Notare fragen nicht nach den Gründen unserer Klienten, da wir davon ausgehen, dass sie schon gute Gründe haben werden.« Er spielte nervös mit einem Bierdeckel. »Und du weißt es nicht?«

Isabell erzählt ihm kurz von der Unterhaltung, die sie am frühen Nachmittag mit Oma Pauline geführt hatte.

»Was soll ich dir sagen. Das Einzige, was sie vage erklärt hat, ist, dass wir möglicherweise diese Verbindung aus anderen Gründen spüren, aber nicht, weil wir verliebt sind.«

»Sondern?«

Isabell hob die Schultern. »Ich dachte, ich finde im zweiten Tagebuch vielleicht eine Erklärung, was sie so aufwühlt. Doch es ist fort. Ich hab ihr Zimmer auf den Kopf gestellt. Sie muss es mitgenommen haben.«

»Nun, wie du dir vorstellen kannst, war ich einigermaßen konsterniert. Deswegen wollte ich dich unbedingt sehen. Und außerdem«, er drehte sich und zog das Paket näher, »außerdem ist das heute für Pauline Bach angekommen. Das war schon da, bevor mein Kollege mir die Sache entzogen hat. Und ich habe ihm nichts davon gesagt.«

Isabell schaute neugierig. »Ist es das Paket aus Amerika?« Julius nickte. »Genau.« Doch als Isabell es zu sich heranziehen wollte, sah er ihr tief in die Augen. »Dir ist klar, dass ich es nur deiner Großmutter übergeben darf, oder?«

»Draufgucken darf ich doch wohl.« Er schob es näher, und Isabell las den Absender. Henry Corte, der Enkel von Großonkel Oskar. »Okay, ich habe es gesehen und brenne vor Neugierde.«

»Und deswegen wirst du es auch nicht in die Hände bekommen.« Er schob es beiseite. »Und nun zu uns. Wie sollen wir uns verhalten? Oder besser: Wie wirst du dich verhalten? Denn ich weiß, wie ich mich verhalten werde.« Er strich ihr mit dem Finger eine Strähne aus dem Gesicht. Isabell presste die Lippen aufeinander. »Ich bin eine furchtbar schlechte Lügnerin. Ich will Oma nichts vormachen. Lass uns einfach warten, bis sie halbwegs stabil ist.« Er lehnte sich seufzend zurück. Seine Ungeduld und auch seine Angst, sie könnte sich doch wieder in ihr Schneckenhaus zurückziehen, standen ihm auf der Stirn geschrieben. Es tat ihr leid. »Julius, ich bleibe noch ein paar Tage. Mindestens bis zum Wochenende. Oma Pauline ... Verstehst du nicht? Du hast so viel Familie, und sie, sie ist die Einzige, die ich habe. Ich will sie nicht verlieren. Ich werde sie sowieso nicht mehr allzu lange haben.«

Er ergriff ihre Hand und legte sie an seinen Mund. Er küsste ihre Handinnerfläche und sagte: »Versprichst du mir, dass du keinen Rückzieher machst?«

Sie schüttelte den Kopf. »Ich kann dir doch nichts für die Ewigkeit versprechen.«

»Nein, nicht für die Ewigkeit. Sagen wir, bis wir uns gut genug kennen, um weitere Schritte überlegen zu können.« Ihr wurde heiß. Weitere

Schritte ... Was meinte er damit? Das ging alles so schnell. »Weißt du, ich muss heute so furchtbar viel versprechen, von dem ich nicht weiß, ob ich es halten kann.«

Heftiger Widerwille blitzte in seinen Augen auf, aber seine Stimme war verständnisvoll, als er sagte: »Wenn dir der Mut fehlt: Ich kann auch für zwei mutig sein!«

Isabell wusste nicht, was sie darauf antworten sollte.

KÖLN-RHEINKASSEL – 26. JULI 1926

Es war vermutlich der schwerste Gang, den Sofia jemals angetreten hatte. August war mit Gustav und Oskar ins Rechtsrheinische gefahren, um Nachschub für die Schnapsdestilliere zu kaufen. Es war nicht das erste Mal seit seiner Rückkehr aus Amerika, dass er einen ganzen Tag weg war, und Sofia war es in den letzten Wochen der Schwangerschaft sehr schlecht gegangen.

Sie hatte viel an Gewicht zugelegt, sie war schlapp und antriebslos, und entgegen ihrer Art lag sie nur noch im Bett oder schleppte sich zur Bank im Wintergarten hinunter. Immer mehr Wasser sammelte sich in ihrem Körper an. Jeder Schritt fiel ihr schwer.

Letzte Woche hatte sie den Entschluss gefasst.

Das war, nachdem Viktor überraschend in ihrem Schlafzimmer aufgetaucht war – tagsüber. Er war alarmiert gewesen wegen der Unruhe, die die Geschichten um Elsbeth auslösten. Da ihm von den Kindern niemand etwas sagte und sie am Morgen nicht zum Frühstück erschienen war, hatte er sich Sorgen um sie gemacht. Sein Auftauchen hatte ihr einen Schock versetzt. Was, wenn ihn jemand hier oben sah? Würde August ihn hier oben erwischen, wäre jede Erklärung nur ein Anlass für weitere Fragen.

Viktor unterstützte sie, wo er konnte. Bei ihm durfte sie müde sein, bei ihm durfte sie weinen, und bei ihm konnte sie sich fallen lassen. Wenn August gerade nicht da war. Manchmal nur für Minuten, manchmal reichte ihr ein Blick oder eine leichte Berührung im Vorbeigehen. Sie war süchtig nach seiner Nähe. Doch all das musste ein Ende finden.

Es ging nicht mehr. Mit jeder Faser ihres Körpers spürte sie, wie sie immer mehr auf eine Katastrophe zusteuerten. Und sie hatte sich geschworen, sie würde ihre Kinder nie wieder im Stich lassen.

Sofia wollte derzeit niemanden sehen. Sie wusste nur allzu genau, was August Elsbeth Himmels angetan hatte. Obwohl sie sich dafür schämte, war sie froh, dass sie selbst nicht mehr in der Lage war, einkaufen zu gehen. Elsbeth hatte es so laut herausposaunt, dass sicher schon alle davon wusste. Das ganze Dorf zerriss sich das Maul über ihre Familie. Und trotzdem hatte August sich auch dieses Mal wieder herausgemogelt. Er gewann letztendlich immer.

Mühsam schleppte sie sich Stufe für Stufe ins Erdgeschoss. Die Schwangerschaft mit Oskar war schon schwierig gewesen, aber dieses neue Kind forderte von ihr körperlich alles. Dieses Mal stand ihre Entscheidung fest. Dieses Mal würde sie nicht wieder weich werden. Clementines fragende Blicke, als sie die Saphirohrringe trug, hätten ihr Warnung genug sein müssen. Sie war viel zu unvorsichtig gewesen. Doch ihre neu aufgeflammte Liebe zu Viktor hatte sie leichtsinnig werden lassen. Niemals im Leben hatte sie sich so leicht gefühlt wie in den Tagen, in denen August auf einem anderen Kontinent weilte. Bis zu der Stunde, an der er unerwartet und viel zu früh wiederkam.

In dem Trubel seiner Ankunft hatte sie geglaubt, die Ohrringe wären untergegangen. Kaum dass August sie begrüßt hatte und wieder aus dem Raum hinaus war, hatte sie sie schnell abgenommen. Tausend Mal hatte sie darüber nachgedacht, ob eventuell schon das ein Fehler gewesen war. Vielleicht nahm August das als Eingeständnis ihrer Untreue. Ihre Beine waren ihr beinahe weggeknickt, als er sie abends im Bad überraschte mit seiner Frage. Woher sind diese schönen blauen Ohrringe? Und: Sie sehen teuer aus. Sind das echte Steine?

Irgendwie – und heute konnte sie sich nicht einmal mehr vorstellen, wie ihr das gelungen war – hatte sie ihm eine harmlose Antwort geliefert. Tante Dorothea hätte sie ihr mitgegeben beim letzten Besuch. Es wären alte Ohrringe ihrer Mutter gewesen. Und nein, die Steine konnten nicht echt sein, denn ihre Eltern hätten sich so etwas niemals leisten können. August hatte ihr diese Lüge scheinbar abgekauft. Und doch wirkte er zunehmend misstrauisch.

Sie versuchte sich einzureden, dass die Reise nach Amerika der Grund seiner schlechten Laune war. In seinen Geschichten war August immer der Held, der bald sagenhaften Reichtum für seine cleveren Ideen ernten würde. Aber er war ein großes Risiko eingegangen. Allein schon für den Versuch, illegalen Schnaps zu verkaufen, hätte man ihn für Jahre in den Kerker geworfen. Die Amerikaner verstanden da keinen Spaß. Vielleicht hatte das ganze Unternehmen zu sehr an seinen Nerven gerüttelt. Sofia hatte das Gefühl, er sähe seit Neuestem überall Gespenster. Oder war sie es vielleicht, die überall Gespenster sah? Er kam ihr von Tag zu Tag bedrohlicher vor, und das hieß schon etwas. Wochenlang hatte Sofia überlegt, und war doch zu keiner schlüssigen Antwort gekommen. Doch im Grunde war ihr bewusst: Ihr Verhältnis mit Viktor wurde zu riskant.

Das Haus war selten so ruhig wie gerade. Es war die beste Gelegenheit, die sich ihr heute bieten würde. Die Kinder waren alle noch in der Schule. Später erwartete sie Kläre, die immer noch kam. Obwohl sie natürlich wusste, dass August Elsbeth Gewalt angetan hatte, war sie nicht fortgeblieben. Kläre half Sofia beim Einkaufen, beim Kochen und auch beim Putzen. An ein neues Kindermädchen war gar nicht zu denken.

Sofia zog sich die Gummigaloschen über und ging langsam hinüber zum Pferdestall. Viktor würde sie sehen. Er war vorne im Sudhaus und presste wahrscheinlich gerade Kartoffeln. Sie wusste, dass er immer ein Auge auf den Garten hatte. Im leeren Stall stützte sie sich auf den Zwischenwänden ab. Es war ihr alles zu mühsam mittlerweile.

Es dauerte nicht lange, da ging das Tor auf. Mit schnellen Schritten war Viktor bei ihr, und schon lag seine Hand auf ihrem runden Bauch. Seine Lippen fanden ihre, und er küsste sie. Und für einen allerletzten Moment gab Sofia sich seiner Zärtlichkeit hin. Es wäre ihr letzter Kuss. Sie schluckte.

»Viktor, ich … Ich muss mit dir reden.«

Seine Stirn legte sich in Falten. Er wusste sofort, dass dies nichts Gutes bedeutete. Doch er wartete stumm.

Sie legte ihre Hände wie zum Schutz auf den gewölbten Bauch. »Du musst gehen!« Es gab nicht viel zu erklären. Was sollte sie noch sagen? Er wusste genau, warum das so war.

»August hat keinen Verdacht.«

»August hat keinen Verdacht gegen dich! Aber einen Verdacht hat er. Ich weiß es. Ich spüre es. Und du kennst ihn. Er ist niemand, der eine Sache auf sich beruhen lässt.«

»Er wird es nicht herausbekommen.«

»Irgendwann schon. Irgendwann wird er irgendetwas bemerken. Und dann ist es zu spät. Dann Gnade uns Gott.«

»Ich gehe nicht ohne dich fort.«

»Geh deinem Kind zuliebe. Ich bitte dich.« Sie packte ihn bei der Jacke, als wolle sie ihn höchstpersönlich wegzerren.

»Ich gehe nicht ohne dich und nicht ohne mein Kind fort.«

»Wenn August jemals etwas bemerkt, dann wird es niemanden mehr geben, mit dem du fortgehen kannst.«

Viktor schloss seine Arme um sie und zog sie fest an sich. Er küsste ihren Scheitel. »Niemals. Niemals werde ich dich hier alleine lassen bei ihm. Und niemals werde ich ohne mein Kind gehen.«

»Was willst du tun? Willst du wirklich die nächsten Jahre zusehen, wie er das Kind als seins erzieht?«

»Wenn es nötig ist! Oder wir finden eine andere Lösung.«

»Eine andere Lösung? Was meinst du damit?« Sofia konnte sich nicht vorstellen, dass Viktor das meinte, was ihr als Erstes in den Sinn kam.

»Vielleicht muss August in Zukunft öfter nach Amerika. Ich habe mir überlegt, was, … Ich kann die Sprache nicht, wenn allerdings Clementine einen Brief aufsetzen würde …«

»Du meinst, wir sollten ihn dort den Behörden melden?« Als wäre ihr das nicht auch schon tausendmal durch den Sinn gegangen.

»Ich möchte nicht so ein Mensch sein, doch August … Er holt das Schlechteste in einem hervor.«

Sofia atmete tief durch. »Ich möchte auch nicht so ein Mensch sein. Aber es kann so nicht weitergehen. Du musst kündigen.« Als sie in seine aufgerissenen Augen sah, sprach sie schnell weiter. »Ich habe heimlich etwas Geld gespart. Damit wirst du am Anfang über die Runden kommen. Hier kannst du doch nicht ewig bleiben. Wie er dich behandelt …«

»Wie er dich behandelt!«

Sofia antwortete nicht, sondern griff in ihre Küchenschürze. Viktor machte eine abwehrende Handbewegung.

»Ich will dein Geld nicht. Ich werde nicht gehen.«

Doch als sie nun die Hand öffnete, war es, als hätte sie ihm einen Schlag versetzt. Er starrte sie an, das Gesicht verzerrt. »Sie gehören dir. Ich will sie nicht zurück.«

»Nimm sie. Ich kann sie ohnehin nicht tragen.«

»Ich möchte, dass mein Kind die Ohrringe bekommt. Gleich, ob es ein Mädchen ist oder ein Junge. Der Junge kann sie irgendwann seiner Frau schenken.« Er machte ein so gequältes Gesicht, dass Sofia ihm am liebsten in die Arme gefallen wäre. »Sie sollen unser Kind daran erinnern, dass sein Vater und seine Mutter sich geliebt haben.«

Sofia schluckte. Lehnte Viktor die Rückgabe ab, weil er dachte, es gebe dann noch Hoffnung für sie? Das konnte nicht sein. Es gab keine Hoffnung mehr für ihre Liebe. Sie drehte sich langsam um und ging zum Tor. Das

Bücken war schon reichlich unbequem. Sie legte die glänzenden Ohrringe auf einem Holzstumpf ab.

»Es ist aus. Bitte verlass uns.«

Sie hörte noch sein heiseres Flüstern, als sie aus dem Stall hinaus war.

»Niemals! Ich verlasse dich niemals. Dich nicht und nicht mein Kind. Eher bringe ich ihn um.«

KÖLN-FÜHLINGEN – EIN MITTWOCH IM MAI 2014

Julius hatte schlecht geschlafen und die halbe Nacht darüber gegrübelt, wie er weiter vorgehen sollte. Diese Frage, um die seine Gedanken seit dem Aufwachen kreisten. Die Kräfte, die hier am Werk waren, stammten aus der Vergangenheit, soviel war ihm bewusst. Kräfte, die er nicht einschätzen konnte.

Isabell und auch ihre Großmutter waren freundliche und offene Menschen. Ohne Grund würden sie niemanden zurückweisen. Er sprang aus dem Bett und zog sich an. Er hatte einen Entschluss gefasst. Er würde ins Krankenhaus fahren. Ohnehin hatte er noch einen Botengang zu erledigen.

Vor dem Krankenzimmer blieb er stehen. Machte er einen großen Fehler? Wenn der alten Dame so viel daran lag, dass er nicht mit ihrer Enkelin verkehrte, was würde sie sagen, wenn er höchstpersönlich bei ihr auftauchte? Er würde einfühlsam und vorsichtig sein. Es war ihm egal, was sein Kollege sagen würde, sollte er es je herausbekommen. Andererseits war Isabell ihm so wichtig, dass er unbedingt erfahren musste, worum es hier ging.

Die Frühstückstabletts wurden gerade abgeräumt. Pauline Bach war also sicher schon wach. Er trat ein. Aus dem kleinen Raum neben der Tür hörte er Wasser rauschen. Er trat ein Stück vor und sah sie in ihrem Bett liegen, die Augen geschlossen. Dann war also ihre Bettnachbarin gerade im Bad. Der beste Moment.

Langsam trat er vor. Als sie die Augen öffnete, blieb ihr Blick ganz ruhig. »Herr Grothues?!«

»Ich dachte, wir wären schon bei Julius gewesen.« Er blieb besonnen und achtsam, denn eins würde Isabell ihm sicher nicht verzeihen: Wenn er etwas tat, das ihre Großmutter kränken oder aufregen würde.

»Ich hatte mir schon gedacht, dass Sie kommen würden«, sagte sie. »Sie sind ein beharrlicher Mensch.«

»Ja, das bin ich wohl.« Er stellte das Paket neben dem Bett ab und zog sich einen Stuhl heran. »Wie geht es Ihnen?«

»Besser. Es geht mir wieder besser. Gestern, das war nichts. Nur ein bisschen zu viel Aufregung.«

»Es freut mich wirklich, das zu hören.« Die eine Frage schien ihm ins Gesicht geschrieben zu sein.

»Ich schulde Ihnen noch das Rezept von dem Tresterbrot.«

Seine Mundwinkel zuckten. »Nun, deshalb bin ich eigentlich nicht hier.«

Die alte Dame seufzte. »Dann sind Sie sicher gekommen, um zu erfahren, warum ich nicht möchte, dass Sie mit meiner Enkelin verkehren?« Er nickte stumm. Sie versuchte, sich aufzusetzen, und Julius stand auf und half ihr. Er fuhr das Kopfende hoch, und sie hielt sich an ihm fest, als sie sich zurechtsetzte. »Es ist wirklich schade, weil ich Sie eigentlich sehr gerne mag. Glauben Sie mir, es ist besser so. Ich bitte Sie inständig, sich nicht weiter um meine Enkelin zu bemühen.«

»Sehen Sie, ich weiß nicht, ob Isabell Ihnen von meiner verstorbenen Frau erzählt hat. Aber durch ihr Schicksal habe ich gelernt, im Leben genauer hinzusehen. Und ich weiß: Ihre Enkelin bedeutet mir viel. Das ist keine Zufallsbekanntschaft. Es geht tiefer.«

»Genau das ist es doch. Diese Verbindung, die Sie spüren, das ist keine Liebe!«

»Sondern?«

»Ich kann es Ihnen nicht sagen!« Pauline Bach klang wütend.

»Sie müssen mir schon einen sehr guten Grund nennen, wenn sie so etwas verlangen.«

»Ich kann nicht … Ich …« Tränen liefen ihr plötzlich übers Gesicht, sie räusperte sich. »Also gut. Greifen Sie unters Kissen.«

Er ließ seine Arme vorsichtig unter ihr Kissen gleiten und zog das zweite Tagebuch hervor.

»Ich bekomme es nicht über die Lippen. Lesen Sie selbst. Es sind direkte die ersten Einträge.« Sie legte den Kopf ab und schaute zur Seite. Sie wollte nicht einmal zusehen, wenn er es las.

Julius setzte sich und schlug aufgeregt die erste Seite auf. Der Eintrag war vom 8. Juni 1926 und erging sich lediglich in Beschreibungen des Wetters. Er flog zum nächsten Eintrag, eine Woche später. Da stand es also: Seine Großmutter Elsbeth Himmels hatte tatsächlich bei den Korte gearbeitet. Sie hatte am 14. Juni des gleichen Jahres als Kindermädchen und Haushaltshilfe angefangen. Auch der nächste Eintrag war nicht besonders interessant, doch schon die beiden nächsten Einträge trieben ihm den Schweiß auf die Stirn. Gebannt las er weiter. Er biss sich auf die Unterlippe, wischte sich über die Schläfen und warf Pauline alarmierte Blicke zu.

Pauline wartete auf seine Reaktion und auf seine Einsicht. Als er zu der besagten Stelle kam, sog er zischend die Luft ein, und Pauline nickte nur, als wüsste sie, wo er gerade war. Beklommen klappte er schließlich das kleine Büchlein zu.

»Dann … dann hat Ihr Vater meine Oma … vergewaltigt?« Die Worte kamen ihm wie Scherben über die Lippen. Worte, die einen allein schon beim Aussprechen verletzten.

Pauline nickte stumm, genau in diesem Moment trat ihre Bettnachbarin wieder ins Zimmer. Julius grüßte knapp, und Pauline machte ihm ein Zeichen, dass er weiterlesen sollte. Was sollte jetzt noch kommen? Er zeigte ihr die Stelle, an der Seiten herausgerissenen worden waren.

»Das war ich nicht. Das war schon so. Lesen Sie weiter.«

Und das tat er, bis er am Eintrag vom 15. Dezember 1926 ankam. Schon nach den ersten Worten stand er plötzlich ruckartig auf, das Buch zitterte in seiner Hand. Sein düsterer Blick fiel auf die alte Dame, dann las er noch einmal die Zeilen, die ihn darüber informierten, dass seine Großmutter Elsbeth durch die Vergewaltigung schwanger geworden war. Julius brauchte nicht lange nachzurechnen, denn er wusste, dass sein Vater im Frühjahr 1927 geboren worden war.

»Ich ... ich verstehe.« Spröde Worte, die nicht annähernd ausdrückten, welchen Schock er gerade erlitten hatte. Jetzt wurde ihm klar, warum Pauline Bach plötzlich gegen die Verbindung zwischen ihm und ihrer Enkelin war. Er sah die alte Dame wortlos an. Ihre Stirn war gekraust, und offensichtlich wartete sie gespannt auf seine Antwort. Doch er war zu verwirrt, um etwas zu sagen. Ein Schmerz fuhr ihm durch die Eingeweide. Wann war er das letzte Mal so unvorbereitet getroffen worden?

Es war Jahre her. Er erinnerte sich an den Tag, als Mona die Diagnose bekam. Der Krebs war zurück, ihre Chancen standen schlecht. Mona musste im Krankenhaus bleiben, und als er sie abends verließ, war er die halbe Nacht kopflos durch die Stadt gefahren. Straße um Straße hatte er alle Brücken Kölns überquert, auf der Suche nach einer Antwort. Auf der Suche nach Heilung. Nach Abstand. Nach etwas, das ihm Halt geben konnte.

Und jetzt? Er war also mit Isabell verwandt. Was waren sie dann eigentlich? Isabell war noch eine Generation weiter entfernt von diesem August Korte als er. Damit war er Isabells Großcousin. Sein erster Reflex war, sich in sein Fachgebiet zu flüchten: Rechtlich gesehen wäre es kein Hinderungsgrund für eine Heirat. Es wäre auch nicht wirklich ein Risiko für gemeinsame Kinder. Doch all sein Juristenwissen half ihm hier nichts. Die Art und Weise, wie seine Blutlinie in die Familie eingefügt worden war, schockierte ihn zutiefst.

Er verstand nur zu gut, warum Isabells Großmutter nicht darüber sprechen wollte. Aber was ihn wirklich ins Herz und ins Mark traf, war die Tatsache, dass sein Vater das Produkt einer Vergewaltigung war. Sein geliebter Vater, der so sanftmütig gewesen war. Der ihn niemals geschlagen hatte. Der immer erzählt hatte, dass auch seine Mutter niemals die Hand gegen ihn erhoben hatte. Sein Vater war die Frucht eines brutalen Überfalls auf den Körper und die Seele seiner Großmutter gewesen. Oma Elsbeth, die ihn immer mit Bonbons verwöhnt hatte. Die ihm gezeigt hatte, wie man Tomaten und Kartoffeln züchtete. Und die niemals ein böses Wort gegen ihn gesagt hatte.

Es war, als hätte jemand an seinen Grundfesten gerüttelt. In seiner Seele fand ein Erdbeben statt. Plötzlich schien alles, was in seinem Leben wichtig war, an einen anderen Platz gerückt worden zu sein. Wut stieg in ihm auf. Unbändige Wut. Am liebsten hätte er sich diesen August Korte geschnappt und ihn windelweich geprügelt. Eine Reaktion, die ihn sofort selbst entsetzte. Unwillkürlich ging seine Hand zu seiner Krawatte und lockerte sie. Er öffnete die ersten beiden Knöpfe seines Hemdes und atmete tief durch, seinen Blick starr auf die Zeilen gerichtet, obwohl die Wörter vor seinen Augen verschwammen.

»Ich muss ... Ich ... Ich kann ...«, stammelte er plötzlich vor sich hin. Er schüttelte den Kopf. Laut schlug er das Buch zu. »Kann ich das Buch mitnehmen?«

»Verstehen Sie jetzt?«, fragte Pauline ihn eindringlich. »Sie dürfen sich nicht weiter mit meiner Enkelin treffen!«

Julius schaute durch sie hindurch. Innerlich wehrte er zwar ihre Worte ab, doch er war noch nicht so weit, wieder klar denken zu können. Und sicher würde er nichts entscheiden und nichts versprechen in der Verfassung, in der er sich gerade befand. Das schwarze Büchlein lag wie glühende Kohlen in seinen Händen.

»Ich muss das alles in Ruhe überdenken. Wenn Sie es brauchen, bekommen Sie es auf jeden Fall wieder. Ich muss erst ein paar Dinge nachprüfen.« Auch wenn es keinen Grund gab, den Worten Clementines zu misstrauen, gab es immer noch die Möglichkeit, dass sie sich geirrt hatte. Und die ganze Geschichte war zu wichtig, als dass er sich auf eine Quelle, die er nicht kannte, verlassen würde.

Pauline nickte ihm zu. Julius stand auf und verabschiedete sich mit einem kurzen Nicken.

༻✿༺

Als würde er flüchten, verließ Julius eiligen Schrittes den Raum. Er wollte nur noch weg von hier. Er achtete nicht auf links und auf rechts, und sah die Menschen nicht, die an ihm vorbei gingen. Diese Information warf ihn völlig aus der Bahn. Er war zutiefst verwirrt. Vor dem Fahrstuhl blieb er stehen und drückte ungeduldig mehrmals auf den Knopf. In seinem Kopf drehte sich alles. Er war so durcheinander, dass er sie nicht einmal bemerkt hätte, wenn sie ihn nicht beim Namen genannt hätte.

»Julius! Was machst du denn hier?«

Er schaute hoch. Isabell kam ihm aus dem Fahrstuhl entgegen.

»Ich … habe deiner Großmutter das Paket gebracht.« Jetzt erst fiel ihm ein, dass er Pauline Bach gar nichts weiter zu dem Paket gesagt hatte. »Du kannst ihr sagen, dass es für sie ist.«

»Julius! Was ist denn?« Isabell hatte einen Schritt auf ihn zu gemacht, denn auch wenn sie die letzte Nacht nicht miteinander verbracht hatten, hatten sie sich gestern Abend mit einem leidenschaftlichen Kuss verabschiedet.

Mit einem Mal wirkte sie so verstört wie er selbst. Erst beim Anblick ihrer irritierten Miene wurde ihm klar, dass seine abwesende Haltung der Grund dafür sein musste. Er wusste nicht, was er antworten sollte. Sein Mund ging auf und zu, als wäre er ein Fisch auf dem Trockenen. Dann ging ihr Blick zu seinen Händen.

»Du hast ja das zweite Tagebuch!?« Sie wollte schon danach greifen, doch Julius zog die Hand zurück. »Aber was ist denn?« Bestürzung war in ihrem Gesicht zu lesen.

Es tat Julius furchtbar weh, sie so zu sehen. Doch er war einfach nicht in der Lage, jetzt mit ihr zu reden. Er brauchte Abstand.

»Ich brauche Abstand.« Hatte er das wirklich laut gesagt?

Isabell schaute ihn an, als hätte er sie geschlagen.

»Bitte?!«

»Ich …« Der zweite Fahrstuhl öffnete sich und entließ drei Menschen. Julius flüchtete sich geradezu hinein. »Ich rufe dich an. Ganz bald. Im Moment bin ich zu verwirrt, um mit dir reden zu können.«

Die Tür schloss sich mit einem leisen Geräusch, und der Fahrstuhl setzte sich in Bewegung. Entsetzt über sich selbst schlug er die Hände vors Gesicht. Was hatte er getan? Isabell hatte ihn angeschaut, als hätte er ihr ein Schwert ins Herz gerammt. Aber … sein Vater. Isabells Urgroßvater. Seine Großmutter, oh Gott, die Arme. Als sich die Fahrstuhltür wieder öffnete, stürzte er hinaus ins Freie. Luft, er brauchte Luft.

ஐ

Mit offenem Mund starrte Isabell auf die metallene Fläche, hinter der sich gerade der Fahrstuhl hinunterbewegte. Was war da gerade passiert? Sie war in eine Schlangengrube gestoßen worden. Der Schweiß brach aus ihr heraus und in ihrem Magen verkrampfte sich alles. Ihr war schwindelig.

Keuchend stützte sie sich an der kahlen Wand neben der Fahrstuhltür ab. Ihr Körper zitterte, als würde er unter Strom stehen. Nein, nicht jetzt. Nicht hier. Ihre Finger suchten hektisch im Rucksack nach den Tabletten. Vor drei Tagen, als sie sich auf dem Badezimmerboden wiedergefunden hatte, hatte sie ein Valiumderivat genommen. Sie hatte sich schließlich nicht lahmlegen wollen, nur leicht beruhigen. Doch jetzt fackelte sie gar nicht lange, sie würde eine ganze Tablette brauchen. Ihr Atem ging stoßweise. Schweißperlen standen auf ihrer Stirn. Wenn eine Ärztin sie in ihrem Zustand sah, würde man sie direkt hierbehalten. Noch während sie die Tablette schluckte, lief sie zu den Besuchertoiletten. Sie schloss sich in der Kabine ein und wartete darauf, dass die Wirkung des Beruhigungsmittels eintreten würde.

Julius brauche Abstand, hatte er gesagt. Ausgerechnet er! Er, der sie seit Tagen bekniete, Risiken einzugehen. Er, der sich seiner Gefühle für sie so sicher zu sein schien. Er hatte sie zurückgestoßen. Von sich gewiesen. Ich brauche Abstand. Seine Worte schlugen sich in ihr Herz wie die Reißzähne eines Löwen in das Fleisch einer Antilope. Isabell fühlte, wie die Lebensfreude aus ihrem Herzen herausblutete. Sie hatte das Gefühl, sie müsse an all den Geheimnissen ersticken. Die Tablette wirkte endlich. Dumpfheit breitete sich in ihr aus, übertünchte jede Angst, auch jede Freude. Endlich konnte sie klarer denken. Irgendeine Information, aus dem zweiten Tagebuch hatte bei Oma Pauline den Herzinfarkt und offensichtlich bei Julius völlige Verstörung ausgelöst. Gestern Nachmittag war sie so glücklich und befreit gewesen wie noch nie zuvor. Ein ganzes Leben hatte sie gebraucht, sich dieses Glück zuzugestehen. Sie wollte ihre Träume jetzt nicht einfach aufgeben, ohne einen gewichtigen Grund. Aber Julius' Reaktion ließ sie in ihrem festen Entschluss wanken. Was also steckte hinter den merkwürdigen Verhalten der beiden? Ihre Großmutter konnte sie nicht fragen. Sie durfte Oma Pauline nicht noch einmal dem Risiko eines Herzinfarktes aussetzen. Die Ärztin hat ihr gestern streng ins Gewissen geredet.

Isabell schnaufte ein paarmal durch und verließ die Besuchertoilette. So entspannt wie möglich, versuchte sie, in das Krankenzimmer zu treten.

Oma Pauline lag fast aufrecht im Bett. Sie hatte die Augen geschlossen, und ihre Hände – so durchscheinend, dass man die Knochen erkennen konnte – lagen auf der Bettdecke. Für einen Moment dachte Isabell, sie wäre tot. Sie merkte, wie ihr die Tränen in die Augen stiegen. Sie durfte jetzt nichts Falsches sagen.

Als sie sich setzen wollte, sah sie das Paket aus Amerika neben dem Stuhl. Sie schob es ein wenig beiseite, setzte sich und ergriff die Hand ihrer Großmutter, die sofort die Augen öffnete und sie anlächelte.

»Isabell, mein Kind.«

»Wie geht es dir?«

»Keine Angst, so leicht bin ich nicht umzubringen.«

Isabell stutzte. »War die Ärztin heute schon hier?«

Pauline schüttelte den Kopf. »Nein, es war noch niemand hier.«

Noch niemand? Also wollte sie ihr sogar vorenthalten, dass Julius vor einer knappen halben Stunde hier gewesen war? Ihre Worte verletzten Isabell. Hätte sie nicht gerade diese Tablette genommen, wäre sie wütend geworden. Nun gut, dann waren also die Spielregeln klar. Pauline belog sie, und sie belog ihre Großmutter. Das war nur fair. Sie griff in ihren Rucksack und holte zwei Magazine heraus, die sie heute Morgen in einem Kiosk gekauft hatte.

»Ich habe dir etwas gegen die Langeweile mitgebracht. Kreuzworträtsel, die machst du doch so gerne.« Sie legte noch einen Kugelschreiber dazu.

»Wann fliegst du denn zurück?«

»Sobald du gesund bist und ich dich wohlbehalten in Königswinter abgeliefert habe.« Isabell wusste nur zu gut, Pauline wollte wissen, ob sie sich weiter mit Julius traf. Doch nach dem, was vorhin geschehen war, kannte sie ja selbst nicht einmal mehr die Antwort darauf. »Dein Hausarzt sagt, du sollst dir einen ausführlichen Bericht mitgeben lassen, und er braucht eine Aufstellung über die Medikamente, die du eventuell nehmen musst. Ich werde das nachher im Schwesternzimmer alles besprechen. Du brauchst dich um nichts zu kümmern.«

»Danke.« Für einen Moment sah ihre Großmutter so aus, als wollte sie noch etwas sagen, aber was immer ihr auf dem Herzen lag, brachte sie nicht über die Lippen.

Die Tür ging auf, und eine Schwester trat gemeinsam mit der Ärztin ein. Die warf ihr einen warnenden Blick zu und wandte sich dann an die Kranke. »Guten Morgen, Frau Bach. Wie geht's Ihnen heute?«

Isabell stand auf, und während Oma Pauline mit der Ärztin sprach, schob sie das Paket unbemerkt ans Fußende des Bettes. Sie brauchte Antworten, und sie würde Antworten bekommen. Sie sah zu, wie die Schwester Pauline die Manschette am Oberarm anlegte.

Die Haut war so dünn und faltig. Als die Schwester Luft in die Manschette pumpte, tat es Isabell beinahe körperlich weh, ihre Großmutter so gebrechlich zu sehen. Wie viel Zeit hatte sie noch mit ihr? Wochen? Monate? Bestenfalls Jahre, aber wenn, dann nicht mehr viele.

Nachdem die Schwestern und die Ärztin ihre Untersuchung abgeschlossen hatten, griff sie in ihren Rucksack.

»Schau mal, was ich gekauft habe: ein Kartenspiel. Spielst du noch so gerne wie früher?«

Ihre Großmutter schien erleichtert zu sein, dass sie sich endlich auf ungefährliches Terrain begaben. »Oh ja, sehr gerne. Du mischst.«

Sie spielten gut zwei Stunden Canasta, bis es Zeit wurde fürs Mittagessen. Isabell stand auf und küsste Pauline auf die Stirn. »Wir sehen uns bald wieder. Ich liebe dich.«

Sie verließ den Raum, als gerade die Tabletts mit dem Mittagessen hineingebracht wurden. Pauline bemerkte nichts davon, dass sie das Paket aus Amerika mitnahm.

KAPITEL VIERZEHN

KÖLN RHEINKASSEL – EIN MITTWOCH IM MAI 2014

Isabell war todunglücklich. Das schmerzliche Gefühl von Einsamkeit, dass sich damals beim Anblick ihrer toten Mutter in ihr Inneres eingegraben hatte, war wieder da. Die Einsamkeit. Das Gefühl, ganz allein zu sein auf der Welt, und es gab keinen Menschen, der sie auffing, wenn sie strauchelte. Julius hatte sie glauben gemacht, er würde sie auffangen. Und dann hatte er ihr den Boden unter den Füßen weggerissen.

Erst als sie im Mietwagen saß, erlaubte Isabell sich zu weinen. Ihre Hände umklammerten das Lenkrad, und ihre Stirn schlug sacht gegen das gummierte Rad. Sie war so unendlich einsam. Wäre sie doch Julius niemals begegnet! Hätte sie doch nie diese Gefühle für ihn zugelassen! Sie hatte sich so gut eingerichtet in ihrer kleinen Welt, die ohne große Glücksmomente auskam. Die ohne große Hoffnungen auskam. Die ohne Familie, Wurzeln und Bindungen auskam. Ein paar Freunde, eine Arbeit, die Spaß machte, schöne Reisen und ansonsten die vage Hoffnung darauf, dass es irgendwann anders werden könnte.

Sie schnäuzte sich und trocknete ihre Tränen. An einem anderen Wagen stand ein Ehepaar mit einem kleinen Mädchen, das verwirrt zu Isabell schaute. Die Mutter sagte etwas zu ihr, und Isabell konnte sich vorstellen, was das war. Das Mädchen nickte, warf ihr noch einen letzten Blick zu und stieg ins Auto. Wie viele Menschen es wohl gab, die ihren Tränen auf einem Krankenhausparkplatz freien Lauf ließen? Gefühle, die man sich im Krankenhaus nicht zugestand. Ängste, die man den Kranken gegenüber nicht zeigen wollte. Sorgen, mit denen man die ohnehin schon Leidenden nicht belasten konnte.

Ihr Blick fiel auf den Beifahrersitz, wo das Paket stand. Isabell drehte den Schlüssel und fuhr los. Sie kannte den richtigen Ort, um die letzten Familiengeheimnisse zu lüften.

☙

Der Himmel war wolkenverhangen gewesen, und nur allmählich brach die Sonne hindurch. Isabell zog ihren Wollpullover aus und breitete ihn über ein kleines Stück Wiese. Der Pullover hatte ein dunkelgrünes Muster, und wenn er Grasflecken bekam, würde man es kaum sehen können. Isabell streifte ihre Sandalen ab und legte ihren Rucksack neben das Paket – direkt hier beim Holunderbusch, der sich schützend über das überwucherte Steinkreuz von Clementine beugte. Mit wenigen Schritten war sie unten am Ufer. Ein bisschen Geröll, ein bisschen feiner Kies und dazwischen immer wieder Stellen mit feinem Sand. Eine schwache Brandung benetzte Isabells Knöchel. Ihre Zehen spielten in dem klaren Rheinwasser. Sie bückte sich, spritzte sich etwas Wasser ins Gesicht, um den Rest ihrer salzigen Tränen wegzuwischen. Mit feuchten Händen krempelte sie sich die Hose hoch. Dann ging sie bis zu den Waden ins Wasser. So viel Wasser war den Rhein hintergeflossen in den Jahren, die zwischen ihr und Clementines Tod lagen. So viel Wasser seit Paulines Geburt. So viel, seit die Familie an diesen Ort gezogen war. Konnte der Fluss ihr nicht etwas zuflüstern? Konnte er ihr nicht verraten, was vor diesen vielen Jahren und Jahrzehnten an dieser Stelle geschehen war? Wusste schon Clementine um das Geheimnis, das fast ein Jahrhundert später Isabell und Julius voneinander trennen sollte?

Isabell spielte mit dem Wasser. Es war kühl. Angenehm kühl. Ihre Gefühle waren immer noch gedämpft. Doch jetzt, wo das Paket nur noch darauf warte, von ihr geöffnet zu werden, wurde sie unsicher. Wieder, wie schon bei dem Tagebuch, fragte sie sich, ob sie wirklich alles wissen wollte. Welche Neuigkeiten hielt das Paket für sie bereit? Eine erlösende Erklärung oder weitere dunkle Offenbarungen?

Mit einem wütenden Kick ließ sie das Wasser hochspritzen. Sie hatte doch keine Wahl. Trotzdem zögerte sie, als sie zu ihren Sachen zurückging und sich auf den Pullover setzte. Doch statt zum Paket zu greifen, schaute sie zum x-ten Mal auf ihr Handy.

Er würde sich später melden, hatte Julius versprochen. Und noch immer wartete sie auf eine Nachricht von ihm. So wie er gestern auf ihre Antwort gewartet hatte. Sollte sie ihn anrufen? Er war im Büro, vielleicht sogar im Gespräch mit Klienten. Sie wollte ihn nicht stören. Sie war noch nie eine Frau gewesen, die die Männer zu etwas drängte.

Andererseits war er es doch gewesen, der mit dem Drängen angefangen hatte, der ihre Entscheidung für ihn, für ihre Beziehung eingefordert hatte. Und jetzt hatte er sie so einfach stehen lassen. Immerhin war sie sich sicher, dass Julius kein Mensch war, der leichtfertig mit ihren Gefühlen spielte. Es war ganz offensichtlich gewesen, dass etwas ihn extrem verstört hatte. Heute Morgen. Sie legte das Handy seufzend zurück. Liebend gern hätte sie seine Stimme gehört.

Stattdessen hievte sie das Paket zwischen ihre Beine und ritzte mit einem Schlüssel die Stellen auf, an denen es zugeklebt war. Sie klappte es auf und schaute hinein. Alte Zeitungen waren in die Lücken gestopft worden. Vorsichtig rupfte sie alles heraus. Es gab mehrere Briefumschläge und zwei weitere kleine Pakete. Sie öffnete zuerst den größten und schwersten Umschlag im DIN-A4-Format.

Ein kurzer Brief in Englisch klärte sie darüber auf, dass dies Abrechnungen, alte Mietverträge und sonstige Unterlagen waren, die die finanzielle Seite der Erbschaft betrafen. Es war mit Henry Corte unterschrieben, Großonkel Oskars Enkel. Isabell legte den Umschlag zur Seite.

In einem der Pakete war eine alte Sammeltasse, gut verpackt mit Luftpolsterfolie. Ein Zettel lag dabei. »Von Tante Dorothea« stand darauf. In dem zweiten kleinen Päckchen waren alte Fotos, die Oskar und seine älteren Geschwister zeigten. Alle waren in Königswinter aufgenommen worden, auf manchen waren ihre Großtanten abgebildet. Pauline war auf keinem der Fotos, ebenso wenig wie Oskar Mutter. Es gab drei weitere Briefe, der eine nicht weiter beschriftet, der zweite war mit »Für Pauline Korte« beschriftet. Als Isabell sah, was auf dem dritten Umschlag stand, zog ein leichtes Kribbeln durch ihren Körper. »Abschiedsbrief von Clementine Korte« stand dort auf einem sehr alten, vergilbten Umschlag.

Für einen Moment war die Uhr zurückgedreht. Oma Pauline hatte erzählt, dass es geschneit hatte, damals, als sie ihre Schwester Josefine hatte zum Haus stürzen sehen. Wie es wohl war, wenn man begriff, dass die eigene Schwester Selbstmord begangen hatte? Unfassbar – vermutlich.

Isabells Hand lag auf dem Umschlag, und sie glaubte tatsächlich, etwas zu spüren. Wärme pulste ihren Arm hinauf. Tränen traten ihr in die Augen. Sie war noch nicht bereit dafür, deshalb griff sie zu dem unbeschrifteten, neueren Briefumschlag und schlitzte mit dem Schlüssel die Kante auf. Handgeschrieben in klaren eckigen Buchstaben und in deutscher Sprache. Auf der letzten Seite fand sich die Unterschrift von Oskar.

Eine feine Gänsehaut zog über Isabells Schädel.

Sie begann zu lesen.

Liebe Pauline, liebe Schwester,
Verzeih, dass ich dich erst jetzt so nennen kann. Ich werde in wenigen Jahren sterben, und diese Erklärung lastet seit Jahren auf mir. Es sind viele Dinge passiert, die ich dir leider auch heute noch nicht erklären kann. Denn zu groß ist meine Schuld, und so schrecklich sind die Dinge, die damals passiert sind. Ich überlasse es Clementines Tagebuchseiten, dich darüber aufzuklären. Wir haben diese Seiten wenige Wochen nach ihrem Tod unter ihren Sachen gefunden.
Josefine hatte den Abschiedsbrief mitgenommen, und ich bekam ihn nach ihrem Tod, zusammen mit den Tagebuchseiten. Ihre Tagebücher haben wir allerdings nirgends gefunden. Ich vermute, sie hat sie mit in den Rhein genommen.

Isabell hielt inne. Überlasse ich es Clementines Tagebuchseiten? Gab es ein drittes Tagebuch? Isabell vergewisserte sich, dass sich in dem Paket kein weiteres schwarzes Büchlein befand. Erst dann las sie weiter.

Ich hoffe, du kannst mir verzeihen, dass wir alle dir schlechte Geschwister waren. Allein Clementine ist damals alt genug gewesen, um zu begreifen, warum unsere Mutter so gehandelt hat, wie sie gehandelt hat. Ich selbst musste erst die große Liebe meiner Frau finden und mehrere Schicksalsschläge erleiden, damit auch ich begreifen konnte, dass wir dir damals Unrecht getan haben. Das Leben und die Liebe gehen niemals den geraden Weg. Jenen, den man sich wünscht. Jenen, den man plant.
Und so war es auch bei unserer Mutter. Wer könnte es ihr verdenken, dass sie ihren Mann nicht geliebt hat? Auch ich habe unseren Vater nicht geliebt, wir alle haben ihn gefürchtet, und später habe ich ihn auch gehasst. Und ich war neidisch auf dich, denn du warst ohne Zweifel das Einzige von Mutters Kindern, das ein Geschenk der Liebe war.

In Sekundenbruchteilen schossen Isabell die Tränen in die Augen. Sie konnte zwar nicht verstehen, welche Auflösung hinter Oskars Worten stand. Doch ihr war sofort klar, dass Pauline kein Inzestkind sein konnte. Was für eine Erleichterung.

Und so war ich leider auch nicht großherzig und mutig genug, dich über die Geschehnisse, die damals zu all dem Leid geführt haben, aufzuklären. Ich schreibe dir diese Zeilen in dem Wissen, dass ich nicht mehr viel Zeit habe. Nur so viel will ich sagen: Was geschehen ist, ist geschehen. Wisse, dass wir uns – und damit letztlich auch dich – vor schlimmeren Übeln bewahren wollten.
Wir waren Kinder, selbst Clementine. Aber du musst wissen, wir haben alle unseren Preis gezahlt.

Clementine ist freiwillig aus dem Leben geschieden. Magnus, den ich so geliebt und vergöttert habe, hat sich schon 1932 den Kommunisten angeschlossen und in Straßenkämpfen gegen die Nazis gekämpft. Man sagt, dass er mehrere Tage nach den Zusammenstößen im März 1933 erschlagen wurde. Es konnte nie etwas bewiesen werden, und sein Tod wird auch in keiner geschichtlichen Chronik erwähnt.

Mein lieber Bruder Gustav – auch er ist viel zu früh von uns gegangen. Er wurde eingezogen, und wie ich erst nach dem Krieg durch sehr beharrliche Nachforschungen herausbekommen habe, wurde er von seinen eigenen Kameraden erschossen – wegen Befehlsverweigerung. Ein Soldat aus seiner Einheit, den ich nach sieben Jahren Suche endlich als einen der letzten Überlebenden aufspüren konnte, hat mir seine Geschichte erzählt. Seine Einheit war in der polnischen Stadt Przemysl stationiert, wo im September 1939 ein Massaker an Juden stattgefunden hat. Er hat sich wohl geweigert, oder vielleicht war er einfach traumatisiert. Auf jeden Fall konnte er nicht schießen und hat sein Grab in der gleichen Grube gefunden, wie jene, die er verschonen wollte.

Josefine und ich haben überlebt, aber wirklich verwinden konnten wie nie, was damals passiert ist. Diese unfassbare Schuld, die wir auf uns geladen haben, hat uns erdrückt. Hat uns nicht atmen lassen. Hat uns am Leben gehindert. Während des Krieges hatte Josefine einen Blackout. Sie wusste nicht, was ihn ausgelöst hatte, aber ihr fehlten zwei Tage ihres Lebens. Zwei Tage, die einfach nicht existierten. Das hat ihr eine furchtbare Angst gemacht. Sie wusste, sie muss fortgehen, wollte sie überleben.

Isabell griff sich an ihre Kehle.

Die Familienkrankheit der Kortes war also nicht nur die Einsamkeit. Auch die Angst hatte sich in ihre Familie hineingefressen und eingenistet, offensichtlich für die nächsten Generationen. Gemeinsam bildeten sie ein Paar, das sich perfekt ergänzte. Ihre Kiefermuskulatur war so angespannt, dass es ihr wehtat. Sie schob ihr Kinn hin und her, bis sich die Anspannung löste. Dann richtetet sie ihren Blick auf die Stelle, die sie zuletzt gelesen hatte.

Tante Adele und Tante Dorothea wussten nicht Bescheid. Doch sie konnten es sich wohl halbwegs zusammenreimen. Wir haben dich nicht gemocht, weil wir davon überzeugt waren, dass du der Auslöser für all das Unglück gewesen bist. Und ich bin ein kleiner Mensch, dass ich dich nie um Verzeihung bitten konnte. Aber ich konnte es nicht. Ich habe oft vor leerem Briefpapier gesessen und versucht, etwas in Worte zu fassen, das man nicht in Worte fassen kann. Verzeih mir.
Immerhin, und das war sozusagen meine Buße an dir, habe ich mich um den Unglücksort gekümmert und versucht, dir aus der Verwaltung so viel Gutes zufließen zu lassen wie eben möglich. Ich habe nie einen Pfennig von dem Geld genommen.

Isabell stutzte. War es nicht Oskar selbst gewesen, der von schmutzigem Geld sprach? Das schmutzige Geld, das aus der Bewirtschaftung des Geländes kam und mit dem er nichts zu tu haben wollte? Vielleicht war ihr Großonkel doch sehr viel weniger edelherzig, als er hier vorgab. Ganz offensichtlich wollte er verhindern, dass seine Kinder und Enkel mit dem Fluch der Villa in Kontakt kamen. Da überließ er das Unglück doch lieber seiner kleinen, ungeliebten Schwester.

Isabell stieß ein wütendes Schnauben aus.

Josefine ist vor sieben Jahren gestorben, kurz nach dem Tod ihrer langjährigen Partnerin. Mit falschen Papieren ist sie 1943 in die USA emigriert. Nach Kriegsende hat sie mit mir Kontakt aufgenommen und mich wenige Jahre später nachgeholt. Obwohl sie mich in den ersten Jahren sehr unterstützt hat, hatten wir nur wenig Kontakt, denn sobald wir gemeinsam an einem Ort waren, war auch diese alte Geschichte anwesend.

Sie hat die letzten dreißig Jahre in Minnesota in der Nähe der kanadischen Grenze gewohnt und dort eine kleine Flugschule betrieben. Zwar hatte sie keine Nachkommen, allerdings denke ich, sie ist als glücklicher Mensch gestorben. So konnten sowohl Josefine als auch ich wenigstens ein paar unserer Lebensträumen verwirklichen.

Das Wichtigste in meinem Leben war, eine glückliche Familie zu haben. Das kann ich wohl heute behaupten, mit drei Kindern und zehn Enkeln und vierzehn Urenkeln habe ich es geschafft. Um das Glück meiner Nachkommen nicht aufs Spiel zu setzen, habe ich beschlossen, dass sie nichts mit dem deutschen Erbe zu tun haben sollen.

Ich hoffe, dass die Villa nach meinem Tod endlich ein glücklicher Ort werden kann. Er ist nun frei von jeder Schuld.

Vaters Fluch stirbt mit mir.

Hoffentlich kannst du das Erbe in liebende Hände weitergeben. Sicher fragst du dich, warum ich es nicht schon längst verkauft haben. Nun, ich habe das oft in Erwägung gezogen, sehr oft sogar. Es ist schwer zu erklären. Jede Beschäftigung mit diesem Ort war mir zuwider. Jede Sekunde, die ich mit der Verwaltung beschäftigt war, fühlte ich mich krank.

Josefine erging es ebenso. Nur indem wir uns so wenig wie möglich mit der Vergangenheit beschäftigt haben, konnten wir ein kleines bisschen Glück finden. Mir ist klar, dass ich mich sehr kryptisch ausdrücke, aber ich habe erst im Laufe der Zeit begriffen, dass diese große Schuld dich nicht betraf. Wir haben uns falsch verhalten. Wir waren Kinder, und einigen von uns blieb nicht einmal genug Zeit, um ihren Irrtum zu erkennen. Trotz meiner späten Erkenntnis war ich nie mutig genug, mich dem Thema zu stellen.

Vergib mir.

Ich wünsche dir ein segensreiches Leben.

Dein Bruder Oscar

    Isabell ließ den Brief sinken.

Er ist nun frei von jeder Schuld. Vaters Fluch stirbt mit mir.

Himmel, sie wünschte wirklich, sie wüsste, was damals so Schlimmes passiert war.

KÖLN-RHEINKASSEL – 27. JULI 1926

Oh ja, alle betrogen ihn. Gestern hatte er endlich ein Telegramm erhalten von Timothy McFayden. »*Noch keine Geschenke bei Tante Trudi angekommen*« – mehr hatte nicht darauf gestanden. Geschenke war das Codewort. Und Tante Trudi, das war Dan Stanton, mit dem er in Chicago verhandelt hatte. August wusste ja, es war nicht so, als würde er mit braven Bürgern ein Geschäft tätigen. Er hatte sich unter Wölfe begeben und immer geglaubt, er wäre einer ihren. Was, wenn er dieses Mal selbst zur Beute geworden war?

Zweigte McFayden die heißbegehrte Ware ab und verkaufte sie auf eigene Faust weiter? Oder war es Dan Stanton? In Chicago war Stanton König von Gottes Gnaden – der Heiler der Dürstenden und der Seligsprecher tausender Alkoholleichen. Von seinem Lager aus gingen die Lieferungen an die gesamte Ostküste. August war froh gewesen, dass er direkt den größten Karpfen an der Angel hatte.

Doch mit der Zeit waren ihm Zweifel gekommen. Er war sicherlich nicht der Einzige, der Dan Stanton belieferte. Nicht der Einzige aus Deutschland und nicht der Einzige aus anderen Ländern. Gegen den unstillbaren Durst der Amerikaner nahm sich Augusts Liefermenge wie ein Fingerhut aus. Er musste begreifen, dass er ein ganz kleiner Fisch war. Wer hier wen an der Angel hatte, war fraglich. Möglicherweise hatte ihn der größte Karpfen im Becken bereits verschluckt.

Natürlich bestand die Möglichkeit, dass der Plan aufgeflogen war. Doch das fiel schließlich in McFaydens Aufgabengebiet. Der nutzte die amerikanischen Truppentransporte für ihre Sache. Kein Zoll und keine Polizei schnüffelten hier herum. Trotzdem hatte der Plan Lücken. August hatte sich so darum gekümmert, nicht bei den Behörden aufzufliegen, dass er dabei außer Acht gelassen hatte, dass seine Partner selbst ihn betrügen konnten. Dan Stanton hatte ihm eine großzügige Anzahlung gegeben. Vielleicht war das auch schon alles, was August je an Dollars sehen würde. Schon vor zwei Wochen hätte das Geld spätestens bei ihm eingehen müssen. Auch auf die erste Rate im Mai hatte er länger warten müssen als besprochen. Die nächste Lieferung hatte er aber direkt nach dem Eingang des Geldes auf den Weg gebracht. Dieses Mal hatte August Anfang Juli spätestens mit dem Geld gerechnet. Anfang Juli war schon lange vorbei.

August wischte sich die Hände an der Hose ab, prüfte noch ein letztes Mal die Benzinkanister, in denen der Schnaps transportiert werden sollte, und verließ dann den Raum. Die Ladung war fertig, doch natürlich würde er sie nicht verschicken, ehe die vorhergehende nicht bezahlt war. In Amerika konnte man für den Schwarzgebrannten ein Vielfaches von dem verlangen, was man hier bekam. Die Qualität war nebensächlich, wenn genug Umdrehungen drin waren. Aber was nutzte ihm der hohe Preis, wenn er das Geld nicht in die Hände bekam?

Durch den kleinen Verbindungsflur ging er hinüber in die Brauerei. Dieser Teil seines Unternehmens war weitestgehend legal. Er belieferte schon mehr als ein Dutzend Kölner Gaststätten wöchentlich mit Bier.

Viktor stand auf der kleinen Trittleiter, einen übergroßen Holzlöffel in der Hand, und rührte in der Maische. Der warme Dampf füllte die Halle mit einem satten malzigen Geruch. Im Leben hatte August noch keinen Menschen gesehen, der ihm so ergeben war wie dieser Viktor. Er musste wohl ziemlich was durchgemacht haben auf seiner Flucht aus dem Memelland. Viktor erzählte nur wenig, doch aus dem wenigen wusste August, dass er Hunger und Kälte kannte. Ihm war klar, dass man hart anpacken musste, wenn man überleben wollte.

Schon vor dem Krieg hatte August oft genug Geschichten darüber gehört, wie hart die Junker auf ihren Gutshöfen mit den Männern und

Frauen ihres Hofes umgingen. Sie behandelten sie wie Leibeigene. Das musste auch Viktor geprägt haben, denn August konnte sich bei allem, was er in seinem Leben schon durchgemacht hatte, nicht vorstellen, so hündisch ergeben wie Viktor für einen fremden Mann und für eine fremde Geldtasche zu arbeiten.

Immerhin zahlte August ihm seit letztem Herbst ein kleines Gehalt. In diesem Frühjahr hatte Viktor einmal nach mehr Lohn gefragt. August hatte mit ihm verhandelt, und sie trafen sich auf der Hälfte. Trotzdem war es immer noch lächerlich dafür, dass Viktor praktisch Tag und Nacht bereitstand. Er konnte wirklich nichts Schlechtes über ihn sagen. So schnell würde er niemanden finden, der in allen Dingen so gut war: Mit den Pferden ohnehin, auch wenn sich die Idee mit den Reitstunden letztlich als Luftnummer erwiesen hatte. Viktor hätte ohnehin keine Zeit dafür gehabt. Er war handwerklich außerordentlich begabt und hatte auch ein gutes Händchen für den Alkohol. Und man brauchte ein gewisses Talent zum Bierbrauen, aber auch zum Destillieren. Man musste genau den richtigen Punkt treffen.

Viktor schaute kurz her und rührte weiter. »Ist bald gut.« Wie immer gab der Mann aus dem Memelland nicht ein Wort zu viel freiwillig heraus. Und was August besonders gut an Viktor gefiel – er war nicht zimperlich. Er wusste genau, was August hier machte. Das war vielleicht überhaupt das Beste an dem Mann: Er war nicht nur schweigsam, sondern auch verschwiegen.

So gerade eben konnte August über den Rand des Kupferkessels schauen. Der Dampf stieg ihm ins Gesicht und benetzte seine Haut. Es duftete herrlich.

August grinste. Das würde bald gutes, leckeres kölsches Wiess sein. Er klopfte Viktor auf den Rücken. »Gut gemacht. Heute Nacht füllen wir drüben die Destille ab und machen die Kanister fertig.«

Viktor nickte nur. Nicht ein einziges Mal hatte er sich darüber beschwert, wie oft er spät abends oder nachts noch arbeiten musste.

Zufrieden drehte August sich weg und wollte gerade durch die schwere Eisentür ins Freie treten, als er etwas sah. Es war nur ein flüchtiger Moment. Hatte er sich geirrt? Viktor stand der Schweiß auf der Stirn. Er hatte nach einem Taschentuch gegriffen. Doch mit dem Taschentuch hatte er auch ein kleines Schmuckstück aus der Hosentasche gezogen. Schnell hatte der Arbeiter sich gebückt und es vom Holzpodest gepflückt, auf das es gefallen war. Es sah blau aus, glänzend, mit Silber daran. August hatte es bloß kurz aus dem Augenwinkel gesehen, und etwas kam ihm merkwürdig vor. Vielleicht nur die hektische Bewegung von Viktor. Vielleicht war es nur blaues Stanniolpapier von einem Bonbon gewesen. Doch irgendwie war August sich sicher, dass er sich nicht getäuscht hatte. Im Bruchteil einer Sekunde war ihm etwas ins Auge gefallen, dass ihn stutzig machte.

Als er es endgültig begriffen hatte, stand er schon draußen vor dem Sudhaus und ließ die metallene Tür sanft ins Schloss fallen. Etwas, das gar nicht zu ihm passte – Sanftheit. Sein Blick fiel unmittelbar auf das Ufer des Rheins. Er war immer noch sehr hoch. Anfang des Monats war der Rhein beängstigend gestiegen, jetzt war er immer noch höher als normalerweise im Juli, aber es regnete nicht mehr viel. Dafür war es schwülwarm, nachdem der Juni zu kalt gewesen war und furchtbar viel Regen gebracht hatte. Sehr zu seinem Unmut, denn die Obsternte fiel schlechter aus, und die Preise für den begehrten Schnapsrohstoff stiegen von Woche zu Woche. An der Oder waren zwei Dämme gebrochen und hatten Tausende Menschen obdachlos gemacht. Obdachlos, so wie August Viktor auf der Straße aufgelesen hatte – hungernd und frierend und heruntergekommen. Vielleicht war Viktor Susemihl ihm nicht so hündisch ergeben, wie er immer geglaubt hatte.

Sein Blick lief zum Aalschocker, der auf der Uferböschung lag. Er setzte sich auf die Planke und steckte sich einen Stumpen an. Er saß gerne hier am Rhein, wenn er etwas Wichtiges überlegen musste. Wie überaus bedauerlich, dass der Rhein kein deutscher Fluss mehr war, sondern weiter südlich die Grenze zwischen Deutschland und Frankreich bildete. Jetzt mussten sie ihn sich mit den Franzmännern teilen. Elsass und Lothringen waren weg. Ein Friedensvertrag, der eine einzige Schande war. Niemand hätte je mit einem solchen Ausgang gerechnet. So wenig wie August je in Betracht gezogen hatte, dass Viktor ihn betrügen könnte. Wütend stieß er Rauch aus.

Vielleicht war es der Umstand, dass Viktor ihm so unabkömmlich geworden war, dass er nicht im Geringsten daran denken oder glauben wollte, dass Viktor ihn betrügen könnte. Er musste sich schließlich um so viele Dinge gleichzeitig kümmern. Gut möglich, dass er dabei etwas Wichtiges übersehen hatte.

Diese Sache mit dieser kleinen Schlampe Elsbeth. Er verfluchte sie. Das hätte er ihr nie zugetraut, diesem zierlichen Persönchen, dass sie ihn tatsächlich anzeigen würde. Schließlich brandmarkte sie sich damit selbst für den Rest ihres Lebens als Hure. Gut, es war alles noch mal glimpflich abgelaufen. Man hatte schließlich die Anzeige abgewiesen. Seine größte Sorge dabei war gewesen, dass die Polizei hier herumschnüffeln und ihm auf die Schliche kommen würde. Die Umschläge mit Geld, die er danach verteilt hatte, waren nicht gerade dünn gewesen.

Dann war da noch Sofia. Er liebte sie. Sie war vielleicht der einzige Mensch auf der Erde, den August jemals geliebt hatte. Aber in letzter Zeit ging sie ihm zunehmend auf die Nerven. Was sollte er denn noch alles tun, um Schönwetter zu machen? Er ließ Clementine in Ruhe, und sie durfte sogar arbeiten gehen. Selbst Magnus, der sich mit seinem unverschämten Benehmen unter normalen Umständen schon längst eine Tracht eingehandelt hätte, ließ er in Ruhe. Ganz im Gegenteil: Hatte er ihnen nicht eins dieser neuen Radiogeräte mitgebracht? Magnus liebte es, Radio zu hören. Aber hatte er ihm gedankt?

Nein.

Hatte er etwas nicht bedacht? Also – Sofia und Viktor? War das denkbar? Lief da was? Als er in Amerika war? Sie war eine schwangere Frau, und jetzt, mit dem dicken Bauch und den angeschwollenen Knöcheln auch schon nicht mehr ganz so außergewöhnlich schön. Würde sie es tatsächlich wagen, ihn zu betrügen?

Eine andere Möglichkeit: Hatte Susemihl vielleicht klammheimlich in die Schmuckschatulle seiner Frau gegriffen? War er unzufrieden mit seinem Lohn und glaubte nun, sich seinen gerechten Anteil auf eine andere Weise holen zu dürfen? Die Pfandhäuser waren voll mit solchen Dingen. August wusste das besser als andere, hatte er doch früher mehr als einmal selbst bei einer günstigen Situation zugegriffen und die Beute ins Pfandhaus gebracht. Er hatte schließlich Frau und Kinder, die zu Hause auf einen Kanten Brot und eine warme Suppe warteten, die ihnen die Bäuche wärmte.

Langsam ließ er den Rauch aus seinem Mund entweichen. Betrog Sofia ihn? Das konnte er sich nicht vorstellen. Betrog Susemihl ihn? Gut möglich! Oder hatten sie ihn gemeinsam gefoppt. Ihn an der Leine durch die Manege geführt, und alle lachten über ihn. Heiße Wut machte sich in ihm breit.

So wie er war – ohne sich die Stiefel auszuziehen – lief er ins Haus hinein, die Treppe nach oben. Sofia lag wie in den letzten Tagen so häufig unten im Salon auf dem großen Sofa. Er war also alleine im Schlafzimmer.

Wo bewahrte sie ihren Schmuck auf? Nicht, dass er sie jemals mit Juwelen oder anderem Tand überhäuft hätte. Ihre Schmuckschatulle war wahrlich nicht besonders gut gefüllt. Er öffnete die Doppelflügeltür ihres gemeinsamen Kleiderschrankes. Auf der linken Seite gab es einige Schubladen, die zog er auf. In der obersten lagen nur Frauendinge. In der nächsten war Sofias Unterwäsche. Und darunter befand sich eine Schublade, in der die Schmuckschatulle, ihre Pässe und das Familienstammbuch lagen.

Er holte das Holzkästchen hervor und drehte den kleinen feinen Schlüssel. In der Klappe gab es einen Spiegel. In mehreren Fächern verteilt lagen die paar Schmuckstücke, die sie besaß. Das Erste, was August ins Auge fiel, war die Kirschkette mit Rubinen. Er hatte sie noch nicht oft an Sofia gesehen. Vielleicht mochte sie die Kette nicht, weil der Anlass, zu dem er ihr diese Kette geschenkt hatte, nicht unbedingt erinnerungswürdig war. Es gab noch zwei Paar Glasperlen-Ohrringe und einen vergoldeten Armreifen, den Sofia von ihrer Mutter geerbt hatte. In dem Fach daneben lag eine Brosche mit einem stilisierten Schwan. Sie war aus billigem Talmi, Falschgold. Augusts Geschenk zur Geburt von Clementine. War ja schließlich nur ein Mädchen. Und bei den Jungs war das Geld schon knapp gewesen. Er hatte sich immer vorgestellt, er würde Sofia zum ersten Sohn eine echte Perlenkette schenken. Aber als Magnus kam, brauchten sie alles Geld zum Leben, genauso wie wieder bei Gustav und erst recht bei Oskar. Mein Gott, er hatte sechs Mäuler zu stopfen, da konnte Sofia sich wirklich nicht beschweren, dass nichts zum Schenken übrig blieb. Vielleicht würde es ja dieses Mal zur Perlenkette reichen. Vielleicht, wenn nicht …

August hob die in das Kästchen eingelassen Lade hoch. Darunter lagen nur einige Briefe von ihrer Schwester und einer von ihrem Vater. Die Ohrringe mit den Saphiren waren nicht dort. Und er war sich sicher, dass Sofia sie nicht trug. Dann hatte er sich doch nicht verguckt. Für einen kurzen Moment weigerte August sich zu glauben, dass Sofia so dumm war, sich mit einem anderen Mann einzulassen. Sie wusste doch, sie würde es furchtbar bereuen.

KAPITEL FÜNFZEHN

KÖLN RHEINKASSEL – EIN MITTWOCH IM MAI 2014

Isabell wischte sich über die Augen. Lange hatte sie versonnen auf die Wasseroberfläche geblickt. Im Gedanken versuchte sie, viele Jahre zurückzureisen, in die Zeit, als Clementine noch lebte. Damals fuhren Kohlenschlepper rheinab und die Holzflösse rheinauf, und die Melodie des Flusses sang von goldenem Wein.

Zwischen ihren Fingern knisterte das alte Papier des Umschlages, in dem sich die letzten Worte und Gedanken von Clementine befanden. So neugierig Isabell auf den Inhalt war, so viel Angst hatte sie gleichzeitig davor. Was hatte bei Clementine den Wunsch ausgelöst, zu sterben? Mit zittrigen Händen öffnete sie den angegilbten Umschlag. Einige kleinere Blätter und ein Briefbogen. Die herausgerissenen Tagebuchseiten, die Oskar in seinem Brief erwähnt hatte! Der Briefbogen war vorne und hinten beschrieben, mit der Schrift, die Isabell schon so gut kannte.

Köln, Rheinkassel, Februar 1931

An meine allerliebsten Geschwister!

Gestern habe ich Elsbeth Himmels getroffen, oben in Langel. Ich hatte ja schon davon gehört, dass sie kurz nach Neujahr geheiratet hat. Sie heißt jetzt Elsbeth Grothues, ihr Mann ist Grothues, der Metzger. Ich kann es kaum beschreiben, so unfassbar glücklich sahen sie aus. Wie eine echte kleine Familie. Der Junge muss jetzt bald vier sein und ist ein aufgewecktes Kerlchen. Er hat die schwarzen Haare und die glühend braunen Augen von Vater.

Sie gingen durch die Gasse, wohin, weiß ich nicht, den Kleinen zwischen sich und haben Engelchen flieg mit ihm gespielt. Der Junge jauchzte vor Glück. Eine Tonart, die ich in unserem Haus niemals gehört habe, soweit ich mich erinnere. Als Elsbeth mich sah, nahm sie den Kleinen schnell in die Arme und drehte sich weg von mir, gerade so, als hätte ich den bösen Blick. Ihr Mann legte seine Arme um die beiden und blickte mich drohend an.

Da wurde mir bewusst, dass Vaters Fluch noch immer über uns liegt. Er wird sich nicht verflüchtigen, nicht über die Zeit ausdünnen. Ich werde meines Lebens nicht mehr froh, so sehr ich es auch versuche. Sie lastet auf mir, diese große Schuld.

Ebenso erdrückt mich sein Vergehen an mir. In den Nächten träume ich davon, wie er mir Gewalt antut, und am Tag sehe ich die Qual in euren Augen, die gleiche Qual, die in meinem Herzen brennt. Unsere Schuld – jeden Tag wiegt sie schwerer. Ich werde von ihr hinabgezogen wie von Steinen.

Vater hatte recht: Er kommt und holt uns.

Vielleicht, wenn ich freiwillig zu ihm gehe, kann ich den Fluch für euch lösen. Deshalb habe ich beschlossen, dass ich den gleichen Gang auf mich nehme wie er. Die Stelle ist euch wohlbekannt. Ich hoffe, dass unser aller Schuld damit gesühnt wird. Vielleicht kann das Glück dann endlich in unsere Familie Einzug halten. Mein Glück ist für immer verloren, denn das, was Vater mir angetan hat, hat mich zerbrochen. Aber für euch andere erbitte ich Hoffnung und Erlösung und dass das Lachen zu euch kommt.

Ihr werdet um mich weinen, und ihr werdet um mich trauern können. Endlich, nach viel zu langer Zeit, werden Trauer und Schmerz und Leid hervorbrechen und sich in den Fluss ergießen, der all das mit sich fort trägt. Ich erlöse mich selbst von meiner Qual, und ich hoffe inständig, dass ich damit auch eure Schuld sühne.

*Zum Schluss habe ich nur noch zwei Bitten an euch: Seid gut zu Pauline. Ich bin anscheinend die Einzige von uns, die nachvollziehen kann, dass Mama von der Liebe geleitet wurde. Das ist etwas Gutes und nicht etwas Verwerfliches. Und findet euer Glück im Leben. Ich liebe euch alle.
Eure Clementine*

Isabell ließ den Brief sinken. Den gleichen Gang auf mich nehme wie er? Die Stelle ist euch wohlbekannt? Mit einem Satz sprang sie auf. Dann war hier, an dieser Stelle, an der Clementine ins Wasser gegangen ist, auch ihr Vater umgekommen? August Korte, der brutale Mann? Und Clementine, so schien es, hatte etwas mit seinem Tod zu tun. War sie beteiligt gewesen?

Endlich fielen einige Puzzleteile an ihren Platz. Noch immer konnte sie das ganze Bild nicht erkennen, doch manches wurde schlüssig. Die Kinder wussten von der Tat oder waren sogar beteiligt und waren weder froh, dass sie diesen Tyrannen losgeworden waren, noch konnten sie trauern. Sie schwiegen über die Tat und alles und jeden, der damit zu tun hatte. Oskars Weigerung, sich mit allem, was mit diesem Ort zu tun hatte, zu beschäftigen. Ihre Familie war unaufhaltsam dem Abgrund entgegengetaumelt. Und Clementine hatte versucht, durch ihren Freitod das Geschehene für alle zu sühnen. Doch nach ihr waren noch Magnus und Gustav viel zu jung gestorben. Auch Sofia Korte war früh gestorben, und Josefine und Oskar waren auf die andere Seite der Welt geflüchtet.

Würde Oskar recht behalten, dass jetzt, da er tot war, der Fluch aufgehoben war? Oder war es dieses Geheimnis aus längst vergangenen Zeiten sein, das bis heute ihr eigenes Leben lähmte, sie verfolgte und ihr immer wieder den Angstschweiß auf die Stirn trieb?

Isabell schob den Abschiedsbrief zurück ins Kuvert. Sie schreckte zurück vor den Tagebuchseiten. Stattdessen griff sie zu dem letzten Umschlag. Er sah alt aus, wenngleich nicht so alt wie der Abschiedsbrief von Clementine, und war leicht ausgebeult.

Sie riss den Brief an der Kante auf und holte zwei Schmuckstücke hervor – ein Paar Ohrringe, ziseliertes Silber mit jeweils einem blauen Stein in der Mitte. Sie waren alt, das konnte man sofort sehen, das Silber war fast schwarz. Sie legte sie vorsichtig beiseite. Den Schmuckstücken lag ein Brief bei, datiert auf September 1993.

Er war über zwanzig Jahre alt.

Liebe Pauline,
du hast lange nichts mehr von mir gehört, und das hat auch seinen Grund. Immer, wenn wir miteinander Kontakt hatten, wurde ich daran erinnert, dass ich dir noch eine Wahrheit schulde. Ich habe oft darüber nachgedacht, ob du es überhaupt wissen musst, aber ich sollte dir die Wahrheit nicht ersparen, auch wenn ich mich bisher davor gedrückt habe, sie dir mitzuteilen. Weil sie zu viele Fragen aufwirft. Weil einige Dinge mit deiner Geschichte in Zusammenhang stehen, über die ich nicht gerne spreche.
Über die ich nie spreche.
Die Saphirohrringe waren für mich immer mit dem Zeitpunkt verknüpft, an dem sich unser schweres Schicksal in ein tragisches wandelte. Sie waren der Auslöser für ein entsetzliches Ereignis, das bis in die heutige Zeit hineinwirkt. Liebe Pauline, diese Ohrringe sind von deinem Vater, deinem richtigen Vater. Er hieß Viktor Susemihl und war bei uns angestellt. Diese Ohrringe hat er unserer Mutter Sofia geschenkt, als sie mit dir schwanger war – vom ihm. Sie sind wohl das Einzige, was du je von ihm haben wirst.
Vielleicht noch deine hellen Haare. Dein Vater war weizenblond, und immer, wenn ich dir in deine grünen Augen geschaut habe, konnte ich darin Viktor erkennen. Leider kann ich dir nicht einmal ein Foto von ihm geben. Diese Erinnerung an die Liebe deines Vaters für unsere Mutter und an die Treue, die er uns Kindern und auch dir dargebracht hat, sollen endlich in deinen Besitz übergehen.
Dein Oskar

KÖLN-RHEINKASSEL – 27. JULI 1926

August lauerte auf ein verdächtiges Zucken, auf einen Blick, auf etwas, das sie verraten würde. Seine Frage hing drohend in der Luft.

Die Familie hatte sich um den Abendbrottisch versammelt. Alle saßen sie da und löffelten Sauerkrautsuppe mit dicken weißen Bohnen und ein wenig Kassler. Wie viele da draußen würden ihn anbetteln für so ein schmackhaftes Gericht? Sie aber nahmen es als selbstverständlich. Alles nahmen sie als selbstverständlich – diese Villa, ihre warmen Zimmer, ihre neuen Kleider und das Essen sowieso.

Er schaute in die Runde. Der kleine Oskar am Tischende scherzte leise mit Fine, alle anderen aßen stumm. Wie fast immer, wenn er dabei war. Glaubten die etwa, er würde nicht merken, wie sie sich anders verhielten, wenn er dabei war? Er wusste, dass er in diesem Hause nicht sonderlich beliebt war. Aber irgendwann, so hoffte er, würden sie verstehen, warum er so war, wie er war. In harten Zeiten überlebte man nur mit Härte. Je eher sie das lernten, desto besser kamen sie im Leben zurecht.

Sofia schaute ihn auch nicht an. Sie blickte einfach weiter auf ihren Teller. Sie legte ihre Hand auf den gewölbten Bauch und stöhnte leise. Dann nahm sie ihren Löffel wieder auf und führte ihn zum Mund. Als sie runtergeschluckt hatte, antwortete sie endlich. »Du meinst die blauen Ohrringe von Mutter? Du meine Güte, ich glaube, die liegen noch draußen im Garten. Ich habe sie vorgestern mit Backpulver sauber gemacht. Dabei bin ich wohl unterbrochen worden.«

»Aha!«

»Wieso fragst du?«

»Sie stehen dir so gut.« Er fixierte sie mit seinem Blick.

»Sie passen so gut zu deinen blauen Augen.« Jetzt wechselte er die Seite und schaute zu Susemihl hinüber. Der schien gänzlich unbeteiligt am Gespräch, aber als er seinen Suppenteller anfasste, zitterten ihm die Finger.

»So, wie ich gerade aussehe, ist es ohnehin egal, ob ich mich noch schmücke oder nicht. Ich komme mir vor wie eine trächtige Kuh.«

Magnus schaute auf, und für einen Moment traf sich Augusts Blick mit dem seines ältesten Sohnes. Schnell schaute der Junge beiseite. Wusste er etwas? Wussten sie alle etwas? Sollte er sich seine Kinder vornehmen und sie windelweich prügeln, bis sie ihm verrieten, was er wissen wollte? Er hätte gute Lust dazu. Eine Tracht Prügel dann und wann hatte noch niemandem geschadet. Sein Stiefvater hatte ihn oft geprügelt, und wenn es nicht reichte, hatte seine Mutter das Ihre getan. Und seht nur, wie weit er es im Leben gebracht hatte! Doch nein, er hielt sich zurück. Wenn es wirklich so war, wie er dachte, dann wussten seine Kinder besser nichts davon, dass er hinter Sofias Geheimnis gekommen war. Dann würde er sie leiden lassen, sehr viel und sehr lange leiden lassen. Susemihl allerdings, den würde er sich heimlich vorknöpfen. Tagelöhner, die von heute auf morgen ihren Arbeitgeber verließen, gab es wie Kiesel am Rheingrund. Das war nichts, was irgendjemand hinterfragen würde. Es gab überhaupt nur eine einzige Frage, die er noch klären musste.

»Ich will heute Abend noch mal raus. Noch mal zum Kürten, klären, wie viele Fässer er demnächst abnehmen will.«

Viktor schaute kurz hoch und nickte. Sofia aß einfach weiter.

❧

Wusste er's doch! Keine Stunde hatte es gedauert, seit er das Haus verlassen hatte, da quälte sich seine hochschwangere Frau, die kaum noch die Treppen hoch kam, aus dem Haus und verschwand im Stall. Die Pferde waren auf der Wiese und schnaubten leise, als August sich von hinten an den Stall heranpirschte. Das Holz der Fensterläden war billige Fichte. Durch ein kleines Astloch hatte August einen guten Blick ins Innere. Allerdings standen Viktor und Sofia weiter vorne am Holztor. August legte sein Ohr ans Loch, um wenigstens hören zu können, was sie sagten.

»… wusste gleich, dass du sie besser behalten solltest.«

»Jedes Mal, wenn ich sie getragen hätte, hätte ich geglaubt, dass sie mich verraten. Dass ich mich verrate!«

Sprachen sie über diese Saphirohrringe? August wechselte zwischen Augen und Ohr ab. Er wünschte, er hätte einen anderen Platz, von wo aus er mehr sehen konnte.

»… müssen fortgehen!«

»Bist du von Sinnen?«, hörte er. »In meinem Zustand schaffe ich es kaum bis zur Straße.«

Er sah nur den Rücken von Susemihl, bekleidet mit einem dünnen Unterhemd, und jetzt konnte er sehen, wie sich schmale Frauenhände gegen seine Oberarme drückten. »Nein, lass. Das ist vorbei«, hörte er Sofia sagen.

August drückte seine Nase platt, damit er besser sehen konnte. Im Stall selbst war es schummerig, und er sah immer nur kleine Ausschnitte, die nicht wirklich etwas besagten. Jetzt murmelten die beiden, es klang, als wenn sich ihre Münder ganz nahe wären. Vielleicht küssten sie sich gerade.

Zeitweilig sah er wieder den Rücken von Susemihl und Sofias Hände, die sich über das Unterhemd schoben. Sie flüsterten, und August konnte keinen einzigen Ton verstehen. Dann verschwanden sie aus seinem Sichtfeld, und kurz darauf hörte August das Tor knarren. Er verharrte dort ganz still, bis auch Susemihl den Stall verließ und hinüber in Richtung Brauerei ging. Vermutlich würde er gleich die kleinen Fässer für den Schnaps abfüllen. Denn ganz gleich, was er sich hatte zuschulden kommen lassen – seine Pflichten hatte er bisher nicht vernachlässigt. Eigentlich schade, einen so guten Mann zu verlieren, dachte August.

❦

Er wartete im Stall. Er war geduldig. Er wusste, früher oder später würde Susemihl hierherkommen, entweder, um die Pferde hereinzubringen oder um in seine Schlafkammer zu gehen. Es dauerte nicht lange, denn anscheinend war Susemihl der Tabak ausgegangen. Er ging in seine Unterkunft. August hörte leise Geräusche, dann trat er schon wieder vor die Tür und drehte sich eine seiner billigen Zigaretten.

August wog den Hammer in der Hand. Es war der gleiche Hammer, mit dem Susemihl fast täglich arbeitete. Es war nur gerecht, wenn August ihm zeigte, was er selbst damit anzustellen vermochte. Er verzog sich in eine der Boxen, in der man ihn nicht sofort sehen würde. Dann machte er ein Geräusch. Susemihl, der sehr wohl wusste, dass die Pferde draußen auf der Koppel waren, kam wie erwartet herein. Das Tor hielt er mit einer Hand offen. Er wartete vorn am Eingang, bis seine Augen sich an die Dunkelheit gewöhnt hatten. August schabte mit seinem Fuß über den Boden. Wie erwartet trat Susemihl tiefer in den Stall herein.

Er legte seine ganze Muskelkraft in den Schlag. Susemihl bekam seine Faust am Kinn zu spüren. Der ganze Körper flog nach hinten. Sein Kopf prallte zuerst an die Holzwand, und für einen Moment war der blonde Mann völlig benommen. August trat ihm kräftig gegen die Beine, während er ihn an den Armen nach vorne zog. Susemihl stürzte auf den harten, strohbedeckten Boden. Er stöhnte laut.

August brauchte nur zwei Schläge mit dem Hammer, um ihn außer Gefecht zu setzen. Der erste Schlag ging gegen das linke Knie, der nächste auf seine rechte Hand. Der Liegende jaulte laut auf. August packte ihn bei den Haaren und zog sein Gesicht hoch.

»Ich will nur zwei Dinge wissen, bevor ich dich umbringe. Erstens: Wie lange geht das schon? Und zweitens: Ist das dein Bastard in Sofias Bauch?«

Viktor Susemihls Lippen pressten sich aufeinander.

»Du willst nicht antworten? Mach deinen Mund auf!« Mit der linken Hand versuchte Susemihl Halt auf dem Boden zu finden, während er mit seinem rechten Ellenbogen nach Augusts Kopf stieß. Der konnte gerade noch so ausweichen, musste aber loslassen. Blitzschnell sauste der Hammer auf Susemihls Oberarm. Der Knochen splitterte mit einem lauten Krachen.

Viktor krümmte sich vor Schmerzen. August ließ das Werkzeug noch einmal niedersausen. Susemihls Hüfte hörte sich an, als würde sie in tausend Teile zerspringen. Das Geräusch ging in einem lauten Schrei unter. Wieder griff August zu den blonden Haaren und zog den Oberkörper hoch. Brutal zwängte er die stumpfe Seite des Hammers zwischen die Zähne von Susemihl. »Entweder, du sagst mir jetzt sofort, was ich wissen will, oder dein Gesicht ist Brei.«

KÖLN-FÜHLINGEN – EIN MITTWOCH IM MAI 2014
Endlich! Mit zitternden Fingern schloss Julius die Tür auf. Er bewohnte die geräumige Vierzimmerwohnung oben auf dem Dach zweier Doppelhaushälften. Es war eine Art Penthouse mit einer großen Dachterrasse, über die sich gerade die Maisonne ergoss.

Doch darauf achtete Julius gar nicht. Er kniete vor dem alten Kirschholzschrank, in dem er seine wichtigen Papiere untergebracht hatte. Die älteren Dinge waren auf drei dicke Pappkartons verteilt. Er zog einen nach dem anderen heraus.

Er suchte nach etwas, das er nicht finden wollte. Heute Morgen, kurz nach dem Besuch im Krankenhaus, war er völlig verstört zur Arbeit gegangen. Er konnte sich kaum konzentrieren, und obwohl er in der letzten Woche schon so viel frei genommen hatte und sich das eigentlich nicht leisten konnte, hatte er sich den Nachmittag freigeschaufelt. Sein Kollege Dr. Zimmerer quittierte es mit einem gespielten Seufzer. Julius arbeitete viel und saß, wenn nötig, auch schon mal bis in die Nacht an irgendwelchen Fällen. So einen Ausreißer konnte die Kanzlei verschmerzen.

Jetzt öffnete er die Deckel der drei Pappkartons. Im ersten lagerten sämtliche Unterlagen, die er noch von Mona hatte. Die wichtigsten Unterlagen über ihre Krankheit, Abrechnungen mit Ärzten und Krankenhäusern und schließlich alles, was ihren Tod betraf. Allerlei Behördenkram, die Rechnung vom Beerdigungsinstitut, die Beileidskarten, die er erhalten hatte, sowie der Vertrag mit dem Friedhof.

Für einen Moment starrte er in den Karton. Er spürte, dass es noch immer eine Kraft gab, die ihn dort hinzog.

Energisch stülpte er den Pappdeckel auf den Kasten und schob ihn zur Seite. Die Kraft, die ihn in Richtung Leben zog, war stärker als der Tod.

Trotzdem brauchte er einen Moment, um sich zu fangen. Er ging in die Küche und brühte sich einen Kaffee auf. Gedankenversunken starrte er auf die Edelstahlkanne auf der heißen Herdplatte, in der langsam der Kaffee aufstieg. Egal, was er finden würde, schwor er sich: Er würde Isabell nicht aufgeben. Heute Morgen im Krankenhaus war er völlig verstört gewesen. Dann war sein Verstand allmählich zurückgekehrt, und er hatte systematisch und auf Hochtouren einige dringliche Unterlagen bearbeitet, bis er es schließlich im Büro nicht mehr ausgehalten hatte.

Isabell hatte so verletzt gewirkt heute Morgen, als er sie dort einfach hatte stehen lassen. Selbst jetzt konnte er noch nicht glauben, dass er sich so verhalten hatte. Er sollte sie anrufen und sich bei ihr entschuldigen. Doch er war noch immer so erschüttert. Den ganzen Tag über hatte er nichts Ordentliches gegessen. Er nahm sich zwei Bananen zu seinem schwarzen Kaffee, bevor ins Wohnzimmer zurückkehrte.

Er suchte nach etwas, das Paulines Beweis bestätigte oder ihn vielleicht sogar widerlegen konnte. Letzteres wäre ihm sehr viel lieber gewesen. Dazu holte er diverse Fotoalben, Unterlagen und andere Dinge aus dem zweiten Pappkarton heraus. Es gab ein altes Kochbuch seiner Oma, in dem noch eine lose Lebensmittelmarke aus dem Zweiten Weltkrieg lag. Fotos über Fotos, ein alter Mietvertrag, Arbeitsbescheinigungen seines Vaters und auch hier wieder diverse Unterlagen zum frühen Tod seines Vaters, zur Anerkennung der Witwenschaft seiner Mutter, Übernahme der Rentenanteile und ähnliche Dinge.

Vielleicht war es gar nicht so anders als in Isabells Familie: Auch hier gab es frühe Tode. Und noch etwas verband ihre Schicksale – sie waren beide

Einzelkinder. Das Stammbuch seiner Großeltern war bei Tante Lydia, soweit er wusste. Dass sein Vater nicht den gleichen Vater hatte wie Tante Lydia und Tante Sibylle, wusste er ja schon immer. Doch merkwürdigerweise – und auch hier fühlte er sich wieder an Isabells Familie erinnert – hatte er nie wirklich nach seinem richtigen Großvater gefragt. Vielleicht weil er gewusst hatte, dass die Antwort ausweichend sein würde.

Dass es sich wohl kaum gelohnt hätte, seinen richtigen Vater kennenzulernen, hatte Julius' Vater einmal zu ihm gesagt. Er habe mit dem Thema abgeschlossen. Damals war das Julius gar nicht seltsam vorgekommen. Heute schüttelte er den Kopf. Als wenn man jemals mit dem Thema, wer seine Eltern waren, abschließen könnte.

Endlich hielt er das Stammbuch seiner Eltern in den Händen. Ferdinand Grothues, das war sein Vater. Geboren am 31. März 1927. Der erste Stich, der ihm versetzt wurde. Vom Datum der Vergewaltigung bis hin zum Geburtstermin passte es ziemlich genau. Die Hochzeit seiner Eltern war am 14. Mai 1970 gewesen, und seine eigene Geburt im Jahr 1972 war ebenfalls eingetragen. Lose dabei lagen die Sterbeurkunden von seinem Vater und auch von seiner Mutter. Er war erst dreiundzwanzig gewesen, als sein Vater starb. Sein Vater war mit achtundsechzig Jahren gestorben, da hatte Julius noch seine Mutter und einen großen Schwarm an Familienmitgliedern.

Er legte das Stammbuch beiseite und holte ein verschnürtes Bündel hervor – alles Überbleibsel von Oma Elsbeth. Alte vergilbte Papiere, Behördenvordrucke, noch handschriftlich ausgefüllt und mit richtigen Stempeln versehen, die sich schon genauso verflüchtigt hatten wie die Informationen, die sie einst beglaubigen sollten. Ein altes Zeugnis von Dezember 1930 bestätigte, dass Elsbeth Himmels in einem Haushalt in Lindenthal gute Arbeit geleistet hatte. Zu diesem Zeitpunkt hatte sie anscheinend in dem Haushalt aufgehört. Wo Ferdinand, ihr Erstgeborener, während ihrer Arbeitszeit geblieben war, wusste Julius nicht. Aber da Oma Elsbeth sehr viele Geschwister hatte, lag die Antwort auf der Hand.

Tante Lydia war erst 1933 geboren, und sicherlich hatte Oma Elsbeth in der Zwischenzeit den Metzger Kurt Grothues geheiratet. Denn das wusste Julius noch aus Oma Elsbeths Erzählungen: Vor der Geburt der Mädchen hatte sie in der Metzgerei mitgearbeitet. Noch als ältere Dame hatte sie wunderbare Würstchen gemacht. Irgendwo in einem dieser Kartons lagerten sogar noch alte Werbezettel der Metzgerei, die Julius aus nostalgischen Gründen aufbewahrt hatte.

Unter dem Zeugnis tauchten zwei alte Lohnbescheinigungen auf. Auf den zwei gelblichen Zetteln standen die Daten 14. bis 21. Juni 1926 und 22. bis 29. Juni 1926. Ein Wochenlohn von zwei Mark und fünfzig Pfennigen, abgezeichnet von August Korte.

Julius schluckte. Da war er also – der Beweis. Diese Wahrheit hätte er sich gerne erspart. Exakt genauso musste es Isabell in den letzten paar Tagen ergangen sein. Sie stolperte über sehr unschöne Dinge aus der Vergangenheit ihrer Familie, die sie kaum glauben konnte. Die sie ganz sicher nicht glauben wollte.

Was bewiesen diese zwei Lohnbescheinigung schon? Höchstens doch wohl, dass seine Oma dort gearbeitet hatte. Doch bewiesen sie, dass Isabells Urgroßvater seine Oma tatsächlich vergewaltigt hatte? Oder gar, dass der Täter tatsächlich sein Großvater war?

Böse und hinterhältig tickten die Gedanken hinter seiner Stirn. Natürlich wollte er das nicht wissen. Natürlich wollte er das nicht wahrhaben, aber letztendlich glaubte er, was diese unbekannte und zutiefst traurige junge Frau, Clementine, die Schwester von Pauline, vor so vielen Jahrzehnten geschrieben hatte. Es gab keinen Grund, ihre handgeschriebenen Zeilen, die nur für sie selbst gedacht gewesen waren, in Zweifel zu ziehen. Er selbst war offenbar ein Nachkomme von August Korte. Und sein Vater war das Produkt einer Vergewaltigung. Wie furchtbar schrecklich. Hatte er nicht genau das zu Isabell gesagt? Wie schrecklich es sein musste, eine solche Information zu erhalten.

Julius ließ seinen Oberkörper nach hinten fallen und starrte zu Decke hoch. Er war mit Isabell verwandt! Sie waren Blutsverwandte! Entfernte Verwandte, aber dennoch. Und noch viel schwerer wog die Tatsache, welche grausame Tat ihre Schicksale miteinander verflochten hatte. Wie würde Isabell auf diese Nachricht reagieren? Würde sie ebenfalls auf Abstand gehen? So, wie er heute Morgen im ersten Moment reagiert hatte?

Wie dumm er gewesen war! Sein Verhalten war nur der verstörenden Nachricht geschuldet. Nachdem er Isabell so sehr gedrängt hatte, sich auf ihn einzulassen, hatte er sie ohne ersichtlichen Grund zurückgestoßen. Er musste zu ihr hin und ihr alles erklären. Auch wenn er selbst nicht wusste, ob und wie es mit ihnen beiden weitergehen würde: Er hatte sie mit seinem merkwürdigen Verhalten zutiefst getroffen, das hatte er in ihrem Gesicht gelesen. Mit einem Ruck stand er auf, griff sich nur die zwei Arbeitsbescheinigungen und legte sie in einen Umschlag. Ohne sich um das Durcheinander zu kümmern, das er auf dem Boden hinterließ, nahm seine Autoschlüssel und verließ die Wohnung.

»Julius!« Tante Lydia schaute ihn erstaunt an, als ihr Neffe unangemeldet vor der Tür stand. Doch ihr Gesichtsausdruck änderte sich sehr schnell. »Eigentlich überrascht mich das nicht wirklich. Euer Besuch bei Ilse Hein, ich wusste, da kommt noch was nach.« Als er sie erstaunt anblickte, sagte sie nur: »Ich habe gestern Abend mit Frauke telefoniert. Sie hat mir von den Erinnerungen der alten Dame berichtet.« Lydia öffnete die Haustür, trat zurück, um ihn einzulassen.

»Ja, und ich habe noch … einiges andere von Pauline Bach erfahren. Ich suche nach Informationen über den leiblichen Vater von Papa. Hast du das Stammbuch deiner Eltern.«

Sie seufzte. »Ich denke schon. Ich habe es lange nicht mehr in der Hand gehabt, aber ich weiß ungefähr, wo es ist.«

Tante Lydia ging in ihr Schlafzimmer, wo Julius sie rumoren hörte. Nervös lief er im Wohnzimmer auf und ab. Sie kehrte mit einem gebundenen dünnen Buch zurück, das sie ihm ohne weitere Worte übergab.

»Mein Vater, Kurt Grothues, hat Ferdi, deinen Vater, nach seiner Hochzeit mit Mama adoptiert. Aber das weißt du ja selbst.«

Hastig blätterte Julius sich durch das Stammbuch. Elsbeth Himmels und Kurt Grothues hatten Anfang Januar 1931 geheiratet. Dann kamen die Einträge zu den Töchtern: Lydia, geboren 1933, und Sibylle, geboren 1939. Zwei Seiten später stand es: Ferdinand Himmels geboren am 31. März 1927, adoptiert von Kurt Grothues im Frühjahr 1931. Er blätterte bis hinten durch, und endlich fand er, wonach er gesucht hatte: die Geburtsurkunde seines Vaters. Ferdinand Himmels. Mutter – Elsbeth Maria Himmels. Vater – unbekannt.

Julius ließ sich aufs Sofa fallen und schaute seine Tante an. »Weißt du noch irgendetwas, das mir weiterhelfen würde? Hast du irgendeinen Hinweis auf meinen leiblichen Großvater?«

»Ja«, antwortete Tante Lydia mit spröder Stimme.

Julius schaute sie stumm an und wartete darauf, dass sie weitersprach.

»Deine Mutter, Trudchen, sie ... Es war zwei Tage nach dem Tod von Mama, da kam sie völlig aufgelöst zu mir. Meine Mutter hatte Ferdi anscheinend auf dem Totenbett von seinem richtigen Vater erzählt. Trudchen machte erst ein großes Geheimnis daraus, weil sie Ferdi geschworen hatte, nichts weiterzuerzählen. Aber im Laufe der nächsten Stunden erzählte sie dann doch einiges. Ich hatte schon davon gehört, dass im Dorf über meine Mutter getuschelt wurde. Ich wusste ja, dass Ferdi unehelich geboren worden war. Mehr hatte sie nie erzählt. Nur dass sie sich nie etwas hatte zuschulden kommen lassen. Und auch Anton, der Älteste ihrer Brüder, hat einmal was in der Richtung erwähnt. Was meine Mutter also meinem Bruder damals erzählt hat, war, dass sie von einem Mann vergewaltigt und geschwängert worden war. Allerdings hat sie keine Namen genannt. Und auch wenn es etliche Menschen in diesem Dorf gegeben haben muss, die den Namen vermutlich gekannt haben, ist er nie zu mir durchgedrungen.«

Sie griff zu der Flasche Wasser, dir auf einem Beistelltischchen stand, und goss sich etwas ins Glas. Sie trank einige Schlucke, bevor sie weitersprach.

»Jahre später, an einem Weihnachtsabend, an dem es viel Kognak und Eierlikör gegeben hatte, hat Ferdi einmal erwähnt, dass er glaubt, von einem britischen Soldaten abzustammen. Die waren doch damals als Besatzungsmacht hier stationiert.«

Julius kaute auf seiner Unterlippe. Natürlich war das eine mögliche Erklärung. Lydia schaute ihm stumm dabei zu, wie er sein Smartphone zückte und darauf herumtippte. Schließlich schüttelte er den Kopf. »Nein, das ist unwahrscheinlich, denn die letzten britischen Besatzungstruppen sind im Januar 1926 aus Köln abgezogen. Oma Elsbeth muss irgendwann im Sommer 1926 schwanger geworden sein.«

»Hm«, antwortete Lydia unbestimmt. »Mehr kann ich dir auch nicht sagen.«

Julius zog den Umschlag mit den zwei Arbeitsbescheinigungen hervor. »Möglicherweise hat die ganze Geschichte damit zu tun, dass Onkel Toni anscheinend mal für kurze Zeit des Mordes an August Korte beschuldigt wurde.« Er legte ihr die zwei Bescheinigungen vor. Lydia las sie, ohne dass er ihren Gesichtsausdruck deuten konnte.

Sie zuckte mit den Schultern.

»Ich weiß, dass Toni mal für ein paar Tage im Gefängnis war. Unschuldig, wie er immer wieder sagte.«

»Anscheinend ist August Korte im Jahr 1926 ermordet worden. Und für kurze Zeit verdächtigte man wohl Anton Himmels.«

»Onkel Toni? Wieso?«

»Das kann ich dir nicht sagen. Allerdings hat Ilse Hein erzählt, dass er sich kurz vorher mit August Korte geprügelt haben muss.«

Tante Lydia runzelte die Stirn. »Sag mal, das hat dann doch alles mit deiner neuen Freundin zu tun, oder? Ihre Oma ist doch die Tochter von August Korte.«

»Eben darum geht es.« Julius seufzte laut auf. »Wir haben in der alten Villa die Tagebücher von Pauline Bachs älterer Schwester gefunden. Und sie schreibt, dass August Korte Oma Elsbeth vergewaltigt hat.«

Tante Lydia riss erschrocken ihre Hand an die Brust, sagte aber nichts.

»Und im Frühjahr darauf, ziemlich genau neun Monate später, ist Papa geboren worden.« Er legte sein Gesicht in seine beiden Hände, als könne er sich so vor der Wahrheit schützen. »Und ich bin gerade auf der Suche nach Hinweisen, die mir das näher erläutern.«

»Ich verstehe«, antwortete Tante Lydia leise. »Ich verstehe!« Sie war ganz bleich geworden. »Das ist ja furchtbar. Unsere arme Mutter.« Nur das leise Ticken der Standuhr war zu hören. Und dann, nach einer langen Pause, sagte sie: »Du musst nicht glauben, dass sie Ferdi nicht geliebt hätte. Sie hat ihn nie schlechter behandelt als uns Mädchen. Und auch mein Vater hat ihn geliebt.«

Julius nickte nur.

Lydia atmete tief durch, bevor sie die nächsten Worte sagte. »Da du dich auf den steinigen Pfad der Wahrheit begeben hast, möchte ich dir noch etwas erzählen. Ich habe es mir nie erklären können, und es war eigentlich auch nicht so wichtig. Aber jetzt hilft es dir vielleicht weiter. Als ich noch klein war, ich war vielleicht elf oder zwölf Jahre alt, bin ich mit Mama gelegentlich an dieser Villa vorbeigegangen. Sie hat jedes Mal ausgespuckt, und einmal hat sie sogar laut geflucht. Ich habe es nicht verstanden, und sie hat es auch nicht erklärt. Außerdem wohnten damals schon keine Kortes mehr dort. Die Villa stand da bereits leer. Trotzdem würde es natürlich einiges erklären.«

Julius blickte auf. »Ja, das tut es.« Er schaute zum Fenster hinaus. »Wieso hast du mir nie etwas gesagt?«

»So etwas erzählt man doch nicht ohne große Not. Dafür habe ich dich viel zu lieb.«

Dann stand es also fest. Er war ein Nachkomme von August Korte, genau wie Isabell. Was genau änderte das für sie beide? Das würde er jetzt herausfinden.

KAPITEL SECHZEHN

KÖLN RHEINKASSEL – 27. JULI 1926

Oskar wusste nicht, was los war. Mutter war so komisch gewesen beim Abendessen. Sicher lag das an dem Baby in ihrem Bauch. Das machte ihr schwer zu schaffen, hatte sie vorgestern noch gesagt. Und Fine hatte ihm gesagt, dass Mama in letzter Zeit so oft heulen würde, weil Frauen weinerlich wurden, wenn sie schwanger waren. Vorher hatte er geglaubt, Mama würde so oft weinen, weil sie krank war. Sie sah ganz komisch aus und hatte dicke Beine und dicke Hände. Überhaupt war alles dick, und sie konnte sich kaum noch bewegen. Und wenn, dann stöhnte sie laut. Glücklicherweise gab es Kläre. Kläre war am Mittag gekommen, hatte aufgeräumt und gekocht, aber sie war schon vor dem Essen verschwunden. Clementine hatte schließlich aufgetragen. Es hatte Sauerkrautsuppe mit Fleisch gegeben, eins von Vaters Lieblingsgerichten. Und doch hatte er mit so finsterer Miene am Tisch gesessen wie selten zuvor. Und Viktor war ganz stumm geblieben.

Oskar verstand die Erwachsenen eigentlich meistens nicht. Vater nicht, Mama nicht, und immer häufiger verstand er auch Clementine nicht. Nur Viktor verstand er, doch an dem gab es auch nicht viel zu verstehen. Er arbeitete. Und wenn er mal nicht arbeitete, was selten genug vorkam, dann stand er vor dem Stall und rauchte. Er war nett zu Oskar und brachte ihm geduldig alles über Pferde bei. Oskar hatte sich fest vorgenommen, später ein richtiger Pferdezüchter zu werden. Nicht nur mit drei Pferden, nein, eine ganze Herde wollte er haben. Ein Dutzend Stuten und eigene Deckhengste. Letzte Woche hatte Viktor ihm erklärt, wie eine Stute gedeckt wurde. Für ihn hatte es so geklungen wie das, was Gustav und Fine mal von Mama und Vater erzählt hatten. Und so war wohl auch das Baby in Mamas Bauch entstanden. Aber er hatte nicht nachgefragt.

Viktor schickte ihn nie weg. Oskar war am liebsten bei den Pferden, aber ganz besonders gerne war er bei ihnen, wenn er verunsichert war. Das Abendessen war so merkwürdig verlaufen. Alle benahmen sich komisch. Viktor hatte kaum aufgegessen, da war er schon wieder draußen. Und Mama blieb mit Vater sitzen, ganz lange, auch als schon alle aufgegessen hatten. Clementine und Fine hatten den Tisch abgedeckt und gespült, und Gustav hatte Oskar mit nach oben genommen. Selbst Magnus, der seit ein paar Wochen abends ständig vor dem Radiogerät saß und amerikanische Musik hörte, war hochgekommen. Eigentlich hatte niemand etwas Besonderes gesagt, und doch spürte er, wie unwohl sich alle fühlten. Also – noch unwohler als ohnehin schon immer. Deswegen war er vor ein paar Minuten aus dem Bett wieder aufgestanden. Er hatte einfach nicht schlafen können. Er hatte sich aus dem Zimmer geschlichen. Gustav hatte nichts bemerkt. Der schlief immer tief und fest. Barfuß schlich er die Treppe hinunter. Im Winter zog er sich meistens seine Hose und einen dicken Pullover über, wenn er im Stall schlief. Heute würde er das nicht brauchen. Es war eine schwüle Nacht.

Galathea schnaubte leise auf, als sie ihn kommen hörte. Und auch die anderen beiden Tiere kamen an den Zaun getrottet. Aus der Küche hatte er einen Apfel mitgehen lassen, den er jetzt in drei Stücke brach. Eins gab er Galathea, eins Tabitha und das größte Stück bekam Viktoria. Die musste noch wachsen. So wie er. Er musste auch noch wachsen, sagte Clementine immer und gab ihm immer etwas von seiner Portion ab. Er streichelte die Pferde, und mit einer fließenden Bewegung kletterte er zwischen den Holmen durch und stand auf der Wiese. Er tätschelte Galathea am Widerrist.

»Na, wer von euch möchte mit mir rein?« Er flüsterte nur, und auch wenn Gustav ihm immer sagte, dass die Pferde ihn nicht verstehen konnten – er wusste es besser. Sie verstanden sehr wohl, was er sagte. Tabitha drehte ihren Kopf nach hinten und stupste ihn an die Schulter. »Braves Mädchen.« Er zog einen kleinen Strick durch den Halfter und führte sie daran zum Gatter und dann hinaus. Doch als er das Tor zum Stall öffnete, scheute das Tier plötzlich.

»Nein, ruhig. Psst, du weckst noch alle auf!« Wenn die Stute jetzt bloß nicht laut wieherte! Mama mochte es gar nicht, wenn er hier draußen bei den Pferden übernachtete. Sie hatte immer Angst, eins der Tiere könne ihn erdrücken. Deshalb hatte sie ihm verboten, im Stall zu schlafen. Aber das war wohl das einzige Verbot, an dass er sich partout nicht hielt. Er musste hierherkommen, wenn es ihm nicht gut ging. Wenn er Sorgen mit sich herumtrug. Bei den Pferden fühlte er sich immer gut.

Oskar drückte von hinten. Natürlich konnte er gegen ein eigensinniges Pferd nichts ausrichten. Zwischen ihrem Kopf und dem halb geöffneten Tor quetschte er sich durch und griff ihr Zaumzeug.

Tabitha ruckte mit dem Kopf hoch und entriss ihm den Strick. Schnell sprang er zu ihr und packte sie. Dabei fiel sein Blick ins Innere. Wenn es nicht so merkwürdig gerochen hätte, hätte er gedacht, eine große Decke läge da auf dem Boden. Er verengte seine Augen, um besser sehen zu können. Unschlüssig blieb er stehen, dann zog die Stute ihn rückwärts. Irgendetwas war hier faul! Tabitha schien das zu spüren und zog ihn weg. Er hielt dagegen, aber das Pferd war stärker. Er durfte sie bloß nicht loslassen. Wenn sie durchgehen würde, würde Vater sofort wissen, dass er schuld war. Und dann würde es Prügel hageln. Eine Nacht im Kohlenkeller wäre ihm sicher. Und davor hatte er eine gehörige Angst.

Also brachte er Tabitha zurück zum Gatter, schob sie durch und schloss den Riegel wieder. Er lief zurück. Das war kein Bündel, das waren keine Decken, was dort auf dem Boden lag, bewegte sich noch. Sein Herz fing furchtbar an zu schlagen, so heftig, dass er meinte, es hören zu können. Er öffnete die Tür so weit, dass ein wenig Licht hineinfiel. Ein Körper lag in der Mitte, der Kopf in Richtung Ausgang, daneben eine schwarze glänzende Oberfläche. Es lag ein unangenehmer metallener Geruch im Raum.

Doch erst, als der Kopf sich jetzt ein wenig drehte, er kannte Oskar, wer da vor ihm lag: Es war Viktor! Sofort stürzte er zu ihm und ging in die Knie. »Viktor! Was ist passiert?«

Ein Auge war völlig zugeschwollen. Das Gesicht war blutverschmiert. Die Lippe war aufgeplatzt, soweit Oskar erkennen konnte. Der Mund war nur noch ein blutiges Loch. Und doch versuchte Viktor, zu sprechen.

»Deine ... Mutter.« Es klang merkwürdig, und sofort fing Viktor an zu würgen und zu husten. Ein weiteres Wort quälte sich aus seinem Mund: »Sofia!« und etwas später »Geh!« und »Retten«. Dann fiel der Kopf zurück auf den gestampften, blutdurchtränkten Boden.

»Viktor?« Oskar rüttelte ihn an den Schultern. Seine Stimme war zu einem ängstlichen Jammern geschrumpft.

»Sag doch was!«

Es dauerte eine Ewigkeit, bevor der geschundene Körper sich noch einmal bewegte. »Polizei.« Das Z kam nur noch wie ein weiches S heraus. »Er ... bringt ... sie ... um!«

Endlich verstand Oskar. Er würde es Gustav erzählen, nein, besser Magnus. Der würde genau wissen, was sie tun sollten.

Er sprang auf und rannte, so schnell er konnte, ins Haus und die Treppe hoch. Im ersten Stock blieb er kurz stehen. Ein merkwürdig dumpfes Geräusch kam aus dem Schlafzimmer seiner Eltern. Die Beine versagten ihm fast den Dienst, so groß war die Angst vor dem, was sich hinter dem Geräusch verbergen konnte. Atemlos rannte er die schmalere Treppe hoch, riss die Tür zu Magnus' Zimmer auf und stürzte zum Bett.

»Vater tut Mama etwas an.« Er rüttelte seinen Bruder unsanft wach. »Magnus, wach auf! Viktor blutet ganz doll. Und Vater ...«

In der Sekunde, in der Magnus wach wurde, sprang er auch schon aus dem Bett. Als habe er immer geahnt, dass dieser Moment einmal kommen würde. Und schon war er aus dem Zimmer. Oskar hörte, wie er Clementine und Josefine weckte, und dann Gustav quasi aus dem Bett riss. Als wäre ein Feuer ausgebrochen, stürzten seine großen Geschwister die Treppe hinunter. Oskar folgte ihnen und hörte bereits Magnus und Clementine schreien.

»Lass sie los!« – »Du bringst sie um.« – »Lass Mama in Ruhe!«

Als er durch die Tür kam, sah er, wie Clementine und Josefine sich schützend in einer Ecke vor ihrer Mutter aufbauten. Vor den drei Frauen stand Magnus und hatte die Fäuste erhoben. Gustav drückte sich mit kalkweißem Gesicht an die Wand.

»Was willst du, Würstchen? Du willst dich mir entgegenstellen?«

Vater packte Magnus am Arm und schleuderte ihn zur Seite. Dann riss er die beiden Mädchen an den Haaren fort von seiner Frau. Mit der Faust schlug er ihr ins Gesicht. Die Lippe platzte auf, und Sofia versuchte, sich in die Ecke zu drücken, um ihren Bauch zu schützen. Doch als Oskar nun sah, wie der Vater seine Faust wieder erhob, wich plötzlich alle Angst von ihm. In seinen Ohren rauschte es. Er dachte nicht mehr nach, er tat nur, was sein Herz ihm befahl. Kreischend stürzte er sich auf ihn und hängte sich mit beiden Händen an den Arm, der gerade zuschlagen wollte.

Vater lachte auf! Wie eine lästige Mücke streifte er seinen Sohn ab und schleuderte ihn aufs Bett. Oskar knallte unsanft mit dem Kopf an das harte Holz. Doch als wäre irgendetwas in ihm entfesselt worden, war er sofort wieder auf den Beinen und sprang seinem Vater auf den Rücken. Seine Hände griffen nach vorne ins Gesicht.

August heulte auf, packte mit einer Hand nach hinten und zog Oskar über seine Schulter. »Du wagst es? Du!«

Die anderen hatten Oskars waghalsigen Einsatz stumm und starr beobachtet. Sie schienen alle wie gelähmt zu sein, unfähig, etwas zu tun. Doch als August Korte seinen jüngsten Sohn zu Boden schleuderte, griff Magnus nach dem Stuhl, der neben dem großen Bett stand. Er riss ihn hoch, und über das Gesicht des Vaters glitt ein süffisantes Lächeln.

»Eure Mutter hat mich betrogen. Und jetzt erhebt ihr die Hand gegen mich!« Er packte den Stuhl bei einem der in der Luft schwebenden Beine, als wollten sie einen unsichtbaren Tanz vollführen. »Dieser Bastard, den eure Mutter in sich trägt, ist nicht von mir. Wollt ihr wirklich für ein Balg kämpfen, das nicht euer Geschwister ist?«

»Wir kämpfen für Mama!«, schrie Clementine, die ihm im gleichen Moment von hinten ein breites Holzscheit über den Schädel zog.

Der bullige Mann ließ für einen Moment den Stuhl los und drehte sich zu seiner Tochter um. Jetzt ließ Magnus den Stuhl runtersausen, verfehlte aber den Kopf und erwischte seinen Vater nur im Nacken. Der Stuhl brach auseinander. August Korte ging vor dem Fußende des Bettes in die Knie. Oskar schaffte es noch gerade so, sich zur Seite zu wälzen. Gustav und Josefine nahmen sich jeweils einen Teil des Stuhls und schlugen auf ihren Vater ein. Vergeblich versuchte dieser, sich zu schützen. Magnus griff sich das Holzscheit und schlug auf den Kopf ein. Für einen Moment, sah es so aus, als würde der stämmige Mann aufgeben, doch dann zog er sich mit aller Kraft auf alle viere und erwischte Gustav und Josefine an den Kleidern. Die schrien aus Leibeskräften, und Magnus versuchte jetzt von vorne, den Vater zu erwischen. Der ließ die beiden Jüngeren los, packte sich Magnus am Schlafittchen und plötzlich knieten sie sich gegenüber, August hatte die Hände um Magnus' Hals gelegt und drückte zu. Sein Gesicht war blutrot angelaufen und völlig verschwitzt, während Magnus immer bleicher wurde.

Oskar warf sich über seinen linken Arm und versuchte, ihn wegzuziehen. Das zeigt allerdings überhaupt keine Wirkung. Magnus röchelte, sein Mund war aufgerissen, und die Augen traten hervor. Seine Hände lagen über denen seines Vaters, doch er vermochte nichts zu bewirken. Nicht, bevor nicht Clementine plötzlich ausholte und den Schürhaken auf des Vaters Kopf niedersausen ließ.

Der riss die Augen auf, und der Druck seiner Hände ließ nach. Magnus schaffte es endlich, sich aus dem Würgegriff zu befreien. Schnell schob er sich nach hinten an die Wand, wo er verzweifelt nach Luft japste. Das pfeifende Geräusch seines Atems wurde nur durch den dumpfen Schlag unterbrochen, den der Oberkörper des Vaters auf den Dielen tat. Oskar stand wie gelähmt im Raum. Er hatte noch immer am Arm des Vaters gehangen, als der Schürhaken dessen Kopf getroffen hatte. Es war ein merkwürdiges Geräusch gewesen, ein bisschen so, wie wenn Mutter den toten Hühnern die Beine abhackte.

Clementine ließ den Schürhaken los, der auf die Holzdielen knallte. Ihre Hände suchten Halt am Eckpfosten des Bettes, doch sie schaffte es nicht mehr bis zur weichen Auflage. Neben dem Bett sank sie in die Knie, den Mund geöffnet wie zu einem Schrei.

Oskar drehte den Kopf und sah, wie seine Mutter sich mühsam aus der Ecke kroch, in die sie sich geflüchtet hatte. Sie stöhnte laut. Geistesgegenwärtig half Fine ihr auf. Sie schleppten sie zum Bett, auf dem sie sich umständlich niederließ. Jede Bewegung tat ihr weh. Sie war bleich wie der Tod, und das Blut ihrer aufgeplatzten Lippe schminkte sie wie eine Fratze.

Allein seine Mutter so sehen zu müssen, brach Oskar das Herz. Sie schloss die Augen, faltete ihre Hände über dem weißen, mit Blut besprenkelten Nachthemd, als wolle sie nachträglich noch ihr Kind schützen. Ihr Körper krümmte sich, und ohne jemanden anzusehen fragte sie: »Was ist mit Viktor?«

Seine Geschwister schauten Oskar an, doch der zog die Schultern ein. »Er ist ganz voll Blut. Überall.«

Mama schaute Magnus an, der noch immer Schwierigkeiten beim Atmen hatte. »Clementine, geh zu Viktor. Hilf ihm«, brachte sie keuchend hervor, bevor sie in ein Kissen biss.

Clementine lief los. Alle hörten die Schritte ihrer nackten Füße die Holztreppe hinuntertapsen. Josefine stellte sich ans Fenster und schaute hinaus.

»Was ist mit ihm? Siehst du was?«

Josefine schüttelte den Kopf.

»Fine, sag was!«

»Sie ist jetzt im Stall.« Oskar sah gebannt zu, wie ihre Schwester auf ihrer Unterlippe herumkaute. Doch dann ruckte ihr Kopf, und sie sagte: »Sie kommt zurück.«

Sofia jammerte leise.

Clementine kam sehr langsam die Treppe wieder hoch. Als sie ins Zimmer trat, noch immer nur im Nachthemd, schüttelte sie bloß den Kopf.

Mutters Schrei ging ihm durch Mark und Bein. Sie schlug die Hände vors Gesicht und heulte. Fine nahm Oskar in den Arm und drückte sein Gesicht in ihr Nachthemd. Von den anderen ging eine unheimliche Stille aus. Mutters Jammern erfüllte den Raum. Magnus fand seine Stimme wieder. Er klang immer noch heiser, und offensichtlich schmerzte ihn jedes Wort, das er herausbrachte. »Was sollen wir jetzt tun? ... Wir müssen die Polizei holen.«

Sofias Wimmern stoppte, und sie schlug mit letzter Kraft auf die Bettdecke. »Nein, keine Polizei! Erst müssen wir uns etwas einfallen lassen.«

Alle Augen starrten sie an. Sie war die Erwachsene. Sie würde sagen, wie es weiterging. Doch so geschunden und blutig, wie sie da lag, wie sollte ausgerechnet sie einen Ausweg finden?

»Wir ... brauchen eine Geschichte ..., eine gute Geschichte«, sagte sie mit leiser, gebrochener Stimme. Sie öffnete die Augen und sah ihre Kinder eins nach dem anderen an. »Ich sage«, ihre Stimme kippte, und sie krümmte sich wieder, »ich sage, dass Viktor Susemihl und Vater Streit hatten. Ein Kampf ist entbrannt, und ...«, ein Stöhnen entfuhr ihr, »und als ich dazwischen gehen wollte, haben sie mich auch erwischt.« Ihre Finger berührten ihre Lippe. Natürlich musste diese Verletzung erklärt werden.

»Und was willst du sagen, worüber haben sie sich gestritten?« Magnus' Stimme war immer noch schwach.

»Ich ... Wir könnten sagen, dass er ihn beim Stehlen erwischt hat.«

Niemand widersprach ihr, aber Josefine schaute zu ihrer Mutter hoch. »Ist das wahr? Ist das Kind nicht von Vater?« Sofia drehte sich schluchzend weg. »Hast du uns etwa für eine Tändelei im Stich gelassen?«, giftete Josefine sie an. »Ist Vater etwa tot, weil er herausgefunden hat, dass du dich mit einem dahergelaufenen Tagelöhner eingelassen hast?«

»Fine!« Clementine bedachte sie mit einem warnenden Blick. »Vater ist tot, weil er beinahe Magnus umgebracht hätte. Er ist tot, weil er Mama erschlagen wollte.«

Gustav drückte sich beide Hände auf die Ohren. Er wollte das nicht hören. Oskar wollte am liebsten in die Scheune laufen, als ihm einfiel, dass Viktor dort lag, tot, all das Blut um ihn herum. Er drehte sich von den anderen weg, Tränen liefen ihm übers Gesicht.

»Schwört mir, dass ihr niemandem sagt, was heute Nacht passiert ist! Sofia legte ächzend die Hände um ihren Bauch.

»Schwört es mir!«

Clementine gab ein schwaches Ja von sich, und auch Magnus nickte schließlich. Gustav hielt sich immer noch die Ohren zu. Josefine presste den Mund zusammen. Ein Schwur kam ihr nicht über die Lippen.

»Josefine!«

»Ich werde nicht lügen!«

Sofia wollte etwas sagen, aber Clementine bedeutete ihr mit einem Handzeichen, dass sie sich darum kümmern würde.

»Und du, mein kleiner Oskar. Komm her.«

Mit staksigen Schritten ging Oskar rüber zu seiner Mutter. Die zog ihn an sich. »Du weißt einfach gar nichts. Du hast geschlafen, okay? Du hast nichts mitbekommen.« Sie warf einen drohenden Blick zu Josefine. »Genau wie deine Schwester Fine.«

»Mama hat recht. Niemand darf etwas erfahren. Sonst stecken sie uns alle ins Gefängnis.« Clementine blickte auf den massiven Körper ihres Vaters, der regungslos auf dem Boden lag. »Wir haben ihn umgebracht!«

In diesem Augenblick verkettete ihre Schuld die Geschwister auf ewig miteinander. Es gab kein Ausweichen, kein Fliehen. Es war, wie es war.

Doch genau in diesem Moment stöhnte der Mann auf.

Fine sprang erschrocken zurück und zog Gustav mit sich in die Ecke. Clementine zog ihre Beine aufs Bett hoch. Oskar klammerte sich an seine Mutter. Nur Magnus rührte sich nicht. Kälte im Blick, schaute er genau hin. Dann fuhr er ein Bein aus und stupste mit dem Fuß an die Hand des beinahe leblosen Körpers.

Ein leises Jammern war die Antwort.

Er war nicht tot! Das Entsetzen stand ihnen ins Gesicht geschrieben. Das war das Schlimmste, was passieren konnte.

Clementine grub ihre Fingernägel in ihr Wangenfleisch. »Nein. Nein! NEIN!« Ihre Augen waren weit aufgerissen.

Oskar machte sich von seiner Mutter frei und stürzte zu Josefine und drückte sich hinter sie in die Ecke. Sofia riss ihre Hand zum Hals und drückte sich an die Rückenlehne, als könnte sie darin verschwinden. Gustav wimmerte lautstark und fing plötzlich an, mit seinem Kopf gegen die Wand zu schlagen, rhythmisch, heftig.

Als wäre das sein Signal, sprang Magnus auf. Er war bleich wie alle anderen, aber er schien der Einzige zu sein, der aussprach, was alle dachten. »Wir müssen das zu Ende bringen.« Seine Stimme krächzte, so fest hatte Vater vorhin zugedrückt.

Niemand widersprach ihm.

KÖLN-RHEINKASSEL – EIN MITTWOCH IM MAI 2014

Ihre Zehen spielten im kühlen Wasser des Rheins. Der Fluss lag glitzernd in der Nachmittagssonne. Isabell verabschiedete sich und steckte ihr Smartphone in den Rucksack. Die Stationsschwester hatte ihr versichert, dass es Oma Pauline soweit gut ging. Heute Abend wollte Isabell wieder nach ihr sehen. Eigentlich könnte sie auch sofort fahren, beschloss sie. Julius hatte sich immer noch nicht gemeldet.

Die Wirkung der Tablette ließ immer mehr nach. Sie schwitzte schon wieder leicht, und ihr Herz klopfte zu schnell. Der Aufruhr ihrer Gefühle trieb sie vom Rhein weg. Es war, als könnte sie keine Sekunde an einem Ort bleiben. Sie packte ihre Sachen zusammen, nahm das Paket unter den Arm und lief zurück in den Garten. Es zog sie zum Kirschbaum. Genau wie ihre Großmutter es getan hatte, stützte sie sich an den Stamm und schaute hoch. Die Kraft des Baumes schien ihr inneres Flattern zu besänftigen. Dann gab es hier also nicht nur Unglück und Mord, sondern auch ein wenig Glück.

Gestern Abend noch hatte sie geglaubt, irgendwie könnte sie es schaffen, wenigstens ein Teil dieses Erbes zu erhalten. Doch Julius' Verhalten heute Morgen hatte alle Träume jäh zerplatzen lassen. Natürlich würde sie nicht hierherkommen, wenn es mit ihnen beiden nicht klappte. Wenn es denn je geklappt hätte. Die alte Verzagtheit hatte wieder volle Kontrolle über sie übernommen.

Doch die Stunden mit Julius waren so außergewöhnlich gewesen. Sie konnte nicht einfach so tun, als wären sie nicht gewesen. Als hätte sich nicht eine Tür geöffnet, als hätte das Leben ihr nicht mit einen kleinen Happen Appetit gemacht auf mehr. Wie sollte sie weiterleben mit dem Wissen, dass das, was sie immer vorsichtshalber weit von sich weggeschoben hatte, auch für sie möglich sein konnte?

Ihre Fingerspitzen liefen über die raue Rinde des Kirschbaumes, während sie ihn umrundete. Was wollte sie wirklich vom Leben? Was durfte sie noch erhoffen? Sie hatte bisher keine großen Ansprüche gestellt – nicht an die Liebe, an das Glück, die Familie oder die Heimat. War es nicht Zeit, endlich ein paar Dinge einzufordern, die für so viele Menschen selbstverständlich waren?

Ihr Blick schweifte von den rosa Blütenbällen hin zum Rhein. Dort, wo der Tod stattgefunden hatte. Dann weiter über die Garagen bis zum

Pferdestall. Der Anblick versetzte ihr einen Stich. Sofort war die Erinnerung an gestern wieder da. Die Villa kam in Sicht, und plötzlich fing ihr Herz an zu rasen. Julius bog gerade um die Ecke und kam ihr entgegen.

Isabell senkte den Arm, doch sofort fasste sie wieder nach dem Baum. Es war, als würde er ihr die Kraft geben, die nächsten Minuten durchstehen zu können. Kraft und Ruhe. Was würde nun kommen? Julius sah betrübt aus. Er hatte seine Anzugjacke nicht an, und das Hemd stand offen. In der rechten Hand hielt er etwas. Beim Näherkommen erkannte Isabell, dass es das zweite Tagebuch war. Sie verharrte regungslos, bis er kurz vor ihr stand.

»Hallo«, sagte er schlicht.

»Hallo.« Ihre Stimme klang spröde.

Er zögerte, doch eigentlich wirkte er ungeduldig. »Ich muss dir etwas erklären. Heute Morgen ... Deine Großmutter hatte mir gerade etwas mitgeteilt, das mich völlig umgehauen hat. Ich war total verstört, und ich ... Ich möchte mich entschuldigen für mein Verhalten.« Mit dem schwarzen Büchlein klopfte er nervös an sein Bein.

Isabell schluckte. Er machte nicht den Eindruck, sie küssen zu wollen, nicht einmal ein flüchtiger freundschaftlicher Kuss auf die Wange. Was war passiert? Jetzt war sie froh, dass sie sich noch immer am Kirschbaum lehnte, denn ihre Knie zitterten. Was war so schlimm, dass er plötzlich Abstand hielt? Er hatte das zweite Tagebuch mitgebracht. Nach den Erfahrungen der letzten Tage war sie vorgewarnt.

»Worum geht es? Was hat Oma Pauline dir gesagt?«

Wieder zögerte er. Und wieder fragte Isabell sich, ob sie das wirklich wissen wollte. Es führte wohl kein Weg daran vorbei.

»Du weißt noch, was du in dem ersten Tagebuch gelesen hast, was dein Urgroßvater Clementine angetan hat?« Isabell nickte. Ihr schwante sofort Böses. »Nun, das Gleiche hat er ... hat August Korte mit meiner Oma gemacht.« Er strich sich mit einer fahrigen Geste übers Gesicht.

Diese Nachricht traf Isabell wie ein Schlag in den Magen. Würde Julius wegen einer Tat, die so lange zurücklag, von ihr abrücken? Er wartete wohl auf ihre Reaktion, aber sie war zu keinem Wort in der Lage.

Plötzlich griff er nach ihrer freien Hand. »Isabell, diese Verbindung, die wir fühlen. Ich fühle sie, und ich weiß, dass du sie auch fühlst. Deine Großmutter hat gesagt, sie sei nicht romantischer Natur. Möglicherweise hat Oma Pauline recht. Möglichweise gibt es eine andere Art der Verbindung zwischen uns, ein Band, das geknüpft wurde vor langer Zeit. Und ich habe keine Ahnung, wie ich damit umgehen soll.«

»Was? Doch keine Seelenverwandtschaft? Doch keine Liebe?« Isabell riss wütend ihre Hand zurück.

»Ich kann nicht …« Mit einem tiefen Seufzer trat er einen Schritt von ihr weg. »August Korte hat meine Großmutter Elsbeth Ende Juni 1926 vergewaltigt. Das alleine ist schon schrecklich, zu wissen. Doch es gibt … Auswirkungen … auf uns beide.«

Er blätterte im Tagebuch bis zu einer bestimmten Seite. »Es kommen noch einige Einträge danach, die alle nicht besonders erheiternd sind, und ab Ende Juli sind Seiten aus dem Tagebuch herausgerissen. Der nächste Eintrag ist aus dem Dezember, vom 15. Dezember 1926.« Er räusperte sich und begann vorzulesen.

Magnus hat mich gerade beiseite genommen. Er hat heute in Niehl zufällig Elsbeth Himmels auf der Straße gesehen. Sie ist ja schon vor Monaten weggezogen. Magnus ist sich ganz sicher: Sie ist schwanger. Man konnte es deutlich sehen, trotz des übergroßen Mantels, den sie getragen hat. Er hat keinen Zweifel.
Mein Gott, was habe ich für ein Glück gehabt. Das wenigstens ist mir erspart geblieben. Wenn ich mir vorstelle, ich wäre schwanger geworden, was für eine Schande.
Ich würde sofort ins Wasser gehen.

Sein Blick suchte Isabells. Doch sie runzelte nur die Stirn. Worauf lief das hinaus? Hatte er den Grund für Clementines Selbstmord gefunden? Und wenn ja: Was hatte das mit ihnen beiden zu tun?

»Ich spring zu einer anderen Stelle im nächsten Jahr. Der Eintrag ist vom 29. Juni 1927.« Julius räusperte sich wieder.

Ich habe heute Elsbeth mit ihrem Sohn Ferdinand getroffen. Er hat die schwarzen Haare und die braunen Augen von Vater geerbt. Elsbeth geht wirklich sehr herzlich mit dem Kleinen um, ein Wunder angesichts der Umstände seiner Zeugung.

»Ferdinand?«, fragte Isabell tonlos. »Dein Vater?« Jetzt war es Julius, der nur nickte.

»Dein Vater ist der Sohn … meines Urgroßvaters?«

Julius nickt wieder.

»Dann sind wir verwandt?« Isabell schlug sich die Hände vors Gesicht. Meine Güte, hörten diese Hiobsbotschaften denn nie auf? Endlich verstand Isabell, was mit ihm los war! Ratlos schüttelte sie den Kopf. Plötzlich war ihr der Gedanken, mit ihm geschlafen zu haben, furchtbar unangenehm. Dann war es vielleicht wirklich so, dass ihre Verbindung nicht auf Liebe gründete. Was war es aber, was sie fühlte? Konnte sie nicht trotzdem verliebt sein. Durften sie sich überhaupt lieben? Ihre Gedanken wirbelten wild durcheinander. Und etwas rumorte in ihren Kopf, dass sie nicht zu fassen bekam. Sie wusste, dass sie gerade etwas Wichtiges übersah.

»Wie …? In wieweit sind wir …? Ich meine, welchen Verwandtschaftsgrad haben wir denn dann?«

»Nicht so sehr verwandt, dass es ungebührlich wäre, miteinander zu schlafen, aber doch verwandt.« Sein Körper war extrem verspannt. »Verwandt genug, um es merkwürdig zu finden. Verwandt genug, um es dir erst sagen zu wollen, bevor wir uns noch einmal küssen.«

»Ich verstehe!« Isabell ließ sich am Baumstamm nieder. Sie musste das in Ruhe durchdenken. Ihre Stirn fühlte sich plötzlich fiebrig an. Natürlich hatte Julius richtig gehandelt. Für eine Sekunde blitzte in ihrem Gehirn auf, wie seltsam es war, dass sie jetzt nicht in Panik verfiel. Vielleicht wirkte die Tablette doch noch. Oder es war doch einfach Julius' Nähe.

»Es tut mir so leid. Paulines Vater …«

»Entschuldigst du dich etwa für deinen Urgroßvater? Das musst du nicht. Dich trifft doch keine Schuld!«

»Wie schrecklich zu wissen, wie dein Vater … entstanden ist.«

Julius schüttelte seinen Kopf. »Das war sicherlich sehr schrecklich, doch wenn es dich tröstet: Ich habe mit meiner Tante Lydia gesprochen. Sie hat mir meinen Eindruck noch einmal bestätigt. Meine Oma hat ihren Groll nie an ihrem Sohn ausgelassen. Sie hat ihn in Liebe und Respekt großgezogen. Mein Vater hatte eine weitgehend glückliche Kindheit, genau wie ich.«

Isabell seufzte. »Also anders als meine Vorfahren, die vor ihrem leiblichen Vater gezittert und unter ihm gelitten haben.«

»Ja, die Kraft der Liebe hat in meiner Familie gewirkt.«

Leiblicher Vater. Da war doch noch etwas! Diese schreckliche Erkenntnis wälzte jeden klaren Gedanken nieder. Das Offensichtliche entschlüpfte ihr immer wieder. »Ich …« Isabell stand auf. Sie konnte klarer denken, wenn sie sich bewegte. Natürlich! »Aber das stimmt alles gar nicht.« Sie gab ein merkwürdig klingendes Lachen von sich. War das alles verwirrend.

Julius schaute sie fragend an.

»Ach, Himmel, es ist alles so kompliziert. Warte, lass es mich erklären. Ich habe …« Sie schaute Julius entschuldigend an. »Also, ich habe das Paket für Oma Pauline aufgemacht.« Sie wies in die Richtung, in der das Paket neben ihren Rucksack im Gras lag. Als Julius etwas sagen wollte, schnitt Isabell ihm das Wort ab.

»Ich weiß, du findest das nicht rechtens, aber das ist mir egal. Ich habe es nicht aus purer Neugierde getan, sondern auch, um Oma Pauline zu schützen. Und was ich gelesen habe, hat mir recht gegeben. Es ist gut, dass Oma Pauline das nicht in die Hände bekommen hat. Es hätte sie vielleicht wirklich umgebracht.«

»Wovon redest du?«

»Oskar schreibt in einem Brief, dass Oma Pauline gar nicht von seinem Vater, also nicht von August Korte, ist.«

Julius riss die Augen auf.

Isabell sprach schnell weiter. »Meine Urgroßmutter hatte anscheinend eine Affäre, und zwar genau mit dem Mann, der des Mordes an August Korte verdächtigt wurde. Viktor, der Pferdezüchter. Er ist Paulines leiblicher Vater.« Isabell konnte sehen, wie diese Information in Julius' Kopf arbeitete.

»Dann war Pauline nur die Halbschwester von allen anderen.«

Isabell nickte. »Was laut Oskar der Grund war, warum alle Geschwister außer Clementine sie schlecht behandelt haben.«

Für eine kurze Weile brütete Julius stumm vor sich hin. Endlich fasste er seine Überlegungen in Worte. »Also wenn ich aus der Linie deines Urgroßvaters komme, du jedoch nicht, dann sind wir nicht verwandt, egal, was auch immer die Geburtsurkunden sagen.« Sein Blick suchte ihren, und ein leises Lächeln breitete sich auf seinem Gesicht aus. »Das ist ja fabelhaft.« Er trat einen Schritt auf sie zu. »Isabell, dann brauchen wir keinerlei Bedenken zu haben. Wir brauchen uns nicht merkwürdig zu fühlen. Das ist …« Er griff vorsichtig nach ihrer Hand und legte sie an seinen Mund. »Das ist viel mehr, als ich in den letzten Stunden zu hoffen gewagt habe.« Er küsste ihre Handfläche, verschränkte seinen Blick mit ihrem.

Isabells Herz tat einen Sprung. Ihr schossen die Tränen in die Augen. Schnell blinzelte sie sie weg. Noch immer blieb sie in ihrem Schneckenhaus. Sie entzog ihm ihre Hand.

»Warte. Es gibt noch etwas.« Julius nickte.

»Die herausgerissenen Seiten aus dem Tagebuch – sie sind hier.« Sie öffnete das Paket und holte sie aus dem Umschlag mit den blauen Ohrringen.

»Sie lagen in Clementines Abschiedsbrief. Jeder einzelne Eintrag, jede neue Information, jeder Brief hat bisher nur mehr schlechte Nachrichten gebracht. Ich habe Angst vor dem, was dort noch stehen könnte.«

»Hast du sie nicht gelesen?«

Isabell schüttelte den Kopf. »Den Brief, aber nicht die Seiten. Ich hatte furchtbare Angst, dass ...«

Julius nickte. »Die Tagebuchseiten, sollen wir sie gemeinsam lesen?«

Isabell seufzte erleichtert. Sie setzten sich nebeneinander unter den Kirschbaum. Isabell spürte seinen Körper und ihre wiedergewonnene Nähe. Ein Gefühl von Geborgenheit durchströmte sie. So war das also, wenn man Probleme teilte.

28. Juli 1926

Oh, mein Gott! Wir kommen alle in die Hölle. Wenn er tot ist, kommen wir in die Hölle. Und wenn er nicht tot sein sollte und wiederkommt, dann kommen wir erst recht in die Hölle.

Isabell und Julius wechselten einen Blick. Das würde nicht leicht werden. Julius griff nach ihrer Hand und hielt sie fest.

30. Juli 1926

Die Polizei war schon wieder hier. Vorgestern haben sie Viktors Leiche abtransportiert. Mama hatte gesagt, wir sollen ihn so liegenlassen. Oskar war kaum zu beruhigen. Wir mussten ihn von Viktors totem Körper fortzerren. Der Kommissar hat mit Mama und mir gesprochen. Auch Magnus musste dazukommen. Mama ist sich in nebulösen Äußerungen ergangen, die der Kommissar auf seine Weise gedeutet hat. Er glaubt nun, Vater hätte Mama gegen Viktor verteidigt. Und wir haben getan, als wüssten wir von nichts.

Das war vielleicht nicht die schlaueste Lösung, denn der Kommissar hat heute einen Verdacht geäußert. Warum, wenn Vater seinen Angestellten

doch in Notwehr getötet hat, ist er dann verschwunden? An Mama kommt er zum Glück im Moment nicht heran. Sie hat pausenlos Schmerzen. Wenn das Baby doch nur endlich rauskäme!
Uns scheint der Kommissar nicht in Verdacht zu haben. Trotzdem ist ihm klar, dass etwas an der Geschichte nicht schlüssig ist. Ich bin am Ende. Wenn er mich auch nur noch einmal schief ansieht, gestehe ich vermutlich alles.
Noch immer weiß ich nicht, was es mit den blauen Saphirohrringen auf sich hat. Mama hat mich in der gleichen Nacht gebeten, alles auf den Kopf zu stellen, um die blauen Ohrringe zu finden. Sie ist fast panisch geworden.
Die Ohrringe waren nicht in Viktors Kammer. Einen haben wir im Heu neben Viktor gefunden, der andere war in seiner Hosentasche. Magnus verweigert Mama die Herausgabe, solange sie nicht sagt, was so wichtig an ihnen ist.

Isabell rutschte nach vorne und griff ins Paket. Sie holte den Umschlag mit den Ohrringen heraus. »Das sind sie, die Ohrringe von Viktor.« Sie hielt sie auf der ausgestreckten Hand, damit Julius sie sehen konnte. Dann setzte sie sich wieder neben ihn.

1. August 1926
In den letzten Tagen geht mir so oft der Tag unseres Einzuges durch den Kopf. Als dieser feine Herr, der Vorbesitzer, ich glaube, er hieß von Hohenbuche, uns verflucht hat. Wir würden unseren Lebtag hier nicht glücklich werden. So etwas in der Art hat er gesagt. Und es hat sich bestätigt. Im Grunde hat da unser Unglück angefangen. Unser aller Leben wurde verschwendet. Oder rede ich mir das alles nur ein? Versuche ich nur, einen anderen Schuldigen zu benennen, nicht mich? Nicht uns?

»Welche Schuld meint sie?«, fragte Julius. »Weil sie ihre Mutter nicht verraten hat?«

Isabell zuckte mit den Schultern. »Sie scheinen auf jeden Fall die Details von Augusts Tod zu kennen.«

2. August 1926

Ich fühle mich unendlich schuldig. Sowieso schon. Und jetzt hat die Polizei auch noch Anton Himmels verhaftet. Sie wussten ja, dass er sich vor kurzem mit Vater geprügelt hat.

Und dann hat Elsbeths Bruder wohl in einer Bierschwemme lautstark herumposaunt, dass Vater, »das Schwein«, endlich weg sei. Und er hat darauf getrunken, dass »das Schwein« bekommen hat, was er verdient. Seit gestern sitzt er ein. Ich bin gleichzeitig erleichtert und betrübt. Das darf doch nicht sein, dass ein Unschuldiger für unsere Sünden bezahlen muss.

»Unsere Sünden?« Isabells Stimme klang ein klein wenig schrill. Aber Julius antwortete nichts. Er las weiter vor.

7. August 1926

Mama liegt in den Wehen. Ihre Schreie sind herzerweichend. Sie verbietet uns, einen Doktor zu holen. Nur Kläre ist hier. Sie wird bleiben, bis das Kind da ist.

9. August 1926

Es ist ein Mädchen. Mama möchte sie Pauline nennen. Sie ist wunderschön. Wir alle hatten als Babys pechschwarze Haare, wenigstens hat Mama das immer gesagt, und bei Josefine und Oskar kann ich mich deutlich daran erinnern. Pauline ist blond und hat strahlend grüne Augen.

Man müsste schon dumm sein, wenn man glauben wollte, dass sie das Kind von Vater ist. Als Magnus Mama frank und frei gefragt hat, hat sie es schließlich zugegeben und auch das mit den Ohrringen. Viktor hat Mama die Ohrringe geschenkt, weil sie mit seinem Kind schwanger war. Josefine ist fruchtbar wütend. Sie ist durchs ganze Haus gepoltert. Und auch Magnus ist völlig aus der Bahn geworfen. Das Wissen, dass das Kind von Viktor ist, stellt unsere Tat noch mal in ein anderes Licht. Fine sagt, es sei vor allem Mamas Schuld. Gustav gibt ihr wie immer in allem Recht. Und Oskar, der noch viel zu klein ist, um all das zu verstehen, hat heute beim Abendbrot gesagt, er hasse das neue Baby.
Mama ist seit Vaters Tod seltsam abwesend. Oder ist es Viktors Tod, der ihr so nahe geht? Sie scheint kaum noch bei Sinnen zu sein. Sie versinkt in Trauer.

10. August 1926

Anton Himmels ist wieder frei. Endlich ist ein Zeuge aufgetaucht, der bestätigt, in der betreffenden Nacht mit ihm zusammen gewesen zu sein. Er ist wieder auf freiem Fuß. Ich bin so erleichtert!
Der Kommissar war gestern hier, um uns von der Freilassung zu erzählen. Sie suchen immer noch nach Vater. Als er mich nach dem Verbleib von Vaters Kahn gefragt hat und warum wir ihm nicht sofort gesagt haben, dass er seit dem Abend verschwunden ist, ist mir das Herz stehengeblieben. Ich fürchte jede Sekunde, ich könnte mich verraten.
Er hat mich die ganze Zeit über so merkwürdig angesehen. Dann hat er gefragt, warum Magnus direkt am nächsten Tag nach Vaters Verschwinden den Kohlenkeller zugemauert hat. Mir ist fast das Herz stehengeblieben. Also traut er uns doch einen Mord zu. Magnus musste die Wand einschlagen. Erst als er den Keller gesehen hatte, war der Kommissar zufrieden. Magnus hat ihn noch am gleichen Tag wieder zugemauert.

Als wenn er selbst nicht daran glauben würde, sagte er zum Schluss, mit ein wenig Glück würde Vater von alleine wieder auftauchen. Und dass wir ihm dann unbedingt Bescheid geben sollten. Ich wollte im Erdboden versinken.

1. September 1926
Vaters Leiche wurde angeschwemmt. Irgendwo kurz vor der Grenze zu Holland. Sein Körper muss ganz aufgeschwemmt gewesen sein und ganz grün.
Magnus sagt, er habe einen Polizisten zu Mama sagen hören, dass sein Gesicht zu großen Teilen abgeschabt gewesen sein soll. Das käme vom Treiben im seichten Uferwasser. Nur über den dicken schwarzen Schnauzer sei man überhaupt auf ihn gekommen. Wegen seines schrecklichen Zustandes hat der Kommissar Mama zugestanden, nur seine restliche Kleidung zu identifizieren.
Er war gestern da, um uns sein Beileid auszudrücken. Der Fall wird zu den Akten gelegt. Sie gehen davon aus, dass Vater sich nach dem Kampf mit Viktor am Rhein waschen wollte und dann geschwächt hineingefallen und weggetrieben worden ist.
Und irgendwie ist da ja etwas Wahres dran. Vater war geschwächt und ist fortgetrieben worden. Ich sehe sie jedes Mal, wenn ich die Augen schließe. Vater, wie er an meinen Haaren zerrt.
Beinahe wäre ich ertrunken. Magnus und Gustav, wie sie Vaters Kopf runterdrücken.

Isabells Kopf ruckte blitzartig hoch. Sie selbst hatten ihren Vater getötet – die Geschwister! Das war die große Schuld, von der Clementine sprach. Und es war eine große Schuld!

»Dann haben SIE ihn getötet!«, flüsterte sie.

Julius legte seinen Arm um Isabell und küsste sie auf den Scheitel.

Ich höre ihn jede Nacht, und wenn ich dort unten am Ufer stehe. Seinen Fluch, der uns an ihn kettet. Dass wir verdammt sind für den Rest unserer Tage. Dass alle, die in diesem Haus leben, vom Unglück heimgesucht werden. Bis er sich alle geholt hat. Einen nach dem anderen. Sein Geist wird uns auf ewig verfolgen.

Ein grausiges Kribbeln lief Isabell über die Haut. Deswegen hatte Oskar geschrieben, dass erst, wenn das letzte der Kinder gestorben sei, das Haus und das Erbe vom Unglücksfluch befreit würde. August Korte hatte seine Kinder verflucht. Seine eigenen Kinder, die ihn umgebracht haben!

KÖLN-RHEINKASSEL – IN DER NACHT VOM 27. JULI 1926

Wie festgenagelt standen alle starr an ihrem Platz, und schauten auf den Körper, von dem alle gedachten hatten, er lebte nicht mehr. Aber als der Vater noch einmal leise stöhnte, dirigierte Magnus die anderen: »Oskar, du bleibst bei Mama. Fine, kümmere dich um die beiden. Gustav, du gehst ins Lager und holst die große Plane. Clementine, du hilfst mir.«

Gustav schoss aus der Tür hinaus, froh, der gruseligen Atmosphäre entgehen zu können.

»Nein, Fine, du musst ins Dorf, Kläre holen.« Mutter presste die Worte zwischen ihren Lippen hindurch.

»Kläre? Wieso?«

»Ich … brauche jemanden, der mir hilft. Ich glaub, das Baby kommt. Kläre wird nichts sagen. Sie ist … auf meiner Seite.« Sie krümmte sich vor Schmerzen.

»Gut. Fine.« Er nickte ihr zu. Ohne zu zögern, stellte Magnus sich vor den Vater und schaute seine älteste Schwester auffordernd an.

»Ich kann das nicht.« Clementine fühlte sich, als würde sie sich jeden Moment übergeben. Ein wimmernder Laut kam über ihre Lippen.

»Du musst. Ich schaff das nicht alleine.«

Magnus hatte recht. Sie mussten das hier zu Ende bringen. Alles andere würde ihren Tod bedeuten. Ihr Leben war ihr egal, aber sie durfte nicht zulassen, dass Vater sich an Fine oder Oskar rächte. Unter Tränen löste Clementine sich aus ihrer Starre und stellte sich neben Magnus. Beide packten je einen Fuß und zog den massigen Körper zur Tür hinaus, bis zur Treppe.

Magnus stieg über seinen Vater hinweg und ein paar Stufen hinab. Dann nahm er sich die beiden Arme, zog den schweren Körper Stufe für Stufe hinab. Die schweren Beine mit den dicken Schuhen machten bei jeder Stufe ein lautes Geräusch. Clementine hätte sich am liebsten die Ohren zugehalten. Als sie endlich im Erdgeschoss ankam, rannte ihm Gustav schon mit der Plane entgegen. Er schlotterte am ganzen Körper. Dabei war es eine warme Nacht, und der Schweiß strömte ihnen nur so den Körper hinunter. Magnus sah ihn mitleidig an.

»Geh nach oben, und mach die Blutflecken weg. Räum ein wenig auf.« Und als Gustav schon halb die Treppe hoch war, rief er ihm hinterher: »Gib Mutter ein frisches Nachthemd raus. Sie soll sich umziehen.«

Er rollte den Vater auf die Plane, mit der sie normalerweise die Obstkisten abdeckten. Sein Blick war ganz ruhig, als er Clementine anschaute. Beinahe kalt, als wäre er selbst gar nicht anwesend. Magnus wirkte so entschlossen, dass sie wieder Mut fasste.

»Ich geh vorne hin.« Er nickte. Er ahnte, was seine Schwester nicht aussprechen wollte. Vorne würde sie ihren Vater nicht anschauen müssen.

Es kam Clementine vor, als würde es ewig dauern. Durch den Wintergarten die Stufen hinab in den Garten, dann über den Trampelpfad hinunter zum Rheinufer. Sie spürte, wie ihre Kräfte nachließen. Gütiger Gott, was taten sie da? Sie würden ihren Vater dem Fluss übergeben. Das war Sünde – Todsünde! Das konnten sie doch nicht machen!

Jede Energie verließ sie. Die Plane entglitt ihr, und Vaters Körper glitt unsanft auf den Boden. Er stöhnte. Dieses Stöhnen, dieses unselige Lebenszeichen reichte ihr. Die Angst war sofort zurück. Die Angst vor diesem brutalen Menschen und was alles passieren würde, wenn sie nicht das taten, was sie vorhatten. Noch bevor Magnus etwas sagen konnte, griff sie die Ecke der Plane und hievte den schweren Körper hoch. Die Angst trieb sie an.

Der Vater schien wieder zu sich zu kommen. Erst bewegte er einen Arm, der plötzlich über den Rand der Plane winkte. Dann jammerte er laut, und seine Füße bewegten sich leicht, als wollten sie Halt finden. Panik erfasste sie. Clementine hatte das Gefühl, als würde sie seinen Atem im Nacken spüren. Keuchend zerrten sie ihn bis runter zum Ufer. Erschöpft ließ sie die Plane los. Fahles Mondlicht durchbrach die fliegenden Wolken. Völlig außer Atem blickte sie auf den Vater, dessen Körper sich wieder zu regen begann. Ein Auge stand offen und starrte sie an. Das andere war zugeschwollen. Der Anblick schnürte ihr den Atem ab. Was, wenn er wieder aufstehen würde?

Magnus schnaufte laut durch. Der alte Kahn machte ein schleifendes Geräusch, als er ihn über den Kies in Richtung ihres Vaters drückte. Doch der versuchte jetzt sogar, sich aufzusetzen. Sein Kopf pendelte unkoordiniert nach links und rechts, und halb schaffte er es, sich auf den Bauch zu drehen. Clementine wurde von Angst übermannt. Sie stützte sich auf ihre Knie und würgte lautstark.

Der Vater war nun auf allen vieren. Er brüllte. Es war nicht zu verstehen, was er brüllte. Beinahe hörte er sich an wie ein in Wut geratener Stier. Seine Pranke griff nach der Außenkante des Kahns, und er zog sich mühsam daran hoch. Clementine war nicht fähig, das zu verhindern. Sie war zur Salzsäule erstarrt. Ihr Herz pochte so hart, dass sie glaubte, es würde ihr herausspringen.

Er zog sich immer weiter hoch, bis er schließlich auf beiden Beinen wankend zum Stehen kam. Mit beiden Händen hielt er sich am Holz fest und ganz langsam, als würde er diesen Triumpf genießen, hob er den Kopf und starrte sie an.

Oh mein Gott. Das durfte nicht wahr sein. Das konnte nicht sein. Clementine wich zurück. Der blanke Horror übermannte sie. Ihre Zähne klapperten so laut, dass es zu hören war.

»Habt ihr ... wirklich geglaubt, ihr kommt gegen mich an? Ihr ... Schmeißfliegen! Ich werde euch zerdrücken wie dreck...ige Käfer.« Er wankte kurz, fing sich jedoch sofort wieder. »Ich werde euch alle ...«

Ein Blutrinnsal lief an seiner Stirn entlang. Für eine Sekunde war Clementine verwundert, wie viel Leben noch immer in ihm war, dann wurde jeder andere Gedanke von ihrer panischen Angst verschlungen. Mitten auf dem Rhein zog gerade eins der vielen Schiffe vorbei, die das Eisenerz hoch ins Ruhrgebiet zu den Hochöfen brachten. Es kam ihr vor, als würde die Zeit stillstehen. Sie war gefroren in Angst.

Und Magnus schien es nicht anders zu gehen. Er stand auf der anderen Seite des Bootes still, mit offenem Mund. Damit hatte er wohl nicht gerechnet.

»Ich verdamme euch für den Rest eurer Tage«, lallte er.

»Ihr alle, die ihr es wagt, Hand an mich zu legen, sollt vom Unglück heimgesu...«

Sein Wort wurde unterbrochen durch einen Stein, der ihm mit rasender Geschwindigkeit gegen den Kopf knallte. Seine Hand hob sich an die Schläfe. In seinem Gesicht spiegelte sich pure Verwunderung, dann kippte er ganz langsam nach vorne. Sein Oberkörper blieb über der Reling liegen.

Clementine drehte sich um. Oben auf der Uferböschung stand Gustav, mit seiner Steinfletsche in der Hand. Er ließ den Arm sinken.

»Mama hat gesagt, er muss weg sein, bevor Kläre kommt! Ich soll euch helfen.«

Magnus löste sich aus seiner Starre und rannte auf die andere Seite, hievte die Beine seines Vaters in den Kahn. Clementine lief ins Wasser, packte das Boot am anderen Ende und zog. Aber erst, als Magnus und Gustav ihr beisprangen, rutschte das Boot über den Kies.

Es trieb einige wenige Meter raus aufs Wasser, als sie etwas rumoren hörten. Eine Hand packte die Reling. »Ich hole euch, einen ... nach dem anderen. Das ... schwöre ich!« Seine Stimme war schwach. Trotzdem zog er sich langsam hoch.

»Wir müssen mit raus. Wir müssen ihn kentern.« Magnus war schon im Wasser. Er hatte recht. Clementine sah sofort ein, dass es notwendig war. Sie war schon bis zu den Knien im Wasser, als sie sich zu Gustav umdrehte.

»Komm schon, Gustav. Wenn das Boot jetzt einfach den Fluss runtertreibt und irgendwo an Land getrieben wird ...« Die angedrohte Katastrophe, die in den Worten seiner Schwester schwang, riss Gustav aus seiner Lethargie. Die Vorstellung von dem, was dann kommen würde, war schlimmer als alles andere. Zu dritt schwammen sie hinter dem Boot und drückte es ein ums andere Mal vor sich her.

Vater war wieder auf die Planken zurückgefallen, aber sie konnten ihn immer noch hören. Erst als der Strom schon an ihren Kleidern zerrte und das Wasser sie rausdrückte, schwammen sie nicht weiter. Im fahlen Mondlicht erkannt Clementine, was Magnus tat. Er schaukelte das Boot. Clementine half ihm. Das Boot geriet immer stärker ins Schwanken, und schließlich kippte es. Aber als der Körper ins Wasser klatschte, packte eine Hand Clementines Haare. Gemeinsam mit ihm ging sie unter.

Als sie prustend wieder hochkam, hörte sie seine Stimme. Sie war viel zu kräftig, als habe das kalte Wasser ihm neue Kraft verleihen.

»Ich verfluche euch. Euch ... alle.« Er spuckte Wasser. In seinem verzweifelten Überlebenskampf zog der Vater Clementine jedoch mit sich. Er kam wieder hoch, genau wie sie. »Nie wieder ... sollt ihr glücklich ... werden. Keiner ... von euch.«

Bei seinen letzten Worten wurde Clementine wieder unter Wasser gedrückt. Wasser drang in ihre Nase. Ihr Mund war zugepresst, aber der Körper gierte nach Luft. Sie kam frei und sog laut zischend Luft ein, bevor ihr Vater es ein weiteres Mal schaffte, sie unter Wasser zu ziehen. Sie riss an seiner Hose, versuchte, ihren Kopf über Wasser zu bekommen. Doch ihr Vater stützte sich mit einem Arm auf ihrer rechten Schulter ab, während er verzweifelt versuchte, seine Söhne abzuwehren. Magnus stemmte sich auf den Rücken seines Vaters, während Gustav versuchte, die an Clementine festgekrallten Finger zu lösen. Wasser drang in Clementines Mund, ihren Hals hinunter, und ihr Körper krümmte sich bei dem Versuch, es sofort wieder auszuhusten.

Endlich lösten sich die Finger von ihrer Schulter, und sie jagte nach oben. Japsend. Keuchend. Laut nach Luft schnappend, die endlich ihre Lungen erreichte. Sie hustete, kämpfte. Mit allerletzter Kraft schlug sie ihre Arme ins Wasser und schwamm von dem wirren, kämpfenden Knäuel weg.

Als sie sich umdrehte, sah sie, wie Magnus und Gustav den Körper ihres Vaters unter Wasser drückten. Er wehrte sich kaum noch, dann gar nicht mehr. Erst als er nicht mehr zuckte, nicht mehr nach ihnen fasste und seine Arme und Hände plötzlich neben ihm trieben, ließen sie los.

Gustav wie auch Magnus schwammen einige Meter weg. Der Haarschopf ihres Vaters war als kleine Erhebung im Wasser zu erkennen. Sein Körper drehte sich, und die Strömung trug ihn langsam mit sich fort. Nur als Schattenriss war zu sehen, wie seine eine Schulter sich kurz aus dem Wasser hob, als der Körper trudelte. Dann war er plötzlich verschwunden. In den Fluten versunken. Weiter draußen trieb der Kahn kopfüber. Doch dort, wo gerade noch der Körper ihres Vaters gewesen war, tänzelte eine unschuldige sanfte Welle über die Wasseroberfläche.

Als wäre der Teufel hinter ihnen her, schwammen sie zurück zum Ufer. Clementine fehlte die Kraft, und Magnus packte sie am Arm und zog sie die letzten paar Meter mit. Dann ließ Clementine sich einfach in das seichte Uferwasser fallen. Sie hustete noch immer Wasser. Magnus setzte sich sofort auf und beobachtete die Wasseroberfläche.

Weiter draußen trudelte der Kahn kopfüber langsam Richtung Fahrtrinne. Ansonsten waren keine anderen Bewegungen auf der Wasseroberfläche zu sehen. Nie im Leben konnte Vater so lange die Luft anhalten, oder doch? Gustav kroch ganz aus dem Wasser und blieb im Kies liegen. Clementines Japsen ging in ein Schluchzen über. Magnus stand auf und packte sie an den Schultern. Mit seiner Hilfe stand sie ebenfalls auf, und sie nahmen sich in die Arme. Ihr ganzer Körper schüttelte sich, und auch Magnus bebte. Als sie Geräusche hörten, stand auch Gustav ganz schnell auf. Zu dritt schauten sie Richtung Garten, wo Josefine atemlos neben dem Holunderbusch zum Stehen kam. Der kleine Oskar rannte weinend zu ihr hin und klammerte sich an ihrem Kleid fest.

Josefines Haare lagen wirr auf dem Kleid, dass sie sich vorhin schnell übergeworfen hatte. »Was habt ihr …«

Keine zwei Sekunden später hört man Gustav, wie er sich lautstark auf den Strand übergab.

»Wo ist er?«, fragte Josefine.

»Der Aalschocker … Wir mussten ihn mit dem Boot …«

»Und ist er …?«, flüsterte Josephine heiser.

Clementine antwortete: »Ich glaube schon.«

»Du glaubst?«

»Was sollen wir denn jetzt tun?«, jammerte Gustav.

Oskar vergrub sein Gesicht in Josefines Kleid. Die legte ihm beruhigend die Hände auf den Haarschopf.

Da niemand die Antwort darauf kannte, fragte Clementine »Was ist mit Mama?«

»Kläre ist gekommen.«

»Bist du jemandem auf der Straße begegnet?«

»Ich glaube nicht, dass mich jemand gesehen hat.« Josefine zögerte.

Clementine fand langsam in die Rolle der ältesten Schwester zurück, trotzdem schaffte sie es nicht, ihren Geschwistern in die Augen zu schauen. Ihr Blick richtete sich auf die Mitte des Stromes. Sie schüttelte sich. Ein eiskaltes Grauen zog durch ihren Körper.

Noch immer auf Knien, drehte Gustav sich zum Rheinufer und wusch sich seinen Mund. Umständlich stand er auf. Nacheinander blickte er sie alle an. Seine Augen waren riesengroß, die Worte kamen stockend. »Und wenn er wiederkommt?«

KÖLN-RHEINKASSEL – EIN DONNERSTAG IM MAI 2014

Isabell rieb sich die Augen. »Ob wir wohl je die volle Wahrheit erfahren werden? Nach all diesen Jahren?«

Julius legte seinen Arm um ihre Taille. Er war jetzt bei ihr. Sie musste das nicht alleine durchstehen. »Hast du Clementines Abschiedsbrief schon gelesen?«

»Ja, habe ich. Dort schreibt sie allerdings auch nur von ihrer großen Schuld. Du solltest ihn lesen. Es steht etwas Nettes über deine Familie darin.« Isabell steckte die Seiten zurück in den Umschlag. »Ich fühle mich schlecht, wenn ich daran denke, was mein Ahne deiner Familie angetan hat.«

Julius presste die Lippen aufeinander. »Weißt du, ich würde jetzt hier nicht sitzen, wenn es deinen brutalen Urgroßvater nicht gegeben hätte. Auch wenn ich mir wünschte, meine Familiengeschichte sähe anders: Es ist nun einmal, wie es ist. Und für mich ist es gut so.«

»Ich wünschte, es wäre auch für mich gut. Ich wünschte, es wäre für Oma Pauline gut.«

Julius griff nach dem Tagebuch, das neben ihm in der Wiese lag. »Es gibt da einige Einträge, die ich dir vielleicht vorlesen sollte. Vielleicht ist jetzt noch nicht alles gut, aber es könnte gut werden.« Er hatte ein warmes Lächeln auf seinem Gesicht, als er sie anschaute. Dann blätterte er im Tagebuch zu der Stelle mit den herausgerissenen Seiten.

8. September 1927

Pauline ist heute ein Jahr alt geworden. Sie läuft schon, wenn man sie an der Hand hält, und überhaupt hat sie ein ganz entzückendes Lachen. Es tut mir in der Seele weh, sie lachen zu sehen, weil mir dann immer bewusst wird, wie selten sie lacht. Viel zu selten für ein Kind. Mama ist noch immer in tiefer Trauer versunken, und wir Kinder, na ja, die ganze Sache beschwert uns von Tag zu Tag mehr. Es wird nicht leichter.

Kläre kommt häufig. Sie ist die Einzige, die Mama zum Sprechen bringen kann. Und es scheint, als sei sie auch die Einzige, die Linchen zum Lachen bringen kann.
Pauline sieht ihrem Vater immer ähnlicher. Viktor Susemihl war wirklich ein guter Mann. Ich kann es Mama nicht vorwerfen, dass sie ihn geliebt hat. Wir vermissen ihn alle. Wie sehr wünschte ich, ich würde eine solche Liebe finden können, wie Mama sie gefunden hat. Natürlich unter besseren Umständen. Aber das wird wohl nie passieren. Die Vorstellung, mich einem Mann körperlich zu nähern, ist immer noch erschreckend. Kaum eine Nacht schlafe ich durch, immer wieder schrecke ich hoch, spüre Vaters gierige Hände an meinem Leib, seinen Atem in meinem Nacken.
Ich wünschte mir, die anderen würden verstehen, warum Mama diesen Weg gewählt hat. Es würde Pauline das Leben erleichtern. Es ist so schwer für sie. Sie begreift ja noch nichts, und überall stößt sie nur auf Ablehnung. Sie ist ein trauriges kleines Mädchen. Dabei ist sie doch das einzige Kind der Liebe in diesem Haus.

Isabell schossen die Tränen in die Augen. Es lag etwas so Schweres und gleichzeitig etwas so Versöhnliches in diesen Worten. Ein trauriges Kind der Liebe. Sie griff in ihren Rucksack und holte ein Taschentuch heraus. »Es tut mir so leid für meine Großmutter. Zu wissen, was sie alles durchstehen musste.«

»Es ist, wie es ist. Wir können es nicht ändern. Und es ist auch nicht unsere Aufgabe, jemanden zu retten. Unsere Aufgabe ist es, alles zu versuchen, um selbst glücklich zu werden.« Julius' Blick ruhte auf ihr. Es war, als würde er einen Kokon aus Liebe und Geborgenheit um sie legen. Gleichzeitig beinhalteten seine Worte eine Frage. War sie bereit dazu, sich endlich das Glück zuzugestehen? Isabell war nicht fähig, etwas zu sagen.

»Bleib bei mir, und wir werden diesen Platz zu einem Ort machen, an dem das Glück wohnt. Das verspreche ich dir.«

Die Sonne brach durch die Zweige des Kirschbaums. Isabell blinzelte. Endlich fühlte sie sich bereit. Sie streckte ihren freien Arm hoch und hielt die Finger gespreizt ins Sonnenlicht.

»Siehst du, so sieht mein Leben aus«, sagte sie. »Ab jetzt tanze ich im Licht.«

Julius hob die Hand und verschränkte seine Finger mit ihren. »Wir tanzen zusammen. Und zusammen werden wir das Unglück von diesem Ort vertreiben. Wir vertreiben die bösen Geister.«

»Ja, lass uns das Haus mit Lachen und Liebe fühlen.« Zum ersten Mal in ihrem Leben fühlte sie sich, als sei sie endlich angekommen.

Julius stand auf und knipste eine Kirschblüte ab. Er beugte sich zu Isabell und steckte sie ihr hinters Ohr. Dann reichte er ihr die Hand.

In Blickweite schimmerte der Rhein golden. Der Strom war so mächtig und urgewaltig. Es war für einen Moment die perfekte Idylle. Sie fühlte sich mit allem verbunden: mit dem Kirschbaum und der blühenden Wiese, mit Julius und selbst mit diesem Ort, der ihr plötzlich Liebeszauber zu wisperte.

Da war sie wieder, diese Verbindung, die sie von Anfang an gespürt hatte. Es war nicht nur Julius gewesen, aber auch.

Sie drehte sich bekümmert zu ihm um. »Was soll ich nur Oma Pauline sagen? Es ist doch ein großer Schock, zu erfahren, dass der eigene Vater nicht der eigene Vater war.«

Julius überlegte kurz. »Ich denke, erst wenn alle alten Geheimnisse gelüftet sind, erst dann kann das Glück einziehen.«

»Du meinst, ich soll ihr sagen, dass dieser unbekannte Pferdezüchter ihr Vater war? Meinst du nicht, das ist zu viel für sie?«

»Ich glaube, dass sie sich längst von ihrem Idealbild des Vaters verabschiedet hat. Spätestens, seit sie weiß, was August Korte seiner Tochter und meiner Oma angetan hat, hat sie sich von ihm distanziert.«

»Ihr ganzes Leben war auf einer Lüge aufgebaut. Es wird ihr den Boden unter den Füßen wegziehen.«

»Wie sollen wir ihr sonst erklären, dass wir nicht miteinander verwandt sind?« Julius nahm Isabell in den Arm.

»Ich glaube, das Schlimmste hat sie schon überlebt. Und wenn sie nun endlich erfährt, warum ihre Geschwister sich so abweisend verhalten haben, klärt sich für sie vielleicht etwas, unter dem sie ein Leben lang gelitten hat. Und vergiss nicht: Sie ist ein Kind der Liebe. Es kann etwas sehr Heilsames sein, zu wissen, dass man einen Vater hatte, der einen geliebt hätte, wenn er nur gekonnt hätte.«

»Du hast recht. Ich sage ihr die Wahrheit. Ich sage ihr alles, was sie wissen muss, damit sie uns ihren Segen gibt.« Julius grinste. Dann küsste er sie lange und zärtlich. Als sie sich voneinander lösten, war es, als haben sie sich einen Schwur gegeben. Einen Schwur, alle Geheimnisse aus ihrem Leben zu verbannen und das Glück zu sich einzuladen. Isabells Blick glitt über die Fassade der Villa. Sie würden niemals genau wissen, wie und warum diese Tat verübt worden war. Aber auch wenn sich der Vorhang über diesem letzten Mysterium niemals heben würde – der Fluch war gebannt.

NACHWORT

Mit meiner Geschichte reisen sie zurück in das Köln der 1920er Jahre. Die historischen Fakten dieser Zeit und zur Stadt sind akribisch recherchiert. Wer am Rhein zwischen Rheinkassel und Kasselberg spazieren geht, wird die Hochwassermarken des Hochwasserstandes von 1925/1926 entdecken, jedoch nicht die Kirschvilla, die ich extra für diese Geschichte erfunden, und im Norden von Köln angesiedelt habe. Wer mit den Örtlichkeiten vertraut ist, stelle sich die Kirschvilla wie eine Mischung aus der Villa in Langel und dem bedauerlicherweise schon so lange leerstehenden Haus Fühlingen vor, das mittlerweile einen Ruf als »Spukort« genießt. Ein ehemaliger NS-Zwangsarbeiter soll dort mit der Tochter des Gutsbesitzers ein Verhältnis gehabt haben, und von diesem dafür erschlagen worden sein. Noch heute soll der Mann umgehen und nach seiner Geliebten suchen. Und auch, wenn die Brauerei Korte so nie existiert hat, so braut heute ganz in der Nähe eine große Brauerei mein Lieblingskölsch. Paulines Familie ist reine Fiktion, ebenso wie alle anderen Protagonisten.

Ein Buch über mehrere hundert Seiten ist immer ein großes Projekt, bei dem man schon mal einzelne Details aus den Augen verlieren kann. Mein Dank geht daher an meine Testleser, die alle die Gabe besitzen, auch bei einer großen und komplexen Geschichte die Feinheiten im Blick zu haben.

Euch allen – Esther Rae, Minne Achtel und meinem Mann Peter Dahmen gebührt mein allerherzlichster Dank. Des Weiteren möchte ich mich bedanken bei meiner Agentin Regina Seitz und meinen hingebungsvollen Lektorinnen Susann Rehlein und Michelle Stöger.

Und ohne die vielen fleißigen Hände der Buchhändlerinnen und Buchhändler würde meine Geschichten nicht die Verbreitung finden, die ich mir erhoffe. Deshalb geht mein Dank auch an sie.

Danken möchte ich auch der Braustelle.com, bei der ich ein Brauseminar belegt habe. Meine größte Dankbarkeit gehört allerdings Ihnen, liebe Leserinnen und Leser. Der einsame Prozess des Schreibens wird belebt durch ihre Leselust. Es ist ein überaus beglückendes Gefühl, so viel Wertschätzung zu erfahren, nachdem man so lange mit den Figuren und ihren Schicksalswendungen gelebt hat, und die man irgendwann in die Selbstständigkeit entlassen muss. Dann bin ich immer froh, wenn sie in gute Hände kommen. Und durch den Kauf des Buches ermöglichen Sie es mir, meinen Traum zu verfolgen – gute Geschichten zu schreiben! Ich wünsche Ihnen erfüllte Stunden, und dass meine Geschichte Ihnen für eine Zeit lang zu einer guten Freundin wird.

Wenn Ihnen der Roman gefallen hat, dann empfehle ich Ihnen meine historischen Romane. Nähere Informationen dazu finden Sie auf meiner Website (www.hanna-caspian.de). Abonnieren Sie meinen Newsletter (www.hanna-caspian.de/newsletter), um auf dem Laufenden zu bleiben. Oder folgen Sie mir auf Facebook (www.facebook.com/caspian.hanna/) oder Instagram (www.instagram.com/hanna_caspian_autorin).

Herzlichst, Ihre

Hanna Caspian

DIE AUTORIN

Die SPIEGEL-Bestsellerautorin Hanna Caspian beleuchtet mit ihren gefühlvollen und spannungsgeladenen historischen Romanen bevorzugt spannende Themen der deutschen Geschichte. Dabei verwebt sie akribisch tatsächliche historische Begebenheiten mit dem Leben fiktiver Figuren. Ihre sechsbändige „Gut Greifenau"-Reihe wird als DAS deutsche „Downton Abbey" gefeiert. Alle sechs Bände der Reihe waren auf der SPIEGEL-Bestsellerliste.

Ihre Romane spielen bevorzugt in der Kaiserzeit und der ersten Hälfte des 20. Jahrhunderts. Viele ihrer Romane sind in andere Sprachen übersetzt. Sie ist Mitglied bei DeLia und dem Montségur Autorenforum.
Hanna Caspian, geb. 1964, ist am Niederrhein aufgewachsen, studierte Literaturwissenschaften, Politikwissenschaft und Sprachen in Aachen und arbeitete danach lange Jahre im PR- und Marketingbereich. Mit ihrem Mann lebt sie heute als freie Autorin in Köln, wenn sie nicht gerade durch die Weltgeschichte reist.

Besuchen Sie mich online und bleiben Sie auf dem Laufenden.
Webseite: www.hanna-caspian.de
Facebook: www.facebook.com/HannaCaspianAutorin
Instagram: www.instagram.com/hanna_caspian_autorin

MEHR VON HANNA CASPIAN

Die Gut Greifenau-Reihe
Gut Greifenau – Abendglanz
Gut Greifenau – Nachtfeuer
Gut Greifenau – Morgenröte
Gut Greifenau – Goldsturm
Gut Greifenau – Silberstreif
Gut Greifenau – Sternenwende

Die Schloss-Liebenberg-Trilogie
Hinter dem hellen Schein
Hinter dem falschen Glanz
Hinter dem goldenen Schatten

Die Deutsche-Südsee-Saga
Unter dem Südseemond
Der Glanz von Südseemuscheln

Einzelromane
Im Takt der Freiheit
Schwester des brennenden Himmels
Das Parfum der Liebe (Kurzroman)

Im Takt der Freiheit

Berlin, im Dreikaiserjahr 1888: Als Tochter eines Eisenbahn-Tycoons hat Felicitas Louisburg scheinbar unendliche Möglichkeiten und kann sich leisten, was immer ihr Herz begehrt. Nur eines ist in ihrem Leben nicht vorgesehen: persönliche Freiheit. Das erkennt die junge Frau schmerzlich. Auf einem opulenten Sommerball soll sie anders als gedacht keineswegs nach einem geeigneten Heiratskandidaten Ausschau halten – den hat ihr Vater längst für sie ausgesucht. Nach seinem Willen wird Felicitas den Sohn eines Grafen heiraten, um seinem Unternehmen einen gigantischen Großauftrag zu sichern. Doch dann lernt sie Lorenz kennen, der sich für Zweiräder begeistert und mit seiner Unbeschwertheit alles infrage stellt, was Felicitas bislang für unausweichlich hielt …

Als das Zweirad Ende des 19. Jahrhunderts seinen Siegeszug antritt, ermöglicht es nicht nur eine ganz neue Form der Mobilität: In einer Zeit des gesellschaftlichen Umbruchs wird es für Frauen zu einem Symbol der Freiheit.

Knaur, München   ISBN 978-3-426-65950-2

UNTER DEM SÜDSEEMOND

Köln/Samoa 1899 – Auf Drängen ihres Vaters hin heiratet die junge Alma den älteren Hermann und begleitet ihn in die deutsche Südsee-Kolonie Samoa. Für sie bedeutet es das Ende ihrer Welt – in jeder Hinsicht. Unterwegs findet sie ausgerechnet bei dem australischen Seemann Joshua Fitzgerald die große Liebe. Doch sie ist eine verheiratete Frau, in einem ihr fremden Land, am anderen Ende der Welt.

Alma muss Naturkatastrophen ebenso wie Dorffehden überstehen. Doch dann kommt ihre intrigante Zwillingsschwester Käthe nach, und bringt nicht nur bedrohliche Familiengeheimnis mit; sie entdeckt auch Almas Geheimnisse.

ISBN 978-3-947866-04-5

DER GLANZ VON SÜDSEEMUSCHELN

Sydney/Samoa 1914: Kaum haben Alma und der australische Seemann Joshua zueinandergefunden, wird ihre Liebe auf eine harte Probe gestellt. Die Hysterie des Ersten Weltkrieges bricht über sie hinein, und plötzlich befinden sie sich auf verfeindeten Seiten. Als das Schicksal sie auseinanderreißt, muss Alma als Deutsche in Australien darum ringen, ihre hart erkämpfte Liebe zurückzugewinnen.

Almas Familie ergeht es in Samoa nicht besser Als ihre Verwandte Mathilde und deren Bruder Fritz enteignet werden und Fritz inhaftiert wird, kämpfen sie ums nackte Überleben. Zudem muss Mathilde erkennen, dass die Liebe ihre eigenen Wege sucht.

ISBN 978-3-947866-05-2